战未决

何达 著

北京出版集团
北京十月文艺出版社

1

日本昭和十二年（1937），暮春的一个傍晚。

紧邻东京都的横滨市下着小雨。

正是这里多雨的季节，如丝的细雨伴着轻柔的海风飘动，搅得行人眼前迷迷蒙蒙。热闹的樱木町一条街道的人行路边，“矢原慎一医师诊所”的大门紧闭。

那是一幢前店后宅式的木结构建筑，临街的门脸一门两窗，左右两扇宽大的雕花格子窗户也关得严严实实，窗户里面挂着白色窗帘，木质的大门上贴着用白纸书写的“停诊”告白，就在这张告白上，赫然一只又黑又脏的老鼠被一把匕首牢牢地钉住，那匕首十分锋利，光亮的铁柄上刻着描黑的三个字：“惜羽会”！死鼠眼珠凸出，闪着惊惧痛苦的微光，虽说顶上有廊檐护着，从被刺穿的伤口里淌下的血污仍然和着随风飘来的饱和的水汽淋淋漓漓，殷红一片，煞是扎眼。

后面的住宅是瓦顶平房，房尾有一个用木栅栏围着的小院子，栅栏外面是幽静的小巷，栅栏里面脚下植有修剪得整整齐齐的蔷薇花丛，那乳白如玉的花朵上缀满晶莹的水珠，小院里如茵草坪上种着两株齐檐高的银杏树，树叶被洗得碧绿碧绿。宽宽伸出的廊檐几乎要碰到树叶了，廊檐下面那间屋子里的榻榻米上，趺坐着男女二人，他们是父女俩，是这幢房子的主人。

父亲矢原慎一五十多岁了，灰黑的头发已经稀疏，两鬓间杂着银丝，他说的日本话带有明显的关东地方口音："呃，事情来得太突然啦！就在昨天午夜，12点钟刚过，几个朋友敲开了诊所的大门，他们用门板抬着一个受了重伤的青年闯进来。哎呀，花子，我明知那个受伤的青年是个活跃的反战分子，正在暗地里串联想组织个什么'反战同盟'，可是，作为一个医生，我能见死不救吗？"

女儿矢原花子平静地回应："不能，当然不能，如果那样，爸，你就不是你啦！"

父亲继续说："幸好来人中有个学医的女娃，当了我的助手，就在我们那间手术室里，我整整干了一个通宵！也就是你爸呀，我取出了距伤者心脏仅两厘米的子弹头，缝合了伤者背上和腰部的刀口，哎哟，用了枪，还要动刀，这有多深的仇恨哪！我总算挽救了这个青年人的生命，天蒙蒙亮的时候，他们千恩万谢地抬着伤者走了。我很累，但非常兴奋，根本不想睡，我煮了茶，吃了点心，等天光大亮啦，嘿嘿，才发现大门上插着死老鼠。唉，花子，这可是'惜羽会'发出的死亡警示啊！"

女儿二十二岁，是东京女子医科大学四年级的学生，自从前年母亲因乳腺癌转移病故后，她与父亲更是相依为命，平日里哪怕只有半天假，也会从涩谷乘公交车赶回家来与父亲相聚。今天她是被紧急唤回的，她并没有慌张，此刻仍用平静的语气说："我看见啦，那只死老鼠，血淋淋的，怪吓人的。那个什么'惜羽会'，我也听说过，外面的传闻很多啊，难道他们真的会动手？”不久前，花子听说，这个“惜羽会”的头头把他们认定的一个“叛徒”，活活扔进了修路的水泥搅拌机里……

父亲说：“‘惜羽会’是个极端好战的小团体，以少壮军人和失业贫民为主干，据说和黑龙会关系密切，这帮人可不说空话，从来是说干就干的！”

女儿说：“那，爸，你的主意？”

父亲叹息道：“唉，朋友们大多劝我避了。我再三寻思，国内无处可逃哇，最好的选择是：立马潜往中国，去找你旷伯伯，然后设法移居欧洲。”

花子明亮的眼睛里掠过一丝不易被觉察的惊喜，她郑重地说：“爸，我完全同意你的主意，我当然跟你一起走！”

“唉——”父亲又长叹一声，“只是你的学业……”

女儿调皮地一笑：“不就是丢了医科大学四年的学历吗？有什么了不起的，将来可以弥补嘛；要是把你——我的宝贝爸爸丢了，我可就只剩下抹泪啦，将来怎么活啊？”

父亲宽慰地笑了，点头说：“好吧，就这么定了。你收拾收拾，带的东西要简而又简，顺便和你打理的这个家告个别，但千万不要走出家门半步。掌灯以后，会有朋友来接我们。”

矢原花子开始收拾行囊，老爸说要“简而又简”，那就带点值钱的。哈，房子值钱，五年多前从中国北平回到日本横滨，父亲花了半生积蓄的多半，买下这幢诊所兼住宅，如今带得走吗？三个存折是要带的，父亲一个，已故的母亲一个，还有自己的一个，可是，眼下都不敢去取钱，今后更是废纸啦！还有所谓“细软”，花子暗自哂笑，自己从小不爱捯饬，不是爸妈不给买，是自己不喜欢，实在没有几件像样的首饰，倒是妈妈留下不少“珍宝”，带着，是心上的纪念。其他，只能挑几件喜欢和换洗的衣服了。

花子对猝然降临的变故，并不感到意外，她似乎早已有了预感，因为矢原家和中国贴得太近了。她知道，父亲出生于神奈川县一个“汉方医学”（由中国传入的医学）世家。祖父不仅深谙中医，而且酷爱汉诗创作和汉字书法。父亲早年远赴德国学习西医，学成之后，即遵祖父遗命，在中国北平悬壶济世，自己从童年到少年都是在北平度过的。由于父亲的医术高明，又能急人之急，救治的人多了，因而广负盛名，结交了不少中国朋友，其中不乏达官显贵、社会名流。直到“满洲事变”（“九·一八事变”）爆发，中日关系紧张，特别是中国华北地区民众反日情绪高涨，矢原一家才被迫回到日本。父亲并不热心政治，可他对中国的感情太深啦，对当局的侵华国策强烈不满，他又是一个不懂得谨慎的人，管不住自己的嘴巴，确实在不同场合发表过一些反对对华战争的言论。谁知由此竟不断接到匿名的恐吓信件，而且越来越多，语气越来越凶。父亲和自己商量，决定关上大门，贴出“停诊”告白，辞退员工，想要闭门谢客，躲过一劫。可是，唉，中国有句古话：“树欲静而风不止。”该来的事情，仍然是来啦！

这天夜幕降临，八点半整，一辆马车缓缓地驶过矢原家的后门。矢原父女打着黑色的雨伞，提着简单的行李，踏过湿漉漉的草坪，打开栅栏门，匆匆跳上了马车。

雨还在淅淅沥沥地下着，马车拐上了正道，花子从车棚下仰望没有星光的夜空，只有经过一盏盏暗黄的路灯时，才会看见漆黑的夜空中纷纷扬扬飘落着细碎的金星。潮湿的空气里似乎仍然浮游着樱花的幽香，花子深深地呼吸着，她心底陡然升起几分对乡土的依恋和忧伤。

黑压压的一群人迎着马车走过，他们高喊着"誓死效忠天皇、支持军部扩大对外作战"的口号。花子注意到，这二十多个男人，大部分没穿雨衣，也没打伞，顶着细雨声嘶力竭地呼喊着，情绪十分张扬激动。花子不禁想到，新学期以来，学校里明显地加强了"国民战争精神总动员"的宣传，一位教师和两位高年级的学生已经应征入伍，教学中也大量增加了战地急救的内容，上周她还被安排近距离观看了一次外科的截肢手术。和自己同寝室的一位同学说，"满洲事变"以后，她长期失业的父亲获得了一个"满铁"（南满铁路株式会社）的职务，拮据的家境从此大变，她才有机会进入医科大学读书，如果政府扩大对中国的战争，她一定报名到前线去！花子想到那位同学坚定而充满期待的目光，心里堵得慌：大和民族究竟是怎么啦，为什么要把自身的发展放在对邻国的血腥战争上呢？

马车停在横滨港山内码头一个民间泊位上，靠在岸边的是一艘只有一千多吨的老旧商船。矢原慎一和守候在码头上的一位穿着黑色雨衣的壮汉低语了几句，那壮汉接过花子手提的小皮箱，笑着说跟我来吧。他们跟着那人走上舷梯，从一个侧门下到轮机舱，穿过隆隆作响正在加热的轮机群，又走过一条窄窄的廊道，钻进一个小门，才踏着铁梯下到了黢黑黢黑的底舱。

壮汉揿亮了手里的电筒，父亲跟在后面，一只手紧紧拉着花子，花子觉得自己脚下仿佛踩着一块倾斜的粗糙的钢板。走到一处放着几个大木头墩子的地方，壮汉指着木头墩子说："你们先坐在这里休息，船一进入公海，我就来接你们上去，给你们预备了一个小舱房。”

壮汉走了，整个空间黑咕隆咚，伸手不见五指。花子紧张的心情里，透着几分好奇和喜悦：流亡者的生活开始了！花子摸黑把木墩子移到父亲身边，父亲立即伸出胳膊把女儿的头揽到胸前。他们静静地坐在那里，可以清晰地听见彼此呼吸的声音。

过了很长一段时间，矢原慎一说：“花子，给爸爸一支烟抽，好吗？”

这两年，矢原慎一的气管炎越来越厉害，女儿对他实行了“控烟”。花子想了想，从随身的手袋里摸出一包“海盗牌”的香烟，取出一支，衔在嘴角，又摸出一包火柴，擦亮了一根，点着烟，吸了一口，递给父亲，借着火柴的余光，她惊讶地发现：地面上满是白色的斑点。花子好奇地又擦亮了一根火柴，照向地面，不禁惊讶地叫道：“爸爸你看，满地都是烟头！哎呀，不知有多少流亡者在这里熬过漫漫长夜啊！”

还好，刚过午夜，船入公海，壮汉就来把他们接了上去。他们在轮机舱侧面的一间狭小的舱房里度过了两天，这艘商船便停靠在中国北方天津塘沽港的码头上了。

那位壮汉来送别时，花子才看清，他是一位三十多岁强健的水手，海风在他脸上刻下了沧桑，浓眉下黑亮的眼睛显出刚毅。父亲告诉花子，此人名唤尾崎永助，他两天前救活的那个反战青年就是此人的亲弟弟。

迎着清晨浓浓的雾气，矢原慎一父女下了船，走上码头，见码头一处矮墙上，用白石灰赫然新刷了两条标语：“华北危急！”“救亡图存!”矢原低声嘱咐女儿:“花子，到了中国地面，就别再说日语了，免得引起误会。”

他们雇了一辆马车，直奔天津市内法租界福煦将军路（今滨江道），找了一家上等旅店，要了两个房间。矢原花子痛痛快快地洗了澡，换上衣服，高高兴兴地走进父亲的房间，矢原慎一见女儿蓬松着头发走进来，心中一动：不经意间，女儿长大了，长开了，哈，“清水出芙蓉”，她不像樱花那么热烈而艳丽，更像横滨人喜爱的篱下的蔷薇那么纯净而喜兴!

花子看着窗外熙熙攘攘的窄窄的马路上，叮叮当当驶来驶去的有轨电车，感到几天来紧绷的心弦一下子放松了。她笑着用相当纯正的北京话问:“爸爸，眼下中日关系这么紧张，我们冒昧地跑到南京去找旷伯伯，他不会感到为难？他会帮助我们吗?”

矢原慎一无奈地嘿嘿哂笑着说:“的确是出了一道难题呀，主要因为我们是日本人，又没有合法的身份证明，不过，他不会感到为难的。”矢原的语气很肯定,“如果我们现在很得意，去找他，他未必高兴，可是我们落难了，无路可走啦，去投奔他，他肯定很高兴，必定倾力相助，你旷伯伯就是这么一个人。再说啦，”老矢原瞄了闺女一眼,“哈哈，我可救过他大儿子旷风的命喔，你和旷风、旷雨不是童年的玩伴吗？要好得什么似的，记得当年，你妈妈当着他们父母的面，半开玩笑半认真地说,‘我们没有儿子，要认旷风做女婿——当半个儿子哩。’”

“哎呀，爸爸!”花子真的急了,“这回见面你绝对不许提这档子事喔！风哥比我大两岁，雨弟比我小一岁，这么多年不见面，谁知他们长成什么模样啦，风哥也许已经成亲了哪!”

矢原慎一见花子白皙的面孔陡升红云，觉得自己不该拿这样的话逗年轻的女儿，忙呵呵呵地笑着说：“好好好，遵命，遵命。”

花子继续叮嘱：“爸，无论如何，要先打电话联系好，再去南京。”

老矢原连连点头，说：“是是，我懂，要讲礼貌，有尊严，爸听你的。”

2

旷氏一家获知矢原父女抵达天津，要来南京相聚，反应是强烈的。

接电话的是花子口中的“旷伯伯”旷岳，他听见老友矢原慎一的声音，心中大喜，对着听筒喊道：“矢原兄，电话里不必细说啦，赶紧来吧，你们父女的事情，我全包啦！”

老矢原狡黠地笑了：“嘿嘿嘿，你这个当代鲁仲连又拍胸脯啦，别忘了，我们可是日本人！”

旷岳的声音仍很大：“我哪够得上鲁仲连，我就是个‘狂士丘八’！我管你是哪国人，我就知道你是个好人，你们父女的事，我一包到底，别啰唆啦，赶紧到南京来吧。”

旷岳，字慕云，正值天命之年，他是南京国民政府的“立法委员”。民国十七年（1928）在南京成立的国民政府，大体上是按照孙中山五权宪法的思路构建的，立法院因为有立法权和半公开的讲台，地位仅次于行政院，比较受重视，立法委员一般由资历深、有相当社会知名度的人士担任。“资历深”的标准是什么？国民政府既然标榜继承孙中山“建立民国”的法统，所以，它的班底大体上发轫于辛亥革命。

旷岳迅速把客人将临的消息传达给了一家人。

矢原花子口中念叨的“风哥”，就是旷岳的大儿子旷风，他得知这个信息，内心震动最大，因为他和花子早已暗中陷入了感情的旋涡，只不过中日战事陡起（“九·一八事变”揭开了中日战争），没机会挑明而已。

旷风这年二十四岁，一米八的个头，身体非常强健，长得并不英俊，但五官端正，高而宽的额头和稳定平静的目光，显示他是一个喜欢动脑筋而且有主见的人。去年（1936）夏天，他毕业于南京中央陆军军官学校，学的是通信，随即被分配到驻河北省邢台32军军部通信大队，当了一名准尉见习官。

就在旷风从军校毕业的当口，旷岳参加了在南京举行的国民党五届二中全会。由于日本军阀一步也不肯停歇地向华北进逼，国民党内部主战的呼声日益高涨，蒋总裁的口气也有了微妙的变化。会上决定成立国防委员会，开始准备对日作战；相应地，外交方面，确定积极改善和苏联的关系，而苏联政府此时也表现出对华友好的异常热情，中苏关系迅速升温。

1936年11月7日，南京苏联驻华大使馆举行了盛大的庆祝十月革命胜利十九周年的酒会。生前力倡“以俄为师”的孙中山的公子、国民政府立法院院长孙科，当然是受邀的主宾之一。旷岳作为受到孙科倚重的立法院军事委员会重量级人物，也在受邀之列。酒会隆重而热闹，苏联驻华大使鲍格莫洛夫迈着方步走过来向旷岳敬酒，亲切地说：“旷先生的子女如果想到苏联留学，苏联政府可以给予多方面的关照和优待。”

鲍格莫洛夫这一句套近乎的话，引起了旷岳的兴趣。恰在此时，军事训练总监部主办的军官外国语文补习所招收学员，目的是为军队培养翻译人才并为对外使馆培养后备武官。主持此事的总监部周副主任是旷岳早年的学生，旷岳得此信息，立即想到了旷风，旷岳对大儿子的成长一直特别关注。他打长途电话征询旷风的意见，旷风当即表示亟愿再回南京进修俄文。旷岳便写了一封信给32军商军长，请求他推荐旷风到这个军官外国语文补习所进修。这位商军长和旷岳是辛亥革命时期的战友，乐得做个顺水人情，在以32军军部名义开出的保荐函上，明确写着：旷风是“第32军司令部通信大队中尉排长”。于是，旷风高高兴兴地又回到了南京。

但是，这件事引起了旷岳夫人凌婷立的反感。她尖锐地指责丈夫，既然“鲍大使”表示欢迎子女到苏联留学，为什么不首先考虑给身带残疾的二儿子创造一个机会？原来老二旷雨小时候得过小儿麻痹症，左脚萎缩变形，左小腿也轻度萎缩，所幸他天性乐观活泼，从小瘸着个腿还爱说爱唱，童年玩伴日本小女孩矢原花子给他起了个外号，叫“快乐的小瘸子”。他高中毕业后，正在浙江省杭州市陪伴祖母，同时在浙江外语学校进修日语，准备报考日本早稻田大学。母亲凌婷立对他特别上心，她像世界上所有的老母鸡一样，对保护仔鸡既是公平的，也是充满攻击性的。

她尖刻地数落丈夫：“你呀，空谈什么民主平等，其实就是个封建家长，满脑子尽是嫡长子真传什么的，有好事就是大儿子的，二儿子就不是亲骨肉啦？”

这一针正扎在穴位上，旷岳哑了。他心想，老婆说得也对，这事自己怎么就没想到二儿子呢？他感到自责，脑子一热，决定送老二去苏联留学，于是打了一个电报给旷雨，让他“迅即返宁”。

旷雨二十一岁了，高高的个子，长得眉清目秀，比哥哥英俊多了，虽说天性旷达乐观，但自幼左足残废在他心灵深处依然留下难解的损伤，他对母亲、对大哥，有着明显的心理依赖。他回到南京，听说父母要送他去苏联留学，并不高兴，他说："不让我去日本就对啦，日本国眼看要扩大对华战争，我到那儿去干什么？可我一句俄国话都不会说，也听不懂，冷不丁跑到老毛子的地盘去有多孤单！你们别听那位'鲍大使'说得漂亮，留学也是要自己掏腰包的。与其到俄国去花钱学语言，还不如让我也到军官外国语文补习所，和大哥一起学俄文哩。等语言有了基础，再到苏联去留学也不迟嘛。"

旷岳和凌婷立一听，觉得言之有理呀。旷岳就拜托了那位周副主任，讲明老二只要旁听就行，不要什么文凭、资格。要说旷雨既非军事学校毕业，又未在军队服役，还有点瘸，条件差距太大！可是这些到了主管官员手里，就不算回事了。周副主任授意浙江某军开出了一张保荐函，亲自批准，亲自办完全部手续，旷雨便堂而皇之进入军官外国语文补习所，和大哥同班学俄文了。

这一天，上午上的是俄国散文和语法课，教师姓林，曾当过北洋政府派驻俄国赤塔的总领事，俄语讲得很标准。他的老婆是个俄罗斯人，下午就是她开的俄语会话课。这位中年的俄国大嫂不仅标致风韵，而且组织教学的本领相当高明。这节课的主题是到商店买东西，一排课桌便成了柜台，有的学员假扮售货员，有的学员假扮顾客，买什么东西，质量如何，什么价钱，讨价还价，双方就要用语言沟通了。由于教师不断巧妙地引导，即使学员的表达能力参差不齐，但一堂课从始至终，十分活跃，笑声不断。

下课铃响了，旷风、旷雨走出教室，见父亲的司机苏恩正站在教室外的路边等候着他们。

苏恩迎上来说："大少爷、二少爷，家里来客人啦，是日本的矢原大夫和花子小姐，老先生让接你们回去。"

旷风的眼睛顿时一亮，脸上涌现红潮，但没说话。

旷雨兴奋地叫道："啊哈，大哥，花子姐来啦，快走快走！"

他们上了一辆雪佛兰轿车，旷雨让苏恩坐到副驾驶的位子上，由他自己开车。军官外国语文补习所上课和宿舍都是借用中央陆军军官学校的房子，地点在黄埔路的北端，军官学校除核心部位矗立一幢有四组共八根罗马式高耸石柱门面的礼堂（蒋介石校长不时来此参加纪念周或举行其他面对军人的演讲）外，大多为二层平顶楼房，少量假三层带屋顶的楼房一般是教学楼或独栋的教官宿舍。

旷雨的驾驶技术相当熟练，汽车过了那个蛮气派的礼堂，出了有岗哨的大门，沿黄埔路往南，不远，路东就是国民政府军事委员会，再往南到中山东路西拐，前面即为南京最热闹的新街口了，由此拐弯向北，过了鼓楼，便由中山北路驶上山西路。国民政府定都南京后，在山西路尽头的西南兴建了一大片高档住宅，众多国民政府的要员居住在这里。汽车在不足百米的蓬山路一个院子的门前停下来，揿了揿喇叭，黑色的铁门便敞开了，汽车沿着水泥甬道驶进去。甬道的东侧紧挨着是高墙，西侧隔着樱桃树和垂丝海棠是一大片绿茵茵的草坪，草地中间矗立着两株高大的雪松。草地尽头是一幢青砖磨缝的三层西式楼房，楼房的正门（南门）外面罩着一间三面玻璃墙、屋顶铺红瓦的玻璃房——那是主人的画室。所以，汽车在楼房东侧的门前刹住。

旷风、旷雨走进楼房的东门，在宽宽的廊道里便听见从客厅里传出一个洪亮的声音："矢原兄，你说得一点都不错，日本国内反对扩大战争的声音太微弱啦，根本难以形成一股力量！"这是旷岳的声音，旷风崇拜父亲，喜欢听父亲煽情的高论，他拉住了旷雨。

那个声音很有感情地继续说："这是人类的悲剧啊！日本国完全被'皇道''圣战'的思想统治啦，整个民族都被卷进了战争的大机器。矢原兄，像你这么一位清白正直又有很高文化教养的日本国民，只不过说了一些反对战争的话，作为医生救治了一个被刺受伤垂死的青年，就受到死亡的威胁，就在国内待不住了，这是个多么可怕的环境哪！矢原兄，你到中国来找我就对啦，你是我的好朋友啊，到了我家，你就回到自己家啦！你放心，你们父女的事，我管！我尽快帮你们移居欧洲，你说，你们要到哪个国家？"

"德国。"客厅里传出的是一个苍老沙哑而熟悉的声音，"慕云老弟，你知道我是在德国学医的，在那里待了八年哪！人熟是一宝，现在我还能找到不少过去的师长和同学哩。"

"好好好，让我想想办法，尽快为你们开通去德国的路。"

此时，旷风拉着弟弟推门而入。

客厅里坐着四个人，旷岳和矢原慎一坐在中间的长沙发上，凌婷立和矢原花子分列两侧的单人沙发。旷风和旷雨齐刷刷给矢原慎一行了一个军礼（他们穿的是军便服），喊了一声："矢原伯伯！您好！"

矢原慎一高兴得笑眯了眼，一边站起来和他们握手，一边说："哎呀，你们看你们看，几年不见，小家伙都成了威武的军人啦！"

旷风转身向矢原花子伸出了手："花子妹妹，你好！"

矢原花子笑得很甜，高声答道："风哥好！"

两只手紧紧地握在一起，两双眼睛的视线也撞到了一起，但倏地又分开了。

旷雨热情地张开双臂，喊了一声“花子姐”，便直走上前，矢原花子也大方地张开双臂，迎上去和旷雨拥抱。

花子打量着旷雨，说：“雨弟，走几步给姐看看。”

旷雨迈着军人的步伐走到客厅门口，又走回到花子面前。

花子感到惊讶：“咦，‘快乐的小瘸子’好像不怎么瘸啦？”

旷雨哈哈哈地笑着伸出了左脚，指着左脚上穿的皮鞋说：“你看，花子姐，秘密在这儿哪！看出来了吗？这鞋底儿比右脚的鞋底儿高。这还是你爸给我妈出的主意哪，当我的身体长到定型以后，妈妈找了一个高明的皮匠，专门比着我的脚型，打成了特殊的楦子，膛底儿和我的脚型完全吻合，加上我好动，妈妈也鼓励我锻炼，我的左腿越来越有力气，你看，要不是特别注意，已经看不出我瘸了吧！”

花子看了一眼坐在对面、正听他们说话的凌婷立。她是一个老式的女人，慈祥、端庄、小脚，穿一身高领淡紫做工考究的湖缎旗袍，戴一副近视眼镜，花子不禁想起自己故去的母亲，脱口赞道：“雨弟，你有一个多么贴心的母亲啊！”

旷岳说：“矢原兄、花子小姐，我太太已经在后楼给你们安排好了住处，走，先让你们安顿下来，然后我们再喝接风酒。‘久别重逢非少年，执杯相劝莫相拦’，今天太高兴啦，我们要一醉方休啊。”

旷岳拉着矢原慎一走在前面，花子扶着凌婷立紧随，旷风、旷雨跟在后面，他们走出楼房的东门，沿着汽车房旁边的一条小路，走到后院。后院也很宽绰，有一幢二层小楼荫翳在翠竹和松柏之间。他们踏着鹅卵石铺就的小路走进楼内，登上二楼，正面就是一大一小的套间，室内陈设简单，窗明几净，显得十分幽静。

凌婷立笑着说："矢原先生住外间，花子小姐住里间，这里又严实又安静，你们就放心地住着吧。"她指了指茶几上一个敞着口的帆布口袋，可以看见口袋里整整齐齐地码满了"袁大头"，继续说，"这里放的银洋，是送给你们的。慕云和我琢磨，你们仓促之间逃离日本，必定不敢到银行取钱，衣服什物也不会多带，缺什么，尽管买，钱不够，花子来找我要。我们可是老朋友，千万不要见外啊。"

矢原慎一叹息着说："唉，这些日子，我们父女惶惶然如丧家之犬，今日才如沐春风啊。嫂夫人想得周到，你们的深情厚谊，我们一概敬领。"

旷岳说："你老兄给我出的题目，不是三五日能答得上来的，你们就宽心在这儿住着吧。花子年轻，别老关在家里，南京是六朝古都，天下文枢，可玩儿的地方多着哩。老大、老二，花子可是你们青梅竹马的朋友，如此貌若天仙的美女降临到身边，还不抓住机会好好表现表现。明天就是礼拜天，你们商量商量到哪儿去玩儿吧，我的汽车给你们用。"

旷雨立即响应："到玄武湖去划船，带上两根鱼竿，划到荷叶深处，钓上半天，连晚饭的西湖醋鱼和鲜鱼汤都有啦。"

旷风说："还是听花子的吧。"

花子说："我想先瞻仰中山陵。"

旷风说："哈，和我想到一块了，让二弟开车去。"

"别别别。"花子笑道，"坐上旷伯伯的那辆高官汽车，什么感觉都没有啦。最好是骑脚踏车。"

"对对对，骑脚踏车多么自在。"旷风立即响应，"我和二弟有脚踏车，二弟再去把武予岚的那辆女车借来，不就齐了嘛。”

“好好好，好极啦。”旷雨大为兴奋，“予岚姐的车是一辆英国‘凤头牌’的女车，漂亮着哩，配上美丽的花子姐，哎呀，在大街上这么一遛，勾得路人的眼球，你们看，都这副模样啦！”旷雨一边说着，一边装出一副色眯眯的眼神，脑袋好像随车转动，半张着嘴，两只手还向上摊着，那一副丢了魂似的表情惟妙惟肖，逗得大家哄堂大笑。

晚上的家宴，热闹而温馨，与其说是给老朋友接风，不如说更像一家人久别后的团聚。特别是第二代，包括旷家最小的女儿旷静都和花子有一种不需要多说什么的默契。菜的花样很多，有地道的京味菜、湖北菜，还上了一盘福州红糟鱼。旷岳平日爱喝黄酒，这天开了茅台，用小杯，不仅旷风、旷雨喝了不少，连凌婷立和花子也抿了小半盅。最后，当管事赵庭春端上豌豆黄、炸焦圈和豆汁儿时，花子坐不住了，她给旷风、旷雨使了一个眼色，三个人离席，他们穿过楼梯口冲北的廊道，走进弥漫着油烟的厨房，花子亲热地叫了一声“郭妈”，朝着一位胖乎乎的中年妇女扑上去，一把就将这厨娘郭喜给抱住了。

3

在家里，旷风、旷雨哥儿俩住在前楼二层的一间屋子里，两张单人床分列窗户的左右。这天晚上，两个人都很兴奋。旷雨翻了几个身，慢慢发出匀称的鼾声，旷风却辗转反侧，思绪万千，怎么也睡不着。

是啊，几年来魂牵梦系难以忘怀的矢原花子，突然，意外地有如仙女下凡般降临到眼前，激起了旷风内心难以抑制的波涛。

旷风心里明镜似的，旷家和矢原家建立深厚的友情，的确是从他身上开始的。那年他十一岁，记忆已很清晰，父母也对他说起过这件事情：当时父亲带着一支军队驻守在河北省南部一个古老的县城里。父亲忙着兴修水利，想不到居然发生了土匪到县城附近抢亲的乱子，虽然被挫败了，但激起父亲极大愤慨，决心剿灭冀南这股最大的悍匪。父亲暗地里派出数十名探子，摸清了土匪头子刘黑脸的活动规律和缺粮的信息，终于用粮食为诱饵，把这股悍匪团团围在了与河南省接界的长垣县城里。

父亲带兵刚走，旷风一岁多的小妹妹宝珍就染了病，咳嗽、发烧、浑身起红疹。因为县城里没有一家西医院，旷风背着妹妹，跟着母亲找中医诊治，几服药未见起色，喉咙又肿了起来。旷风疼爱妹妹，颠前跑后，总想帮妈妈搭把手，结果自己也咳嗽、发烧、起了一身的红疹，而且，很快喉咙也肿胀起来。凌婷立本想带着孩子赶赴北京就医，婆婆不准，说是带病长途跋涉，必定死在路上。县城天主教堂有位懂点医道的法国牧师来看了看，说这是猩红热转了白喉，他摇头叹息道，唉，耽误啦，晚啦！

父亲剿匪大获全胜，凯旋后却见家里哀声切切，小女儿奄奄一息，大儿子危在旦夕。情急之下，父亲想起不久前在北京结识的一位日本医生矢原慎一，虽只一面之缘，但其人极爱汉学，谈得十分投机。父亲抱着一线希望，利用军中电台可以直通北京陆军部的条件，给陆军部一位好友发了一个急电，请他迅即将病情和求救信息通知这位日本医生。

矢原慎一接到求救信息，当即提着一个急救皮箱，匆匆登上京汉列车，车抵冀南重镇邯郸已时近午夜，偏偏遇上滂沱大雨。矢原以重金雇了一位向导、两匹快马，二人冒着狂风暴雨疾驰七十里，天明时分，赶到了父亲的司令部。

宝珍已经没救了。矢原察看了旷风的病情后，只说了四个字：“立即手术！”神志模糊的旷风被抬上了父亲平日作画的大桌子，穿着白大褂的矢原医生迅速给他做了局部麻醉，一刀直刺他脖子上隆起的肿块，一股腥臭的脓血直喷到旷风身后的墙上。

天大亮的时候，旷风清醒了。他听见母亲嘤嘤的啜泣，被一家人视为珍宝的妹妹，已经停止了呼吸。

这年秋天，爆发“首都革命”（史称“北京政变”），父亲高升，举家迁居北京西城，新居与矢原医生的诊所兼寓所只隔着一条胡同。

父母刚安好家，便带自己和雨弟去拜访矢原夫妇，受到热情接待，也第一次见到了矢原夫妇九岁的独生女儿矢原花子。

旷风毫无睡意，他头脑里清晰地跳出了一张天真调皮红润润的小脸蛋，一双乌亮的眼睛充满友善的神情，那简直就是自己臆想中《格林童话》里的白雪公主!

由于旷风从小随父亲各处迁居，耽误了学业，此时父母安排他插班到花子的同一所小学，和花子同在四年级还同桌。旷风心里觉得太掉格啦，没面子，可是第二天大清早，日本妹妹就高高兴兴地来邀他和旷雨一起上学了。

记得第一天语文课，年轻的女老师刚讲几句话，坐在旷风前面的一个小男孩，突然仰面朝天倒在过道地上，口吐白沫，浑身抽搐。教室里顿时大乱，女老师也惊慌失色。

“不要乱，安静，安静!”旷风站起来大声说，“他是犯了羊角风，我见过，十几分钟就会好的。”教室里安静了一些，同学们叽叽喳喳，都用怀疑的目光盯住他。

“他说得没错，是羊角风，也叫癫痫，我爸爸是医生，我见他治过这种病。”矢原花子站出来支持旷风，教室里安静了下来。

旷风和花子一起蹲到男孩的身边，旷风把自己的一摞课本垫在男孩的脑后，花子摘下用别针别在衣襟上的一方崭新洁白绣着一朵蔷薇花的手帕，用手帕擦净男孩嘴里吐出的已经流到脸上和脖子上的白沫，旷风用双手按摩他的前胸。

此时，教室里鸦雀无声，大家都注视着他们的举动。大约过了十分钟，男孩清醒了，旷风扶他坐起来。花子大方地把手帕塞到那男孩手里，笑盈盈地说：“你没事啦，这手帕送给你，把你脖子后面和身上的脏东西都擦干净，坐回座位上去。”就在这一瞬，旷风感到，这个日本小女孩儿的心思和自己的心思融到一起了。

放学了，旷风和花子忙到二年级教室门口，迎上了旷雨，小瘸子乐呵呵地过来一把就拉住了花子的手。在回家的路上，不知什么时候，旷风和花子的手也拉在了一起。从此三个人一起上学，一起回家，一起做功课、跳房子、过家家、捉迷藏、荡秋千。

旷风的脑海里又跳出了：白衣白裙的花子把秋千荡得很高很高，几乎要翻过去啦，在下面观战的兄弟俩手心都冒汗了，可她还笑得那么快乐、自在，一副满不在乎的样子。

到了中学，男女分校，旷风年龄大，还跳了班，但他们依然交往密切，特别是假日，他们会约好一起去远足、爬山、赛脚踏车。

旷风记得，有一次他们骑车出广安门，在京城西南郊绵延的荒山野谷中，找到一片清浅的涧水，那是在两山脚下的深谷里，被茂密的山杨、山柳、老榆、青檀和纠缠的野葡萄遮掩着的，涧水是从山上湍湍流下来的，到这里地势平缓开阔了，变成一片静静的溪流，继续向前流淌。两岸开满野花，说不清有多少种类，多少颜色，馨香阵阵，鸟儿喳喳，溪水淙淙，三个人都被眼前幽静的美景和氛围陶醉了。花子首先脱掉鞋袜，光着脚丫，撩着黑色短裙，踏进了这片清澈见底的溪水。旷风赶紧跟上，只有旷雨笑嘻嘻地坐到溪边一块石头上。

花子蹚着清流走到旷雨跟前说：“雨弟，脱了鞋袜，卷起裤腿下来，和姐一块玩。”

旷雨愣住了，脸红通通的，犹豫着。

花子说：“雨弟，你脚有残疾，不愿意让姐看见，你自尊心强，姐不怪你。可你要是永远不让残疾的脚亲近大自然，那就亏大发啦！你看，这山泉是从地底下汩汩地冒出来的，在这里流了千百万年啦，多么干净哪，透明的，水底下所有的石头块都被它磨光啦，你看这水里的鱼群，石头下面的小螃蟹、小虾米多么自在逍遥。哈，你不来亲近，那残疾的脚能有生气吗？再说，姐没有你，能玩儿得高兴吗？把你的左脚伸过来！”

旷雨的脸色平静了，笑呵呵地，把左脚伸了过去。

这一天，三个伙伴一起忘情地摸小鱼，捉小螃蟹，捉到了，让它在手里跳，再跳进水里去。他们互相戏水，玩儿疯了。旷风看着弟弟那灿烂的笑脸，心被深深地打动了。

躺在床上的旷风静静地回忆着少年往事，是啊，两小无猜的友情是多么可贵，然而，随着年龄的增长，身体的发育，旷风感到一种朦胧的情愫悄悄在他心底里蠕动、跳跃，但他害怕伤害既有的完美，从来不敢向前一步，哪怕是一小步。

民国二十年（1931），旷风高中毕业，他和花子商量，两个人都立志学医，憧憬将来治病救人。经矢原慎一推荐，旷风考入了日本人在沈阳开办的南满医科大学。就在暑期结束，他要乘京奉线火车去沈阳，火车快启动的时刻，花子突然从两家送行的家长身后冲到车窗前，把一个练习本塞到自己手里。

这是一个勇敢的行动，旷风看到，在那个练习本里，花子用秀气的蝇头小楷密密麻麻地抄录了许多中国的古诗词，还有带简谱的歌曲——有中文歌，也有日文歌，其间，贴着许多或大或小的照片。旷风坐在火车上读了又读，他惊喜地感觉到，那字里行间流淌的是一个十六岁少女的真情与心声啊！

如果……

旷风完全没有睡意了，他想从床下的皮箱里取出那个本本，但他没有做，他不愿意吵醒睡在身边打着小呼噜的弟弟，他不愿意受到任何干扰，他只是靠着竖起的枕头坐着，意识清醒地回想起那个改变了他人生轨迹的夜晚。

1931年9月18日的夜晚，旷风上完晚自习，漱洗完，躺在宿舍床上已经10点钟了。同寝室的四位都是中国同学。这所辛亥年由日本人开办的南满医学堂，于民国十一年（1922）正式改称南满医科大学，大部分学生由日本本土招来，中国籍的学生大约占三分之一。宿舍是二层楼房，前面的四层教学大楼是今年（1931）夏天刚刚落成的，大楼再前面是一个很大的操场，侧面绿杨夹道，通向大门。旷风对这个读书的环境是满意的，他很刻苦，今晚睡前还习惯地在默想着白天上课的内容。突然，他听见了隆隆的炮声，炮声很近，非常巨大，好像地面都被震动了，而且连续不断，还隐隐地夹杂着密集的枪声，整个宿舍楼里的学生都被惊醒了，有几个中国学生跑到廊道外的窗口去张望，立即被日本“舍监”赶了回来。旷风不安地寻思，是东北军演习？为什么炮击的时间这么长？不像！旷风陡然想起，今年春天父亲从日本考察归来，在家里说，日本军人可能要在东北挑起事端！难道——？

第二天早上，所有的学生都集中在前楼各自的教室里，旷风的教室在二楼，班主任是个留仁丹胡子的日本讲师，今天他换了一身军服，气势汹汹地走上讲台，脱掉军帽，露出光头，声色俱厉地宣布：昨天晚上，中国军队在柳条湖炸毁了南满铁路，寻衅滋事，大日本关东军立即向北大营开炮进攻，到今天早晨，关东军已经完全占领了沈阳!

话音甫落，窗外操场上突然响起尖厉急促的军号声，教室里所有日本籍的学生像听到军令一样唰地全都站了起来，一个个疯狂地冲出教室，冲向楼梯口，冲向操场；中国学生吃惊地发出疑问的骚动，那个仁丹胡子厉声吼道：“支那学生一律坐着，不许乱说乱动!”他从腰间摸出一支手枪，啪的一声重重地拍在讲台上。

旷风坐在教室靠窗的一侧，他透过窗棂眼见几辆卡车开进操场，有的装满枪支，有的装着军服和皮靴。跑到操场上的日本学生，立即领到枪支和子弹，脱掉黑色的学生制服，换上黄色的军装，蹬上皮靴，仅仅用了十几分钟，俨然已经排列得像一支军队那样，在一个军官的高声号令下，踏着军人的步伐，开出了学校的大门。

旷风简直不敢相信自己的眼睛，他感到极度的愤怒和屈辱，全身的血液都沸腾起来，从脚底直冲头顶，他要爆炸！但他没有动，理智告诉他：他亲眼看到了一场有预谋有准备的侵略，就在一夜之间，他已经变成了一个亡国奴！他想，他的任务是，赶紧把消息传给政府（他认为当局不明实情），传给父母，告诉全国同胞。

第二天，旷风发现守在大门口和附近街上站岗的日本兵，竟然是同班的日本籍同学。于是他面含微笑大摇大摆地给日本卫兵打了一个招呼，就走出了大门。他首先赶到电报局，发现已经关闭，又赶到火车站，见人山人海，万头攒动，其中不乏换了装的军官，但有车可通大连，他便挤上了车。车抵大连，他出站就从报童手里买了一份报纸，只见头版头条赫然大字标题：“日军于昨晨突占沈阳同时占领长春营口安东”，副标题是“我军全未抵抗　中央已提抗议”。旷风大惑不解：日军明明兵力不足，还要让学生去充数，中国东北军有十几万，是干什么吃的！

他经大连辗转逃回北平。

旷风眼含热泪，向家人讲述了在沈阳的遭遇，父亲听罢，一掌拍在桌子上，怒吼道：“十几万军队不抵抗！这是国耻！国耻！国耻！”

日本人吹响的尖厉急促的军号声，唤起了旷风内心强烈的民族意识，他简直变成了另一个人！他像发了疯似的奔走于母校和各个学校，参加各种抗日救亡的集会，义愤填膺地讲述着自己在沈阳的亲见亲闻，还经常带着瘸腿的二弟和读小学的三弟去参加游行和集会，他忙得有时一天只吃一顿饭。在这个家庭里，还有一个人和他一样疯，就是他的父亲旷岳。父亲很快和一位素负盛名的老将军一起，组建了一个“东北义勇军抗日民众后援会”，聚集了一批社会名流，以“后援会”的名义，向全世界发出抗议日本侵略请求声援的呼吁，向全国民众发出了奋起抗日救亡的号召，向政府索要武器，向社会各界募集捐款。此时的旷家，车如流水马如龙，甚为热闹。

这一天下午，旷风在东城参加了一个宣传抗日的集会，骑车回到西城自家胡同的东口已近黄昏，他下了脚踏车，突然意识到自己的失误：从沈阳回来，他竟然没有到矢原花子家去过，这是很反常，很没有礼貌的，难道自己心里真的有一道什么坎？难道自己害怕违背民族的感情？不应该呀，怎么连是非都分不清啦？他一边想一边推着车走进靠南那个常去的胡同，走到“矢原慎一医师诊所”门前，不禁大吃一惊：只见诊所招牌上矢原慎一的名字被黑油漆打上了叉，诊所大门上赫然写着“杀尽倭奴”四个大字，两边白粉墙上也写满标语，有一条是“食尔肉，剥尔皮，方消我等心头之恨”！

哎呀，旷风心想，城门失火殃及池鱼，矢原大夫是反对侵华战争的呀，太冤啦！可是皂白难辨哪。

此时，旷风突然听到一个熟悉的声音："大白天的，你们要干什么！"

旷风回头一看，就在自己走来的路上，矢原花子被四个男人堵住了，花子背靠路边的一根木头电线杆，用脚踏车护在自己身前。

旷风扔下手里推着的脚踏车，飞奔过去，挡在了花子的脚踏车前，他沉稳地斥问："几位想干什么？"

四个男人三个都是少年，一个二十多岁歪戴着帽子的青年指着花子说："她是个东洋人，我们要治治她！"

旷风说："诸位，我也是抗日的，但咱们不能乱来啊！日本军阀侵略我们，日本老百姓很多是不赞成的。这个女孩是矢原大夫的女儿，矢原大夫就是反对侵略中国的，我们抗日，可不能是非忠奸不分哪！"

歪帽青年见旷风只是一个年轻的学生，指着他大声吼道："这小子是从哪条缝里蹦出来的，胆敢替日本人说话，满嘴汉奸言论！日本人在中国没有一个不是奸细的。嘿嘿，他是想讨这东洋小妞做老婆吧，给我打！"

嗖！一块土坷垃迎面飞来，旷风头一歪，土坷垃擦着他额角飞过，打在后面墙上，旷风大怒，但立即忍住了，哂笑道："怎么着，抗日的朋友要打中国人！别忙啊，我跑不了。"他回头对花子说，"花子，你先回家。"他见花子看着他不动，急切地说，"你放心，这儿没事。你先回去，明天一早，我去找你，我送你上学！"

花子点点头，在旷风的护卫下骑上车走了。

旷风盯住那个歪帽子说："我看你这位大哥不是这条胡同的，后面几位朋友倒面熟。去年闹春瘟，矢原大夫免费给全胡同的人发药，这些年，各位家里就没找矢原大夫看过病？咱抗日，犯得上拿一个日本朋友的小女儿撒气吗？"

站在后面的一位说："我认识他，他是隔壁胡同旷家的大少爷，他是抗日的，说得有道理，我们散了吧！"

三个小青年全走了。

歪帽子比旷风矮半个头，自知不是对手，一边后撤，一边点着旷风骂骂咧咧："你小子搅局，你等着，等着！"他也撤了。

旷风找到扔下的脚踏车，骑车回到家里，刚走进内宅的小客厅，父亲拦住他说："你不是闹着要参加'后援会'的工作吗？机会来啦，明天一早跟我乘小车到承德，南京来了一个'中央慰问团'，二十多个人，有几位是中央委员哪，还有一批新闻记者和学生代表，由我们'后援会'陪同到前线去慰问东北义勇军。你准备准备，天一亮，我们就出发。"

旷风答了声"是"！

这个"中央慰问团"一行，从热河承德往北，沿途慰问了多部东北义勇军，当他们行进到开鲁（今属内蒙古），正赶上日本飞机轰炸，旷风眼见两架双翼的日本飞机飞得很低，追着惊慌四散的平民百姓俯冲下去，又是机枪扫射又是扔炸弹，顿时房屋倒塌，血肉横飞，尸横遍地。旷风哪里顾得上危险，拿着"后援会"购置的小型电影摄像机，冒着炸弹爆炸的火光和硝烟，拍下了日寇的血腥罪行。

旷风一个多月后回到北平，母亲告诉他，矢原医生已经举家迁回日本国去了。

旷风好像当头挨了一闷棍，他独自躲在后院假山石的窝窝里，一动不动地待了半天。他觉得心里很痛，很难受，是失落？是内疚？他说不清。他本想回来后向花子解释，自己为什么失约，可是，竟然没有机会和她做最后的道别。他后悔在矢原家处于困境的时候，自己没有去说过一句安慰的话，特别是对像水晶般透明的花子，曾勇敢地向自己流露过真情的花子，他怀着深深的歉意。五年多过去了，随着中日间战霾日浓，他感到与花子的情缘也许永难再续。

谁知，战争竟迫使花子突然来到自己身边！

父亲说，这是个“机会”，旷风翻来覆去地想，不能再失去这个机会啦！

4

金陵初夏，草长莺飞，繁花似锦，绿意盎然。

迎着清晨的朝阳，三个年轻朋友骑着脚踏车不紧不慢地从山西路驰上了中山路。花子第一次来南京，突出地感到这里初夏的气候比北平来得温暖潮润舒服。中山路很长，是南京的一条主干道，路面比较宽，最让花子动心的是路两旁的行道树——一水儿的法国梧桐，那乳白树皮透着淡淡的青色，不高处便分杈，粗壮的树枝上布满了肥大的绿叶，哈，那新长出来的嫩绿的叶片在晨风中飒飒抖动，撩得花子愉悦的神经更加兴奋。花子的皮肤很白，穿一件洁白的七分袖上衣，下配天青色的长裙，白袜子，黑皮鞋，她的秀发飘飘，确实勾住了不少行人的目光。

三辆车沿中山东路向东驶出了雄伟的中山门，很快就上了一条依着起伏的丘陵地修筑的柏油路，路不宽，仅容两辆汽车对开，路面却十分结实光平，看得出是用心筑造的。最惹人眼的，还是路两侧一水儿的法国梧桐，一棵树接着一棵树，远远望去，像两条碧绿的玉带起起伏伏，绵延无尽。路上来往的汽车不多，三个青年人撒了欢儿地蹬车，好像当年赛车一样，不知不觉较上了劲。前面是一个高坡，快到坡顶了，旷风刚想缓口气，花子倏地从他身边超了过去。花子骑上坡顶，并不懈怠，就着下坡的势头继续紧蹬，那彩色的风头车如离弦之箭飞驰而下，把旷风、旷雨甩在了后面。

又爬上一个高坡，花子放慢了骑行速度，旷风追上来与她并肩而行。

花子笑问："风哥，我送你的那个本本，还安然无恙吗？"

"哈，当然，那可是我最珍贵的宝贝！"旷风直愣愣地盯住花子，掏心掏肺地说，"花子，有些话我憋了五年多啦，今天要对你说，我对不起你，我道歉，我——"

"停！不许往下说啦！"花子微瞋双目，随即开朗地一笑，坦诚地说，"风哥，你在沈阳的经历，你跟南京的代表团到前线去慰问义勇军，我都知道，是旷伯母告诉我的，在我们窘困的那一阵，你妈妈常来看望我们，她的心思细密啊。风哥，我完全明白你的心，你所有的行动我都支持，你做得对，做得好，我为你骄傲！我祖国当权的政府做出这么残暴邪恶的事情，实在对不住中国这个好邻居，应该道歉的是我。风哥，咱们就别说这一段啦。来，追我！"花子脚下给劲，风头车趁着下坡又飞走了。

花子的反应如此豁达敞亮，旷风本来想对花子诉说解释的许多话，都变得毫无意义了。看着她那张开朗的笑脸，旷风心里也敞亮释然了。

有意无意落在后面的旷雨，此时追了上来，三个朋友终于骑上了平坦的道路，路面也宽了，两边的法国梧桐长得更加粗壮茂盛，树荫几乎遮蔽了整个路面，只留下一条直直的湛蓝的艳阳天。

中山陵，到啦。

三个人存好车，便走到著名的“博爱”牌坊前。这是一座四楹三阙门的花岗岩石牌坊，高大而庄重，坊额正中有两个金色的大字——“博爱”，是孙中山先生的手迹，三个人驻足凝神仰望。

矢原花子眼睛里充满了虔诚，说：“孙先生在日本享有很高的声望，我在北平的时候就想来南京瞻仰中山陵，今天总算如愿以偿啦。我听说孙先生生前最爱写‘博爱’两个字送人，你们二位能告诉我，孙先生心里的这两个字，有什么特殊的含义吗？”

旷风笑道：“你看看，刚见面，又考上了吧。中山陵我来过多次了，中央军校的学生是必须来谒陵的，我每次来都会思考你眼下提的问题。从字面上讲，这两个字就是宽广博大的爱，一种对人类普遍的爱，不分民族，不分阶级，富贵与贫穷都要爱，这需要多么博大的胸怀啊！”

花子说：“我看还要包括人类对其他生物、对大自然的爱。”

旷雨说：“没错，包括那些壮美的森林、潺潺的清泉，还应该包括健康人对残疾人的特殊的关爱。”

旷风说：“是啊，我有时候想，只有体会了孙先生倡导的这种感情，这种境界，才有可能进入孙先生思想殿堂的大门。”

旷雨笑道：“这么说，陵园的设计者在入口处放上了这个牌坊，还真有点深意哩。”

三个人走到了墓道前，仰望宽宽的层次分明的高耸的台阶，两侧绿树苍翠簇拥，花子不禁赞叹：“啊，真壮观！雨弟，今天是我给你出难题了，来，我助你一臂之力。”说着伸手去扶旷雨。

旷雨嘴上说：“不用不用，上坡我自己能行，慢慢来嘛。下坡，倒要你们扶我一把啦。”但他还是握住了花子的手。

他们登上了第一个平台，那里建有三个拱形门洞的陵门，旷风指着陵门上方孙中山手书的“天下为公”问：“花子，考你一考，‘天下为公’出自何典？”

花子会说话的眼睛，友善地瞪了旷风一眼：“风哥，我可是在中国长大的，而且爸爸非常喜欢中国的国学，这问题能考得住我？‘天下为公’语出《礼记》的《礼运》，我可以完整地背下来。”

“那你背给我们听听，花子姐，打小你就聪明，记性最好，我特别喜欢听你背书，那声音比音乐还好听哩。”旷雨说的是实情，是心里话。

果然，花子奏响了悦耳的音乐：“‘大道之行也，天下为公，选贤与能，讲信修睦。故人不独亲其亲，不独子其子，使老有所终，壮有所用，幼有所长，鳏、寡、孤、独、废疾者皆有所养，男有分，女有归。货恶其弃于地也，不必藏于己；力恶其不出于身也，不必为己。是故谋闭而不兴，盗窃乱贼而不作，故外户而不闭，是谓大同。’”

她的背诵抑扬顿挫，极富感情，确实感染了两个听众，旷风、旷雨听罢，不禁鼓起掌来。旷雨赞道：“哎呀，花子姐，你的朗诵太动人了。老实说，我根本记不下来。”

旷风说：“我非常喜欢这一段话，这是我们老祖宗对社会的最高理想。但是，我也背不下来。花子，你了不起，你给我们上了一课。”

花子调皮地笑道：“岂敢岂敢，班门弄斧，见笑见笑。我还有一个拙见：孙先生心中的‘天下’，不只是指中国，而是指世界！”

旷风、旷雨齐声赞道：“高见哪，高见！”

旷风又加了一句："天下为公，世界大同嘛！"

他们就这么手拉着手，说说笑笑，越过碑亭，登上了最后的平台，那里有陵寝的主体建筑：祭堂和墓室。

祭堂不大，却笼罩着庄严肃穆的氛围。三个朋友先仔细观看了东西两壁上所刻孙中山手书《建国大纲》的全文，而后默默地肃立在祭堂中央孙先生全身石刻坐像前，这座由法籍波兰雕刻家保罗·阿林斯基用意大利白石雕刻而成的高大坐像，孙中山身着长袍马褂，安详端坐，他那睿智的双眼，正俯视着动荡的世界。他们伫立在孙先生的坐像下面，很久很久。旷风注意到，花子明亮的眼睛里充满了敬仰和虔诚，他的心怦然一动。

他们参观完墓室，走出祭堂，又回到中山陵最高的那个平台。此时，阳光灿烂，蓝天如洗，站在这个平台上，特别能够感受到，这里真是"前临平川，后拥清嶂"的风水宝地。放眼下望，整个中山陵的全貌，尽收眼底。

"我听说，总设计师吕彦直是把整个陵寝设计成一个钟形，"旷雨指点着继续说，"你们看，你们看，还真是一口巨大的钟啊。"

花子叹息道："唉，可惜这位留美的青年才俊，没有等到陵寝完工，就积劳成疾去世了，终年才三十五岁，实在太可惜了！"

旷风说："但是他留下了中山陵这个杰作，还给后人留下了长鸣的警钟！"他决心要蹚一蹚雷区了，"花子，我想问你一个问题。"

花子并不回避旷风直愣愣的目光，笑着说："问吧，风哥，有问必答。"

"我爹说，日本军阀逼人太甚，中日即将全面开战，我同意他的判断。花子，一旦中日爆发全面战争，你站在哪一边？"

“我？我保持中立！”花子早已准备好答案。

“中立？怎么能保持中立呢！”旷风的劲头上来了，“花子，人类虽然分成许多民族，但正义只有一个呀。你向来是个是非分明、正直不阿的人，为什么要回避现实呢？”

花子无奈地说：“唉，风哥，你别忘了，我是个日本人，我是大和民族的女儿，我眼下必须紧跟我的老爸，我有我为难的地方啊。”

“打住打住打住！”旷雨出兵干涉了，“大哥，我们今天是陪花子姐出来玩的，你看你，真是个道学先生，忘不了说教，哪壶不开提哪壶！大哥，你到祭堂去问问，有没有什么宣传材料，要三份，拿回去也是个纪念。”

旷风呵呵呵地笑着赶紧下台阶，嘴里说着好好好，我去问，我去问，转身去祭堂了。

旷雨忙安慰花子：“花子姐，你千万别怪大哥，他就是一个生活在精神世界里的人，一根筋。我敢说，在当今中国，谁能高举抗日的大旗，他就会跟谁走，绝对不带回头的！花子姐，请你谅解他。”

花子看着旷风走去的背影，坦然地笑道：“我怎么会怪他呢？其实我很喜欢他……”花子略一停顿，“这种状态，他是一个追求理想和完美的人，唉，可惜我是一个日本女人哪，并且，我绝对不能离开我年迈的父亲。雨弟，我老爸虽然反对侵华战争，可他不肯公开站到政府的敌对面去，我必须和他共进退呀。雨弟，你明白了这一点，你就会懂得，我们父女为什么急着要离开中国，移居欧洲了。”

旷雨同情地说：“我明白，花子姐，我想我爹一定会帮助你们的。”

旷风空着手回来了，笑着说："这里不卖票，也没有赠品。"

花子说："那咱们就往回返。"

旷雨装出一副㞞样："哎呀，上山容易下山难，这三百九十二级台阶，真够我这左脚蹾跶的。"

花子立即搀住了他的左胳膊，笑道，我来帮你。旷风也挽住了他的右胳膊。好在三个人都年轻，左右半架着中间，一溜小跑，一身小汗，便轻松地出了"博爱"石坊门。

三个"老朋友"游兴正浓，花子建议继续踏访明孝陵。

于是，他们推着脚踏车，有说有笑地迈上了古木参天的林间土道，他们下一个就近的目标是：灵谷寺。

5

矢原父女住进旷家，一晃就过了十多天。主人很殷勤，凌婷立特别细致，不但把一日三餐安排得既丰盛又有情趣，而且还亲移三寸金莲，带着矢原花子，逛了南京新建的最大的“中央商场”，买了时尚的衣服和必要的生活用品。凌婷立想着花子过早离去的母亲——她亲密的闺友，那个温柔贤惠善解人意的日本女人，对流亡到身边的她的漂泊的女儿，有一种别样的眷顾。

除了礼拜天，旷风、旷雨只要没课，就会特地请假回家来陪花子玩。他们当然去了玄武湖，玄武湖在假日里游人如织，所以礼拜天他们赶大早就骑车出玄武门，先把小船租下来，三个人轮流荡桨，绕着樱洲、菱洲转了一圈，这才钻到樱洲左近莲叶田田、小荷尖尖的深处，泊在一片水草茂密的地方。旷雨是钓鱼的行家，他用小竹筒装满小米，插在鱼竿顶端，看准一块水草的间隙，把鱼竿伸过去，翻转来，小米便沉下去了，这叫“打窝子”，吸引附近的鱼儿来吃食。旷雨耐心地在船头、船尾各打了两个“窝子”，让花子在船头钓；让旷风坐在船尾既钓鱼也压住船；旷雨自己守着一个镔铁桶坐在小船中间专管拾鱼。花子万没想到鱼儿竟如此不怕牺牲，前仆后继，她刚把一尾迎着朝阳狂跳的银鱼送到旷雨手里，重新放下鱼线，浮漂又沉下去了。哎呀，不到半天工夫，钓了多半桶鱼，花子兴奋至极，笑得直不起腰来。

虽说日子过得并不寂寞，但短暂的欢笑难掩流亡的旅愁和不安，在宁静的深夜，花子心里常常会想，要是在和平的年代，眼下该是多么欢乐的聚会，可是现在，从小一起长大的朋友之间都在回避敏感的话题，控制着很难控制的感情，唉！

这天花子坐到父亲的屋里，正想和老爸说说内心的思虑，却听见有人上楼，有人敲门，花子忙说："请进。"

进来了一男一女，走在前面的男子四十多岁，乍看很像旷岳，花子眼尖，认出是旷岳伯伯的亲弟弟旷峻，忙热情地招呼："旷叔叔，您好！"

矢原慎一也迎了上去，和来人握手，说："慕峰老弟，久违久违。你不是在北美加国当总领事吗？什么时候回国的？"

旷峻满面堆笑，他用刮刀似的目光上下打量着花子，声音洪亮地说："哎呀，花子小姐，几年不见，你简直让旷某人惊为天人啦！要是在大街上相遇，我不敢认，但肯定是要回头的，哈哈哈。"他这才转向矢原慎一，"矢原兄，我这次是奉命回国述职，到南京一个多月啦。今天来看望兄嫂，不巧家兄有要事出门，嫂嫂偶感风寒，不便相见。听说阁下父女在此小住，便冒昧地来做不速之客了。"他把身后的女人让到前面，"来来来，我介绍一下，这位是我的姨太太，石慧女士，她可是矢原兄的同行，而且，是你们日本东京女子医科大学培养出来的高才生哦。"

矢原慎一笑道："那就是花子的大师姐啦！请坐请坐，花子上茶。”

花子献上两杯热气腾腾的绿茶，谦恭地说：“我哪能和婶婶比呀，我才是个四年级的学生；再说，我差着辈儿哪。”

石慧很年轻，看上去也就二十八九，长得颇为妩媚，衣着时髦，精心地化了妆，她见旷峻给她使了一个眼色，便热情地搭讪道：“嗨，同门就是姐妹，分什么辈分哪。哎，花子，教你们解剖学的还是那位宫本太郎吗？”

“是啊，是啊！”花子兴奋起来，“他还是我们的班主任哩。”

“哎呀，当年他也做过我的班主任，这位教授学问好，对学生很亲切，很负责。想不到他还在干，他的生命力可真够强的！”石慧显出对往事的依恋。

旷峻笑道：“哈哈，世界说小也小哇，你们师出同门，这就叫有缘分。”

石慧站起身，亲热地挽住花子的胳膊，笑得很甜：“小师妹，里面那间屋是你的香闺吧，让我参观参观，我们也好说说私房话。”

矢原慎一赶忙对花子说：“去吧去吧，难得你小婶婶喜欢你。”

外屋剩下了两个彼此很熟却并无深交的男人。

旷峻脸的轮廓很像旷岳，但眉毛比较浓，眼神少了柔和真诚却多了犀利机变。他历来自信而健谈，他说：“我这次从加拿大回国，先在贵国打了一个尖，横滨下的船，在东京盘桓数日。见到了不少贵国的老朋友啊，有几位眼下已经是军政界的要人啦，对小弟依然热情如故。矢原兄，我抵达天津塘沽港，居然有一位贵国的高级军官在码头迎接，此人老兄也熟悉，你道是谁？”

矢原慎一说：“莫不是伊藤浅野？”

“正是伊藤浅野！”旷峻似乎尚未摆脱受宠若惊的心情，“伊藤君很念旧哇，对鄙人的招待真是热情周到至极！我在平津二地逗留多日，临南返前，伊藤君托我把一封信转交家兄。”说着，他从怀里摸出一个白色信封，抽出里面的信，展开，双手递给矢原慎一，“信没有封口，我当时就看了，矢原兄不妨一观。”

矢原慎一被将了军，不便推托，只得看看，信是用墨笔行楷在玉版宣纸上写的：

慕云先生台鉴：

先生起自辛亥，驰骋北国，屡见峥嵘，豪情誉满朋辈，口碑传于乡里。惜今在南京政府仅闻座上论道而已。窃以为，当此多事之秋，岂非先生大展宏图之时？如蒙移驾北顾，弟当扫榻以待。

耑此敬颂

瑞祺

土肥原　拜上

矢原慎一看罢，不禁倒抽一口凉气。这不是一封诱降信吗？为什么要给我看呢？矢原虽说为人忠厚，但久走江湖，阅人甚多，自我保护的警觉还是有的。他故作惊讶地说：“哎呀，如此绝密的信件，老弟台怎么随便给我看呢？”

旷峻摆出一副推心置腹的模样：“矢原兄何必见外呢？阁下此时光临家兄府上，想必负有‘使命’，不便明言罢了。实不相瞒，家兄一向高唱正气，对小弟多所训诫，兄弟之间嘛，我矮一头，还真有点怕他，所以迟迟未敢转交。矢原兄与家兄是多年的莫逆之交，亲如手足，无话不谈，可否助小弟一臂之力，便中代递此信？如蒙惠允，不胜感激。”

矢原慎一已经想到会有这一招，诚恳地说：“慕峰老弟的信赖，令我诚惶诚恐。说实在话，我不过是借令兄清名，在此暂寓，做个掩护和跳板，也是为了完成我的‘使命’嘛，哪里敢得罪主人呢？所以代递密信之事，断难从命。老弟台，我劝你一句，令兄是个十分重视民族气节的人，你贸然呈此密信，会是什么后果呢？如果亲兄弟因此反目，老弟如何自处？别忘了你现在还吃着国民政府的饭哪。所以，上策是把此信压在你的保险柜里。至于你日本朋友那边，他们也不会知道哇，我肯定是不会说的，我的为人你还信不过吗？假如伊藤问起此事，你就说是我老矢原不让你转交的，何必碰这个钉子！他们现时正需要利用你，老弟还不好应付吗？区区拙见，尚望三思。”

旷峻沉吟片刻，眼珠子一转，似有所悟，连连拱手称谢：“矢原兄的点拨和美意，令愚弟茅塞顿开，多谢多谢，承教承教。”

旷峻两口子走了。

小楼又恢复了安静，非常之静，矢原父女挨坐在临窗的两张红木椅子上，窗外阳光和煦，他们可以听见枝头小鸟的啁啾。

花子问：“爸爸，这位旷叔叔怎么会托你去代递密信呢？”

矢原慎一看着女儿那张带点迷茫的纯净的脸，笑道：“你这位旷叔叔，内心里对日本大和民族怀着特殊的崇敬，我估计此举出于他的误判，他可能认为，我这个具有纯正大和民族血统的医生此时来到南京，是负有什么特殊使命的，或者干脆就是日方派出的‘和平使者'。那个伊藤浅野交给他的任务，他很难办，所以出此下策。"

花子说："伊藤叔叔我很小就在旷伯伯家里见过，他们好像很熟，关系很好嘛。"

"是啊，民国初年，他们就同在北京陆军大学当教官，此后长期交往，私交甚笃。"

"那这位伊藤叔叔是不是也主张征服中国呢？"

矢原慎一突然觉得过去只关心女儿的生活与学业，尽量让她少接触社会，少关注时事，以保持她心灵的单纯是错了，因为这个世界太不单纯了！于是他看着女儿，耐心地说："花子，你千万不要认为日本的军人是铁板一块，其实他们各有各的处境，各有各的见解和特点。就拿现在当权的这拨军人来说，在对华的战略上，也大体分为两派：一派是'并派'，主张逐步兼并，蚕食。这些人对中国有较深的了解，认为日本不可能吃掉中国，吃不下去呀，最好是'以华制华'，把中国变成日本的附属国，形成'日、满、中'共存共荣以日本为首的局面，这一派比较注重拉拢汉奸。另一派是'灭派'，也叫'吞派'。他们认为中国人只会打内战，窝里斗，一盘散沙，不堪一击，所以更加迷信武力，主张用军事力量迅速灭亡中国，用残暴的屠杀摧毁中国民众的反抗意志。土肥原贤二属于'并派'，眼下伊藤浅野是他的部下。伊藤太了解你旷伯伯啦，决不会出'诱降'这种馊主意。据我看，让旷峻送信，就是土肥原的意思。"

"噢，爸爸，那伊藤也是只披着羊皮的狼吗？"花子追问。

父亲呵呵呵地笑了，用很肯定的语气说："我看他是一只披着狼皮的羊！"

"披着狼皮的羊？"花子有点明白，"你是说他内心里根本就不愿意侵略中国!”

“当然!”矢原慎一说,“中国有恩于他,他有许多中国朋友,他那么热爱中国文化,他为什么想要征服中国呢?我记得你小学毕业那年,他还写了一幅字送给你,你忘啦?”

花子笑道:“怎么会忘呢。那天,伊藤叔叔在旷伯伯家客厅的大桌子上写字,我从客厅经过,他把我叫住了,说要送给我一幅字,他裁了一张方方的宣纸,写了一个很大的‘和’字。”

“还记得他题的款吗?”老爸问。

“记得。”花子好记性,她回忆,“是这么题的:东坡大师云,‘和而后安,安而后久’,此至理名言也。矢原花子小友雅赏,伊藤浅野丙寅秋于北京。我记得他对我说,我应该称你‘世侄女’,但我写‘小友’,我希望你觉得我们的关系更平等。爸爸,我一直对伊藤叔叔的印象很好,我感到他像个和善的文人,不像军人。”

“是啊,这个人很有才气,但命运多舛哪。”矢原慎一透着深深的同情说,“他和土肥原是日本陆军士官学校同期的同学,他的成绩更优秀,本来是可以考入帝国陆军大学的。偏偏在毕业的当口,他打鱼的父亲和家里两条木船,碰上了海底地震,只有几块船板漂回来,他们家破产了。伊藤是长子,下面有七个弟妹,为了帮助母亲支撑家庭和教育弟妹,他放弃了报考陆军大学的机会,跑到中国来充当地方武备学堂的教官,后来还当了陆军大学的教官。从清末到现在,和中国结了缘,他对汉学有很深的研究,琴棋书画无所不能,所以他和你旷伯伯和我都很谈得来。“九·一八事变”以后,他被召回军队,成了土肥原的直属部下,军衔是大佐,这就到了头啦,他过去的同学土肥原已经是中将啦。花子,你知道吗,日本军队有很呆板的规则，不是陆军大学毕业的，一般当不了将军。我想这个伊藤浅野内心里是不愿意打中国的，可是他在军籍，他被绑在‘大东亚圣战’的战车上啦，下不来啦，这是他人生的悲剧啊。”

花子觉得父亲说的话很透彻，很有见解，给自己一种豁然开朗的感觉，她对这样的交流非常感兴趣，她跳起来，搂住父亲的脖子，在他脸上亲了两下，说：“老爸，你今天表现真好！可是，过去不好，过去只知道关心我的生活和学业，该说的话不说！”

矢原慎一的眼睛笑成了一条缝，连连说：“爸爸认错，认错，改，改！”

花子给父亲重新沏上一杯茶，拿起茶几上放着的一份《金陵日报》——这是女主人凌婷立嘱咐苏恩，每天清晨到大街上买好送到后楼上来的。花子把报纸平铺在父亲脚下的地上，自己脱了鞋，光着脚丫子盘腿儿坐在父亲对面，继续提出心中的疑问：“爸爸，旷伯母今天早晨不是和我们一起吃早点，有说有笑的吗，怎么旷叔叔说她‘偶感风寒，不便相见’呢？”

“哈哈哈哈，”矢原慎一不禁大笑起来，“哎呀，我的宝贝闺女，你的耳朵真够尖的，你也听出问题了吧。这是你旷伯母不愿意见这个小叔子，我早知道他们叔嫂不和啦。”

“叔嫂不和，什么原因呢？”

“哎呀，说来话长啦。起因可能是小叔子昧了嫂子一笔‘万国储蓄’头等奖的奖金。”

花子大感兴趣：“这里头有故事呀，爸爸，赶紧说说。”

“嗨，这是老皇历啦，我也是后来才听了一耳朵。那时你旷伯伯是曹大帅（曹锟）的部下，一家人住在保定。旷峻从日本留学回国，谋了几个差事，都不满意，宁可赋闲，住在哥哥家。他听说嫂子经常用旷雨的名字，购买‘万国储蓄会’的储蓄券，是想为旷雨攒点钱，就主动向嫂子把这个跑腿的差事揽下来了。这位嫂子并没把这当回事，放心地交给小叔子打理。‘万国储蓄会’为了吸引更多人存钱，不仅保证储蓄券按期兑现付息，而且定时‘摇奖’，头等奖一万块大洋。要说这个旷雨还真有点福气，以他的名义购买的储蓄券一下子中了头彩。因为谁也看不见储蓄券上的号码，大家都不知道，于是小叔子就动了歪心眼，秘而不宣，私下里悄悄把奖金取了。嫂子被蒙在鼓里，还接着续钱买储蓄券。”

花子不平地说：“哎呀，这位旷二叔真是个小人！后来怎么发现的？”

“嗨，保定‘万国储蓄会’的经理姓吴，是个女的，她丈夫是你旷伯伯队伍里的军医，她和你旷伯母是牌友，存钱的事就是她在麻将桌上拉的买卖。一般来说，买储蓄券存根上不记名字，可这位吴经理心细，凡是旷峻以旷雨名义购买的储蓄券，在存根上都记下‘旷二公子购’。你想想，中了头奖，这么大的彩头，在保定也少见哪，当经理的能不知道？吴经理本以为旷太太会去谢谢她，孰知毫无动静，心里头有气，她是个火爆性子，忍不住登门‘兴师问罪’，这一下事情就爆发啦。”

花子笑道：“好好好！结果怎么样呢？”

“结果？哈哈，据说引发一场家庭内战。旷峻先是不承认，后来看见存根，听说自己去兑奖伙计都认出来了，于是转为撒泼打赖。大骂嫂子是妇道人家，头发长见识短，只会利用自己跑腿，自己没差事，用亲哥哥几个钱，算什么！继而又大骂哥哥不关心自己，不给自己谋个好位子，逼得自己只能找钱去开路。老太太护短，装闷葫芦；你旷伯伯就想和稀泥，怕家丑外扬。你旷伯母这个人有个性，外柔内刚，她提出来，旷峻必须道歉，必须归还奖金；否则，她带着孩子回娘家。旷风那年八岁，坚决站在妈妈一边，他昂着小脑瓜对奶奶和爹说：‘要是不给我妈一个公道，我跟妈一块走！’长孙的参战很厉害，奶奶首先软啦。最后，奶奶出面摆平了此事。小叔子给嫂子跪下赔礼，承认自己卑鄙，送还了八千块钱，说两千块钱为疏通门路，已经花光了。嫂子很大气，说人孰无过，知错能改就好。你旷伯伯被逼得动用了最不愿碰的关系，走了外务部主管亚洲事务的一位司长的门路，按旷峻的要求，把他安排到日本去当外交官了。”

花子说：“这我就明白，旷伯母为什么托病不见这个小叔子了。爸爸，话说回来，我真弄不懂，旷伯伯和旷叔叔一母所生的亲兄弟，怎么为人性格差别那么大呢？”

矢原慎一摇头叹息：“唉，十根手指头还不一般齐，何况人呢？旷峻这个人心术不正，今天来找我们，也是黄鼠狼给鸡拜年哪。”

花子不安地说：“爸爸，我担心咱们在这儿住久了，会对主人不好哇。”

“是啊，可我们连证明身份的护照都没有，眼下只能借重你旷伯伯啦。花子，你也别想得太多了。”父亲安慰着女儿。

花子点头，用眼睛告诉父亲，她懂。自从跟随父亲流亡，时间虽然不长，花子感到自己的心和父亲贴得更近了。

这天晚饭，旷风、旷雨不在，饭桌上只有旷岳夫妇、矢原父女，加上一位还在念高小的旷静，花子把旷静揽在身边。旷岳看上去心情特别好，他自己动手温了一壶绍兴女儿红，和矢原慎一对酌。

矢原慎一笑道："你这个人向来什么事情都挂在脸上，今天大概有什么特别高兴的事吧？"

旷岳说："没错，今天有两件事让我高兴。第一件，上午我去拜会了几位特殊的朋友，哈哈，你绝对想不到，他们是延安派来的共产党中央的谈判代表，为首的是大名鼎鼎的周恩来。"

"是吗？共产党中央的代表到了南京？！"

旷岳很郑重地说："是啊，政府方面负责接待的张淮南告诉我，他们有意和我联系，我还等什么？马上登门拜访。哈哈，他们的接待很热情哪，大家谈得非常之痛快，所以我高兴之至！"

矢原慎一虚眯着眼，呵呵呵地笑着说："你老弟和杨虎城的关系非同一般，不但和西北军，而且和桂系、晋绥系都有渊源，呵呵，你老弟爱交朋友，不择派系，共产党的代表从陕西到了南京，要想和你联系，我一点都不觉得奇怪。共产党力主联合抗日，你是坚决主张抗日的，当然谈得既投机又畅快啦。呵呵呵，我看你的生活要有新的内容啦！老弟台，我八成已经猜到你第二件事要告诉我什么啦。"

"哦，那咱俩先喝上一杯，你说说。"

他们满饮了一杯。

老矢原带着洞察幽深的得意笑道："你，准是要告诉我，我给你出的难题，你已经解决啦！"

旷岳开怀大笑，给两只杯子又斟满红湛湛的酒，动情地说："矢原兄，花子小姐，今天下午，我把卷子答完啦！我全都安排好啦，保证你们父女，顺顺当当移居德国，毫无问题。详细情况，明天上午我去给你们交代，明天晚上为你们饯行，后天我有例会，就让老大老二送你们啦。唉，矢原兄，花子小姐，我和婷立真是舍不得你们走啊!”

凌婷立也动情地说:“没错。你们来了，我多高兴，连饭都吃得香了，看得出来吧，我都长胖了。唉，你们这一走，天涯海角，不知何年何月才能再见面啦。”

花子放下筷子，望着凌婷立，她的眼睛湿润了。

矢原慎一举起酒杯，用他沙哑的声音满怀深情地说:“感激的话不用讲了。我知道你们想留我们在身边多住一时，可是，战争的跫音已经走到大门口啦！我们终究是两个敌对国家的朋友哇！东坡先生有词，‘人有悲欢离合，月有阴晴圆缺，此事古难全’哪，这位大师最后两句真是写绝了，我就借来做个祝福，‘但愿人长久，千里共婵娟。’”

旷岳慨然说:“讲得好！我不相信中日两个邻居会永远对抗下去，更不相信一衣带水的两个民族会永远猜忌仇视下去！矢原兄，重要的是‘人长久’，多多保重吧，只有‘人长久’，才能‘共婵娟’哪，哈哈哈，喝!”旷岳又把酒杯斟满，深情地注视着他的异国老友，吟道，“‘今宵酒醒何处，杨柳岸，晓风残月。此去经年，应是良辰好景虚设。便纵有千种风情，更与何人说?’”

二人碰杯，一仰脖子，喝干了杯中的女儿红。

6

第二天上午，旷岳独自走进后楼矢原慎一的房间，矢原父女忙起身让座，花子献茶。

旷岳开门见山：“矢原兄，花子小姐，鉴于目前的局势，你们去德国的事情，走官方的路子不太方便。我已经和一位老朋友联系好了，她保证一定尽快把你们平安地送到德国。这位老朋友是一个法国女人，名叫拜琳娜，是上海法租界凡尔登大酒店的老板。她一生大部分时间生活在中国，说一口流利的汉语，法语、德语、英语都很好，你们交流没有问题。”旷岳深情地注视着他的老朋友，露出十分郑重的神情，“矢原兄，花子小姐，这位拜琳娜女士非常可靠，你们完全可以像信赖我一样信赖她，只管放心。我这里写好一封信，你们到上海，立即直接到凡尔登大酒店去找她，把信亲手交给她，一切问题全解决了。”

矢原慎一接过信，揣进怀里，他也十分郑重地说：“慕云老弟，全都按你说的做。放心吧，我还信不过你吗？”

旷岳取出一张银票，递给矢原慎一，说：“这是一张上海诚宝钱庄三千鹰洋的银票，这家钱庄的信誉很好，而且兼营兑换外汇，总部就设在法租界。拜琳娜很有钱，我已经告诉她我们两家的关系非同一般，她会热情周到地关照你们的，你们的生活、路费等等全都由她包了，你们接受她的安排就好啦，不必见外。确定行期以后，再到钱庄去把银票兑换成德国马克，身上带一点钱，以备不时之需。”

矢原慎一诚恳地说：“慕云老弟，你和嫂夫人想得太周到啦，我们只有铭感于心了。”他把银票交给了花子。

旷岳的嗓门还是很大：“花子，在旷伯伯家里住久了，心里起急了吧？”

“哪儿的话呢，旷伯伯，我在这儿又舒服又快活，就是怕住久了给您找来麻烦。”

“有什么麻烦可找？花子，我巴不得你常在我身边。你要愿意留下，我头两个儿子，随你挑！”

花子脸红了：“哎呀，旷伯伯！”她撒娇地瞪了旷岳一眼，“老实说，除了爸爸，在这个世界上，您就是我最亲的长辈。可是，现在，我不能留下，请您谅解我。”

旷岳笑了：“哈哈，花子，你个小丫头片子，你是怕背上个‘背叛祖国’的名声。背叛什么？不就是背叛那个好战的天皇和他的政府吗？嗨，傻丫头，现在是20世纪啦，到哪里去找世外桃源呢？好啦，人各有志，走吧！今天晚上给你们饯行，明天让旷风、旷雨送你们到火车站。”

旷岳走了。

矢原父女开始收拾行装，东西不多，一会儿就收拾完了。花子对父亲说：“爸爸，我到旷伯母那儿道个别。”

矢原慎一点点头：“去吧，你旷伯母疼你，又怀念你妈妈，肯定舍不得你走哇。她也一把岁数啦，好好地和她说说话。”

矢原花子常到凌婷立的卧室来，那是前楼二层南面有阳台的一个大房间，她见房门虚掩，轻轻敲了敲门，便听屋内凌婷立的声音：“是花子吗？快进来！”

花子进屋，见明媚的阳光下，半老的小脚女人凌婷立站在床前，已经张开双臂等着她。花子心头一热，扑上去，搂住了这个看着她长大的女人。

凌婷立个子高，正好和花子抱在一起。她抚摸着花子的秀发，仔细打量花子的面容，幽幽地细语：“你太像你的妈妈啦。当年，我羡慕你妈妈的美貌，明眸皓齿，五官长得那么匀称，皮肤那么白。现在，我看见你，就好像又看见了她，唉，她走得太早啦。”

这几句话，勾起了花子的伤感，她也幽幽地说：“旷伯母，看见您，我总想起妈妈；偎在您的怀里，我又像回到了妈妈的怀抱。”

凌婷立拉住花子的手说：“我要有你这么个女儿该多好哇。来，花子，坐在我身边。”她们就挨坐在那张大床的床沿上。花子本想说几句告别和致谢的话，但此时感到，这些话都是多余的。

凌婷立也不容她说这些话，她深情地盯住花子问：“花子，老实告诉我，我的老大和老二，你喜欢哪一个？还是两个都不喜欢？”

花子被将住了，她无法回避，只好笑着说：“我两个都喜欢。旷伯母，我们从小在一起上学，一起玩儿，我觉得他们都很亲。或许雨弟比我小，我把他当弟弟，相处更随便一些。”

凌婷立对这个回答当然不满意，但在眼下，一个女孩子还能说什么呢？她只能自己说：“花子，据我看，风儿已经爱上你啦，你难道没有感觉吗？”

花子含羞地低下头，微笑着说："哪能没有感觉呢。风哥特别纯，他追求理想，现在满脑子都是'抗日'。旷伯母，我偏偏是个日本女人，我们是没有缘分啊。"

凌婷立深深地叹息："唉，这可恶的战争！花子，我告诉你一个秘密：别看雨儿有残疾，我倒不担心他将来的婚姻，这孩子活泛，有女人缘；风儿就不同啦，他太粗，太理性，不知道怎么和女孩子交流，我怕他将来会吃亏。花子，像他这么一个生硬的男人，如果有你在他身边，该是多么幸运啊。唉，这可恶的战争，从"九·一八事变"打到现在，眼看要越打越大啦，什么时候是个了呢？花子，你说，你这一走，我们还有再见面的时候吗？"

花子看着凌婷立慈祥的面容，充满忧虑的眼睛，眼角的鱼尾纹已经很深了——她已将届知天命之年。花子其实看不清未来，看不清自己前面的路，但她希望安慰眼前这个爱她的长辈，她用坚定的语气说："旷伯伯说得对，我也不相信中日两个近邻会永远打下去，我不相信乌云能长久地遮住太阳，旷伯母，我们总会等到战争的结束，总会等到天清气朗的一天，我相信我们会再见面的。"

凌婷立从枕头底下摸出一枚红宝石戒指，那晶莹的红宝石熠熠闪光，用白金镶嵌，镶工极细，她笑着说："这是我老娘留给我的，现在我送给你，你戴在手上，是个念想。看见它，你就会想到有个中国的小脚女人天天为你们念佛，求菩萨保佑你们平安。"说着，她把戒指戴在了花子右手的无名指上。

花子感觉到了老人的心意，她不能拒绝，她感动。她一转身双膝跪在了凌婷立的面前，抱住了这个像母亲般爱她的女人，把头埋在她的腿窝里。凌婷立轻轻抚摸着她美丽的长发。

她们静静地待了好一阵子，花子哽咽地说："伯母，我走了，您要多多保重!"在她抬起头来的时候，感到有两滴热泪落在她的面颊上，她躬身低头倒退着退到门口，转身掩上门，泪流满面地快步走下楼。

饯别的晚宴是传统的、丰盛的、热闹的。唯一请来的外客是在陆军大学担任战术教官并在参谋本部担任要职的武岩，因为武岩不仅是旷岳的莫逆之交，也是矢原慎一的好友，和花子很熟。武岩是中国军界为数不多的毕业于日本陆军大学的军人，他在日本六年，多次受邀到矢原家做客。他听说矢原父女要去德国，不无忧虑地指出，自从1933年希特勒上台以后，德国法西斯纳粹势力疯狂扩张，已经和日本暗订轴心同盟，值得注意呀。他还透露了日本近期不断向华北增兵的信息，虽然说得不多，但这些消息，终究使这话别的聚会蒙上了一层不安的战霾。

这天晚上，不仅旷风久久不能入睡，旷雨也辗转反侧，没有早早地发出安详的鼾声。矢原父女的突然降临又匆匆离去，在这兄弟二人的心里，都掀起了一阵波涛。旷风不是一个优柔寡断的人，如果五年多前，感情尚属朦胧，那么现在他已清晰地意识到，温柔聪颖的矢原花子是他最想得到的终生伴侣，他不应再失去眼前的机会，但他不能去找她，眼下她能说什么呢？何况大战在即，他作为一个军人能保证自己全须全尾地活到战后吗？即便如此，他仍然决心要和花子有一个"约定"。

沪宁线的车次很多，苏恩已经提前把车票买好。次日清晨，没什么送别场面，旷风、旷雨到后楼上把客人简单的行李提下来，放进停在汽车房前的雪佛兰的后备厢里。旷雨便坐在驾驶位置上，矢原慎一自己先坐了副驾驶的位子，花子和旷风也就无言地并排坐在了后座。汽车缓缓驶出大门，矢原父女频频向躬身立于门前的苏恩挥手致意。

旷风心里有话想对花子说，但在这样局促的环境里，怎么开口呢？他突然发现身边花子右手无名指上多了一枚戒指，他眼睛一亮，这只熟悉的红宝石戒指不是母亲准备送给大儿媳的吗？他心里顿时涌起对母亲的感激。他什么话都没说，只是把左手放在了花子叠着的双手上。花子看了他一眼，坦然一笑，把右手翻过来和他的左手紧紧地握在了一起。他们相互近距离对视着，花子的右手用力握了一下，含笑点了点头，旷风的左手也用力握了一下，郑重地点了点头。他们没有说一句话，四目凝睇传递的情火，瞬间使两颗年轻的心炽烈地燃烧起来，燃烧得通明透亮！

旷雨一边开车，一边随口问身边的矢原慎一："矢原伯伯，听说我爹修书一封就把你们打发到上海去啦？"

矢原慎一笑道："是呀，给了我们一封介绍信，你父亲已经联系好了，让我们到上海去找他的这位老朋友。"

旷雨接茬儿："敢问这位老朋友高姓大名？"

矢原说："是位法国女士，叫拜琳娜。"

"拜琳娜！"

汽车咣当打了一个咯噔，旷雨叫道："那不是我爹的法国情人嘛！"

"法国情人？"矢原慎一也感到意外。

"没错，是有这么档子事。"旷风搭腔，"还是第一次世界大战的时候，我爹奉派到欧洲观战，听说和一位叫拜琳娜的女翻译有私情。

这位拜琳娜的经历相当传奇，现在是上海滩的名媛，拥有好几家大饭店的资产，神通广大，你们要去德国，找她就对了。”

花子说：“哎呀，想不到旷伯伯还有这一出！”

旷雨笑道：“嗨，你当我爹老实哪？要不是他特别怕我妈，我妈又看得紧，还不定闹出多少风流韵事哩。”

花子也笑了：“你们听，你们听，这个在爹妈面前的乖儿子，在背地里怎么说他爹呢。”

旷风说：“呵呵，我的这个二弟呀，只要离开了他妈妈的视线，就是当着老爹的面，也是满嘴跑火车！”

送别的路上，有说有笑，毫不寂寞。

火车站到了。

旷风、旷雨提着行李，买了月台票，一走上月台，谁都不说话了。兄弟俩把矢原父女送进车厢，安置好行李，听见预报火车启动的铃声，旷雨狠狠地瞪了哥哥一眼，自己亲切地趋前，深情地拥抱了矢原慎一老人。旷风一机灵，猛地张开双臂，冲向花子，花子甜甜地一笑，如倦鸟归巢般投入了旷风的怀抱。旷风把花子抱得很紧，这是他第一次把这个从小耳鬓厮磨的女孩抱在怀里。

火车咣当一响，挪动了一下它巨大的身躯。旷风、旷雨慌忙跳下列车。旷风刚下车，立即迅速跑到车窗前，和探出半个身子的花子紧紧握手，旷风说：“花子，我等着你！”

花子说：“我也等着，风哥，永远！”

火车徐徐启动，旷风跟着跑了几步，两人的手才被迫松开。花子挥动着手臂，她那美丽微笑怅然的面容，渐行渐远，定格在了旷风的记忆里。

7

这原本是一个寻常的日子——民国二十六年（1937）7月7日，星期三，南京这个政治城市依然苏醒得很早，人流熙攘，小贩叫卖，天气多云间晴，太阳时而荫翳时而灿烂。

上午，武岩在陆军大学给应届毕业生讲了两节课，他讲的是克劳塞维茨的《战争论》，他突出了这位德国军事家的一个著名论断：战争不过是政治之延长，战争是用来达到政治、经济目的的一种手段。他举了光绪三十年（1904）发生在旅顺口的日俄战争为例：俄国垂涎于我国东三省的沃壤，想在东方寻找一个出海口；日本则把满洲视作他们对外扩张的禁脔，所以战争是必然要打起来的。他还举了第一次世界大战的爆发为例。武岩带着淡淡的哂笑说道："世界上有那么多的国家和地区，政治、经济上的矛盾、摩擦少得了吗？所以，大的，小的，世界性的，局部性的，战争没完没了。诸位，请放心，你们不必担心会失业！"

教室里响起一阵会心的笑声。

武岩面色略显黝黑，戴一副圆框近视眼镜，他平时讷于言，喜怒不形于色，讲课也并不煽情。但他学贯中西，学生都被他信手拈来的旁征博引和难以质疑的严密逻辑所折服。

武岩用平静的语调继续说：“诸位，你们选择了学军，哪有一个军人不憧憬战场的？嘿嘿嘿嘿，将来你们无论遇到什么样的对手，都必须弄清楚他动武的目的是什么，这里包括他总的战略目的和一些重大战役的目的，不是浮皮潦草的，是透彻地弄清楚。你，无论采用什么方式，什么办法，通过什么渠道，什么手段，使对手达不到他的目的，他就失败了。而你，很可能付出极其惨重的代价，但你却是胜利者！”

武岩的声音戛然而止，宽大的阶梯教室里静极了，武岩注意到，几十双亮晶晶的眼睛全神贯注地凝视着自己，这位毫不张扬的儒雅的教官，内心里感到了深深的满足。

下课铃声及时地响了。

武岩夹着他手写的讲义，走出教学楼，慢悠悠地信步走到距离“陆大”并不很远的参谋本部。其实，参谋本部和陆军大学就在中央陆军军官学校的后面，这是黄埔路北端一个庞大的军事警戒区域，一个军事大院。当然，参谋本部的警戒水平显然比“陆大”要高得多，既有明显的标志，岗哨也多。武岩走到参谋本部第二组第一处办公的地方，那是一溜二层平顶楼房，荫翳于绿树丛中。他是第二组的副组长兼第一处的处长，第二组主管情报，第一处分管对日军事情报。武岩穿过廊道，走上窄窄的木质楼梯，靠左第一间就是他的办公室了。他见办公桌上放着一纸新送来的电文：“今晨，驻丰台日军有向平西宛平城卢沟桥一带活动之迹象。”第一处在华北各野战部队谍报机构内的情报网络已经建立，情报是相当及时的。

“宛平县卢沟桥！”这个地点引起武岩高度警觉，他很清楚，北平的东部有通县日本人炮制的殷汝耕伪冀东防共自治政府，北面有日本人扶持的德王伪蒙疆联合自治政府，东南日寇又强占了丰台，如果西南的卢沟桥再……武岩对值班参谋说："你立即通知本处同人，高度关注北平的动态；今晚全处加班，不许请假！我住在办公室里，请你让伙房给大家准备饭食。"

武岩的办公室，西墙全是书架，最显眼的地方摆着他的三部近著:《兵学词典》《孙子兵法初探》《克劳塞维茨兵法研究》。屋里闷热，武岩也只是解开了军服的风纪扣，他从办公桌的小柜子里取出厚厚的一沓手稿，封面的书名是"蓝皮书——日本军事现状之判断"，他翻到第一页，第一节的标题是"日军的数量、编制、装备和训练"，他开始专注地审阅全稿。

武岩的工作安排没有落空，夜幕刚刚降临，晚7点多钟，传来了日军悍然在宛平县卢沟桥近旁举行大规模实弹军事演习，我驻守卢沟桥部高度警戒的消息。午夜，又传来信息：日本驻北平特务机关长松井太久郎突然电话通知中国冀察当局，声称日军在卢沟桥演习时失踪士兵一名，要求进入宛平县城搜查，遭到中国冀察当局严词拒绝。次日黎明，大约5点30分，继续传来消息：日军向卢沟桥中国守军发起攻击，并炮轰宛平城，中国守军第29军37师110旅旅长何基沣下令：守土有责，决不退让，放弃阵地，军法从事。守在卢沟桥头的219团团长吉星文率部奋起还击！

中日全面战争的大幕至此正式揭开。

武岩的神色凝重，眼镜片后面矍铄的双目闪出兴奋的异彩，他眼看着整理好的情报及时发往了侍从室、军政部、外交部等有关部门，轻轻地舒出一口气。是呀，他多年前的预见，已经成为现实！

天光大亮，武岩忙里偷闲地顺手拿起电话听筒，给他的尔汝之交旷岳拨通了电话，告诉他卢沟桥中日军队已经激烈交火，战局可能迅速扩大。并说自己倾力写作的《蓝皮书——日本军事现状之判断》业已完稿，希望慕云兄再帮他推敲推敲。

电话听筒里传来旷岳异常兴奋的声音："哎呀，好消息，好消息！吉星文是吉鸿昌的侄子，那是有血性的！中国军队再不打，真要把我憋死啦！坚白老弟，你苦心孤诣，未雨绸缪，这么多年的心血和积累，现在到了为国家民族奉献的时候啦。《蓝皮书》完稿恰当其时，我一定尽早趋府拜读，先睹为快呀！"

旷风和旷雨是在外文补习所的课堂上，听林教授宣布这一消息的，当时全场轰动，"乌拉"之声传遍校园！

旷风极为振奋，一拳砸在课桌上，吼道："打得好哇！日本军阀妄想在华北重演"柳条湖事件"，中国军队再不抵抗，有何面目活在这苍天之下！"

"卢沟桥事变"的消息迅速传遍神州大地，中华儿女的抗日怒火，有如火山爆发的烈焰岩浆一般喷射出来，何人可挡？

旷风首先从武予岚递来的传单中获悉，7月8日，中国共产党通电呼吁："全中国同胞，政府与军队，团结起来，筑成民族统一战线的坚固长城，抵抗日寇的侵略！国共两党亲密合作抵抗日寇的新进攻！"红军将领也具名致电蒋委员长，表示"咸愿在委员长领导之下，为国效命，与敌周旋，以达保土卫国之目的"。旷风心想，共产党就是反应快，态度坚决！

直到7月19日，内心焦灼的旷风才在南京的《中央日报》上，读到了蒋校长7月17日上午在庐山牯岭发表的抗日谈话。这篇两千多字的谈话，首先说明“中国民族本是酷爱和平的”，而且“我们是一个弱国”，“国家为进行建设，绝对地需要和平。过去数年中，不惜委屈忍痛，对外保持和平，即是此理”。继而指出，“从这次事变的经过，知道人家处心积虑的谋我之亟，和平已非轻易可以求得”。“我们固然是一个弱国，但不能不保持我们民族的生命，不能不负起祖宗先民所遗留给我们历史上的责任，所以到了必不得已时，我们不能不应战。至于战争既开之后，则因为我们是弱国，再没有妥协的机会，如果放弃尺寸土地与主权，便是中华民族的千古罪人！那时候便只有拼民族的生命，求我们最后的胜利。”蒋委员长号召：“如果战端一开，那就是地无分南北，年无分老幼，无论何人，皆有守土抗战之责任，皆应抱定牺牲一切之决心。”

旷风反复读着这份文告，看着报纸上刊登的那张蒋校长站在“养天地之正气”“法古今之完人”巨幅对联中间发表讲话时的大照片，突然觉得蒋校长的形象在眼前升高，升高到自己需要仰视的地步，这与他在中央军校的纪念周上聆听蒋校长“攘外必先安内”的演说时的感觉完全不同，蒋校长在他心中的形象从强悍、专横、固执而且模糊不清，突然变得清晰而熠熠闪光了。

没过几天，旷家迎来了对这个家庭有深远影响的事情——中共中央的代表走进了旷家。

头天下午，旷岳叫苏恩去把旷风、旷雨接回了家，父亲对他们说，你们不是对共产党很感兴趣吗？明天，有三位共产党的代表要到家里来做客，他们都是直接参与解决“西安事变”的人物，这对你们是多么好的机会，所以把你们叫回来和我一起接待客人。

旷风激动地说：“太好啦！爹，“西安事变”爆发的时候，我正在邢台32军通信大队，很快就知道蒋校长在西安被抓起来啦，紧接着，就接到南京军政部的命令，严令我部向潼关开拔，迅速发动对陕西叛军的进攻。我当时心想，蒋校长恐怕难逃一死，中国可能发生大规模的内战，我心里非常矛盾，非常痛苦，我是为抗日弃医学军的，要是死在内战的战场上，真是太冤啦，我连开小差的心都有了。所以，后来“西安事变”和平解决，给我的印象特别深刻，老实说，我对共产党真的刮目相看了，明天有机会见到共产党的大人物，我太高兴啦!”

旷岳一拍巴掌，笑道:“好，风儿变得成熟了。其实，我这里也有段故事:“西安事变”刚一爆发，南京就乱成一锅粥，蒋夫人派侍从室副主任林蔚来找我，让我到西安去，利用和杨虎城的关系保护蒋委员长的安全。虽说我在北方搞支援东北义勇军的后援会，蒋先生不太高兴，但他还是给了不少钱、不少军火的，我心里有数！他这个人骨子里就是一个民族主义者，绝不会当溥仪的。我看得很清楚，眼下只有他能够统率中央军并且大体上摆平各个派系，所以，我很积极，都准备出发了，事态急转直下，和平解决。哈哈，和风儿一样，我对共产党联蒋抗日，建立抗日民族统一战线的主张举双手赞成，这才是从国家民族利益出发，非常有政治远见的嘛。我对客人说了，我的两个儿子很想见见他们，他们很高兴哩。”

旷雨笑着说:“哈，爹，你这叫肥水不流外人田哪。甭问，你绝对是我的亲爹!”

出乎旷风、旷雨的意料，他们哥儿俩一开始就成为客人们关注的重点，叶剑英代表亲切地拉着旷风的手，仔细询问他各方面的情况。当旷风讲到“九·一八事变”后，他常常带着两个弟弟去参加各种游行集会时，客人们都饶有兴致地倾听着他的讲述。

旷风来了精神，绘声绘色地说：“有一次，有一个叫艾迪的英国旅游牧师在中国大学演讲，想用基督教义来消弭中国民众的抗日怒火。我事先得到消息，兜里装着臭鸡蛋、粉笔头带着两个弟弟去了。那个洋牧师在台上没说上几句话，下面一声喊打，臭鸡蛋、粉笔头、墨水瓶甚至还有破皮鞋纷纷往台上飞，打得洋牧师狼狈而逃，在场的学生们齐声欢呼，接着就唱起了《少先队之歌》，还有人带头唱起了《国际歌》。不大工夫，哨声四起，警察来了，学生们就一哄而散。我和二弟架着三弟跑到大街上，见后面有黑狗子追，我就带他们进了一家洋人开的高档西餐厅，黑狗子就不追了。等我们饱餐一顿，吃完了冰激凌，我对两个弟弟说，我们这是不是就算‘住在洋房里的革命家’呢？”旷风笑着解释，“因为我常在家里看禁书，还爱唱‘通红的火炉烤干净我们的血汗’，我二叔就送给我这么一个外号。”

李克农代表呵呵笑道：“你二叔认为你是家庭的叛徒！”

客人中最年轻的秦谷代表也笑着说：“哈哈，‘住在洋房里的革命家’有什么不好？我看很光荣。我们共产党依靠的基本力量的确是工农大众，但也欢迎其他阶级的先进分子来参加革命啊。一个农民干革命，可能为了获得耕牛和土地，像你们不愁吃不愁穿，自愿干革命，觉悟不是更高吗？我们共产党人信仰马克思主义，马克思本人并不是贫苦出身，他的夫人燕妮还是贵族血统，恩格斯为了支持马克思，自己就当了工厂主资本家。可马克思和恩格斯的光辉思想却照亮了全世界劳苦大众的前进方向。旷风同志，你是个富有正义感的爱国青年，我真诚地希望，你以‘抗日’为起点，坚决地走上革命的道路！”

旷风心头一震，这是他第一次听见一个共产党人称他为同志，他觉得一股暖流瞬间充盈了他的心胸。

旷风对这次聚会印象深刻。他感到父亲和共产党代表之间的谈话非常坦率诚恳，除了商谈如何扩大抗日民族统一战线的影响，叶剑英代表还提到国共两党的谈判相当艰难，比如，国民党方面在释放眼下被囚禁的“政治犯”问题上，就一再设置障碍。

旷风佩服父亲，他态度极其鲜明地说：“我一贯反对用残暴的手段对付政敌的做法，这件事，我可以去找孙院长和于院长（指立法院院长孙科、监察院院长于右任），请他们仗义执言；我也可以联络立法院的同人，在会议上公开讲。不过我人微言轻哪，恐怕也只能起一点声援的作用罢了。”

叶剑英诚恳地说：“‘众心成城，众口铄金’，舆论的作用非常大。慕云先生能这样，我们已经很感激了。”

主客尽欢而散后，旷风问旷雨：“二弟，你有什么感想？”

旷雨满脸兴奋，秀气的大眼睛闪着异彩，说：“耳目一新！你看人家共产党的这些高官，一点架子没有，谈吐儒雅，诚恳坦率，显得那么大气而富有智谋，对我有强烈的吸引力。大哥，如果让我转（音 zhuǎi）几句文辞，那他们的光临，就好比一缕早晨的阳光照进了我们这个已近黄昏的房子，我愿张开双臂拥抱明日之朝阳！”

旷风不禁大笑，拍着弟弟的肩膀说：“二弟呀，你身体不好，当不了军人；可是要搞文化宣传，你绝对是把好手，比我强多了。你转的这几句文辞，我觉得还挺是那么个意思的。”

过了两天，旷岳打电话给武岩，说：“坚白老弟，我打算在‘万花楼’宴请中共中央的代表，当然要请几位主张抗日的朋友作陪，第一个就想到了你，你该不会推辞吧？”

武岩沉吟片刻，说：“哎呀，慕云兄，是不是早了点呀，到现在政府还没有公开宣布共产党合法哩。”

旷岳大为不满，对着听筒嚷道：“笑话！我请几个朋友吃顿饭，还要看政府的脸色吗？坚白老弟，一个篱笆三个桩，一个朋友三个帮，多认识几个朋友有什么坏处？”

武岩嘿嘿嘿地笑着说：“好好好，我听你的招呼，准时出席。”

旷岳比武岩年长六岁多，碰上历史剧烈变化的时代，六七年的光阴分量就不轻。辛亥革命爆发时，武岩十七，投笔从戎，参加了“援鄂学生军”，而旷岳已是十分活跃的同盟会会员。他凭着不要命的闯劲，历经反袁、欧洲观战、护法、“北京政变”，三十多岁成为北方知名将领。但他不适合做军人，没有培植起嫡系部队，而是热衷于军事教育，最终转而从政。武岩曾是旷岳的部下，而这种上下级的界限很快被真诚的友谊抹尽了，他们成为无话不谈的密友。何以如此？一是同乡，都是福州人，福建人的乡土观念特别浓，两个人见面，爱说家乡方言，凌婷立发牢骚：“哼，什么鸟语，比外国话还难懂！”二是都酷爱国学，特别是传统格律诗词的创作，他们相互酬答的诗词甚多。三是最核心的，二人都有发乎于心的“家国情怀”，都有很高的天赋，彼此欣赏。武岩是以第一名的成绩毕业于保定陆军军官学校第三期的，在他三十五岁、仕途正步入黄金时段的时候，毅然决定到日本的陆军大学深造。这个异乎寻常的决定，得到同样通过秘密渠道阅读了日本《田中奏折》的旷岳和在家乡当权的前辈的支持，以官费留学日本六年，先入炮兵学校，后考入陆军大学并以第一名的优异成绩毕业，令众多日本同学汗颜。武岩是个才子，博闻强识，精通日语、英语，德语也不错。可是，四十出头军衔还是少将，他军校同期同学白崇禧、张治中已是军中翘楚了。旷岳认为，他比那些身居高位的酒囊饭袋强上百倍，他们是惺惺相惜呀！

这天，旷风、旷雨接到武予岚小姐邀请他们参加“岚闺沙龙”聚会的电话，说是彼此交流一下见闻动态和观感，谈一谈对刚爆发的中日大战前景的估量。

武予岚是武岩的女儿，金陵女子文理学院历史系的学生，她自幼受父亲的影响，喜欢读书，喜欢静静地思考，不爱参加大型热闹的集会，却喜欢邀集少数密友随意闲谈，有时在客厅，多数干脆在她的卧室里，久而久之，便有了“岚闺沙龙”之名。

旷雨喜欢“岚闺沙龙”的氛围——随兴、自在，各抒己见，洋溢着民主的气息，旷雨喜欢那种放松的环境。刚好是个礼拜天，旷雨催着大哥早点去赴约。武家住在陆军大学的宿舍区，是用墙隔出来的一幢独门独院假三层小楼，这个地区旷风、旷雨很熟。

兄弟二人把脚踏车放在院墙里面，走进武宅，突出的感觉就是陈设简单朴素而散发着浓郁的书卷气，廊道墙上玻璃框里的书画大多是主人的作品。路过一楼客厅，旷风看见父亲正和武岩伯伯坐在沙发上高谈阔论。

他们兄弟俩登上二楼，老远就听见武予岚那间宽敞的闺房里传出叽叽喳喳的人声，屋子里已经坐着好几位客人——大概因为今天的话题吸引人吧，来得都特别早。旷风、旷雨一边打着招呼，并不坐空着的两张椅子，而是要过两摞捆好的旧报纸放在墙边，当板凳溜墙根坐下。果然，不大工夫又来了三个人，前面一男一女是予岚的同窗，他们坐了空着的椅子。后面是个胖乎乎的少年，一副憨态可掬的样子，武予岚亲切地把他叫到跟前，让他脱了鞋，盘腿坐在自己的秀床上，他是旷风、旷雨的堂弟，旷峻的儿子旷一鸣。

坐在书桌前的男青年李根继续他的话题：“我们学校已经没法子正常上课啦，我看今年的期末考试也要告吹。”他就读于金陵大学电机系，是学生会的头头，武予岚的好友，他接着说，“大多数同学忙着游行集会，或者到街头演出，搞宣传，搞募捐，支持前方抗战，哪有心思坐在教室里。据我了解，校方高层已经在考虑防空，甚至迁校问题啦。”

穿一身雪白府绸镶滚圆红边的旗袍、端着托盘袅袅来去给大伙送热咖啡的是廖霞，她又拿过一张红木小茶几放在旷风、旷雨面前，上面搁一碟小点心。她和武予岚是同校不同系的密友，国文系的，人长得漂亮，多才多艺，是公认的“校花”。廖霞爱捯饬，今天也没忘了淡抹朱唇，轻拢云鬓，带着一身幽幽的清香，她回到梳妆台前那个皮墩子上坐下，愤愤地说：“我真弄不明白，这日本人是怎么啦？我们中国没招他没惹他，他偏偏盯住我们不放。“九·一八事变”占了东北三省，弄出个‘满洲国’来，接着又占热河，还不够！这又在华北动手啦，有个完吗？”

“没完！”旷风愤愤地接茬儿，“据我看，中日之间，不是日本灭了中国，就是中国打败日本，不会有别的结果。因为日本这个邻居实在太贪婪，太狂妄啦！”

“确实太贪婪，太狂妄了！”李根说，“远在明朝倭寇就不断骚扰我国的沿海，那时候他们还是海盗。海盗逐渐变得船坚炮利了，甲午战争打败了北洋水师，霸占了我国的台湾。后来不但参加八国联军，入侵中国，还在旅顺和俄国人打仗，在青岛和德国人打仗，都是为了争吃中国这块肥肉。日本军阀吃出甜头来啦，据说《田中奏折》里干脆把‘先满蒙后中国’然后‘征服世界’定为国策了，好大的胃口啊！所以，六年前的“九·一八事变”不是偶然的，眼下的“卢沟桥事变”也不是偶然的。我们必须彻底抛弃和平苟安的幻想，血战到底，才能求得生存。”

廖霞满脸的痛苦，恨恨地说：“李根，你说得对，我们不能抱幻想！我们中国人怎么摊上这么一个邻居，真是倒了八辈子霉了。我就是觉得奇怪，日本人也是亚洲人，长相和我们差不多，为什么有这么强烈的侵略野心呢？”

“我看就是岛国武民思想作祟！”旷雨说，“我妈本来打算让我到日本去留学，所以我还真的下功夫摸了摸这个国家的情况。日本就是四个大岛加上数千个小岛组成的，国土的形状从北海道至南九州如同一条狭窄的廊道，很有一点像我国的甘肃省，总面积还比甘肃略小一些（日本国土面积377800平方公里，中国甘肃省面积390000多平方公里），目前人口已经超过七千五百万，国土上的山地多，平原少，资源比较贫乏，所以特别有向外扩张的需求和动向。日本历来是个重武轻文的国家，不像中国，重文轻武，远在战国蔺相如的地位就在廉颇之上，日本国却有武夫当国的传统啊。各位想想，岛国武民，跨过海就是中国东北肥得流油的黑土地，瞅着中国这么一大块肥肉，能不动心吗？”

“雨弟说得有道理，但我看应该强调，精神因素、意识形态还是主要的。世界上有许多岛国，比如亚洲的印度尼西亚，也是个很大的岛国呀，却并没有走对外扩张的道路嘛。”一直安静地坐在床沿上的女主人武予岚说话了，她瘦而高，体质显得单薄，面容清癯秀气，戴一副近视眼镜，声音略显微弱却清亮而好听。

她继续说："日本人历来认为大和民族是世界上最优秀的民族，是'天照大神'的子孙，日本的统治者在极力培育民族优越感的同时，祭出了两种精神法宝：一种是'武士道精神'，在长期军阀战争中培植起来的这种尚武精神，核心内容就是尊忠天皇，盲从上级，颂扬坚忍，美化死亡。另一种就是法西斯扩张正义论。日本法西斯思想的鼻祖是北一辉和大川周明，他们都是日本最早的法西斯组织'犹存社'的成员。我在家父的帮助下读过北一辉写的《日本改造法案大纲》，这个人崇尚暴力，鼓吹战争万能，宣扬日本的对外扩张是合理的，宣称日本应该打败英美俄中等国，缔造一个庞大的世界帝国，他居然说什么'太阳旗将给全人类以阳光'，把日本打扮成为'革命帝国'。武士道精神加上侵略战争正义的理论，造就了日本一批战争狂人，这是非常可怕的，这是人类的灾难啊！"

旷风点头说："予岚妹妹不愧是历史系的高才生，话都说在坎上。看起来中国人面对的，是一群疯狂而饥饿的野兽，如不团结奋起抗战，真有亡国灭种之虞啊！"

"哎呀，战争实在太可怕了！"廖霞美丽的眼睛里充满了恐惧和忧虑，"战争来了，才知道和平生活有多么可贵。"

"我能说几句话吗？"发出这稚嫩声音的，就是盘腿坐在武予岚秀床上的旷一鸣，他随乃父回国后，在石城中学插班读高二，他刚满十七岁。

坐在旷一鸣身边的武予岚拍着这个胖弟弟的肩，用鼓励的语气说："当然，尽管说，在我的沙龙里，谁都有平等的发言权。"

旷一鸣有些忐忑，但不失初生牛犊的勇气，他说："我不明白，中国为什么要选择战争，为什么不选择和平呢？”

“和平？”武予岚感到惊讶，“敌人都打进内宅了，还能讲和平吗？”

旷一鸣说：“我认为，中日两国的实力悬殊，中国根本就打不过日本，‘战则必败，败则必亡’，与其败而后亡……”

“慢着！”旷雨截住了堂弟的话头，“‘战则必败，败则必亡’，这话不像是你一个中学生说的，老实讲，从哪儿踅摸来的？”

“不是踅摸，”圆乎乎的旷一鸣很委屈，“这话的确是听我爹说的，但我完全同意呀！我认为，中国根本不是日本的对手，与其开战被打败，尸横遍野，血流成河，倒不如选择和平，接受日本的‘和平条件’，‘共存共荣’。”

旷风问：“你知道日本‘和平条件’第一条是什么吗？”

“不就是承认‘满洲国’吗？你不承认，它就不存在啦?！人，最要紧的是活着，跪着活，也比站着死强！”小胖子振振有词。

“放屁！你这完全是汉奸谬论！”旷风怒不可遏，要扑过去，被旷雨按住了。

“别别别，别扣帽子，他还是个孩子哩。”武予岚要维护规则。

“孩子也不行！”旷风要站起来，旷雨把他按住，自己站了起来。说，“诸位，诸位，我有一个提议。”

“什么提议？”武予岚问。

“现在大家最关心的，莫过于战争的前景。依我看，在座的各位，没有一个人有能力回答这个问题。我们为什么不把沙龙的范围扩大一些？诸位，现在楼下就有两位最好的老师呀。”

“你是说武伯伯和旷伯伯？”李根搭腔。

“是啊！武伯伯是陆军大学现任的教官，军事理论家，也是熟知日本的战略家；我爹是个老军人，早年也当过陆军大学的教官，是很有战略眼光的。请他们指点指点，不是近水楼台吗？”旷雨言之有理。

“妙！”李根说，“是不是请予岚和旷风先去沟通一下？”

“不，咱们大伙一拥而下，出其不意攻其不备，才是上策！”旷风的主张，大家都说“好”。于是众人蜂拥下楼，把客厅里谈兴正浓的武岩和旷岳包围了。

武岩笑着对女儿说：“岚子，你们发动突然袭击，这可不像是你的风格哟。”

武予岚甜甜地笑道：“爸爸，旷伯伯，我们大家非常关心战争的局势，特别是战争的前景。我们自知浅薄，是诚心诚意来向二位老师讨教的。”

旷岳鼓掌道：“好好好，后生可畏呀。坚白，你就把我们的想法给他们讲一讲。”

武岩说：“各位关心战局的前景是可以理解的。我和慕云兄也交流了这方面的看法，我们认为当前北方的战局不容乐观，平津很快就会丢掉。大家要有这样的精神准备呀，战争的初始阶段，特别是第一年，我国政府，我国的全体人民，将遭遇极大的困难和牺牲。因为敌强我弱，日本对扩大侵华战争蓄谋已久，这几年从我国东北掠夺了大量钢铁、原煤、劳动力等战略物资；至于战争的精神动员，已经达到他们自身都难以控制的地步。比较起来，中国这些年忙于打内战，对日作战的准备严重不足哇。所以，战争的起始阶段，日本人必定凶焰万丈，疯狂进攻，妄图速战速决，迫使我国政府投降。

中华民族将被迫承受沉重的、残酷的、血腥的考验哪，我们必须付出血的代价，坚决挺住，才能把战争延续下去。然后，敌人的弱点就会越来越暴露，我们自身的力量则会越积越厚重，同时还可以寻求外援，最终胜利的天平是会倒向我们的。”

李根说：“按您的分析，战争的初始阶段，中国的局面一定很被动，真是生死攸关哪！灾难深重的中华民族能不能挺过这一关呢？”

“这个问题提得好。战争是无情的，何况敌强我弱，敌人蓄谋已久，我们准备不足，敌人是非常残暴和狡猾的。所以，刚才坚白老弟说得很坦率，我们中华民族确实面临严峻的考验。”旷岳说话总是富有感情，对青年人很有吸引力。

他接着说，“我个人的看法是能够挺得住。为什么？第一看决心。蒋委员长的谈话我读了，他是下了决心的。他是个民族主义者，战争打下去，无论胜败，他都是民族英雄；要是投降，那就成了千古罪人，永远被钉在耻辱柱上，我相信他会抗战到底。至于广大人民，中华民族上下五千年，没有被外国人统治的历史。有人会说，不是有元朝和清朝吗？哎呀，那蒙古族和满族也是中华民族的成员嘛，即便如此，汉族的反抗也是很激烈的。一个有五千年历史的泱泱大国怎么可能被外国人统治呢？我根本就不相信！当然，第二还要看团结。日本人的算盘打错了，他们认为中国人只会窝里斗，打内战，一盘散沙，所以不堪一击。嘿嘿，他们没想到中国人在最后关头结成了‘抗日民族统一战线’。这要感谢共产党啊，在民族极端危难之际，献给国家民族一个大法宝。各位千万不要认为‘统一战线’只是国共两党的事，我算了算，国民政府辖下大约有一百七十万陆军，可是分成中央军、东北军、西北军、晋绥军、川军、桂军、粤军、滇军、黔军等等，从来没有统一过，如果这些军队都能在抗日的大旗下团结起来，对日绝非不堪一战。有句俗话，‘三人同心，其利断金’，如果四万万五千万同胞不分党派、阶级、民族和信仰，团结一心，共同对敌，那个力量是无可估量的。当然，我们付出的代价可能是非常惨重的。但我相信，只要我们下定决心，战胜一切分裂倾向，团结一致，战斗到底，眼下疯狂的日本军阀，最终必将倒在中华民族的血肉长城之下！”

“说得好！”武岩被朋友的激情感染，语气也更有力量，“我们能挺住，还必须选择正确的战略思想。现在我们切忌把主力投入华北平原与敌人决战，因为平原地区有利于敌人机械化装备优势的发挥。我们应该充分利用国土辽阔的优势，利用高山深谷阻击敌人，把敌人引进华中水网地带，利用江河湖泊打击他们，还可以利用大城市坚固的建筑群和敌人周旋。总之，目的是消灭敌人的军队，挫败敌人的锐气，使敌人速战速决的妄想落空。其实，日本人并没有做好长期作战的准备，我们如果把战争拖下去，拖的时间长了，再多方争取国际援助，我们取胜的机会就会越来越大啦。”

廖霞听了这些话，感到心里慢慢亮堂起来，脸红红地说：“两位伯伯说得真好。这一阵子我的心里挺乱的，就怕当亡国奴，听二位一说，我的心安稳多了。看起来战争不是短时间能结束的，我这辈子真倒霉，从生下来就不停地碰上打仗，我们这一代人真不幸啊！”

廖霞是旷岳的好友廖剑秋的长女，旷岳看着这位生性率真的娇小姐难受的样子，心想应该说上几句，他语重心长地说：“小霞，你是不够幸运，从小到大，赶上没完没了的战争。你旷伯伯我呢？我七岁赶上中日甲午之战，今年五十出头了，这期间战争不断哪，我还到欧洲去了两年，参与世界大战，也是打得天昏地暗的。我能说比你更不幸吗？战争虽然和人类的成长相伴，但仔细想起来，战争与战争相比，完全是不一样的。眼下的中日大战，是我们挑起的吗？是我们招惹了邻居吗？不是！是日本法西斯军人要强占我们的国土，杀戮我们的人民，奴役我们的民族。我们只有被迫起来反抗，起来战斗，否则只有亡国灭种！战争也并非完全是不幸，孟子说过，一个国家‘入则无法家拂士，出则无敌国外患者，国恒亡’；《左传》上说，多难兴邦。穷凶极恶的敌人，更能警醒我们，逼迫我们奋起抵抗，这未尝不是民族觉醒的号角哇！在座的诸位都是年轻人，你们生当其时，都是国家的栋梁之材，希望你们勇敢地面对这场战争，在战争中坚强起来，成熟起来，这不仅是国之大幸，也是你们人生的大幸啊！”

武予岚和旷风带头鼓起掌来，廖霞的巴掌拍得最响。武予岚说：“旷伯伯，您讲得太好啦，我就是喜欢听您热血奔腾的讲话。”

旷风注意到了他的堂弟，那胖乎乎的少年也使劲地拍巴掌，眼睛里闪耀着异样的光彩，旷风问：“一鸣，你听了两位长辈的讲话，感觉如何？”

旷一鸣眨巴着眼睛说：“很感动，用我学过的一句成语说，就是‘茅塞顿开’呀！”

旷风拍着堂弟的肩膀笑道：“孺子可教也。”

旷岳也注意到了侄子旷一鸣，把他叫到跟前，询问在学校的情况。石城中学是一所寄宿制的贵族学校，旷一鸣报告说，在学校里吃住和学习都很好。旷岳问，怎么最近没有见到你的父亲。旷一鸣说，门房老赵从杭州来，把爹叫走啦，我爹说，奶奶病了，他匆匆忙忙地带着石姨娘回杭州去照应奶奶了。

旷岳的老母沈书音已经七十多岁，近些年一直跟着弟弟旷峻生活。旷峻不仅在南京和浙江杭州市有自己的私宅，在莫干山上还有两幢小别墅。旷岳知道他有钱，但也弄不清他为什么有这么多钱。旷峻很孝顺，把老太太侍候得笑口常开。所谓“挟天子以令诸侯”，旷峻对哥哥的一切要求，都是通过老太太的口来表述的。旷岳的孝心很重，不敢违背母命，往往不得不做点违心的事情。

这一天，旷岳听说老母身体欠安，病了，心中甚是不安。什么病？前些时不是还好好的吗？旷岳心想，真是内忧外患一起来啰。

8

武岩所撰《蓝皮书——日本军事现状之判断》，不仅对日本陆海空军兵力的数量、编制、装备和训练，主要将领的经历特点等做了介绍，而且对日军作战的战术指向也做了介绍和分析。武岩在日本苦学六年，一家人过着清贫的生活，把节省下来的钱，全部用来购买各种军事资料；这期间，由于日本发动“九·一八事变”，大批留日学生愤而归国，武岩宁可忍受误解和指责，仍然坚持完成了学业。可以说，他的这份翔实的文稿，确实是心血之作，恰恰弥补了中国对日军事情报的严重不足。这份内参文稿呈报蒋委员长，蒋阅后，提笔批了“嘉勉”两个大字，随后写道：着即付印，分发各军师旅以上军官参阅。

武岩在该书末尾的跋语中写了这样一段话：“各种数据表明，日寇实未完成发动全面战争之准备，其战略指导思想亦甚混乱。然疯狂扩大侵略战争之野心已据主导地位，军中上下，充斥战争狂人，窃料彼或将重演‘九·一八事变’后继之以‘一·二八事变’之故伎，于上海挑起事端。上海水网地带也，河汊甚多，不利彼机械化部队之展开，而市内遍布钢骨水泥建筑，却有利于我军固守。日寇补给线长，又系登陆作战，若出此举，足征其野心之狂妄而战略智慧之弱势也。”

日寇于7月末攻占了我北方重地北平和天津。8月9日，驻上海的日本海军陆战队中尉大山勇夫和一等兵斋藤要藏开车冲击我虹桥机场侦察，蛮横地不听劝阻，反射杀我方一人，大山与斋藤也被我驻守的保安队射杀。日方借此大造舆论，迅速向上海增兵，挑起了“八·一三事变”。

出乎敌方意料，也令国际吃惊的是：事变伊始，蒋委员长即断然下令驻上海的第9兵团第5军三个师向苏州河北岸日本驻军发动了猛烈进攻。外电分析：这“将强迫日本政府考虑在中国两个前线作战”。美国《纽约时报》揣测：“南京政府已决计将日本卷入华中战事之中，以分散其兵力，并增加其对各国产生纠纷之可能。”

上海、南京两市的民众迅速掀起“支前”的热潮，参军的，献血的，捐钱的，宣传的，特别是上海的工人和学生，组织起“救护队”“担架队”“运输队”，冒着枪林弹雨，抢救伤兵，输送弹药。南京与上海近在咫尺，上海的鏖战，直接牵动着南京。

李根和武予岚很快就组织起一个学生宣传队，走上大街，一边宣传一边募捐。有的新娘子把结婚戒指捐了，有的穷学生把卖血的钱捐了，廖霞参加了宣传队，她把准备用来买进口化妆品的一百多现大洋，全部投进了捐款箱。自从日本木更津轰炸机把炸弹扔到了她宿舍近旁，使她直接嗅到了战争的硝烟，感到了战火就在身边，她和同学们一起走上街头，再也没有多少顾影自怜的时间了。战争对人的改变，既是猛烈的也是细微的。

国民政府立法院指派以旷岳为首的三名委员，监察院指派以张维翰为首的三名委员，作为代表到上海前线去“劳军”；旷、张二人还分别是孙科院长和于右任院长的私人代表。

旷岳心想，立法院虽然是个清水衙门，但空着手去“劳军”未免也太寒碜，他琢磨着得化点缘。刚想到能来钱的朋友廖剑秋，只听大门口有响动，廖剑秋的汽车已经开进了院子。

廖剑秋是苏浙盐务管理局局长兼两淮盐运使，这个官虽不算很大，但食盐历来实行专卖，大小盐商无不把掌握食盐配额和税收的官员视为衣食父母，“盐官”素被当作“肥缺”。廖剑秋匆匆来找旷岳，就是告诉他，一批热心爱国的盐商已经捐献出十万现洋，还有一批好烟好酒好茶和咖啡奶酪，由他代表，希望和立、监两院的代表搭伴同行去献给前方将士。

旷岳大喜，哈哈笑道：“好哇好哇，我正愁两手空空如何去‘劳军’呢，你就来了。有句诗‘腰缠十万贯，骑鹤上扬州’，说的大概就是盐商，现在连街头乞丐都勒紧裤带捐钱，这些富得流油的盐商能不出点血吗？好好好，和你搭伴‘劳军’，我的脸上也有光啊。剑秋，你是不是还有什么弦外之音哪？”

“有哇。”廖剑秋推了推鼻梁上的近视眼镜，他是个高度近视，“我的两淮盐场有一批食盐正准备从长江口出海运往广西，上海的大炮一响，吴淞口外聚集了三十多艘日本军舰，长江口被封锁了，我的盐运不出去啦。我这次去上海，就是要把这批食盐转移贮存起来，没有当地军队的帮助，事情不好办哪。”

“这是国家的公事嘛，何况你还带了那么多银子。没问题，我替你疏通关系。”旷岳向来喜欢拍胸脯。

廖剑秋是由英国人培养出来的盐政业务官员。《辛丑条约》规定，中国的战争赔款是以关税和盐税做担保的，所以，成立了列强把持的盐务稽核所，该所会办是英国人丁恩。廖剑秋毕业于丁恩创办的税务学堂，因为他的记忆力特别强，能把各产盐区税收的大量数字背诵出来，外文又好，得到丁恩赏识，当了丁的秘书，丁恩回国后，他凭借丁氏建立起来的严格的考绩人事制度，以干练和敢于担当的业绩步步高升，并且逐渐成为反对洋人把持中国盐政的中坚。所以，当有人讥讽廖剑秋是标准的“洋奴买办”时，旷岳笑称，他是“洋而不奴，买而不办”哪。

廖剑秋又推了推鼻梁上的眼镜架，那厚厚的眼镜片后面的眼睛里充满忧虑，他对朋友说：“盐和粮食一样，是军队和民众不可或缺的物资，可惜不少人对盐的重要性认识不足。慕云兄，中国的产盐区比较集中，好的一面是便于管理，可是战争中就容易被敌人控制呀。东北辽宁产盐，“九·一八事变”以后被日本人占了，华北长芦是产盐大区，现在也落入日寇之手，山西生产池盐，长期供应川陕，眼下岌岌可危呀。两淮是最大的产盐区，上海战事一起，如果苏浙沦陷，岂不又被日寇控制？近来我日夜苦思，不能不未雨绸缪哇。”

“剑秋老弟有何高见？”

廖剑秋说：“两淮是个历史悠久的产盐区，据我考察，仓库里累积的存盐高达百万担以上，当务之急是把这大量存盐转移到隐蔽的处所，比如淮南的东台，上海的租界，不要被日本人控制。此外，我想呈文上峰，要抓紧四川井盐，陕北、甘肃、青海池盐的生产和盐路的开发，防备日寇对我实行食盐封锁，以利坚持长期抗战。”

“好好好，这些主意非常好！”旷岳对朋友的远见十分赞赏，“剑秋，我和坚白探讨过，都认为战争是全方位的对决。我们如果不能坚持持久抵抗，断难取胜。你的想法和我们不谋而合，你说要我配合你做什么，我一定倾力相助。”

第二天，立、监两院的“慰问团”出发了。一共五辆车，本来立法院一辆车就够了，但旷岳决定慰问后即赴浙江杭州探母——怎么能不抓紧去呢？杨四郎当了俘虏还冒险探母，何况我旷岳乎？所以，他决定带着老娘的长孙旷风、次孙旷雨一起去，让苏恩和旷雨倒班开车，因此立法院的代表就分乘两辆车，监察院一辆，廖剑秋带两名盐务官员携带慰问品也乘一辆轿车和一辆卡车随行。自从日本木更津重轰炸机首次轰炸南京以后，南京市民的防空意识陡然上升，苏恩在车顶上固定了一层绿油油的柳枝，旷风笑道：“哎呀，老苏，你这不是欲盖弥彰吗？”苏恩说：“嗨，8月的天儿，挡挡太阳也好嘛。”宁沪公路是国道，十分平坦，五辆车朝东南迤逦驰去。

过了苏州，这一行人找了一家像模像样的路边饭店打了一个尖，酒足饭饱后进入上海，已经可以清晰地听见东北方向传来密集的枪炮声了。他们先到金堂附近的第三战区长官部看望了司令长官冯玉祥，这位“布衣将军”穿着黄呢子上将戎装热情接待，他和旷岳都是北方军人出身，比较熟悉，他笑着说：“谢谢你们大老远的来慰问。现在在北方和日本人交战的都是我的老部下，我却坐在这个地方。上海的仗打得不错，目前还处于攻势，哈哈哈，老实说，都是我的那位盟弟在指挥呀。”

旷岳也笑道：“焕章兄一贯主张坚决抗日，由你在此坐镇，既实至名归，号召八方，也令日寇胆寒哪。”

冯玉祥很高兴，让他们赶紧到前线指挥部去，于是旷岳一行又到南翔前敌指挥部，看望了张治中和张发奎。

张治中是第5军的军长，他向大家介绍了战事的进展，说："奉蒋委员长密令，我军于14日拂晓，向杨树浦港以西至虹口日军司令部之间，发动猛烈攻击，战斗非常激烈，日军节节败退，被迫撤出了八字桥、持志大学、沪江大学等据点；我国空军冒着日舰高射炮密集的射击，炸毁了日军第三舰队的旗舰出云号，还击落了多架敌机。双方的死伤都很惨重，我军第88师旅长黄梅兴在第一天的战斗中就壮烈牺牲了。到目前为止，我军仍然保持进攻态势，虽然因为敌方炮火猛烈，不断增援，我军未能拿下日军在闸北的巢穴，但已经重创日军，达到了挫敌锐气，逼其增援，拖住敌人的战略目的。"

张发奎中气十足："我军主动出击，完全出乎敌军意料，给了小鬼子当头一棒，教训他们：中国军队也是马王爷三只眼，不是吃素的！"

张治中说："那个日本陆相杉山元狂妄地叫嚣'三个月征服中国'，嘿嘿嘿，我看他三个月未必能拿下上海！"

慰问者们都情不自禁地鼓掌，为中国军队的英勇和战绩赞叹不已。旷岳向两位指挥官介绍了廖剑秋，说明他要转移一批滞留于吴淞的食盐，需要当地军队的支持。二位主人感谢盐务政商两界送来这么多慰问品，慨然表示决不能以军需物资资敌，一定让有关驻军协助完成转移任务。

旷岳笑着对主人说："我的高堂老母近年随舍弟住在杭州，突然身体欠安，我想乘便前去探望，提前告退，请二位老弟谅解包涵。"

张发奎说："哎呀，令堂欠安，这是大事啊！你们立法院、监察院的代表到前线来慰问，点到就可以啦。列位回去请向哲生先生和髯翁老前辈转达我们的谢意。慕云兄，战争时期，变化万千哪，赶紧上路，尽你的人子之道去吧。”

旷岳辞别众人，带着两个儿子和苏恩，登上汽车。此时，太阳早已偏西，旷雨嫌苏恩开车磨叽，自己操作方向盘驾驶，出了市区，他狠踩油门，那辆雪佛兰小车便在沪杭大道上如风飞驰。

旷风问父亲：“爹，一个多月前，我见奶奶精神矍铄，谈兴甚浓，怎么会突然身体欠安呢？”

旷岳长叹一声：“唉，你奶奶不是一个独善其身的人，何况，老人家早已过了古稀之年，有点小灾小病，也是常理。”

“嘿嘿，就怕不是小灾小病啰。”旷风似有所指。

旷岳沉默了。

母亲在旷岳的心中至尊至高，分量很重。旷岳的祖父是清朝同治年间的进士，在四川做过知县、知府；父亲是光绪年间的进士，在江西做知县。光绪皇上戊戌变法那一年，祖父猝死在审案的公堂上，父亲旷慈闻讯，痛不欲生，饮食俱废，而且不肯睡在床上。他携带家小奔丧，行至上海，因过度“哀毁”而病倒。旷慈熟读内经和本草，提笔给自己开了一个方子。妻子沈书音见方中有青龙、白虎（竹叶、石膏，皆大寒之物），大惊失色，亟劝勿用。固执的旷慈哪里肯听，这一服药下去，便告不治。俗话说“祸不单行”，偏偏所住旅店又遭大火，沈书音奋不顾身抢出二子一女和丈夫的灵牌，随身携带的财物全部烧光，当时旷岳十一岁，弟弟旷峻四岁，小妹妹尚在襁褓之中。沈书音凭借老家的祖产和自身的克勤克俭，一手拉扯大了三个子女，她在家庭中的崇高地位不是别人封的。

旷岳十六岁从军反清，十八岁参加中国同盟会，在辛亥革命中十分活跃，也奠定了他一生仕途的基础。他的家庭却长期保持封建大家族的格式，他奉北洋政府派遣到欧洲观战两年，全部薪资都是交给母亲的，凌婷立只能当小媳妇。旷峻就不同啦，长期在母亲身边，受到母亲的宠爱和庇护，直到他在日本当了驻一个大城市的领事回国，又经旷岳的疏通，当上浙江省一个大县的县长，才执意把母亲接到身边孝敬。旷岳和浙江两任督军都是辛亥前的战友，在母亲的督促下，为弟弟的仕途做了不少铺垫，旷峻逐渐成为浙江省政坛上崭露头角的人物。一年多前，旷峻又自己活动了一个出使加拿大的职位，此时，他人脉渐广，已经不太需要乃兄的羽翼了。但是，旷峻的政声欠佳。主要是一个“贪”字，有人甚至把状告到旷岳那里，旷岳一再训诫过弟弟，可是老娘护短，旷岳害怕伤了母亲，也只能说说而已。最近，耳闻旷峻和“低调俱乐部”的高宗武、周佛海颇有来往，旷岳心中一咯噔，哎呀，旷峻历来喜欢结交日本朋友，国难当头，亲弟弟如果做出什么有损国家民族的事情，自己怎么去见祖宗呢？

旷岳内心里烙饼似的思忖。

车过余杭，落日余晖尽敛，天色渐渐昏暗，旷雨打开车灯，放慢车速，当他们进入江南名城杭州时，已是万家灯火了。旷雨曾在祖母身边进修日语，对杭州道路相当熟悉，他驾车沿迎紫路（今解放路）由东及西缓缓行驶，见街边华灯初上，市面依然繁荣，不但丝绸店特别多，还时时闪现老凤祥、五芳斋、天养元等知名的字号，旷雨心想，杭州就是个柔软舒适的城市。汽车开到距西湖大约一公里的地方，向北一拐，进入一条窄窄的马路，三拐两拐，车灯扫出“积善街”的路牌，这里比较僻静，不远灯光便打在一片特别高的白粉围墙上，旷雨每次见到这围墙，都会觉得别扭，一个寻常住家为什么要筑监狱般的高墙呢？旷雨轻轻地说了声：“到了。”

汽车鸣笛，大铁门旁的小铁门开了，阍人老赵出门张望了一眼，立即把大门打开，自己又飞奔入内禀告。汽车沿着宽宽的水泥甬道缓缓驶进院子，绕过一个很大的花坛，停在一幢宽敞的三层西式楼房前。

颇感劳累的旷岳刚下了车，还没等他伸伸懒腰，旷峻和姨太太石慧已经笑容可掬地迎了出来。一阵寒暄过后，旷峻夫妇一左一右连搀带扶把哥哥让进楼门。一楼有个大客厅，平时除了大型聚会，多半不用，今天却灯火明亮，旷岳父子被让到大客厅柔软的沙发上落座，石慧殷勤地献上了香茗。

旷岳确实感到唇干舌燥，他一边呷着茶，一边说：“我听一鸣讲母亲病了，心里很是不安，恰好立法院派我到上海‘劳军’，所以乘机赶来探望，不知母亲得的是什么病？”

旷峻一脸的忧虑和无奈，说：“前一阵母亲肠胃不适，吃不下东西，有时吃了也呕吐出来，或许是新陈代谢出了毛病。幸亏你小弟妹衣不解带，日夜精心护理，多方调治，最近两天已见好转。只是老人家终究已经年逾古稀了，经不住折腾，人是显得消瘦了许多。”

旷岳说：“那我们就先去看看老娘亲！”

“哎呀，大哥，”旷峻说，“我和你弟妹刚侍候她老人家吃过晚饭，我替她洗了脚，服侍她躺下，此刻可能入睡了。你们一露面，老太太这一晚上就别想睡觉啦。我看你们一路奔波，十分辛苦，现在八成也是饥肠辘辘，既然已经到家啦，还是先用餐，休息休息，缓缓劲，明天上午再去拜见老人，如何？”

石慧见旷岳意犹未了，连忙说：“嗨，大哥和两位侄子大老远地跑来，当然想早点见到母亲，我上楼看看，要是老人家睡得不实，现在见见也无妨。”说着她一溜小跑沿着弧形的楼梯上了二楼，不大工夫又一溜小跑回来了，笑着说，“哎呀，难得，老人家的小呼噜打得匀称着哪。”

旷岳释然道：“那就别惊动老人家，我们先吃饭，休息，明天再拜见老母。”

旷雨对石慧说：“小婶婶，我饿得前胸都贴后背啦，您给我们一人来碗面，就全打发啦。”

石慧笑道：“好好，给你们一人来一碗红糟排骨面，配几样小菜，今晚先凑合凑合，明天再尝尝你小婶子的手艺。”

众人不敢大声，蹑手蹑脚，上了二楼，进入靠楼梯口的小客厅。这里陈设华丽，棕色的地板打着蜡，进门不远是一张讲究的梨花木大餐桌，靠里铺着地毯，放着成套的沙发和茶几。客人们在大餐桌上狼吞虎咽地吃了一顿。

旷岳对石慧说：“烦劳弟妹给两个侄子安排住处，让他们早点休息，我和弟弟说说话。”

石慧热情地招呼旷风、旷雨上了三楼，三楼有几间客房。

旷岳和旷峻转移到沙发上坐下，弟弟给哥哥的茶杯里续了水，旷岳不抽烟，旷峻叼了一支雪茄。

旷岳开门见山：“我听一鸣说，你在家里大讲什么中日实力悬殊，‘战必大败，和未必大乱’，我的老弟呀，你就不想想对孩子是什么影响？”

旷峻冷笑道：“嘿嘿，大哥，在公众场合，我也会慷慨激昂地唱上几句抗日的高调，回到家里，还不让我说说心里话吗？”

旷岳一听“高调”二字就恼火，但弟弟已是个有头有脸的官员，只能压住怒气继续问：“心里话？战幕不是刚刚拉开吗，上海的仗打得不错呀，你心里怎么就判定‘战必大败’呢？”

旷峻的嘴角依然带着嘲讽的冷笑：“大哥，您应该比我更了解日本。您平心而论，无论人的要素、物的要素、组织的要素，中国哪一样能和日本比拟？借用一句俗语，‘战必大败’就是‘秃子头上的虱子’，上海突袭，也没占太大的便宜呀，日本一增兵，战局就要变的。”

旷岳看着弟弟振振有词的样子，内心里升起一股悲哀，他眉头紧锁地说：“二弟，你头一个问题，就是对战争的前景完全丧失了信心！”

旷峻倒来了精神，干脆一吐为快：“大哥，战争是非常可怕的，生死攸关的。眼下唱着抗日高调的衮衮诸公，有几个是扛枪上战场的？在前线流血牺牲的不都是平民百姓吗？现在还实行‘焦土抗战’，带不走的通通烧光炸光，连我们杭州刚刚建成的‘钱江大桥’也保不了几天了，那可都是老百姓的血汗钱哪。唱抗日高调的有多少人想过战争最大的受害者是平民百姓？大哥，我们不惜牺牲四万万同胞的生命去培养一个抗战领袖、民族英雄，值得吗？所以，我看不出，‘和平救国’的主张有什么不妥当！”

旷岳大怒，双目圆睁，喝道：“放屁！你这是彻头彻尾的汉奸言论！什么‘和平救国’，不就是要我们中华民族跪着求生活吗？打着为平民百姓的招牌当遮羞布，掩盖自己的奴颜媚骨！我们堂堂有几千年历史文明的伟大民族，能够匍匐在敌人的刺刀下讨饭吃吗？二弟，你读书不少，怎么连‘民族气节’几个字都不认识啦！”

旷峻见旷岳真的动了怒，立即软了下来，一脸委屈地说：“你看你看，小弟不过在家里私下和你交换一点看法，何必吹胡子瞪眼呢？”

“二弟，你知道你致命的病根在哪里吗？”旷岳也压住了怒火。

旷峻一惊：“病根？还致命，请大哥指点。”

旷岳痛心地说：“你的‘病根’，就在从骨头缝里冒出来的‘崇日恐日’和民族自卑！在你眼睛里，日本人什么都是好的，中国人一无是处。你说我更了解日本，是呀，我十六岁进武备学堂，所有的教官都是日本人，我辛亥的第二年就流亡日本，我起先也觉得日本人了不起，聪明、苦干、守纪律，不怕牺牲，像个老师的模样。可是，慢慢发现，这个老师还有另外一面，心胸狭窄，固执残忍，野心很大，一心想要欺负学生，奴役学生！这样的老师能崇拜吗？二弟，你是个中国人，为什么看不起中国人呢？中华民族几千年来出过那么多优秀人物，为什么你的眼睛只盯着眼前的落后、软弱、窝里斗？呃，老实说，我这次来，除了看望母亲，也是对你不放心啊。去年，我去了趟台湾，在一家旧书店里偶尔看到一本日本人在台湾出版的《名人词典》，发现里面有我的名字，仔细一读，大吃一惊，有些连我自己都不在意的经历居然记载在词条的内容里，哎呀，当时我心里很震动，日本谋我之深，真可谓无所不用其极啊！说不定我旷某人都上了他们物色汉奸的黑名单哩。二弟，你是日本帝国大学的毕业生，又在日本做过外交官，你有不少日本朋友，你在内心里把日本人奉若神灵，你完全没有设防，这很危险哪！现在两国全面交兵，生死决战，你的行为必须谨慎检点，在民族利害上，不能越雷池半步！弟弟呀，你明白我的意思吗？”

旷岳这番话说得很动情，旷峻看来受到了触动，他的面容变得严肃而郑重，他微微地点头说：“大哥言重了。小弟绝非愚驽，知道有些路不能走错，一失足成千古恨哪！大哥，你就放心吧。”

第二天吃完早饭，石慧到小客厅来宣布，老太太请大家去见面了。

旷母沈书音倚着一摞被褥，半坐在床上。这间卧室朝南，阳光透过窗棂投射在屋子中央，屋子里很明亮。旷岳抬头，心里惊得一颤：母亲的面容异常苍白憔悴，两只眼睛凹陷，黯然无神，旷岳疾步上前，跪下，握住了母亲的手，热泪喷涌而出：“妈，您怎么这样啦？”

母亲温和地笑笑，用枯槁的手指摸了摸大儿子的脸，平静地说：“老啦，肠胃不好，养养就会慢慢恢复的。”她的声音很微弱，她用手招招。

旷峻说：“大家聚拢点，猫下腰，老人家有话说。”

沈老太太很吃力地说：“战争打进大门啦。我虽说是个老妇人，但自幼识文断字，知道‘华夷之大防’！岳儿是长子，官居政府要职，一切要以国事为重，也要多帮助你的弟弟，好啦，你退下，风儿过来。”旷岳见母亲说话很困难，忙闪开，旷风便跪在了祖母面前。老人家注视着这个大孙子，轻轻拍打着他的面颊，喘息着说：“小风儿长得这么高大威武了，你是长孙，我历来疼你重你。顾亭林有句话，‘天下兴亡，匹夫有责’，何况你是个军人呢。奶奶老啦，你就替奶奶站一班岗吧。”沈老太摆摆手，旷雨不等招呼，挤着跪到了哥哥的位置上，老太太努了努劲，用颤抖的双手捧着这个调皮孙子的脸蛋，笑眯眯地说，“你个捣蛋的小瘸子也长大了，记住，你有残疾，不能上前线，你跟不上啊。多照顾照顾你妈妈。告诉她，我是喜欢她这个媳妇的。”

沈老太重重地喘着气，闭上眼睛，摆了摆手，“我累了，都退下，岳儿，你们赶紧回南京，不要再来看我啦。”

众人回到小客厅，旷岳用责备的目光盯住旷峻和石慧：“母亲怎么突然衰弱到这种地步呢？不能再在家里耗着，马上进医院！”

石慧说：“好好，就进杭州市立医院吧。”

“不行，这里的医院条件差。”旷岳断然说，“立即送上海法租界博爱医院。这次上海战事一起，法国和英、美海军陆战队控制了法租界和公共租界，宣布‘保持中立’，那里是目前最安全的地方，让母亲在那里缓缓劲吧。”

旷峻说：“就怕老娘不愿意挪窝呀。”

旷岳瞪了弟弟一眼，石慧忙说：“我去问问婆婆的意思。”

旷岳说：“好，你对母亲说，这是我的意见，她要不同意，我就不走啦，留在这里侍候她老人家。”

石慧去了，不大一会儿，回来说，老太太同意了。

石慧是杭州市立医院的副院长，她打电话要来了一辆医院的救护车，还请内科主任开了一张需要转院治疗的证明。老太太被抬上了救护车，石慧跟救护车先行，苏恩开雪佛兰紧跟，旷峻带着祁妈由他的司机驾车也跟在后面。祁妈是湖北人，跟随老太太已经二十多年了。

三辆车开入上海市，要从徐家汇桥进入法租界时被卡住了。上海战争伊始，大批难民拥入法租界和公共租界，使两个租界人满为患，随着战事的进展，法租界和公共租界都在周边围上了铁丝网，并在所有进入租界的桥梁路口设卡，控制人员进入。石慧只得下车交涉，不多时，便悻悻地走过来，对旷岳说：“大哥，那个法国军官不让进。”

旷岳的脑瓜子一热，妈的，这是中国人的地面！可是他压住火说：“你把证明给他看，告诉他老太太有急病！”

“说啦，他说不行，现在是非常时期，请到华区就诊。”

旷岳下车，说，我去对他讲，旷风立即跟上。

旷岳看了一眼那个年轻法国军官的肩章，用生硬但能听懂的法语礼貌地说：“上尉先生，我可以在您的哨所，打一个电话给凡尔登大酒店的董事长拜琳娜女士吗？”

那个军官听懂了，他惊讶地打量着眼前这个两鬓花白的老人，他碰上了一双威严的目光，还注意到老人身后那个穿着军便服高大的青年。法国军官礼貌地一伸手：“可以，请！”

法国军官在前引路，旷岳、旷风大步走进哨所。旷岳拨通了电话，说了仅仅两三分钟，就笑着把电话听筒递给了那位法国军官。年轻的军官用法语和对方交流了一会儿，便放下听筒，笑着说：“拜琳娜女士经常到海军陆战队来慰问‘劳军’，我还和她一起照过相哩。她说，先生和她是欧战时的老战友！”

旷岳笑道：“没错，二十一年前，我和拜琳娜都在法国的凡尔登战场，都参加了保卫凡尔登的战斗，我当时的军阶是上校。”

啪嗒！那个法国年轻军官来了一个立正敬礼，双手递过一张纸，旷岳接过来一看，是一张可以贴在汽车前挡风玻璃上的“特别免检通行证”，标明由法国海军陆战队发放。年轻的军官慨然说：“您随时可以通行。”

旷岳热情地伸出手，一边和法国军官握手，一边说：“谢谢！”

入住博爱医院的手续办理得非常顺利，沈书音老太太住进了单人特护病房。旷岳看着母亲在舒适的病床上安然睡稳，心里觉得平静了许多。旷峻对哥哥说，自己从国外回来后，至今尚未安排新的职务，可以在这里守护照顾母亲，哥哥既然承担了到前线慰问的任务，还是早些回去有个交代为好。

旷岳点头称是，再三嘱咐弟弟，诸事小心谨慎，务必让母亲尽快恢复，有什么事情，及早告知。又把祁妈找来，嘱托一番，才登上回南京的路。

一路上，父子都陷入沉思，很少说话。

旷岳心中忐忑，细想此去杭州的种种，总觉得母亲的病，来得有点蹊跷，弟弟和石姨太的神情总有那么一点不自然。

9

呜——，凄厉悠长的空袭警报声响彻了南京城!

此时，旷家的客厅里几个年轻人正在热烈地议论着战局。日前，淞沪战场日军松井石根大将率领从华北前线抽调的和从本土赶运来的大军，在吴淞、狮子林、川沙口等处强行登陆，转守为攻，引起大家的关注和担心；而中国军队也大量向上海集中，除中路中央军外，广东张发奎、湖南刘建绪、桂系廖磊等部均奋勇投入战斗。李根兴奋地说，中国军队，无分派系，团结一致对敌，这是多么令人振奋的局面啊!

空袭警报打断了大伙的热议。

旷风说:“各位，我家没有防空洞，我提议，咱们干脆上三楼楼顶平台，亲眼看看日本鬼子的空中暴行!”

廖霞的眼神里掠过一丝畏惧，但没出声，这位爱美的大小姐今天也没有忘记抹了淡淡的口红。

武予岚首先响应:“好，好主意！谁害怕，请自便。”

谁能表示害怕呢？青年朋友们噔噔噔噔一口气登上了三楼，又从一个小侧门登上了平台。这里方圆不大，却阳光灿烂，视野开阔，当初这楼房的设计者做梦也不会想到它还会有眼下的功能。

约莫过了十分钟，廖霞大叫：“来啦！”

东南远方，空中出现了一群黑点，伴着隐隐的轰响，越来越近。

李根点着数叫道：“二十多架，有大有小，据说这种木更津双翼重轰炸机原材料主要是木头，头两次轰炸南京连保护的战斗机都不带，哼，日本军人也太无视中国的防空力量啦！”

“霍克，霍克！”武予岚指着天空叫道，“你们看，中国飞机起飞迎战啦！”

果然，空中掠过八架银鹰，这是中国空军霍克3主战斗机①。

年轻朋友们都屏住了呼吸，盯住蓝天。只见一架霍克3从侧翼冲向木更津机群，哎呀，冷不防被后面一架日本小驱逐机咬住了，说时迟那时快，霍克3陡地拔高，一个鹞子翻身，俯视小驱逐机，射出一串火舌，打个正中，那日本小驱逐机冒着浓烟一头栽落到城南野地里去了。

平台上爆发出一阵欢呼！

那架得胜的霍克3一转身，协同友机又向敌机群发动了攻击。这场空中混战只持续了三四分钟，两架日本木更津重轰炸机被击落，一架被击伤，其余的纷纷仓皇胡乱扔下炸弹狼狈逃去。战果3 ∶ 0。

“乌拉！”

“雄鹰，打得好！”

“中国雄鹰万岁！”年轻朋友们情不自禁地高呼雀跃。

---

① 霍克3是中国从美国购买的新式战斗机，是当时中国空军的主要战机，霍克是音译，原意为“鹰”。

解除警报有气无力地响了。

青年朋友们还在兴致勃勃地议论着刚才的空战。

旷风注意到大门打开了，一辆黑色道奇汽车缓缓驶进院子，旷风认识这辆车，有些意外地说：“哎，这不是马市长的车吗？我下去迎迎，二弟，你赶紧到书房去请爹，各位，请先到我们卧室里随便坐坐。”

武予岚说：“办你的事去吧，我们说会儿话就走。”

南京市的马超俊市长是孙科的亲信，太子系的红人，和旷岳多有交往。旷风把客人迎进客厅，刚奉上一杯香茗，旷岳已经匆匆走了进来。

马市长劈头说：“慕云兄，共产党要暴动，你知道吗？”

旷岳大吃一惊，忙问：“市长阁下有何依据？”

马市长说：“哈，近些日子大批衣冠不整、神情古怪的人，纷纷向傅厚岗集中，数量很不少哇，下面风传‘共产党要搞暴动’！我的公安局长追着我问，是否要采取什么应对行动？哎呀，现在国共合作，这是闹着玩的吗？”

旷岳说：“‘共产党要搞暴动’，笑话！怎么会有这样的事呢？绝对是谣言！”

马市长笑道：“呵呵，慕云兄，你近来又发飙，在‘万花楼’大宴共产党的代表，你和他们走得近，我们的关系也不远哪，所以，我先到你这里来摸摸底。”

旷岳明白了，说：“星樵兄，你是搞过劳工运动的人，眼下国共合作的局面刚刚形成，大家都在讲‘兄弟阋于墙，外御其侮’，相互要有起码的信赖嘛！下面的传言不可轻信哪。星樵兄，你看这样行不行：百闻不如一见，我派我的两个儿子做‘密探’，马上到傅厚岗打探一番，和他们的代表碰碰头，摸清底细，立即回来向你报告，你在这儿看着我给你画两幅画，怎么样？”

马市长满意地笑道：“呵呵呵，好好好，那就有劳二位公子啦。”

旷风、旷雨二人领命。旷雨驾车，沿着中山北路行至鼓楼，八路军驻南京办事处就在鼓楼附近，苏联大使馆斜对面的傅厚岗住宅区六十六号，原本是南开大学校长张伯苓的私宅，一幢带院子的二层洋楼。

兄弟二人来过，那时办事处刚开张，父亲听叶剑英说，办事处的警卫缺少枪支，立即让他们哥儿俩把后楼库房存放的四支三八式长枪、两支驳壳手枪连同两箱子弹送了过来了。旷雨记得，那次哥儿俩还在库房的一个木箱子里，发现两支德国克虏伯兵工厂生产的勃朗宁小手枪，工艺非常精致，旷风决定，雁过拔毛，兄弟二人各分一支。嘿嘿，那是一次美差，他熟练地把车倒进了院墙一角的车房，受到办事处工作人员的热情欢迎。

傅厚岗住宅区里面的路比较窄，旷雨放慢车速，他一眼却见街边一所旅店的大门口，李克农正在给一群围着他的人发放衣服和物品，说说笑笑甚是热闹。旷雨赶忙把车停住，旷风下车，见了李克农，把事情对他说了。

李克农呵呵笑了，指着身边的人群说：“你看，旷风同志，你眼前这些人，就是那位马市长说的‘衣冠不整、神情古怪’的人啦，他们都是刚从监狱里释放出来的‘政治犯’！这位年纪大点的李同志，曾经是黄埔军校的高才生，参加过南昌起义，后来受了伤，在上海被捕，在监狱里已经关了八九年啦；这位年轻的女同志，前年

‘一二·九’闹学生运动被捕的，也关了一年多啦；我身边这位帮我工作发东西的吴煦同志，是苏北游击队的，一直关在苏州的监狱里，释放后一路找到这里来的。这些同志都是国之精英啊，可刚从监狱里出来，又急着找组织，能够衣冠楚楚、神情坦然吗？旷风同志，我这里一下子拥来了好几百人，还接着来哪，我正发愁给大伙找地方住呢。你看，你看，谣言倒来啦。”

旷风说：“妈的，真是有人造谣，有人传谣，还有人信谣。李先生，你看这事怎么解释好？”

李克农说：“我现在走不开，让吴煦带你去见剑英同志，老叶正有事情要找你爹哪。”

有吴煦引路，门岗立即放行，汽车直接开进了八路军办事处的院子里。院子不大，人却不少，显得颇为热闹，旷雨指了指院子中间的一棵树，旷风见树上挂着一块小黑板，秦谷正站在黑板前面比比画画，给一群席地而坐的男女讲着什么。

兄弟二人被带进二楼的一个房间。叶剑英正和一位中年人坐在靠里墙的椅子上说着话，见吴煦把旷风、旷雨让进门，高兴地站起身向他们招手说：“旷风、旷雨，来来来来，我给你们介绍一位新朋友。”坐在侧面的那位中年人也笑着站了起来，叶剑英说，“这位是李世璋先生，他是参谋总长程颂云（程潜）特地派来联系事情的。我们正准备去拜望你们的老爹哩。世璋，这二位就是慕云先生的老大和老二，旷风和旷雨。旷风是中央军校第十期的，现在就是你们第一战区麾下第32军的通信排长，哈哈哈，他们都是爱国的热血青年哪！”

旷风和那位瘦而高、双目矍铄的李先生握手时，感到这位四十多岁的男子虽然穿着中山装，手却坚硬而有力，应该是个军人。

旷风把马市长来访和他们刚刚见到李克农的情形说了一遍，接着气愤地说：“现在有人造谣、传谣不足为奇，但像马市长这样的政府高官，平时嘴里也喊着‘兄弟阋于墙，外御其侮’，碰到一点实际问题，竟然连起码的判断能力都没有了，真是出乎我的意外。”

叶剑英笑道：“旷风同志，你是个富有正义感的年轻人，所以有这样的感慨。其实，国共两党打了十年的仗，彼此有些成见，甚至偏见，也是可以理解的。既然马市长有疑虑，我去解释解释，也见见这位父母官。再说，我和李先生也正有事情要去找令尊商量哩。”

旷风高兴地说：“那太好啦，叶先生亲自去解释最好，那就请您帮我们交了差。”他指着窗外院子里大树下说，“我们哥儿俩很想在这儿多待会儿，想去听听秦先生讲什么哩。”

叶剑英笑道：“好好好，我帮你们交差。你们放心地去听秦谷同志讲课，多和他谈谈，别看他也年轻，他可是我们党的理论家哟。”

叶剑英嘱咐吴煦招待客人，便和李世璋匆匆下楼，登上院子里一辆带帆布棚的小汽车，走了。

旷风、旷雨觉得这里一切都很新奇，不论是上下级之间、同事之间那种平等和谐的关系，还是一种说不清的紧张又热烈的气氛，都强烈地吸引着他们。吴煦给他们泡了茶，告诉他们，秦谷是在给新出狱的同志介绍形势和党的新任务。吴煦认为，秦谷眼下讲的东西，未必适合他们的胃口。

此时，窗外楼下传来男女合唱的歌声：

枪口对外，瞄准敌人。

不伤老百姓，不打自己人。
我们是革命的队伍，我们有火热的心。
捍卫中华民族，永做自由人！……

吴煦说，下课了，要散场，我们赶紧下楼抓住秦谷。

他们下楼走到院子里时，一位穿着不合体的灰军装的女同志还在追着秦谷不依不饶："秦谷同志，你说我们党为了团结抗日，答应在全国范围内停止推翻国民政府的武装暴动，那我们就不搞阶级革命啦？农民兄弟就不打土豪分田地啦？我在监狱里受了那么多折磨就拉倒啦？"

秦谷耐心地笑着说："柳耘同志，眼下抗日就是最大的革命！因为日本军国主义威胁我们民族的生存哪，他们妄想把四万万五千万人口的中华民族变作他们木屐下的奴隶牛马。中华民族的绝大多数是劳苦大众，我们代表劳动人民的根本利益，能不起来战斗吗？但是，我们现在的力量还太小哇，如果没有国民政府的力量，就不可能形成最广泛的抗日民族统一战线，就不可能打败日本帝国主义。所以，我们要让步，要让步哇。柳耘同志，你够得上一个老革命啦，心胸要宽广，眼光要远大，不仅要懂进攻，更要懂让步。鲁迅先生有句诗，'度尽劫波兄弟在，相逢一笑泯恩仇'，有那么点契合眼下的形势，你再仔细琢磨琢磨。"

秦谷看见了走近的客人们，迎上前，热情地伸出了手。

秦谷又转身给旷风、旷雨介绍说："这位女同志叫柳耘，别看她年轻，长得标致，她可是我们八路军中有名的女游击队长，两只手会打枪，百发百中，而且还是个文艺尖子哩。柳耘同志，这位叫旷风，这位叫旷雨，哥儿俩，他们都是坚决主张枪口对外，团结抗日的，你们拉拉手，认识认识。”

柳耘一边和旷风、旷雨热情地握手，一边笑着说：“哈哈，你们的名字好好听哩，听上去好像是狂风暴雨呀，我看中国现在就特别需要狂风暴雨！”

旷风见这个年轻的女军人身材挺拔，大大的眼睛，很秀气的脸蛋却透着一股野气，但她的开朗豪爽，还是把兄弟俩逗乐了。

秦谷对吴煦说：“老吴，把客人交给我吧。你还要赶紧去帮克农同志办事。”

秦谷把旷风、旷雨带进二楼自己的办公室，笑着说，我给你们煮点咖啡尝尝。他给一个擦得锃亮的镔铁小煤油炉点上火，放上注水的咖啡锅。秦谷留着中分头，由于头发茂密，显得高高耸起。他戴一副黑色圆框眼镜，大概因生活经历的跌宕丰富，虽刚年届而立，却显得老成持重。

旷风把马市长来访的事情说了一遍。

秦谷笑道：“嗨，国共两党积怨太深，多年来国民党的宣传把共产党妖魔化啦，现在转而合作抗日，闹点误会，也不足为奇。只要双方都抱有诚意，解释清楚也就完了。呃，剑英同志没说他和李先生找你们老爹商量什么事？”

旷风说：“没有，叶先生要亲自去向马市长做解释，两个人匆匆忙忙就走了。”

秦谷说：“是这样，8月下旬，八路军三个师东渡黄河，进入山西，归入第二战区序列，这就有了个和友军配合作战、和地方特别是第二战区阎长官（阎锡山）的关系问题，中央决定派周恩来同志到山西去工作一段时间。程总参谋长推荐你父亲代表第一战区和他本人陪同前往，我们觉得很合适啊，老叶和李先生就是去找令尊商量落实这件事情的。”

旷雨插言：“哈，我爹说，他这辈子做的第一件大事情，就是跟着吴禄贞搞燕晋联军，他和山西有缘哪。”

秦谷感兴趣地笑道：“我读过不少辛亥时期的史料。孙中山先生说，‘倘非山西起义，断绝南北交通，天下事未可知也’。那个阎锡山连娘子关都不敢出，是吴禄贞说服他组建燕晋联军，又派你们老爹带兵在石家庄扣押了清军的辎重列车，断绝了南北交通，急得袁世凯吐了血，吴禄贞也因此被刺杀。据史料记载，是旷先生抱着吴禄贞的遗体，带着扣押的清军辎重粮饷退入山西的，呵呵，山西人得念他的好哇。”

旷风说：“当年有个细节，外面绝少有人知道。”

“哦？那你说给我听听！”秦谷灼灼的眼睛盯住旷风。

旷风说：“我爹崇拜吴禄贞，对吴联合张绍曾和蓝天蔚三路进攻北京的计划抱着极大的希望。吴禄贞被刺的午夜，他就住在火车站司令部隔着几间的屋子里，他被枪声惊醒，黑暗中只摸到一把短剑就冲出门去，他是第一个赶到被刺现场的，月光下他看见吴统制浑身是血，人头已经不见了，他悲愤到极点，竟然用手中的短剑自刎！”

“自刎？”秦谷吃了一惊。

“是的，自刎！幸亏那把短剑是个装饰，没有开口，很钝，从他脖子上刮下一条肉，鲜血哗地流下来，疼痛使他猛醒，他这才和第六镇的革命官兵一起举义。”

“哎呀，这举动太性格化啦！”秦谷不禁喟叹。

旷雨说：“嘿嘿，我爹年轻的时候，非常冲动，这种事他干得出来。老实说，我心里特别庆幸那把短剑没有开口哩！”

秦谷被旷雨认真又滑稽的表情逗乐了：“呵呵呵，是啊，要是开了口，就没有你和旷风啦！”

咖啡壶发出吱吱的叫声，咕嘟咕嘟地喷着热气，房间里弥漫着咖啡豆的芳香，秦谷关了火，斟满三杯咖啡，又从柜子里拿出方糖、饼干和一些食物放在桌上。接着说：“你们老爹现在已年过半百，我感到，他还是个性情中人。”

旷风、旷雨呷着咖啡，毫不客气地嚼着饼干和糖果，旷风久闻秦谷少年时就投身革命，十九岁被派往苏联留学，听过斯大林的演讲，后来在共产党里当过大官，走过雪山草地，还参加处理“西安事变”，哎呀，自己这个少爷羔子真没法和人家比呀！眼下，受到他热情的接待，感到他毫无架子，非常亲切，便请秦谷谈谈自己很关心的国际形势。

秦谷非常健谈，他说，在欧洲，德国纳粹党和意大利法西斯党正迅速膨胀，阿道夫·希特勒极力煽起极端民族主义和反犹太主义的社会思潮，宣扬什么“生存空间论”，把世界比作“优胜劣汰的丛林”，鼓吹大日耳曼民族是丛林中最优秀的民族，这极其危险哪。

他忧心忡忡地说：“去年，日本和德国签署了《反共产国际协定》，形成了欧、亚法西斯轴心。他们打着反共产主义的旗帜，蒙蔽英、法，疯狂地扩军备战，准备发动大规模的侵略战争。我担心欧洲德、意法西斯纳粹主义和亚洲日本军国主义沆瀣一气，将给人类带来巨大的灾难啊！”

秦谷带点无锡口音侃侃而谈，大大扩展了旷风、旷雨的视野，激发起他们浓厚的兴趣。秦谷想不到的是，他对德国的介绍，竟同时触动了兄弟二人内心里对矢原慎一父女的关切和担忧——花子安全地到了德国吗？她现在生活得怎么样？

秦谷乘兴也谈到中日南北两个战场：上海我军虽转入守势，但步步为营，日军每前进一步，都要付出血的代价。在华北，日寇占领平津后，分三路进逼，一路沿平汉线进攻保定，一路沿平绥线进攻南口，一路沿津浦线南下。最激烈的战斗发生在平绥路东段的要塞南口，我军的阻击打得非常顽强，据说，两军刺刀见红的肉搏战多达数十次，南口是河北、察哈尔、山西的咽喉要道，南口一丢，山西的东北部就完全暴露于敌前，山西中日大战的帷幕就正式拉开了。

旷风说，华北和上海的战事爆发后，外国语文补习所的教学秩序完全被打乱了，已经有好几位学员放弃学习，回原来的部队去了，他也感到无法坐在教室里听讲啦。

旷雨说，他绝不会选择此时出国留学，但他的左脚残疾，不可能上前线打仗，自己能为抗日做点什么呢？心里颇感苦闷彷徨。

秦谷很诚恳地说：“你们年轻朋友搞个什么沙龙已经很难适应形势啦，应该尽快从象牙之塔里走出来，到基层去，到人民大众中去，到火热的第一线去，在实际斗争中，才能真正体验到人民群众的伟大力量和劳动人民的疾苦。我还是那个想法，希望你们能以抗日为起点，真正走上革命的道路。”

秦谷赞赏旷雨的聪明和多才多艺，热情地鼓励他说：“旷雨同志，你千万不要因为有点残疾而自卑，你有那么多长处，你会唱歌，会演戏，你的脑瓜儿灵，出口成章会编词，是个搞宣传的人才呀。眼下宣传抗日，唤起民众是一篇大文章，你把你的长处充分发挥出来，一定会对抗战、对国家和民族做出贡献的。”

旷风、旷雨回到家里，父亲告诉他们，叶剑英和马市长相谈甚欢，马市长疑虑冰释，表示要向上峰报告情况，并训斥部下，多做对团结抗战有利的事情，不要无事生非，造谣传谣。马市长还私下对我说，你的两个儿子居然能把中共要员搬动过来，很不简单哪。

旷风、旷雨在家里吃过晚饭，才骑脚踏车回到外国语文补习所的宿舍。外国语文补习所的宿舍也是借用中央陆军军官学校的房子，两层平顶楼房，一律铺着地板，每四个人一间房。这里旷风很熟，他们住在一楼，除了哥儿俩，另两位是霍克欧和罗大伟，都是旷风同期的同学。霍克欧在军校学的是炮兵，他本是70军第19师炮兵营的一个副连长，这次来补习所选修德文；罗大伟在军校就是旷风学通信的同班同学，而且到补习所也是选修的俄文。兄弟俩回到宿舍的时候，只有霍克欧在屋里。

房间不算大，一人一床，每个学员还配备了一张书桌。一般说，书桌的抽屉是上锁的，可是旷风从来不锁抽屉。此时，他发现他的书桌中间的大抽屉开着点口，心中一动，抽开来看，见里面的东西显然被翻动过，但包括一些传单和非公开发行的印刷品并未丢失。他抬起头来，正碰上霍克欧的目光。

霍克欧问：“被人翻动检查啦？”

旷风说：“没错，但东西没丢。”

“你认为是谁？不会怀疑我吧。”

旷风笑道：“当然不是你，我们是好朋友嘛，我想可能是罗大伟。”

霍克欧冷笑道：“嘿嘿，八成是他，他可是复兴社的人。”

旷风说：“军校没毕业前，我就见他鬼鬼祟祟地写过什么，心想这位仁兄大概参加复兴社了，不定打谁的小报告呢。不过，我不怕，我不是共产党。”

“你当然不怕，你有老爹做后台嘛。”霍克欧大声宣布，“我要走啦，给你们兄弟打个招呼，我要回部队了。临别赠言，旷风老弟，你的大少爷脾气得改一改啦，什么事情都大大咧咧、满不在乎，这怎么行呢？老弟，现在是人心叵测啊！”

旷风说：“谢谢你的忠告。霍兄，我也决定回部队了，32军驻守河北南部的邢台，现在日寇正在进攻保定，我怎么能还待在这里呢？”

旷雨心知会有此别，他知道大哥放不下他，赶忙笑着鼓励哥哥：“走吧，大哥，你应该上前线去！”

霍克欧提议：“哈，又要分别啦，咱们找个小酒馆，一醉方休如何？”

旷风响应：“好哇，我请客。”

三个朋友加兄弟，勾肩搭背，边走边说，找地方买醉去了。

10

凌婷立送走了丈夫。

凌婷立记得，她尚未及笄之时，母亲曾请一位有名的相士给她看过相。那位仙风道骨的老头说，这姑娘是“相夫命”，她记住了这三个字。她认为，“相”者，辅助也，只能帮忙，不能干扰。她虽然很少出门，但对丈夫在外面的事情是关心的，这一次，她听说旷岳是陪共产党的一位要人到山西去，而且程颂云还要长途陪送到彰德（今安阳），她隐隐约约地感到，这里面透露了当局对此事的重视和国共双方合作抗日的诚意。

苏恩跟着旷岳一起去了山西，苏恩是保定城郊苏家村人，家中一贫如洗，十六岁离乡当兵吃粮，没受过几天军训，就赶上第一次直奉大战，一块弹片打中了他的小肚子。旷岳在死人堆里发现他还有口气，自己背着他走了四五里地，找到伤兵医院，对一个认识的军医说，尽力救活他，他还是个孩子！苏恩伤愈后就跟了旷岳，先做小勤务兵，后当副官，旷岳离开军籍，苏恩学会开车，当了司机。以旷岳的能力，完全可以帮助他独立发展，可苏恩既不求名也不谋利，就认定要跟着旷岳。这两个人的关系，介乎上下级、主仆、父子之间，说不清。凌婷立认定，苏恩的最大长处是特别忠诚可靠，所以，有他跟着丈夫，凌婷立心里也比较安稳。

紧接着，凌婷立又忙着替大儿子收拾行装。她虽然口头上责备丈夫只重视长子，但心里面大儿子的分量还是很重的。旷风是个军人，国难当头，她不能阻止他上前线，但她明白，枪子儿和炮弹是不认人的。她亲自送儿子到下关码头，旷风选择了乘船到武汉，然后转平汉线列车直达邯郸，再往前就是邢台了。到码头送行的还有旷雨、武予岚、李根、廖霞、旷一鸣等。母亲眼巴巴地瞅着大儿子上了船，年轻朋友纷纷说些壮别的话儿，旷风意气风发，表示一定奋勇杀敌，颇有几分“风萧萧兮易水寒”的味道。

凌婷立回到家里，把厨娘郭喜叫来，让郭喜扶着她，围着前院后院缓缓地走了一圈。她见水泥车道旁樱桃树上一簇簇水灵灵的果儿红绿相间，院墙边高大的杏树上杏儿已经泛黄，后院小楼前石榴树上绿油油的叶子半掩着丰满的多子果。一低头，她看见了石榴树下那个月牙形的小水池，水池中的假山石上遍布苍翠的青苔，水面漂着两片荷叶，一只青蛙正在荷叶上抻腿，水中一群色彩斑斓的小鱼不停地甩动着尾巴，忽上忽下，忽东忽西，多么随兴！凌婷立一下子看愣了，这个老式的女人似乎悟到了什么，是造化的神奇，生命的自在？不，她想到了这个小水池的制作者——那个她从北平带来的花把式老张头，赵庭春荐来的，一个憨厚的不爱说话的中年农民，郭喜说他一锥子都攮不出一个屁来，可他竟有如此高明的创作！

凌婷立蹙着眉头，深深地叹了口气：唉，眼前的一切都显示出静谧、安详和富足，是呀，挣扎半生，小媳妇就快熬成婆了，总算营造了这么一个家，可是，这里的一切都面临着毁灭！

在这个家庭里，谁也不会想到，首先考虑撤退的是主妇凌婷立。凌婷立不喜欢东跑西颠地串门，平日里除了静静地坐在窗下看小说，趴在桌上填一首旧体小词，就是约三五闺友打打小牌。小牌者，搓搓麻将也，输赢不大，“醉翁之意不在酒”，在于交流内部信息。凌婷立从武岩夫人佟雪梅那里获得许多准确“情报”，她综合多方情况判断，眼前战争的局势不妙，南京作为国家的首都，必然成为日寇攫取的重要目标，从时间上算，沦于敌手的日子已经不远了。因此，她要安排撤退了。

凌婷立回到卧室，从大立柜里取出一摞银圆，放在窗下的书桌上，自己坐在书桌旁。她看了一眼站在近前的郭喜，郭喜是个标准的乡村美女，大眼睛，弯眉毛，红通通的双颊，乌黑的发髻，双乳高耸，十分健壮，一双半大子脚——缠得不太紧，放得比较早的脚。

凌婷立问：“郭妈，大壮和小穗在老家过得还好吗？”

郭喜笑得很甜，说：“好着哪！我和庭春在这儿花不了什么钱，工钱都攒下来，全捎回他老家。听说已经买下四十亩好地啦，过得肥着哪。”

凌婷立说：“眼下北平已经丢了，日本鬼子正在进攻保定，我看庭春的老家也有点悬哪。”她推了一下桌上的银圆，继续说，“这五十块钱是我额外给你们的，让庭春赶紧找人捎回他老家去，害怕情况有变哪。”

郭喜有些犹豫：“太太，这……”

凌婷立不容多嘴：“别推，赶紧拿走办事。郭妈，亡国奴不好当啊。就是我们南京这里，也要准备逃难啦，今后天南海北的，究竟发生什么事，谁能说得准呢。”

郭喜恭谨地答道：“是，多谢太太。我这就照您的意思办。”

凌婷立看着郭喜健壮的背影消失在门口，听着她倒腾半大子脚下楼的声音，又轻轻叹了口气。窗下的光线很好，书桌上放着一本线装的《全像古今小说》，她刚看完第四十回《沈小霞相会出师表》，可是已经没有读下去的兴趣了。她微闭双目，渐渐沉入一段回忆……

郭喜是她第三个儿子旷平的奶妈。那年她随丈夫驻军河北南部一个古老的城市。小奶妈是她临盆前让苏恩到媒人行去领来的。第一天来，灰头土脸地低头站在屋里，凌婷立一眼就看上了她的健康，双颊通红是打内里喷射出来的，五官清秀而透着野气，一件破旧的花衣几乎要被鼓鼓的双乳撑开，下面一双半大子脚穿着半新的白色丧鞋。在凌婷立仔细盘问下，小女子不安地搓着衣角，但语言表达很清晰。她说，自己是城郊农村的，结婚刚怀上孩子，丈夫就下关东，到长白山伐木挣钱去了。没想被倒下的大树砸在腰上，登时就吐血死了。自己生下孩子三天就接到丈夫的死信，孩子刚满月又得了小儿惊疯，婆婆找跳大神的跳了一宿，也没有留住孩子的魂，婆婆一咬牙，吞了大烟泡子。娘家人见自己实在无路可走，奶水没有退，才把自己送到了媒人行。小女子看了一眼脚上的白鞋，说穿丧鞋不吉利，可以马上换。

凌婷立听着女子平静的叙述，鼻子发酸。心想，这女孩儿命运够悲惨，长得倒不赖，是一朵惹人的野花，把她留下。于是说：“不用换，穿丧鞋是祭奠亲人，必须穿够七七。你留下，奶我的小三儿，包吃包住，每个月给你两块大洋，将来孩子断了奶，如果你仍然留下，就只给一块大洋了。明天我叫裁缝给你量一身衣服，算是我给你的见面礼。”郭喜扑通跪下，给凌婷立磕了一个头，说，以后我全听您的。

小三儿尚未满月，地方上发生了一件大事情。

当时，旷岳热心水利，被推为县城水利会会长。有一个副会长叫陶世仁，是方圆百里热心公益的慈善家，在县城西郊龙王庙镇建有巨宅，因为他父辈才迁居于此，乡人多不明其身世。陶世仁四十多岁，既有城府又随和，自称早年曾在日本炮兵学校求学，懂得一些测量知识，愿意参与开渠的水利设计。有一天，设计队伍测量到龙王庙镇，旷岳与陶世仁都在，陶世仁邀请旷岳到他的庄园小憩，旷岳欣然从命。

龙王庙镇距县城以西二十余里，是个大镇，陶家庄园就在镇子东南角。老旧的围墙又高又厚，黑漆大门已经斑驳，旷岳注意到院子后墙北角矗立一座碉楼。陶世仁笑道："这座庄园是先父亲自督造，您看这碉楼，用花岗巨石筑成，两丈多高才有一个厚铁门，只有一条马道可以上去，没有窗户，只有枪眼，楼下常年放着粮食和水。先父说这是防土匪的，哈哈哈，终其一生也没有用过。"

旷岳正色道："我看令尊老伯父是一个有远见的人。陶兄，'凡事预则立，不预则废'呀，我劝你今天就把它收拾妥善。如今兵荒马乱，土匪猖獗，保不定哪天就用上啦。"

庄园的正房是青砖二层西式小楼，客厅很大，陈设洋味颇浓，摆着真皮沙发，玻璃茶几，还放着一架国内少见的进口乳白色钢琴。陶世仁说，他有一儿一女，儿子在英国读书，毕业后已在英国做事；女儿在北京读高中，酷爱音乐，这钢琴就是专门为她买的。那一天，主客相谈甚欢。

临别，旷岳送给主人一把德国造的军用信号枪，嘱咐说："如遇紧急情况，白天举烟为号，晚上就对空发射信号弹。"

五天以后的夜晚，值班参谋来向旷岳报告，城西上空连续升起九发信号弹。旷岳命令：“骑兵连紧急集合！”

旷岳亲率骑兵连风驰电掣般赶到龙王庙镇。果然，土匪包围了陶家大院，正在进攻碉楼。旷岳利用马车拉的马克沁重机枪射程远火力猛的优势，把土匪全都赶进院子，正如他所料，院子里水源已被破坏，土匪只坚持了一天多，就竖起白旗，把武器扔出门外，捆了头头“军师”赛诸葛，乖乖地投降了。

事后了解，土匪是来抢亲的。陶家小姐芳龄十八，会弹琴唱歌跳舞，有沉鱼落雁之容，性情却张扬，暑假里，常白衣白裤骑一匹白马驰骋于田野间，被土匪头子刘黑脸盯上了。为虎作伥的赛诸葛白一，亲自挑选了六十名匪徒，一人一骑，假扮长途贩运的马帮，分批潜入龙王庙镇，于黄昏时分包围了陶家大院。赛诸葛公然大摇大摆进庄提亲，聘礼是九个金元宝外加一柄玉如意，说完就要请小姐上轿。陶世仁满脸堆笑说，婚姻大事，岂能过于草率，请容我一个时辰，让我和老妻通通气，陶家颇有家底，无论如何也要给女儿备份嫁妆嘛，再说诸位好汉辛苦一趟，也应该意思意思。那赛诸葛认为连只苍蝇也别想飞出庄子，他一阵奸笑道，好，看在未来压寨夫人的面子上，我就在庄外等你一个时辰。孰知等他再进陶家大院，陶家主仆已经登上碉楼，水源也被破坏了。

碉楼一条马道被枪封死谁能上得去？煌煌陶府被盛怒的土匪打砸得惨不忍睹，那架越洋而来的乳白色钢琴也被砸得稀巴烂。从碉楼上被救下来的陶世仁对旷岳说，老妻和小女片刻都不愿待在这伤心之地，我们决定全家移居英国，依傍儿子。想向慕云老弟商借一万现洋，愿以北京一处房产作为抵押。旷岳说，我的太太确有一万现洋，是中了万国储蓄头彩的奖金，她这个女人不太看重金钱，我和她商量，估计可以借给你们，至于抵押，就小看人啦。陶世仁笑道，老弟太过迂阔，借贷抵押，是商贸规矩，你不要抵押，我如何向你借钱呢？

凌婷立拿出来一万现洋，陶世仁匆匆举家迁走，留下了作为抵押的一个白色信封，但夫妻二人都没有拆开来看。

这年秋天，北方爆发了“首都革命”（史称“北京政变”），贿选总统曹锟被囚，直系军阀首领吴佩孚被迫浮海逃往南方。旷岳是参与起事的核心分子，因而官阶陡升，风光地进入北京。他一大家子人住在哪里？于是，想起了那个白色信封。拆开一看，里面除了一张房契，还有一封陶世仁写的短信，信上说：感谢慕云老弟救他一家性命，他决意迁居英国，既依傍儿子，也为女儿的发展提供一个机会。北京的房产，是祖辈传下来的，现在留给旷家，半还半赠，也算表示一点由衷的谢意，万望不要推却。

金秋十月的一天，旷岳和凌婷立带着怀抱小三儿的郭喜、副官苏恩乘一辆马车，循址在西城一条胡同里找到了这所住宅，见黑漆大门紧闭，苏恩上前叫门，半晌，一个又高又瘦、面色苍白的男子开门出来，打量了众人，问道：“你们可是旷老爷家的？”

旷岳说：“在下姓旷名岳字慕云。”

那人扑地跪倒，叩下头去，喊道：“小人赵庭春拜见新主人，哎呀，总算把你们盼来啦！”

旷岳急忙上前扶起说：“赵庭春，今后不可行此大礼啦，前面带路吧。”

走进大门，众人皆感惊讶，因为房子很大，前院南房是个能容数十人聚会的厅堂，堂前有长廊弯曲地通向北房，中间是高高的假山。赵庭春正引导众人往后院走，蓦地一个趔趄摔倒在地，晕过去了。旷岳迅速上前，一边用拇指按住他的人中，一边说："他是饿晕的，赶紧冲一杯糖水来！"

众人仓促间哪里去找糖水？只见郭喜红着脸在凌婷立耳边低语几句，凌婷立点头，那郭喜躲到假山后面，片刻就从她鲜红鼓胀的两个奶头里挤出多半碗奶水，苏恩把奶水灌进了赵庭春的咽喉，不多时，赵庭春身子一哆嗦，醒啦。

在后院的北房里，凌婷立坐在一张红木八仙桌的旁边，扫了一眼身后紫檀木雕花的条案上用玻璃罩罩着的自鸣钟和两边的古瓷瓶，问道："赵庭春，你几天没吃饭啦？"

赵庭春喘息着说："禀太太，小人已三天颗粒未进。陶老爷说，旷老爷不久即到，小人敬候已逾半载，实在是身无分文啦。"

凌婷立说："你这个呆瓜，家中有这么多东西，随便拿一件出去当了，不就有钱吃饭了吗？"

赵庭春说："太太说笑话哩，东西都是主人的，主人没有点头，我一件也不能动啊！"

凌婷立说："好，你留下，在我家当管事，包吃包住，每月四块大洋。"

赵庭春躬身答道："谢太太恩典，小人一切听您吩咐。"

凌婷立没想到，那多半碗奶水竟勾出了一段私情。

小三儿断奶后，郭喜由奶妈改任厨娘。她心灵手巧，学什么会什么，特别是烧得一手地道的湖北菜。

有一天，凌婷立把她叫到内室，一拍桌子，喝道："跪下！老实说，你肚子里是谁的种？"

郭喜跪着低头嗫嚅：“是赵庭春的。”

凌婷立气得在屋子里转了几圈，慢慢平静下来，从立柜里取出一摞银圆，放在桌角，语气缓和地说：“你们年纪轻，男欢女爱，本是常情，不过我家不容私通。这里有三十块钱，是我给你的，你拿了今天晚上就和赵庭春回他的老家去，把孩子生下来。你要愿意回来跟我，可以；但孩子不能带回来。过两年，我让你们明媒正娶，过去的事情就不要再提了。”

郭喜趴在地上，咚咚咚磕了三个响头，拿着钱走了。当晚，赵庭春带她回了老家。

郭喜生下一个大胖小子，取名大壮。刚满月，一咬牙，独自回了旷家，继续当她的厨娘。

一年后，在凌婷立主持下，明媒正娶，赵庭春和郭喜结为夫妻。凌婷立是主婚人，连证婚人旷岳都不知道新婚夫妇已经有了一个儿子。这对夫妇后来又添了一个闺女，取名小穗，仍送回老家养着。

日本鬼子侵占热河后，旷岳夫妇把北平的房产卖了，在南京买下了蓬山路这幢西式洋房。可是如今……

凌婷立的思绪渐渐回到现实，是啊，日本鬼子又追上来了！要逃难，偌大个家业，总不能唱空城计吧！让谁留下来看管呢？最合适的当然是赵庭春，可是，拆散一对夫妻，这句话怎么说得出口呢？

赵庭春遵照妻子的意思，找到在南京谋事的一个亲侄子，让他辞了工，立即把六十块现洋送回老家去交给爷爷奶奶。赵庭春办完事回到家已经很晚，在厨房里吃完老婆给准备的那份晚饭，才抹着嘴回自己的“小家”。

赵庭春和郭喜的“小家”安在汽车房的楼上。这个独立的车房青砖砌造，上面加盖了一层，南面开一个小窗户，整体抹着厚厚的“洋灰”。赵庭春沿着汽车房后不起眼的楼梯走到二楼，进门是隔出来的窄窄的起居室，放着一张桌子和两把椅子，一侧装修了一个小厕所。起居室里门套着一间方方正正的卧室，不算小，南墙有窗，挂着灰色的窗帘，几件家具虽然陈旧却都收拾得干干净净。最显眼的莫过于东面白粉墙上挂着一幅裱工精致的立轴，上面是用大写意的笔法画着两株枝干纠缠在一起的相思树，背景是姹紫嫣红的山野，天头有秀丽的行楷题写的几行字，写的是：“山野连理枝，相依永相持。庭春先生郭喜女士结婚志喜”，下面落款是：“旷岳作画，婷立补白，庚午冬于北平”。

赵庭春向老婆交了差，老婆让他去洗澡。

郭喜舒坦地躺在床上，她对自己这个既坚固又安静的小天地是很满意的，她听着起居室厕所里哗哗的水响，突然想起上午的情景，她分明记得，太太从前院绕到后院，愁眉不展地足足叹了四口气。太太想到了大壮和小穗，又说“南京这里也要逃难啦”，哎呀，郭喜心中一颤。如果逃难，谁留下看房子？这么大的宅院，总不能没有一个人看管呀。这个机灵的女人，想到了一句俗话：“养兵千日，用兵一时。”难道要等主人说这句话吗？何况这个“大家”里还套着自己的“小家”呢。

赵庭春光着身子就走进来了，郭喜一掀薄被，男人就把女人抱住了。

郭喜灭了电灯，赵庭春感到女人这个晚上格外温柔主动，勾得他也放肆起来，不停地颠来倒去，那张老旧的木床也就不停地发出咯吱咯吱的呻吟。郭喜抚摸着男人光滑的脊背，这个在泥土里滚大的健壮女人感到很快活，她陶醉，她心里吧嗒：这两个人的小窝多么温暖，这咯吱咯吱的声音多么动听……

11

10月上旬，旷岳从山西回到南京。

到家的第二天，叶剑英和秦谷就来看望了他。对他在山西期间，凭借与地方上层的良好关系，化解国共合作中的一些不谐，扩大了抗日民族统一战线的影响，特别是为改善八路军的军需供应和军饷提升多方奔走，取得一些成果，表示谢意。叶剑英恳切地说："慕云先生雪中送炭，是我们党的真朋友啊。"

旷岳受到夸赞，心里高兴，脸上笑开了花，连说："哎呀，携手对敌，我尽点儿绵薄之力，何足挂齿呢。我南返前不久，八路军115师在平型关打了一个胜仗，歼灭日寇板垣师团一千多人，这个伏击战打得漂亮啊，整个山西前线的将士都受到鼓舞，太原各界抗战的热度都白热化啦，哈，日本鬼子吹嘘不可战胜的神话被戳破了！我本人也高兴得很，我还要向你们表示祝贺和感谢哩。"

旷岳是一个特别喜欢说话的人，他兴致勃勃地谈起，9月初，他和周先生是到代县雁门关脚下的太和岭口去会见阎锡山的，那是一个只有一百多户人家的美丽的小山村，同行的还有八路军129师的徐副师长，他是五台人，出生的永安村紧挨着阎家的河边村哪，哈哈哈，老乡会老乡，还真有点乡土人情味哩。

他说，当时阎长官正遭遇雁北惨败，原本苦心经营的“国防工事”和寄予厚望的“大同会战”全部泡了汤，心情糟糕到极点。周先生非常诚恳地宽慰了这位觉得晋绥军很丢面子的司令长官，顺势力劝阎长官不要单纯依靠正面的阵地防御，一定要在敌人的侧背加强游击战争，还要利用山西山多的地形，相机发动山地伏击战和运动战。阎长官听得入了神，连连点头称善，并且，同意八路军不参加正面防御，而着力于发动敌人侧后的游击战争。周先生建议在山西成立一个“抗日民族自卫战争总动员委员会”，阎锡山也表示支持。这位第二战区司令长官不但当面赞扬周先生的才干，还委托他对山西抗战的全面规划写一个意见，为那个“总动员委员会”草拟一个方案。

旷岳笑道：“后来，我听说，阎长官把那个委员会的名字改成了‘第二战区民族革命战争总动员委员会’，哈哈，听起来革命的味道更浓啦！”

秦谷也笑道：“其实，什么名字无所谓，有了这么个组织，对更广泛地发动山西各界民众投入抗战，大有裨益呀，阎锡山能支持这件事情就很不容易啦！”

旷岳说：“阎百川这个人，经史之书读了不少，儒家的思想比较重。虽说心眼多，为人机变，但在民族大节上十分清醒。现在日军进攻山西的主力第5师团的头头板垣征四郎，就是他在日本陆军士官学校的同期同学，日本人没少拉他，他说过，一当汉奸，就‘千夫所指’，‘无病而死’。我知道，他害怕你们共产党在山西扎下根子，‘请神容易送神难’哪，可是，眼下日本人要把他扫地出门，他还得仰仗八路军‘守土抗战’，所以，我看眼下山西的国共合作暂时不会有什么大问题。”

叶剑英笑道：“慕云先生，我们的看法十分一致，哈哈哈，可谓英雄所见略同啊！”

这一天，应客人之请，旷岳把夫人请出来相见。凌婷立穿一身淡紫色湖缎八分袖旗袍，三寸金莲外套了一双塞满棉花的黑色小皮鞋，她很高，端庄而善于辞令，别有一番平和清雅的风韵。

夫妻二人见贵客诚恳，情意殷殷，兴致也特别高，执意要为客人当场作画相赠。于是领着客人从客厅南门直接走进了外面罩着的玻璃大画室。这间画室很高，红瓦屋顶直接衔在二楼的窗下，三面高墙都镶着大块玻璃，光线三面射入，十分明亮。正面玻璃门楣上镶着一块檀木板，上面刻着“涵庐”两个隶字，后面小字款识是“婷立学书”。

叶剑英抬头观赏，笑着称赞说：“旷夫人这两个隶字写得好，很有筋骨，没有八分书的拘谨，倒透露出张迁碑质朴奔放的精髓，看得出夫人在两汉碑刻上下过功夫啊。”

凌婷立欣喜地说：“叶先生好眼力！我五岁习字，从七岁到十七岁，临摹两汉碑刻整整十年，笔力还是太软哪，方家见笑，见笑。”

画室中央，摆着一张一米多宽、三米多长的梨花木大画案。夫妻二人合作十分默契，凌婷立铺下一张裁好的宣纸，旷岳已经脱了外罩的灰色湖绸长衫，只穿白洋布的裤褂，晃晃悠悠走到画案前，随意拈过一支画笔，一捋衣袖，饱蘸浓墨，在清水钵里一转，唰唰唰唰，运笔如风，也就一袋烟的工夫，一幅墨竹已经画成。他抬头笑道：“这是送给叶先生的。”

叶剑英细看，只见那竹叶或浓，或淡，或隐，或现，或伸，或曲，或倒，或侧；那竹枝歪歪斜斜，前倾后仰，但通篇一体，似在疾风之中，不禁抚掌笑道：“哎呀，‘风骄雨秀’！慕云先生，你把那刚直不阿的翠竹在疾风骤雨中的神态描绘得活灵活现，神似，这绝对是中国写意画的上品。我有一个不情之请，可否请旷夫人为我题款。”

旷岳难掩得意之色，站起身来说：“婷立，叶先生喜欢你的字，你来，你来。”

凌婷立并不推辞，坐下，细心地拣出一支毛笔，舔了舔墨，笑道：“就题叶先生点出来的四个字吧。”

她在画的天头上，用清隽洒脱的行书写下“风骄雨秀”四个大字，随后又用小字写道：

> 任它风与雨，意态自翩翩
>
> 剑英先生雅正　旷岳作画婷立补白　丁丑仲秋于金陵涵庐

叶剑英大喜，点头赞道：“妙妙妙，‘任它风与雨，意态自翩翩’，旷夫人这两句诗，有点睛之妙啊。”

凌婷立笑着站起身来，自谦地说：“献拙，献拙。”

旷岳将画用夹子夹好，转身挂在画桌后面的红木屏风上；趁这工夫，凌婷立已经铺好另一张宣纸。

秦谷一本正经地说：“二位主人，做事可要公平公道喔，别看我年纪小了一点，心里可有一杆秤哦。”

旷岳笑道：“放心吧，秦谷的大名，如雷贯耳！我早就想给你画一幅画啦，你就瞧好吧。”

旷岳仔细地把毛笔在清水钵里洗净，带着淡淡的墨色，大笔横扫画面，但留出几块空白，接着在空白处画出房屋，画出一株凌寒独自开的梅树，细心地点染那淡红的花朵，最后，在画的边侧画出了一座断桥。

站在一旁观赏的秦谷不禁叫道：“哎呀，旷先生这分明是在写放翁的词意呀，用这种淡墨横扫、留白细作的手法描绘雪地寒梅，我生平还是第一次见到。旷夫人，平等相待，请您赐款。”

旷岳起身让位，凌婷立笑眯眯地就坐，她抬头再次打量秦谷，低头提笔，仍用清隽飘逸的行书写了五个大字：“只有香如故”！下面小字写的是：

秦谷先生雅赏　丁丑秋日旷岳作画　婷立补白于白下之涵庐

一看这五个大字，秦谷欣然鼓掌道：“好好好，陆放翁这首词我喜欢，特别是这一句，‘只有香如故’，哈哈，我认为，旷夫人点的这个‘香’字，指的就是我的精神和信仰啊！”

在场的几位全都会心地笑了起来。

这次相聚，主客兴致勃勃地大谈传统书画和格律诗词的写作，亲切随意地交流，尽欢而散。

旷岳和凌婷立是一对很特别的夫妇。表面看二人颇不和谐，旷岳精力充沛，极其好动，非常喜欢到各地游玩；凌婷立生性好静，又一双小脚，不喜欢东跑西颠，但事实上二人却感情甚笃。他们有共同的兴趣爱好只是一个方面，更重要的是凌婷立很明智，比如丈夫出游，她大多跟着，反正有轿子或滑竿，再偏僻的处所也能到，因此她忍着腿酸脚疼也游览了不少名山大川。又比如凌婷立心知丈夫情欲旺盛，她认为，床笫之间，是夫妻间的大事，万不可忽略。所以她总是极力满足丈夫，即便自己有些不适，也尽力让丈夫感到欢乐，这是她遵循的“为妇之道”。这一次旷岳因公出门，小别胜新婚，两口子自不免缠绵缱绻，直至午夜方才入睡。

次日，天刚蒙蒙亮，一阵急促的脚步声，苏恩在卧室门外叫道：“老先生，上海加急电报！”

旷岳光着身子一跃而起，披上一件睡袍，开门，接过电报，揿亮电灯，一看，哇的一声，一头扎到床上，号啕大哭，双手捶床，双脚乱蹬。

电报上只有十四个字：“大兄嫂：母病故，速来博爱。弟峻泣上。”

太阳升起的时候，车头扎着白花的雪佛兰上路了。

旷岳夫妇坐在后座，他们中间夹着十一岁的小女儿旷静，苏恩开车，旷雨坐在副驾驶的位子上。因为日寇加紧了对沪宁国道的空袭，一般都改为夜晚行车，可旷岳哪里能等？就是天上下刀子，也必须立即动身！

幸运的是这一天日寇并未空袭，秋阳高照，蓝天如洗，但国内知名的沪宁国道已是弹坑累累，汽车行驶在被填埋修复的弹坑上，既缓慢又颠簸，让车内的行人如闻大地呻吟。凌婷立观察着丈夫，仅仅过了几个小时，这个五十开外的汉子，双眼爬满红丝，突然失去了神彩，情绪也变得浮躁易怒。凌婷立想到了她那个因奔丧哀毁而送命的未谋面的公公，她在小女儿的耳边低语数句，旷静就和老爹腻乎起来，旷岳伸出胳膊，搂住了一个劲贴紧他的小女儿——旷家几代阳盛阴衰，稀少的女孩儿是备受宠爱的，旷岳的目光渐渐变得柔和。

“停车！”旷雨大叫一声。

汽车戛然刹住，车上的人不由得往前一撞。

前面路上出现了深陷的弹坑！旷雨和苏恩下车观察。

弹坑是新的，还没有来得及填埋修复。两个弹坑斜着紧傍，把并不宽阔的路面切断了，中间只留下一条窄窄的小路。

苏恩紧皱眉头：“哎呀，糟糕！汽车怎么过呀？”

旷雨仔细观察着两个弹坑，见右边一个裂坡较直，左边一个坡度较缓，他从两坑之间的窄道上走过去，又走回来，对苏恩说：“你去把汽车后备厢里的备用轮胎推过来。”

旷雨走到汽车边，对车中的父母说了几句，三个人便下了车，旷雨领着妹妹在前，旷岳搀着妻子在后，小心翼翼地从两坑之间的小道上走了过去。苏恩也把备用轮胎推来了，旷雨和苏恩把它直立着放进裂坡较直的坑里，紧贴左侧，刚好和路面齐平而加宽了路面。

旷雨含笑对苏恩说：“我来，你在前面指挥。”

旷雨再次观察，然后坐上汽车驾驶位置，那辆空空的雪佛兰缓缓地一个轮子压着备用轮胎，一个轮子利用另一个弹坑仅有的斜坡，驶过了障碍。

雪佛兰继续前进。

半晌，坐在副驾驶位子上的苏恩说：“二少爷，多亏你叫停，要是我硬闯，可能陷在弹坑里，今天就别想动窝啦。”

旷雨本想开个玩笑，但觉得气氛不对，于是一本正经地说：“老苏，我记得有一句阿拉伯谚语，‘在你进去之前，先想想能不能出来’，所以，我没让你进去。”

苏恩说：“嘿嘿，这句阿拉伯谚语还真有点意思！”

太阳开始偏西的时候，汽车进入上海市。凌婷立清晰地听见了远处隆隆的炮声，嗒嗒嗒嗒的机枪声；亲眼看见了路边被炸毁的歪斜的楼房，被烧得黢黑的断瓦残垣。汽车顺利地进入了法租界，凌婷立顿觉眼前一亮，这里大小商店鳞次栉比，车水马龙，人流如织，完全是另一番景象。汽车刚开到博爱医院，便见旷峻、石慧、旷一鸣等已在大门口迎候。旷雨急忙把车刹住。

旷岳和凌婷立刚刚下车，旷峻和石慧已经双双跪在面前，旷峻叩头如捣蒜，号啕大哭着喊道：“大哥，小弟有罪呀，小弟没有看护好母亲，她老人家昨天突然驾鹤西去啦！我该死，我有罪呀！”说着左右开弓一连扇了自己十几个嘴巴，“大哥，从此您就是我唯一的长辈啦，您惩罚我吧！”

旷岳见有路人围观，急忙扶起旷峻，说：“弟弟，生死有命，怎么能怪你呢？母亲是什么病突然去世的？”

凌婷立也忙着扶起了石慧。

旷峻从怀里摸出一张纸，双手递给旷岳说：“这是医生开的诊断书，大哥您看。”

旷岳见那张死亡证明书上写的病情是“心梗猝死”，心中疑惑，母亲从来没有心脏病呀？但他说：“那赶紧地进医院去看看妈妈吧。”

旷峻拦住说：“大哥，不用进医院了。我们已经在附近的殡仪馆里设了灵堂，把她老人家请过去了。总不能让你们在医院的太平间里见面吧。”

石慧接茬儿说：“大哥大嫂，我们也不忍心让老人家待在那冰冷孤寂的太平间里啊。”

旷岳说：“那我们就去殡仪馆！”

旷峻说：“不用开车啦，就在附近，我们走着去最好。”

旷峻扶着哥哥走在前面，石慧扶着嫂嫂紧跟其后，旷雨拉着妹妹和旷一鸣跟随，苏恩停好汽车也追了上来。

博爱殡仪馆确实不远，进门左侧一间告别室的中央，摆着一张缀满白色玫瑰和白色百合花的高台，化了妆的沈书音老太太安详地躺在白色鲜花簇拥之中。告别室的正面墙上挂着“旷母沈书音太夫人千古”的横幅，下面是一张着了色的遗像。高台前方放着三个大花圈，上款全都写着“慈母沈太夫人千古”，下款正中一个写的是旷岳和凌婷立，左侧那个写的是旷峻和徐氏、石慧，右侧那个写的是侨居美国的马德与旷璞。

旷岳看见母亲很安详地躺着，面容比上一次见面时丰腴，神色自然，好像是睡着了。可是，她已经失去了生命，停止了呼吸，再不会和自己说话，再不会训斥自己，再不会在危难时刻用她柔软的手掌抚平自己带血的创伤。旷岳的热泪喷涌而出，他哽咽着喊了一声：“我的妈妈呀……”跪倒在地，失声恸哭。所有的人都哭了，旷峻更是捶胸顿足，连哭带号，整个告别室沉浸在悲痛之中。

旷岳认为哭是人类的一种宣泄。他听见了旷峻撕心裂肺的哭号，他看见了旷峻那脱形的面容：通红的眼睛深陷，嘴唇上起着火泡，两鬓陡增白丝，他感觉到这个中年汉子内心的绞痛。旷岳心想，这是真实的，弟弟虽然有欠缺，但孝敬母亲，这么多年，他无论做什么官，都是亲自给母亲洗脚、剪指甲，这一点自己就做不到。这么多年日夜厮守，乍然永别，能不痛彻心扉？旷岳一路上对弟弟的怀疑、愤怒以至怨恨都渐渐淡去，淡去。

半个多小时后，旷峻和石慧扶起了哥哥，把他扶到一张皮靠椅上坐下。旷峻又从怀里摸出一张纸，双手递给哥哥。

旷岳接过来一看，赫然是母亲的笔迹："国难当头，丧事从简，就地埋葬，万勿铺张。母字。"

旷岳抬眼问旷峻："二弟，你打算怎么办？"

旷峻说："既然母有明训，一切按老人家的意思办，但也不能过于草草。我已买下一口楠木棺材，如果大哥同意，今天就入殓，停灵在这殡仪馆里，七日后，先安葬于静安公墓。待到战争结束，再考虑迁葬。当然，一切要遵从大哥的意思。"

旷岳说："就按你说的办！二弟，近十来年，母亲跟着你过，乍然永别，心痛可知，你要注意节哀保重。我们是现代人，不要走了父亲的老路哇。"

这天下午，旷母沈书音老夫人的遗体被放进了楠木棺材，停灵在博爱殡仪馆。

所有的亲属都暂时住进了附近的基督山大饭店，晚饭后，旷岳和凌婷立回到了自己的房间。

凌婷立说："慕云，婆婆过六十大寿的时候对我说，她有一颗四十岁的心脏，可惜配了一双七十岁的小脚。她雄心勃勃，还想登泰山哩。怎么突然会'心梗猝死'呢？"

旷岳点头说："是啊，我也感到诧异。"

凌婷立说："既然是'猝死'，怎么会留下'遗言'？我熟悉婆婆的笔迹，那几句话应该是婆婆平静的时候亲自留下的。”

旷岳说：“是啊，遗言是有点蹊跷。”

凌婷立说：“慕云，怎么大半天不见祁妈呀？你不是说嘱咐过祁妈要看护好老太太吗？人到哪儿去啦？”

“哎呀，我现在就去问老二，祁妈怎么没和老太太告别？她可是跟了母亲二十多年啦！”旷岳说着就要出门。

“别忙别忙，别那么冒失。”凌婷立叫住了丈夫，“你现在去问老二，他早准备好答案啦。老实说，我对你们旷家这位二爷就是不放心。慕云，旷峻可不是个简单人物啊，要出事，就是大事！你留个心眼，仔细观察，切勿盲动啊。”

旷岳心悦诚服地说：“是是是，夫人就是夫人！我的方寸有点乱，我听你的！”

凌婷立继续说：“婆婆的后事，虽有遗言，老二说也不能过于草草，你看，他买的楠木棺材，就不便宜。老二确实比你有钱，但你是老大呀，怎么能让他包办？欠谁的情，也不能欠旷老二的情！慕云，我们卖北平的房子，付了南京房子的钱，加上你平日的挥霍，还剩下一万多块钱。我的意思是，婆婆的后事，你出一万。我在上海已经尽礼尽仪，留下无用，今晚就让雨儿送我回南京，让苏恩留下照顾你。我会尽快把钱准备好，让雨儿给你送过来。”

听了这番话，旷岳打心眼里佩服老婆，别看这个女人平日里静静的不多说话，越到关键的时候越给劲，他连连点头说：“好好好，就这么办。不过，苏恩不必留下，还是让他跟你回去，这条路的路况不好哇，再说，旷雨带那么多钱回来，也要注意安全。”

当天晚上，凌婷立带着旷静由旷雨、苏恩护送回南京了。旷静第一次送别亲人，她和奶奶相处的时间不多，但奶奶很喜欢她这个小孙女，每次拍摄“全家福”，奶奶总是把她揽在膝前。小静想着奶奶耳边的絮语，塞在兜里的糖果和压岁钱，很为奶奶的离去而伤心，但她年纪小，终日劳累，打了一个哈欠，就趴在妈妈腿上睡着了。

第二天后晌，旷雨和苏恩带着一万块现洋返回上海，当面交给了旷峻和石慧。

旷雨两次到博爱医院奶奶住过的病房，打听老人去世时的情况，都一无所获。只是偶然听两个小护士扯闲话时，说到“那个老太太是自杀的”，一追问，小护士立即就把话头岔开了，说是别的病房过去的事。至于那位在死亡证书上签字的日本主任医生，更是玉面不露，据说，请假处理家中的私事去了。

过了头七，沈书音老夫人顺利地安葬于静安公墓，一切尽礼尽仪。

旷岳、旷雨在墓地辞别旷峻、石慧，说是要抓紧返回南京。

汽车尚未开出法租界，便停在路边。

旷雨对驾车的苏恩说：“老苏，我爹妈商量，这次没有见到祁妈，心里很是不安。听我二叔说，她前些时家中有事，请假回家了。我妈记得她的夫家是住在余杭北郊的，这纸条上写着地址，请你辛苦一趟，到那里找一找。如果见到了，务必带她到南京来，我们有话要问她。”说着，把纸条和几块银圆塞在苏恩手里。

苏恩知道祁妈的娘家是湖北人，她跟老太太住到浙江杭州后，才找了一个余杭的婆家。苏恩虽说性情憨厚，但大事绝不糊涂。他只说了一个“是”字，便下了车，朝着长途汽车站走去了。

12

旷雨眼见苏恩的背影消失在人流之中，转身对父亲说：“爹，我开车多次经过贝当路，看见了凡尔登大酒店，既然近在眼前，为什么不去见见拜琳娜女士呢？”

旷岳说：“你是惦记着花子吧，我也想知道矢原慎一父女的近况。不过，丑话说在前面，要是你妈问起来，你必须讲明，是你要求去的。”

旷雨笑道：“当然，我担着！爹，儿子怎么会出卖您呢？”

贝当路上的凡尔登大酒店外貌庞大壮观。旷雨把车停在门口，取下一个旅行箱，穿制服的侍者就把车开走了。旷雨跟在父亲身后，走进高高的西方古典式建筑的大堂，旷岳径直走到前台接待处对女服务员说：“小姐，请打一个电话给你们的董事长拜琳娜女士，就说有一位叫旷岳的老战友，现在在大堂里等她见面。”

那位女接待员诧异地打量着旷岳，她碰到了一双柔和而真诚的眼睛。她拿起电话听筒，刚说了几句，就放下了，笑道：“董事长很高兴，马上就下来！”

不一会儿，就见那宽宽的大理石的楼梯上，一个披着金栗色长发的女子，穿着浅绿色休闲衬衫，白色亚麻长裤，舒展双臂，像一只绿蝴蝶似的快速飞了下来，和迎上去的旷岳热烈地拥抱在一起。

这两个人旁若无人的热情拥抱，吸引了大堂里众多的目光。

过了好一会儿，旷岳才把二儿子介绍给拜琳娜。

拜琳娜笑盈盈地亲吻了旷雨的面颊，用清亮而标准的北京话说："老二，旷雨，哈，你长得好俊哪，比你爹年轻的时候漂亮多啦，不过你不如你爹壮实。告诉我，今年多大啦？"

旷雨笑着说："拜琳娜女士，您在法国和我爹认识的时候，我正待在妈妈的肚子里，您算算我该多大啦？"

"你二十一，对吗？以后称呼我，把'女士'两个字去掉，把'您'改为你，好吗？"

旷雨仔细地打量着拜琳娜，见她茂密的秀发随意地披着，有点乱，皮肤很白，眼睛的底色是浅蓝的，睫毛很长，轮廓分明的嘴唇抹了淡淡的口红。旷雨感到了美丽、雅致和自然，立即显示出他自来熟的天性："太好啦，拜琳娜，你长得真好看，让我感到亲切，我喜欢和你说话，喜欢你身上的香水味儿。"

拜琳娜笑道："我用的香水叫'梦丽莎'，据说有吸引男士的功效，谁知道灵不灵呢？走，上二楼，到我办公室说话。"

拜琳娜让服务生接过旷雨手中的旅行箱，右手拉着旷岳，左手拉着旷雨，沿着宽宽的大理石楼梯，登上了二楼。

拜琳娜的办公室相当宽绰，陈设雅致。他们三人围坐在窗前一张小木桌边的三张单人沙发上，女秘书立即送上了热咖啡。

拜琳娜仔细端详着旷岳，叹息道："唉，你真显老啦，旷岳，你的面容有点憔悴，你的眼睛带着忧伤，你摊上什么事了吧？"

旷岳说："八天前，我母亲在博爱医院去世了，今天我们才把老人家安葬在静安公墓。"

"噢，真不幸！"拜琳娜的眼睛里瞬间便流露出同情，她把手放在了旷岳的手上，"唉，'纵有千年铁门限，终须一个土馒头'，旷岳，我知道你们母子情深，但也不要过于哀伤了。"她有意转换话题，"你们来找我，大概是想了解矢原慎一父女的情况吧？"

"是的，是的，拜琳娜。"旷雨心急火燎地说，"我们一家人都想知道他们父女的近况。"

拜琳娜点燃了一支细长的纸烟，轻轻吸了一口，并不让客，说："矢原老先生是个好人，很真诚，但非常固执；花子小姐长得好看，聪明而善良，但什么事都听她爹的。我向他们介绍了德国国内的情况，说明希特勒上台以后如何迫害犹太人，纳粹党的政策多么富有侵略性，而且，去年德国已经和日本正式建立了反共同盟。我甚至向他们讲述了希特勒为了吞并奥地利，怎么一边在拜罗伊特欣赏着音乐，一边指挥党卫队暗杀了奥地利总理陶尔斐斯，希望他们了解这个纳粹党魁有多么疯狂残忍。我劝他们不要贸然到德国去，也不要到法国去，可以考虑到美国去。但是，矢原先生坚持要去德国，他认为自己只是一个普通的医生，只想置身战争之外，德国有他的许多老同学，还有师长，可以帮助他自谋生路。我说服不了他们，只好安排他们去德国。"

拜琳娜又轻轻地吸了口烟，看着烟云飘去，继续说，"但是，旷岳既然把他们托付给我，我不能不考虑他们的安全哪，所以又把他们托付给了一位可靠的德国朋友。这位朋友叫雅柯夫，是一个德共党员，在汉堡市郊一所中学里当校长。我给矢原父女买好船票，送他们上了船，一路平安，到达德国汉堡，雅柯夫顺利地把他们接到了自己的家里。”

拜琳娜停下来，沉默了一会儿，呷了一口咖啡。

旷雨说：“拜琳娜，你真是个热心肠的好人。下文呢？”

“下文？唉，不是什么好消息呀。”拜琳娜的眼神变得黯然，把纸烟灭在烟碟里，继续说，“雅柯夫有个妹妹，嫁给法国人，住在法国北部的兰斯，他们兄妹常通电话。最近的消息，就是从雅柯夫妹妹那里听来的。她在电话里告诉我说，矢原先生要到柏林去找他的一位老同学，说是同窗六年，很要好的。雅柯夫劝他不要贸然到柏林去，可是矢原很固执，坚持要去。最终总算同意，不带女儿，自己单独去试一试。结果，一去就没有再回来。经过雅柯夫多方打听，才弄清：他的那位老同学是党卫军的要员，正荣获领袖信任，主持一项研究生物化学武器的工程。因为知道矢原慎一有学问有本事，所以要求矢原参加这项研究工程，遭到矢原严词拒绝。那位同学恼羞成怒，先是把矢原软禁起来，以名利相诱，继而威胁，如不同意，就送他回日本，可是已经醒悟的矢原先生没有屈服，最后，他被投进了劳动营。”

“哎呀，矢原伯伯跳进了陷阱，那花子还不急死！”旷雨焦急之情溢于言表。

“是啊，这个单纯的小女子，经受了很大的打击和痛苦。不过，听说她很坚强，挺住了，雅柯夫也没有搬家，至今安全，说明矢原先生没有透露任何不利的信息。雅柯夫的妹妹说，他们正在想尽办法营救。”

旷雨倏地站起来，向拜琳娜深深地鞠了一躬，很激动地说：“拜琳娜，我求求你，求求你啦！赶紧地帮帮矢原伯伯，特别是不要让花子再遭毒手，最好能让他们父女回到中国来！”

拜琳娜盯着这个失态的年轻人，郑重地点头说：“好，我答应你！告诉我，旷雨，你是不是爱上花子啦？”

“噢，不是，不是，拜琳娜，你误会了。”旷雨忙不迭地解释，“花子是我大哥的恋人，我希望将来叫她嫂嫂。”

拜琳娜呵呵笑着说：“你没有说真话，年轻人，你的眼睛告诉我，你内心里也爱着花子，你为什么不和哥哥争一争？”

“嘿嘿，拜琳娜，他是中国人，不是法国人。”旷岳插话，“他受中国礼教的约束，况且，他崇拜他的大哥，他是他大哥的跟屁虫！”

“跟屁虫？这个词可不太光彩呀。”拜琳娜说。

可是，旷雨并不介意，他对拜琳娜倒很感兴趣：“拜琳娜，你是个地道的法国人，金栗色的头发，淡蓝色的眼睛，那么白的皮肤，可是你的中国话怎么说得这么好呢？”

拜琳娜含笑回答：“我的父亲是法国政府的外交官，我一岁的时候，就被父母带到了中国的北京城，父亲是法国驻中国大使馆的一等秘书。我四岁的时候，中国爆发了‘庚子事变’，很不幸，我的母亲被流弹击中遇难了。我不相信母亲是被中国人杀害的，因为杀死我母亲的子弹头是德国兵工厂制造的，中国人没有现代武器，所以，杀害我母亲的必定是侵略者八国联军。当然，这是我后来的判断。‘庚子事变’后，我的父亲仍然留在中国，当了大使馆的参赞，他娶了一个中国太太做我的继母。继母非常爱我，我是在中国妈妈的关爱和教育下成长起来的，直到辛亥革命以后，我已经十四五岁了，才随父母回到法国。旷雨，你想想，我的中国话能说得不好吗？”

“哎呀，拜琳娜，你够得上是半个中国人啦!”旷雨继续他的追问，“我一直在想，拜琳娜，你和我爹平日没有什么来往，怎么会这么重视我爹的嘱托呢?”

拜琳娜注视着眼前这个年轻人，觉得他的问题有点微妙，于是一边喝咖啡，一边笑着说：“因为我们是老战友，而且是很要好的朋友，你爹还救过我的命哩。”

“救过你的命?”

“是呀，欧战爆发的第二年，德国对法国的进攻非常猛烈，德国飞机把成串的炸弹疯狂地扔向巴黎，我的父亲、继母还有一个异母弟弟都在德国的空袭中遇难了，我成了真正的孤女。我当时在巴黎大学读书，坚决参了军，当了一名准尉。因为我会说中国话，而且懂得英德两国语言，所以我被派到凡尔登前线军部，充当了中国观战代表团的翻译。我记得，第一次和你父亲见面，是在凡尔登前线深深的地下掩蔽部里，一位指挥过凡尔登战役的将军，亲自为代表团讲述了战役初期的战况，由于法军准备不足，疯狂的德军冲破了法军的防线，直指巴黎！那时，无数法国军人高唱着《马赛曲》冲了上去，用血肉之躯，挡住了德军的进攻，两国军队才相持在凡尔登！我流着眼泪激情地做了翻译，在场的四位中国陆军上校和四位海军上校都被感动了，有一位中国军官满面通红，两个眼睛瞪得像铜铃，举起紧握的双拳喊道：‘法兰西军人万岁!’他就是你的父亲。”

“噢，我爹喊得好!”旷雨听得入神。

“第二天，我带中国代表团走进了前沿战壕。”拜琳娜继续说，“当他们听说，距德军最近的战壕可以用肉眼看见德国士兵的钢盔，中国军官都要求去看看。眼看就要走到了，突然听见炮弹划破天空的声音，一个人大喊一声：‘卧倒！’我就被扑倒了。炮弹就在我们身边爆炸！我从覆盖身上的泥土中站起来的时候，才看清，趴在我身上的人是你爹，他的肩部受了伤，我可以清楚地判断：如果不是你爹把我扑倒，我的上半身就没有了。旷雨，孩子，你说我这一生能忘记他吗？”

“噢，不能，不能。拜琳娜，谢谢你解开了我心中的疑窦。”旷雨被遥远的故事打动了，他觉得不便再追问下去了，他笑着说，“你和我爹多年不见面了，你们好好聊聊吧，我想去参观参观你的这个大酒店。”

拜琳娜按了办公桌上的铃，秘书走了进来，拜琳娜把她介绍给旷雨。女秘书叫娜嘉，俄国人，她的父亲和被苏维埃政权处决的沙皇尼古拉二世沾点亲，俄国十月革命后一家人逃到中国的哈尔滨，后来母亲带她迁居上海。娜嘉三十来岁，长得很漂亮，说一口带东北口音的汉语。娜嘉陪着旷雨走了。

办公室里只剩下拜琳娜和旷岳，两个人立即拥抱在一起。

拜琳娜拉着旷岳出门，乘电梯到八楼，走进一个总统套间的主卧室里，连门都不关，就坐在大床边沿上开始脱掉鞋子。旷岳说，让我洗个澡。拜琳娜说，我可等不及了，赶紧脱光你的衣服！

旷岳仿佛回到二十一年前的那一刻，就在将军大办公室里那架钢琴的背后，二十岁的拜琳娜坐在地板上脱掉鞋，脱光了衣服，他的眼前乍然绽开一朵含苞待放的白玉兰……没想到，今天，这朵盛开的白玉兰又出现在眼前，旷岳浑身血管暴胀，他胡乱脱光了衣裳，纵身扑上前，两个赤裸的肉体便紧紧厮缠在一起了……

娜嘉把旷雨带到一个豪华套房，外间是客厅，她推开里间卧室的门说，你看上去风尘仆仆，很劳累的样子，在这里洗个澡吧，轻松轻松。旷雨走进卧室，高兴地说，好的好的，谢谢您。

娜嘉笑着说："要我陪你一起洗吗？"

旷雨吓了一跳，脸腾地红了，忙说不用不用！哐地把卧室的门关上，锁了。随即一想，嗨，这女人笑嘻嘻地开个玩笑，何必这么紧张？旷雨把外衣脱在大床上，走进盥洗室，锁上门，才脱光衣服。他看见了自己比右腿细、至少短两公分的左腿，那左脚弓很深，脚趾却又细又短，他的心一颤。要是娜嘉或者别的什么女人看见了会是什么感觉？厌恶？同情？还是怜悯？无论哪一种，旷雨都不能忍受！时至今日，旷雨认为，世界上只有一个女人会坦然面对他的残疾，那就是矢原花子。陡然，花子微笑的脸，雪白的脖颈，轻盈而丰满的身躯，在他的脑海里闪现。

想什么呢！

旷雨狠狠地扇了自己两个嘴巴，打开头顶上的莲蓬头，让冰凉的水从头顶直灌全身……

晚饭前，拜琳娜和旷岳在咖啡厅找到了旷雨和娜嘉。他们并排坐在沙发上，正欣赏乐池里一位女歌手演唱的俄罗斯古老民歌："你从前是这样，现在还是这样……"

晚饭非常丰盛，地道的法国大餐。旷雨要开车，只能喝点饮料；拜琳娜喜欢喝红酒，和旷岳对饮葡萄美酒，一杯又一杯。

旷岳心情沉重地说，上海的战争打得极其惨烈。几天前，宝山失守了，整整一营人，从营长姚子青到每一个精壮鲜活的士兵，在和敌人残酷的巷战中，全部殉国了。

拜琳娜说："我为中国军人骄傲！我的一生大半都在中国度过，

我绝对不可能坐视日本军阀蹂躏中国！我正在和我的朋友们商量，要组织一个民间的反法西斯支持中国同盟，这些朋友里，不但有法国人，还有俄国人、英国人、美国人、加拿大人、意大利人，等等，甚至还有日本人。我们要为中国的抗日战争尽一份力。”

旷岳和旷雨肃然起敬，立即站起身来为她举杯。

四十一岁的法国女人拜琳娜喝下几杯红酒，显得格外洒脱动人，她兴奋地打开了话匣子。她说，第一次世界大战结束，德国失败了，德国皇帝跑了，帝制崩溃了，但是德国的传统机构依然保留，德国军队的核心依然存在。所以，希特勒一上台，纳粹党的军事力量就得以迅速膨胀，这实在太可怕啦。

拜琳娜一仰脖子，喝下半杯血红的酒，忧心忡忡地说：“更可怕的是，眼下的法国政府太软弱了，一帮政客在那里争权夺利，他们都幻想依靠一条马奇诺防线来阻挡德军，幻想把希特勒的军队引向苏联。做梦吧，我真为我的祖国担忧啊！”

旷雨看着这个美丽而率性的法国女人，心想，这女人的感情太丰富啦，她的心胸该有多么宽广啊。

告别的时候，拜琳娜热情地和旷岳拥抱，旷雨从他们贴近的力度就能感觉到，这并非礼节性的。

旷雨大胆地亲吻了拜琳娜，拥抱了她，法国女人在他的耳边轻轻地说：“我也很喜欢矢原花子，我会尽力保护她，尽力争取她回到中国来。”

13

1937年11月5日，日本军队大举在杭州湾登陆！

近三个月来，四十万中国军队集中在水网交错高楼林立的上海市与日军展开浴血战斗，日军每前进一步都要付出重大的伤亡，当中国军队有序地退到苏州河南岸，苏州河北岸的四行仓库上仍然久久地飘扬着中国国旗。举国上下纷纷为中国军人叫好，世界也睁开了惊诧的眼睛。

遗憾！中国军队的高层领导竟然没有注意到身后的杭州湾！

在金山卫的漕泾镇、金公亭、金丝娘桥一带登陆的日寇新编第10军发现，居然只有两个连的中国军队在守卫这条海岸。他们几乎未遇任何有效抵抗，便占领了上海侧后方的大片阵地。

于是，上海的中国大军便面临腹背受敌、被围歼的危险！但只要及时有序地撤退，主动权是有的，因为在上海至南京之间，经过六年努力，已经建成了两条永久性的国防线，第一条是从吴江到福山的苏福线，第二条是从无锡至澄江（江阴）的锡澄线，完全可以利用钢骨水泥的碉堡和壕堑，阻滞和杀伤敌人，保卫首都南京。更遗憾！军队的最高统帅蒋介石先下令撤退，又下令停止撤退，继而大军被迫无序撤退，结果导致了“兵败如山倒”的大溃退，11月12日上海沦陷，耗费巨资建成的苏福线被自己的败兵踏过去了！

在上海战场受到重创又突然得志的日本武士，内在被压抑的兽性一下子恶性爆发，他们像一群饥饿的野兽，在进军途中疯狂杀戮、奸淫、放火、抢劫，日本军队里竟然出现斩杀中国人的竞赛，种种令人发指的传闻伴随中国军队溃退的消息，传遍了南京城。

凌婷立没有和丈夫商量，断然决定带着儿女和郭喜逃难，她联络了武岩夫人佟雪梅和两位密友，千方百计花高价购买了从南京到武汉的船票。

武予岚和李根发起、组织了一个“抗敌演剧社”，决定从下关渡江到对岸浦口，然后大体上沿着长江北岸，利用长江比较便宜的短途水运，一路演剧宣传抗日，直奔武汉。廖霞毅然脱下了高跟鞋，换上了平底球鞋，首先报了名，成为演剧社里的台柱子。旷雨也要报名，但遭到母亲一顿臭骂。

凌婷立点着旷雨的鼻子尖怒斥道：“你忘了你是个残废！他们要一路演剧奔武汉，你以为沿途都有船、有汽车坐吗？别人把你当男人使唤，你能扛得动箱子，抬得了道具？嘿嘿，我听说你还想上前线，真不知自己吃几碗干饭，告诉你，不要说别的，一个急行军就把你甩在旷野荒郊了，你哭都找不着队伍。你大哥军校毕业，是个军人，他身强力壮，为国家效命疆场，我不能拦他。怎么着，老娘我要逃难了，连你都不肯待在我身边，我还能指望谁？”说着，低头抹泪，旷雨顿时就瘪了。

旷岳惊讶地注视着夫人坚决而迅速的行动，直到夫人动身前一天晚上，才无奈地调侃着说：“嗨，俗话讲，‘夫妻本是同林鸟，大难临头各自飞’，婷立，你要撂下我飞啦?”

凌婷立一肚子怨气，正好撒在丈夫头上，她指着丈夫骂道:“别人不懂我，你还不懂吗?你没听说日本鬼子逮住女人就强奸，甚至几十个人把一个活生生的女人轮奸致死！这是人干的事吗?这帮野兽哪里知道‘贞节’在中国女人心中的地位?你们这些军人不中用，在前线挡不住，我能坐以待毙吗?你是政府官员，上面不点头，你们不敢动，要稳定民心军心嘛。对不起，我不能奉陪了，我要带着儿女先走啦!”凌婷立突然想起，不久前丈夫借埋葬母亲之名私会法国情人，一股酸溜溜的醋意直冲头顶，哼，你那点糗事还想瞒得过我?她转而带着嘲讽的语气说，“慕云，我算了算，我们的‘天命之约’已经过期啦，我拴住你二十多年，也应该放你的大假，我走了，你可以完全自由，我不再管你啦!”

凌婷立带着旷雨、旷静、郭喜乘江轮去了武汉。临走前交代：郭喜走后，赵庭春兼管做饭，苏恩管门房，花把式老张已经给了钱，让他回老家。如果旷岳也离开南京，那么南京的房产就交由赵庭春管理。凌婷立特别说明，这是赵庭春和郭喜商量后，自告奋勇提出来的；旷岳对“自告奋勇”颇感怀疑，但情势所迫，也就默认了。凌婷立笑着对丈夫说，你要寂寞，可以请武坚白过来和你同住，他也要单啦，你们不正好纵论天下大势吗?

老婆和儿女一走，旷岳顿时觉得偌大的房子好像被掏空了，自己的心里也突然变得空荡荡的。

国民政府的立法委员，有一点类似西方国家的议员，除了开会和应付必要的公务，平日里无须坐班。这天早晨，旷岳一觉醒来，感到身边没有那个喜欢紧偎着自己的女人了，立即翻身起床。旷岳出身行伍，生活习惯简单快捷，他草草吃完赵庭春鼓捣的并不可口的早点，在前院草地上打了一套高家拳，围着前院后院转了几圈，眼见草太长了，荫翳在叶子后面的果子黄了，紫了，早成熟了，无人采摘。他意识到，那个总爱呵呵憨笑的花把式老张已经被妻子遣回老家了。他突然明白，二十多年来，家里的一切仿佛都在自然运转，其实因为有老婆操持，现在老婆走了，运转开始卡壳啦。

他走进高高的玻璃画室，宽阔的大屋子洒满阳光，两侧的地上有序地摆满了他搜集的数以千计的瓦当。他走到大画案前，铺上一张宣纸，随意拈过一支画笔，心里想画一幅“贵州黄果树瀑布”，蓦地瞥见大画案的一侧整整齐齐码放着的几摞崭新的线装书，他的心顿时一沉。这些书四开之大，蓝色封皮封底，装帧精美，是他今年春天完稿的一部甲骨文考古专著，内容是对他收藏的二十二片甲骨上所刻七十余字的辨识与考证。重要的是这本书从头到尾，是由被关在老虎桥监狱里的老友陈独秀亲笔以行草誊写的，没有深厚的古文字功底根本无法模拟甲骨文，陈仲甫还在卷首题了词，自己为了保存这一友谊合作的真迹，特意找南京著名的书局以石印的方式出版。不久前，书局如约送来了这批成品，被码放在这里，至今没能送出去几本。旷岳的心被狠狠地刺痛了，大家都在张罗逃难，哪家会带一本考古的闲书？“覆巢之下，焉有完卵”，旷岳感到深深的失落！

但是，旷岳分明窥见，凌婷立在收拾行李时，亲手把十册大而薄的新书放进了樟木箱子。唉，知我者，老妻也。

旷岳觉得画兴索然，他扔下笔，迈着方步，踱回二楼卧室，他看见柔软的富有弹性的大床，就想到了妻子，想到妻子说的“天命之约”。

旷岳坐在书桌前那张妻子常坐的靠背椅上，见桌上文房四宝摆得整整齐齐，左角摞着几册旧书，最上面一册是《白香山诗集》；右角只放着一册宣纸的手抄本，封面写着《涵庐词笺》，是妻子的手迹。旷岳心头一动，拿过来翻开首页，内容全是用秀丽的蝇头小楷抄写的旧体词，这些词都是妻子自己创作并抄写的。第一首《夺锦标》，下面注着“忆新婚”三个字，一下子抓住了旷岳的目光：

雨后秦淮，渡头桃叶，十里柔波如拭。素面不多装点，携手登舟，双双凝睇。似三生石上，乍相见依稀相识。愿今生人月长圆，同数兰闺晨夕。

这不是新婚情景的再现吗？

旷岳陷入了沉思。

那是民国元年（1912），旷岳在北方参加燕晋联军起义失败，逃到南京，当了黄兴手下基干师的一个团长。有一天，顶头上司凌旅长问他说，旷老弟，你找老婆有什么条件？旷岳说，唯一的要求女方是“天足”（没有缠过的大脚），凌旅长一拍巴掌，笑道，妙极！我有一个小妹妹，年方二十，品貌出众，是天足，是天足啊！许配给你，你意下如何？旷岳说，那还用问吗？我这辈子必定始终待她好！于是，在一片庆祝革命成功的欢腾氛围中，旷岳的喜事被战友们大操大办啦。

洞房安置在“李相府”，也就是李鸿章过去的官邸。革命党人办喜事当然要吹一股文明新风啦。年轻的朋友们商定：废除坐花轿、拜天地、新娘子戴红盖头那一套。把两位新人安排在秦淮河“桃叶渡口”相会，然后乘花船游十里秦淮，坐扎花马车到礼堂行鞠躬礼，至于闹新房嘛，那倒要大闹特闹啦！

大喜的日子恰逢“骤雨初歇”。雨后秦淮，晴空与碧波辉映，更显清新妩媚。那桃叶渡头传说是王献之与桃叶姑娘幽会的地方，颇富浪漫色彩。突然，有人叫道：“来啦！”但见一簇花枝招展的女人缓缓走来，旷岳一眼就盯上其中一个红衣红裤的女子，哎呀，她长得比自己还高哇！介绍人把两位新人拉到一起，彼此竟然回避对方的目光。从码头登船的时候，旷岳才大胆地把手伸过去，新娘也把纤纤玉手放在了他的手上，就在迈上船舷的当口，他们近距离对上了眼。端庄！似曾相识，旷岳心中大喜！以至发现新娘绣着花边的宽筒裤脚下，隐藏着一双“三寸金莲”时，满心快乐又生性豁达的旷岳，只是觉得意外，并未流露出有什么失望不满。

花船是特意加工扎制的，时值春花盛开的季节，满船撒满缤纷的桃花和桃叶，两岸又连缀着一片片桃林、杏林，清风过处，花香扑鼻。在前后小船鼓乐的伴奏下，一叶花舟顺着秦淮的清波荡桨，真个是“十里柔波如拭”。

一切顺利，尽礼如仪，只是“闹新房”，让旷岳所有的哥儿们大失所望。原来新娘端坐床沿，无论大家怎么挑逗，怎么要求，怎么无礼，她都面含冷峻的微笑，不怒、不瞋、不惊、不语，绝对不吭一声。旷岳打躬作揖赔不是，总算把朋友们劝出了洞房。一个后来出家当和尚的朋友拍着他的肩膀说：“老弟，你娶了一个哑巴冷美人哟！”

旷岳赶走了预谋“听窗”的孩子们，闩死了房门。洞房里红烛高烧，带着几分酒意的旷岳坐在了新娘的对面，他十六岁从军反清，一直处在生与死的搏斗之中，他很想女人，但没有机会，他是一个货真价实的“童男子”，他此时感到浑身发热，小肚子下面那玩意儿已经很不老实，他压抑着内心躁动的性欲，贪婪地盯住新娘。

端坐床头的哑巴新娘开口说话了，她的声音清亮而柔和：“旷郎，听说你找老婆的条件是要‘天足’，我不幸是个小脚女人。这不是我哥诚心骗你，我很小哥哥就到日本留学去了，他写信回家，再三嘱咐母亲不要给我缠足，可是信件被我嫂子扣留了。母亲思想旧，加上嫂子撺掇，我被迫缠了足。旷郎，那种撕心裂肺的疼痛，是你们男人无从体验的。这一次，我从湖北老家到南京，才知道要结婚，才听说你的要求。我心里明知这是一个陷阱，但是我跳了。为什么？因为我要赌一把命！”

新娘把“命”字说得很重，她的双眼直愣愣地盯住新郎，眼神非常坚定，她继续说：“我不希冀你的同情或谅解，但你必须做出选择：你如果心甘情愿地接受我，接受这个‘命’，你就点点头；你如果心里不满意，但可以包容我，你就昂起头；你如果认为受了骗，不愿意接受这个‘命’，那你就摇摇头。旷郎，请你务必真实坦率，不要虚伪，一切后果，由我凌婷立来承担！”

旷岳被震动了，他没想到眼前这个冷美人，竟如此清醒、坚决地面对命运的难题，她赌命的“宝”竟押在了自己身上。旷岳像鸡啄米似的连连点头说：“我满意，我满意！婷立，天足缠足有什么关系？人才是最重要的。我要你，我要你！”说着他走过去，伸出了双手。

凌婷立迅速地紧紧抓住男人的手，明明白白地说：“旷郎，你是个军人，我拴不住你！但是你必须答应我，五十岁以前，不许纳妾，不许在外面找女人。”

旷岳郑重地答道：“我答应你，我对天明誓，五十岁以前决不纳妾，不在外面找女人。”

新娘子甜甜地一笑，轻声说：“把我抱上床；去，灭了红烛。”

黑暗是上天的恩赐。

黑暗掩盖了羞涩和粗野。

旷岳第一次赤条条地搂住一个赤条条的女人，他感觉到女人身体的灼热、柔软和弹性，他有点粗野，他听见女人的呻吟，他第一次感受到飘飘欲仙的快乐，他睡得很香。

军人的生物钟早早把旷岳唤醒，借着从窗帘缝隙漏进来的晨光，他看清身边赤裸的女人很丰满，雪白的胸脯上散布着大大小小的朱砂痣，哎呀，神造天赐啊！他正忍不住想去触摸那些美丽的红点，突然感到枕头下面有一个坚硬的东西，伸手一摸，冰凉，摸出来的竟是一把沉甸甸的大剪刀！旷岳摸着那磨得十分锋利的刃口，惊出一身冷汗！

女人翻了个身，把头枕在男人的肩膀上，仍然睡得很沉。旷岳用闲着的另一只手，小心翼翼地把乌黑冰冷的大剪刀送回到枕头底下。

旷岳总想用一种比喻来描述他的第一次性体验，后来终于找到了，那就是“无线电发报机发出的电波，突然碰上了同样频率的接收电台”，对，“频率完全相同”！旷岳结婚后许多年，他心里确实只装着一个女人，就是凌婷立。

孔夫子说，五十而知天命，旷岳大体上遵守了“天命之约”。他和拜琳娜的关系，是一个例外。纸包不住火，凌婷立还是知道了丈夫在国外出轨，她网开一面，原谅了丈夫，允许丈夫与拜琳娜书信电话交往，但尽量不要见面。这一次听说丈夫私会旧情人，干脆宣布“天命之约”已经过期了。

苏恩匆匆上楼来，向呆坐着的旷岳禀告，韩超委员和满华委员到访。

旷岳急忙到客厅里招呼客人，赵庭春献上香茗。

韩超与满华是夫妻，二人都是立法委员，韩超还在国民党中央兼任着要职。他说，蒋委员长已经决定迁都重庆，政府暂时移至武汉办公，他有要务必须立即离开南京，满华只能留下。

满华是民初女权运动的风云人物，徐娘半老风韵犹存，深秋天气，仍然穿一件紧身的短袖旗袍，开衩很高，凸显其身材的丰满。她一边来回地走着，一边满不在乎地大声说：“慕云，你老婆走了，一个人住这么大的房子，多么寂寞；我丈夫一走，我也很孤单哪。你看，我搬过来与你同住，如何？”

旷岳大吃一惊，忙不迭地说：“不行，不行，不行！我已经请武坚白来同住了，你再来，两男加一女，外面要是传出点闲话来，那还了得？”

满华纵声大笑：“哈哈哈哈，旷慕云，看起来你也是个伪君子，假道学，身正不怕影子斜嘛，何必顾忌别人的闲话！不过既然坚白要来，妾身只好另谋他就啦。”

韩超和满华走了。旷岳急忙打电话给武岩，请他搬过来同住，武岩欣然同意，说，内人走后，生活饮食皆成问题，正想到你那里去搭伙哩。旷岳立即让苏恩去接，哈哈，二楼两间朝阳的大卧室，两个人正好各占一间嘛。

14

旷岳是个耐不住寂寞的人，况且他非常惦念身在华北最前线的大儿子的安危，他很想从武岩那里得到一些新鲜的消息。他让赵庭春多炒几个菜，温上一壶花雕，薄暮时分，才等来了武岩。

武岩原本面色较黑，近日熬夜辛苦，更显出倦容，他见老友急于了解平汉线的战况，当然理解他心里想什么。他啜了一口小酒，说："平汉线作战，真是乏善可陈哪！刘峙坐镇保定，指挥十几万大军，谁想到这位'福将'，率先逃跑，一口气跑到石家庄，'兵㞞㞞一个，将㞞㞞一窝'，主将跑了，下面谁肯卖命，从保定到石家庄，几百里平原，让日本鬼子追着屁股打，真是丢人哪！"

旷岳愤然："刘峙畏敌怕死，浑蛋！你这位学兄（刘峙是保定军校第二期的，与武岩同时在校一年）打内战时勇敢得很，现在碰见日本人就成一个大㞞包，老百姓叫他'长腿将军'，唉，蒋先生偏偏喜欢用这种人！"

这句话触到了武岩的痛处，他无奈地哂笑道："嫡系嘛，又忠心又听话。嘿嘿，仗打成这样，蒋委座也坐不住了，急忙调程颂云当第一战区司令长官，让他亲赴前线督战，10月10日，石家庄丢了，日军接着进攻邢台，遭到坚决阻击，战事打得很激烈，邢台失守又夺回来，两进两出，双方伤亡惨重。你的老大不是在邢台吗？有没有消息？”

“哎呀，毫无消息，生死不知！”旷岳喝下一杯闷酒，循着话题追问，“据你判断，日寇会沿平汉线大举进攻吗？”

“不会，我估计，他们打过邯郸就会在漳河一线停下来。”武岩的语气平缓而肯定，“日寇占领石家庄后，把第6、第16、第20、第109师团分别调到上海和娘子关作战，到10月末，在上海作战的日军总数，已经超过了在整个华北的日军总数。所以，可以确定，日寇已经中了我军最高统帅部的‘促敌分兵’‘引敌南下’之计，他们在平汉线上再也没有足够的力量推进了。”

旷岳说：“日本人最大的弱点就是缺乏远见，在战争中缺乏战略眼光和整体思考，缺少点文化底蕴啊！打这么大的战争，居然没有全局性的战略部署，打一步，看一步，简直是笑话呀！我再三思考过，中国地形的特点是，西高东低，中间有一条线，核心是武汉。百分之九十以上的人口实力、经济实力、军事实力、科技文化实力以及生产粮食的平原地区都集中在此线之东，如果日军攻占平津后，集中兵力沿华北平原、平汉铁路直取武汉，那就断绝了中国西撤的主要通道，迫使中国军队东西两面受敌，不得不被迫在不利的条件下与日军决战，日军确实并非没有胜算哪。可是他们一头雾水！我想，蒋先生和他的智囊看得很清楚，最怕日寇来这一招，所以，断然在上海主动进攻，扩大战端，引敌分兵南下，我认为，这是开战以来，中国军方在战略上走出的最高明的一步棋。”

“没错，日本人也上了钩。不断往上海增兵，形成南北两线作战的格局。可惜呀，一盘好局，最后几个棋子儿下臭啦！慕云，其实我曾向上峰建议加强侧背杭州湾的守备，无奈人微言轻，上峰未予关注，反而把驻守杭州湾的部队往上海一线调。”武岩长叹一声，“唉，你看，撤退又举棋不定，弄成了大溃退，这一次的损失就惨啦。”

“嘿嘿嘿，要说政略和战略，蒋先生可以；要说战役战术指挥，蒋先生不行！这个人又刚愎自用，喜欢越级指挥，下面是有苦难言哪。这一次大溃退，损失确实惨啦，影响及于心理呀。”旷岳连连摇头。

武岩接茬儿：“是啊，是啊，最近南京城里，‘亡国’的言论甚嚣尘上，‘求和’的阴风又起。慕云兄，汉奸活动不可小觑啊。”

旷岳骂道：“是有那么些人，一看战场失利，就想跪地求饶，王八蛋！要我看，中日对决，这第一个回合，中国并没有输。坚白，你不是赞赏克劳塞维茨的观点，让敌人达不到目的，敌人就失败啦，哈哈，日本陆相吹嘘的‘三个月灭亡中国’已经破产啦，战争并没有按照他们设计的进程打，他们速战速决的节奏已经乱套啦，进攻的路线完全在我们意料之中，他们已经被拖进了中国人设计的进程。当然，眼下的形势非常严峻，中国是否能够挺住，特别是能不能挺过战争最艰难的头一年，还很难预料哇。”

“高见！”武岩说，“战争是敌我双方全方位的生死对决，不能以几个回合的得失论成败。但愿我们能够挺过眼前最艰难的岁月，把日军拖入旷日持久的消耗战，胜败的天平就由不得他们啦。”

武岩和旷岳是无话不谈的朋友，他的到来，使这幢冷清的房子顿时增加了生气。

过了两天，二人午饭后正在客厅里议论立法院加紧制定《惩治汉奸条例》的事情，电话铃突然响了。

旷岳拿起听筒，传来的却是一个陌生女人的声音。那声音有点矫作，有点浪，自称是夫子庙秦淮河畔藏春楼的主人，有两个新来的姑娘，年纪轻，长相好，如果有意的话，可以送到府上，当面商谈条件，如果没有意思，就算了。

旷岳吃惊地问："你怎么知道我这里的电话号码？听上去好像还知道一点内情？"

对方呵呵呵地笑起来，浪声浪气地说："哎呀，有道是'鱼有鱼路，虾有虾路'嘛，你们重视军事情报，我们做皮肉生意的，当然也有我们的消息来源啰，何必问那么清楚呢。如果老爷没有这个意思，我就把电话挂上啦。"

旷岳忙说："不要挂，不要挂！送上门来的好事，怎么能拒之门外呢？你知道我这里的地址吗？啊哦，知道！那你们赶紧来吧，我们当面商谈。"

旷岳把"鱼有鱼路，虾有虾路"的对话给武岩复述了一遍，武岩大笑道："妙极，妙极，她们的情报工作比我还细！这真是闭门家中坐，艳福天上来呀，慕云，我不是柳下惠，可我是个穷军人，不像你是什么这委员那委员的，国家每月花上千银子养着你们这些政客，我可没钱喝花酒。"

旷岳笑道："呵呵，坚白，你嫂子留下的钱，足够我们兄弟二人荒唐的。"

他吩咐苏恩到大门口去等人。

果然，也就半个多时辰，三个女人被带进了客厅。为首那位中年女子化着浓妆，穿着艳丽的旗袍；另两位长得很像，一看就是亲姐妹，姐姐约莫二十四五，化了淡妆，穿着素色的旗袍；妹妹更年轻，看上去过不了二十，未施粉黛，上着阴丹士林淡青对襟小褂，下面是黑裙子，白色长筒线袜，黑布鞋，俨然一个女学生。

中年女子开言道：“二位老爷，你们见笑，妾身我听见过卖身葬父的，没听说过卖身逃难的。今天我管闲事，把人给送来了，买卖成不成，你们当面说话。”

姐姐看来颇有阅历，不慌不忙地说：“我们俩是亲姐妹，姓于，干钩于，叫我们大于、小于好啦。我们是沈阳人，六年前，“九·一八事变”，我十九，她十四，我们不愿意当亡国奴，我带着妹妹逃到天津。后来天津也不太平，我们又辗转逃到南京，现在日本鬼子又打到南京的大门口啦，我们想接着跑，可是无钱无势，连一张船票都买不到。我们愿意卖身，但不要钱，你们如果答应带我们离开南京，一起逃难，我们情愿献身，随你们玩；如果愿意长久，给个名义更好。但是，想花几个钱，找个乐子完事，那就免谈。”

听了这番话，旷岳愣住了。心里掂量：花点钱，找个乐子，无伤大雅；要是带着逃难，现在政府官员转移，都是集体行动、登记发票的，那岂不公之于众啦！他抬眼看看武岩，武岩一脸为难的样子，默不作声。

冷场片刻，那位学生打扮的妹妹发出一阵冷笑，语气像一把小刀子：“二位大人为难了吧？嘿嘿嘿，我早料到，你们这些当官的，都是既要当婊子，又要立牌坊！花几个钱不在乎，你们腰包鼓鼓的，可是，带我们逃难，岂不公开承认，国难当头，招妓纳妾吗？岂不让众人戳脊梁骨？好啦，好啦，算我们瞎了眼，姐姐，走人！”

“慢着，慢着。”旷岳被戗得满面通红，按不住性子说，“你这个小妹妹说话好尖刻。我们既当婊子，就不立牌坊啦！我们答应带你们逃难，至于给个名义嘛，那也可……”

“等等!”武岩打断了旷岳的话，“二位请稍候，我们先商量商量。”

武岩把旷岳拉到饭厅的一角，急切地说：“慕云，这小丫头点的是地方，大本营集体撤退就是登记发票的，我带个年轻女人，岂不传为笑柄?”

旷岳笑道：“何必参加集体撤退？上面说声‘撤’，我们自己走，小事一桩嘛。”

“那你也不能给名义呀，我知道，那个小于长得水灵，说话像刀子，你动了色心。怎么，想讨她做小老婆?”

旷岳说：“你嫂子临走讲，我和她的‘天命之约’已经过期，民国的法律是允许纳妾的，我不是完人，更不想当圣人！我戎马一生，年过五旬，讨个小老婆有何不可?”

武岩勃然大怒，说：“哎呀，慕云，你真是色胆包天，乱了方寸。夫妻之间，只有终生之约，哪里讲什么‘天命之约’？你的家庭也不是个封建家庭，嫂夫人脾气硬，是好对付的吗？告诉你，你一讨小，所有的子女都会站在母亲一边，你就成了孤家寡人啦。话说回来，那个小于还是个大孩子，你让她孤军深入，能有好下场嘛。慕云，若是逢场作戏，我舍命陪君子；你要想给名义，我就告退啦。”

“好好好好好，我听你的。合同定到武汉码头为止!”

这宗买卖谈成了。

旷岳给了藏春楼主人二十块钱，那老鸨高高兴兴地走了。旷岳要了小于，白发红颜，天赐良缘嘛；武岩要了大于，他喜欢成熟的，正中下怀。两个男人哪里熬得到晚上，当即各自拥着女人，急急忙忙回到各自的房间，成其美事。

11月19日，苏州沦陷。

11月20日，国民政府宣布迁都重庆，定重庆为陪都；政府机关转移至武汉办公。

11月25日，无锡沦陷，江阴要塞失守,“锡澄国防线”未能阻止日军的进攻，南京门户洞开。

11月末，武岩对旷岳说，我们该走啦。

旷岳拨通了海军部部长、中国舰队陈司令的电话。这位陈司令是当年与旷岳一同赴欧洲观战的海军上校，和旷岳是小同乡，一向来往密切，他听出了旷岳的声音，笑道，慕云老弟，此时找我，是不是要搭我麾下的船哪？旷岳说，没错，我和武坚白，各带一位内眷，还有我的随从苏恩，一共五个人，你看坐什么船方便？陈司令说，今晚和明晚都有两艘船开往武汉，我看你们就乘今晚的“厦门号”吧，那条船的舱房比较舒服，而且船上有个好厨子，可以让你们大快朵颐。怎么样？定下来，我马上就通知方舰长，给你们准备晚饭。旷岳说，好，就定今晚的“厦门号”，烦劳你通知方舰长，我们黄昏时候到达。

旷岳让苏恩跟武岩回家去收拾行李，自己找来赵庭春，问他关于留下来看房子的事。赵庭春说，他和郭喜到旷家已经十几年了，在旷家结婚生子，心里已经把旷家当成了自己的家。眼见这么大的房子，这么多家私，哪能撒手就不管呢？交给外人，他们也不放心，所以，两口子商量以后，主动提出来，由他留下来看管这份家业。太太同意了，临走给他留下了两百现洋。

旷岳说，房子家私都是身外之物，与生命的价值比较，能值几何？日本武士藐视别人的生命，是很残忍的！我又一贯主张抗日，难免会有汉奸告密，所以，你留下来很危险，我很不放心。你必须答应我两条：第一，如果日本人来了，房子要住，要烧，由他们去，你一定要先躲了，绝对不能出头。第二，如果躲过一劫，你能活下来，还不知道何年何月才能见面，两百块钱用完了，房子和所有的家私，任由你变卖出租，断不可像当年那样饿肚子啊。赵庭春点头说，我记下了，请老先生放心。

黄昏时分，五个人登上汽车，前往下关码头。西下的夕阳无力地投入车窗，旷岳眼见，沿路上军人在街头挖掘壕堑，修筑街垒；逃难的老百姓扶老携幼，络绎不绝，纷纷向城外涌动。旷岳心知，南京三面受敌，一面背水，是块难守的“死地”，如今这洞开的城市，正昂着不屈的头颅，挺着受伤的脊骨，迎接狂暴的敌人！旷岳蓦地心中一动，诗情如潮而至。他从车上苏恩的杂物屉里找到半截铅笔头，问抽烟的大于要来一张烟盒纸，就着身边小于的后背，写下一首词：

满江红·与坚白同离南京

白下夕阳，惊满目，江山凄凉！谁过问，梁空燕去，乌衣门巷。戎马秋郊清角怨，龙蛇大陆哀歌抗。问苍天，人间觅正义，在何方？

铁瓮城，何苍莽；秦淮水，休惆怅。料胡骑纵横，鸷鬣难长。大言徒令全局误，汹汹倭氛终涤荡！待凯旋，重游旧山河，吾犹壮。

雪佛兰开上了下关海军码头，已恭候多时的方舰长带着大副，满面笑容地把旷岳、武岩等迎上了“厦门号”。

苏恩把车停在了码头靠里一个不碍事的地方，他围着汽车转了三圈，这并不是什么高档汽车，很一般，但他开了三年了，保养得仍有八成新。他已经把备用钥匙交给了赵庭春，知道老赵会把汽车开回蓬山路，但自己能不能和这个“朋友”再见面就难说啦。他打开车门，趴在方向盘上，细心地把那张用玻璃纸罩着贴在前挡风玻璃上的“特别免检通行证”揭了下来，夹在一个记事本里，放进自己的小提包，这才锁好车门，走上军舰的舷梯。苏恩十六岁时，被军阀混战中一块罪恶的弹片击中下腹，这块无情的弹片摧毁了他的生殖能力，他至今三十出头而未娶，在他的心中，“家”的概念和感觉，就是“旷家”。

15

旷风清晰地听见头顶窗外树丫上喜鹊喳喳喳的叫声，便意识到又一个清晨光临了。

他慢慢睁开惺忪的睡眼，眼前一片白色：盖在身上的是白色的被，覆在旁边床上的也是白色的被，头顶镂花窗户上挂着的是白色的窗帘，身边走动的女人全都穿着白色的衣服。是啊，他正躺在一个白色的世界——由寺庙改建的伤兵医院里，他恢复知觉不过一个星期，完全恢复神志才四五天。

他脑子里留下的最鲜明的记忆，是与死亡拥抱的一刻：那是在临漳县的一片土丘上，为掩护主力撤退的战斗中，他正在未完成的壕堑里挖掘，头顶上重机枪掩体里传来一声招呼："来啦！"机枪手是个老兵，黝黑的脸上那双冷峻的眼睛注视着前方，眼看着日本鬼子像蝗虫一样蹦跶着扑上来，他纹丝不动，直到日本大兵的脸都可以看清了，才冷笑一声，双手一按，嗒嗒嗒嗒嗒嗒，几乎弹无虚发，成片的鬼子倒下，后面的鬼子连滚带爬退了回去。战场突然寂静了。旷风蓦地想起什么，刚要叫那机枪手躲到下面壕堑来，可是一颗炮弹已经在他身边爆炸。轰隆一声，弹片四飞，一块大弹片削掉了老机枪手的半个脑袋，脑浆和鲜血一起喷出，身子重重地滚落到旷风身旁。

一阵猛烈的炮轰之后，战场戛然寂静，旷风抖落身上的土块碎石，和战友们一起把头探出壕堑，果然，鬼子又像一群蝗虫那样蜂拥而来。旷风敏捷地跳上了机枪手的位置，他在军官学校练习过这种德国克虏伯兵工厂制造的马克沁重机枪，他按住机头，屏住呼吸，像老兵那样冷静地等待敌人靠近，全然不顾子弹从头顶和身边飞过。终于，他看清了鬼子狰狞的面孔，他用力按下扳机，嗒嗒嗒嗒嗒嗒，他的双手跳动着，复仇的子弹准确地跟着他的视线跑，鬼子兵像被钐刀挥过的蒿草一般纷纷倒下，后面的鬼子抱头鼠窜狼狈退去。旷风心想，你退我也躲，我不会等你们的炮弹，他刚刚兴奋地站立起来，突然感到前胸被沉重地一击，身子不由得向后一仰，眼前便一片黑暗了。

旷风被战友们放在担架上抬过了漳河，转移到河南省新乡县这所伤兵医院里。敌人沿平汉线的进攻，终于被阻挡在漳河北岸，第一战区司令长官部暂时驻留于新乡。旷风住的是目前设备较好的一所战地医院。

他不知道自己昏迷了多久，当他渐渐有了知觉，隐隐约约听见一个女人的声音："醒啦？醒啦，醒啦！哎呀，简直是奇迹，这个小伙子体质太好啦，生命力太强啦！"

后来，他知道说话的人是护士长甄永丽，一个三十多岁热心肠的女人，是从郑州市一家医院里自愿来支前的。他还慢慢听说，自己吃了日军狙击手的冷枪，一颗子弹擦着他的左肺尖穿透了他的胸膛，因为没有得到及时救治，胸腔里积累了大量血液，送来的时候已经生命垂危了，医生和护士们连续抢救了六个小时，医生都意外地说，他能缓过来实在是仗着身体的素质非常好。护士长还告诉他，他负伤跌落下来时，右腿的腓骨骨折，所以眼下还上着夹板。旷风呵呵笑道：“哎呀，福无双至，祸不单行哪。”

这一天，护士向伤员们宣布了一个好消息：武汉八路军办事处要派代表专程前来慰问伤员。

果然，时近中午，六位身着灰布军装的男女走进了这间原来是寺庙的大雄宝殿，一位中年军官站出来讲话，代表八路军向负伤的战友们表示慰问，热情地赞扬友军为保卫国土流血牺牲的精神。他的讲话简短有力，博得一片掌声。每个伤员都获得一双新布鞋、两双新袜子和一个搪瓷缸子，白色的缸子上用红漆写着：“精忠报国”“血洒疆场”。

接着是余兴表演，有数来宝、双簧、小合唱《大刀进行曲》，最后是女声表演唱《丈夫去当兵》。一个已经化装成农妇的女演员连演带唱：“丈夫去当兵，老婆叫一声，毛儿的爹，你等等我，为妻的将你送一程……”女演员扭着秧歌步，一手抱着一个用小棉被裹成的假娃娃，另一只手做着各种姿势，她通过面部特别是两只大眼睛的表情，把一个农村少妇既舍不得丈夫又感到无上荣光的心情表达得自然而流畅。旷风越看越觉得这个人面熟，一定在哪里见过。直到声情并茂的表演结束，大家报以热烈掌声的时候，旷风才想起来，禁不住大叫道：“柳耘同志！”

那农妇一愣，抬头定睛细看，也禁不住大叫道：“旷风同志！”

柳耘连蹦带跳，跑向旷风，和右腋下支着单拐勉强站立在床沿边的旷风四只手紧紧握在一起。一个是重伤初愈意外乍见老熟人，一个是来慰问居然伤员里有熟人，都兴奋至极，虽然他们只曾匆匆见过一面，此时真的有如他乡遇故知啦。

旷风略述了自己上前线、作战和负伤的经历，他由衷地关切八路军办事处的近况。柳耘告诉他，办事处已经从南京搬到武汉汉口中街，叶剑英、秦谷和李克农等同志都还在武汉办事处工作。大家在南京就听说他上了前线，很记挂他的。柳耘还告诉他，他的父母、二弟、小妹都已到了武汉，住在一个亲戚家里，和办事处颇有来往，据说旷岳先生已经被任命为第一战区“高参室”主任，可能不久就会到新乡来的。旷风请柳耘把他受伤住院的信息告诉二弟旷雨，但不要告诉他的父母。

柳耘点点头，向这个粗中有细的硬汉投去会心的一笑，走了。

仅仅过了三天，旷雨和武予岚、李根、廖霞就从武汉专程到新乡来探望旷风了。

甄护士长高兴地把客人们安排在大雄宝殿的廊檐下，拿来几个小马扎让大伙坐，又搬来一张炕桌，提来一只竹壳的旧暖水瓶，拿来几只海碗。几位正口渴的年轻人一边喝着热腾腾的水，一边感谢热情的护士长。

旷风说：“我刚被送来的时候，昏迷不醒，屎尿不禁，发高烧，甄大姐熬了两个通宵，给我擦洗全身、换药、用冷敷降温，要不是护士姐妹们的悉心照料，我可能再也看不见你们啦。”

护士长开朗地笑道：“这是我们的本分。在伤兵医院里，最能体会到战争的残酷了。旷风活过来真的不容易，你们都是他的好朋友、亲兄弟，在这里好好聊聊吧。”

护士长忙着组织护工洗绷带去了。大家都急切地想听旷风说说参与战事的经历，他是这群年轻人中第一个直接上阵杀敌的。

旷风笑着说："下关码头一别，真的恍如隔世啦。我到武汉时，平汉线的火车还可以直达邢台，但是我到彰德（今安阳）就下车了。我一路坐汽车，骑马，有时还步行，先到邯郸，登上了武灵丛台，而后才到邢台军部报到。你们知道，我童年曾在邯郸、大名一带住过，对春秋时期这个赵国的都城有许多童年的记忆，可我不是为了怀旧，我是想做一次真正的参谋旅行，从军事的角度，考察一下这块地方。我清清楚楚看明白，这一带一片平原，无险可守哇，能抵挡日寇坦克战车冲击的，唯有漳河了。"

"是《西门豹治邺》里说的漳河吗？"廖霞插问。

"没错，就是西门豹扔大巫婆的漳河，我们都学过这篇课文。"旷风对晒黑了的廖大小姐投去赞许的目光，"我9月中旬到达邢台军部报到，对军参谋长说了我一路观察的看法，强调漳河最窄的地方也有五百米，宽的地方超过一千米，由西往东，正好横亘在冀豫之间，是一道天然屏障。这位傅参谋长曾经是我爹的学生，对我十分客气，他说他的看法与我完全一致。万万没有想到，我初出茅庐的这一个判断，竟然很快就成为现实。"

旷雨说："大哥，你天生就是块当军人的料！"

听得入迷的武予岚瞪了旷雨一眼："别打岔，旷大哥，赶紧接着说，接着说！"

旷风接着说："10月10日，日寇土肥原部第14师团攻占了石家庄，土肥原真是狂妄至极，只休整了两天，就大举向邢台进攻。予岚妹妹，你爹的书上写得清楚，日军的战术就是飞机炸，重炮轰，坦克、装甲开路，步兵跟在屁股后面往前冲，一点都不带错的。但是身临现场，感受就大不同啦，我在军部直属的通信排，是设在东城的一所旧祠堂里，我本以为军部应该比较隐蔽安全，哪里知道日谍和汉奸活动猖獗，敌人已经侦知我军部的大体位置，它反倒成了敌人第一拨攻击的重点！敌人掌握着制空权，那飞机飞得低呀，好像擦着房顶就过去啦，炸弹是看着往下扔的，远距离射来的炮弹也纷纷在附近爆炸。祠堂很快就被炸塌了，我身边的两个战友当场就牺牲了，一个战友的胳膊炸飞了，鲜血直喷到我脸上，我被剧烈的轰响震蒙了。坦白地说，当时我心里曾闪过对死亡的恐惧，但战场上容不得恐惧，几秒钟后我从废墟里爬出来，和活着的战友一起转移了。”

大家听得都屏住呼吸，一个个眼睛都直了。

旷风说：“敌人是从东边压过来的，炮火极其猛烈，十几辆坦克往前冲，邢台东面的城墙几乎全被轰塌了，我军拼死抵抗，伤亡惨重，东门告急，我们军部的人跟着后备队伍全都冲到了最前线。我看见一辆敌人的坦克正通过坍塌的城门往里爬，心想，要是有平射炮该多好。我身边一个小战士对我说了两个字：‘我上！’他操起一捆集束手榴弹就蹦跶着冲了上去，虽然他负了伤，但仍然滚到了坦克下面，把集束手榴弹塞进了坦克的履带，拉响了引线，轰的一声，日寇的坦克瘫痪了。小战士牺牲了，我不知道他的名字，但记住了他那张稚嫩的脸和最后说的‘我上’两个字。我豁然明白：他是一个真正的军人，而我不是！这时候，我心里充满了勇气，再没有任何恐惧，我把五颗手榴弹捆在一起，准备对付第二辆上来的坦克。”

大家都瞪着旷风，没有人怀疑，当敌人第二辆坦克出现时，这条汉子必定会立即冲上去，因为旷大哥从来不打诳语。

旷风停下来，喘匀了气，接着说：“敌人那辆被炸瘫了的坦克，挡住了进城狭窄的通道，第二辆坦克一时上不来了。就在这当口，我们接到了撤退的命令，我们是从西门撤出了邢台的，但没有走远。原来，程长官调集了一批生力军，其中有一个中央军的炮兵旅，装备着大量新式德国造的卜福斯山炮，当天午夜，潜伏在城内的侦察兵纷纷回来，报告了日军占领邢台后的部署和宿营地点，其中还有人画出了准确的坐标。凌晨，得胜的日本鬼子正在做着美梦的时候，中国的大炮响了，上千发炮弹砸向敌人，步兵乘势跟进，日军狼狈败退，我军又收复了邢台城。”

“打得好哇，痛快！”有人禁不住鼓掌。

“这时候，”旷风继续他的叙述，“傅参谋长对我说，程长官决定主动放弃邢台、邯郸，炸掉漳河铁桥，大军撤守漳河南岸，现在命你随工兵营祖营长先到临漳县选择高地构筑工事，多挖反坦克壕，准备阻击敌人，掩护主力撤退。我随祖营长赶到临漳，嗨，也是一片平原哪，有点丘陵而已，我们的工事还没有修好，敌人的追兵就到了。”

旷风讲了他被日寇狙击手射伤的经过，他的叙述，让朋友和亲人都产生了身临其境的感受。

李根说：“你的经历太可贵了，祝贺你，旷大哥，你在战火中已经淬炼成一名真正的战士了。”

武予岚说：“战火淘汰了我的‘岚闺沙龙’，促使我们大家踏上抗日的广阔天地。旷兄是首先冲到战场第一线的，经受了生死的考验，是我们的榜样啊。”

旷风诚恳地说：“我哪里称得上榜样，我只是战胜了自己内心的怯懦。武伯伯说得好，战争是敌我双方全方位的对决，对战争的贡献决不仅仅在战场，你们从浦口一路演剧宣传到武汉，发动群众奋起投身抗战，同样是了不起的贡献哪。”

李根鼓掌道：“说得好，我们这一路也很艰难。前半程，从和县、无为、土桥、枞阳到安庆，一边演出，一边宣传抗日，搭乘短途木船，还算是顺利。从安庆转陆路进入湖北，就艰苦多啦，有时囊中羞涩，或者路不顺，雇不上大车，就得要两条腿，不仅要长途跋涉，还要时时躲避日寇的空袭，大家都经受了磨炼，特别是几位娇小姐，脚底板全都打了成串的血泡，但没有一个掉队的，真是令人刮目相看哪！”

武予岚说：“是啊，这段生活非常充实，每个成员都在变，我看霞妹的变化最大了。她是我们演剧社的台柱子，过去她在学校里演陈白露，现在演《放下你的鞭子》里的香姐。老乡们对霞妹唱的京戏，什么《霸王别姬》《贺后骂殿》《审头刺汤》啦，非常欢迎，她可是我们的大功臣啊。”

旷风热情地向廖霞伸出手：“霞妹，我祝贺你，你坚决地走出了象牙之塔，展示了自己的勇敢和多才多艺。”

廖霞受到赞扬，既兴奋又不好意思，满面通红地握住旷风的手说：“我算什么，你才是英雄，我要向你学习。”

旷雨用调侃的语气说：“哎呀，诸位哥哥姐姐，你们都在抗日的大旗下阔步向前啦，只有小弟我落伍，窝窝囊囊，一事无成，惭愧呀惭愧！”

旷风说：“二弟，怎么能说一事无成呢，你一个人照顾了妈妈、妹妹和郭妈逃难，这也是贡献。你和霞妹一样，多才多艺，一定会找到适合自己的舞台的。”

武予岚说：“大哥说得对，雨弟，眼下我就有一件事情想请你帮忙哩。”

“请我帮忙？什么事？”

武予岚说：“现在的武汉三镇，突然之间拥进了几十万难民，大街小巷，人满为患，许多难民吃饭都成了问题，我们这个剧社到达武汉就散了，但有人生活很困难。李根说，现在办小印刷厂能赚钱，因为许多团体需要印传单做广告，他在救国会工作，联系的团体多，可以拉来生意。据了解，买一台脚踏为动力的印刷机，连同全套铅字，需要两百五十块钱，有两台印刷机就可以办个小厂，如果加上租房子的钱，至少需要六百块。廖霞的父亲被任命为川康盐务局局长，已经到四川去准备大批军民入川了，她的‘银行’歇业啦。我们想请你去问你妈要六百块钱，把这个小印刷厂办起来，由你当厂长，廖霞当会计，大伙轮流当工人，估计能养活一些人。这不实实在在是为抗日贡献力量吗？”

旷风说：“行，这是件好事，二弟，义不容辞啊！”

旷雨说：“好好好，要钱的事，我去。当厂长嘛，我可不是当头儿的料，另请高明吧。”

武予岚一瞪眼：“怎么着，又想临阵脱逃？”

“哎呀，不敢，不敢，我当，我当！”

旷雨高拱双手，装出一副无奈的怪相，大家都被逗乐了。

16

南京失守，国民政府的大部分机构，许多国家的驻华使节，均移往武汉办公。中国最高当局为贯彻持久消耗战略，以武汉、宜昌为基地和咽喉要道，实施空前的政治、军事、经济、文化、科技和人才的由东部向西部的战略性转移。随着大批军政人员和难民的拥入，武汉三镇，这个九省通衢的水旱码头，陡然变得十分拥挤。

旷雨向母亲要钱的事情进行得颇为顺利，凌婷立听儿子说了开办小印刷厂的目的，是为救助一些生活困难的难民，二话没说，就拿出六百块钱，交给了旷雨。旷雨和廖霞带着两三个人，迅速购买了两台脚踏印刷机，还有铅字、纸张、油墨等杂物，租下一处废弃的旧车间，稍加修缮和布置，小印刷厂就宣告开张。好在李根关系多，拉来大批生意，于是哐当哐当，两台印刷机便昼夜不停地运转起来。

凌婷立是湖北人，她的哥哥是清末湖北革命十团体中最年长而且颇具影响的人物，凌家在武汉宜昌一带亲戚很多，幺姑太太逃难到武汉，早有一位担任湖北某银行行长的晚辈扫榻恭候。这位富有的亲戚，家住汉口江汉关附近，可以清晰地听见江汉关楼顶大钟报时的钟声。一个院落，两幢小楼，主人把一幢偏楼整个地让出来给旷家人暂住，所以不显局促。

这一天，旷雨走出院子的大门，要到小印刷厂去上班。冷不防被一个人拦腰抱住，那人喊了一声："二哥！"

旷雨低头一看，见一个新剃的小光头下面，两只骨碌碌的黑眼珠子一闪一闪的，不禁欣喜地大叫道："小三儿，你不是在福州马尾海军学校上学吗？怎么突然在这儿冒出来啦？"

旷平不满十五岁，身材比哥哥矮小，但很结实，脸晒得黑黑的，背着一个用刷了绿油漆的被单裹着的背包，他虽然风尘仆仆，说话却冲劲十足："嗨，全民抗战了，我们马尾海军学校倒上了山，还不让学生讲抗日，这叫什么军事学校！我待在那儿干什么？我要上前线！"他示意二哥弯下身子，在旷雨的耳边小声说："我要去延安！"

"去延安？"旷雨睁大了吃惊的眼睛，"你怎么会想到去延安？"

"哈，二哥，你忘了大包小包寄给我的那些书报材料，里面有《中国的西北角》《塞上行》。哎呀，那个范大记者太了不起啦，为了探寻真理，他独自穿过原始森林，翻越大雪山，绕过贺兰山，在他写的《塞上行》里，我知道了红军长征二万五，中国西北有肤施（后称延安）。二哥，我要跟着范记者的足迹前进！"

旷雨这才想起自己曾经一包又一包地给弟弟寄去的资料，没想到这些进步书报竟然对弟弟产生了这么大的影响，他开心地笑道："这么说，大哥和我还是始作俑者啦？"

旷平认真地答道："准确地说，大哥和你都是我的启蒙人！"

旷雨听说自己居然成了"启蒙人"，高兴至极，他一手接过弟弟的背包，一手拉着弟弟，回家去见爹妈和郭妈了。

小三儿独自从福建归来，成为旷家一大喜事。

“七七事变”前一年，十三岁的旷平考入了福州马尾海军学校。这所学校直属海军部，是严格按照英国朴次茅斯海军学校的规范创办的。学校分航海系和轮机系，旷平考入轮机系，学制八年，毕业即为海军中尉，前十名保送英国朴次茅斯海军学校深造。可是，战争改变了这个少年的人生轨迹。

全家人很快都聚集在一楼客厅里，围着小光头，津津有味地听从远方归来的小英雄讲自己的故事。

旷平两只大眼睛贼亮贼亮的，他连说带比画，绘声绘色地讲道：这所海军学校就建在马尾军港的左近，四溜二层楼房，排列得像北平的四合院，楼房的上层当宿舍，下层是教室，中间是一片平坦的操场，大门入口甬道的中间放置一尊军舰上的大炮。每四个学生住一间宿舍，每人发一个大铁罐子，装私人用品。每人两套雪白的海军制服，黑皮鞋。据说是受海军部长，也就是爹爹很熟的那位陈伯伯的影响，学校特别重视军风纪，制服上的铜扣子全都要求擦得锃亮的。学习抓得很紧，除了汉语课、修身课，读四书五经，由中国教师用汉语讲，其他一律用英语授课，主要教官也是英国人。哎呀，幸亏我在上海南洋模范小学很早就学英文，勉强能够跟上，要不然，这一关就被淘汰啦！

听得入神的妹妹旷静不禁大叫道：“哎哟，我以后真得抓紧学英语呀！”

旷平接着说：“我最喜欢的是游泳课，先在大游泳池里学，然后乘教练舰‘通济号’出海，在大海里游。一年级五百米及格，如果你能继续再游五百米，就奖励一块大洋。我最喜欢站在船头上，像海鹰一样扎入大海，迎着风浪搏击。我已经领到九块大洋奖金啦。”

“什么？你已经能游五千米啦！”小妹旷静睁大了惊诧的眼睛。

“嘿嘿，小妹，你摸摸，”旷平捋起衣袖，鼓起了胳膊上的二头肌，妹妹一摸，硬的！“呵呵，就凭我这身用不完的劲，五千米算什么！”

旷静满脸的敬仰之情：“三哥，佩服，佩服！”

旷雨的眼神里流露出深深的羡慕，他想到自己今生永远不能在大海里畅游，但为弟弟成长的欣喜迅速冲掉了萌生的惆怅。郭喜的眼神里洋溢的爱意并不比凌婷立少，郭喜是个重情感的女人，“三少爷”是她奶大的，她心里早把他看成是半个儿子。

小光头突然话锋一转，语气也变得严肃起来：“七七事变”的炮声，一下子打破了我们这所海军学校的宁静，学生们纷纷要求参加社会上的抗日游行，这当口，那位少将校长站了出来，板着脸训话说，闹腾什么，这只不过是局部战争，一切上峰都会处理好的。你们是军事学校的学生，必须以学习为重，不许参加游行，谁去开除谁！过了一个多月，日本飞机就来轰炸马尾军港了，炸弹就在海军学校的旁边爆炸，把学校的头头们吓坏了，那位少将校长也不说局部战争啦，下令全校迁往鼓山的涌泉寺。呵呵，学生们住进了和尚的禅房，在大殿的佛像下面上课，从此学校再也管不住学生啰。

旷平继续说，小皮猴们漫山遍野地开小会，这时候，大哥和二哥寄来的报刊材料成了抢手货，大大开阔了我们的眼界。我和同班同学赖健、何世庚、谭毓枢等十来个同学商量，认为国难当头，不能窝在这里，决定离开学校，到抗日的第一线去。于是，我们开始做认真的准备：因为想到可能要去北方打仗，所以把学校发的新褥子的棉花抽出来，一人做了一条棉裤；把被单先刷上桐油，再刷上绿漆，变成防雨的油布；我们每天穿件单衣去爬山，涌泉寺是很有名的，始建于唐，盛于宋，大庙建在鼓山的山腰上，鼓山高不过五百米，树木葱茏，我们经常爬到山顶，有时还特地去爬前面的香炉峰或背后的白云峰，为了练习徒步的脚力嘛。

学校规定，期末大考不及格就开除，我们决定，考试时乱答一气，那样，顺理成章地离校，也给学校留个面子。到考试那天，我们年级航海、轮机两个班一百个学生都集中在大雄宝殿里，头一场考数学，主要是代数，x加y我全会，但我乱答一气。第二门考汉语作文，中间有十五分钟休息，我见大多数人坐在原处不动，便站起来大声说："同学们，我提议写作文前，大家一起来唱一首《救亡进行曲》好不好？"众人都高声回答"好"！我示意谭毓枢："大头，上。"谭毓枢立即搬了一把椅子，放在两个班的中间，站上去，举起手，起了一个音，大殿里便响起雄壮的歌声：

工农兵学商，
一齐来救亡！
……

"不许唱！"汉语教官发疯似的冲过去，一把就把小个子谭毓枢拽了下来，怒吼道，"你这是煽动，是破坏考试！把手伸出来。"他取出了一把戒尺。

我立即冲上去，一把夺过戒尺，用戒尺指着他的鼻子尖喊道："现在是休息时间，为什么不让唱抗战歌曲？唱抗战歌曲是煽动吗？是破坏考试吗？你还想为此体罚学生，你还是不是中国人哪！你这样的汉语教官，能教学生写出什么样的作文来！我宣布：罢考！”

事先参与商量的十来个同学纷纷响应，高喊：罢考！罢考！罢考！

我们昂然走出了大雄宝殿。

考场顿时大乱，大家纷纷议论，考试也无法进行。

中午，操场布告栏上贴出了公告，我的名字排第一个，后面有谭毓枢等十个名字，说我们扰乱考场，侮辱师长，立即开除，限二十四小时离校。我们不慌不忙，整理好行装，黄昏时分，列队走出了涌泉寺的大门。令我大吃一惊的是，全校两百名同学竟自发地排列在寺外下山路的两侧，我感动了，高声说了句：唱《救亡进行曲》，起了个音，十个人便在两侧同学们的招手鼓掌目送下，昂首阔步，边唱边行：

工农兵学商，
一齐来救亡。
拿起我们的铁锤刀枪，
走出工厂田庄课堂。
（喊）：到前线去吧！
走上民族解放的战场。
脚步合着脚步，
臂膀扣着臂膀，
我们的队伍是广大强壮。
……

当走到山脚下时，我隐约听到了远处福州教堂传来的钟声，我想起今天是12月25号，是洋人的圣诞节，我心中马上认定：今天就是我旷平以身许国的报国节！

“精彩！”小妹叫道，“三哥，你少年时代的这个尾声，将是我的榜样！”

凌婷立却揪心地问：“哎呀，福建那么多山，没有铁路，你们要到武汉，有上千里地，怎么走哇？”

“妈妈，别担心，船到桥头自然直。”小光头瞅着爱他的母亲，继续说，“我们在福州三坊七巷祖宅一个叔叔家里挤住了一宿，大家把身上的钱都掏出来，一算，全都坐船坐车盘缠不够啦，于是年纪大一点的赖健、何世庚等决定步行，只留吃饭钱，把余下的钱都留给年纪最小的谭毓枢和我，让我们乘船坐车走。”旷平显然对这次长途奔波印象深刻，他的叙述简洁而准确具体，“谭毓枢比我还小几个月，他擅长演艺，他的脑袋特别大，外号‘谭大头’，他什么都听我的！我们从福州乘汽船溯闽江而上到达水口，再往上河道就窄了，所以换乘小木船到达南平，上岸改乘汽车先到建瓯，再换车到蒲城，改坐出省的长途汽车到达浙江的江山市，江山市是浙赣铁路上的一个大站，可我们俩算算账，买火车票的钱不够啦。”

“哎哟，‘一文逼死英雄汉’，怎么办呢？”母亲着急了。

“我们到火车站一看，喔唷，火车和火车站全乱套啦！原来日本鬼子已经占领了浙江北部的嘉兴和杭州，大批难民拥到浙南，火车不但车厢里、过道上、厕所里挤得水泄不通，连车顶都爬满了人，根本无法买票，谁有本事谁上车。我和谭大头费了九牛二虎之力才爬上一节车厢的车顶，可是没开出几站车就停下了，一停就是一天一夜。我仔细观察发现，凡是车上坐着大批伤兵的，车就很快放行。所以，我俩埋伏在车站铁道边上，第二天大清早，就重新爬上一辆伤兵特别多的火车，那些受伤的大兵，见我们年纪小，还伸手帮我们往车上爬哩。果然，这辆车站站放行，开得飞快。”

“哎呀，太妙啦，三哥，你们真够机灵的！”旷静忍不住插话。

“不机灵行吗？妹妹，人在江湖就得眼观六路耳听八方啰。”旷平拉着妹妹的手，继续说，“谭大头的家在湖南长沙，他比我小，我不能中途撂下他，所以我先绕道护送他到长沙，亲手把他交给他的父母，我才独自挤上湘鄂线的火车，找到这里来和你们见面了。”

凌婷立吁了一口长气：“哎呀呀，兵荒马乱的，这么点年纪，走这么远的路，真不容易。总算到啦，谢天谢地呀。”

旷岳摸着儿子的小光头，感慨系之：“梁启超说得好哇：‘故今日之责任，不在他人，而全在我少年。少年智则国智，少年富则国富。’我们的小三儿有股子天不怕地不怕的闯劲，我听你大闹考场，听你讲专爬伤兵多的火车，又绕道送年纪小的朋友，我觉得你这个孩子是长大成人啦！”

旷平归来的喜气延续了三天，其父旷岳老先生密会小情人的事情就东窗事发了。

夫妻间床第之事是外人说不清的。凌婷立感觉这次与丈夫重聚味道大不相同，而且越来越盛，发报机发出的电波与电台的频率怎么也对不上号了。凌婷立旁敲侧击地一打听，心中已知八九，坐在床头上一审，丈夫便竹筒倒豆子，全坦白了。

前面的事情毋庸赘述，问题出在抵达武汉码头之后，武岩拍拍屁股走了，旷岳心里放不下小于，就把她们姐儿俩安置在一个客栈里。此后，旷岳假借“开会”“公务”之名，隔三岔五偷偷溜到客栈与小于幽会。不多久，大于傍上一位新主子，很有钱，开着小轿车来把她接走了。小于自己有主意，坚守不动。

凌婷立语气平和地说：“慕云，新婚之夜，我要求你五十岁以前不许纳妾，你做到了。现在你已经五十开外，戎马一生，很不容易，讨一个二房，于情于理，都说得过去，何必偷偷摸摸呢？我管了你二十多年，不能再管啦，我不是醋坛子，把个小丫头放在外面总不是事呀。把她接回来，给我磕个头，认我为大，一家人日子照样过嘛。慕云，你放心，她不是尤二姐，我也不是王熙凤。”

旷岳连连作揖说：“婷立，我知道你心胸宽广，容得下人。我是怕子女们作难哪。”

凌婷立笑道：“嗨，你这些儿女哪一个是刁钻邪恶之徒？他们都是讲理的，都是看我的脸色行事的，我把他们都叫过来，一块儿见个面，没有什么过不去的河！”

旷岳大为兴奋，叫上一辆黄包车，满心欢喜地接人去了。

过了个把时辰，一辆马车停在大门口，旷岳下车走在前面，手里提着一个藤箱，小于跟在后面，怀里抱着一个小包袱。

郭喜站在楼梯口，躬身说：“老先生，二太太，请上楼吧，太太在上面等着哩。”

凌婷立独自端坐在卧室里一张太师椅上，旷岳示意，小于疾步趋前，毕恭毕敬地说：“太太在上，于雯大礼参拜。”随即双膝跪地，连着磕了三个头。

凌婷立笑容可掬地弯腰把小于扶起来，让她坐在身边，仔细打量。见眼前这个女子非常年轻，白里透红的脸长得很好看，没有任何修饰，衣着也很朴素，像个女学生，心中吃了一惊。凌婷立是个受传统“妇德”影响很深的人，她自觉年老色衰，精力不足，想要找一个年轻的女人，拴住丈夫的心，小于显然不是她想找的类型。凌婷立暗想，这女子条件出众，她想来做什么？

凌婷立亲切地拉着小于的手，温和地说：“于姑娘，你瞧你多么鲜嫩的一个可人儿，你肯嫁到我家来做二房，是旷老爷的福气。我从此多了一个伴儿，多了一个说话的妹妹，也是我的运气呀。现在虽说是战争时期，此事也不能过于简慢，今晚先让郭妈多做几个菜，在家里给你接风，过几天我挑个黄道吉日，摆上两桌，请几位走得近的亲朋好友，宣告一下，也算给你正个名位，你看如何？”

小于低头说：“我年纪轻，不懂规矩，一切全听太太安排。”

凌婷立从怀里摸出一枚镶着两颗小钻石的金戒指，笑着说：“这只戒指是我送给你们结婚的礼物，你就戴上吧。”说着，把戒指戴在了小于右手的中指上。

小于感激地说：“谢谢太太厚赐。”

凌婷立让郭妈去把子女们请来，不一会儿，旷雨、旷平、旷静都来了，他们用惊诧的目光看着眼前的新人。

凌婷立笑着对儿女说：“把你们叫来是宣布家里一件重要的事，这位于姑娘是你们的老爹新娶回来的姨太太，这桩亲事我已经认了。于姑娘今后就是家里的二太太，她虽然年纪轻，但辈分在那里管着，你们今后必须敬重她，不得做出违礼的事情。”凌婷立转向坐在身边的小于，继续说，“于姑娘，你认识一下我的孩子，这个是老二，叫旷雨，风雨的雨；我的老大旷风是个军人，现在在抗日的前线；这个是老三，叫旷平，平安的平，刚从福建马尾海军学校回来；这个小丫头是我唯一的闺女，叫旷静，平静的静，她今年小学毕业。他们都是很懂事的青少年，希望你们今后好好地相处。”

旷家三个第二代一进门，小于顿觉眼前一亮，他们没有一人身着华服异装，却透露出强烈的青春朝气。旷雨高个子，很英俊，眼神柔和而友善；旷平小个子，特别精神，两只眼睛咄咄逼人；旷静标准的学生打扮，穿一身童子军的制服，剪着齐耳的短发，明亮的双眸充满挑战的神色。小于面对这样的阵势，准备好的话，一句也说不出口了。

旷平毫不掩饰自己的恼火，话说得挺冲：“哎哟，这叫什么事嘛！家里突然冒出个二太太，我看于姑娘比二哥还年轻，今后怎么称呼？我要叫她姐姐，是乱伦，难道要我叫她一声小妈吗？”

此时，小于不慌不忙地站起来，大大方方地说：“我的学名叫于雯，干钩于,《红楼梦》里晴雯的雯。这个名字不吉利，你们就叫我小于吧。三少爷，您要是不介意，我就叫您旷平。”

小三儿的顶撞和小于冷静的应对，都大出凌婷立的意外，她忙对儿女说：“好啦，就到这儿吧，你们先回去，来日方长，有什么话慢慢说。”

二楼三间卧室，原本旷雨、旷平两兄弟住一间，旷静住略小的一间，按照凌婷立的吩咐，旷静搬到楼下郭喜房里暂住，她的房间里由苏恩装上一张新买的双人床，作为小于的卧室。

旷静大为不满，跑到两个哥哥屋里聚会。

旷平愤愤地说：“爹爹英雄一世，还是难过美人关；妈妈自诩宽宏大量，其实思想封建陈旧。唉，我看咱们家平和快乐的日子到头了，这个家我是待不住啦。”

旷静接茬儿："我一向崇拜爹爹，把他当作偶像，没想到全国军民都在受难，他倒趁乱找个小妖精！偶像突然间垮了，我真太失望啦。"

旷雨说："你们不要太冲动，也不要太悲观。金无足赤，人无完人，爹爹这件事情确实做得不对，他年纪大了，放松了对自己的约束，做了出格的事情，我们总不能不认这个老爹吧。妈妈从小受'三从四德'的熏陶，她觉得自己人老珠黄，想拢住丈夫的心，做出这样的选择，内心里是很痛苦的。妈妈很爱我们，我们对她也应该多一点体谅。三弟，小妹，值得注意的是这个小于，她完全不像那种好逸恶劳，贪图享受，嫁个有钱人当姨太太的寄生虫。所以，我们要冷静，不要自己乱了阵脚，静以观变，二位看如何？"

旷平立即响应："好，还是二哥考虑周到，想得深，你就是我的老师，就按你说的做。"

旷静像个小大人似的笑道："我唯哥哥们马首是瞻，静以观变，高哇！"

兄妹三人迅速结成了统一战线。

旷家的饭桌历来非常热闹，大家都喜欢在饭桌上透露信息，发表观感，进行争论，无拘无束，无长无幼，天马行空。有人评价：旷家的饭桌是旷岳先生经营的"民主品牌"。可是，这天的晚饭，饭桌上"冷"得让人难受。三个子女，一言不发，低头只顾扒饭。凌婷立开始还笑着说了几句，无人搭腔，也卡了壳。旷岳为安抚小于，一个劲给她布菜，反引起老妻的白眼。倒是小于，面含微笑，低着头专拣好吃的往嘴里送。旷平草草扒完多半碗饭，把筷子、碗一推，也不打个招呼，转身走了。没过一分钟，旷静站起身，说了一句，你们慢用，追着三哥的背影也走了。旷雨吃完碗里的饭，又喝了半碗汤，含着微笑说：“今天的菜很丰富，郭妈费了不少劲哪，你们慢慢品尝，我先告退了。”他也走了。凌婷立此时明白：儿女们并不看她的脸色行事，她陡然觉得，自己坐在这里有点尴尬了。

凌婷立心里很失落，有些伤感，她勉强控制住自己，站起身笑着说：“我觉得有点不舒服，先回房了。菜很多，你们慢慢吃吧。”

凌婷立一走，旷岳正想献点殷勤，孰知小于突然变了脸，她抬起头，盯住旷岳，发出一阵冷笑：“嘿嘿嘿嘿，旷老爷，你这出戏演砸啦！你自己慢慢品吧。”说完，起身快步走了。

旷岳一愣，独自面对一桌子菜，心里甚是懊丧，他问郭妈要酒，郭妈给他拿来一罐女儿红。旷岳自斟自饮，喝了一个钟头，还是潇洒不起来。他晃晃悠悠，回到习惯的卧室，门从里面插上了，他敲门，里面凌婷立的声音冷冷地说：“慕云，我不舒服，已经躺下了，你到于姑娘房里歇息吧。呃，声音小一点，别惊动了孩子们！”

旷岳无奈，只得转到小于的房间，推门，门也从里面插上了。敲门，没有回应，再敲，里面小于的声音冷冷地说：“旷老爷，我今天身子不方便，无论如何不能让你在这里过夜，你不要再敲门啦，还是回太太屋里歇息吧。”

旷岳愣住了。突然忆起武岩在南京说的话：“你的家庭不是个封建家庭”，“你一讨小，所有的子女都会站在母亲一边，你就成了孤家寡人啦”，还有那句“孤军深入”的话，嘿嘿，孤军深入的不是小于，而是自己呀。

旷岳摸了摸口袋，分文皆无。他无奈地走回楼下的客厅里，没有开灯，独自摸黑坐在长沙发上。立即想起，前两天第一战区长官部的秘书长李世璋和武汉八路军办事处的叶剑英、李克农来访，客人们就是坐在这沙发上和自己谈得很热闹，至今言犹在耳。李世璋是奉程潜长官之命来催自己赶紧赴任的，他说长官部已经从新乡迁到了郑州，把高参室办公的地方都安排好了。叶剑英和李克农既是礼节性的看望也有送行的意思。

李克农知道自己特别好动，善意而诚恳地劝自己一定要坐得住，不要轻易离开长官部，因为只有在长官部才能了解最新的战事动态和信息，便于及时做出判断。

叶剑英也说，只有坐镇长官部才能掌握全局性的动态。高参室主任，其实就是战区的首席高参，我看程长官是希望慕云先生，在全局性的、战略层面上给他提出有益的建议啊。

旷岳心想，本来自己早该抓紧到郑州去上任，可是偏偏为情欲所困，心里放不下小于，结果弄成眼下这般局面。嘿嘿，看来，俗话说得好："三十六计，走为上计。"

突然，电灯亮了，郭妈进来诧异地说："哎呀，老先生，您刚把二太太接进门，怎么在这黑影里待着？"

旷岳说："嗨，郭妈，我这叫'赔了夫人又折兵'，'老鼠钻进风箱里——两头受气'呀！"

郭妈忍不住扑哧笑了，同情地说："您一个大老爷在这儿蹲一宿，也不是个事儿呀，我给您几块钱，您到外面住店去吧。"

旷岳笑道："现在逃难的人多，大店小店挤得满满的，我何必去凑热闹。郭妈，你借给我一个枕头、一床薄被，我就在这儿对付一宿。"

郭妈说："哎呀，那太难为您啦。"

旷岳哈哈笑道：“不难为，不难为。我十六岁从军，十八岁当个小排长，睡的是几十人的大通铺，现在能睡在沙发上，就很不错啦。”

郭妈拿来了枕头和薄被，又替旷岳关上了电灯。不到半袋烟的工夫，客厅里传出了匀称的鼾声。

第二天，旷岳对凌婷立说，上面任命他为第一战区高参室主任，程长官又派人来催驾，他继续待在武汉就不好啦，必须马上赴任。凌婷立无言地替丈夫收拾好随身行李。当天，旷岳就带着苏恩到郑州上任去了。

17

凌婷立把丈夫送走了。她万万没想到，她的一番好意竟落得如此结果，心中又委屈又懊恼。她觉得自己需要喘一口气，好好想一想，以便调整家庭的关系。

可是，一个无情的打击，正无可阻拦地快速向他们袭来。

这天傍晚，一家人集中在楼下客厅兼饭厅里，准备吃晚饭了。郭妈把一大碗鱼头汤刚放在桌子上，突然，一个衣衫破烂、风尘仆仆的青年汉子踉踉跄跄地闯了进来。凌婷立首先注意到了，她认出是赵庭春的亲侄子，立即站起身来喊了一声："郭妈，庭春的侄子……"

郭喜也看清了，正迎上去，那汉子扑地跪倒在地，发出一声撕心裂肺的叫喊："婶婶哪，我叔被日本大兵活活给烧死啦！"

这一声令人毛骨悚然的叫喊，一下子把一切都凝固住了。

郭喜愣愣地站在那里，两眼发直，不问也不哭，身子有点晃，旷平迅速上前把她扶到椅子上。

凌婷立脸色煞白，她是小脚，打了一个趔趄，幸亏身边的小于动作快，把她扶到椅子上坐下。

旷雨搀起那个青年汉子，让他坐在一张靠背椅上，旷静立马给他倒来一杯温水，他咕嘟咕嘟全喝下去，一边泪如泉涌，一边哽咽着述说：他叔赵庭春让他送钱回老家河南淇县，本不让他再回南京，可他是个乡下穷人，舍不下南京这个饭碗，还是回来找叔叔。南京城破的几天以后，他正待在叔叔汽车房楼上的卧室里，突然院子外面开来两辆大卡车，车上全是日本兵，他们一阵乱枪轰塌了大铁门，汽车直开到玻璃房前面，日本兵纷纷下车到处搜人，不一会儿就从前楼拽出了他叔，从后楼搜出了花把式老张，因为汽车房后面的楼梯不显眼，日本兵没看见，他才幸免。他恸哭着说，这帮天杀的日本大兵，不由分说把他叔的衣服扒得精光，用铁链子锁住他的腰，另一头锁在玻璃房那沉重的大画桌上，泼进一桶汽油，点着了火，王八蛋的日本兵还围着玻璃房，一边观看，一边手舞足蹈，又唱又叫。他们用刺刀逼着花把式在院子里挖了一个坑，把他活埋了……

这段血泪控诉，令在场所有的人心如刀绞，毛发俱竖，义愤填膺。

郭喜木然地睁着绝望的眼睛，只是流泪，不说一句话。

凌婷立突然挣扎着站了起来，摇摇晃晃，走到郭喜面前，扑通双膝跪下，气若游丝地说："郭妈，我对不起你，对不起庭春，我是有罪过的……"她身子一歪，倒地昏死过去了。

郭喜和凌婷立都躺倒了。

郭妈是家中的大拿，民以食为天，一日三餐，不开饭行吗？

第二天天刚放亮，只见小于围上围裙，开始熬粥、蒸馒头、炸油条、切咸菜，把大伙的早点打发了。然后，挎上菜篮子就出门，不大工夫，买回一篮新鲜蔬菜，还有鱼肉。厨房里传出煎炒烹炸的声音，饭菜之香其实就是"家"的味道。当旷家的少爷小姐吃着可口的午饭时，投向那陌生女人的目光全都充满友好和赞赏。下午，小于光着脚丫子开始擦洗楼上楼下的地板，旷静脱了鞋袜首先参战，旷平也来回提水打下手，年轻人自自然然地交流，好像不存在什么障碍。

郭喜的心灵遭受到空前沉重的打击。这个刚步入三十五岁的女人，本性勤劳开朗，重情重义，她深深爱着实心眼子又非常听她话的赵庭春。他们都是从农村走出来的，都带着泥土的气味，在他们的小天地里，有说不完的心里话，有数不清的腻腻乎乎的甜蜜时光，正在情浓之时，这半碗奶挤出的姻缘竟这样突然结束！她听见噩耗以后，不敢闭眼睛，一闭眼睛，眼前就出现丈夫光着身子在烈焰中挣扎的惨景。日本兵不是人吗？杀人不过头点地，为什么要这样残忍呢？郭喜痛感自己的心像被人一刀一刀地剜着。她恨透了日本鬼子，恨得牙痒痒的。

凌婷立静静地躺在床上，她的心灵遭遇到严酷的拷问。过去，她曾为自己治家有方而得意，眼下，她突然正视到自己内心里阴暗的一面。虽说赵庭春留下看房子，是他们自己提出来的，但她心里明白，这与她长期施恩，有意笼络他们为心腹是分不开的。难道她真是想用小恩小惠买别人的命吗？那岂不太卑鄙啦？不不，自己怎么知道日本鬼子竟然如此没有人性，如此凶残呢？这帮闯进家门的野兽让她背负了还不清的心债！还有那个憨厚老实的花把式，她是已经打发回老家的，可她应该想到，老张是她从北平带到南京来的，已经在旷家干了十几年啦，他创作的那个月牙形小水池子，从水泥、假山到游鱼，没有支过一文钱，他的心全扑在园子上了，能说让回家就回家吗？这不是多给几个钱的事啊！他放不下他侍弄的那些花花草草，他偏偏又回来了，惨死在旷家的院子里，天哪，这些心债怎么还哦？

一连三天，郭喜和凌婷立都没怎么吃东西。

第四天傍晚，旷雨从印刷厂回家，弟妹在屋里等他，说要商量商量怎么医治郭妈和母亲的心病，旷平提出要让小于参加，都赞成，小于就被请来了。

四个年轻人都感到家里的气氛太沉重，太压抑了，女主人和郭妈都很少吃东西，时间拖长了肯定要出大问题，而心病吃药打针不管用，怎么能从精神上治疗呢？旷平说出一个主意，大家都说妙哇，妙！咱们试试看嘛。

小于对旷平说："都夸你早慧，我看你就是聪明，鬼点子多。"

"你这是夸我，还是贬我？"旷平问。

小于笑道："当然是夸你啦。"

旷平说："哎呀，得到'二太太'的称赞，荣幸，荣幸。"为表示友好，旷平把自己珍藏的一部托尔斯泰《复活》的中译本，借给了小于。

第二天上午，小于在厨房里忙午饭；旷雨和旷静提着一个镔铁桶，上面扣着一个脸盆，到市场采购去了；旷平走进了母亲的房间，他对母亲的心理比较了解，母子的交流相当坦率。

午饭的菜肴丰富，三兄妹加上小于，先把凌婷立如众星捧月一般请下楼来，坐了饭桌的主位；又一起连哄带劝把郭喜扶出来坐在凌婷立的旁边。这二位三四天来进食甚少，实在饿得够呛，面对精心调制的菜肴和众人热心的劝进，最初还半推半就，继而胃口大开，吃得津津有味。连凌婷立都夸小于厨艺不错，难得。

两位吃得舒服，脸上紧绷的肌肉也慢慢放松。

刚放下筷子，旷平和旷静各端着两个对扣着的大脸盆走到母亲和郭妈跟前，放在地上，突然把扣在上面的脸盆一掀，哎呀，盆里面各有几十只小乌龟，一见光都拼命往外爬，一个个昂着龟头四脚乱蹬，瞬间爬得满屋都是，有好几只小龟直往凌婷立的小脚和郭喜的半大子脚上爬，两个女人吓得不禁站起来，一边跳，一边叫，一边躲。几个年轻人则嚷嚷着满地抓小乌龟，抓住就往镔铁桶里搁。这一通热闹，凌婷立的脸舒展了，郭喜的额头直冒虚汗，嘴角也松弛了。

旷平一本正经地说："妈妈，郭妈，这些小乌龟多么好玩，多么富有生命力。我们提议，全家人到归元寺去进香，由你们二位在归元寺的放生池里把小乌龟放生。上天有好生之德，放生是功德无量的事啊，到时候，我们一起替赵叔叔和老张头念《往生咒》，超度他们早到西天圣土。"

凌婷立当即响应道："好，好主意，全家到归元寺去进香、放生。我还有一个心愿，我想在归元寺的大殿里，在佛祖的面前，和郭妈结拜为姐妹，从此姐妹相称，郭妈今后就是我们旷家的人啦。"

"好！好好好！"所有年轻人都鼓起掌来。

郭妈不安地说："不行，不行！那怎么行呢？我一个下人，怎么能和太太平起平坐，还结拜成姐妹，那是要折寿的。"

旷平大为不满，点着他奶母的脑门说："什么'上人''下人'哪，还'折寿'，你呀，就是个又封建又迷信的脑瓜。人生下来都是平等的，你何苦自卑自贱呢？我妈妈生下我，你奶大了我，你们结为姐妹，我将来孝敬你们二位，不是正好吗？"

众人你一嘴，我一嘴，都夸凌婷立的建议好，非常好，劝郭妈不要固执，郭妈遭到围攻，也就勉勉强强地同意了。

旷平建议趁热打铁，马上就去。凌婷立说，不行，不行！这是件大事，不说斋戒七日，至少也应该沐浴更衣嘛。

旷雨说，归元寺在汉阳，由汉口这边过去，还要在晴川渡口渡过汉水，咱们还是准备准备，明天赶早去吧。

大家都表示赞同。

次日，天公作美，万里无云。旷雨早定下一辆宽大的马车，一家人坐上，虽值隆冬，却因艳阳高照，暖意融融。马车抵达晴川渡口，旷雨、小于一前一后，护住凌婷立；旷平、旷静一前一后，护住郭喜，走过窄窄的跳板，登上一条大划子，渡到对岸汉阳，换乘一辆马车，马蹄嘚嘚，过了晴川阁、铁门关，这才快意地到达归元寺。

归元寺是中国佛教著名禅院，汉西一大胜境，分北院、中院、南院。凌婷立一行直奔中院，但见善男信女香客如云，院门上方有黎元洪榜书的“归元古刹”四字，院内古树蓊郁，曲径通幽，他们穿过“翠微缘”，走进形如满月的“华藏玄门”，就见钟楼与鼓楼之间，有一个大大的水池，这就是归元寺著名的放生池了。虽说池面宽广，但终究容量有限，所以放生只限各种长寿的灵龟。此时正值严冬，露出水面的九叶荷瓣与假山石上爬满了大大小小晒太阳的乌龟。

他们来到水边，凌婷立和郭喜各持一盆，旷平和小于把小龟放入盆中，放上几只，她们再抛入水中。小龟获得自由，前腿伸后腿蹬，瞬间便无影无踪。众人还煞有介事，口中念念有词，他们哪里懂得什么《往生咒》，无非是念个“南无阿弥陀佛”罢了。

放完生，众人穿过“韦陀殿”，便进入寺庙的主建筑“大雄宝殿”。那飞檐斗拱下的殿堂又高又大，正中供奉着释迦牟尼结跏趺坐的巨大塑像，两侧站立着他的弟子阿难尊者与迦叶尊者，气氛庄严肃穆，唯见佛幡低垂，佛容慈悲，香烟缭绕，光线迷蒙，在这充满浓郁宗教氛围的高大殿堂里，善男信女个个神色庄重。旷雨意外地发现，小于的眼睛里居然闪着泪光，她低着头和旷静扶正了两个硕大的蒲团，凌婷立和郭喜满脸的虔诚，面对佛祖，毕恭毕敬地行了三跪九叩大礼。然后，凌婷立与郭喜面对面各磕了三个头，郭喜扶起凌婷立，又跪下给她恭恭敬敬地磕了三个头，站起身来叫了一声“姐姐”，凌婷立回了一声“妹妹”，她们四只手紧紧地握在了一起。

说来奇怪，这一手竟然非常之灵，当天晚饭，郭喜回到厨房重新掌勺。

小于想给她打个下手，被断然拒绝。

旷雨笑着对小于说：“哈哈，郭妈怕你抢了她的行哩。”

小于也笑道：“哎呀，我失业啦，明天我到你的印刷厂去混口饭吃，行吗？”

旷雨说：“好哇，欢迎欢迎。”

第二天旷雨带着小于到了他的小印刷厂。其实，这里就是一个搞印刷的小作坊。只有一间高高的比较宽大的厂房，屋顶有天窗，车间里头装着两台印刷机，靠外一头用木板隔出一个小房间，房间里面放两张三屉桌，既办公又排版、校对。生意大部分是李根拉来的，以抗日的宣传品为主，也有商业广告、招聘启事等。这里吸纳的五六个工人，全是随“抗敌演剧社”由南京逃难到武汉来的。

小于很勤快，不闲着，把车间和办公室的内外都打扫得干干净净，有时还上机器，咣当咣当，蹬上一阵子。廖霞对她很友好，小于从这位会计那里得知，旷雨一天忙到晚，除了排版、校对，还要跑外拉生意，却没有从账上支过一个镚子儿的报酬。小于还注意到，旷雨每天都抽空站到印刷机上踩踏一阵子，有时累得满头大汗，她对这位性情平和有点瘸的公子哥产生了由衷的敬意。

这天，廖霞没有来，办公室里只剩旷雨和小于俩人。旷雨有心找小于聊聊，恰在此时，一个穿着时髦，电烫了头发，涂着鲜艳口红的女人来找小于，她是于霏，小于的亲姐姐大于。旷雨忙给客人倒了一杯茶，便识趣地退出了办公室。

旷雨在车间里隐约听出办公室内姐妹的谈话并不投机，慢慢演变成激烈的争吵，他想去劝架，姐姐于霏已经气咻咻地走出来，回头对妹妹斥道："你真是'狗咬吕洞宾，不识好人心'，以后你吃了亏，别来找我！"

大于走了。

旷雨进屋，见小于眼角有泪痕，问道："怎么，姐妹俩谈掰啦？"

小于苦笑，很坦率地说："我姐姐嫁给一个有钱的官员做姨太太，现在觉得丰衣足食，还有钱买首饰，很是得意。她认为你爹是个空壳，徒有虚名，没什么钱，战争打下去，将来是泥菩萨过江。所以来劝我不要在一棵树上吊死，她可以给我介绍一个更实惠的主。我对她说，我已经决定离开旷家了，今后绝不会再给别人当姨太太，绝不会再过饭来张口衣来伸手的寄生生活，我要靠自己养活自己。她认为我拒绝了她的好意，不识好歹。"

旷雨诚恳地说："我完全支持你的想法，小于，你是个很年轻又很聪明的女青年，为什么要嫁给一个老人当姨太太呢？虽然这个人是我的老爹，我们仍然认为这对你太不公平啦！我们三兄妹都反对这桩婚姻，你如果决定离开旷家，我支持你。”

小于推心置腹地说：“坦白地讲，我到你们家，原本是不怀好意的，我想把你们家搞乱了。我恨那些有钱有势的官老爷，他们凭借权势，有几个臭钱就能占有我们的身体，我心里不平！不过我犹豫，你爹虽然风流，还是个男人，有担当，不回避自己的责任，他的心眼不坏，他把我从南京带到武汉，使我躲过人生大劫，我也不该恩将仇报。你母亲可能想利用我，但没有伤害我，在郭妈这件事情上，我看到了她内心的反省和善良，我也不想伤害她。我觉得留在旷家，已经没有意义了，我真的要走了。除非……”

“除非什么？”

小于嫣然一笑：“除非你喜欢我。”

旷雨吓了一跳，忙说：“小于，你是挺可爱的，我也喜欢你，但我不能爱你。”

“因为我是你爹的小老婆，或者说，我是个卖身的下贱的女人？”

“都不是。”旷雨被将住了，他不能不回答，也不愿含糊地敷衍，他诚恳地说，“小于，你千万不要误解，我心里完全没有低看你的意思，我认为你很可爱，也可敬。但我要向你坦白，我心里已经有人了，已经装不下别人，这个人现在不属于我，将来也不会属于我，而我，心甘情愿默默地守护着这份感情，我放不下呀！小于，你能理解我、替我保守这个秘密吗？”

小于被感动了：“当然，我珍视你的信赖。旷雨，你能给我介绍一个差事吗？最好是和抗战有关联的，我特别恨日本鬼子。”

旷雨想了想，说：“是有这么一个岗位，不过又脏又累，你不一定觉得合适。”

“说说。”

“我认识一个伤兵医院的护士长，她那里很缺护理人员，特别是清洗用过的纱布和伤兵穿过的衣服的人，这个活很脏也很累。”

小于高兴地说：“好好！我喜欢这个岗位。太好啦，在清洗伤兵衣服上的污秽的同时，也可以清洗我灵魂的污秽。”

第二天黎明时分，小于悄悄离开了旷家。

在小于卧室的桌上，放着一封信，信的上面，放着那枚镶着两颗小钻石的金戒指。

信是写给旷老爷和太太的。很简短，只说旷家是一个和美的家庭，不愿因自己的插足搅乱了旷家的和睦，所以走了。感谢旷老爷把自己带出南京，躲过人生一劫，自己很年轻，决心自食其力并为抗战添砖加瓦，请不要去找她。署名是于雯。

18

旷风胸部的伤完全愈合了，右腿腓骨的骨折也已经长牢。这天，甄护士长帮他拆掉腿上的夹板，正小心翼翼地扶着他在床前踱步，突然，他看见二弟旷雨和一位年轻女子含笑站在他们的面前。

旷风兴奋地叫道:“二弟，你来啦！这位是谁?”

旷雨忙把于雯介绍给大哥和甄护士长，笑着说:“于姑娘想找一个和抗战直接关联的差事，我想护士长这里缺洗绷带的人手，所以特地把她送来，推荐给护士长。”

甄永丽打量着眼前这个长得细皮嫩肉的年轻女子，笑问:“旷雨，坦白说，你们是什么关系?”

“朋友，呃，普通朋友。”

于雯忙说:“是普通朋友。甄护士长，我是从南京逃难到武汉的穷学生，既想挣一口饭吃，又想为抗战出一把力，所以对您这里的岗位特别感兴趣。旷雨是个热心肠的人，其实我们认识并不久，是我撺掇他送我来的。”

甄护士长仍不放心，笑着说:“那好，我陪你先在医院里转转，了解了解情况，让他们哥儿俩说话。”

于雯把藤箱和小包袱放在旷风的床下，跟着护士长走了。

旷雨给哥哥讲述了最近家中发生的事情，使旷风生出许多感慨，他再次意识到，战争是如此深刻地改变着所有人的命运。

说到赵庭春和老张的遇难，旷风很伤感，很愤怒，这两个人在旷家都十几年了，从小到大，看着他成长起来，竟然如此惨死在南京旷家的房子里。

旷风对弟弟说："现在已经有大量证据表明，日寇在占领南京后，纵兵屠城，烧、杀、抢劫、强奸，无所不用其极。特别是屠杀大批和平居民与被俘军人，这完全是违背国际公法的。"七七事变"以后，日本军阀发现，中国人并不是任人宰割的羔羊，他们在各条战线都遭遇顽强抵抗，付出了沉重的代价，他们要宣泄愤怒，妄想用残暴的屠杀来摧毁中国军民反抗的意志。嘿嘿，结果只能暴露他们自己的色厉内荏，激发中国人民奋起抗战到底的决心，也让世界人民看清他们反人道、反人类的面目。"

说到三弟归来，旷风感到满心的欢喜和温暖，他说："三弟长大成人啦，你看，他出的攻心之计多么好，我都想不出来。"

说到小于的故事，旷风说，爹爹是个多情种子，他是很爱妈妈的，二十多年来，妈妈管得严，爹爹用情还是很专一的。这一次妈妈撒了手，他闹出这么一出来，我看也情有可原，我赞成你的态度，金无足赤，人无完人嘛。旷风称赞弟弟，说："小于值得同情，你做得很好，二弟，你总是与人为善，我不如你呀。"

因为要在当天赶回武汉，旷雨匆匆走了。

甄护士长独自送他到医院门口，笑着说："小于正忙着洗东西哪，她说就不来送你了。哎呀，感谢你给我送来一个好帮手。"

旷雨也呵呵笑道：“我亲爱的永远美丽的大姐，我是那种以邻为壑的人吗？”

旷风准备出院了。

32军军部派了一位少校军官送来一封表彰公函，称赞旷风在作战中表现英勇并善于思考；把他的军阶由中尉提升为上尉。在几件慰问品中，有一套新军装和上尉肩章。同时，送来了一纸调令，调他到第一战区司令长官部政训处任职。通知他，出院后，不必回32军军部，可径往政训处报到。

旷风心中不解，自己在32军不是干得好好的吗，为什么突然调职？这个“政训处”是干什么的？从名称上看，显然是个后方非战斗机构，这不是又从最前线后撤了吗？据说第一战区司令长官部秘书长李世璋就兼任政训处的处长，这个人不就是自己在南京八路军办事处见过的那位李先生吗？旷风想归想，“军人以服从为天职”，他还是穿上了新军装，办完了出院手续，告别了“伤友”和医护人员，特别是紧紧地拥抱了护士长甄永丽之后，快乐地踏上了“履新”之途。

此时，第一战区司令长官部已由新乡迁驻郑州。郑州位于中原之心，是夏商古都。它的东部已是豫东平原的西沿，西部则进入嵩山，有著名的少林寺。郑州最突出的特点是交通枢纽，当时中国两条主要铁路——平汉线与陇海线交会于此，通信设施也较优越，随着大批河北、豫北难民的拥入，人口剧增，城市也陡然热闹起来。

政训处是一个大机构，设在商城路东段的城隍庙里。

旷风知道父亲也在郑州，但先公后私嘛，他先到政训处报到，见了处长李世璋。

李世璋约莫四十七八岁，穿一身黄呢军服，领章上闪着一颗星，是少将，旷风心想，自己最初的判断没有错，他举止敏捷，给人一种特别精干的印象。李世璋对旷风的到来表示欢迎，亲自给他泡了茶，请他坐在对面，亲切地说："你在前线负了伤，立了战功，突然把你调到政训处来，心里是不是会有些想法？"

旷风坦率地说："我不清楚政训处的工作任务是什么？"

李世璋说："政训处的工作面很宽，核心的任务就是动员和组织各界人士投入抗战，这个任务是重大而艰巨的。我认为共产党在动员组织民众方面富有经验，所以，专程到武汉八路军办事处去请求支援，请他们派得力的干部到政训处来工作，他们很支持，派了不少人来呀。你就是叶剑英专门向我推荐的，秦谷也说，你有良好的社会关系，很适宜做这方面的工作。旷风，我调你来，还费了一番力气哩。你的父亲我很熟，今后你就当我的机要秘书，帮我处理一些事情，我们彼此都可以放心嘛。"

旷风心里的疑窦解开了，他没想到，叶剑英和秦谷居然还关心着自己，他当即表示："李处长，您这么一说，我心里就亮堂了。我愿意鞍前马后，听您调遣。"

李世璋带着旷风到各个部门转了一转，把他介绍给大家。这些部门有宣传科、民运科、妇女委员会、缉审委员会，还有直属的宣传大队、戏剧大队等。旷风在民运科意外地见到了柳耘和吴煦，惊喜地和他们热情握手，说："哎呀，想不到我们在这里会师了。"妇女委员会的主任叫郭霁云，是一位颇有名气的女权运动者，她笑着对旷风说，我认识你的老爹。

李处长让旷风赶紧去见他的老爹，把自己的住处安置好。

第一战区高参室占用了原日本驻郑州领事馆的房子，位于东三马路，距政训处不远，是南北两幢青砖磨缝的二层楼房，两幢楼房的建筑格式完全不同，中间隔着一个不大的院子。高参室只占临街的南楼，红漆大门东边，另设一个侧门，有甬道直通后面的北楼。北楼较大，房间比较多，是长官部的职工宿舍，设有一个集体伙房。

高参室是个高级幕僚机构，南楼正门设岗，因日常办公的人员不多，仅占用楼下两个房间做办公室，楼下还有一间会议室，相当宽敞，墙上布满了军用地图，除了开会，这里就是客厅了。登上二楼，一条南北向甬道的尽头，是南楼北面的长廊，宽宽的，有精致的木头栏杆，这条甬道中间，另有一条东西向的甬道，十字交叉，把二楼八间房分成东西两边。旷岳住的那个东侧南头第一个房间，据说就是过去日本领事官的卧室。大儿子的到来，使旷岳异常兴奋，他把旷风安置在东侧北头第一个房间里，也就是自己的对面。东侧另两个房间，一个是旷岳的书画室，一个是起居室，也是吃饭的地方，每天早、中、晚，北楼伙房会派人送饭来，每半个月结一次账。苏恩住在西侧南面西头的那个房间里，其余皆为客房。

旷岳带旷风看看二楼的环境，走到苏恩房间的对面，见关着的门上刷了一层油漆，油漆下面隐约可见日文的“机要室”字样。

旷风认得，笑道：“机要室？”

父亲推开了房门，见屋内靠墙全是暗绿色铁皮档案柜，柜子的铁门全敞开着，绝大部分空空如也。只有一个铁柜子的下部，整齐地码放着一本本用牛皮纸装订好的资料。

旷岳说：“30年代初，日本人盖起了这么两栋楼。从此这里成为日本当局收集我国中原腹地政治、经济、军事情报的中心。一直到

"七七事变"以后，去年8月才仓皇撤走。你看，大部分机要文件都带走了，你猜，剩下的这些都是什么资料?"

旷风说:"应该是他们认为不算机密的。"

旷岳说:"我仔细翻阅了。大部分都是有关黄河的水文资料，非常详细。既有水利方面的，比如黄河的流量、潮汛、流域的气候变化，哪里适宜建设水电站等;也有水害方面的，包括历朝历代直至现代黄河的水患，什么年头，在什么地点决口，水的流向，淹没了哪些地区，都有详细的追溯和记载。日本人还真是下了死功夫。"

旷风说:"日本人亡我之心太深远了，想想真不寒而栗。他们可能认为这些资料不算机密，没有用了，所以没有带走。"

旷岳冷笑道:"嘿嘿，日本鬼子见识浅哪。他们觉得没有用，我们可能很有用。"

别后重逢，父子的话题很多，坐在父亲屋里的两个小沙发上，直聊到深夜。父亲毫不隐讳地讲述了他和武岩在南京搭上大于、小于的荒唐事情，讲述了在武汉如何把小于接回家，如何遭到儿女的抵制，如何尴尬到没有地方过夜，只得狼狈跑到郑州来的经过。旷风看着父亲像个做错事的孩子似的，又懊丧又委屈，十分同情，安慰道:"放心吧，爹，一家人，什么都好说。明天我就到武汉去替你把事情处理好。"

第二天，旷风向李世璋请了假，到武汉去看望了母亲，告诉母亲，父亲在郑州生活上很孤独，希望母亲去陪伴他。凌婷立见大儿子囫囵着回到身边，心中甚是快慰。她仔细地盘问了丈夫在郑州的起居，表示愿意随儿子同去郑州。她特地让老大去安慰了郭妈。

旷风得知，三弟参加了"拓荒剧社"(后改称"抗敌演剧七队"),

已经到汤池、应城去了，廖霞和他一起参加了这支队伍。

旷风去看了二弟那个名为工厂的印刷小作坊，当他看见紧贴厂房外面，竟然搭着四五间十分简陋的临时住房时，问二弟，住在这里的，都是你那个厂的工人？旷雨凄然一笑说，是啊，连水电供应都靠工厂。旷风一切全明白了：二弟有条好嗓子，男中音唱得相当动听，他还会编词，说相声，演魔术，但是他没有去演剧队。为什么？他放不下这个厂长的责任。他这个厂长，对外要到处去拉生意，对内不但要管理，还要排版和校对，他至今没有从工厂拿过一个铜板的报酬，谁能顶替他的位子呢？他心里清楚，他走了，工厂也就垮了。旷风心想，二弟就是这样一个人，他总是为别人想得多，总是默默地承担起不被人关注，却需要人承担的责任。

旷风握着二弟的手说："我理解你，二弟，继续做你心里想做的事吧。"

旷风和母亲同回郑州，旷岳见妻子来了，非常高兴。夜深人静之时，凌婷立把小于留下的信拿给丈夫看了。旷岳看完，坦然一笑，说："这样好，这样好，她走上了新的道路，我也解脱了。"夫妻和好如初，但床笫之间，彼此都已经找不着那种"频率完全一致"的感觉了。凌婷立暗想，身边这人太健壮了，还是应该给他找一个年轻的，不过必须是自己能控制的，最好从家乡的亲戚里面找。

李世璋交给旷风的第一个任务，是配合民运科组织"元宵节灯会"的活动。柳耘和吴煦建议，把抗日宣传与民间的节日风俗结合起来，他们认为，战争的阴霾使今年的农历春节太低沉暗淡了，元宵节素有"正月十五闹花灯"的民俗，组织并扩大这一活动，把抗战的内容注入其中，譬如，在灯会活动中心陇海公园搭台演出，突出抗战内容，连猜灯谜也可以有打鬼子嘛。旷风觉得，这个思路很妙，佩服地称赞柳耘、吴煦是“做群众工作的高手”。他积极投入，和他们并肩战斗。

1938年是农历戊寅年（虎年），正月十五是公历的2月14日，一切准备就绪，终于迎来了这个喜庆的日子。

这天，上午9时许，突然响起了凄厉的空袭警报的声音，这悠长刺耳的声音并没有引起郑州市民的警觉或骚动——郑州此前从未遭遇空袭。商户照常营业，小贩依旧叫卖，成群的孩子仍然在街头嬉戏，因为是元宵节，还有人在街头踩高跷、跑旱船。

突然，南面的天空出现一片黑云，十五架日本重轰炸机和护卫战斗机直扑郑州，机翼上的红膏药在阳光下熠熠闪光。日本飞机在城市上空盘旋一周，然后，照着人口密集的火车站、大同路、北乾元街一带，开始轮番俯冲，一口气扔下了六十枚炸弹。霎时，爆炸的巨响震动全城，火光冲天，浓烟滚滚，房倒屋塌，呼爹喊娘。当投完炸弹的日本飞机昂头傲然飞去，这里已经变成了人间地狱——商肆街道已成断瓦残垣的废墟，尸横遍地，血流遍地，伤残遍地，哀号之声裂人心肺。

李世璋率领政训处全体人员迅速赶到遇袭现场，全力抢救伤员和被掩埋在废墟下的活人。

旷风眼见一辆歪倒的大车上趴着一个妇女，腹部以下全没有了，只有淌下的肠子在滴血，旁边一棵倾斜的树上挂着一条白森森的小孩胳膊，他感到内心像被钻子钻一样疼痛，他不禁蹲下，掩面痛哭。

柳耘咬紧牙关，双目喷火，她摸着旷风的头说：“哭什么！站起来！别婆婆妈妈的。记住仇恨！赶紧救人！”

政训处的同人们回到城隍庙已是黄昏时分，一个个又饥又渴，柳耘忙着熬了一锅胡辣汤，一人一碗，就着热汤大嚼冰凉的烧饼。众人心情沉重，全场默默无语。

半晌，一个人说："妈的，我们好一通准备，鬼子这一炸，元宵节闹花灯还怎么闹？"

柳耘站起来大声说："闹，要大闹！李处长，各位同志，我认为，现在全城百姓最主要的心情就是悲愤，应该让大家充分地宣泄出来！"柳耘虽不过一米六五的个头，但站在那儿显得特别挺拔，她的声音非常洪亮，"我建议，把今晚的活动改为'提灯捧烛哀悼死难同胞，抗议日寇血腥暴行'的大游行、大集会。我们现在就分头到军队、工厂、学校、商会、居民区和郊区农村去发动，完全自觉自愿，可以列队，可以三五成群，也可以个人行动。可以提素灯，可以捧烛举旗，也可以空手。总之，一切自愿。从天黑开始活动，定晚上10点在陇海公园已经搭好的台下举行哀悼、声讨大会，请李处长和各界代表发表演说。你们看行不行？"

"这个建议太好啦，我坚决拥护！"旷风首先站起来表态，"我市大部分同胞没有到过遇袭现场，我们应该公开宣示日寇的暴行，被炸的惨状，让大家明白，'覆巢之下，焉有完卵'，没有团结强大的国家，就没有百姓的太平和安全。我们要借助媒体，向全国，向全世界发布消息，我们还应该以大会的名义，向'国联'呼吁，抗议日寇惨无人道地屠杀和平居民，特别是杀害大批无辜的妇女和儿童，我们应该大声疾呼，争取世界上一切反法西斯力量的同情和支持！"

柳耘的建议和旷风的主张，博得了一片掌声。

李世璋一锤定音："好！就这么定了！大家吃完东西，就到我这里来领任务，立即分头行动!”

这一天是正月十五，月圆之夜。可惜，天空黑云片片，银盘似的皎月只能在乌云间游走，偷觑着她眼下这多难的大地。只见这个受伤的古城，并未在哀伤中睡去，黑暗中显现出明亮的灯火，先是星星点点，继为条条长龙，渐成一片一片，大街小巷，呼声四起，人头攒动，车水马龙，越聚越多。10点整，聚集到陇海公园内外的军民大众已远远超过万人!

原本为演出搭建的木板台上，坐着各界头面人物，四角高杆悬挂着白炽的汽油灯。大会开始，英姿飒爽的柳耘站在台上，指挥全场高唱《义勇军进行曲》:

起来!不愿做奴隶的人们!
把我们的血肉筑成我们新的长城!
中华民族到了最危险的时候，
每个人被迫发出最后的吼声。
起来!起来!起来!
我们万众一心，
冒着敌人的炮火，前进!
冒着敌人的炮火，前进!
前进!前进!进!

上万人挥舞着拳头的激情大合唱，虽然没有任何鼓乐伴奏，却声震天宇，赚人热泪，催人奋起!

政训处宣传科的同志向大会描述了当天日寇轰炸的暴行，现场的惨景，展示了血衣血裤；各界代表纷纷发言，痛斥日寇法西斯血腥暴行；最后李世璋发表了声情并茂的演讲。李世璋是个口才极好的演说家，他突出了日寇违反国际公法，残杀手无寸铁的和平居民的反人道、反人类罪行，他的演说极富煽动性，把全场的情绪推向了高潮。

台上台下发出了震天动地的怒吼：

“打倒日本帝国主义！”

“打倒世界法西斯主义！”

“抗战必胜！倭寇必败！”

“全中国人民团结起来，把抗日战争进行到底！”

…………

会后，大批青年自愿报名参加政训处组织的“游击战争培训班”“青年志愿服务队”“妇女义勇队”。

郑州出版的《豫中民报》《大河报》等报纸，以及当时驻第一战区的塔斯社、路透社、美联社记者，都对日寇的轰炸事件做了及时报道。

抗日的怒火在中原大地熊熊燃烧！

19

陇海公园内外上万人齐唱《义勇军进行曲》的场面，震动了旷风的心灵。他亲眼看见，白发苍苍的老人激动地挥舞着拳头，披头散发的中年妇女泪流满面，青年们愤怒地捶胸顿足，孩子们挺起胸挽起了臂膀，他听见了那怒吼的巨响，他意识到那是睡狮将醒时的呼喊，他感受到一种磅礴的力量，他真切地感到那是团结的力量——中国人民将不再是一盘散沙！

政训处举办的“游击战争培训班”“青年志愿服务队”“妇女义勇队”等组织，一下子热闹起来，自愿来报名参加的人数骤增。旷风跟着民运科的柳耘、吴煦等一块忙活，他很快就看出来，第一战区政训处，许多工作骨干都是共产党员，这里实际上已成为一个以共产党员为主导的统一战线机构。

旷风和柳耘、吴煦很快就熟了，通过他们又认识了夏农等许多共产党人。不久，旷风的住所，也就是他父亲主持的第一战区高参室，就成为政训处一批青年人聚会活动的地方。因为那里房屋宽敞，还有一间大会议室。活动的名义是“民先”（中华民族解放先锋队）队员聚会，或者是“民运指导员”集会。旷风既不是共产党，也不是

“民先”队员，他乐在其中，毫不介意，也没有人把他当外人。

旷岳对青年人的到来兴奋而且支持，大开绿灯，还请青年朋友聚了一次餐——当然，只有大馅肉包子和几样大众菜肴，北楼伙房很给劲，因为从司务长到每一个炊事员，都拿到了旷岳题了款的书画，都喜欢为这个和善的老头儿效力。

又是一个礼拜天，吴煦事先悄悄对旷风说，要到他那里去开个重要的小会，邀请他参加，会前，还想请旷老先生给大家介绍一下战争的形势。这天来了九个人，旷风明白，这大概是共产党内小头头们的一次秘密会议。

旷岳被请下楼来，他扫了一眼来客，便心中有数，呵呵笑道：“我早年当过陆军大学的战术教官，从此招来好为人师的毛病，哎呀，我看今天在座的各位都是政训处的干将，让我一个人指手画脚哇啦哇啦，不太好吧，还是大家座谈好啦。”

吴煦诚恳地说：“旷老，您是我们心中的前辈，很有见地的军事专家，不然怎么能当战区的高参室主任？我们只想概括地了解眼下战争的大局，特别是我们第一战区面临的局势。您就把我们当晚辈、当学生，敞开了说吧。”

旷岳一边高兴地说：“那好，那好。”一边拿起一根长长的指示杆，指点着墙上的一幅军用地图说：“你们看，日军在北方攻占了北平、天津、太原；在南方攻占了上海、南京以后，就集中兵力，从津浦线的南北两端推进，企图打通津浦线。日本军人的战略观念很呆板，没有什么出奇制胜的东西，但是很实用、很稳重。他们是想先吃下东部这块富庶的肥肉，以滋养后续作战，同时免除西进的后顾之忧。所以，津浦沿线以徐州为中心的鲁南徐海地区，就成为双方较量的焦点。目前，南线，日军在强渡淮河后，遭到我军张自忠部的强力反击，节节败退，又被迫退回淮河南岸，双方隔河对峙。北线，由于韩复榘弃守黄河、泰山天险，日军轻易占领了济南和山东大片土地，我军相当被动啊。蒋委员长震怒，把那个‘韩青天’抓起来，经过军事审判，今年1月，在武汉枪毙了。这是抗战以来第一个被处死的战区副司令长官、陆军上将，大快人心啊，全军为之振奋！现在全国人民都盯着第五战区，就看李德邻（李宗仁）、白健生（白崇禧）如何运筹帷幄啦，诸位不妨拭目以待。”

旷岳讲得起劲，大伙听得入神，此时有人问，第一战区平汉线战局如何？

旷岳说：“日军在占领河北南部的邯郸、大名后，也曾有一部强渡漳河，企图攻入河南，但被程长官调集关麟征等重兵强力反击，日军又退回漳河以北。日军集中兵力于津浦线，平汉线就暂时平静了，不过这种‘平静’，宝贵的时间不会太长啊。我估计，战争最大的危机可能出现在第一战区，很可能出现在我们这个郑州的前面哪。”

柳耘紧紧追问道：“旷老，请您说说这个‘宝贵的时间’和‘最大的危机’，特别讲讲我们郑州面临的局势。”

“呵呵呵，柳耘哪柳耘，你是抓住我的话把儿啦！好，就从我们待的这个郑州说起。”旷岳满脸的兴奋，他很善于辞令，他用指示杆点着军用地图继续说，“各位请看，郑州是平汉铁路与陇海铁路的交会点，沿平汉铁路往南，就是武汉，武汉眼下不仅是全国政治中心，而且是大批战略物资和人员西撤入川的基地和孔道，因为它紧靠长江；从郑州沿陇海铁路往西，就是西安，眼下国际上唯一支援我国的是苏联，种种军事物资正不断由西伯利亚经新疆、甘肃的河西走廊运抵西安，这是目前唯一的国际通道。诸位，我说时间宝贵，不仅是为了杀伤敌人；大量物资、人才的西撤更需要时间哪！时间比金子还宝贵，因为那是前方将士用鲜血换来的！现在大家看郑州，这个羽翼武汉、西安的交通枢纽，日本人能放过吗？诸位，你们站在郑州的高处往东看，看到的是什么？”

“平原，一望无际的平原！”不止三五个人回答。

“是啊，豫东平原，中国的粮仓，世界知名哪。日本军人傻吗？如果刚开始他们发蒙，现在还看不清武汉是当前中国的要害吗？不，日军一旦打通平汉线占领徐州，就会大举进入豫东平原，直指郑州！他们有空中优势，坦克、战车可以纵横驰骋于平坦广袤的豫东田野，我们拿什么阻挡他们？郑州一旦失守，日军必定集中主力沿平汉线进攻武汉，除了信阳地区有些山地丘陵可守以外，一路也是无险可守哇。诸位想想，眼下聚集在武汉的大批难胞、上百万吨的战略物资如何处置？难道要让武汉成为第二个南京吗？所以我说‘最大的危机’可能出现在郑州面前。”

“哎呀，旷老，”柳耘睁着渴望的大眼，“您是军事行家呀，可有拒敌的良策？”

旷岳表情丰富的脸立即黯然：“没有！惭愧呀惭愧！我不配当这个高参室主任，我在屋子里已经转了几百个圈啦，至今束手无策。诸位，你们谁能献一良策，我，旷岳，旷慕云，不但给他作揖，立即跪下来，给他磕头！”

大家都愣住了。

半晌，旷岳平静下来，呵呵笑道：“所以，我翘首遥望徐州，希望津浦线的战事打得好，阻敌于千里之外呀。”他扫了一眼眼前的客人们，话锋一转，“最近，共产党提出‘敌进我退’，‘到敌人后方去’开辟‘敌后战场’的主张，我认为是完全正确的，非常英明的，那是在敌人的卧榻之旁，‘虎口拔牙’‘釜底抽薪’哪！诸位年轻的朋友，我希望你们多从战争的全局，多从战略的高度去观察了解战争，你们一定会有新的见解、新的收获啊！”

这一番话，博得了在场的共产党员一片由衷的掌声。

旷岳见好就收，向大家连连拱手，面含狡黠的微笑，回二楼卧室去了。

接着，小会开始。

吴煦主持会议，他张口就报告了一个惊人消息：“同志们，豫新纱厂的工人已经全面罢工，组织了护厂纠察队，封锁了工厂，扣住了厂内没有运走的全部机器。事情可能闹大啦！”

这番话，令大家的神经一下子绷紧。应几位不太了解缘由的同志的要求，吴煦介绍了事态的背景。

原来，河南是棉花著名产区，郑州交通方便，20年代初，上海的资本家就在郑州兴建了豫新纱厂。30年代初，又大量增加新的资本，从美国和英国，进口了先进的纺纱、织布机器和四台大功率的发电机，逐渐形成拥有六万纱锭，纺纱、织布一条龙的工艺流程，五千多工人的规模。战争爆发迄今，资方判断，郑州地处兵家必争之地，难免沦于敌手，所以决定将工厂迁往重庆。资方心疼的是进口机器，认为工人可以在四川就地招募，所以确定只迁机器，不带工人，而且对留下的工人既无补偿也无安排，大有“念完经赶和尚”，弃如敝屣之势。这就把几千工人逼上了绝路，于是，出现了罢工、护厂、扣住机器的局面。

一位年长的同志首先发言："豫新纱厂是有革命传统的，20年代，在我党的领导下，就爆发过大罢工，而且取得了胜利。这一次当然也不能吃哑巴亏，我们应该支持工人，给资本家一点颜色看看。"

一位挺冲的小伙子接着开炮："没错，这帮资本家，为富不仁，他们吸饱了工人的血汗，哪里顾及工人的困苦！只有和他们斗，罢工、反对迁厂！"

"不能反对迁厂！"旷风不禁冲口而出，"现在是抗战时期，不同于20年代，迁厂的决定，是符合持久抗战的战略方针的，这批先进的纺织机器也是国家的宝贵财富，应该及早运往大后方。资本家做出迁厂的决定，是要付出代价的，但是他们不顾现有工人的利益是错误的。我认为，工人们斗争的口号和要求，应该集中在争取发放遣散费和安排再就业方面，这样才有利于问题的解决。"

那位小伙子很不满地顶撞："旷少爷，你是喝牛奶吃面包长大的，你哪里知道工人过什么日子？你看，你看，你一屁股就坐到资本家的立场上去了。"

柳耘旗帜鲜明地说："我认为旷风同志说得很对，我完全同意他的意见，我看旷风就是站在工人的立场上考虑问题的。同志们，现在是抗战时期，民族的利益高于一切，工人阶级应该站在抗战的前列。当然，工人的实际困难不能不顾，但如果我们提出过激的要求，很容易被别有用心的人利用，反而使工人陷于被动，使工人弟兄正当的要求得不到解决。"

接下来一连三个人的发言，都明确表示同意柳耘的看法，肯定了旷风的意见。

吴煦果断地说："我同意柳耘的看法，旷风的意见是正确的，应该作为我们今天会议的结论，这个问题不必讨论啦。现在形势很紧，要谨防突然变化，我们必须赶在前面，防止事态的恶化。我建议，会后分两拨，柳耘和旷风立即去找李处长，向他报告新动向和我们的意见，请他做指示并争取上层的同情；其他的同志都和我直接深入到豫新纱厂去，和他们的工会、纠察队的领导沟通，统一思想和步伐，现在斗争的策略非常重要哇。"

大家表示赞成，立即行动起来。

柳耘和旷风在李世璋家里找到了他，向他做了汇报。李世璋沉吟片刻，说："你们的意见很重要，我记得上峰有一条规定：抗战时期煽动罢工是要作为破坏抗战的汉奸论罪的。所以，一定要告诉工人们，经济要求可以坚决提，行为务必有分寸。我现在就去找程长官，商量对策。"

从李世璋家里出来，旷风问柳耘："这位少将李处长是你们共产党的人吗？"

"不，他现在不是共产党员。"柳耘的回答总是明确的，"他曾经是黄埔军校的政治教官，北伐的时候，他在国民革命军第6军做高层政治工作，当时第6军的军长就是现在战区的程潜长官，当时第6军的政治部主任是我们党的老同志林祖涵（林伯渠）。所以，他是程长官的亲信，和我们党的关系也很密切，他和叶剑英、秦谷、李克农都很熟，他眼下主持的这个政训处里确实有不少共产党员。"

旷风笑道："这么说，他也是个拥护国共合作的开明人士。和我老爹属于同一种类型。"

“没错。”柳耘也笑了，“国难当头，应运而生嘛。他们这些人最大的特点就是民族意识特别强，把民族的存亡放在第一位，阶级斗争就往后靠了，他们甚至不计个人利害，我是很尊敬这些人的。”

旷风真诚地说：“你看问题比较客观，不偏激，我很佩服。其实，像我父亲，他非常爱国，早年反清，反军阀，是个风云人物，现在已经毫无实权，做个清客，高级幕僚而已。他对共产党抱有希望，他是真诚的。”

柳耘呵呵呵地笑着说：“我和吴煦还有几位同志议论过你的老爹，我们认为你爹身上还有一个突出的特点，就是侠气。”

“没错。”旷风响应道，“他打小就喜欢读《战国策》，最佩服鲁仲连，‘为人排患释难、解纷乱而无所取也’，他不爱权，不爱钱，但非常好名，对什么‘名士’呀、‘闻人’之类的称号很感兴趣。他和当权者不和，马上就拂袖而去。”

“嘿嘿，他这个人轻权力而重友情；轻生死而重义气，所以朋友特别多，无分南北派系；他对战争看得很透，很有战略眼光；他明知道我们这些人都是共产党员，但从不点破，但可以明显看出，他对共产党抱有好感；他的官不算小，可一点架子没有。吴煦说，此高人也。我同意。”

旷风开心地笑了，连连拱手说：“哎呀，承蒙夸奖，承蒙夸奖。”

他们走到一个路口，旷风指着路边一处小院说：“苏联塔斯社的记者别洛夫就住在这里，我带你去见见他，认识认识，怎么样？”

柳耘感兴趣：“别洛夫，塔斯社记者？你们怎么熟悉的？”

旷风说：“嗨，我刚来的时候，李处长让我去参加一个新闻发布会，坐在我身边的就是这个别洛夫。会上我们政训处宣传科的新闻发布官发布了一条新闻，说我军石友三部一度收复石家庄，被这位别洛夫用蹩脚的汉语追问得满头大汗。我学过一点俄语，当然很糟糕，也帮着他瞎比画。结果，最后我专门跑到参谋处去弄清了情况。原来是石友三手下的一支队伍，路过石家庄，向日本驻军打了几梭子，引得日军一阵还击。就这么一根鸭毛，被吹成了一只白鹅。不过，我和别洛夫倒熟识了。他这个人哪，热情幽默，挺风趣的，据说，当过红军的上校。”

柳耘说：“好好，就去见见他，结交这个俄国朋友。”

别洛夫见旷风带着一位漂亮而且很有风度的上尉女军官来访，兴奋至极。他忙不迭地从柜子里取出一罐沙丁鱼罐头和一桶午餐肉罐头，打开，又拿出一瓶伏特加放在桌上。旷风心想，这伏特加是烈酒，怎么能拿来招待女宾？谁知柳耘自己满斟一小杯，用老旧的叉子叉了一块午餐肉，放进嘴里，然后，一仰脖子，干了杯。别洛夫更加兴奋，他给一台老式装着黄铜大喇叭的留声机摇紧了发条，放上黑胶唱片，于是，屋子里响起了俄罗斯古老的《伏尔加船夫曲》。

柳耘和别洛夫碰了杯，说：“我喜欢这俄罗斯古老的音乐，深沉、悠远、宽广而抒情，令人陶醉。只是低沉了一些。”

“换！我有欢快的乐曲。”别洛夫跳起来，找出另一盘黑胶唱片，放在留声机上，已经斑驳的黄铜喇叭里，居然响起了小约翰·施特劳斯的圆舞曲《维也纳森林的故事》。

别洛夫站到柳耘面前，深深地一躬，礼貌地说：“柳耘女士，能赏光和我跳一曲吗？”

旷风一惊，心想，哎呀，忘了告诉这个俄国佬，女方是八路军。

柳耘欣然一笑，大方地伸出了手，二人便在狭小的空间里跳了起来。柳耘的乐感非常强，舞步十分灵巧，二人初次搭配便很默契，乐曲的后半段，柳耘居然在别洛夫的引领下，来了几个三百六十度的旋转。连旷风也不禁鼓起掌来。

告别的时候，别洛夫满面笑容，再三邀请柳耘下个礼拜天来做客，柳耘快乐地答应了。

走出不远，旷风担心地说："这个别洛夫，看你的眼神色眯眯的。柳耘，你一个人来做客，千万要小心哪！"

柳耘笑道："哈，男人看女人，色眯眯的，很正常嘛。你当我是林黛玉呀，谁敢占我便宜，找死！"说着，她一个侧身，来了一个后踢腿，那腿踢得又快又高又直，旷风估摸，可以直达他的脑门。哎呀，这个女游击队长，武功了得！瞬间，旷风的担心转向他的俄国朋友：必须赶紧给这位多情的俄国佬发出警示。正想着，冷不丁，身边的柳耘直愣愣地问："旷风，你知道你的眼神给我什么感觉吗？"

"什么感觉？"

"太纯净啦，冰凉！"

旷风被噎住了。

第二天，风云突变！

大清早，旷风刚走进办公室，李世璋劈头就说："旷风，郑州警备司令部派出大批军警把豫新纱厂包围了，领头的是个复兴社的要员，叫罗大伟，是你中央军校的同班同学。你和柳耘赶紧带几个人过去，务必要制止一切过激行为，不能让军警开枪，不能抓人！我现在就去找程长官，给他们的严司令打电话。"

旷风、柳耘和几位同志疾步走出城隍庙。

旷风说："柳耘，你赶紧去找塔斯社的别洛夫，让他带着摄影记者赶到工厂大门口，最好能把美联社和路透社的记者一块邀请过来。"

柳耘心领神会地点点头，跨上一辆脚踏车飞驰而去。

旷风很意外：郑州的警备司令竟出动这么多警察和宪兵来包围一个生产棉纱和布匹的工厂！

在豫新纱厂的铁栅栏门前，簇拥着十几层手提警棍的警察和荷枪实弹的宪兵，旷风发现，有的宪兵手里竟然提着轻机枪！隔着栅栏门与警宪对峙的有两千多工人，绝大多数是女工，她们手拉着手，肩并着肩，高昂着头，毫无惧色。在她们头顶上打出的横幅上写着"迁厂不能不顾工人，我们也要活命！""发给工人遣散费！""安排工人再就业！""谁无家庭？谁无子女？不能让我们的亲人流落街头！"旷风注意到，前排的警察、宪兵和铁门内的女工互相说着话，并没有冲进去的意思。

突然，门前的人群起了骚动，有人喊，来啦，铁甲车来啦！

果然，一辆全身装着厚厚的钢板、状似乌龟的铁甲车缓缓驶来，拥在厂门前道路上的警宪纷纷向两侧闪开。旷风心想，不好，铁甲车是要撞开大门，工人是不会退让的，那就要流血，要出大事！

旷风分开众人，跳到路的中央，高举双臂，朝着迎面驶来的铁甲车，大吼一声："停住！"

旷风的吼声非常洪亮，竟然把四周的喧嚣都镇住了，刹那阒无声息，铁甲车也在他的面前戛然停住。

从铁甲车上跳下来一个中年军官，身材魁梧，佩戴少校肩章，他热情地举手向旷风打招呼:“旷风老弟，怎么是你挡住了我的路?”

旷风一边和少校握手，一边笑道:“哎呀，大伟兄，久违久违，怎么会是你呢?你这是要指挥铁甲车冲开工厂的大铁门吗?”

“是啊，现在是抗战时期，这些工人竟敢闹罢工，扣留必须运往大后方的进口机器，这不是要把国家宝贵的物资送给日本人吗?这是公然破坏抗战，这是要以汉奸论罪的!工人懂得什么?据报后面有共产党在煽动。旷风老弟，我是奉命行事，你总不至于站在这里替共产党做挡箭牌吧!”

旷风依然笑着说:“大伟兄，现在是国共合作，团结抗日，这可是国策呀，你还在口口声声把共产党当作敌人，是不是有违上峰的精神呢?你自己看一看，大铁门里站着的都是什么人?大部分都是女工，都是我们的同胞姐妹，她们能是汉奸吗?你仔细看看她们的要求，‘迁厂不能不顾工人，我们也要活命!’工人只是要求发放遣散费，安排再就业，这有什么不合理呢?这次事件的根子明明在资方，在当局，这么大个工厂，五千多工人，关系到五千多个家庭，怎么能说关门就关门，说搬机器就搬机器，这不是破坏抗战团结稳定的大局吗?”

罗大伟心知无理，他见旷风只是上尉军阶，于是要耍横:“嘿嘿，旷老弟，我不听那些大道理，我是军人，军人以服从为天职，我奉命行事，请你让开!”

旷风也火了:“你想用铁甲车撞开工厂大门，只有从我身上轧过去!”

此时，伴随咔嚓咔嚓的声音，突然出现两道强光，空气里散发出镁燃烧后的青烟。罗大伟大吃一惊，只见一位金发少女正在给他们拍照，旁边一位高个子手持镁光灯的洋人突然蹲下，那个金发少女迅速骑在他的双肩上，洋人站了起来，金发少女居高临下，举着相机，对准工厂大门里的女工，对准全副武装的警察和宪兵，大拍特拍。这一下罗大伟急了，失态地举起双臂大喊：“不许拍！不许拍！不许……”

咔嚓！转过身来的两位合作者，正好给他拍了一张“大特写”。旷风哈哈大笑道：“别洛夫，你们这张照片的说明也有啦，就写‘少校军官罗大伟高喊：不许拍’！”

这时候，美联社、路透社的记者也赶到了，他们纷纷向军阶最高的少校围了过来。

罗大伟眼看自己要陷入包围，他机警地一手拉开铁甲车的侧门，一手抓紧旷风的手腕，生生地把旷风拉进了低矮闷热的铁甲车厢。

罗大伟无奈地讪笑着说：“哎呀，旷老弟，你棋高一着，好好，我认输！你要帮我一把，那个什么别别别和黄毛小丫头拍的照片一定要扣下来，绝对不能发出去，一旦见报，那可是要断送我的前程的！”

旷风恳切地说：“这事好办，我和别洛夫，还有那个娜塔莎熟得很，一句话的事儿。不过，你老兄要马上命令全体警宪退到工厂六十米以外。”

“好好好，照办，照办！”

罗大伟少校一声令下，全体警察和宪兵退到了距工厂六十米之外。

但是，这件事并没有完。

郑州警备司令部的严司令伙同复兴社在郑州的头头直接向蒋介

石打了报告，诬告第一战区政训处为共产党所把持，公然派员到豫新纱厂煽动罢工，扣留急须运往大后方重庆的机器，有破坏抗战资敌之嫌疑。

蒋介石日理万机，但他的神经敏锐，对此事格外重视，于百忙之中亲自乘专机飞抵郑州。幸喜，到机场接机的第一战区程潜长官先把豫新纱厂事件的前后原委，向蒋介石做了汇报，打了一个底子。

蒋介石在郑州行辕召见了政训处处长李世璋，一见面就怒气冲冲声色俱厉地喝道："世璋啊，你也是黄埔的老人啦，怎么能把你主持的政训处搞成了共产党的天下呢？"

李世璋恭恭敬敬地说："报告委员长，国共两党合作抗日，是您亲自确定的大政方针，政训处的主要任务是发动民众投入抗战，共产党在动员组织民众方面富有经验，卑职特地通过武汉八路军办事处吸纳了一批共产党的干部，处内同时有许多国民党员，大家合作得很见成效，多次受到程长官的赞许。委员长，这不是模范地贯彻执行了国共合作抗日的方针吗？"

蒋介石拍着桌子，恼怒地训斥："狡辩，狡辩！什么模范？据报，你竟然模范到派人深入工厂去煽动罢工，世璋啊，你知道在战争时期，煽动罢工是要军法从事的！"

李世璋说："诬告！委员长，您明察秋毫，这绝对是诬告！我确实派了十几个人以官方的名义到工厂去进行工作，那是为了疏导工人对资方和政府的不满，引导工人合理地提出要求，以平息事端。委员长，您想想，豫新纱厂有五千多工人，说迁厂就迁厂，只带机器，不带工人，连遣散费也分文不发，那么现有工人今后如何生活？五千多工人，关系到五千多个家庭啊，数以万计的人生活无着，岂不成了社会问题？这很容易被敌人利用，被汉奸利用啊！郑州警备司令部竟然派出大批警宪包围工厂，一旦发生冲突，流了血，死了人，将来历史上谁做‘第二个吴佩孚’？嗨呀，现在总算好啦！”

“怎么好啦？”

“您来啦就好啦！”李世璋说，“委员长，您是全国抗战的最高领袖，谁不知道您日理万机，您能在百忙之中仍然体恤下情，关心普通工人的生活困难，亲自专程飞抵郑州，解决抗战中的实际问题，说一句实在话呀，连属下我，都深为感动啊！”

蒋介石的思虑何其敏捷，他沉吟片刻，语气和缓了下来，说：“好吧，我既然来了，就给你们打个圆场吧。”

蒋介石提起桌上的毛笔，写了一张手谕。内容是：着第一战区司令长官部先垫付五万元，纾解豫新纱厂停产后工人生活困难；着河南省政府与郑州市政府即筹措十万元，前后共计十五万元解决豫新纱厂迁厂善后问题。着第一战区政训处负责牵头，协调有关方面，共同妥善处理此事。

蒋氏当日飞返武汉。

在李世璋主持下，政训处做了大量工人群众的工作，工人们是识大体的，在他们的协助下，多条进口生产线的机器和四台大功率的发电设备，都经郑州沿平汉线运至汉口，又经长江水路运至重庆，成为中国大西南第一座现代化的纺织工厂。同时，在按人头发放遣散费中，对家庭人口多，确有实际困难的工人，给予了特殊照顾。李世璋利用河南省政府与郑州市政府筹集的余款，派吴煦带领多人到陕西去，购买了一批木质纺织机器，吸收了一千多名有技术的工人，转移到豫西山区，继续以豫新纱厂的名义纺纱织布。后来，华北敌后抗日武装的大量被服，都是这个厂供应的，这是后话了。

经过政训处细致的工作，豫新纱厂留下来的工人中，有八百多名青壮年男女自愿报名参军。于是，经第一战区司令长官部批准，在郑州东北郊区，专门成立了一个“豫新游击大队教导营”，指派了专职营长，柳耘被派去当了营教导员。

旷风受过正规的军事教育，多次被请去讲授基础的军事课，还有有关通信的课程。

20

郑州的气候四季分明，3月末的阳光已经灼人。

这天中午，旷风回到高参室住处，见楼下明亮的会议室里，父亲站在一张高脚凳子上，面对南墙那张大大的军用地图，正聚精会神地挪动着地图上插着的小旗。

旷风会心地一笑，走到父亲身边，问："爹，最新战况如何？"

旷岳两眼放射着兴奋的光彩，见大儿子凑上来，瞬间增添了几分慈爱，他呵呵笑道："日本人太猖狂了，目中无人，我看第五战区要打一个胜仗啦！"

旷岳轻捷地从高脚凳上跳下来，拿起一根指示杆，一边指点，一边亲切地对儿子说："来，风儿，你看你看，这津浦线的北段，由于韩复榘弃守，日军如入无人之境，这更加助长了他们的骄横跋扈。日军本打算让板垣的第5师团和矶谷的第10师团会攻台儿庄，占领我徐州。可是，第5师团在进攻鲁南重镇临沂时，遭遇我军庞炳勋部和张自忠59军的猛烈阻击。"

旷风插话："我听说庞瘸子和张自忠在中原大战时有过节，积怨很深，这一次居然同仇敌忾，合作得非常好，多次奋力击溃敌人的进攻，愣是把板垣给挡住了，了不起呀！”

旷岳点头感慨道：“是啊，在民族危亡面前，再大的私人恩怨也显得渺小，我为两人冰释前嫌、通力抗敌叫好。日军第5师团在临沂受阻，会师台儿庄的计划自然泡汤。那么第10师团呢？矶谷麾下的长濑旅团，从济宁西渡运河，向嘉祥进攻，受阻于嘉祥。只有濑谷启统率第33旅团一路顺风，在攻陷邹县后，以大炮、坦克、飞机开路，向藤县猛攻。守卫藤县的川军122师王铭章部，血战三日，除一百余人突围，王铭章师长和全师弟兄全部英勇殉国，真可谓壮烈啊！”

“实在是壮烈！可歌可泣，可钦可敬！”

“嘿嘿，偏偏这个濑谷启看不见中国人誓死抗战的正气和勇气，他虽然也损失了两千来人，但仍以为他们的飞机大炮坦克所向披靡、中国军队不堪一击、攻占徐州如探囊取物，他不顾第5师团受阻于临沂，长濑旅团受阻于嘉祥，孤军挺进，连陷临城、枣庄、韩庄，直扑台儿庄，遭到我守军池峰城师的英勇抵抗，最近战报，台儿庄巷战打得非常激烈。我看这个濑谷启犯了兵家孤军深入的大忌，要应‘骄兵必败’的下场啦。”

旷风说：“爹，这个濑谷启我还真没听说过。”

旷岳说：“据我所知，此人年纪比我略小，民国七年（1918）毕业于日本陆军大学，是一个仇华死硬的军国主义分子。他“七七事变”后被擢升为少将，调到第10师团当旅团长还不到一个月，狂妄的侵略野心加上急切的邀功心理，促使他孤军深入。碰上的对手又是李德邻和白健生，桂军将领的特点就是喜欢主动出击，所以我说第五战区要打胜仗啦。”

旷风快乐地笑了："爹，你还真有点神机妙算。今天李处长交代，让我赶紧准备，随他到徐州去，只带一个演剧大队。"

旷岳笑道："哈哈，那不是去庆功吗？"

果然，两天后，旷风随李世璋和第一战区演剧大队，乘坐陇海线的火车，抵达江苏西北端的军事重镇徐州。

此时的徐州好生热闹，车站上的人流就像滚开的大锅饺子。第五战区接车人员先把演剧大队安排在"绿光剧社"附近的一家旅馆里，这一带有徐州著名的云龙舞台和益智剧场，便于演出；又把少将李世璋处长和上尉秘书旷风安排在大同路的花园饭店，这里住满了从各地各战区拥来的客人。

二人把简单的行李扔在房间里，并未休息，便匆匆赶往旧道署内的第五战区司令长官部。李世璋让旷风在门口的接待处稍候，自己进入司令部，工夫不大，李世璋便带着一个中尉青年军官出来，对旷风说："旷风，紧急任务，你和这位李参谋一起负责赶印这份传单，明天凌晨前，一定要印完。"

旷风接过文稿一看，吃惊地问："日文传单？"

李世璋说："不错，日文传单，警示日军已被包围，劝告日军放下武器投降。李司令长官即将下达全线反攻的命令，明天拂晓，随着总攻的炮声一响，就要用飞机把传单撒向日军阵地，所以，你们就是熬一个通宵，凌晨前也一定要印出来！"

旷风和那位李参谋一起立正敬礼，高声答道："是，遵命！"

旷风和李参谋确实熬了一个通宵。

问题出在徐州印刷厂此前没有印过日文书刊，没有日文铅字。李参谋学过一些日文，旷风童年在日本住过，矢原花子还教过他日文，在二人的协助下，铸造车间加班赶制出两套日文铅字，待排好版，校对完，已是子时之尾。印刷工人连夜开动机器，十几万张传单才在凌晨前赶印出来。

经李参谋请示，他与旷风乘军用汽车，直接把这批传单送到了飞机场。4月3日拂晓，总攻击开始，两架银鹰将传单撒向了徐州东北三十公里外大运河北岸的敌军阵地。旷风心里明白，对于那些顽固的日本军人来说，传单的作用可能不大，但是，中国军队撒传单劝令日军投降，却是大长了中国军人的志气，大灭了日本军人的威风。虽然熬了通宵，回到花园饭店，躺在床上，旷风仍兴奋得不能入睡。

经过四天的激战，日军濑谷旅团大部被歼，赶来救援的坂本旅团也伤亡惨重，遭遇重创。4月7日，两支日军残部分向峄县、枣庄撤逃。台儿庄战役取得大胜：歼灭日军一万余人，缴获大批武器辎重。

台儿庄大捷的消息传出，古城徐州立即沸腾了。

鞭炮声、口号声、歌唱声此起彼伏，民众自发的游行、集会、演说、演出随处可见，各地、各战区会聚于此的几十个宣传队、演剧队更是八仙过海各显神通。

第一战区演剧队在云龙舞台的首场演出座无虚席，节目非常精彩，特别是女高音独唱《铁蹄下的歌女》、男高音独唱《夜半歌声》、小合唱《游击队之歌》受到热烈欢迎；山东快书《鲁智深拳打镇关西》，演员惟妙惟肖的表演博得阵阵掌声；演剧队依据观众特点，新编的徐州琴书《中日血战台儿庄》，更是把演出推向了高潮。压轴戏是三幕话剧《东北人家》，讲的是“九·一八事变”后，东北一个普通的三世同堂的家庭，在日寇和伪满的压迫和蹂躏下，奋起反抗的故事。演员的表演情真意切，剧情丝丝入扣，台下观众鸦雀无声。

一整天都跟着演剧队打杂儿，又搬道具又跑腿的旷风，此时搬一张靠背椅，坐在侧幕的后面，入神地看戏。

突然，旷风觉得有人拍他的后背，回头一看，哈，是武予岚小姐。惊喜的旷风正要说话，武予岚用一根手指竖在嘴上，表示噤声。她拉着旷风到后台，找了一个化妆间，才说："我琢磨你就在这里，果然，一箭中鹄。"

旷风打量着这位高个子却过于瘦弱的姑娘，见她清癯的面容风尘仆仆，背上还背了一个很大的背包，忙问："哎呀，岚子，好久不见你，你怎么跑到这儿来啦？"

武予岚说："我现在是《救国日报》的记者，报社闻风而动，派我到徐州来采访台儿庄战事。旷兄，我个人也想乘机到部队到民间来采风，收集一点鲜活资料哇。"

旷风说："哈，你这个未来的历史学家，着眼点就是高。你住在哪里？"

武予岚笑道："我这个小报记者哪里住得进花园饭店，我住在燕子楼旁边一家小旅馆的阁楼上。"

旷风说："好好，那我们就到燕子楼去吃'盼盼鸡'，或者到你的阁楼上继续'岚闺沙龙'。"

旷风一手接过予岚背上的背包，一手拉住这位好友，两个人很快就融入了火一样热烈的比肩接踵的人流。

他们饿了，选择了燕子楼。

据传，燕子楼是唐朝礼部尚书张建封之子张愔所建，张愔有个爱妾叫关盼盼，原本是著名的歌妓，关盼盼喜欢烹饪，最拿手的菜是"葱烧孤雁"和"油淋鸡"，相传至今。

二人在楼上找了一个临窗的位子，要了油淋鸡（盼盼鸡）、油淋鱼和几个小菜，旷风知道，性格里带着侠气的武予岚颇有酒量，特地要了四两白干。

临轩把盏，人生快事。

武予岚是从来不化妆的，她本来就瘦弱，这一阵生活颠簸辛苦，脸色更显黝黑憔悴，但两只眼睛透着精神。她对旷风敞开心扉，说自己是学历史的，面对抗日战争这样一个关乎民族存亡的重大事件，她不能等它从身边滑过、变为历史再去研究，她宁可改变自己的身份，做一名战地记者，冒着危险，用辛勤去捕捉新鲜素材，既做新闻报道，又记录下资料。她露出天真的笑容，说，她希望在抗日战争取得胜利之后，能写出一部关于这次战争的历史专著，作为自己的毕业论文。

旷风静静地听着武予岚的诉说，看着她单薄的身躯，瘦弱的肩头，秀气而倔强的嘴唇，从心底里升腾起敬意，他说："不是你历史系的毕业论文，而是你人生的毕业论文。岚子，我看得出，你的心很大，你是想做班昭曹大家（音姑）哇。"

武予岚调皮地一笑："我可不想做曹大家，奉旨修史，还写什么《女诫》，禁锢了多少女同胞的头脑！旷兄，有一种相当普遍的观念，认为历史是当权者写的，反映胜利者的意念，你以为如何？"

"哎呀，历史学我不太懂，这个问题很尖锐呀！"旷风被问住了，他是从不回避问题的，笑着说，"我看只能说大致如此，但未必尽然，手再大也捂不过天哪。文天祥不是赞扬'在齐太史简，在晋董狐笔'吗？真实存在的东西，早晚会被有胆量的历史学家挖掘出来的。"

武予岚开心地笑了，她抿了口酒，心情舒畅地说："还是旷兄说话痛快，一针见血！我有时候想，将来如果是你那位蒋校长主持编撰抗战历史，必定会写成一个政府、一个党、一个领袖的抗战史。他会写东北不战沦丧后，东北抗日联军的事迹吗？他会怎么写“西安事变”呢？就拿这次台儿庄大捷来说，如何评价李、白的功绩？如何看待广大民众支援的贡献？哈哈，都是问题呀。我这次深入第一线采访，收获很丰富，我将来写这一段历史，一定要写成立体的，真实地反映这次战役的各个方面。我认为，客观真实才是历史学的本质和精髓。”

“说得好！”旷风举起酒杯，和武予岚碰杯，一饮而尽，接着说，“予岚，你了不起，有理想，有抱负，有闯劲，我完全支持你，但你不一定顺利呀，弄不好真的成了当代齐太史啦。”

武予岚呵呵笑道：“怕什么？我们这一代青年，最大的特点，就是为理想而生，为理想而战，为理想而死！来，旷兄，为实现理想，咱们再干一杯！”

这个夜晚，燕子楼来狂欢吃宵夜的客人特别多，店主也宣布，不打烊啦！旷风和武予岚边吃边饮边聊，无拘无束，海阔天空，从国事聊到家事，从家事聊到私事。

旷风直率地问：“岚子，你和李根的关系发展到什么程度啦？我看这个人不错，很正直，有学识，对你很有点意思，岚子，我是有体验的，在感情上，该抓住的，一定要及时抓住啊！”

武予岚并不想对这位旷大哥有什么保留，她说：“李根是不错。不过，他八成是在组织的人。”

“你是说，他是共产党？那有什么不好呢？”

予岚说：“我爹认为，共产党绝不会放弃夺取全国政权的目标，将来国共必有一争，我不能不慎重掂量啊。”

“哎呀，予岚妹妹，你一向我行我素，这可不像你的风格呀！”旷风露出失望的神色。

予岚也不饶人，笑道：“旷兄，别有嘴说别人，无嘴说自身。你明明有了未婚妻，在朋友圈里，都秘而不宣，这更不像你的风格呀！”

旷风有点尴尬，只得哂笑着说：“哎呀，我是有了爱人，但没有正式订婚哪。况且，她是个日本人。眼下除了汉奸，哪个中国人不恨日本人？我不说，既是为了尊重同胞们的感情，也省了自己去解释，消耗那么多唾沫星子干吗。”

武予岚呵呵呵地笑了：“好了好了，其实那个花子，又聪慧又善良，温柔似水呀，挺可爱的，大家心里都为你高兴。你自己，大男人，小心眼，不过可以理解，可以理解。”

他们聊到尽兴，已经时过午夜。

旷风一手提着武予岚的大背包，一手扶着已有几分醉意的予岚，回到她住的旅店的小阁楼上。旷风帮她脱了鞋，刚把她的头扶到枕头上，武大小姐已经入了梦乡。旷风看着她甜甜的睡相，笑了，替她盖上薄被，关了灯，关好门，才独自回到花园饭店。

旷风被卷入了庆祝胜利的狂欢。

他随着一战区演剧队奔走于各区乡赶场，他看着老百姓疲惫愁苦的脸上绽放的欢笑，看着伤兵们肢残容毁难掩得意的神色，听着军官们拍着胸脯的高谈阔论，听着场上场下海潮般起伏的抗战歌曲，他心想：中国人太需要这样一场主动围歼的胜利了！

胜利也带来了另一面，在一些将领中，出现了要求扩大战果的舆论，“速胜论”有所抬头，认为“与日军决战，此其时也”。上峰看来也出现摇摆，中国军队纷纷向徐州迅速聚集。

几日后，李处长让旷风下达明日全体一战区人员返回郑州的通知。旷风通知完毕，心想，无论如何应该与武予岚告个别。

武予岚住的旅店是个假三层的小楼，三楼只有一个小亭子间，武予岚图清静，选择了此处。旷风见门没锁，人却不在。这个不大的房间，看上去相当凌乱，原本靠墙的桌子已被移到正中灯下，桌上堆满了书报和笔记，还有半块啃剩下的烙馍，半根咸萝卜，半杯白开水，挨着水杯倒着一个缺口的小酒盅，旁边立着半瓶白酒。旷风会心地一笑：谁会想到，表面文文静静弱不禁风的武大小姐，会一个人住在这小阁楼上，就着咸萝卜啃烙馍，还要喝两口小酒，出门还不带锁门的。旷风觉得，这个妹子，内心里的东西，和自己真有一点相通之处。

屋子里只有一张老旧的藤椅，单人床上的薄被随随便便地堆成一堆。床尾有个脸盆架，脸盆里清水泡着两件外衣裤，临窗的晾衣绳上搭着两双旧袜子、一条小裤衩。旷风心想，女主人过惯了安逸的小姐生活，现在出来闯荡，大大咧咧的性格，就展示无遗了。他判断，武予岚是临时有事情出去了。

旷风坐在藤椅上，立即被桌上放着的一个白报纸大本子吸引住了，本子的封面上写着四个大字："战地散记"。

主人不在，客人闲着，也就老实不客气地翻开看了起来：

李根早就告诉我，汉口《大公报》记者范长江、《新华日报》记者陆诒都到徐州去了，我当即给报社打了报告，要求派我到徐州去采访，迄无回音。今天已是三月二十五日，前方战事吃紧，我坐不住了，总算把章总编辑堵在了他的办公室里。

章总是个老报人，呵呵呵地擅长“打太极拳”，他见我的模样，知道必须说出个子丑寅卯了。他笑嘻嘻地讲，予岚，你的心意很好，我们很欣赏。但是第一，我们是个小报社，能维持开门出报就不错啦，哪有经费派战地记者呢？其次嘛，章总用异样的目光瞄了我一眼，接着以亲切的口气说，予岚，战地采访不是旅游，情况多变，不仅艰苦而且危险，你看你看，你的身子骨比较单薄，我们也是有点顾虑呀。章总的目光令我难受，我直愣愣地说，章总，我只要报社一个名义，差旅费我自筹，不花报社一文钱。我感谢领导对我的爱护，但，人不可貌相啊，战争已经改变了我的思想和体质，你们要是不放心，我可以立个军令状！这一番话还真灵，章总编辑总算点了头。

当晚，李根送我登上了开赴郑州转陇海线的火车，临别，把两封介绍信交给我，再三嘱咐，灵活机动，注意安全。

三月二十六日后晌，车抵徐州，一出站台，但见疮痍满目，车站附近的民房大多被日寇的飞机炸得墙坍壁倒。我背着背包徒步进城，先得找个地方住下呀。还好，徐州的商店照常营业，只是旅店大都客满，找到燕子楼旁一家小客栈，老板娘说，只有三层阁楼一间空着，丑话说在前面，没有水，因为突然来的外地人太多，自来水压力不够了，不过二楼有间厕所有水，老板娘上下打量着我，笑着说，房钱可以打点折扣。我想三楼只此一屋，必定清静，当即把这个亭子间租了下来。

次日清晨，我到客栈附近吃早点，刚把辣汤、油条端到桌上，只听一阵马蹄声中有人欢呼，几匹快马从店门前疾驰而过，为首一位将军骑一匹枣红马，十分威武。邻桌一位穿湖绸长衫的食客说，哎呀，战事如此吃紧，李长官仍然亲自出巡，看来今天我的买卖可以照常营业啦。我一问，方知骑枣红马的将军就是第五战区司令长官李宗仁。我自来佩服岳飞、谢石，不喜欢赵括和苻坚；只此一个亲自“出巡”，我对李长官稳定民心之举，已感到由衷的钦敬了。

回到尚未整理清爽的房间，从背包里取出一封介绍信，封皮上写着：“徐州民众总动员委员会　郭子秋总干事启，落款是竹沟彭缄。”我知道，这是李根特地跑到竹沟去，找一位共产党的要人开出来的介绍信，他说，郭子秋是共产党在徐州的重要负责人，要想迅速进入角色，找他是捷径。

我到徐州北关“民众总动员委员会”的组织部，找到了总干事郭子秋，他四十来岁，很沉稳精干的模样，他看了介绍信，友好热情地接待了我。据他介绍，“民众总动员委员会”是战区长官李宗仁接受共产党的建议而成立的，由李亲任主任，这是一个统一战线的机构，共产党在其中发挥着骨干的作用。在徐州，各行业、各阶层普遍成立了抗日组织，有青年抗日救国团、职工抗日联合会、农民抗日救国会、妇女抗日救国会、儿童团、姊妹团等许多群众抗日团体，依靠这些团体的活动，形成了徐州热火朝天全民抗战的气候。他说，欢迎你到下面去采访，保证一路绿灯。

我说，这些抗日团体我都要去采访的，但眼下，我迫切希望到台儿庄前线去，老郭同志，你能帮助我吗？他用赞赏的目光看着我说，好好，一个战地记者，首先是一名战士！你来得真是时候，三天前，日寇从枣庄南下发动了对台儿庄的进攻，战斗打得非常惨烈，台儿庄的南面紧邻邳县，邳县眼下就是支前的主要阵地，我们已经组织了担架队、卫生队、运输队和宣传队支援前线。明天一早又有一拨自愿报名的担架队员要开赴邳县，你呀，予岚同志，我给你写个条子，你跟这拨人乘卡车一起走，到那里找邳县动员委员会主任栗培先，他也是共产党在邳县的主要负责人，这个人能力强，非常热情，你把自己的愿望和要求告诉他，他会帮助你的。说完，他提起桌上的毛笔，大笔一挥，给我写了一张条子。

郭子秋送我到门口，我说，我刚到徐州，感到这里虽然地处战争前沿，但民心稳定，民气很旺，老郭同志，你看当前徐州百姓最主要的心思是什么？郭子秋呵呵呵地笑着说，我看哪，眼下徐州老百姓心里最希望听到前线传来胜利的捷报啦。

我在往回走的路上随机采访，有工人、学生、店员还有一位小老板，确实印证了郭的判断。我在路边小摊上吃了两个煎饼，喝了一碗辣汤，回到住处，综合我到徐州后的见闻与感受，写成一篇述评稿，题目是“徐州翘首盼惊雷”，惊雷者前方之捷报也。怎么发回报社呢？打电报？按字计价，好贵呀！可是稿子的时效强，我只得跑了三条街，找到邮局，把电稿发了出去。

三月二十八日，我随约四十名担架队员乘卡车到了邳县，接待我们的正是栗培先，他见一群虎背熊腰的男人中冒出我这么一个弱女子，露出了惊讶的目光。我赶紧把“路条”交给他看，简要地介绍了自己，他笑笑说，欢迎欢迎，你先跟着我吧。这位主任确实忙得不亦乐乎，一边处置各种事务，一边给新来的担架队分组、发担架、配向导，又亲自带他们踏着一条弯曲的土道走到一条大河边，让向导带着这拨人沿着河边的小路向北去了。

栗培先这才转过身来对我说："予岚同志，你来看！"他指着眼前绿波起伏开阔的河面说，"这就是举世闻名的京杭大运河，沿着这条河往前走，就是运河边上著名的水旱码头台儿庄啦，那可是这一带商业贸易的集散重地，明清的时候就很繁华啦。这个地方，我熟，青石板铺路，庙多，还有伊斯兰教的清真寺，特别的建筑不少哇！现在毁啦，日本强盗闯进门啦，眼看要化为一片焦土啦！予岚同志，你听见远处的枪炮声了吗？"

我耳朵尖，早听见了，于是说："听见啦，您看，还有滚滚的硝烟哪！"

栗培先侧转身子，背对运河，伸手向前指示说："予岚同志，你看眼前这片田野，田间野地的那些土路上，你看，呃，那牛车、马车、驴车、人推的独轮车，挑担子的人，络绎不绝哇，都向着北面的台儿庄前进，都向着那炮声隆隆硝烟四起的方向前进！予岚同志，我带你到这儿，就是要你看看邳县老百姓支前的情景！"

我看得分明，这是我生平看到的最壮丽的画面，这是令我浑身热血沸腾的图画！我请求参加支前。

栗培先笑着像个大哥哥似的对我说，予岚同志，你的武器不是枪，不是体力，而是笔，是智慧，战争非常需要你手里的武器。我给你提个建议，邳县北郊紧挨台儿庄的地方有一个伤兵急救医院，那里有我们支援的一个救护队，现在我让人带你到那里去，你参加救护队的工作，是副业，你的主业是采访，我想你会抓住机会，会找到你需要的第一手资料的。

我接受了他的建议。

邳县北郊的战地急救医院主体设在一座祠堂里，征用了附近的若干民房，第五战区军医院的许多骨干医师都集中于此。

我想起旷风负伤，我们到新乡去看望他时，大庙里伤兵医院的甄护士长说，在伤兵医院里，最能体会战争的残酷了，确实如此啊！

我跟着邳县支援医院的救护队，尽力干点杂活，从给伤员倒屎倒尿、洗绷带到清扫地面，什么都干。要是在过去，给男人倒屎倒尿，简直是难以想象的事，现在我做了，心理上没有任何障碍，我目睹我的同胞兄弟肢残容毁，血流如注，忍受着剧烈的痛苦，他们是为了保卫祖国啊！我这点算什么？我也抓住机会，从神志清醒的伤员嘴里，听到了最前线撞击我心的故事。

旷风读到这里，发现以上读过的蝇头小字，都写得秀气工整而且刚劲有力，真是字如其人哪。但再往下字迹就变得十分潦草了，行距也变得不规则，时宽时窄，有时歪歪斜斜，内容跳跃不连贯，记叙之外还不乏批注和抒情：

他是31师86团的一个班长，山东大汉，左小腿被炸断，不下火线，他被送来的时候伤口已经溃烂发黑，必须立即截肢，他拒绝打麻药，说稀缺物留给战友用，硬是咬一条毛巾，听着钢锯锯断自己骨头吱吱的声音，做完了手术。他真是一条铁打的汉子，性格特别爽朗，他痛快地答应我的要求，他的语言非常平实：

他说，我是三月二十号随队伍进驻台儿庄的，没有歇口气立即奉命在城内修筑防御工事，他说他心里明白，池师长是下决心打巷战，与这座城共存亡啦。台儿庄这古城，不但有水道，小街小巷特别多，青砖石料筑造的小楼很不少——哈哈，难怪叫台儿庄哩，真是个打巷战的好地方！我们在每一条街都修筑了街垒。敌人最初是从北门攻进来的，上有飞机，下有重炮，火力非常猛烈，我军拼死抵抗，打了三天，伤亡惨重，池师长下令退守内城。鬼子一进城，就在清真寺、月河街、丁字街等处展开了激烈的巷战。我军地形熟，利用城内坚固的残墙断壁和犬牙交错的街垒，步步为营，大量杀伤敌人，我军阵地内设有几个坚固的支撑点，不断派出小分队，以攻为守，插向敌人侧后方攻击，和敌人展开拉锯式惨烈的肉搏战。敌我胶着在一起，日军就失去了大炮和空中优势，每向前一步，都要付出沉重的代价。

他说，我们连守在月河街阵地支撑点的街头堡上，打退了敌人三个小队多次进攻。我的腿被炸断了，重机枪的两名射手牺牲了，子弹也打光了，这当口，在掷弹筒、重机枪猛烈火力掩护下，两个鬼子兵攀上了我们的街头堡，连长徐运泰一手握一个手榴弹冲上去猛击敌人的头顶，敌兵戴着钢盔，一个歪身倒下去了，另一个愣是冲上来用刺刀刺进了徐连长的腹部，徐连长迎着刺刀扑倒了那个日本兵，另一个爬上来的鬼子又把刺刀刺进了徐连长的胸膛，徐连长拉响了手中的两颗手榴弹，与爬上来的四个鬼子兵同归于尽。就在这时候，我们的援兵赶到了，街头堡仍在七连手里。我被担架队的老乡抬下了阵地……

一个叫胡泰山的工程兵给我讲了一段实事：激烈的巷战互相穿插，打到后来，有时真分不出你前我后了。一个司务长带着三个炊事兵放下背着的铁锅，也投入了战斗，因为敌人已经上来了。一个炊事兵抄起一根扁担，闪在断垣之后，一扁担把探头而进的鬼子兵钢盔下的脑袋砸碎了，另一个鬼子的刺刀却刺进了他的胸膛，司务长冲上去开枪击毙了这个敌人，但他没有来得及拉开枪栓，又被另一个扑上来的鬼子兵的刺刀刺中，此时，我们两个炊事兵的刺刀也刺穿了这个敌人的胸膛，我正要冲上去，侧面敌人的轻机枪响了，四个人同时倒下。这位被打瞎了一只眼睛的工程兵说，他知道这个司务长名叫张增焕，但不能提供三个炊事兵的名字……

他是腹部受了重伤的师部作战参谋，当他知道给他喂水的我是战地记者，便艰难地用微弱的声音告诉我：连续几昼夜的巷战，大部分城池都被日军攻占了，东门也丢了，师指挥部设在南门的关帝庙里，池峰城师长决定发动反攻，有五十七个人自愿参加敢死队，年龄最小的十六岁，每个敢死队员除了手持带刺刀的长枪，前胸佩带四枚手榴弹，身后背着大砍刀，他们是决心与敌人同归于尽的。师部又组织了二百多人的奋勇队跟进，在敢死队、奋勇队的猛烈冲击下，我军能战斗的人员都冲上了第一线，把敌人占据的大部分地盘又夺了回来，敌人被钉死在台儿庄了。

这位作战参谋没有熬到第二天天亮，便停止了呼吸。他没有告诉我自己的名字，我也不知道那个十六岁小敢死队员的名字，但我想到了旷风说的那个在邢台的城门口把一捆手榴弹塞进日军坦克的小兵，想到了在藤县英勇战死的一万多川军，在这场中日大战中，涌现了多少无名英雄啊，他们的名字实际上已经铸就一种精神——中华民族绝不屈服的战斗精神。这种精神，将永远活在一切为民族振兴而奋斗的人们心中！

…………

旷风发现《战地散记》上的字迹又变得工整而秀丽了，行距也变得整齐了。

在大反攻的隆隆炮声中，我回到了徐州燕子楼旁的小阁楼上，我开始为报社赶稿子，没日没夜地。我写消息、综述，写通讯、特写，还写了两篇述评，时效强的打电报，时效弱的发信件，我得给章总编一个交代呀！嗨呀，我的钱口袋迅速地瘪了下去。

台儿庄大捷的消息终于传来，据我方公布的数据，包括序幕战，共毙伤日军一万数千人，俘虏日军七百一十九人，缴获大量军用物资，这是我军主动围歼日军的一次大胜利！

经过这一段采访，我一直在思考，将来如果我写台儿庄战役，一定要全面地、客观地来表述这次大捷。如果没有津浦路南线成功的淮河阻击战，将会是什么局面？如果没有庞炳勋部和张自忠部在临沂对日军第5师团的阻击，日军第10师团岂会孤军深入？没有川军王铭章部在藤县的浴血奋战，台儿庄能修筑比较完备的巷战防御工事吗？没有老西北孙连仲、池峰城部的顽强死守，日军濑谷启旅团就不会被牢牢地钉死在台儿庄，没有中央军汤恩伯部的侧背包抄和打援，也不会有最后的合围聚歼。当然，李宗仁和白崇禧的擘画指挥，蒋委员长三次亲临徐州的及时协调起了关键性的作用，而共产党在基层组织发动民众热烈支前，对保持旺盛的军心、民气的贡献也绝不应低估。我忘不了栗培先指给我看的那幅震撼我心的图景，那让我看见了两个大字：觉醒！我一定要去找郭子秋，把所有抗日社团访个遍，寻找那“觉醒”之源。

我认为，此捷是各方力量团结一致对敌的胜利，是统一战线的胜利，是总体战的胜利！我希望今后有机会书写这一段历史。

读到这里，旷风心想，予岚这个一向文静的女书生真不简单，说干就干，走完这一段人生旅途，需要多么大的毅力啊，对她真得刮目相看了！

窗棂投入的夕晖渐渐收敛，主人还没有回来。旷风在狭小的屋子里转了一圈，目光停留在盆里清水泡着的两件衣服上，他挽起衣袖，开始用心仔细地洗涤，洗完，端着盆放到门外廊道上一个水龙头下。哈，龙头没有水，他端着盆在二楼厕所里找到一个有水的龙头，把衣服清洗干净，然后回来，把衣服挂在窗前的晾衣绳上。

主人还是没有回来。旷风走到那张单人床边，坐下，柔软的床垫吸引着他，他把长长的双腿弯曲地伸到床外，侧着身子，把头放在了枕头上。本想小憩片刻，但多日的劳累却征服了他，他睡着了。

旷风醒来的时候，见屋内亮着橙黄的灯光，身上盖着薄被，他急忙掀开被，坐了起来。

武予岚笑嘻嘻地坐在藤椅上，看着睡眼惺忪的旷风，说："旷兄，对不住，劳您久等啦，还替小妹洗了衣服。我爸来啦，让副官找到了我，说要见一面，我去啦，他刚好被李长官请去谈话。结果，哈哈，我在那边等，你在这边等。"

旷风问："武伯伯到徐州来，有什么大事吗？"

武予岚说："我爸从获取的日方情报分析，日方有鼓励我军'扩大战果'的意图，而且正迅速向徐州周围调集军队。我爸是来向李长官和白副总长报告情况并交换意见的。"

旷风点头说："嘿嘿，兵者，诡道也。日本鬼子想诱使我军和他们在徐州决战。"

武予岚说："我爸认为，我军必须坚决执行'以空间换时间''持久消耗战'的战略，现在在徐州和日军决战要吃大亏。"

旷风告诉武予岚，明天他要回郑州了，今天是特来道别的。

武予岚笑道："我爸知道你在郑州，快要回去了，让我告诉你，带几句话给旷伯伯。他说，徐州一旦失守，日寇必挟其机械化水平高的优势，进入豫东平原，在一望无际的平原上，沿陇海路直扑郑州，目标当然是武汉和西安。希望第一战区未雨绸缪，早做准备。"

旷风郑重地点头："我记下了。"

旷风执意不让武予岚送到楼下，就在屋里告别，予岚同意了。

旷风张开双臂，笑道："岚子，让哥抱抱。"

武予岚甜甜地一笑，乖乖地把脸贴在旷风宽大健壮的胸脯上，旷风拥抱了她，顺手把一个鼓鼓的钱包轻轻地放进了她的口袋。

21

旷风回到郑州，把武岩让转告的话，告诉了父亲。

旷风在父亲的眼睛里看到了深深的忧虑。

旷岳说：“日寇‘三个月灭亡中国’的妄想已经破产，但他们没有死心，他们想诱使中国军队在徐州和他们决战。徐州左近无险可守，又是水网地带，不利于大部队运动，在这个地区决战，于我十分不利。但徐州如若弃守，日军必定利用其机械化的优势，迅速进入豫东平原，直指武汉，那就逼迫我们在平原之上与日军决战了。唉，最担心的事情，最困难的时刻，仍然是难以逃避地临近了。眼下战局真的到了最危险的时候了。”

父子二人都陷入了无言的沉思。

第二天，旷风向李处长告假，说是想去豫新游击大队教导营看望柳耘。李世璋说：“好好，应该去看看，这个教导营好像快要结束了。你开我的汽车去，也替我问候大家。”

旷风笑道：“转达您的问候当然是必须的，不过，我还是骑脚踏车去，更随意一些嘛。”

豫新游击大队教导营驻扎在郑州东北郊的花园镇柳林村，距城区三十多华里。郑州已是豫东平原西侧的边缘，其东部仍不失平原特色，出了城，虽说都是土路，但一马平川，路的两侧，已经秀穗的越冬小麦舒展着碧绿的身躯，一垄接一垄，放眼望不到边。“今年夏粮的成色不错呀。”旷风心情舒畅，他身高力大，又是顺风，把个车儿骑得溜快。

不过半个多小时，已经进入了绿荫葱葱的柳林村。村东头有座小龙王庙，庙旁边原本是村里的小学，赶上兵荒马乱的，没有几家愿意送孩子上学，也就停办了。教导营正是借用龙王庙和小学校空着的房子，又在庙外空场上，盖起了几溜土坯房，用大石头碾子轧出一片广场，作为训练的场所。旷风把车骑到庙门口，便听见前面训练场上人声嘈杂，歌声起伏，只见八百学兵穿着式样拉杂的军装，横平竖直，整整齐齐地靠场地西侧抱膝席地而坐，他们前面留着一条南北向的马道，马道北端一匹雄壮的战马旁边，立着一位英姿飒爽的女军官，正是柳耘。

此时，旷风注意到，马道的东侧是一溜垂柳，垂柳之东就是一望无际的麦田了，此时农事无多，地里杳无一人。粗大的柳树显然是农人为歇晌而植，旷风发现，每隔丈余一株的柳枝上居然都挂着一个瓦罐和一个酒瓶。他心中一喜，哈哈，今天赶上好戏啦！

学兵们正在拉歌：

到敌人后方去，
把鬼子赶出境，
不怕雨，不怕风；
包后路，出奇兵；

……

到敌人后方去，

把鬼子赶出境！

歌声戛然而止，八百壮士的目光都转向了马道北端的一人一骑。

柳耘一身新军装，腰系宽宽的皮带，左右各插一支驳壳枪，她跨上两步，立正，向八百战友行了一个军礼。然后，敏捷地抬左脚踩住马镫，轻盈地翻身上马，一提马缰，拍拍马颈，稳住了躁动的烈马。她双手嗍地抽出双枪，双脚猛地一叩马腹，那战马如箭般飞出。柳耘侧身左右开弓，一树一枪，随着枪响即闻破罐碎瓶之声。马跑到训练场的尽头，柳耘勒马，那马前蹄跃起，一声长嘶，掉转头来，柳耘再次双脚猛叩马腹，马儿如风飞驰，柳耘侧伏马上，弹无虚发，转瞬回到马道的北端，她勒住马，面不改色，从容地插上双枪，翻身下马，踏前两步，举手给战友们又行了一个军礼。

当屏息观望的八百战友看清，那挂着十个瓦罐十个酒瓶的十棵柳树上，只剩一个酒瓶孤零零地在微风中晃动，哎呀，简直是神啦！鸦雀无声的观众群里陡然爆发出振聋发聩的欢呼！

柳耘被一群男军官包围了，这些平日里喜欢拍胸脯吹牛皮的大男人，此时五体投地得把最肉麻的奉承话都说出来啦。偏偏柳耘不吃捧，窘得面红耳赤，不知所措。此时，柳耘听见一个很响亮很熟悉的声音。

“柳耘同志，你了不起，今天让我开眼啦！”

柳耘抬眼看见了站在远处高阜上的旷风，如蒙大赦，向周围的同志连连拱手笑道：“谢谢诸位夸奖，我有客人来啦！失陪失陪。”她突出重围，一边招手，一边一溜小跑，奔向旷风。

柳耘把旷风的脚踏车存在小龙王庙里，然后带着他走上一条朝北的小路。这条小路完全是行人用脚踩出来的，勉强容两人并肩，路旁不时闪出一两株硕大的柳树，旷风心想，这里的柳树又多又旺，难怪取名柳林村。

旷风转达了李世璋的问候。

柳耘笑道:“豫新大队是一支地地道道的工人队伍，非常团结，在军事科目上进步很快。说起它的诞生，还真要感谢李处长和你哩!”

柳耘问起旷风的徐州之行。旷风把在徐州的经历和感受一一汇报，从赶印劝日寇投降的传单，直说到在小阁楼上看完武予岚的《战地散记》，深感钦佩。

柳耘忽闪着两只灵动的眸子，说:“我见过这位武小姐，还是在南京，我跟李克农去她家看望过她的父亲，我见她身体很单薄，弱不禁风的样子。听你这么一说，我倒对这位武小姐生出了好感和敬意。”

旷风笑道:“哈，得到你的尊敬不容易呀，柳耘，你敬从何来?”

柳耘认真地说:“你看，这位柔弱的武大小姐，不满于将来抄抄现成的资料，放弃在后方安适的生活，冒险跑到前线去寻找鲜活的资料，还下决心将来要写出客观的信史，哎呀，历史的长河无尽无休，信史对后人多么重要。你说不应该受到尊敬吗?”

旷风赞赏地说:“好好好，说得好，我和你的观点完全一致。”

他们说说笑笑，不觉走出四五里地。兀的，一条绵延而来绵延而去的高大土岗横亘在他们面前。

柳耘说："黄河大堤到了！"

旷风多次远远地观察过黄河大堤，此时走到它的跟前，发现它差不多有三层楼房那么高，好在前人已经踏出了弯曲的登堤土阶，他走在前面，把手伸给柳耘，拉着柳耘的手，一口气登上了黄河大堤。

浩荡的河风扑面掠过，站在视野开阔的大堤上，但见浑黄的河水从天边滚滚而来，滚滚而去，"君不见黄河之水天上来，奔流到海不复回"，李白的名句很自然地跳进旷风的脑际。是啊，他知道，从青藏高原巴颜喀拉山的清澈之流，历经青海、四川、甘肃、宁夏、内蒙古、山西、陕西到达郑州的桃花峪，已经流过了四千六百多公里，那浑黄平缓的水流显出一副疲惫的样子。对岸甚远，两岸岸边苇林片片，给人一种迷迷茫茫的感觉。顺着河流东望，大堤没有尽头，从桃花峪到山东垦利的黄河口，七百六十多公里，地势走高，堤防不断，随着河床增高，堤防也增高，于是成为举世闻名的"悬河"。

旷风发现自己的左手仍然紧握着柳耘的右手，他感觉柳耘的手显然不同于矢原花子或者廖霞、武予岚的手，虽然她们都是年龄相差无几的年轻女子，柳耘的手硬朗而有力，但又不失女人的柔软。柳耘个头大约一米六五，不算高，但体质好，身躯特别灵敏矫健，她舒展而红润的脸上总是带着坦诚而自信的微笑。

旷风说："今天我亲眼看到你百步穿杨的枪法，太了不起啦，我佩服得五体投地。柳耘，你和我同岁，还比我小两个月，我怎么觉得你比我大，成熟多啦？听说你是雇农出身，我怎么看不出你身上有农民的影子。老实说，你在我心里就是一个'谜'！柳耘，你肯为我解开这个谜底吗？"

柳耘开朗地笑了，把手收回来，捋了捋被河风吹乱的秀发，指了指近处的一株大柳树说：“我们坐到那里说话。”

此处的黄河大堤，堤面约三十米宽，平坦而坚实，实际上是向东可达开封向西可至洛阳的汴洛公路。大堤的两侧，种植着绿荫如盖的垂柳，有些年深日久的老树已经两个人才能合抱，正值初夏，缀满鲜嫩绿叶的柳枝随风飘荡，十分撩人，这是黄河大堤上一道亮丽的风景。

他们在一株浓荫郁郁的柳树下并肩席地而坐。眼前黄流滚滚，帆樯如缕；身后，偶有破旧的客车浑身作响地驶过，扬起一阵灰尘。

柳耘说：“旷风，出身只是人的一个起点，人是会变的，你我都一样。我的出身经历和你太不相同了，我还从来没有对别人说过；今天，我把你当好朋友、好同志，就给你念叨念叨这本老账。”

旷风说：“谢谢你的信赖，柳耘，你可以相信，我唯一绝对不变的就是我的真诚。”

柳耘一笑，开始了她的叙述：

“我爹叫柳刚，我妈叫刘梅，爷爷和姥爷是把兄弟，爹妈定的是娃娃亲。听爹说，爷爷活着的时候，家里有十几亩坡田，赶上丰年，能吃上一顿饱饭。奶奶不幸得了痨病，走得早，只留下他一条独根。我爹身子骨特别硬朗，是把庄稼好手，可他刚成年，偏偏赶上连年大旱，坡地存不住水，爷爷带着我爹，没日没夜地拉水担水抗旱，累得痨病根子复发，大口大口地吐血。我爹不顾爷爷反对，咬牙把地全卖了，可也没能救下爷爷的命。我妈长相好，连县城里的大户都有来提亲的，她听说我爷爷病重，没和家里人商量，夹着一床薄棉被，独自翻越三十里山路，走进了柳家。她和我爹，在爷爷的病床前，对着快咽气的爷爷磕了三个头，就算过门啦。我爹曾亲口对我说过，你妈在我最遭难的时候跟了我，我一辈子记着她这份情义！”

柳耘平实的叙述，带着深厚的感情，把旷风带进了一个他不熟悉的农村凋敝的世界。

柳耘继续说：“爷爷走了，我爹地无一垄，只得给村里的老财扛长活，从此成为雇农。我妈特勤快，养鸡养猪，纺纱织布，穷日子过得还挺甜。我妈一连生了三个闺女，我是老三。大姐长我八岁，二姐长我四岁，但我没见过二姐，说是一岁多就得病死了，不知道是什么病，穷人家，看不起病，等死。我爹希望有个男孩，可等来的还是个女孩，我出生的时候，爹正在田里锄草，一个路过的算命先生说，你正在‘耘田’，就叫她‘耘’吧，我就有了这么一个带点文气的名字。

“我爹念过几年私塾，他记性好，读过《水浒传》和《施公案》，还会背文天祥的《正气歌》。他喜欢抱我坐在他的大腿上，给我讲宋江、武松和李逵的故事，他见我听得入神，更加讲得唾沫星子飞溅，连点上的旱烟锅子都顾不上吸一口。我八岁那年，大姐嫁到邻村，父母得了一担稻谷的彩礼，连一个稻粒儿都没动，全挑给了村里的私塾先生，于是，我坐在了祠堂里私塾的末座上。我十岁的时候，父亲暗中加入了‘绿林’。”

“‘绿林’？那不是当土匪吗？”旷风不禁插话。

“嘿嘿，‘绿林’和土匪是有区别的。‘绿林’的规矩是不抢穷人，专门劫富济贫。”

“那就是被逼上梁山啦！”旷风明白过来。

“没错，逼上梁山啦。不过最初是‘兼职’，表面上还应付着老财的差事，掩人耳目嘛。我十二岁那年，有一天，我爹带了一个陌生人回家，对那个人特别尊敬，一进门就让我妈做饭，说要宰一只鸡。谁知我妈刚点上火，保长带着四个扛枪的白狗子突然闯进门来。就在这一闪的工夫，我想到床席底下藏着我爹最喜爱的那支枪。我大大方方走到床前，用身子挡着，不慌不忙地把那支手枪摸出来，掖进了我的破棉袄里，用胳肢窝夹着。保长问那个来人是谁，我妈说是她娘家的哥哥，保长一转眼盯住我，凶神恶煞地吼道：‘小丫头，他是你什么人？’我笑嘻嘻地跑过去，亲热地拉着那个人说，他是我大舅。保长眼睛珠子一转，恶狠狠地喊道：‘给我搜！枕头底下，床席底下，犄角旮旯，给我仔细搜！’连同我爹和那个人的身上都搜了，当时乡下封建，是不许搜女人的身的，小孩更不注意。结果，什么都没搜到，保长带着四个白狗子耷拉着脑袋走了。

“我爹的脸煞白，刚喘匀了气儿，就急赤白脸地找他的枪。我走到爹面前，从破棉袄里把那支乌黑锃亮的手枪摸出来，对爹说，要等你，早被人搜走啦！我爹一拍大腿，喊道：‘哎呀，我的宝贝儿，你救了你爹一条命啊！’他把我高高地举过头顶。那个来人说：‘了不起，老柳啊！你们家藏着一个穆桂英哪！’”

听得入神的旷风不禁插言：“哎呀，你这叫‘小荷尖尖，崭露头角’，看起来你打小儿就胆子大，鬼机灵！”

“我爹请来的这个人姓冯，叫冯安邦，比我爹小两岁，长得白白净净，像个书生，他是县城里师范学校的老师，是个共产党员。我爹认为‘绿林’没有摇羽毛扇的吴用不行，必须找个‘智多星’，恰好县城里面搞‘清党’，冯安邦待不住了，经过组织疏通牵线，自告奋勇来当了这个‘军师’。冯军师的本事很大，他来了之后，我爹这支‘绿林’的发展非常之快，据说，和井冈山姓王的一个‘绿林’大首领还建立了联系，我爹也变成了专业的绿林好汉啦。冯军师对我特别好，他教我学文化，为了让我读书认字方便，他冒险独自跑进县城里去给我买了一本《校正国音字典》。他还教我学政治，他的知识丰富，眼界宽，嘴巴非常能说，从他那里，我知道世界上有个大胡子马克思，写过《资本论》，俄国有个列宁，领导了十月革命。我十四岁参加共青团，十六岁加入了中国共产党。”

旷风满怀敬意地说：“你够上一个老革命啦！那位冯军师就是你的引路人。”

柳耘说：“我最早的启蒙人当然是爹妈，后来这位冯军师对我的影响更大，他开阔了我的眼界，把我的脑筋搞活了。旷风，我这个人打小就讲义气，按说应该很感激这位恩人，但对他怎么也‘义’不起来。我总觉得这个人‘心口不一’，比如，他表面对我爹很敬重，另一面看我妈的眼神透着邪，有一次，我偶然听见我妈屋里传出啪的一声，像是扇耳光的声音，接着就见冯军师从屋里张皇地跑出来，还用手扶正歪挂在脸上的眼镜。我进屋去问妈妈，出了什么事？我妈瞪了我一眼，露出鄙夷的神色，从牙缝里挤出两个字：‘小人！’

“我妈是个大美人，比我长得好看多啦，她性情豪爽，而且天生的有准星，两只手使枪，百发百中，她是方圆百里令白狗子丧胆的游击队长，外号‘双枪一枝梅’。旷风，你不是问我的枪为什么打得这么准吗？告诉你，这是遗传，就好像有的人天生嗓子好，有人却五音不全，我的枪法既是老天爷赏的，也是我妈亲手传的，半夜里点着香头练。我十九岁那年，当了妈妈的副手——一支游击队的副队长。可是，就在这一年，我们家遭了大难。”

柳耘的神色变得黯然，但语气依然平静：“当时，我爹是红军的一个营长，冯安邦是营教导员，我和我妈带着一支有百十条枪的队伍，钻山窝窝里打游击。我们刚端了反动政府的一个盐卡，缴获了不少银子，在山沟沟里休整。突然，我爹的警卫员找到营地来，带来一个惊人的噩耗：我爹被上级领导下令处决了，罪名是叛徒、出卖同志的‘AB团’分子。那个警卫员和我家是同村的，他也被判了死刑，逃跑时中了自家人的子弹，他的伤很重，捯着气断断续续把事情讲了：不久前，我爹那个营奉命转移，说是要出省到湖南打大仗。谁知路上陷入国民党军的伏击，数倍敌军占有地利，我军伤亡很重，被迫决定乘夜突围，在选择突围路线上我爹和冯教导员发生了争执，冯坚持走原定路线，我爹认为那是送死，他知道一条小路，在相反的方向，可以躲开敌人的埋伏，先保住队伍，然后再去和大部队会合。二人相持不下，最后决定各带一半人分头突围。我爹的路熟，抄小路躲过了敌军，没有一人伤亡，正准备去找大部队会合，团领导突然派了几个人来把我爹捆走了，第二天就不明不白地被处决了。那个警卫员是冒死逃跑的，他忍着伤痛和饥渴在大山里转了两天，才找到我们。他临死前说：我不明白，柳营长救了队伍，为什么被处死？那个冯教导员全军覆没，只有他和一个排长跑出来，反倒升了官，这是哪家的王法哟。

“我妈气疯了，她没有掉一滴眼泪，而是咬紧牙根骂道，‘狗娘养的，你等着’！她判定背地里挖坑的就是冯安邦。我妈当天要带队伍下山报仇，被游击队指导员拦住了。指导员劝她冷静，要相信组织，一定会查明真相，还老柳一个清白。可是，第二天凌晨，我妈还是带着八个铁杆队员下山了。这八个人里，没有我；我妈认为我和冯军师挨得太近，不可靠！

“我妈的动作很快，但仍然扑了个空，反而中了埋伏，被缴了械。当时整个红军都在‘肃反’，我妈被关了很长时间的禁闭，就是不肯认罪，最后，被调到江苏省一个大城市里去做地下工作。我妈不熟悉城市的生活，脾气又特别暴躁，工作很不顺，不久就被捕入狱。国民党特务对她施行了种种酷刑，但她就不承认是共产党，只说是个帮工的，结果判了她十四年。可是刚关了她一年，发现她在监狱里还发展共产党，而且和狱外有联系，于是反动派改判她死刑。她是在南京雨花台被杀害的，就义时还高喊着口号。”

柳耘沉默了。

旷风却动情地哽咽着说：“你妈是个女中豪杰，巾帼英雄，可惜身处内战时期，不幸成为悲剧英雄。”

柳耘叹了口气，继续她的叙述：“我妈离开游击队后，我被任命为队长，仍继承妈妈的外号，自称‘双枪一枝梅’。当时，国内战争的局势，对红军越来越不利，一年多以后，主力红军被迫转移，离开了江西，我奉命留下来坚持游击战争，但很快我们就和党组织失去了联系。这时，我深深感觉到，离开了党我们就失去了方向和力量。我带着这支队伍，转战于群山密林之中，没有吃的，天天吃竹笋，吃得脸都绿了。没有医药，眼看着受伤的战友在痛苦中死去。就在我几乎绝望的时候，党组织派人找到了我们。我们遵照组织的指示，转移到了安徽。旷风，到这个时候，我已经完完全全觉悟到，我们穷苦人靠单打独斗或者梁山绿林，是决不能改变自己命运的，只有共产党能把我们组织起来，团结一致奋斗，才能求得解放，我清楚地意识到自己已经是一个职业革命者啦。不久，我被派到江苏省一个大城市里去做地下工作。”

旷风说：“你走了你妈妈的同一条路。”

“没错，但是我比我妈脑瓜子灵活，性情也没有她那么暴躁，我极力适应城市生活，谨慎地完成一项项任务，我奔走于大街小巷，从小学校到歌舞厅，我的身份也时而是小学教师，时而是夜总会的歌女。旷风，为了适应斗争环境，我的确有意识地改掉农村生活习惯。当时地下工作是单线联系，上级的指令都是通过交通员转达给我的，直到一年多以后，我才见到我的上级领导，我大吃一惊，原来就是冯安邦。”

旷风惊讶地说：“嘿嘿，真是狭路相逢，无巧不成书哇。”

柳耘接着说：“不久，在执行一项任务时我被捕了。狗特务对我实施各种酷刑，逼我说出上级的名字和联络方式，我咬紧牙关，就是不说。最后，审我的那个特务急了，他用一把锋利的匕首拍着我的脸吼道，我数三，你再不讲，我就划烂你的脸，挖掉你一只眼睛！我看着他狰狞的面孔平静地说，不用数啦，划吧，挖吧！那个特务突然爆发出一阵狂笑，无可奈何地说，‘你呀，真是一个死硬的女共匪！你当我真想从你嘴里掏出点什么？告诉你吧，出卖你的人，就是你的顶头上司冯安邦！”

“哎呀，你们这一家子，全毁在这个狗头军师手里啦！”旷风深深地扼腕叹息。

“我被判了十五年，关在苏州的监狱里。铁窗生活给了我静静思考的机会，我确实感到自己变得深刻了一些，我从此不喜欢空洞激进的大道理，更注重实际，更相信自己的眼睛，相信直觉的判断。

我在监狱里面待了不到两年，“七七事变”就爆发了，内战停止，国共合作抗日，李克农到苏州监狱来考察，他了解我的情况，经过组织营救，我是第一批被释放的‘政治犯’。我刚到南京八路军办事处不久，就碰上了你，秦谷对我说，你是旷家那个思想‘左’倾的公子哥儿，哈哈哈哈。”

旷风说：“和你丰富跌宕的经历相比，我的生活实在太平淡啦。我想，要是没有抗日战争，我也许真的成为一个纨绔子弟，庸庸碌碌了此一生。”

柳耘说：“那倒未必，你是一个追求真理的爱国青年，你会找到归宿的。我和你完全不同，可以说是生存在两个世界的人。我出生在一贫如洗的雇农家里，是在国内革命战争的熔炉里，由共产党一手培养出来的战士。我十四岁就是党的人啦，党就是我的一切，我离开了党，一无所有，我活着，就是为党的理想而战斗！”

旷风急切地问：“你们共产党的理想是在中国实现共产主义，柳耘，你能告诉我共产主义社会是什么样子吗？”

柳耘说：“不能！我哪知道是什么样子，谁也没见过呀。但是我坚信，它是人类最美好的社会，在那个社会里，没有剥削，没有压迫，人人平等，民主自由。这不是浪漫的空想，而是科学的理想，因为，到那时候，经济非常发达，科学非常发达，物资非常丰富，可以做到各尽所能，各取所需。反正比起你说的那个‘天下为公’的‘大同世界’，还要美好得多哪！”

旷风兴奋地说：“哎呀，你说的这个共产主义太壮丽了，太诱人了，你说什么时候才能实现呢？”

“这就难说啦，也许几代人，也许更长。因为在这条曲折艰险的道路上，要战胜很多敌人，比如，眼下要战胜日本军国主义，求得民族的独立！”柳耘红扑扑的脸变得异常灿烂，两只秀气的大眼睛闪射出坚定的神采，“我相信党的理想肯定会实现的，我当然等不到这一天，但我甘愿为此奉献一切，包括生命。像冯安邦这样的坏蛋在共产党里只是少数，我坚信在我牺牲的时候，绝不会感到孤单，因为我知道身边还有许多同志会继续前进！”

旷风激动地说：“柳耘，你的理想太美好了，我也想参加共产党，我也想成为和你共同奋斗的战友！”

柳耘大喜，激动地跳了起来：“太好啦，旷风同志，我就等你这句话啦！我和吴煦、夏农都愿意做你的入党介绍人。”

旷风兴奋至极，也站了起来：“你们对我真是太好啦！说干就干，我马上写入党申请。”

两个人一摸，身上都没有纸笔，柳耘笑道：“请你到我的‘闺房’去写吧。我们这个游击大队女军官不多，都分别住在村里的农户家。我的房东姓窦，叫窦大彪，他老婆姓秦，河南人好客，我借花献佛，你就在这儿吃一顿。”

两个人都兴奋至极，大步流星，很快就回到了柳林村。

柳林村建在一片较高的土岗子上，有百十户人家，十字形的土道可以跑大车，一家挨一家的院落格局大体相同。柳耘推开一户南墙上破旧的木门，走进院子，喊了一声：“窦大哥，来客人啦！”

只见东厢房正中的门推开，走出一位彪形大汉，个子比旷风还高，身材魁梧，声若洪钟：“柳指导员，这位是——”

“姓旷，旷秘书，从城里来找我，公事，是公事。”

旷风客气地打招呼：“窦大哥，给您添麻烦。”

窦大彪仔细打量了旷风，转身对屋里的女人喊道："妮她妈，赶紧烧火做饭，窦妮，抓只鸡，拣肥的。"

这是典型的北方农村的四合院，柳耘住北房，中间是堂屋，进门两边是灶台，可以给东西两个房间烧炕。柳耘住西屋，屋里干干净净，紧挨着窗户的土炕占了半间屋，炕尾整整齐齐摆着一溜叠好的衣袜，柳耘从一件旧军服的上衣口袋上取下一支关勒铭牌的金笔（笔尖含金的钢笔），递给旷风，让他脱了鞋，盘腿坐在炕上，趴在炕桌上写。旷风刚提笔就卡壳，问："哎呀，柳耘，我的出身成分怎么写？军阀？官僚？政客？"

柳耘笑道："你就写出身'进步人士'家庭吧。你爹参加辛亥革命，反对袁世凯，他投身军阀队伍为的是打倒军阀，他力主抗日支持义勇军，这些都是走在时代前列的，我看写进步人士最合适。"

旷风说："好好，这个词妙。"

也就一袋烟的工夫，旷风写好了，递给柳耘。柳耘看了一遍，点头称善，郑重地放进了她的文件夹子。

旷风好奇地问："房东夫妇好像住在东厢房，他们把北房的西屋让给了你，你对面，北房东屋住着谁？"

"住着房东的老妈和大孙女窦妮。他们这个家，应该算是上中农。"柳耘对农村里阶级的划分很熟悉，"据说，老爷子死得早，老太太非常勤劳，起早贪黑，撑住了这个家。窦大彪是个孝子，继承家业以后，对母亲非常孝顺，小日子本来过得不错，谁知一年前，老太太突然中了风，虽然抢救过来，神志清醒了，可是瘫在床上了。农民最怕两件事，一是灾，二是病。摊上病，收成又不好，日子就往下走了。我听窦妮说，城里有一个中医大夫，扎针兼吃药，治好了不少瘫痪病人，就是药贵。她爹要卖了黄牛，给老太太治病，她妈说卖了黄牛，春耕怎么办？你的力气再大，能顶得过牛吗？两口子为这事正拌嘴哩。”

旷风问：“这头黄牛能卖多少钱？”

柳耘说：“嗨，老黄牛，拉到市场上，也就值二十块钱。”

旷风说：“巧了，我兜里正装着二十块钱，我送给他，千万别卖老黄牛。”

柳耘笑道：“呵呵，旷大少爷的少爷脾气又来了吧，难怪有人说你爱摆阔气，充大头。行，‘劫富济贫’嘛，不宰你，宰谁？你第一次来，不能当面给，你写个条子，就说钱是留给老太太看病的，不能卖黄牛，我帮你转交。我也想给房东二十块钱，嘿嘿，这可是我几个月省吃俭用攒下来的。咱们俩一起出力，兴许他们家的难关就过去啦。”

旷风下意识地瞥了一眼炕尾衣服垛上两双打补丁的袜子，说：“好好，照办，但愿你的好心有个好结果。”

柳耘说：“怎么成了我一个人的好心啦？”

二人相视，都会心地笑了。

这天的饭吃得晚，主人很热情，做了好几个菜，有鸡还有肉，大块的五花肉切得厚厚的，玉米面的贴饼子香喷喷。窦大彪沽来半斤酒，主客猜拳行令，尽欢而散。

柳耘陪旷风到小龙王庙取了车，又把他送到村口。

眼看旷风骑车的背影消失在一片绿柳之后，柳耘蓦地感到自己心上什么东西被这个男人带走了，她吃了一惊。是呀，她不能欺骗自己，这个富有正义感，像牛犊子一般一往无前的年轻男人，越来越拨动她的心弦。柳耘是个自尊心极强的女人，在感情上十分慎重，况且，强敌压境，烽烟在召唤，岂容自己儿女情长啊！

旷风写了入党申请，心里面特别高兴，他想唱歌，但他五音不全，他缓缓骑行，上了一处高坡，停下车来，放眼四望，但见平畴空旷，麦浪滚滚，炊烟袅袅，一望无垠，那远处绵长的黄河大堤看不见尽头，圆圆的夕阳已经落到柳梢之下了。旷风头脑里突然跳出王维出塞的名句“大漠孤烟直，长河落日圆”，此情此景，内心爆发出强烈的共鸣，他冲动地撒开脚踏车，张开双臂，向着身边一片绿中泛黄的麦地扑去，全然不顾麦穗的尖芒刺痛他的面颊。他趴在麦地上，深深地嗅着带着粪腥的黄土的气味，在心底里呼喊：这片孕育了中华文明的广袤土地，为什么要面临铁甲的蹂躏？什么时候才能少一些苦难，多一些和平与欢乐？

22

日军在津浦线台儿庄战役吃了亏，立即调集二十四万大军，分五路，企图在徐州附近围歼中国军队的主力。由于中国军事高峰在把握战略指导上一时摇摆，迅速集中到徐州附近的各路大军竟达六十四个师又三个旅，共六十万人，但许多队伍训练很差，装备窳劣，战斗力远不及日军。敌人的动向很快引起中国军方的警觉，蒋介石已经明白，此时在徐州与日军决战要吃大亏，必须坚持持久消耗战略，安全撤出大军，才是关键的要务。

此时，古老的黄河，对缺少重武器的中国军队，无疑是一道天然的防线。

刚刚进入5月中旬，河南省濮县（今濮阳）紧靠黄河对岸董口不远的一个偏僻的村子，突然被入侵的大批日军严密地警戒起来。村头和村尾都停着坦克和装甲车，村中更是三步一岗，五步一哨，原来日军第14师团司令部就设在该村唯一的一幢砖瓦结构的四合院里。

这座院子的主人是附近一带最有钱的地主，他的五十多岁的老婆，三十多岁的小老婆，两个二十多岁的儿媳妇，还有一个十四岁的小女儿，都遭到了日本大兵的轮奸，但没有被杀死，她们和男人们一起被赶到一个佃户家里居住，佃户当然把正房让了出来，自己一家人蜷缩在牛棚里。

砖瓦四合院的北房有六间，中间的厅堂占了打通的两间，相当宽敞。正面墙上挂着巨大的军用地图，图下八仙桌的一侧坐着第14师团师团长土肥原贤二中将，在他面前，毕恭毕敬地站立着参谋长佐野大佐。他们昨天已经接到了上级的命令，命令要求：迅速强渡黄河，占领菏泽，然后，直插豫东，切断归德（今商丘）与兰封（今兰考）间的陇海铁路，阻止中国军队增援徐州。看来，此时日军高层还梦想在徐州歼灭中国军队的主力哩。

土肥原五十五岁了，肥硕的方脸盘，一字眉，两眼阴晴不定，唯唇上一撮修饰工整的仁丹胡子有点睛之妙，使他的脸变得生动起来。他穿着黄呢子中将军服，领章上两颗金星在夕阳的余晖中闪耀，他听完了参谋长的报告，多肉的脸上露出不屑的哂笑，声音洪亮地说："'强攻'，嘿嘿，为什么要强攻？我们必须'偷渡'！中国的《孙子兵法》上说得好，'出其不意，攻其不备'嘛，参谋长，悄悄地准备，千万不要惊动了对岸的中国守军。战线嘛，要拉开，从董口一直到旧城，处处可以渡河，让敌人防不胜防，一定要把渡过黄河的损失降到最低，明白吗？"

"明白！"佐野一撅屁股，高声答道，转身退去。

土肥原叫来随从参谋，吩咐他去把驻在邻村的炮兵联队长伊藤浅野大佐请来，与他共进晚餐。顺便告诉厨师，晚上的菜要做得丰盛一点，要有新鲜的生鱼片。

土肥原一掀帘子，走进东屋。一个身着水红和服的年轻美人迎了上来，侍候他洗了脸，土肥原粗鲁地在美人粉白的脸上拧了一把，美人毫不躲闪，依然笑盈盈地替他脱下军装，脱下长长的马靴，换上一袭宽大的黑色和服和木屐。

“七七事变”后，8月，他率第14师团从本土大阪乘船到天津，从此挥师于中国的华北战场，攻占了保定、石家庄、邢台、邯郸、大名，不久前又攻取了豫北的大片土地，包括新乡与濮县，真可谓所向披靡，东京的报刊上，誉他为“华北战场上的一颗明星”。此时，土肥原的内心里激荡着成就感，他很得意，他对进入豫东平原作战充满了期待。

土肥原是日本冈山县人，明治十六年（1883）出生在一个武士之家，父亲曾任陆军少佐。土肥原二十一岁毕业于日本陆军士官学校，二十九岁毕业于培养高级军事人才的陆军大学，就在这一年（1912）年末，土肥原作为日军参谋本部的一名大尉军官，被派到中国天津，师从老牌间谍坂西利八郎，从此成为推行日本大陆政策，侵略中国的急先锋。土肥原熟读中国经史，认为日本要统治中国，必须“以华制华”，他标榜为人重义气，拉拢中国上层人士，极力培植汉奸，他把日本人的两面性格发挥到极致。他的一个大“作品”，就是在“九·一八事变”后，秘密挟持溥仪从天津潜往沈阳，他是策划成立伪满洲国的核心分子之一。他现在统率的第14师团属日军中机械化程度最高的部队，最适宜在平原作战，进入豫东平原，岂不是扬己之长，建功立业的又一次良机？

全副戎装的伊藤浅野走进了堂屋，他向换了便服的上司土肥原立正敬礼。

土肥原呵呵呵地笑道：“伊藤老弟，今天是老同学、老朋友的私人小酌，请放松，宽衣宽衣，不要拘礼。”

土肥原与伊藤是陆军士官学校同期的同学，在校时便私交甚笃。土肥原深知伊藤学业成绩优秀，只因家庭变故未能进入陆军大学深造，影响了他在军中的前程，但伊藤丰富的学识和独到的智谋，土肥原是看重的，伊藤坎坷的遭遇，土肥原是同情的。伊藤被召回军中，虽然只任大佐联队长[①]，土肥原在私下仍以老友相待，遇到重大问题，往往征询他的意见，这是土肥原为人高明的地方。近日，土肥原得到密报，伊藤接到来自本土的一封邮件，情绪发生明显波动，大战在即，土肥原不能不关心手下重要将官心理上的变化。

土肥原亲自打开一瓶神户出产的白鹤清酒，见伊藤只是解开军服最上面的风纪扣，便笑道："伊藤老弟，你我总角之交，何必拘束？把外衣脱了吧。"

主人盛情，伊藤浅野不便推托，勉强把军服上衣脱了。

土肥原见伊藤左臂白衬衣上佩戴着黑纱，不禁一惊，问道："这是，莫非伯母大人——？"

伊藤黯然地点点头："前天接到拙荆从家乡寄来的信，家母已经在一个多月前仙逝了。"

土肥原甚感意外："哎呀，我去年从本土出发前，还有幸见过一面，怎么突然驾鹤西去啦，什么病呢？"

伊藤长叹一声："唉，老人家心脏本来就有毛病，谁知我十七岁的小女儿，突然自愿报名参加了'女子挺身队'[②]，老人家劝阻无效，

① 大佐相当于大校，联队相当于团。

② 日本本土召集的"慰安妇"。

一口气平不下来，旧病复发，就这么走了。这个小丫头真是做得出来呀！”

“嘿嘿，隔代人嘛，观念差之天壤啊！老人家也太想不开啦，何苦呢。”土肥原不胜唏嘘。

“事情不算完。”伊藤总算找到一个能说话的对象，“贱内信上说，没想到，绝大部分亲友，都认为先妣反对圣战，对天皇陛下不忠，拒绝参加吊唁活动，居然有一儿一女没有出席老人家的葬礼。我的亲娘啊，真是生前惶惶，身后凄凄！”

土肥原看着眼前这个满脸凄苦的老朋友，瞥了一眼他左臂上的黑纱，动情地安慰道：“唉，其实，老人家不过传统观念重了一些。说句实在话，换了我，我也不愿自己的亲孙女去参加什么‘女子挺身队’，战争时期嘛，国民的精神状态容易偏激，这是可以理解的，老弟也要想开一些。来来来，我们同饮一杯清酒，在异国遥远的战场，祝祷她老人家早归天国吧。”

他们默默地对饮着，低度香醇爽口的清酒，配上鲜美清淡的日本菜肴，慢慢化解了忧伤，也化解了这一对既是上下级又是老朋友之间的拘谨。

土肥原把上级的命令告诉了伊藤。

伊藤哂笑道：“将军，您至今还认为敌军会在徐州与我军决战？会需要从郑州沿陇海路增援？”

土肥原的嘴角露出狡黠的微笑：“老弟高见？”

伊藤说：“我判断，中国军方会主动弃守徐州，我们包围的是一座空城。”

土肥原点头道：“我的看法与你完全一致。伊藤，我们的机会是不是来啦?”

伊藤浅野郑重地说:“窃以为,机会与危险同在呀!”

土肥原目光炯炯地盯住比他小一岁的伊藤,单刀直入:“你给我仔细讲讲!”

伊藤的两鬓已经花白,眼神平静而深邃,他说话很有磁性:“机会来自我们可以率先进入豫东。将军,我军不久即可占领徐州,打通了津浦线,下一步攻取的战略目标当然是武汉。从什么路线夺取武汉最快捷,付出的代价最小呢?无疑是沿陇海铁路穿过豫东平原占领郑州,然后,再由郑州沿平汉铁路进入湖北攻占武汉。这条路平原多,障碍少,豫东平原的麦田完全可以当公路,跑战车和摩托,对我们机械化部队十分有利。现在徐州尚未拿下,我们奉命率先渡过黄河,进入豫东,这就是机会。如果顺利的话,我们作为‘领头羊’攻取郑州,迅速拿下武汉,就彻底打破了中国军方的战略部署,斩断了中国物资西撤之路,使中国军队的主力东西两面受敌,从而使战争的全局发生根本性的变化。将军,您就为天皇陛下的大东亚圣战,建立了盖世不朽之功啦!”

土肥原含笑点头,做出一副洗耳恭听的样子,说:“好好好,讲得清楚,这些我大体上也想到了,老弟,你说危险何在呢?”

伊藤笑道:“危险很大呀,首先在您的心中。开战以来,您未遇劲敌,一路顺风,所向披靡,这就助长了您轻敌骄傲的情绪。这一次您孤军深入,在大军未能西指之前,如果贪功冒进,很可能步濑谷启之后尘。将军,自古骄兵必败,前车之覆,不可不鉴哪。”

“哈哈哈,金玉良言,金玉良言,我还真有点飘飘然,不把中国军队放在眼里,《老子》上说,‘祸兮,福之所倚;福兮,祸之所伏’,

老弟点到要害。请继续讲。”

伊藤说：“眼下，武汉对中国军方极为重要。重庆虽定为陪都，武汉仍是政治、军事中心，如果迅速沦为‘第二个南京’，蒋政府对民众如何交代？更重要的是，武汉是中国东部物力智力西撤的要道，他们需要时间，需要时间哪。所以，蒋介石虽然很不愿意在平原和我们打仗，也不能不拼死一搏。将军，我们率先进入豫东，很可能遭到大量敌军的围攻。”

土肥原双目灼灼，双耳直竖，问道：“有何对策？”

军事素养很高的伊藤，此时也不能不对老朋友一吐胸臆了：“我在中国当‘陆大’教官的时候，曾带领学生到豫东做过参谋旅行的实习，对豫东地形十分熟悉。豫东虽然千里平畴，但因为长期土匪马贼横行，地方上的土寨子甚多，特别是黄河沿岸，有的土寨子深沟高垒，如果加上我们的战车和大炮，形成围阵，缺少重兵器的中国军队很难攻克；而且我们可以在河对岸设立兵站，不断取得后勤给养的支援，将军，您的战车没有汽油，就是一堆废铁呀。我的意思是，我们的军队插入兰封，必遭敌军的围攻，千万不可冒进，要占领几个沿河的土寨子，坚守待变。一旦我大军攻克徐州，挥师西进，特别是攻下了归德这个战略重地，那么，将军，您率领我们这支劲旅突然出现在兰封以西，那时候，坦坦平原之上谁能阻挡您拉开几公里、十几公里铁骑的进军？将军，豫东平原将留下您改变历史的足迹呀！”

“哈哈哈哈，说得好，说得好，听君一席话，胜读十年书哇！老弟，愚兄若能改变历史，必为老弟请功，哈哈哈哈！”

土肥原那洪亮、畅快、肆无忌惮的笑声，把屋顶上一只发情的老猫，惊得一蹦跶，蹿到檐下一株大枣树上去了。

23

民国二十七年（1938）5月12日，旷岳在早餐后，乘专车到第一战区司令长官部上班。

长官部设在陇海铁路局的职工宿舍区，征用了那里最好的房子，距离陇海花园不远，在辖区内建有地下指挥部和防空设施，有一处地下设施，顶部浇了三米厚的钢筋水泥，那是准备蒋委员长莅郑指挥作战时使用的。

长官部的主楼是一幢四层青砖楼房，旷岳的办公室在二楼，门楣上有“高参室主任”的牌子，第一战区司令长官程潜的办公室也在这层楼上。旷岳穿一身灰哔叽的中山装，5月中旬的天气已经有点燥热，他走进办公室就把上衣的领扣解开，第一件事，照例是看参谋处送来的战报。

第一份战报的头条是：

据驻守菏泽第23师师长李必蕃急电，今日凌晨一时，日军向武集、董口、旧城一线我军河防阵地发动猛烈炮击，随即出动飞机轰炸。二时许，开始由董口强渡黄河，至四时许，日军土肥原第14师团主力已渡过黄河，刻正向菏泽推进……

旷岳吃了一惊，心想，此时日军渡河意欲攻占山东西南军事要地菏泽，必定是要插入豫东（紧挨山东的河南东部，是平原），截断陇海铁路（江苏连云港至甘肃兰州），阻止我徐州大军西撤。看起来，难以避免的豫东之战，终于揭幕了。

时近中午，战区长官部秘书长李世璋走进办公室，通知旷岳：蒋委员长将于今日傍晚飞抵郑州，届时，请随程长官到机场迎接。

李世璋笑道："委员长喜欢亲临第一线指挥，这样，程长官肩上的担子倒可以轻松一些了。"

旷岳说："委员长反应很快，当天就飞来郑州，说明他对豫东会战的重视，此役关系战争的全局啊。程长官要在委员长直接指挥下，充当前线最高指挥官，这个差事轻松得了吗？"

李世璋说："哈，您放心，程长官历经七年'伏庐'寓公生活，早已历练得炉火纯青，应付裕如啦。"

他们会心地相视而笑。

傍晚，西天灿烂的晚霞红紫相间，热烈而狡黠。

银鹰"美龄号"在数架战机的护卫下，徐徐降落在郑州东郊薛店镇附近的机场上。

蒋介石健步走下舷梯，含笑与程潜及其主要部属一一握手寒暄。

轮到旷岳，旷岳照常毕恭毕敬地问候："委员长好！"

蒋委员长照例不冷不热地答道："好好，慕云先生好。"

清末，蒋介石与旷岳同在光绪三十三年（1907）进入袁世凯创建的保定系，但不在一个军校。辛亥革命，蒋在江浙活动，旷在直隶山西活动，一南一北，目标一致。1926年，旷岳在国民军失败后赋闲；蒋介石已当上北伐军总司令。蒋认为旷岳是捣乱之尤，“用之者必败”。虽然旷岳遵照蒋的指令，在促使直系军阀集团最终瓦解方面发挥了独特作用，获得加伦将军赞许，蒋也认账，仍不用他。不过蒋氏并非地方军阀，他两只眼睛都紧紧盯住全国最高权力，他很快明白，在有数千年人治历史派系林立的中国政海，像旷岳这种苏秦、郭嘉式的人物，实在是政治角力中上好的缓冲剂或者叫催化剂，与其楚才晋用，不如收归己用。就在旷岳赋闲北平专注于绘画考古，杨虎城派专人专列请他到西安当17路军总参议的同一年，蒋介石亲自提名旷岳为国民政府立法委员（荐任一级，月薪八百余元），未及数月，又任命旷岳为西京筹备委员会委员。西京者，西安也。

可是，“九·一八事变”爆发了，旷岳并没有去南京，而是与一位广负盛名的老将军共同组建了东北义勇军后援会，四处奔走呼号，力促抗日，声势颇大，这显然与蒋“攘外必先安内”的方针唱了对台戏。蒋介石手腕高，先是暗中给“后援会”输送金钱和武器作为支持，继而委任旷岳为一军之长（允许有两个军的编制），任务是收编退入关内的大批名目繁多而分散的东北义勇军。热河失陷后，旷岳在报纸上公开通电，痛斥北平当权者的失责，要求军法审判。有人对蒋说，这是指桑骂槐呀！蒋介石带着宁波腔哂笑道：“慕云先生爱说话，让他去放放空炮好啦。”蒋一面罢黜张学良，用何应钦顶替；一面加紧掣肘旷岳。旷岳终于看清，自己在北方已经待不下去了，他辞去军职，卖掉房产，举家迁往南京，成为国民政府中一个活跃的政客。旷岳心里明白，他实已接受蒋的“招安”，也接受了上峰给他划定的不密也不疏的微妙关系。

日军土肥原部在菏泽遭遇了我23师李必蕃部的顽强抵抗。日军依仗空中和火力优势，仍然是飞机狂炸，大炮猛轰，坦克、装甲车开路，骑兵步兵冲锋，战斗打得非常激烈，从城外打到城内，决死的巷战在断壁残垣间展开，中国守军武器太差，压不住对方猛烈的炮火，伤亡惨重，师参谋长黄启东身负重伤，眼见日军疯狂登城，难以阻挡，跳城殉国。师长李必蕃腹部中弹，被部将力战救至郊外小村，留下“误国之罪，一死犹轻；愿我同胞，努力杀贼”的遗言，吞枪自尽。

5月14日午夜，菏泽沦陷。

5月15日，日军数十架飞机空袭豫东兰封县与民权县，进窥二县之间的内黄集一带。

5月16日上午，蒋介石在第一战区司令长官部的会议室里召开了紧急军事会议。出席会议的除程潜外，还有战区直属部队的众多高级将领，如从开封赶来的第20集团军司令兼32军军长商震中将、战区参谋长黄埔一期生晏勋甫少将等，以及长官部某些高级幕僚，旷岳参加了会议。

会议开始，程潜首先介绍战局动态，说明日军土肥原部二万多人已经渡过黄河，占领了菏泽，目前正向我兰封与民权之间的内黄集一带发动攻击，意欲切断我陇海铁路；紧接着介绍了我军开展“兰封战役”的部署。程潜讲完，蒋介石颇显长者风度地请众人提出意见或建议，与会诸公都心知程潜所说的军事部署，完全是委员长的安排，一个个你看我，我看你，并无一人说话。

冷场片刻，还是程潜开言道：“我看委员长在归德和兰封都布置了重兵，数量不下十万，土肥原区区二万余人，可谓自投罗网。我思之再三，感到兰封以西，开封以东广阔地带，目前只有商将军32军部分部队镇守，力量显得单薄啦。那土肥原十分狡猾，部队机动性又强，一旦避开我军围困，出现在兰封以西，我军岂不被动？围歼的计划也将落空，请委员长考虑。”

蒋介石略一思忖，断然道：“好吧，我把胡寿山（胡宗南字寿山）的队伍调到开封以东来，给你看大门，程长官，你看可以吧。”

程潜高兴地说：“那就万无一失啦。我们十几万大军，吃也把土肥原吃掉。”

最后，蒋介石声色俱厉地说：“诸位，土肥原狂妄，视我军为无物，孤军深入，真乃自投罗网。兰封会战，关系战争的全局，万万不可掉以轻心，务望将士用命，同仇敌忾，迅速围歼土肥原部，打一个比台儿庄更大的胜仗。如若贪生怕死，退缩不前，贻误战机，必定军法严惩，绝不宽贷！”

这天，旷岳回到东三马路住处已是黄昏时分。往常，旷岳从长官部回来，总是快步登上二楼向夫人报到，说说当日有什么大事，而后老两口会说着闲话，等待北楼伙房送晚餐来。今天旷岳却一反常态，一头扎进楼下的大会议室里，在北墙的军用地图下面，时而观看，时而来回踱步，随后，干脆坐在一张靠背椅上，望着那渐渐暗淡模糊的地图发呆。

屋子里变得昏黑了。苏恩走进来说：“老先生，伙房送饭来啦，太太请您上楼用饭。”

旷岳从沉思中醒来，问：“老大回来了吗？”

苏恩说：“还没有回来。”

旷岳笑道：“你去对太太说，等等老大，一块吃。苏恩，你把电灯打开，我要在这里修改一份文件。”

一直等到8点过了，旷风还没有回来。凌婷立觉得丈夫今天有点邪乎，一边吩咐苏恩用煤油炉子把饭菜热一热，一边挪动小脚，扶住楼梯的扶手，走下楼来。

旷岳的耳朵尖，听见了妻子下楼的声音，赶忙收拾桌子，把改好的两张纸放进衣袋，迎上了很少到大会议室来的凌婷立，笑嘻嘻地说：“哎呀，夫人亲自来催饭啦。我写完了，写完了，咱们上楼吃饭。”

凌婷立问：“你等老大，有事情？”

旷岳说：“是啊，是啊，我有事情和你们商量。”

凌婷立心想，还有我的份？这个不安分的老头儿，今天唱的又是哪一出？凌婷立实际上已经注意到，近一段时间以来，丈夫明显的话少了，常常把自己关在书画室里，坐在大画案边，翻阅从原日本机要室抽取来的资料，还常常眉头紧锁，沉思叹息，这是从未有过的。凌婷立估摸，很可能是本区的战局出现了难题，但她并不追问。

旷岳扶着妻子上了楼。自从凌婷立来到郑州，北楼伙房送的饭菜就瞄准了太太的口味，清淡，素食为主，今天仨菜，除清蒸藕圆子、炒茼蒿，还特意做了一盘湖北糍粑鱼，汤是一大碗粉丝菠菜豆腐汤。老两口饿得够呛，坐在起居室的八仙桌上，吃得津津有味，快吃完了，都在喝汤了，大儿子风尘仆仆地回来了。

旷风惊讶地问：“哎，二老怎么才吃饭？”

妈妈看着灰头土脸的儿子说：“你爹要等你回来一块吃，一直等到8点多。哎呀，你这个孩子，从小就不知道顾惜自己，你看你，跑哪儿去啦？弄得一身臭汗，满脸的尘土。吃饭了吗？”

旷风笑着赔不是："对不住，妈妈，我到中牟县去给民运指导员布置战备任务去了，走得急，没有告诉你们。我回来的路上在郑庙打了一个尖，吃过饭了，就是口很渴，我喝点汤。"

凌婷立忙让苏恩拿过一个碗来，自己给盛满了，旷风便大口大口地喝起来。

旷岳问："你在中牟县没听到什么消息？"

旷风说："我听民运指导员反映，开封那边已经有不少从兰封跑过来的难民了。"

旷岳点头道："是啊！今天傍晚我看最新战报，日军机械化的先头部队已经占领了民权县和兰封县之间的内黄集和野鸡岗，这个土肥原简直是目中无人，狂妄至极！"

旷风心急火燎地说："如此孤军深入，岂不是步濑谷启的后尘？蒋委员长亲临郑州指挥，你们长官部难道就任凭土肥原在眼皮子底下撒野？"

"当然不会，蒋委座和程长官都认为这是一个吃掉土肥原的好机会。呃，这样，我先给你们说说我军的部署。"旷岳十分善于表达，他把桌上的碗碟推向一边，露出大半个桌子，用筷子在汤碗里夹出一片吃剩的菠菜叶做毛笔，蘸着碗里的残汤，一边说一边在妻儿面前画出一幅示意图，"你们看，这是黄河，这是黄河南面的陇海铁路，大体上平行，距离不算太远。这里是徐州，第五战区长官部所在地，沿陇海线西行，经砀山进入河南，第一个战略要地就是归德（今商丘），守大门的主将是第8军军长黄杰，俞济时的74军和李汉魂的64军都在此驻守；从归德往西，经民权县就到达兰封（今兰考），兰封自古是沟通东西的兵家必争之地，蒋委座让他的亲信桂永清为主将率第27军镇守，又把第200师副师长邱清泉率领的独立装甲旅调过来加强防卫，宋希濂的71军也驻守于此；兰封以西至开封的开阔地带，则有商震的32军和胡宗南的劲旅。风儿，你是军人，你对这样的阵容有什么看法?”

“哎呀呀，我看是华丽之至啊！蒋委员长把他中央军的骨干队伍都拿出来啦!”旷风的感觉很真实。

旷岳点头说:“没错，除了李汉魂是保定军校出身，但也是蒋一手提拔的，其余清一色是黄埔大弟子，黄杰、俞济时、桂永清、宋希濂、胡宗南，还有那个驻守在兰封城内的88师师长龙慕韩都是黄埔一期的，邱清泉是黄埔二期的；桂永清和邱清泉还专门被派到德国去，在希特勒的体制下学习军事，号称‘德国将军’，邱清泉的装甲旅是目前中国军队机械化水平最高的。蒋委员长真是掏出了老本，拿出了嫡系中的嫡系呀。”

旷风说:“看得出来，委员长对豫东作战非常重视，以六个军外加一个装甲旅的十几万军队，我看吃掉土肥原的两万多人不成问题。”

“唉，我可不像你那么乐观哪，风儿!”旷岳满脸是真心的忧虑，“蒋先生的确是想打一个胜仗，他这个人非常好强，他想要亲自指挥一个比台儿庄战役更辉煌的胜仗，我看是太天真啦。第一，他手下的这些战将都是宠坏了的骄兵悍将，中看不中吃，据我观察，没有一个具有王铭章那样与城共存亡的决心，没有一个具有池峰城那样守到只剩一个人还要守下去的毅力。战争是考验人的心灵的，越是把自己看得重的人越怕死，我看这些学生没有一个肯为蒋校长决死一战的。第二，这些骄兵悍将，一个个自以为是天子门生，很难协调和指挥，现在名义上是程长官指挥，又封了一个前敌总司令薛岳，其实是蒋先生亲自执鞭，蒋又喜欢越级指挥，比如龙慕韩的88师，本来属71军宋希濂的编制，蒋愣把他划到桂永清麾下。你们看吧，这么多军队，互相推诿，劲儿很难往一处使啊。第三，也是最重要的，在平原作战，敌军的优势得以充分发挥，我军的弱点却暴露无遗，唉，老实说，我对兰封会战的前景，一点都不看好哇。”

旷风听不下去了，插嘴说：“爹，你这完全是失败主义的论调嘛，照你这么说，十几万精锐就吃不掉一个孤军深入的土肥原啦？”

“土肥原吃得掉，吃不掉，关键在能否抓住战机，因为时间有限哪，机会稍纵即逝！”旷岳双目灼灼，语气逼人，“据我判断，被包围的徐州很快就会弃守，徐州一丢，日寇西进的后顾之忧解除，必定倾其全力沿陇海线通过豫东平原夺取郑州，然后，主力沿平汉线攻占武汉，断我西撤之路，也可能分兵由郑州西进掠取西安，断我外援之途，使我百万大军东西两面受敌，这是日寇实现其‘速战速决’，逼我政府投降，灭我中华的最后机会，所以，留给我们的时间不多啦。土肥原也不是那么好吃的，他有上百辆坦克战车，上百辆车拽大炮，上千辆摩托，大批骑兵，要是他们不分兵进攻，龟缩在几个土寨子里，形成钢铁围阵，要啃也得掉几颗牙！话说回来，如果我们守不住归德，土肥原就是被吃掉，还有日军第16师团、第9师团、第5师团等等，大批日军主力拥来，在平原之上，战线拉开，我们能够挡得住飞机、坦克和铁甲车的冲击吗？”

旷风说：“爹，照你这么讲，我们岂不面临一个败局？”

旷岳心情沉重地说：“婷立，风儿，我绝不是爱唱衰歌，绝不是耸人听闻。我是一个在河南打过仗的老军人，我知道豫东的地势对缺少重武器的我军有多么不利。平心而论，宋希濂在上海，桂永清在南京都是打过硬仗的，但是现在他们手下带的大部分是补充的新兵。用缺少训练的新兵和落后的武器，在平原上对抗用钢铁武装，有空中支援，训练有素的日本野兽，是要吃大亏的。当然，我希望战局顺利，我衷心祈祷胜利，但是，作为战区的高参，我不能不做最坏的准备啊。”

“噢？爹爹，你有力挽狂澜的神机妙算？”

“嘿嘿，我看底牌唯此一招！”旷岳把两张纸递给旷风。

旷风展开一看，上面写的是致第一战区司令长官程潜的一个建议，题目是“以水代兵，阻敌于平汉线以东”，表述简洁，主旨是：如若出现战局极端不利，无法阻挡日军，开封失守的局面，可挖开或炸毁郑州至中牟之间的黄河南岸大堤，以水代兵，形成日军难以逾越的黄泛防线，从而确保郑州至武汉的平汉铁路与西安经甘肃至新疆的国际交通线。建议附有一张根据日本领事馆机要室留下的水文资料绘制的示意图，旷风见图上标明的决口地段中竟有花园口的字样，眼前立即出现柳林村和窦大彪一家人的身影，不禁冒出一身冷汗。

他连连摆手说：“哎呀，老爹，不行不行哪，我知道，你出这个主意，就是用水挡住日军，水小了行吗？水大了，很可能导致黄河改道，大水泛滥，首先伤的是我们自家的农民兄弟，你想想这会让多少老百姓家破人亡啊！将来，老百姓是要挖我们家的祖坟的！”

旷岳低沉地说：“我何尝不知此举的严重后果！大水漫流，岂止河南，安徽、江苏皆被其害。泥沙俱下，良田被毁，修复谈何容易！所以嘛，我要先和你们一起商量啊。”

此时，突然都不说话了。

旷岳和旷风的目光，不约而同地转向一直默默听着的凌婷立。

凌婷立意识到自己并非旁听生，不能沉默，她说："我是个妇道人家，我不懂军事，我听清了眼下形势的严峻，慕云，我感到你出这个主意后果太严重啦。俗话说水火无情，大水是不认自家的龙王庙的。慕云，你是不是《三国演义》看多啦，要效法关云长来个'水淹七军'哪？"

"笑话！婷立，我是那种浅薄轻率之人吗？"旷岳瞪大了布满血丝的双眼，"放出黄龙，不是为了冲击日寇，而是为了挡住日寇，是筑起一道血泪长城，彻底粉碎日寇妄图以最小的代价迅速攻占我武汉的美梦，逼迫他们改变进攻的路线，在整体战局上，化解我军极端被动的局面。"

凌婷立紧追不舍："那，慕云，你是说日寇仍然会改变路线进攻武汉？"

"当然！日本军阀决不会放弃亡我之野心的。他们将被迫改变进攻路线，我估计，他们最可能改由沿长江两岸进攻武汉。"旷岳对这个问题已经成竹在胸。

"武汉能守得住吗？"凌婷立追问。

"守不住。但我估计，可以守四五个月。"

"那我就不明白了，"凌婷立神情凝重，"既然早晚都是丢，而且相差不过四五个月，为什么要让老百姓承担这么大的代价呢？"

旷风插言："政府和军队无能，让平民百姓，特别是农民去承担这么大的损失和痛苦，这公平吗？"

旷岳内心的激动已经难以控制，他说："婷立一时不理解说得过去，风儿这么天真，就让我失望了。战争，我们面对的是战争！战争是敌我双方的生死对决，战争是无情的，只有胜和败，哪里讲什么公平？逼敌人改变进攻路线是小事吗？是战略层面的大事！不改变，武汉很快就丢了，大批难民往哪逃？大量战略物资，包括张之洞创建的汉阳兵工厂的机器都要炸毁；现在聚集在中部的百万大军岂不东西两面受敌，仗怎么打下去？如果敌人被迫改变了进攻路线，那长江两岸，高山林立，湖汊纵横，日军重武器受到限制，而我军优势得以充分发挥。战争，就是你打你的，我打我的。按目前的路线打，对日军有利，按改变的路线打，对我军有利，'以空间换时间'，不要小看了这用血泪换来的四五个月啊！近一年，日寇已经被打得伤痕累累，即便夺我已经撤空的武汉，也必定筋疲力尽，难言西进了。婷立，风儿，我们是个弱国，力不如人，技不如人，如果有别的办法，我旷岳绝不会出此断臂自伤之策！如果用汉阳造和血肉之躯能够挡住日军，我第一个站在豫东平原上！我知道大水无情，民怨无尽，难逃历史之谴，但在民族危亡面前，我个人与小家的毁誉又算得了什么呢？我旷岳拳拳此心，甘受天殛！"

凌婷立看着这个红红的眼睛里闪动着泪光的男人，突然感到，自己怎么现在才第一次看清了二十多年来睡在身边的这个人！

她目光凝重，断然说："好，慕云，你讲得清楚，我听明白了。我最喜欢的女词人是李清照，我就借易安居士的几句诗来回答你：'生当作人杰，死亦为鬼雄。至今思项羽，不肯过江东。'慕云，两得相衡，取其重；两失相衡，取其轻。我支持你的方案！无论生死毁誉，我都和你在一起。"

旷风倏地站了起来，激情地说："妈妈回答得好！战争是无情的，我们无论付出多大代价，也决不能输给敌人，夸父逐日，即便累死，也决不停下！壮士断臂，一定要和日本军阀战斗到底！爹，我支持你献‘以水代兵’之策。即使将来有人不能宽容，要挖我家的祖坟，我们也认了。”

旷岳豁然道：“好好，有你们这番话，我就可以轻装上阵啦！”

第二天，旷岳走进了第一战区司令长官程潜的办公室，把这份建议交给了程长官。

程潜迅速地看了一遍，他那丰颐的方脸陡然收敛了笑容，沉吟片刻，语气平缓地说：“慕云老弟，你参加了昨天的会议，眼下土肥原孤军深入，蒋委座一心想打一个漂亮的歼灭仗，提升全国军民的心气；就是我，也认为是个难得的机会。大家都往好处想，你偏在此时提出这么一个建议，老弟，是不是有点不是时候啊。”

旷岳笑道：“当然不是时候。蒋先生的心意，诸位美好的愿望，我岂不知？正是因为大家都往好处想，我才给老兄提这个煞风景的建议。颂云兄，在军事上你是行家，你比我高明，‘凡事预则立，不预则废’呀。虽然，蒋先生亲临指挥，但豫东之战，你这个战区司令长官脱得开干系吗？所以，我早早地给你这张底牌，以备不时之需啊。你请我来当了这个‘高参室’主任，我也不能白白地吃你这碗饭哪。”

程长官嘴角露出一丝笑纹，虚眯着眼说：“这件事情太大啦，一旦实施，黄河改道，夺淮入海，不仅河南，皖苏皆被其害。这么大的责任，你我都承担不起，所以也决定不了。慕云，这两张纸就先放在我这里吧。”

旷岳口说好好，起身退出，走到门口，程长官突然把他叫住。

程潜快步走到旷岳跟前，轻声说："蔚文（林蔚）现在在郑州，此人谨慎，你们有师生之谊，关系好，何不交他一份，便中送呈委座，也好先打个底子。"

旷岳看了一眼程长官那平淡而深邃的眼神，点头说："呃，也好。"

5月19日，徐州第五战区司令长官李宗仁，鉴于日军对徐州已形成合围态势，聚集于徐州的六十万大军也已成功地撤出了日军的包围圈，下令已完成掩护任务的第22集团军弃守徐州。

5月20日，旷岳获知日寇已占领徐州。随后，从豫东前线传来的消息很不乐观："德国将军"桂永清和邱清泉在兰封城外李庄正面遭遇敌军，邱清泉的装甲旅顶不住土肥原部炮火与坦克的猛烈攻击，竟一口气败退到罗王车站去了，兰封城岌岌可危。

旷岳是个内心很自负的人，他非常相信自己的军事感觉，他对"兰封会战"并不看好，前线的消息正印证着他的判断，他感到了战争形势的严峻，他想到了通过林蔚向蒋介石献策。林蔚是浙江黄岩人，为人严谨，深得蒋氏信任，当时是蒋的侍从室第一处主任，林蔚民初就读于陆军大学时，旷岳是战术教官，二人关系甚好，托他办这件事是恰当的。旷岳和蒋有过交往，于是想附上一信。

这天晚饭后，旷岳在楼下会议室里，面对军事地图，筹思良久，才提笔写了下面这封信：

蒋先生钧鉴：

先生领导全民抗战之初，集海内军界之智，厘定"以空间换时间"，持久消耗敌人之战略，以战略之长，补军备之短。

淞沪主动出击，引日酋频频分兵南下，顽寇实已入先生彀中矣！

今闻徐州沦陷，寇必倾其全力，沿陇海线西进。土肥原一急先锋耳，即便歼之，豫东平畴千里，讵奈敌大军掩后何？寇之目标，取郑州，占武汉，断我西撤之路，毁我持久之基，围我主力，逼我定城下之盟。先生铮铮丈夫，岂肯受甲午之耻，忍马关之辱哉！

岳献“以水代兵”之策，实非消极防御，诚绝地之反击也。滔滔黄流如四十万铁骑，令倭寇难逾雷池一步，逼其就我之范，亦向举世宣告，我中华民族，决不屈服，必抗战到底！

岳知此断臂之举，必遭民怨，难逃历史之谴，岳甘承之万死而无悔。

旷岳拜上　廿七年五月

次日，旷岳专程拜访了林蔚，说明来意，把建议和附信交给了他。

林蔚看后，默然久之，说：“放心吧，慕云兄，我会适时呈报委座。唉，倭寇逼我，无所不用其极！不可不防，但愿防而不用。”

5月23日，豫东前线传回了惊人的消息：兰封失守！

原来桂永清败退时，害怕被追究责任，匆匆命令88师师长龙慕韩坚守兰封城。龙慕韩珍惜自己的生命，不愿做与兰封城共存亡的王铭章，他怕被围在城里，干脆不战弃城而逃。空城兰封，竟轻易落入土肥原麾下酒井隆少将率领的联队之手。

蒋委员长听到这个消息，气得暴跳如雷，那个郑州的地下行营，传出他阵阵怒吼："懦夫！""败类！""贪生怕死！""不战而逃！""枪毙！""枪毙！"

仗打成这样，连蒋介石心里都认为这简直成了战争史上的笑柄！程潜也感到了压力，他觉得自己应该有所表示了，他敬谒蒋委员长说："委座不必忧虑，前方虽然初战不利，无论如何，土肥原已经落入了我们的包围圈。我今天就把指挥部移到开封去，就近指挥，严厉督战，我想战局必有转机。"

蒋介石心里正有此意，但程潜比他年长，资格老，他又曾下狠手吃掉了程潜赖以起家的第6军，逼得程在上海当了七年寓公，这次请程出山，程不计前嫌，帮他化解了和桂系的积怨，共同合作抗日。所以，不好意思下这道命令，现在既然程潜自告奋勇，也便顺水推舟："那也好，那也好，那就辛苦颂云先生啦。"

程潜见蒋委座脸上露出宽慰的笑意，继续说："委员长您是全国抗战的统帅，自您来到郑州，各方请示、报告的电讯不断。我看您还是坐镇武汉为好。豫东战事，交给我和伯陵（薛岳字伯陵），我们一定夙夜匪懈，倾力督战，有什么问题，立即向您请示。如何?"

蒋介石沉吟片刻，说："好吧。不过豫东战事关系全局，重中之重啊，颂云兄，千万不可大意失荆州喔。"

程潜当天就和晏参谋长带着幕僚班子，分乘多辆大小汽车，沿郑开公路到开封去了。

蒋介石离开郑州前，直接打电话给71军军长宋希濂，严令他必须尽快夺回兰封。

李世璋带着旷风和战区秘书处、政训处的多位同人，跟随程潜去了开封。

旷岳正抓紧收拾行李，准备到开封去，苏恩上楼禀告，立法委员韩超来访。旷岳急忙下楼待客。

二位立委寒暄过后，韩超说，自己这次衔命赴渝，一则为安排中央党部迁渝之事，二则为解决蒋总裁迁渝后的诸多问题，都已经安排妥当啦。

旷岳谈了谈豫东的战事。

韩超说，自己是受孙院长（孙科）之托，请慕云先生务必到武汉去，参加立法院滞汉委员即将举行的一次特别会议，这次会议将讨论几个议而未决的法律文件，包括已经多次审议的《惩治汉奸法》，韩超笑道，他和夫人满华都将出席这次会议。

旷岳表示自己届时一定到会。

此时，韩超漫不经心地点了一句：据可靠消息，慕云先生的胞弟旷峻已经公开叛国投敌，出任了日伪浙江杭州市的市长，哎呀，听说此人发布的第一份公告，就是向地方百姓增税，民愤甚大呀！

旷岳感到一把锋利的匕首突然捅进自己怦怦跳动的心脏里，鲜血迸射，疼痛无比。他甚至不清楚自己是怎么把客人送出大门的。

旷岳是一个像孔雀爱羽毛一样爱面子的人，他突然怀疑别人看他的目光里带刺，他怀疑韩超请他去开会，是因为作为汉奸的亲哥哥他已经不适宜接触最高军事机密。他决定要做的第一件事情是：在武汉各大报刊上发表声明，痛斥背叛祖国、背叛祖宗的旷峻，断绝与这个汉奸的一切关系！

第二天一早，旷岳与凌婷立匆匆赶往火车站，登上了开往武汉的列车，只有苏恩跟随着他们。

24

旷风随李世璋来到开封。

开封当时是河南省的省会，原由战区长官程潜兼任河南省主席，此时已由驻扎此处的第20集团军司令兼32军军长商震接任。开封是历史名城，北宋时的汴京，名胜古迹甚多，大画家张择端的《清明上河图》生动地描绘了彼时的繁华。可是眼下军情紧急，长官部一到，立即投入紧张的工作，哪里还有人跑到包公祠、开封府衙去发思古之幽情呢？

程潜字颂云，湖南醴陵人，早年在日本结识孙中山，加入同盟会，参与了辛亥革命、护国、护法斗争，北伐时他率国民革命军第6军攻克南昌和南京。这位五十五岁力主抗日的沙场老将，心里面当然清楚眼前战局的严峻。但他认为土肥原孤军深入，犯了兵家之大忌，是一个围而歼之的良机，至少可以重创敌军，振奋全国的民心军心。可憾，“德国将军”不堪一击，那个全副德国装备的邱清泉装甲旅竟被土肥原的战车追着屁股打；可耻，那个在姓名中表示对韩信倾慕之情的龙慕韩，竟怯战到弃城而逃（龙慕韩经军法审判，成为第一个被处决的黄埔一期生），错失了战机。虽则如此，程潜认为，只要黄杰等坚守归德，争取时间，吃掉或重创土肥原还是有机会的。所以，这位老将发了狠，不断严令火线各部大举反攻，措辞极为凌厉，不容稍怠，特别是迭电宋希濂催战。宋希濂不辱使命，亲自上阵，空中有特批的七架飞机助战，以伤亡一千多人的代价，夺回了兰封。

土肥原意外地得了空城兰封，他颇为不解，中国军人是怎么啦？如此战略要地，竟然无人把守，是被我的威名吓怕啦？这个多疑的人内心正在打鼓，不想兰封前沿报告，中国军队大举反攻，炮火猛烈，空中还有飞机助阵，中国士兵不怕牺牲，前仆后继，拼死爬城，登城以后，挥舞大刀，锐不可当，西南城楼已经丢了，请求紧急增援。土肥原大吃一惊，莫非中了诱兵之计？他想到了“添兵减灶”和庞涓之死，增援？嘿嘿，岂非“请君入瓮”！他对酒井隆大声命令：撤！撤出兰封！

接着麾下各部报告，都是中国军队死拼硬打，战况不利。土肥原回想起伊藤浅野在濮阳小村的警示与献策，他断然下令，全部主力收缩集中于黄河沿岸的曲兴集和三义寨。

那曲兴集和三义寨都是黄河边上重要的渡口和集镇，筑有又高又厚的土围子，土肥原借此利用坦克、大炮、铁甲车形成了围阵，并在黄河对岸设立兵站，提供后勤物资支援。

曲兴集靠兰封以西，三义寨靠东。程潜和薛岳命令胡宗南部围攻曲兴集，俞济时和李汉魂部围攻三义寨。

前线已将土肥原团团围住的利好消息，使长官部上上下下人员脸上的肌肉都放松了许多。

这一天，旷风和夏农随秘书长李世璋来到开封北郊黄河边上的一个镇子，他们是来参加一个授旗和宣布任命的仪式的。木板搭的戏台离黄河大堤不远，台前整整齐齐席地坐着四百多名穿新军装的士兵，远近闻讯来看戏凑热闹的乡民足有上千人。为什么选在黄河大堤下集会？或许主办人想到黄河对岸就属新乡县，县城不久前已经沦入敌手。新乡，唤起旷风一串回忆，那个像亲人般的护士长甄永丽，那个和自己家有缘的小美妞于雯，现在在哪里？她们还好吗？

仪式很简单，李秘书长代表程长官，把一面绣着“开封青年抗日挺进队”的红旗，授予了一位三十来岁的军官，并且以一战区司令长官部的名义，宣布任命赵耀华为挺进队队长，少校军阶；史毓秀（女）为挺进队教导员，少校军阶；当场发给了委任状。那位接旗的赵耀华少校发表了热情洋溢的讲话，他说这支队伍是由社会各界的青年志愿者组织训练而成的，他感谢战区领导的支持，表示将率领这支队伍渡过黄河，插入敌人心脏，进行虎口拔牙的战斗。他的讲话博得了热烈的掌声，接下来就是由政训处演剧队包办的文艺演出了。

夏农见李世璋被新晋的军官和乡绅们包围，知道一时走不开，午饭八成在这里打秋风了，便对身边的旷风说：“走，咱们到大堤上转转，我有重要事情告诉你。”

他们信步走上黄河大堤。

夏农满面喜色地说：“旷风同志，你入党的申请已经批下来啦！昨天晚上，省委的交通员专门来通知我的。你的党龄从5月1日算起，预备期三个月，现在是战争时期，一切从简，满三个月，自然转正。你党的关系落在河南省委组织部，平日在政训处民运科支部过组织生活，我就是这个支部的支部书记。旷风同志，我代表省委和支部的同志们热烈地欢迎你。”

两人的手紧紧地握在了一起。

旷风兴奋地说：“哈哈，老夏，我以后就是你手下的兵啦。”

夏农说：“支部书记是大家选的，不是官，我们都是平等的。你的入党介绍人是吴煦和柳耘，这你倒应该牢牢记住。”

旷风说：“我很久不见吴煦同志了，他倒关心着我。”

夏农说：“吴煦在宜阳县一座山上当大厂长啦，那个厂仍然叫豫新纱厂，已经有两千多工人啦。你看，今天那些新兵穿的新军装全是他那个厂供应的。为了你入党的事，柳耘专程跑到宜阳去，他们给你写的介绍词，简直把你捧上天啦。哈哈，他们忘不了你挺身保护豫新纱厂的英姿哩。”

旷风不好意思地说：“哎呀，我那也是初生牛犊不怕虎嘛。柳耘他们那个教导营，是不是也应该有今天授旗任命这一出呀？”

“是啊，当然应该有哇，但是至今没有。名义和官位倒在其次，没有武器算什么队伍？他们已经打了结业和请求发械开拔的报告，到现在毫无回音。旷风，我们党总结前一段抗战的经验教训，提出‘全民抗战’的路线，坚决挺进敌后，在敌人后方建立抗日根据地，这是关系抗战全局的大政方针啊。旷风同志，抗战的真正伟力存在于广大民众之中，我们共产党人应该不怕困难和危险，把这伟大的力量动员起来，组织起来，小日本就真正落入了人民战争的汪洋大海！柳耘他们是一支工人的队伍，他们这支队伍深入敌后，将发挥巨大的引领作用。旷风，现在的战局多变，你和李处长的关系近，要抓紧把这支队伍的名义和武器，特别是武器问题解决了。”

旷风说：“我明白了，我现在马上回去查找他们上报的材料！”

旷风向李秘书长说明情由，就赶回长官部秘书处，顾不上吃午饭，把所有的材料翻遍了，也没有找到豫新游击大队教导营上报的材料。他正寻思补救的办法，李世璋回来了。

李世璋想了一想，说："这个报告可能送到作战处去了，作战处最近特别忙，积压的事情不少，你赶紧到作战处去找。旷风，豫新纱厂的善后事宜是我们政训处牵头办理的，这支队伍是豫新纱厂留下来的工人组建的，我们必须帮助他们，做到善始善终，这是义不容辞的事啊。"

旷风大声回答："我明白，我现在就去找！"

旷风用白开水就着凉烧饼充饥，熬到午夜，总算把这份报告从作战处积压的文件中找出来了。他在秘书处的地板上酣睡到天亮，第二天一早，交给了李世璋。

此时，战局骤变！

日军占领徐州，打通了津浦线，从北到南连成一气，彻底解除了西进的后顾之忧。于是，武汉成为日本军部确定的下一个攻略目标。日军在徐州扑了一个空，妄想逼迫中国军队在豫东平原与之决战，否则，就迅速占领武汉，东西夹击围歼中国主力，逼迫中国政府屈服。日军并未在徐州停下来休整，而是迅即以中岛今朝吾的16师团为主，第5师团为辅，向豫东的大门归德发动了攻击。

实在遗憾，当我军已经围住了土肥原，即将发起总攻击的时候，第8军军长，枉有"儒将"虚名的黄杰，竟违抗上级一再命他"死守"的军令，仅做了一般性的抵抗，就弃城而逃，使归德这个战略要地，轻易而且过快地被日军16师团占领。这样就使豫东门户大开，"兰封战役"的败局已定。

5月29日，归德失守。

收复了兰封城的宋希濂，正准备投入对土肥原的总攻击时，接到了停止总攻的命令。归德失守，大批日军正向西拥来，土肥原已经改变了被围歼的命运，但他无意配合中岛今朝吾夹击中国军队，而是利用中国军队放松包围的机会，猛然全军突围而出，直奔兰封以西，在一片开阔的平原上，拉开战线，上百辆坦克、战车，上千辆摩托，大批骑兵，在重炮和飞机的开路下，向古城开封推进。

5月30日，程长官和他的幕僚班子匆匆从开封撤回郑州。

次日，程潜向坐镇武汉的蒋介石提出了“以水代兵”阻挡日寇的方案。仅仅过了一个小时，便传来蒋介石批准，并严令尽快执行的命令！程潜把派兵执行扒口的任务，交给了32军军长商震。

土肥原部在开封遭遇了32军141师唐永良部的顽强抵抗，中国军队依仗高耸坚固的城墙打退了日军一次又一次的冲锋，但在飞机大炮的猛轰下，仍然挡不住坦克的冲击，6月6日开封沦陷。同时，日军第16师团于6月4日攻占了尉氏县。就在6月6日这一天，鉴于黄河赵口决堤放水失败（水量太小），中国军方决定，在花园口挖掘河堤放水，由新8师负责执行，师长蒋在珍。

战局变化如此之快，令旷风心急如焚。

这天，李世璋把旷风单独叫到跟前，让他坐下，对他说：“现在的局势真到了极端危险的时候了，程长官压力很大，昼夜繁忙，我总算抓住一个机会，请他把这几个文件签署了。程长官记得豫新纱厂，愿意支持工人抗日，他这几个亲笔签名很不容易啊。现在兵站的武器紧缺，我和兵站站长商量，凑足了这些数额，我算是交差啦！你看看这些文件。”

旷风接过文件逐一细看。一份是命名“豫新抗日尖刀营”的，一份是任命古先锋为该营营长（中校军阶）、柳耘为营教导员（少校军阶）的，第三份是批准发给该营下列武器：步枪八百支（三八式二百支、七九式二百支、汉阳造四百支）、重机枪一挺、轻机枪三挺、各式子弹八万发、手榴弹三千枚。都有第一战区司令长官的亲笔签名，盖着大大的关防。

旷风被感动了，说：“李处长，我知道现在的局面有多乱，有多难，您能做到这样，真是尽心尽力了，我都被感动了。我替豫新教导营谢谢您。”

李世璋叹息道：“唉，旷风，蒋委员长已经亲自下令撤销第一战区政训处，同时下令撤销我的一切职务，命我先到重庆等着，他要亲自质询我。哈哈，什么质询？就是要审判我呗！我不怕，大不了杀我的头！我是找过周恩来、叶剑英，你就是叶剑英推荐给我的，共产党确实派了一批干部到政训处工作，这不都是为了国共合作共同抗日吗？嘿嘿，光明正大的好事倒要被罢官受质询啦！旷风，我已经管不了你们啦，现在长官部宣告迁驻洛阳，我明天就走了。告诉你，你父亲‘以水代兵’的方案正在执行，这是万不得已的一招啊！我把汽车留给你用，你和豫新纱厂有缘，豫新教导营的事情就全权交给你去落实了。”

旷风唰地站起来，立正敬礼，郑重答道：“保证完成任务！”

旷风希望柳耘还在柳林村，那样可以由他们大队直接派人领取武器，就简便多了。他开着李处长那辆军用吉普车，不大工夫就到了柳林村，只见三五成群的村民，有的推车，有的挑担，扶老携幼恋恋不舍地走出村庄，向着西南方向的小路络绎而去。旷风心里一哆嗦：最害怕的事情，还是躲不过，终于来啦！他把车开到窦大彪的院门前，推开破旧的柴门，不禁大吃一惊。

小院子的中央，冒出一座新垒起的坟，坟前新立的木头牌子上写着："窦母覃氏之墓"。窦大彪一手拎着扁担，正准备把担子挑起来，担子的一头筐里装着粮食，另一头放着一口大铁锅，锅里盘腿坐着两岁的小儿子，他媳妇背着一个大竹篓子，里面凌乱地装满大钵小罐的家私，大女儿窦妮牵着老黄牛，牛背上驮着两个鼓鼓的粮食口袋，他们正准备出门，见旷风闯进来，都愣住了。

旷风指着新坟问："大娘她——"

窦大彪满面泪痕，哽咽着说："我娘走啦。本来，有你老弟和柳指导员帮衬，我娘又扎针又吃药，已经能下炕走几步了。前天，村长带着政训处的人来动员我们赶紧走，说是日本鬼子打过来啦，要占郑州和武汉，军队实在挡不住啦，要挖开花园口的黄河大堤，放水挡住这帮强盗。军令如山倒哇，冲他娘的小鬼子，咱没说的，走！我老娘不肯走，说不愿意拖累我们，她就想躺在炕上等水来，喝着黄河水自己走。我跪下求她，老人家总算答应我挑着她逃难。可是，谁承想，半夜里老人家乘窦妮睡死了，她爬起来，爬到西厢房磨豆腐那间，喝了一大罐卤水，等天亮我们找到她，老人家已经断气了。"

旷风听完，扑通双膝跪倒在坟前，大声喊道："大娘，我是军人，我们没用，我们对不起你呀！"嗵！嗵！嗵！磕了三个响头。

旷风站起身来，掏出身上所有的钱，不由分说地塞进窦大彪的口袋里，诚恳地说："拿着，一点心意，顶不了大事，赶紧上路吧！"

窦大彪挑起了担子，临出门时说："柳指导员交代，她在小龙王庙给你留了一封信。”

旷风眼看着窦大彪那魁梧健壮的身躯，挑着沉重的担子的背影，一晃一晃地消失在村头，他全身的热血沸腾。旷风不是一个喜怒不形于色的人，他不善于表达感情，但却十分容易动感情。他望着那消失的背影想，窦大彪一家人今天会住在哪里？他们将去往何方？这一场大水，阻挡了敌人，但也将毁灭多少无辜百姓的家庭！真正承受这场战争巨大灾难的还是中国千千万万的老百姓啊！旷风在心里呼喊：“我是个军人，我愧对老百姓，我一定要和日本鬼子血战到底！”

旷风把车开到小龙王庙的底下，他从庙祝的手里接过一封信，信很简单：

旷风：我队已转移到荥阳休整，不日渡河，望来一见。柳耘。

旷风回到城里，先到一战区的兵站联系，站长说，兵站也要迁到洛阳去，眼下武器供应非常紧张，既然程长官已经批了，赶紧领出来，否则，恐怕连这个数目都凑不上啦。旷风心想，把武器领出来，直接给柳耘他们送去，才是上策。可是兵站没有大卡车，长官部正在往洛阳搬家，也找不到大车，旷风无奈，情急之下想到了罗大伟。

旷风到郑州警备司令部找到了罗大伟，请他帮忙借两部大卡车，罗大伟问做什么用？旷风就把程长官批的三个文件给他看了。

罗大伟沉吟片刻，问：“这个古先锋过去是干什么的？”

旷风说："古先锋是个老军人，原本是32军的一个营长，打仗很勇敢，在邢台作战负了伤，伤养好了就被长官部派到豫新游击大队教练营当营长啦。我去教练营讲课的时候见过几面，山东大汉，挺豪爽的一个人，嗨，你放心，决不是共产党。"

"那就好，那就好。"罗大伟皱着眉头说，"柳耘那个小丫头片子，百分之百是共产党！"

旷风大为不满，气愤地说："哎呀，大伟兄，国共合作抗日都一年了，你的脑瓜子还停留在'攘外必先安内'上哩，你怎么就绕不出来了呢？你恨不恨日本鬼子？要打败日本法西斯，就得联合共产党，团结一切可以团结的力量，跟鬼子干到底。豫新教导营是工人的队伍，你不帮忙，你安的是什么心？"

罗大伟笑道："好好好，你别给我扣帽子，我给你找车。"

罗大伟很快就安排了两辆大卡车，并且亲自把旷风送出警备司令部的大门。

旷风开着军用吉普引路，两辆大卡车后面紧跟，先到兵站照单装上了武器，此时，偏偏空袭警报响了，他们哪里顾得上躲飞机，仍然是旷风在前，两辆大车继后，迤逦驶出了郑州城的西门。

荥阳是距郑州最近的县城，在郑州以西十五公里黄河边上，荥阳的名气很大，《史记》上记载，秦末楚汉的分界鸿沟，就起自荥阳。旷风一路狠踩油门，直把车开到豫新教导营营地的门口，那个营地也紧挨着黄河。

旷风跳下车，向两个卫兵说了几句，一个卫兵撇下枪，飞奔入营，扯着嗓子大喊："旷风给我们送武器来啦！"

这惊雷般的喊声，震动了整个营盘。

只见一个黑塔般的大汉大步流星地跑了出来，他身后紧跟着柳耘；只见各个营房的门都推开了，人流蜂拥而出。旷风一看这阵仗，急忙把两个司机都拉了过来，一起迎了上去。那个大个子冲上来，张开双臂就把旷风紧紧抱住了，有道是身大力不亏呀，一米八的旷风差点没闭过气去，柳耘也紧紧地和旷风握手。旷风把长官部的三个文件递给了古先锋，古先锋看了一遍，立即递给了身边的柳耘。此时，整个营房中央的这片空地上已是人头攒动，八百壮士全都出来了。不知何时何人，搬来了一张老旧的八仙桌，古先锋点着桌子对旷风说："旷秘书，你看，全营出动啦，你给大家宣布一下上峰的指示。"

旷风说："我一个小上尉哪有资格宣布哇？"

古先锋说："什么上尉、中校的，你今天就是久旱送甘霖的观音大士，你就是上级的代表嘛，你不说谁说？"

柳耘用热烈的眼神鼓励着说："旷风，上桌子，大家不是看你的领章，是听你的声音。"

旷风敏捷地跳上桌子，用洪亮的声音宣读了第一战区程长官亲自签署的三个文件，当宣布正式命名这个大队为"豫新抗日尖刀营"，任命古先锋为营长，柳耘为营教导员时，下面热烈鼓掌欢呼，当宣布在武器紧缺的情况下发给尖刀营步枪八百支、重机枪一挺、轻机枪三挺、子弹八万发、手榴弹三千枚时，下面更是欢声雷动，还响起了口号声和歌声。

古营长拍着旷风的肩说："我请两位司机把车开到营房里面，我负责清点、接收武器，旷风，你放心，我会招待司机朋友。咱哥儿们晚上再喝酒，这会儿就让柳教导员陪你说话。"

旷风心想，这个古大个子倒是粗中有细，忙说："快忙你的去吧，我和柳耘说说话就行啦。"

柳耘对旷风说："开着你的小吉普，咱们到前面黄河大堤上去说话。"

他们再一次携手登上了黄河大堤。

柳耘迎着河风，张开双臂，大声说道："旷风，你知道这浑黄的河水日夜不停地流了多少年了吗？这滚滚的黄水像乳汁一样哺育了我们中华民族，日本侵略者妄想奴役我们，首先要问黄河答应不答应！需要的时候，我们也会用血肉和生命来保卫伟大的黄河！旷风，我特别喜欢站在黄河大堤上，我经常一个人爬到这黄河大堤上来，迎着呼啦啦的河风，这时候，我会感到心胸特别宽广，感到心里充满了力量！"

旷风欣赏地看着柳耘，不禁赞道："柳耘，知道吗？这时候你真是太可爱了，你让我想起'旦辞黄河去，暮至黑山头''朔气传金柝，寒光照铁衣'的花木兰。你既刚强又有诗人般的浪漫气质！哎呀，你和那位古营长能合得来吗？"

柳耘说："哈，古大个子，他这个人爱国，出身贫苦，直肠子一个，好相处哇。旷风，你入党的申请批下来啦，我祝贺你！"

两个人又紧紧地握手。

柳耘继续说："我听说政训处被下令撤销啦，改称什么'战地工作团'，第一战区要另外成立政治部，据说是由《扫荡报》原来的总编辑来当部长。嘿嘿嘿，政训处算走到头啦。旷风，说说你自己，你下一步准备怎么走？"

旷风说："我还没有仔细想，或许我该跟你到敌后去打游击？"

柳耘说："你跟我走我当然高兴，但那不是你的最佳选择。旷风，我认为，你应该到延安'抗大'去学习，你太需要充实党的理论思想啦。"

旷风说："我是有这个愿望，可是，刚入党，不好意思提出来。"

柳耘说："你呀，政治上就是个生瓜蛋子！回去马上找夏农谈。"柳耘见旷风点头，继续说，"今后，你应该在一个战略岗位上工作。"

"战略岗位？"旷风不甚了了。

柳耘笑道："哈，说白了，就是便于通过你父亲的关系，去做上层的统战工作，特别是争取中间力量的工作。"

"中间力量？"旷风又不甚了了。

柳耘豁然笑道："中间力量的面很宽，比如，地方实力派，有许多是我们可以争取的。好啦，旷风同志，你会慢慢明白的。"

旷风似有所悟，他说："柳耘，你对我说过，你是党的人，现在我明白，你的一切想法，都是从党的利益出发的。你难道就没有想过自己？"

"想自己？噢，我是个'人'，当然也有个人的事情。"柳耘突然逼视着旷风，"旷风，我问你，你和我同岁，今年二十五，你难道没有想建立一个自己的家吗？"

"成家？"旷风第一次看见柳耘眼睛里燃烧着一团烈火，他心中一震，这女人很可爱，但自己已经没有权利，他急忙答道，"我喜欢霍去病的那句话：'匈奴未灭，何以家为。'"

柳耘眼中的火焰倏地消失了，笑道："我也很喜欢这句话。旷风，我衷心希望，在打败日本鬼子的战争中，我们还有再相聚的机会。"

旷风说："我特别热切地希望能有这一天。"

旷风解下腰间的勃朗宁手枪和子弹带，把它系在柳耘的腰上，说：“这支德国勃朗宁手枪很漂亮，很准确，送给你这个女英雄防身。”

柳耘笑了，她抽出别在身上的关勒铭金笔，顺手插进旷风的上衣口袋里，说：“这支笔是我父亲留给我的，跟随我多年啦，你留作纪念吧。”

旷风说：“这次豫新教导营的事情，全靠李处长帮助，明天他就要走了，我想赶回去送送他。”

柳耘动情地说：“应该的。请你向李处长转达我们政训处全体共产党人对他的敬意，也请你特别转达我柳耘对他的敬意，他是一个光明磊落的爱国者，是我们党真诚的朋友，我决不会忘记和他共同战斗的这段经历。走吧，旷风同志，我就站在这黄河大堤上和你告别，你把车开到这条路的尽头，下来，和我挥挥手！”

旷风和柳耘热情地拥抱。

旷风一溜小跑，下了大堤，把车开到堤下那条笔直的路的尽头，登上吉普车的前挡板，只见大堤上，柳耘高举着双臂向他挥动，西沉的红日把金色的光辉从她的侧背投射过来，在蓝天白云的映衬下，她矫健的身躯像一幅活动的剪影，瑰丽而浪漫！

旷风也挥动着双臂。

远距离的告别持续了三分钟，旷风跳下地，再次挥手，柳耘做手势让他走。

旷风登上车，狠踩油门，小吉普绝尘而去。

25

1938年6月8日郑州的夜晚，夜色沉沉，细雨蒙蒙，星月无光。

距该市东北十八公里花园口村的黄河大堤上，却通宵达旦亮着一片灯火，几辆大卡车上射出的十来条灯柱，把喧腾的掘堤工地照耀得如同白昼。

夜半，连日如丝的细雨悄悄地停了。

凌晨，卡车和人员突然四下后撤，大堤南面豁开的大口子的下端，轰！轰！轰！响起几声剧烈的爆炸，这是为了清除决口南面堤脚护堤的巨大石块，新8师的工兵对这种局部有限的爆破驾轻就熟，爆破甚为成功，只要把炸飞或松动的石块清除，这条历经三个昼夜不停挖掘形成的底部四米多宽，倾斜向上几十米长的通道就将最终完成。

站在堤顶监工的新8师师长蒋在珍双目炯炯，他向下张望了一眼，轻轻地舒出了一口长气。他是贵州桐梓人，四十二岁，中将军衔，他带的这支队伍绝大部分来自他的桑梓。“七七事变”后，他请缨出黔到华北作战，他的名字受到上级注意，是因为四个月前，他奉命炸毁了新乡至郑州间的黄河大桥，这座始建于光绪三十一年

（1905）的铁桥长达四千余米，已属“国宝级”，为了坚壁清野，阻滞敌人，忍痛牺牲，蒋在珍率部干得彻底，寸铁不留，从此新8师便与“破坏”二字结了缘。

其实，“以水代兵”的方案6月1日已经开始执行，地点在中牟以西的赵口，堤顶划三十米开挖，挖到堤底放水失败，水量太小啦！蒋在珍是奉命带一团人前去支援赵口决堤的，他在观察后，提出另外择地决口，最高军事当局同意了他的建议并严令他立即率部执行。

据说，向蒋在珍点明花园口这个点的是郑州黄河水务段的段长苏冠军，这位十余年来天天听着黄河水声入眠的行家，深知这段黄河河道的软肋在哪里。花园口上游来水甚急，此处河道有些弯曲，河水冲击堤防的水量和力度较大，而这里的河槽已经高出南岸地面一至三米，是真正的悬河，所以，历史上，曾多次在此溃口成灾。

蒋在珍和他的参谋们吸取了赵口决堤失败的教训，从全师挑选了八百名身强力壮的战士，分成四拨，每两小时一拨，昼夜不停轮换作业。堤顶扩至五十米开挖，东西加南北四面齐动，因为要及时把新挖开的土石运往东西两侧的远处，作业面是倾斜收缩的，而运送土石的人也同样分成四拨轮换。与平地挑河不同，堤上的土不仅是夯实了的，而且掺杂着碎石、鹅卵石、石灰甚至发黏的米浆，十分坚实。三个日夜，这里热火朝天，除了来视察的，还有以学生为主的各界人士来慰问的、演出的。只要看一看堤脚下堆积如山的被废弃的工具——磨掉近半的铁锨、圆锹、铁锄，断了把儿的十字镐，变了形的钢钎、铁锤，以及运土石的破烂的箩筐、土箕，压折的扁担、木杠等，就知道三昼夜不间断地挖掘，这伙贵州壮士付出的劳力有多么巨大！

6月9日清晨，一轮红日从东方喷薄而出，霞光万道，照耀得湛蓝的天空清澈而悠远。

黄河花园口河堤决口处底部四米多宽、数十米长的通道，已经全部完工。只留北面低矮的一道口门，阻挡着堤外惊涛拍打的黄流。

堤外的黄河完全不同于几日前那无精打采懒洋洋的模样，连日上游滂沱大雨，滚滚黄水倾泻而下，浪急涛涌，真正的桃花汛来啦：黄河与龙都是中华民族的图腾，此时，她们合为一体，那黄龙眼见自己的子孙受轻蔑，受侮辱，被残杀，被蹂躏，她愤怒啦！那咆哮着的层层巨浪，那挟持着雷鸣旋转的水涡，不正是黄龙发出的愤怒的呐喊吗?

围着决口，堤上堤下簇拥着一千余人，他们的目光大多聚集于决口处。此时，只剩几名壮汉站立在口门前，他们全都赤膊，虽然身上沾满泥浆，但那古铜色的皮肤，那鼓胀的三角肌、胸大肌仍在金色的晨曦中熠熠闪光。

高高站立在大堤顶上的蒋在珍有力地一手劈下："挖开!"

壮汉们镐落锨飞，口门敞开，浑浊的黄流争先恐后地从壮士们的身上、腿间、踝下冲了过去，当最后一筐堤土被送上堤顶，一股黄水已穿过数十米长的通道，闯入了南岸广袤的大地，决堤放水成功啦！堤上堤下嗡地爆发出一阵闷响，不是欢呼，不是惊叫，或许是那上千人紧绷的心弦突然松弛时发出的悲壮之音。

蒋在珍健步走进堤下临时搭建的指挥所，拨通了顶头上司商震的电话，报告8点整决堤放水成功！商震即向程潜长官和薛岳司令报捷，程潜立即向坐镇武汉一日三催，甚至大喊"莫存妇人之仁"的蒋委员长，发出了"花园口决堤放水成功"的急电。

可是，所有在场的人都忐忑不安，虽然冲出去的黄水非常勇猛，但局限于四米多宽的流量，注入一望无际的广袤平原，实在显得渺然不足道哉!

10点多钟，几辆军用吉普开到堤下，车上下来几位军官，为首的是17军团（胡宗南部）的一位姓李的军长，自称奉蒋委员长电令亲自前来视察，他在观察了一番以后，以轻蔑粗野的语气高声叫道："狗撒尿！这种狗撒尿的水流，能阻挡日寇吗?!"

于是，有人提议采用爆破手段扩大决口，但被否定了。因为决口堤脚已经水浸，无法植入炸药，如果把炸药放在上方，爆炸后的土石可能反而堵住了决口。

有人提议，调炮兵来，用平射炮轰击决口。这个提议被采纳了。

电话打给商震，传来了对方沙哑的喊叫："敌人已经占领了中牟，我的141师、142师正在白沙一线顶住日军，敌人离郑州只有三十公里啦，我的炮兵哪里抽得出来?你们赶紧找薛司令要，找薛司令要!"

电话打给守卫郑州的薛岳，薛岳立即派了一位炮兵连连长带着一个平射炮排赶来了。

这一招很灵，因为离得近，瞄得准，炮弹指哪打哪，每一发炮弹后又有间歇，轰开的土石迅速被急流卷走，不会形成阻碍。一连放了六七十发炮弹，至下午2点许，轰然一声巨响，黄河大堤豁开了三十多米宽的大口子，那浑浊狂暴的急流咆哮着激起三尺巨浪，从巨大的豁口奔腾而出，首当其冲的柳林村、京口镇、小李庄等瞬间便消失在一片汪洋之中。

自6月10日起，连降暴雨，黄河水势陡涨，花园口大堤豁口已扩至一百二十余米；而此前掘开的赵口，也被猛涨的河水撕开二百多米的大口子，两股黄水迅速在段庄合流，至此，黄河改道之势已成！

俗话说“水往低处流”，河南的地势西高东低，有如簸箕，那奔腾浩荡的黄龙挣脱了河床的桎梏，向着东南方向，冲过陇海铁路，沿着贾鲁河、涡河，迅速流经中牟、尉氏、鄢陵、扶沟、西华，直奔安徽，注入淮河，使淮河、洪泽湖暴涨泛滥，蚌埠被淹，最终黄流经高邮湖进入长江，两条母亲河汇流入海。一路之上，特别是在平原，那水头铺开数公里，十余公里甚至数十公里，奔腾向前，形成了黄泛区。据后来人统计，河南、安徽、江苏共四十四个县市（河南二十个县，安徽十八个县市，江苏六个县），受灾面积达29000平方公里（一说过水面积达13000平方公里），受灾人口一千二百五十余万，近四百万人流离失所，无家可归，财产损失难以估算。一个抄用甚广的数字是死亡八十九万人（据查，这个数字是抗战胜利后，应联合国善后救济总署的救济之需，中国有关方面，对花园口决堤后直至调查统计时为止，相应地区人口减员的一个总估算）。虽然泛流的黄水未必直接致死那么多人，但挟带生泥沙的黄水淹没了广阔的田地，摧毁了数百万农民世代生息的家园，使大量耕地良田绝收，再加上战乱、蝗灾、匪祸，因而造成的残酷远过于死亡的人间悲剧，确实难以计数。战争是无情的，落后就要挨打，中华民族为战胜残暴入侵的强敌付出的惨重牺牲和沉痛教训，是炎黄子孙永远也不会忘记的！

薛岳是广东韶关人，在军界属保定系，因一贯作战勇敢，绰号“老虎仔”，深得蒋氏信任。他原本对在兰封围歼土肥原抱有很大希望，结果反被两个战争疯子（土肥原、中岛今朝吾）追着屁股打，他的肚皮都要气炸了。他曾对着电话筒向蒋委员长怒吼，痛骂桂永清和黄杰无耻，是贪生怕死的败类。“不如一个普通士兵”，要求“严办，严办！”此时，伴着黄河的怒吼，他拿起电话听筒命令：第1军和郑州守备师立即向孤军深入新郑的日寇骑兵支队发起冲击！第34师反攻中牟！第20师、第24师立即围攻尉氏！

夕阳西下，落日收敛余晖之时，日军14师团重炮兵联队联队长伊藤浅野，正在距中牟县西南不远一个炮兵阵地上指挥作战。突然，他听见远方传来沉雷滚滚有如千军万马奔腾而至的声音，北面有人大声惊呼：“洪水来啦！”他举目一望，一条翻滚着高高的浪头没有边际的黄水正席卷而来！

转瞬之间，他已经站立在没至小腿的黄水之中，周围的水面咕嘟咕嘟地冒着气泡，水还在不断地往上涨，往前流。伊藤浅野用望远镜四下一看，颓然自语道：“中国人放出了黄龙，完啦，我们这一局败啦！”

站在伊藤身边的随从参谋吉野弘治惊慌失措地嚷道：“哪里来的这么大的水？我们被洪水包围啦，怎么办？”

“慌什么？作为军人永远不要慌！”伊藤浅野大声斥责，继续说，“这是黄河水，只有黄河有这么大的水量，中国军方已经决堤放水啦！我们必须尽快撤退，因为中国军队很可能抓住水浅地尚硬的时机向我们发动攻击。这一带最高的地方当然是中牟县城，但是我们这里过不去，中间有一道深沟，如果硬闯，那里就是我们的‘落凤坡’啊。所以，我们只能暂时撤往东北最近的高家庄，我注意了，那个庄子地势比较高。嘿嘿，车拽大炮动不了啦，全体官兵只带轻武器，凡是能吃的食物全都带上。吉野弘治上尉！”

吉野在水中打了一个立正："在！"

"把我的马牵来。"伊藤吩咐。

吉野弘治从一棵柳树上解下那匹高大躁动的西洋马，要把马缰递给伊藤，伊藤却命令："吉野，你立即骑这匹马向北传达我的命令：一千五百米之内的官兵，一律向高家庄撤退；你继续向北找副联队长传达我的命令，让他率领联队全体官兵撤入中牟县城。你本人，可以去中牟，如果想回来跟我，你就骑马到高家庄来会合。"

吉野为难地说："大佐，我把马骑走了，您呢？"

伊藤苦笑道："嘿嘿，我和大家一起涉水撤退嘛，吉野，现在保住队伍最重要啊，快去！"

"是！"吉野弘治翻身上马，那马踏出一溜水花向北驰去。

直等到朦胧的夜色降临，站在高家庄村口的伊藤浅野，才看见那匹高大的洋马载着吉野弘治踏水奔来。伊藤命令一位军曹清点人数，共计九十七人。伊藤站在高处，用极为严厉的语气讲话："各位，我宣布一条纪律：进村以后，绝对不许杀人，不许强奸，不许抢劫，违者，立即严惩！一律按原小队分散入住民家，不许强占北房南房，住厢房就可以了。饮食要和房东商量，平买平卖，或者以物易物，绝对不许强抢。各位，大家要明白，我们所处的地位非常孤立而危险，这里可能是各位的再生之地，也可能是各位的坟墓！我们只有偃旗息鼓，老老实实地等待救援。"

伊藤浅野、吉野弘治与一位伍长住进了一个农家小院的东厢房，一溜三间，南北两间有炕，伊藤住了南边一间。房主人给了一盏小桐油灯，只有一根灯芯，发出暗黄微弱的光亮。这个院落的房屋都是草顶土坯房，低矮而破旧。伊藤见炕上只铺着一领破洞累累的旧苇席，席上放着一床补丁摞补丁的夹被，他脱了湿漉漉的鞋，不敢脱衣服，把夹被当枕头，仰面躺在炕上，身边放着他的军刀。

伊藤注视着被长年油烟熏黑了的粗粗的房檩，屋顶一捆一捆的苇草因年深日久而变得黑黢黢的，屋角陈旧和新织的蛛网上挂着虫儿被掏空的皮囊。伊藤的嘴角露出一丝苦笑，嘿嘿，一个五十多岁的帝国军官，竟然躺在中国豫东荒村的土炕上，不知明日的吉凶。他想到不久前，在濮阳的小村子里，自己那番“改变历史”的高谈宏论，不禁脸上发烧。

入夜的小村子静极了，连狗叫的声音都没有，难道狗也被突然闯入的异国军人吓住啦？伊藤根本没有睡意，首先跳入他脑际的，是不久前仙逝的母亲，她是多么慈祥和勤劳啊。父亲死得早，死得惨，连尸骨都没有找到。他永远不会忘记母亲面对八个子女那茫然绝望的眼神。他是长子，能逃避责任吗？他忍痛放弃了报考陆军大学深造的机会，远渡重洋，到中国沿海一个省里的武备学堂当教官，薪给比日本国内高得多，当时他才弱冠之龄啊。他节衣缩食，把四分之三的收入寄回家中，帮助母亲养育弟妹。身边的中国人，无论是同事或学生，没有一个因他的清贫而小看他，反而投以敬重的目光，他每每收到名目冠冕的资助，他心里明白，中国人是重道义的。母亲很正直，她知道儿子的汇款来自中国，中国人的慷慨使她感动。她不明白日本军人为什么那么热衷侵略中国，中国人有什么对不住日本吗？她不愿意自己的亲孙女去当随军慰安妇，这有什么错呢？嘿嘿，竟然有两个她含辛茹苦一手抚养长大的子女拒绝参加她的葬礼。唉！

伊藤浅野平躺在有点潮湿的土炕上，渐渐陷入沉思。掐指算来，他在中国一住三十余年，其中很长时间，他那青梅竹马的妻子和子女们都在中国与他同住。他结交了许多中国朋友，而与他交往最深的就是旷岳，民国四年（1915），他们同为陆军大学的教官，都反对袁世凯称帝，他是日本人，但他心里拥护共和，他是个平民，倾向民主，反对专制，他对本国“大正民主”时期充满了怀念，他和旷岳成了好友。后来，旷岳到欧洲去观战，回国后在北方军界崭露头角，“北京政变”以后，已是知名将领，但他们的友谊从未中断。他感到旷岳有一个本领，就是能让朋友看清他的“五脏六腑”，完全放心，旷岳豪爽的大笑，令他倾倒。那时，他常到旷宅盘桓，久之已不自以为客，经常相聚的还有一位日本朋友，就是矢原慎一。他们三人有一个共同的爱好——中国的金石书画。伊藤回想起在旷家宽大的厅堂里，那些挥毫泼墨，诗词唱和，无拘无束，放浪形骸——挣脱了逆境生活噬咬的束缚，还原了与生俱来的本性——一醉方休的欢聚，直至此时，仍感到那是一生中最快乐的日子。

伊藤的脑子里跳出了矢原慎一，那个远近知名的医学博士，因为他的医术高，医德好，又同为大和民族，自己一家人大病小恙，无不找他诊治。

“九·一八事变”后，矢原的司机告诉他，现在没人敢来看病啦，电话预约出诊倒不少。司机说：有一次路过王府井，我把车停下来，问医生预支三元薪金，医生笑问，是给女友买香粉衣服？我说东北义勇军有些受伤的军官眼下在协和医院治伤，我想捐三元钱尽一份心。医生拿出十元，对我说，你实捐三元，另外七元，你的名，我的实。司机立即到街边一个“捐款棚”把十元钱捐了。后来，矢原诊所的护士、司药、传达都照此办理。司机慨然说，矢原大夫是个好人哪，要不然，我们早走啦！伊藤对矢原说，此事要是被激进的少壮军人知道，你就成了“反战分子”，甚至成了“民族叛徒”啦！矢原说，我一生的事业都在中国，中国朋友待我不薄，我不便公开捐款，用这种形式表一点心意，我已经惭愧得无地自容啦！

伊藤奉召回军队时，矢原已决定举家迁回横滨，旷岳设宴于家中为他们饯行，菜肴水陆并进，极为丰美，酒则茅台，相约一醉方休。矢原开玩笑说，你们两个都是军人，一旦战场相遇，将何以相处？旷岳笑道，中国有句俗话，“各为其主”嘛，倘若伊藤被我所俘，我做东，照样请他；倘若我被他所俘，那他做东，寿司即可，来点“铁板烧”就更好啦！三个朋友开怀大笑。

伊藤记得，那天酒酣耳热之际，矢原说了一个故事，是他的亲身经历，很有趣：矢原医生好美食，厨师名叫施德全，曾在名菜馆“明湖春”中执掌炊事，因性格耿介不容于人，为矢原高薪聘得。施厨子的先辈，是“大刀王五”的左右，施为人守正不阿，尤以忠义为重。

当时，日本国内的长谷川医学教授到北平来度假。教授是矢原在德国留学时的学长，政见上也未能从俗，所以不得当道之喜，来华后备受冷落。唯有矢原慎一热情接待，偕游万寿山、八大处、“三海”，且游且谈，极为欢洽。长谷川回国前，矢原特地邀请他到家里来，为他饯别。施厨子突然来问：“这位长谷川先生，是从日本国来的贵宾吗？”矢原未假思索地答道：“是啊，是从日本国来的贵宾啊，酒馔务必要力求丰美呀。”

那天晚上，一同来赴宴的有六七位中国朋友，其中两位是中国的名医。菜肴极其鲜美，长谷川夫妇赞不绝口，所食甚多。

夜半，矢原在梦中突感不适，吐泻交加，几乎不能自持。第二天，头昏脑涨，身软如绵，也就没有能够亲到车站去送别长谷川。这一天，他颗粒未进，只是昏睡，黄昏时分，接到长谷川的电话，对方声音十分孱弱，告诉矢原，夜来吐泻不止，到协和急诊，才勉强喘过气来，身体疲弱如死，回国难以成行。

矢原疑窦大起，急寻施厨子，已去如黄鹤矣！

一周后，长谷川夫妇康复就道，矢原饯之于“撷英番菜馆”，笑谈其事。长谷川一向是个非常豁达的人，诙谐地说：“尊厨一定是误把我当成了日本海军中的长谷川清（淞沪战役时日本第三舰队司令，后为日本海军大将）啦，就凭日本军部当道眼下如此暴烈地迫害中国，身为爱国的华人，不给日本的贵客下毒，那才怪呢！”

矢原询诸当日赴宴友人，都说吐泻不止，再问为何无人报警，无人来诉苦，大家都笑着说，要和你的厨子为难，岂非扫了你的体面，有违你的盛情啊。矢原由此对华人处事之周到，益增敬佩。

不久，有一吕姓朋友从南方来北平，在丰泽园设宴，矢原也在受邀之列。这位吕君是个“美食大师”，对菜肴要求苛刻，一向“骂”多“赞”少，这天倒是颇多赞许，坚持要请厨师出来一见。厨师只得亮相，竟然就是施德全！施厨子见到老主人，惶恐忐忑，满头大汗，矢原仍是和颜悦色。

席散，施厨子坐在司机身边等候，对矢原说，我在《小实报》上，看到有《长谷川教授离平》的消息，才知道已经铸成大错，我太对不住大夫了。我是个粗人，分不清日本人也有恶人和善人，我在恶人那里受了欺负，却向善人报复，实在是违背了“大刀王五”提倡的侠义精神。矢原安慰了他，告诉他长谷川教授说的话，施厨子大为感动。

自此，矢原每至丰泽园，无论是做东或做客，席间必上名贵一菜，令满座惊喜，堂倌总是含笑说：“施厨子敬老主人的菜。”

有一天，施厨子带着他的老婆、儿子、儿媳，还有刚满月的长孙到矢原诊所来拜访，说请矢原大夫给长孙赐名。

矢原夫妇还有花子，请他们一家在“厚德福”欢宴。施厨子坚持要请矢原给长孙取名，矢原慎一笑着说：“那我就送他一个‘正’字。施正，叫起来也顺口。日中两国人民间，本来存在兄弟般的情谊，现在兵戈相见，闹出大问题，就是因为日本国有人不‘正’。我希望两国人民的后辈能谨守一个‘正’字，我希望日中两国人民的友谊，能世代相传。”

故事讲到这里，旷岳忍不住鼓掌，给朋友斟满酒，动情地说：“矢原兄，你送的这个‘正’字太好啦，你的心意也太好啦，我希望我们的子孙都能够守住这个‘正’字，我祝愿中日两国人民的真情厚谊万古长青。”

三个朋友都把杯中酒一饮而尽，那天，他们全都喝得酩酊大醉。

回想到这里，伊藤浅野感到，自己作为一个军人，还不如一介书生矢原慎一来得刚强，矢原慎一从不隐讳自己反对侵华战争的态度，听说他已经带着女儿逃出日本国了。伊藤为自己内心的懦弱感到羞愧，他不是一个不辨忠奸的人，难道连正义与邪恶都分不清了吗？不，他看得清清楚楚。但是，军部召他回军队他敢不去吗？他是被捆在侵华战车上的，他下不来呀。对日本军队灭绝人性的暴行，他内心里既反对又痛苦，但除了独善其身，连公开反对的话都不敢说一句。这一次进入豫东前，居然给土肥原出主意，妄想在“改变历史”的殊勋中，捞根稻草，晋身将军行列。结果，在黄河面前，炮兵联队长把大炮都丢光啦。他知道，自己在军界的路已经走到了尽头，他为自己内心的懦弱与贪念羞愧。

伊藤博览日中军事典籍，他是很有见地的。他冷静地回顾了一年来战争的历程，从表面上看，日军确实攻无不克战无不胜——当然除了眼下的豫东之战。但是，中国军队反抗之坚决，绝对出乎日本军界之意料，日本精锐部队伤亡减员之惨重，也完全出乎日本军部意料。那个前陆相杉山元夸口“三个月灭亡中国”，真是太不了解中国啦！现在战争已经打了快一年啦，迎来的不是胜利，而是黄河之水。伊藤从漫天的黄水中，感受到了一种决心：中国人不惜任何代价，也要把战争打到底！伊藤凭借对军事的敏感，蓦地触到一种不祥之兆，他不禁倒抽一口凉气，前胸后背冒出了冷汗。

他突然又想起矢原送出的那个“正”字，是呀，“正”的最高境界，莫过于为正义而战，为正义而死！自己扮演的是什么角色？

伊藤回想起旷岳一再重复的那句话：“日本人民的悲剧，就在于反对扩张战争的声音太微弱啦！”嘿嘿嘿，矢原一介书生尚且敢于发出这种声音，而自己呢？

随着思绪的渐趋清晰，伊藤的精神仿佛进入了一个新的境界，他的心情慢慢平静下来，当陈旧破烂的窗户纸上透入鱼肚白的曙色时，疲倦征服了他，他发出了沉重的鼾声。

第二天，伊藤派出三个二人小组，一个去开封，一个去中牟，一个去尉氏。他们既是信使也是探子，至于用什么方式出行，用什么交通工具，那就八仙过海，各显神通啦，任务当然是危险的，可以灵活，但必须要有回报，因为这关系九十多个人的命运。

反馈渐次传来。首先是和开封第14师团指挥部取得了联系。了解到，推进至中牟以西白沙作战的步兵第4大队、野战炮兵第2大队、重炮兵第1大队均已撤退到中牟县城，用沙包堵住城门口，阻挡黄水入城。但县城很小，大部分居民早已逃亡，找不到粮食，现在靠“空投”，解决吃饭问题。师团长土肥原贤二已经从三义寨进抵开封，正主持救援。

从尉氏方面传回的信息更令人沮丧：因为第16师团师团长中岛今朝吾好大喜功，他的部队推进迅速，6月4日攻占尉氏后，已进至鄢陵、扶沟，这些地区靠南，恰当黄水流经的下游，与上游中牟不同，水面窄则二三十公里，宽处竟达七八十公里，所以，这批日寇陷入了黄泥水的海洋，又不断遭遇中国军队的攻击，处境极为狼狈。师团长中岛今朝吾正乘坐橡皮艇四处奔波，指挥抢救。

伊藤听说了中岛今朝吾和他的第16师团的处境，心里倒生出几分快意。他心想：这个残暴的杀人魔头，这支嚣狂血腥的队伍，真应该吃点苦头，受点教训了。

中岛今朝吾中将和16师团是以特别血腥暴戾而闻名的。令人发指的“百人斩”杀人竞赛和那两个杀人狂向井敏明、野田毅就出自16师团；南京大屠杀中，多个万人以上的集体屠戮、集体活埋都是这个师团干的；不仅如此，他们不久前还制造了金乡惨案，把金乡三百多男人全部杀光，四百多女人全部轮奸后杀死，其中许多是尚未成年的少女。整个行为的反人道反人性反人类，令世界震惊！

偏偏这个中岛今朝吾，很喜欢附庸风雅，很喜欢别人称誉他是“汉学深厚”的“儒将”。这一次，在友军的协助下，他总算把陷入黄泛区的部队救了出来，他又想舞文弄墨了。黄河水给他的印象太深刻了，他忘不了部下三四天吃不上饭，眼看着飞机扔下的食品落在泥水里拿不着的情景，他忘不了从分散的高地救回的士兵简直就像从泥潭里捡回的垃圾。他断定，日军拥有大量坦克、大炮的机械化部队根本无法通过黄泛区，离开了这些“宝贝”，和不要命的中国人拼刺刀，那“皇军”的处境岂不是不堪设想……他提起中式毛笔，洋洋洒洒写了一篇上呈军部的意见，其中关键的一段是：“……中国转引黄河之水，形成一种新的自然国境，把华北华东分让给日本。此际我国宜即收兵，转向建设皇道之国家奋勇迈进……”这个杀人魔头，在黄河的冲击下，突然丧失了“灭亡中国”的信心，想要收兵了。

伊藤浅野终于收到来自开封指挥部的命令：师部决定派架桥工兵和橡皮艇、折叠船队前来接回滞留在高家庄的官兵。伊藤心里一块石头落了地。

他摸出身上剩下的唯一值钱的一块银壳欧米茄怀表，在手里掂了掂，这块表是临别时旷岳送给他的，旷岳明明知道他要上战场，而时间的准确对军人格外重要，却还是把它送给了自己，还告诉他，这是在欧洲观战时在瑞士买的，特别准，带着吧，在战场上有用。唉，这就是中国朋友！伊藤露出了苦笑，他把这块表和十几元日币交给吉野弘治，请他设法换一顿晚餐，要稍微丰富一点，最好有口白酒。

吉野笑道：“属下尽力而为吧。”

伊藤邀请吉野和伍长共进晚餐，三个人盘腿坐在北屋土炕上，围着炕桌说说笑笑，极为放松，白酒喝了不少。

第二天，吉野和伍长发现伊藤浅野已经剖腹自尽于南屋的土炕上，炕头放着一个白色信封，上面写着:“留呈　土肥原师团长亲启”。

土肥原本想从受困的三义寨直接进驻郑州城，实现他改变历史的“美梦”。他的部队攻下了开封，攻下了中牟，攻下了白沙，距离郑州只有三十公里了，可是黄河挡住了他的路，梦破灭了。土肥原匆匆赶往开封，不是因功领取什么褒奖，而是必须向上面求助，赶紧救援被困在黄水中的部属，他的心情糟透了。

土肥原是间谍出身，一直保持着良好的信息来源。他很快便知道，由于黄河花园口决堤，完全打乱了日军进攻武汉以及在华整个作战的部署，不但军内发出了不同的声音，在国内也引起了轩然大波。据报,6月15日，昭和天皇裕仁亲自主持了他大正十五年（1926）登基以来第一次“御前会议”。土肥原心里明白，大正天皇在位十五年，从未开过“御前会议”，上溯前次“御前会议”，就是明治二十七年（1894）昭和的祖父明治天皇主持的“御前会议”了，那次会议决定了发动“日清战争”（中日甲午之战）。嘿嘿，看起来这回的动静真不小哇!

土肥原获得的密报称，参加这次“御前会议”的有首相近卫文麿、参谋总长本庄繁、陆相板垣征四郎、海相米内光政、文相荒木贞夫、外相宇垣一成、藏相池田成彬等国之重臣。昭和天皇裕仁像一尊神像那样高居首位，一言不发，众大臣则争辩激烈。那个文官之首近卫，居然提出“缓进”，俟秋后再打武汉。娘的，简直是放屁！当然，还是发动“满洲事变”时的老搭档，新晋的陆相板垣说话有分量，会议最终确定，继续扩大对华作战，立即调整部署，改沿长江两岸进攻武汉，国内相应做进一步的动员。

土肥原很希望能够率领14师团继续参与对武汉的作战，但他心知肚明，他已经没有机会了——他熟悉日本军内约定俗成的处事规则。一个将军，最留念的还是在沙场上横刀跃马的时光，他想到那个“改变历史”的梦，心底有点壮志未酬的遗憾，唉，谁让他碰上了黄河！

果然，调动他职务的命令很快就到了。他对回国内参谋本部任一个要职——据秘讯是代表陆军省和海军省、外务省的代表共同组建什么“对华特别委员会”，谋划在中国建立统一的伪政权，虽感驾轻就熟，终有点失落，但不能不服从，再说继任的井关隆昌中将就快来了。偏偏在这个时候，他得知伊藤浅野的死讯，心情更加沮丧。唉，这个才智过人的老同学，真是命运多舛，何必想不开呢？

土肥原正忙着在司令部他的办公室里收拾文件，什么该留，什么不要留，他必须一一过目。佐野参谋长走进来报告，伊藤大佐的遗体运回来啦，他的随从参谋吉野弘治说，大佐留下一封遗书，要亲手交给将军。

土肥原阴沉着脸说：“让他进来。”

吉野弘治大步入内，立正敬礼，双手呈上那个白色信封。

土肥原抽出信封里的一张白纸，上面有暗红的字迹，显然是蘸着鲜血写的：

日中本芳邻，何苦要入侵？
我以一身血，祈祷永和平！
伊藤浅野绝笔于豫东荒村

土肥原默默地读了两遍，他的手微微颤抖着。他从身后一个红木匣子里摸出一支雪茄，衔在嘴角，随即擦燃一根火柴，点着烟，猛吸了一口，他那硕大的蒜头鼻子的深处哼了一声。他又擦燃一根火柴，放在白纸的下面，那张纸瞬间化作一朵微弱的火光，一团黑色的余烬轻轻飘落到地上。

在场的两个人，睁大了惊诧的眼睛。

土肥原用威严的语气吩咐："佐野参谋长，按照英勇战死，尽忠天皇的规格，办理伊藤浅野大佐的后事。"

"这个——"佐野有些迟疑。

土肥原厉声喊道："怎么？难道你想让你的同僚，我的老同学，作为战场逃兵、天皇叛徒，死无葬身之地吗？"

佐野双腿一碰，一撅屁股，大声答道："遵命！将军，我，明白！"

26

旷家在汉口借寓的这个小院是长方形的，面积不算大，布局却精巧。两幢西式小楼，北主南辅，北三层，南二层，中间筑一高台小亭，亭前两株苍老的枫树浓荫如盖，四角小亭有三级石阶，正面亭柱上挂着一副木质黑底黄字的对联："此地从来无土著；九分商贾一分民。"这天清晨，旷岳伫立亭前，反复读着这副对联，总觉得这并不对仗的句子，仿佛是主人对自己这个寄寓的过客说的，当然，它透露出武汉人特有的包容和率真。旷岳心想，自己这一生，与湖北人有缘，辛亥革命就是吴禄贞的部下，后来又成了湖北人的女婿，现在逃难住在老婆的亲戚家，心里很坦然。

旷岳很少有不坦然的事情，但是自己的亲弟弟当了大汉奸，偏偏还当了日伪浙江杭州市的首任市长，卖国也卖得太积极，太不是地方啦！旷岳心里非常沮丧，觉得没脸见人！他匆匆由郑州赶回武汉，不但在官方的《中央日报》《武汉日报》上，而且在共产党创办的《新华日报》、历史悠久的《大公报》上，刊登了大幅启事，痛斥民族败类旷峻的卖国背祖行径，郑重宣告与汉奸旷峻断绝一切关系。做完这些事，心里平静了许多，但仍觉脸上无光，收敛了往日张扬好动的做派，有点闭门思过的意思。

主动到家里来造访的客人倒不少，最令旷岳动心的是林蔚匆匆过访。林蔚告诉他，蒋委员长采纳了他“以水代兵”的方案，命令是由自己下达给第一战区的。旷岳笑道：“听说你们安排了一个日军飞机炸毁黄河大堤的预案，嘿嘿，这种骗取老太太和小学生眼泪的伎俩，能维持多久？”

林蔚哂笑道：“呵呵呵，这不重要，重要的是日军必须改变进攻路线；你我现在还安然地坐在武汉，我们正准备隆重庆祝全民抗战一周年。届时，会有几十万人的大游行，会有献金运动，武汉各大影院都将轮番放映《黄河水灾纪实》影片，呵呵，必将掀起一个全民抗战的高潮哇。”

旷岳高兴地说：“好！蔚文，游行、献金非常之好！不过黄河水灾的真相早晚会大白于天下，那不成了自己骂自己吗？”

林蔚仍然面带温和的微笑：“慕云兄，放心吧，先后提这项建议的不下五人，我已经略作布置，将来，就是最喜欢刨根问底的历史学家，也只有如坠五里云中。呵呵呵，历史只会记住两个字：胜利或者失败。”

旷岳送客人上汽车的时候，林蔚很诚恳地说：“老兄是个性情中人，千万不要因为旷峻投敌的事情过于自责，你是你，他是他嘛。你旷岳是什么人，朋友们心里还不清楚吗？”

旷岳看着客人的汽车驶出了院子，心里倒从这个眼下权力场上炙手可热的大忙人的匆匆过访中，感觉到了这位早年的学生为人的严谨和周到。

旷岳穿着他的灰绸长衫，在老枫树下，辗转腾挪，一边打着“高家拳”，一边思绪如野马般跳跃。这套“高家拳”是他的盟弟胡景翼悉心传授的，与太极的以柔克刚、四两拨千斤不同，“高家拳”讲究的是快捷和力量，旷岳虽年逾五旬，打起来仍虎虎生风，一套拳下来，已是浑身汗涔涔的。旷岳信步走进小亭，坐在石桌旁的石墩子上，他想到了那位盟弟。胡景翼是渭北刀客，身躯高大，陕南军阀陈树藩曾把他软禁在一幢小楼上，每天给他吃不放盐的肥肉，想把他变成一个肥胖的废人，胡景翼在小楼上一边吃肥肉，一边苦练“高家拳”，结果，胖是胖了，身手却依然矫健，后来成了国民军第2军的军长。他通过李大钊结识了苏联驻华大使加拉罕与共产国际驻华代表维经斯基。共产国际看好这位思想激进的年轻军人，不但提供武器，还派了几十名军事顾问到他的部队工作。可惜，这位年轻的草莽英雄竟在孙中山逝世一个多月后，因败血症撒手人寰，年仅三十三岁。想到这里，旷岳豁然一笑，谋事在人，成事在天，谁能抗得过天意呢？

旷岳看见旷雨走出二层小楼，二儿子也看见了他，举起右手像敬军礼那样向父亲打个招呼——他忘不了逗你一逗，然后走出大门。旷岳见大门外来往人流穿梭，是啊，每个人都奔向自己的目标，新的一天开始了！

旷雨一身工人打扮，浅蓝色劳动布的衣裤，脚上穿着妈妈为他特制的黑色皮鞋，手里还拎着一个蓝布包，包内铝制饭盒里装着郭妈给他准备的午餐。他昂首阔步迈进了他的工厂，虽然只有一个大而破旧的车间，套着一个用木板隔出来的小办公室，只有两台脚踏印刷机，没什么人承认那是一个“工厂”，但旷雨却认定那就是一个小工厂，不但为抗日宣传印刷了大量传单和文件，而且解决了三个家庭总共十几口人的吃饭问题，他，是这个工厂名副其实的厂长。旷雨打开小办公室的门，取出两盘已经校对完毕的铅字版面，交给工人，大车间里便响起了咣当、咣当拓印的声音。

旷雨揿亮悬在两个三屉桌上面的电灯，小屋里光线不够，他要排版和校对了。他取出几份货单，第一单是李根拉来的生意，救国会委托推介翻印6月12日《新华日报》社论《保卫大武汉》的传单，五千份；第二单也是李根拉来的，“武汉合唱团”委托印刷的准备纪念抗战一周年歌咏大游行的推荐歌曲，有《长城谣》《五月的鲜花》《大刀进行曲》、郑律成谱曲的新歌《保卫大武汉》等，六千份。旷雨站在靠墙的铅字架前，像一个熟练的排字工人，一边照稿拣着铅字，一边用他悦耳的男中音哼着：“热血沸腾在鄱阳，火花飞迸在长江，全国发出暴烈的吼声，保卫大武汉！”

旷雨就这样忙忙碌碌地度过了他平常的一天。傍晚，快下班了，旷雨把明天要付印、已经校对完毕的版面放在桌上。突然，他听见屋外传来一个熟悉的女人的声音。

小于？是于雯在和工人们打着招呼，旷雨刚高兴地站起来，一位白衣、白裤、白鞋的年轻女子已推门而入。

“小于！哈，哪阵风把你刮到这儿来啦？”旷雨热情地伸出手。

于雯一身护士装，只是没戴护士帽，齐耳垂的短发，红扑扑的脸蛋笑得灿烂，她说：“我和甄护士长一起来领一批药品和器械，刚办完事，甄护士长她们押着东西先回孝感了。我有点事情要问你，所以请了假，来看望大家。”

旷雨说：“好，你没忘了在这儿混过饭吃。说，什么事？”

于雯说：“因为你到孝感伤兵医院来看过我，医院有些同事认为我和旷家有点关系，没想到闲话传到了外面。前两天，有位四十多岁的大嫂拿着一份《楚天晚报》来找我，说上面转载了你老爹宣告和汉奸弟弟断绝关系的启事，她向我打听旷家的事，问得挺细，她好像知道不少事情，最后问我旷家在汉口的住址。哎呀，眼下兵荒马乱的，我又从来不认识她，就留了个心眼，说我记不住，答应替她打听清楚再告诉她。刚好，医院有趟外差，甄护士长就带着我来了。”

旷雨兴奋地问：“这位大嫂是不是姓祁？”

于雯说：“是呀，是呀，是姓祁。我问她什么吧，她还支支吾吾的，好像有什么顾虑似的。”

旷雨正要接茬儿，一个中年工人推门闯了进来，急切地说：“旷厂长，我家里突然断电啦，哎呀，别的倒没什么，你知道我老婆挺着个大肚子，眼看要生啦，这晚上没电，黑灯瞎火的，要有点事怎么办？”

旷雨倏地站起来，说：“别急，别急，马师傅，你看，我这里不是有电吗！肯定没有大问题。准是你家拉的电线有接触不良的地方，我去给你看看。”

于雯也安慰着：“马师傅，别急，我也跟着一块过去，我该去看看嫂子。”

马师傅在前，旷雨、于雯随后。紧挨着车间，用废旧的板材搭建着三间低矮的小屋，也就是窝棚，走进当中一间，旷雨立即感到一阵心酸——这哪是个“家”呀！与邻居的隔断，是露缝的旧木板，还插着一块舞台上用的帆布道具板，屋顶的旧木板有缝隙，上面盖着破雨布；屋子大半被一张大木床占据了，马师傅的妻子不过三十多岁，靠着被褥斜倚在床上。她的面容苍白憔悴，已届临产啦，两只眼睛饱含着忐忑与不安，一个三岁多的女孩趴在她的身边。小于忙上前与马嫂说话，安慰着她。旷雨仔细查看吊在屋中央的电灯，他取下满是油污和灰尘的卡口灯泡，用衣袖擦干净，里面的钨丝是好的，他把灯泡放在了床前那张堆满杂物的三屉桌上，拧开灯头，试了试灯头上的开关，见接触良好，没有问题，就沿着紫红色外皮的电线查找。

旷雨走到外面，见电线是从车间高处一扇窗户的角上穿进去的。旷雨、马师傅、于雯又回到车间，他们看清电线的接头是在车间高处两扇窗户之间的墙上。

旷雨笑道："毛病出在这里啦，当初考虑安全，把线接在高处，时间久了，接头的线烧坏了，电就断啦。好办，我上去，把线再接上，马师傅，你家的灯就亮啦。"

马师傅说："哎呀，还是我上吧，哪能让你一个大厂长亲自登高呢！"

旷雨呵呵呵笑了："你还真把我当厂长啊，嗨，我年轻，懂电工。马师傅，你眼看又要当爹啦，你是重点保护对象，别和我争啦！"

他们立即找梯子。刚来装修车间的时候，确实借来过一个很高的竹梯子，装修完就还回去了，现在车间里只剩一个比较矮的竹梯子，试了试，差一截够不着。

旷雨想了想，说："我有办法，把办公室里两张靠背椅搬过来，把梯子放在椅子上，我个子高，肯定能够上。"

于雯说："那够悬的，梯子放在椅子上，能稳当吗？"

旷雨说："没事，让马师傅扶住椅子，肯定没事。"

办公室的两张木头靠背椅被搬了出来，并排面壁而立，竹梯子的两条腿分别放在两张椅子上，马师傅扶住并排的椅子靠背，试了试，挺稳当。旷雨把电笔和一把剥线钳放进右边的口袋，把绝缘胶布和尖嘴钳放进左边的口袋，便要上梯子。

于雯说：“慢！”

于雯指着办公室外已经印完打包但尚未发货的一堆印刷品说：“把这些搬过来放在梯子下面。”

旷雨笑道：“有这个必要吗？”

于雯说：“必须的！”

三个人把十几包印刷品拎过来，放在了靠墙的梯子下面。旷雨敏捷地登上了梯子的顶部，他是懂电的，用电笔试出了火线，果然，紫皮旧电线是在这里烧断了，他用剥线钳去掉紫皮线的外皮，用尖嘴钳接好火线，又用黑绝缘胶布裹好，这才冲着下面说：“小于，我把灯泡放在马师傅家的桌上了，你去，把灯泡装上，试试开关，灯亮了，赶紧回来报告！”

于雯一溜烟地跑了，没过一会儿的工夫，就听于雯在外面大叫：“灯亮啦！灯亮啦！”

“太好啦！灯亮啦！”马师傅兴奋得举手一拍。

坏啦，旷雨站在高处，斜压在椅子上的力量很大，马师傅的手一离开椅子靠背，椅子就顺着斜压的力量倒了。

旷雨的双脚跟着梯子向外拉，身子有如腾云驾雾一般，随着梯子平平地拍落在墙脚下。旷雨只觉平躺的身体猛烈一震，眼前黑了一下，又亮了，神志清醒地看着身子下面的那些印刷品。

刚刚回到车间的于雯目睹了这空降的一幕，她急忙跑过去大叫：“旷雨！旷雨！”

马师傅明白过来，连连捶着自己的头说：“我晕了头啦，我怎么能撒手呢？都怨我，都怨我！”

旷雨用力地撑起身子，斜过头来笑着说：“没事，没事，没事！别哭丧着脸，一点事没有，你们看，我身子下面不是有软床吗！”可是，旷雨的左小腿落地时被梯子的木头横格狠狠剐了一下，此时感到疼痛和麻木。

在马师傅和于雯的扶持下，旷雨勉强地站了起来，他仍然轻松地笑着说：“小于，你把我的‘宝座’搬回办公室，本厂长需要坐下来休息一会儿。”

于雯把两张木椅搬回了小办公室，旷雨把手臂搭在马师傅的肩上，一瘸一拐地走了回去，坐下。马师傅内疚地再次表示歉意。

旷雨呵呵呵地笑着说：“老马，别再内疚啦，你又不是故意的，灯亮了，高兴嘛，我也高兴得想拍巴掌，好啦好啦，一场虚惊。老马，我倒要求你一件事，请你回家生上火，给我们做两碗热汤面，不是湖北的热干面哪，要有汤的。小于大老远地来‘省亲’，总不能让她饿着肚子往回赶吧。”

马师傅明白过来，高兴地连连说：“对对对，我这就回去生火做面，让小于也尝尝我的手艺。”

马师傅走了。

于雯盯住旷雨说：“旷雨，别装啦！你的左小腿受伤啦，血都透到裤腿外面了。你得把长裤脱下来，让我仔细检查一下。”

旷雨面露难色，说：“哎呀，免啦免啦，小于，别大惊小怪的，没什么事。”

于雯生气了，说：“怎么没什么事儿呢？你这个人就是自尊心太强，太爱面子。我知道你左腿有点残疾，那不是让病拿的吗？有什么不能让别人看的？我于雯陪你爹睡过觉，品格是低下，我都能坦然地站在你面前，我现在是个护士，你怎么就不能坦然地让我检查？你要不脱，我就剪开你的裤腿！”

旷雨见于雯真动怒了，忙说：“别急，别急，别生气，我听你的，我脱，我脱。”

在于雯的帮助下，旷雨脱了长裤。他的左小腿伤得真不轻，落地的时候，竹梯子的木头横格剐掉了腿上的一块肉皮，流了不少血，肉皮翻了起来，所幸骨头没有伤。办公室里备有简易的卫生箱，当然只有酒精、红药水、镊子、剪刀之类的药品和器械。于雯替旷雨的伤腿消了毒，把翻起来的肉皮剪掉，在伤口上涂了红药水，又用纱布包扎起来，并且，不由分说地脱了他的黑皮鞋，隔着袜子仔细摸了摸，又转动了脚踝，这才用肯定的语气说：“万幸，没伤着骨头！”

旷雨穿好长裤，向于雯深深一躬，一本正经地说：“谢谢于参谋长加于大夫！”

于雯也一本正经地说：“免啦，下回听点劝，我的旷二少爷！”

两人不觉相视而笑。

马师傅用托盘端来两碗热汤面，每只碗里都卧了两个大鸡蛋。

旷雨和于雯分坐在两张三屉桌的左右，他们都饿了，一边津津有味地吃着热汤面，一边又回到最初的话题。

旷雨说：“祁妈伺候了我奶奶二十多年，其中有十多年是在汉奸旷峻的家里，我奶奶死得蹊跷，祁妈又突然失踪了，这里面肯定有秘密。祁妈和汉奸的关系这么密切，当然有顾虑。小于，你回去抓紧私下里找祁妈，告诉她我们暂住的地址，说我们一家人都盼望见到她。”

于雯点头说：“我明白，你放心吧，我回去就办。”

于雯清洗好碗筷，送回马师傅家，道了谢，又说自己要赶8点钟的末班火车回孝感，旷雨这两天要替她在武汉办事，不能来上班，办公桌上放着校对好的版面，请马师傅多费心，按订单上的数量照印就可以了。马师傅高兴地接受了任务。

于雯扶着旷雨走到大街上，叫了一辆黄包车，让旷雨坐上先走。黄包车跑出几步，旷雨转身张望，只见暗黄的路灯下，于雯静静地站着，一动不动地目送着自己，直到黄包车拐弯，她的倩影才消失。

两天后，一个穿着竹布大襟上衣，黑色宽腿裤的中年女子，走进了旷岳在汉口临时的家，她是祁妈。

祁妈在大门口碰见苏恩，苏恩看清她正是自己寻而未见的人，双手一拍屁股，撒丫子往屋里跑，失态地大声喊道：“老先生，太太，祁妈来啦！”

很快，旷岳、凌婷立、旷雨、旷平、旷静、郭喜还有来这里串门的廖霞都集中在楼下的客厅里，把祁妈作为上宾围在了中间。郭妈给好友祁妈献上了一杯香茗。

祁妈四十多岁了，利利索索，她有些紧张激动，但语言表达甚是清晰：“大老爷，大太太，我是遵照老太太的吩咐，躲到湖北孝感娘家来的。我盘算你们也该到武汉了，可是从下江来的人那么多，怎么找哇。我又是个乡下人，很多事情弄不清楚，不敢冒冒失失地瞎打听。不久前，我从报纸上看到了大老爷登的启事，这才从伤兵医院一位护士那里打听到你们的住址，今天总算见到老主人啦。”

旷岳说:“祁妈，上一次，我带两个儿子到杭州看望我老娘，就觉得不对劲儿，想找你问问话，可是问不上呀，所以，最后特地拜托你，照看好老人家，不要离开她。我娘突然辞世以后，你就不见啦，我们还特地让苏恩到余杭你夫家去找过你哪。”

祁妈难过地说:“唉，那会儿他们看我看得紧，哪里有机会和您说话。大老爷，二少爷，那回你们看到的，就是二老爷和他的贼婆娘串演的一出戏呀!”

旷雨是当事人，瞪着大眼问:“一出戏?祁妈，你原原本本给我们说说，别让我们蒙在鼓里啦!”

祁妈说:“你们上回去杭州之前，二老爷和一个叫大松重治的日本人来往非常密切，老太太私下告诉我，那个大松重治是上海公共租界里一个日本通讯社的社长，是个日本国的老坐探。老人家害怕儿子有叛国行为，就在家里翻箱倒柜地找证据。杭州市的公馆找遍了，没有找到。她又坐轿子上了莫干山，在一座小别墅的贮藏室里发现了一箱重要密件，数量真不少，有中文的，也有日文的，其中还有一封土肥原写给大老爷的信。老太太气得脸煞白煞白，说二儿子图谋叛国，铁证如山。可是到了这个份儿上，老太太仍然想护着二爷，不愿声张，派门房老赵专程去南京把二爷和姨太太叫回杭州家里，摆出铁证，严令断绝和日本人的一切交往。谁知二爷的翅膀硬啦，跟老娘变脸啦，反劝老太太认清大势，说中国根本打不过日本，必定战败，唯一出路是日中提携，和平建国，避免老百姓生灵涂炭。又说老太太年事已高，理应顺应大势，安享天年，何苦涉足国事，自寻烦恼?母子二人，势不两立，谈掰了。被软禁的老太太宣布绝食，一连三天，粒米未进，二老爷心中不忍，那个贼婆娘最坏，撺掇二爷找阴阳先生给老太太踏勘墓地了。偏偏此时，大老爷带着两位少爷来了。所以，他们很慌张，他们绝对不能让你们当时就见老太太。这一对贼夫妻多会演戏呀，生生把你们给糊弄过去了。”

旷雨用拳头砸着脑袋说：“哎呀，我让那一碗红糟面给喂晕了，乖乖上楼睡觉了。可我奶奶走到这一步，他们要想转圜也不容易呀！”

祁妈叹息道：“唉，说到底还是老太太爱子心切，护短啊！那天晚上，你们累了，在三楼呼呼大睡。这一对贼夫妇双双跪在老太太面前，当面把那些秘密文件撕得粉碎，噼里啪啦地扇自己的耳光，就像放一串小鞭炮似的，赌天发誓不再与日本人来往。老太太心里并不相信，但心存侥幸，耳朵根子软哪，最后还是点头答应了他们。这才联合演出了第二天上午的那一台大戏！”

旷岳顿足叹息：“唉，我的老娘亲，你好糊涂啊！”

旷平愤愤地插嘴：“这叫什么糊涂嘛，对汉奸仁慈，把国家民族的利益放到哪里去啦？”

凌婷立咬牙切齿：“旷老二从小就奸，那个姓石的婆娘更坏，说不定是个日本间谍，凑到一起能不出大事吗？”

旷雨问：“祁妈，我听博爱医院的小护士私下议论，有个老奶奶是自杀的，我奶奶到底是怎么死的？”

“没错，二少爷，你奶奶确实是自杀的。”

祁妈见众人的神色都极为凝重，所有的眼睛都盯住自己，便定了定神，继续说：“大老爷把老太太安置在上海博爱医院，临走还嘱咐我加意照看老太太，我虽说没啥知识，也看出事情非同一般，心里知道自己责任重大，但我是个下人，一切都得听主人吩咐。二老爷安排，他们夫妇顶白班，让我值夜班，从后晌6点值到次日9点。开始还不错，老太太恢复得很快，脸上气色滋润了，也有了笑容。有一天，我无意间在医院廊道里撞见二爷和那个叫大松重治的日本人鬼鬼祟祟，心里一咯噔，想着早晚要出事。果然，是祸躲不过呀。出事的那天晚上，我接了班，二老爷匆匆走了，医生也查完了房。老太太笑着让我把杯子斟满水，叫我到开水房去换一暖瓶开水，回来以后，老人家让我关好门，坐在她的面前，和颜悦色地说，祁妈，你跟我二十多年了，你为人谨慎，做事沉稳，现在我求你替我办最后一件事情。祁妈，你千万不要慌张，不要坏了我的大事，告诉你，我刚吃了几十粒安眠药，是我平日暗中攒下的，很快我就会神志不清了，所以，你要一句句听我说，按照我说的办，千万不要慌乱，不要悲伤，你明白吗？我当时既伤心又害怕又紧张，但是，面对老太太那双眼睛，我咬紧牙关，点了点头。”

屋子里静极了，祁妈再也控制不住自己的感情，热泪从她红红的眼眶里流淌出来，她哽咽着继续讲：“老太太平静地说，旷峻叛国投敌已成定局，他们把我当瞎子，可笑，我亲耳听见他和那个大松重治谈组织‘维持会’的事，他自走绝路，也辱没了旷家。我对不起祖宗，更对不起国家，我唯有以死谢罪。但是，我也不能不明不白地死，必须表明最后的心迹，这就全靠你啦。说着她从枕头底下取出两个信封，一个信封里只有一张纸，上面用血写着：‘峻儿：放下屠刀！母死谏。’老人家说，我知道没有用，尽心而已，她把这封信又放到了枕头底下。另一封信，她亲手交给了我，让我务必转交到大老爷的手里。老太太给了我一个包，说她身上所有值钱的东西都在里面了，这是她送给我的，足够我下半辈子过生活啦。她拉着我的手说，你很危险，因为你知道的太多了，他们是不会留你这个活口的。你现在不要婆婆妈妈，必须立即动身回你湖北的娘家去，绝对不能回余杭的夫家，明白了吗？现在我看着你走！”

祁妈从怀里掏出了一封信，恭恭敬敬，双手递给了旷岳。

旷岳又看见了母亲那清隽沉实的字迹，信封上写着：“面交岳儿、婷立亲展　沈书音托”。旷岳心痛如绞，他想痛哭一场，他已经很难张口说话，他见所有的人都注视着他，盯着那封信。他只得把信递给旷雨，强忍着悲痛说：“大家都想知道奶奶写了什么，雨儿，你就念念吧，没什么秘密。”

旷雨抽出信笺，上面的字迹他也熟悉，想着奶奶慈祥的爱抚，他很伤心。他动情地念道：

岳儿、婷立如晤：若见此信，谅旷峻已叛国投敌。旷门不幸，蒙此奇辱，母教子无方，愧对祖先矣！

岳儿十一岁丧父，又遭回禄之灾，家几断炊，深知谋生之不易，十六岁从军，为国为民，奋斗不辍，母尝引以自豪。旷峻年轻七岁，长于安乐，母因一子一女早殇，移爱于彼，每多放任，疏于教导，遂令私欲膨胀。犹记其私吞婷立奖金一事，品德低劣尽显，母初则护之，继则表面责之，实逼岳儿为其开通关系，卑赴日为外交官，孰知倭贼窥其贪佞，以利色啖之，终至愈陷愈深，不能自拔。今大错铸成，卖国求荣，罪不容诛，母实难辞其咎也。母尝自省有错，然每以老牛尚知舐犊为谅，今方悟，犊若为鬣，舐之岂非贻害人间！

母亦望含饴弄孙，静女绕膝之乐，时在梦中。长孙旷风，刚直勇猛，疾恶如仇，必为抗日英雄；旷雨仁厚，谦逊机变，将成大器；旷平早慧，高瞻远瞩，诚富贵中人也，母皆放心。唯孙儿一鸣，心地善良，憨态可掬，受其父与姨娘蛊惑，前途堪忧。望岳儿、婷立勿因乃父之罪，弃之如敝屣，援之教之，一如己出，切切此嘱。

母有罪，一死以谢国人，亦谏旷峻。母坚信抗战必胜，倭寇必败；羸弱中华，必有富强之日。愿我儿孙，奋起救国，补我之过，书写旷门一代之新篇。母去也。

沈书音绝笔　廿六年十月于博爱

旷雨读完，鸦雀无声。

片刻，旷岳掩面顿足，号啕恸哭，声震屋宇。旷雨早已按捺不住，也痛哭失声；凌婷立摘下眼镜，频用手帕拭泪；坐在她身旁的郭妈低头呜咽，旷静趴在郭妈膝上啜泣；旷平眼含泪光，若陷深思；廖霞一双多情的眸子里扑簌簌落下串串晶莹的泪珠，她的手一直紧握着旷平的手。

这客厅里，所有的人都被沈书音老人离世前的忏悔和心声，深深地打动了。

27

清晨，凌婷立拉开卧室的窗帘，见廖霞迈着轻盈的碎步走进大门，不大工夫，又见小三儿旷平背着一个双肩包在前，廖霞紧跟其后，二人走到大门口，停下，比比画画，似乎在商量着什么。

凌婷立忙把准备下楼去打拳的丈夫叫到跟前，指了指大门口，旷岳笑道：“小霞和小三儿又要长途出游啦。”

“你没看出什么？”

“看出什么？”旷岳见大门口两个人影已经消失。

凌婷立点着丈夫的脑门说：“你呀，自诩是画家，观察力不行。你没发现廖霞瞅小三儿的眼神火辣辣的。嘿嘿，我们眼皮子底下正上演一出‘姐弟恋’的序幕哪。”

“姐弟恋？”旷岳故作惊讶。

“是呀，小三儿刚十五岁出头，我算算廖霞比他大了四岁多，我本以为，廖大小姐会看中老大或老二中的一个，谁知她盯上小三儿啦，这也不成体统嘛！再说，‘窈窕淑女，君子好逑’，自古都是‘凤求凰’，这倒好，一个大姑娘，也不害臊，就这么公开地围着个弟弟转，这可有悖常情啊，弄不好会惹来非议的。”凌婷立心存忧虑。

旷岳呵呵笑道："嗨，你这是封建。在你看来，男的年纪再大，娶个多么年轻的小老婆，也成体统；反过来就不行啦。其实，女的追男的，姐姐追弟弟，古已有之嘛，俗话说，'女大三抱金砖'，武则天比唐高宗李治还大四岁呢。廖大小姐可是金陵女子文理学院的校花，又漂亮又时髦，听说追她的人排长龙。她要是不顾世俗的偏见，盯上了小三儿，我看那是慧眼识珠，她本人也是需要付出很大勇气的。婷立，年轻人感情上的事情，我们可千万不要插手哇！"

吃早饭的时候，凌婷立从郭妈那里打听到，旷平和廖霞是到一位"战友"的墓地去祭扫了。

这是初夏的一个艳阳天，碧空中飘着朵朵白云，白云下翱翔着自由自在的苍鹰，看见这种鸟儿，很容易让人联想到飞机。前一阵，机翼上画着红膏药的日本飞机多次来轰炸武汉，遭到中国空军勇士和苏联志愿飞行勇士的猛烈还击，蒙受了出乎日本军方意料的重创，所以近日收敛了许多，广大市民的心弦也放松了一些。

廖霞今天穿一件天青色的衬衣，深蓝劳动布双背带的长裤，脚下配棕色小牛皮便鞋，活脱脱一个时髦的佳人，很吸引路人的目光，可是旷平却视而不见。他们走的汉正街是汉口有名的小商品集散地，热闹得很，旷平只顾迈着匆匆的脚步穿行在熙来攘往的人流里，廖霞赶上几步，一拍旷平的肩，说："平弟，你赶三关哪，急什么？把手伸给我。"

旷平这才意识到自己有个同伴，他听话地把手伸了过去，两个人手拉着手，脚步也就放慢了。

如果说从南京浦口一路演出到武汉，是战争逼迫廖霞迈出了人生的第一步；那么，几个月前，投身"拓荒剧社"，就是她追求生活目标的第一步了。不过，她追求的生活目标仅仅是“爱情”，在廖霞的芳心里，“爱情”是至高无上的。她是一个非常感性的女子，她是国文系的大学生，不但熟读《红楼梦》《西厢记》，而且爱读夏洛蒂的《简爱》、托尔斯泰的《复活》、莎士比亚的《罗密欧与朱丽叶》。她读小说不是超脱地欣赏，她很投入，有时陷进小说营造的情感旋涡里，哭得像泪人儿一般。她认为爱情是神圣的，是值得像海的女儿那样为之化作一片白色泡沫的。

原本，按照她父亲的意愿，她也曾想在旷家的老大和老二中，选一个托付终身，因为两家是世好，年龄也相当。但是，她感觉旷风太政治化了，英雄主义的色彩太浓，感情方面却显得粗糙而缺少情趣。旷雨嘛，温和而机智，长得很英俊，生性乐观诙谐，和他在一起总能笑口常开，但……她内心深处，无论如何也不能想象自己会嫁给一个残疾人。正当她决定把搜寻的目光扩大的时候，突然像发现新大陆一般，发现了旷家小三儿这个未被开垦的处女地。她自告奋勇参加“拓荒剧社”，虽因她有演剧的天赋，喜欢演艺，但更深的原因，是她心底里要给自己一次追求爱情的机会，虽然眼下这个弟弟情窦未开，对自己含情脉脉的眼神视若无睹，那不正是自己捷足先登的好机会吗？

他们走到了长江边上，江边等待去武昌的客人的木船很多，无所谓渡口。他们就近找了一条坚实的柏木船，踏着一块窄窄的颤悠悠的跳板，登了上去。开船是没有定时的，什么时候客人上得差不多了，掌舵的艄公一声吆喝，跳板收起，船就被推离了浅滩。

廖霞和旷平肩并肩坐在柏木船船舷下一块粗糙的木板上，廖霞仍然紧紧握着旷平的手，她眼见船儿正斜刺里破浪驶向对岸的武昌。

她注视着身边几乎触手可及的长江水，心想这江水和自己去看望旷风路过新乡黄河大桥时所见的黄河水太不一样啦，长江水势旺盛，波涛澎湃，江面开阔，帆樯如织，恰当清晨，雾气浓重，眼前一片迷迷蒙蒙，能看得清楚的，真个只有那曾淘尽多少英雄的“滚滚长江东逝水”了。

廖霞的内心陡起波涛，她的思绪不禁跳到四个月前，她和旷平正是这样带着简单的行李渡过长江，到武昌的“育婴堂”报到。从此，揭开了一段令她终生难以忘怀的经历：

廖霞的头脑里出现了武昌的“育婴堂”，那个教堂式的带穹顶的大厅，地上铺着木质地板，虽然老旧，依然闪着棕色油漆的光亮。整个大厅没有一张桌椅，光秃秃的，陆续到来的三十来人都席地而坐，约莫男女各半。等到亮电灯的时候，一位三十多岁戴眼镜的负责人站出来讲话，他对大家的到来表示欢迎，他宣布，遵照上级的指示，剧团更名为“抗敌演剧七队”，队长是光未然，因他有临时任务，暂由两位副队长带队出发。会场突然一阵骚动，明显是表示失望，光未然是有名的青年诗人，他写的《五月的鲜花》歌词，流传甚广。

眼镜先生很敏感，他笑笑说，大家不要失望，队长完成任务，是会赶过来的。现在两位副队长只是暂代，其中一位就是鄙人我，名叫徐世金，负责演出和行政；另外一位叫王虹梓，负责财务和生活，下面请王副队长讲话。

站出来讲话的王副队长看上去四十出头，白净面皮，蓬松的大背头，唇上留着一溜剪得整整齐齐的小胡子，他的声音很好听，他说，热烈欢迎大家参加我们这个革命的大家庭，在我们这个革命的大家庭里，当然要实行“革命的共产主义”啦，所有队员身上带的钱，一律交公，今后，每人每月发两块钱零花钱，每人每天的菜金是一毛二分，所有的人一律平等，不能搞特殊，我的太太汪霓是个著名演员，她也不能例外。

话音甫落，坐在地板上的人群里站起一个三十来岁长得颇为妩媚的女人，双手捧着银圆和钞票，袅袅地走过去，把钱交给了王副队长，她就是汪霓。此时，人群里发出阵阵窃窃私语，但大多数人还是积极地搜索自己的腰包。廖霞是个小财主，她从手提包里掏出的大把银圆和钞票令左右侧目。廖霞很心疼，不是心疼钱，这些钱她本来是想花在旷平弟弟身上的，当然包括两个人一起去开小灶打牙祭，现在小算盘落空啦。

那位叫汪霓的漂亮姐，压低了嗓门向大家推介，老王——当然指其夫王虹梓，是上海的左翼作家，受过政治迫害，蹲过国民党的大牢。这几句话产生了神奇的效应，许多人，包括廖霞，纷纷向王虹梓投去崇敬的目光。

“育婴堂”里没有大人的床，大家不分男女一律打地铺，旷平和廖霞紧挨着打好地铺，他们带的被褥很单薄，当时天气还相当冷，廖霞把她的小丝棉袄包在了旷平的脚上。这时，一个年轻小伙子走过来，用身上披的棉衣盖住了旷平的上身，他看上去非常年轻，应该比旷平大不了多少，留着中分头，宽宽的前额，笑容自然而亲切，廖霞感到他明亮的眼神似曾相识，啊，他和旷平的眼神一样，单纯到透明！

她忙说：“谢谢！”

那小伙好像很了解情况，笑着说：“别客气，霞姐，我叫周德佑，你叫我小周，或者就叫德佑好啦。”

第二天，阴雨绵绵，队员们分乘两辆带帆布篷的卡车出发，目的地是汤池。那位小周哥又来帮廖霞、旷平他们把行李搬上车。搞文艺的人就是活跃，一路上欢声笑语，歌声不断。在叽叽喳喳中，廖霞得知，周德佑的父亲周苍柏是湖北著名的实业家和银行家，非常热心抗战，他捐助给演剧队两千银圆，是最大的资助者。小周哥只给父母留下一封信，就不告而别地来了。一位大姐姐神秘地告诉廖霞，这个只有十八岁的周德佑，是个共产党员，是徐副队长的主要助手。

共产党在汤池创办了一个“抗敌政治训练班”，汽车一直开到训练班驻地的院子里，训练班的陶主任非常热情，安排好了大家的吃住。周德佑对演剧队里年龄最小的旷平特别关心，告诉他在这里要充充电，学习学习，于是有了听报告和分组讨论。小周哥还借给旷平几本书，有高尔基的《童年》、艾思奇的《大众哲学》和钱亦石的《产业革命讲话》等，都是小册子，很旧，显然经过许多人的手。旷平本来就爱读书，这一下更成了“书痴”，连上厕所都夹着一本书。

廖霞对旷平的生活照顾得很细致，她喜欢睁大倾慕的眼睛，静静地聆听这个弟弟滔滔不绝地高谈阔论。

除了政治学习，还开始排练文艺节目，徐世金是总导演，周德佑是副导演兼编剧，徐导很快就盯上了廖霞这个演艺天才。原来廖霞不但有天赋的好嗓子，而且自幼条件优越，得到京剧名家指点，经常参与票友聚会，“唱、念、做、打”，中规中矩，上高中时已经可以彩装演出折子戏了。

徐导认为，诸如《霸王别姬》《审头刺汤》之类的唱段，和这次演出的整体基调不够协调，他决定为廖霞量身定做，推出《梁红玉击鼓战金山》和《花木兰替父从军》两个新编节目，廖霞大受鼓舞，非常高兴。周德佑和旷平负责改编脚本，他们对老本子的整体结构和每一句唱词都反复推敲，下了很大的功夫，周德佑会拉小提琴，他经常用小提琴来试试改编后唱腔的旋律。旷平素来自负，以为自己的文思敏捷，可在这一次实践中，小周哥展示的丰富的文艺才情，比他强多了，而且特别刻苦，旷平打心眼里佩服。

半个多月以后，演剧队到了应城，开始正式演出。演出的主要对象是农民、工人、士兵。应城有一个很大的膏盐矿，远近知名，演剧队来到矿区，矿主认为是上面派来的，穿着缎子长袍、马褂盛情迎接，接风的筵席相当奢华，还请附近教堂的法国牧师作陪。

饭后，矿主炫耀地带着客人到矿上转转，只见一个个竖井口不断运出白色的膏石。这种矿是一层石膏一层页盐，采完石膏，注入清水，页盐溶于水中，把水抽出来，再熬制成盐块。当时主要产盐区被日寇侵占，食盐紧缺，所以市场价值很高。

有些队员要求下井参观，矿主为难地说："哎呀，井很深，危险哪，呃，不然，胆大的男同胞，可以下去看看。"

旷平和周德佑都下了井，站在一个简陋的铁笼子里，沉下去一百多米深，黑黢黢伸手不见五指，巷道口很窄也很暗，壁上点着桐油灯。因为石膏层不厚，巷道低矮，工人们几乎是赤身露体，只有下面挂块遮羞布，每人头上顶着一盏小油灯，他们从早到晚在巷道里是直不起腰来的，他们把一篓篓开采出来的石膏矿石背出来，放在竖井的铁笼子里运上去，自己终日不见阳光。旷平感到心里很憋屈，他第一次窥见了人世间底层的生活，他想到矿主和牧师的奢华，想到《大众哲学》里用通俗的语言阐释的社会矛盾，他内心里激荡着强烈的冲动，很想对人间的不平发出呐喊。

回到地面上，他把自己的感受告诉周哥和廖霞，周德佑说：“这些生活在社会最底层的工人们，内心里有强烈的改变现状的愿望，也蕴藏着反抗日寇侵略的怒火。眼下，我们主要的任务是抗战，是打败日寇，我们应该努力，把他们潜在的阶级觉悟引导到抗日救亡的轨道上来，他们是我们最可靠的力量。”

旷平听了，连连点头。廖霞觉得这位小周哥，年龄比自己还小，比旷平才大两岁多，可是他在政治上却显得成熟多啦。

当晚，在矿区搭台的演出，非常成功。工人和家属，还有附近的居民和驻军，观众足有两三千人。旷平参加演出独幕剧《抗日小英雄》，剧本是周德佑编的，讲一个牧羊娃给国军送情报，智斗日本兵的故事，由徐副队长导演，旷平饰演牧羊娃，虽说第一次演出表情有点僵硬，但观众的反应还是很强烈的。廖霞演出了新编京剧《梁红玉击鼓战金山》，她彩装上场一亮相，就博得了满堂彩，紧接着是西皮导板转慢板，她唱道：“想当年两狼关一场血战，这深仇终须报永记心间，恨金兵又来犯长江天险，黄天荡设巧计誓与周旋。”她那金声玉振般高亢的嗓音在山谷里回荡，博得暴风雨般的掌声和喝彩。旷平站在伴奏席的后面，他大吃一惊，猛然意识到，表面温柔娇矜的霞姐内心深处必然隐藏着刚烈泼辣的基因，否则，唱不出如此震撼人心的声音！

最受欢迎的节目还是大合唱《游击队之歌》《我们在太行山上》等，特别是《大刀进行曲》，因为曲调观众熟悉，台下很多观众和声，指挥者干脆一转身，来了一个全场数千人的大合唱。

演员们一个个都兴奋至极，演出刚刚结束，就有二十几个工人找到后台来，表示愿意参军打日本。徐副队长把他们的名字和地址都记下来，周德佑悄悄对廖霞和旷平说，我们会了解他们家庭有什么困难，然后先安排他们到汤池政治训练班学习，再输送到新四军去。廖霞心想，这位小周哥，身后还有一支队伍哩！

柏木船震动了一下，已经停在了长江南岸的武昌，没有码头，就是停泊在江边平缓的沙岸上，乘客们鱼贯踏着窄窄的颤悠悠的跳板走到岸上。武昌号称“文昌武不昌”，武汉三镇，汉阳以军工闻名，那里有张之洞创办的汉阳兵工厂；汉口以商贸闻名，那里有铁路和很大的码头，人口最多；武昌却是政治、文化中心，清代的湖广总督府、民国的湖北省政府，还有全国知名的武汉大学都在这里。

旷平和廖霞不是来游玩的，他们无意去蛇山赏花、登黄鹤楼看汉水入长江之口，他们是怀着伤感和虔诚的心，专程来为战友和启蒙人周德佑扫墓的。他们登上了武珞路的公交汽车，车上人不多，他们坐在靠窗的座位上，心情沉重地望着车窗外的景色，默默无语。廖霞的眼前又浮现出那张笑容灿烂，纯真到透明的脸……

在应城演出了一个多月，演剧队转移到皂市演出，从皂市又要前进到天门县，这一路有七十多公里。出发前，王虹梓副队长训话说，队上的经费是有限的，必须节约使用，再说我们是革命的队伍，大家也应该锻炼锻炼，所以，这次只雇了几辆牲口拉的大车，勉强能装上道具和大件行李，队员们一律步行，希望大家发扬艰苦奋斗和互助友爱的革命精神。王副队长顺便说明，他要留下来最后结账，并且处理一些善后问题，会尽快办完事情，赶上队伍的。他把汪霓留下来帮忙。

周德佑见有些小件行李装不上大车，便弄来一根扁担，自己挑上好几件，加上他自己的行李，足有百十来斤，唉，有道是远道无轻载啊。

有人说，这位姓周的小哥真傻，放着舒适的少爷生活不过，偏偏跑到这里来受苦。

周德佑听到这样的传话，笑着说："这个时代，有许多事情需要勇敢的傻子去干，我宁愿做这样的傻子！"

正赶上下过雨，道路泥泞湿滑，队伍走了三天，才到了天门县，大家住进一所小学校的教室里，还是打地铺。所有的人都累坏了，旷平和廖霞也累得抬不起个儿来，廖霞的两只脚上都打了血泡。本想休息两天，谁知第二天，驻扎在附近岳口镇的军队，派了两个代表来要求演剧队到那里去演出，说是仰慕已久，连戏台都搭好了。演剧队的徐副队长和周德佑等几位骨干一起商量，听说这支队伍是由土匪招安后改编的，很需要给予抗日救亡的积极宣传，于是号召大家战胜疲劳，当晚就去演出。

岳口镇紧挨汉水，戏台就搭在汉水边上，几盏白炽的汽油灯把舞台照得通明，台下黑压压的观众热情而躁动。所有的演员一上台都像打足了气的轮胎，精神抖擞，演出的效果倍儿棒。廖霞彩装演唱了京剧《花木兰替父从军》，那高亢的嗓音，真切的表情，轰动了全场。旷平饰演给国军送情报的放羊娃，被日本大兵抓住了，剧情是日本兵用皮带毒打放羊娃，逼他供出中国军队的去向，不想饰演日本兵的演员慌忙中把皮带拿反了，用皮带的铜头猛抽旷平，疼得旷平一边躲闪，一边放声大哭，表情极为真切，台下几个当兵的忍不住跳了起来，举起枪大喊："打死这个小鬼子！""打倒日本帝国主义！”

演出快结束时，不幸发生了。最后一个节目是话剧《我们的家乡》，演到第三幕，演员周德佑突然晕倒在台上，同伴们上前救护，才发现他浑身滚烫，发着高烧，已经人事不知了。

演出被迫中断。

由于当地医疗条件很差，没有医院，军队也没有一个合格的军医，但却有紧挨汉水之利。经过各方紧急商议，地方派出一条木船，徐副队长派两名战友连夜把病重的周德佑，顺汉水送回了武汉。其他队员都耷拉着脑袋悻悻然回到了天门县。

大家揪心地刚在天门县演出了几天，武汉方面就传来了噩耗：年仅十八岁的周德佑，因过度劳累罹患伤寒症救治无效，在武汉医院病逝！全队震动，爆发一片恸哭之声。旷平想着小周哥对自己真诚细致的关怀，像火一样热情忘我地工作，一个如此鲜活向上的生命，一个亲如兄长的启蒙人，转眼间就这样永别了，他泪如泉涌，痛哭失声，难以自抑。

徐世金两只眼睛都哭肿了，他是和周德佑贴得最近的人，他强忍着悲痛对大家说，德佑弥留之际，还挣扎着紧握父母和姐姐的手说，你们要坚持抗战到底，最后胜利一定属于我们。由好几个抗日组织发起的追悼会非常隆重，共产党方面的周恩来、董必武、邓颖超、叶剑英，国民党方面的陈诚等要员都来了，沉痛悼念这位忘我奋斗的青年，抚慰志士的双亲。德佑的父亲说，要继续爱子的遗志，要继续支持演剧队的工作；德佑的母亲说，要把爱儿的爱用来爱世界上一切无母爱的儿女。徐世金的话，使大家在悲伤中，又汲取了力量。旷平心想，这位徐副队长，一定心如刀绞，而且，他的悲痛中一定包含着深深的自责。

仅仅过了两天，徐副队长匆忙地召开了全体队员会议，向大家宣布：原副队长王虹梓和他的老婆汪霓已经携款潜逃啦！徐世金说，这件事情的责任完全在领导，用人失察呀！建队以来，许多队员向他反映，王副队长和他老婆经常偷偷下馆子、开房间，生活腐化，他这才向上反映。现经组织调查，王虹梓是个冒充左翼文人的骗子，其实他是上海的一个“文痞”；他自称坐过国民党的监狱，其实是因桃色事件被捕入狱。现在调查清楚了，可是人已经跑得无影无踪啦，他是管财务的，队上所有的钱，包括资助者的捐款，包括各位队员上交的钱，全部都被他们卷走啦！徐副队长讲到这里，全场哗然，好多人这才注意到，那位喜欢用革命大道理压人的王副队长和他的老婆，根本就没有在天门县露过脸。此时，大家最担心的，就是每人每天一毛二的菜金已经没有着落啦！

幸喜天门县县政府帮忙，演剧队总算没有断炊。

虽然困难很多，演剧队仍然乐观而顽强地溯汉水而上，边“化缘”边演出，队员们甚至在汉江上拉纤赚钱来弥补生活费，旷平水性好，他穿条小裤衩，光着脚丫，积极加入了拉纤的队伍，就这样到达了襄阳。

从樊城到襄阳的路上，廖霞发现旷平发起了高烧，廖霞很紧张，她整夜不停地为旷平用凉水敷头降体温。

襄阳的医疗条件较好，经医院检查，诊断旷平也是得了伤寒症，肺部还有阴影。

徐副队长接受教训，果断决定让廖霞与另一位队友，从水路把旷平送回了武汉。旷平病重期间，慢慢对霞姐那双柔软的小手，产生了特殊的依恋。

公交车到达黄鹂路站，旷平和廖霞匆匆下车。

黄鹂路紧傍东湖，东湖很大，他们沿着湖一边打听，一边寻找，总算找到了一个伸入湖滨的半岛，蓊郁的绿树丛中，矗立着一个牌坊，上面写着“海光农圃”四个大字。旷平说，到了！

这里原本是周家的私家花园，后来，周苍柏想提倡劳动简朴之风，更名“海光农圃”，常在此为学生举办一些农事活动。旷平和廖霞沿着土路走进去，这天没有活动，非常幽静，路边松柏成林，竹影婆娑，野花盛开，远处湖面上帆影依稀，风景十分秀美。他们在一幢西式洋楼前的高埠上找到了那处新坟，坟头绿草如茵，简单的汉白玉墓碑上刻着“爱儿周德佑之墓”，是逝者伤心的父母所立。

旷平和廖霞细心地清扫了墓园，廖霞在墓碑前摆下祭品，旷平取出一块洁白的毛巾，一边仔细地擦拭着墓碑，一边在心中倾诉：“我的小周哥呀，我们来看望你啦。你怎么连一声招呼都不打，就这么永远地走了呢？两个多月里，我没有一天不思念着你呀！你是那么真诚热情地关注着我的成长，引导和帮助着我这个弟弟。你水晶般透亮的心灵，你忘我昂扬的斗志和追求，将永远是我的榜样！你是那么多才多艺，富有创造的精神；你是那么生龙活虎，富有生活的情趣，可惜你太不懂得珍惜自己啦，你那么年轻，生命才刚刚开始，就这么溘然而去啦，让我这个弟弟感到无比的惋惜和痛心！我恨透了日本侵略者，也恨透了自己民族中那些蛀虫。我要向你保证：你短促的生命虽然离去，但你的精神却永驻我心，只要我活着一天，你的精神就将在我的生命中发热和发光！”

旷平和廖霞恭谨肃穆地向墓碑三鞠躬，他们久久地伫立于墓前，廖霞发现，旷平弟弟已是泪流满面。

他们从墓地走到半岛的顶端，那里有一座高出地面的亭子，亭楣的匾额上写着“四顾亭”，站在亭子里确实视野开阔：近处，碧波粼粼，水鸟低回；侧面，青山起伏，绿荫如盖。旷平指着远处的一座桥对廖霞说：“霞姐，你看，那座桥叫双湖桥，桥的这面是东湖，桥的那面是沙湖，沙湖就紧挨着长江了。今天我们又横渡了长江，每次我面对那宽阔奔腾的激流，总会想到前人的一首词，你说是哪首？”

廖霞笑道：“哈，那还用问，苏轼的《念奴娇·赤壁怀古》呗。”

旷平激情澎湃地说：“没错，东坡先生一句‘大江东去，浪淘尽，千古风流人物’就把‘大浪淘沙’的主题点出来啦。眼下的抗日战争，我看就是历史上空前的狂涛巨浪，每个人都逃不开这大浪淘沙的考验！你看，有周德佑这样忘我无私的青年英雄，生命虽短，却像彩虹一般划过长空；也有王虹梓那样卑鄙贪佞的小人；还有我家二叔旷峻那样卖国求荣的汉奸，留下千古骂名！同样是军人，有与藤县共存亡的师长王铭章，也有弃兰封而逃被军法处死的龙慕韩。霞姐，大浪淘沙，人世沉浮，生今之世，不可不警醒，不可不奋起呀！”

廖霞深情地注视着眼前这个弟弟，心想，他就是个“多情种子”，可惜不解“春情”，但愿他不要“早生华发”！

旷平和廖霞回到汉口的家，太阳已经偏西。他们刚走到楼门口，就听见楼下客厅里人声嘈杂，其中大哥旷风爽朗的笑声格外突出，旷平大喜，高喊着：“大哥！大哥！”便冲进客厅，旷风也迎了上来，旷平跳起来一下子搂住了大哥的脖子，兄弟二人已经两年没见面了。

一家子全在，廖霞和旷风、旷雨握手时，不知为什么，粉白的脸儿有些泛红，她忙笑着说：“哎呀，今天旷家人到齐了，兵荒马乱的，太难得啦。我带着相机，给你们拍张全家福吧。”

大家齐声响应。

于是，一家人集中在楼门口，旷岳、凌婷立、郭喜居中坐，旷风、旷雨、旷平、旷静围立于后，廖霞从手提包里取出120的徕卡相机，一连给大家拍了几张。接着，兄妹四人又牵手来到院子里亭前那株老枫树下，大哥把妹妹举起来放在肩上，咔嚓，拍了一张合影。

晚饭既丰盛又热闹，廖霞是常客，并不见外，帮着郭妈端汤送菜。旷风告诉大家，他从洛阳回武汉，是来参加军令部第二厅主办的“情报参谋训练班”的。原来主持这个训练班的是第二厅厅长武岩，武岩及时把消息告知旷岳，并称将邀请共产党在政治部的周副部长和八路军办事处的叶剑英将军来讲课。旷岳立即打电话给20集团军商司令，商司令便以“第32军上尉联络参谋”的名义开出了推荐信，旷风就到武汉来了。

晚饭后，廖霞走了。

旷风私下约旷雨到院子里，告诉他，自己已经加入了中国共产党，已经向组织提出了到延安去学习的申请，眼下正等待批复，是利用这段时间来参加训练班的。旷风要求旷雨和他一起到延安去，说那是二弟你最佳的选择。旷雨非常高兴，大哥总是关心他，他也总是跟着大哥走的。旷雨说，自己非常想去延安，大哥能带他同行，实在太好了。小印刷厂有一个工人已经举家迁到重庆去了，他也把厂里的业务交给了老职工马师傅，他随时可以抽身了。

自从小于走后，旷静又搬回她原来的小屋，只是大床没有动。上次大哥来接妈妈，三哥和廖霞已经去演剧队了，大哥正好与二哥同屋，这次三哥已经回来，大哥也来了，旷静不等妈妈开口，自己抱着被子到楼下与郭妈搭铺去了。

旷风和弟妹们聊了很久，回到妹妹的小屋夜已深了。他坐在屋里唯一一张有软垫的靠背椅上，想着弟妹们在战乱中的成长，特别是三弟，参加演剧队的经历，使他提前进入了青年时代，旷风感到很欣慰。

旷风静静地坐了一会儿，然后打开他的军用行李包，从几本旧书中间抽出一本薄薄的练习册，这是个普通中学生使用的练习本，已经很旧，灰色的封面因长期不断地翻阅而有些发毛，旷风捧在手里，小心翼翼地掀开封面，扉页上是用铅笔细细地描绘的一幅奇特的图画：一只牛犊正侧着耳朵倾听趴在它身上的小白兔的絮语。没有标题，没有说明，旷风再次会心地笑了，他懂，他是属牛的，花子是属兔的，还用别的解释吗？

第二页是用秀气的小楷抄录的李白的《长干行》："妾发初覆额，折花门前剧。郎骑竹马来，绕床弄青梅……" 第三页贴着一张黑白照片——十二岁的旷风坐在假山边一块石头上，正和蹲在地面上的旷雨争论着什么，站在侧后的花子，却聚精会神地伸手去捏落在旷风头上的一只小白蝴蝶，是矢原医生捕捉到了这一自然传神的瞬间。再往后，就是花子用工整的小楷抄录的一首首旧体诗词和带着简谱的歌曲，有中文的、日文的，还有英文的，中间插着许多照片，有放大的，也有很小的135照片。最后是一张放大的黑白照片，那是旷风自己的杰作——十六岁的花子光着脚丫坐在潺潺小溪中的一块石头上，她秀发飘逸，毫无修饰的调皮的笑脸，放射着青春的自然光彩。照片下面抄录的是《古诗十九首》的第一首："行行重行行，与君生别离……”

笃笃笃，有人轻轻敲门。

旷风以为是二弟，一边把练习本插进枕头底下，一边随口说：“请进。”

进来的是母亲凌婷立。

旷风有些意外，叫了声“妈妈”，忙把母亲扶坐在靠背椅上，自己在对面的床沿上坐下，双手握住了母亲的双手，问道：“妈妈，这么晚了，来看儿子，有什么话要说？”

凌婷立盯住大儿子，单刀直入：“风儿，你是家里的老大，你今年二十五岁了，过去妈担心你不会和女孩子相处，那是小看你啦。现在我发现你身边的女孩子不少，有的是世交，年龄也相当；在郑州，我注意到你和一个女军官走得很近，我见过这个人，长得很好看。风儿，你告诉妈，你心里有中意的人了吗？”

“没有！”旷风回答得很干脆，他知道母亲心里想什么，“武予岚和廖霞，我把她们当妹妹；你说的那个女军官，叫柳耘，是八路军，非常优秀，我喜欢和她交往，但那是战友之情哪。妈妈，你不是把那只红宝石戒指戴在花子手上了吗？”

母亲倒被问住了，忙解释说：“是啊，我是喜欢花子。风儿，妈见过的女人多了，像她那么聪明又温柔的女人太难得了。我觉得你生性太硬，太粗糙，不会处理生活，有她在你身边，一辈子都会幸福。我是把红宝石戒指戴在了她的手上，可我说那是留个纪念，别的什么都没说呀。”

儿子笑了，拍着妈妈的手说：“你当花子是块木头哪，你的那点心思，她能不明白？她要是不同意，回去就把戒指摘啦，可是她戴着，临别的时候，她用那只手和我紧紧相握，妈妈，这一握，可是女人郑重的承诺啊！”

“唉！”母亲长叹一声，“这中日间的战争打得你死我活，什么时候算个了哇，孩子，妈是怕把你耽误啦。”

“耽误？”旷风坦然表白，“爱情还怕耽误吗？中国有句俗话：‘真金不怕火炼’，妈妈，儿子在爱情和婚姻上，绝对不会三心二意！”

母亲很震动：“风儿，你是个好男人，可偏偏她是个日本女人！”

旷风笑着安慰母亲：“你放心吧，妈妈，日本人也有很多是为正义而战的。花子已经从德国回到中国啦，她已经和我站在同一条战壕里啦。我们迟早会再见面的。”

凌婷立大吃一惊：“什么，什么？你从哪儿得到的消息？”

旷风说：“她亲口告诉我的。妈妈，夜深人静，我常常和她对话，我有问，她必有答哩。”

母亲无奈地苦笑了，用她纤细的长长的手指，轻轻抚摸着大儿子的脸，忧心忡忡地叹息道：“唉，你们这是神交啊，我的宝贝儿，你真是个一根筋的孩子啊！”

28

淡淡的晨雾，清新的气流挟带着山花的芳香。

武岩独自在一株两人合抱的苍松下打着太极拳，他打的是杨式太极，大架子，一招一式，舒展而美观。一百零八式已近尾声：海底针、转身搬拦锤、如封似闭、抱虎归山、十字手，太极收势。武岩敛神静气，用意不用力，慢慢垂下双手，他的额头仍然沁出细细的汗珠。

武岩穿一身白洋布的中式裤褂，黑布鞋，他身后荫翳于绿树丛中的几间砖瓦平房就是他的新居。这里是武昌珞珈山西麓武汉大学边沿的一处土丘，华中名校武汉大学已于四五月间整体迁往四川乐山，原本庞大的校址便成为国民政府军事委员会指挥武汉保卫战的中枢。武岩时任军令部第二厅厅长兼第一处处长，第二厅是管情报的，第一处是分管对日作战情报的。为了工作方便，他暂时住在这里，据说是一位喜欢清静的老教授过去的寓所。

打完拳，时间尚早，武岩默默地沿着一条幽静的林间小道向北漫步，悠悠然走到土丘的尽头。北眺，远远地隔着浩浩长江，就是被汉水分开的汉口和汉阳了。武岩心想，这九省通衢的武汉三镇，地处中国的心脏，正是因为它特殊的交通之利，一遇全国性的动乱，它的特点就会突出，就会天降大任于斯。遥远的汉末“赤壁鏖兵”是如此，近代的辛亥革命“武昌首义”也是如此，眼下，它正当之无愧地成为全国抗战的中心，全国抗日民族统一战线的中心。不久前，中国首届国民参政会在汉口两仪街上海大戏院举行，曾经十年生死相拼的国共两党要员坐在了一起，曾经为权力分割而打得不亦乐乎的中央与地方的对手们齐聚一堂，这在中国历史上尚属创举。不久前，武汉各界隆重庆祝了全民抗战一周年，五十万人大游行，一百多万人次热情献金，从党国要员、工农商学到街头乞丐，纷纷慷慨奉献，催人泪下之事，不胜枚举。这些，或许都将成为武汉地方史志上耀眼的篇章。

武岩的思绪跳到自身：他人生的第一个拐点就来自武昌起义，他由一个新式文学堂的学生，投笔从戎，参加了援鄂学生军，从家乡来到武汉，时年十七，从此成为军人。他很努力，从保定陆军军官学校毕业时，成绩名列该期全校第一，他三十多岁考入日本陆军大学，毕业时成绩又名列该期全校第一，令众多日本同窗汗颜。武岩内心自视甚高，他有本钱：他的记忆力极强，不敢说过目不忘，但博闻强识，同侪无不惊叹，他国学根底深厚，精通日文、英文，善于骑、射、驾、泳，说白了，他是个才子。但是，他的仕途却不畅，已经年逾不惑，军衔还是少将——他保定军校同期的同学白崇禧已经是上将了。近来，他感到自己又走到了人生的拐点，这个拐点的点，就是领袖的视点。自己，一，手里没有军队；二，不是黄埔嫡系，要想得到领袖的青睐，何其难也。可是，全面对日作战以来，他已经多次展示了对日本军界的深入了解和对战局动向的精辟见地，引起高层的关注。武汉战役揭幕后，蒋委员长多次召见了他，询问日军动态，有的地方问得很细。比如，对日军第11军司令官冈村宁次中将的个人爱好和生活习惯；对第2军司令官东久迩宫稔彦王中将与日本天皇裕仁的亲缘关系；以及那个接替南京大屠杀“屠夫”之一谷寿夫出任第6师团长的稻叶四郎中将的作风特点等，都逐一询问。武岩庆幸自己在日本留学六年期间的苦功没有白费，面不改色地对答如流。据武岩观察，委座对他这个公认的“日本通”还是满意的。

武岩没有浪费机会，在最近一次奉召觐见，气氛比较放松时，他直接呈上了一纸题为《祈重视并扩大敌后战场》的报告。这个简短的报告，以事实和数字概述了日军占领华北后，各地城乡自发抗日武装活动的广泛存在，忻口战役结束后，共产党在山西、河北、山东大力扩展敌后战场，建立根据地的情况。报告提出，共产党毛泽东先生新作《论持久战》，对持久战战略进行了深入全面的论述，把“游击战”提至战略的高度。可以想见，共产党扩大敌后战场的趋势将进一步加快。报告接着写道：“当前，国军正与日寇鏖战于武汉之滨，‘螳螂捕蝉，黄雀在后’，窃以为，不可不早谋对策。”接着他提出了若干具体举措，比如“其一，派遣正规部队留驻或插入敌后有利地区，建立开展游击战争之根据地。其二，开办‘游击战争培训班’，广泛吸纳忠勇人士，培养熟悉游击战法之骨干，使潜入敌后，与自发抗日力量结合，拓展工作……”结论是：“如此，可期形成犬牙交错之局面，方有利于下文也。”

蒋委员长看罢，沉默了一会儿，然后用亲切的语气说：“好好，坚白，这个报告甚好，与我所虑不谋而合。”蒋氏又变换为诚恳的语气，推心置腹地说，“坚白，武汉是守不住的，武汉失守之前，我要拿出十二个师，留在大别山地区，建立敌后根据地；至于说开办‘游击战争培训班’，可以让军令部牵头，大办特办嘛。‘敌后战场’是一篇大文章，共产党能做，中央的条件更好，就不能做了吗？坚白，今后这方面的情报，你要继续收集，及时上报。”

武岩啪的一个立正，恭谨地高声答道：“是！”

蒋委员长此前称呼武岩“武厅长”，这是第一次以“字”相称，武岩敏锐地从这个细节的变化中，断定他这步棋走对了。

“爸爸，站在这儿发什么愣，该吃早点啦，别忘了今天有客人。”武予岚来了，打断了父亲的思绪。

武岩看见女儿总是满心欢喜，他笑道：“给女儿饯行，女儿请的客人还敢忘吗？何况你旷伯伯也大驾光临呢。”

原来，武予岚就要和李根一起动身去延安了，父母准备为她饯行，武予岚说，那就请旷风、旷雨过来聚一聚。父亲说，好哇好哇，连老的也一块请吧，我和你旷伯伯也许久不见面了。

李根来武汉后，在“救国会”担任青年工作。他在南京金陵大学就学时是学生会的主席，已经秘密参加了共产党，眼下“救国会”即将迁往重庆，李根向组织上提出来，希望能到延安抗大学习，获得了批准，武予岚决定和他同行。对女儿去延安，武岩夫妇颇有顾虑，是很不放心的，但外表文静的女儿，一向我行我素，国共合作抗战以来，在青年知识分子中，“到延安去”已经形成一种潮流，武岩夫妇自然不愿逆潮流而动。

李根住在武昌，早早就到了，他和武予岚一起在厨房帮忙。佟雪梅做得一手好菜，从头天就忙活，做了福州菜红糟鱼、醉排骨、豆腐蛎；做了湖北菜黄陂粉蒸肉、凤姜仔鸡、莲藕白玉汤，因为牌友凌婷立要来，还特地弄了一碟辣豆瓣酱。武予岚和李根合作拌了一大盆西式沙拉，烤了各式小点心。

逃难到武汉，旷岳没有了专车，凌婷立借用她亲戚的一辆老道奇，由旷雨驾驶，还要搭专门的军用摆渡过江，把车开到一溜平房前，已时近中午。两家老朋友相聚，甚是兴奋欢畅。

武汉是有名的“火炉”，进入7月中，天气已相当燥热。武予岚提议，利用小树林里的浓荫和石桌石墩，露天野餐，空气清新风景好，比憋在屋里舒服，大家热烈响应。旷风、旷雨把两个石桌子挪到一起，又搬够了石墩子，菜肴很丰富，两个石桌上都摆满了。客人们纷纷夸赞主妇的好厨艺。

凌婷立笑对武岩说：“坚白，你好口福，弟妹心灵手巧，这手菜赛过丰泽园的佳肴；我惭愧，最高水平就是摊鸡蛋啦。”

佟雪梅被夸得心里喜滋滋的，笑着回嘴：“我能跟你比吗？婷立姐，你有‘咏絮’之才，又是诗词，又是书法的，我没这份才气，只能围着锅台转啦。”

每人都备个酒杯，有喝黄酒的，有喝白酒的，凌婷立也斟了一杯甜米酒。

旷风敬佩武伯伯，认为他有真才实学、真知灼见，每次见面都要讨教，见众人寒暄已过，便说：“武伯伯，我亲身经历了豫东作战，特别能感受到我军统帅部‘以水代兵’粉碎日寇穿过豫东平原、夺取武汉所付出的惨痛代价，现在敌人被迫溯长江进攻，这种局面来之不易啊！可是，不久前的马当之战，实在打得太窝囊了，这样一个长期经营的险峻要塞，又是沉船，又是水雷的，被日寇一两天就攻下了，战争为什么打成这样？这如何对得起死去的百姓，如何向全国民众交代呢？”

面含微笑的武岩，倏地收敛了笑容，他表情沉重地叹息着说：“是啊，马当之战，真是丢人现眼！究其原因，有主观、客观之分。主观方面，守将16军李军长玩忽职守。这个人打内战内行，打日本外行，敌人大兵压境，理应夙夜匪懈，亲临前线督战，防止敌人登陆。嘿嘿，此公偏在此时沽名钓誉，搞什么第16军的‘抗大’，日军进攻时，要塞里军队的骨干都不在前线。就是这样，士兵们打得还是非常英勇，一天打退敌人四次进攻。可恨，驻彭泽的167师师长薛蔚英，违抗白健生（白崇禧字健生）命他从大路快速驰援马当的将令，故意从小路绕行，等他到了，马当已经丢了。”

旷岳插言道：“这位李军长是靠打内战飞黄腾达的，红军长征二万五，他在后面追了一万多，在贵州还救了老蒋，可这回，蒋委员长也不能不撤了他的差。薛蔚英是黄埔一期的，自命不凡，觉得当个师长很委屈，他不听‘老杂牌’的将令，贻误战机，军事法庭已经判处他死刑。我希望他这颗人头，能对全军起到警示作用。”

武岩继续说：“客观方面，敌人掌握制空权，空中、水上、陆地立体进攻，而且，日本军人完全不顾国际公法，一再施放毒气，要塞阵地的官兵，大部分是被毒气熏死的。当然，马当之险，纵深太浅，侧背没有强大的支援，很难长期坚守，这就是薛蔚英的过失啦。”

李根一边给武岩和旷岳续酒，一边说：“我从南京逃到武汉，一晃好几个月过去了，眼下要离开这个抗战中心了，心里很舍不得，感情上也放不下。二位长辈在此，能不能对保卫武汉战役的大局和前景，给我们一些指点？”

旷岳说：“你武伯伯直接参与制定保卫大武汉的作战计划，让他给大伙勾勒勾勒。”

武岩说：“日军是由华中方面军负责攻击武汉，主帅是畑俊六大将，具体指挥作战的主将是11军的冈村宁次和第2军的东久迩宫稔彦，每个军下辖三个师团，很多都是老对手啦，比如11军麾下的第6师团，就是攻入南京的主力之一。我军的主将是第9战区司令长官陈诚和第5战区司令长官李宗仁，李长官因健康原因在武汉休养，由白崇禧暂代。第9战区负责守卫江南，第5战区负责江北。第九战区放在江西前沿位置的，是蒋委座特地挑选的虎将薛岳，他出任第一兵团司令官，这一线下面有王敬久的25军、李汉魂的64军、李觉的70军、叶肇的第66军、李玉堂的第8军、欧震的第4军等，共约三十个师，真可说是战将云集啊。”

众人都被武岩勾勒出的阵势吸引住了，凌婷立和佟雪梅也瞪大了眼睛，聚精会神地听着。

旷雨插嘴：“看这阵势，中日双方是要在武汉周围来一个大决战啦！”

武岩呵呵笑着说：“日本人是盼望决战的。他们在豫东被黄泛区所阻，被迫选择溯长江进攻武汉，就是想发挥水面、空中、陆上的立体作战优势，与我军决战，消灭我军主力，尽早结束战局。中国军队这一战必须要打好，但并不想决战。蒋委员长的心意其实就是四个字：‘战而不决！’其要义是：充分利用长江两岸的地理优势，层层设防，消耗敌人，以地域换时间，争取把东部智力和物力的精华尽量转移到西南去，同时，以消灭敌军实战能力为目的。所以绝不能像马当那样丢失太快，也绝不能把老本拼光。委员长的亲信陈辞修（陈诚）心领神会，他认为武汉近周无险可守，所以说，‘守武汉而不战于武汉’，他向主要将领布置的战术方针是：‘三线布阵、交替防守、轮流歼敌、步步为营、层层抵抗。’这个仗，既不能拼得太过，又不能退得太快；既要拖时间，又要歼灭敌人，很有个打头嘞。陈辞修和白健生都是极富韬略之人，一个坐镇江南，一个坐镇江北，据我看，日军不扔下十万精锐难以踏进武汉，时间嘛，估计要打四五个月。”

这一片小树林里的树很杂，有无花果也有松柏，几株粗壮的石榴树枝繁叶茂，晚开的大朵红花依然展示着娇艳，各色木槿很多，伴着清风飘来阵阵幽香，叽叽喳喳的鸟儿在周边飞来飞去，等待着品尝剩余的美味。两家人太熟了，十分随意自在，吃着喝着，自然而然地分成了三拨。

武岩和旷岳向来是无话不谈的，此时凑在一起自然要沟通沟通，交换点儿“情报”。

武岩呷了一口绍兴花雕，笑道：“陈辞修的政治部搞的那套黄河水灾大宣传，你这个始作俑者必定注意到了。虽说破绽百出，效果却十分显著，老百姓的仇日情绪空前高涨，听说电影院放水灾纪实，场场爆满，前几天一位老太太当场哭死过去了。不但国内各大报纸齐声谴责日机炸毁河堤，外电也很卖力气，路透社发稿最多。令我惊讶的是，共产党的《新华日报》也跟得很紧哪，难道共产党的那些大员们也被蒙蔽啦？”

旷岳说：“怎么可能呢，‘八办’那几位都是军事行家，肯定心知肚明。不过，抗日民族统一战线嘛，大局为重，口径一致，况且日本人本来就是罪魁祸首哇。”

武岩冷笑道：“嘿嘿嘿，看起来新闻学的客观主义，在国家利益和残酷的战争背景下，也脆弱得很哪。”

旷岳叹息道：“唉，真相早晚会大白于天下的。我本来还准备承受千古骂名，林蔚文说，已经做了安排，让我放心。嘿嘿嘿，这么一件扭转战局的重大决策，偏偏和失败的兰封战役、和老百姓的巨大灾难捆在一起，将来的历史不知如何评说啊！”

“那就看谁写历史啦！”武岩笑道，“慕云，你提个建议也就罢了，听说还附了封信，自告奋勇要承担什么责任。嘿嘿，你能承担什么责任？轮得上你吗？偏偏你又是大汉奸的亲哥哥，别人想撇还撇不清呢，你呀，你的毛病就在自作多情！”

旷岳哂笑道：“是是是，我太把自己当根葱啦，所以嘛，我现在不是坐着冷板凳吗？哈哈，闲云野鹤，逍遥自在。”

武岩仍是冷笑：“慕云兄，你就不是一个能自甘寂寞的人。不过，蒋委座是政治高手，最善于搞平衡，他大举入川，西北和广西就是两翼，他是不会忘记你这颗棋子儿的。”

其实，旷岳心里相当明白，他发出一阵爽朗的大笑，这笑声足以让一切尴尬或难堪烟消云散。他说：“坚白，这一段我接触的面窄，你给我说说，抗战大局有什么新的动向？”

武岩并不客套：“说句你爱听的话，战争打了一年，从整体局势和战略高度来看，黄河决堤事件是一个拐点，就是从我军一味被动挨打穷于应付，转入迫使敌军按照于我军有利的路线来打的拐点。日军上层总是过高地估计他们的战力，至今没有放弃迅速亡我的美梦，他们将浑浑噩噩深陷于战争泥泞的跋涉之中。另一个更大、更带根本性的动向是共产党大举挺进敌后，开辟敌后抗日根据地。”

旷岳笑道：“日本人没想到战争的逆向发展，等他们的军头醒过盹来，恐怕会发现，卧榻之旁已经遍布刀山剑池啦！他们会对山峦林立的西南、荒漠贫瘠的西北失去兴趣，转而维护已经获取的盘中肥肉，今后的战局有可能发生重大变化呀。”

“是是是，老兄不乏远见。”武岩忧虑地说，“现在国民政府有些大人先生们使劲在叫嚷：‘共产党在扩张实力，游而不击。’哎呀，从道义上说，那不是‘扩张实力’而是‘收复失地’，他们搞的是贴身近战，说老实话，我担心的倒不是游而不击呀，是日本人的残酷绞杀会把共产党手下那帮散漫的农民兄弟变成真正的铁军哪，将来就尾大不掉啰！”

武岩把蒋委员长最近一次召见，他递交那份《祈重视并扩大敌后战场》报告时，蒋的强烈反应告诉了旷岳。

旷岳瞄了一眼他这位城府很深的好朋友，说：“‘下文’？你的意思是：国内必有‘楚汉之争’？”

“这不就是秃子头上的虱子吗？”

旷岳深深地叹息道：“唉，今天既然可以合作抗日，明天铸剑为犁，也可以合作建国嘛。中国贫弱之山高高，大家都当愚公，何谈隐患呢？”

武岩无奈地笑道：“呵呵，只怕一山不容二虎哇！”

旷岳搛了一块红糟鱼，放进嘴里，呵呵呵地豁然一笑：“那就顺其自然，自古得民心者得天下，你我何苦杞人忧天？孙先生说过很多话，有一句我印象特别深：‘世界潮流，浩浩荡荡，顺之则昌，逆之则亡。’什么是潮流？我看绝大多数老百姓的愿望就是潮流。绝大多数老百姓都希望生活得更好，更富裕，更和平幸福，政治上更民主平等。日本军阀逆潮流而动，把战争强加给中国人民，必定会失败！今后的统治者，谁违背了这个潮流，也不会有好下场！”

武岩用欣赏的目光看着他这位喜欢动感情的好朋友，给彼此斟满酒，举杯，说：“你呀，不是个忠实的三民主义者，当然也不是共产主义者，你就是个社会的进化主义者。是啊，人类不断向前，向好，这应该是天意呀，谁有本事违背天意呢？来，为了天意，我们喝一杯。”

两个朋友含笑碰杯。

佟雪梅和凌婷立在南京经常一起搓八圈，两个人说得来，颇有一些私房小秘密；逃难到武汉，再没有搓麻的心情，住得又远，难得一见，所以特别亲热。佟雪梅拉着凌婷立到厨房外间空空的饭厅里，告诉她，那个“大于”（于霏）被后来她找的那位有钱的高官给蹬了，还挨了一顿狠揍，居然死皮赖脸地找过武坚白，弄得我家这位厅长大人很没有面子。“哎呀，亏得我识大体，花了一百块现洋，总算把她打发啦。”

凌婷立庆幸地说，那个“小于”真好，自己悄悄地走了，临走还把我给她的那只镶了钻石的金戒指留下了。最近听老二（旷雨）说，她在一个伤兵医院里当护士，干得非常出色，当了模范，庆祝抗战一周年的时候，她和一位护士长作为代表，从孝感到武汉来参加庆祝大会，把自己省吃俭用积攒的钱，全部投入了捐款箱。你猜我家老头听了以后说什么？嘿嘿，他说，惭愧呀，惭愧！

佟雪梅打鼻孔深处哼了一声：“男人，就没有一个不想偷嘴的！必须严管！”

凌婷立笑眯眯地说：“弟妹，都是老夫老妻啦，管得太严，徒生怨愤，不如学学大禹治水，疏导为上。我最近在老家已经找到一个女孩儿，是位远房亲戚，才十八岁，我把她弄到四川去，调教调教，将来就靠她收住老头的心。”

佟雪梅点着凌婷立的脑门说：“你呀，可别弄巧成拙，落个鸡飞蛋打哟！”

凌婷立胸有成竹，露出淡淡的轻蔑的一笑：“嗨，旷慕云，我早摸了个透。谅他蹦不出如来佛的手心！”

几个年轻人凑在一起就更热闹啦，他们的话题广而杂，从前线辗转传来的小道消息，到码头繁忙的西撤物资转运；从国府内亲日派的活动，到日本间谍在武汉的猖狂渗透，无不在议论之列。你一言我一语，亲切而放松，当然，大家最关心的还是诸多朋友们的动向。旷风祝贺李根和武予岚先行一步去延安，说自己和二弟可能不久也要成行，希望能在延安宝塔山下会师。

旷雨要求李根仔细说说他们计划的行程。

李根热情地说：“我们已经到汉口八路军办事处领取了介绍信，准备经郑州、洛阳到西安，必须先到七贤庄18集团军驻陕办事处报到。据说，现在三三两两单独走是有危险的，西安办事处特地设有招待所，容纳各地准备去延安的人，够了一定数量，就编成队伍，一律换上灰色军装，佩戴八路军的臂章，作为八路军的人员，整队出发。我听说从西安到延安，要经过草滩、跃县、洛川三个国民党检查站的检查。哈哈，你们要去，大体上也是这么个行程哪。”

旷风说：“好好好，到时候我们照此办理。”

武予岚高兴地拍着巴掌说：“哎呀，但愿我们能在宝塔山下延河之滨迎接你们，那该是多么富有诗意啊！”

年轻的朋友们憧憬着未来，都开怀地笑了起来。

29

“情报参谋训练班”开课了。

地点就在武昌珞珈山武汉大学的校园里。

旷风满心欢喜，背着他的军用背包，从军用码头渡过长江，远远便看见了苍翠蓊郁像一个线条舒缓的椭圆面包似的珞珈山。他健步登上了西部的山路，仰见高高的牌坊上“国立武汉大学”六个厚重的汉字，心里充满了快慰。是呀，他新近加入了共产党，等待着去向往已久的延安，现在又要开始一段崭新的学习生活，他感到一切都是那么圆满而顺畅。

报到处设在已经基本搬空的武大图书馆（今武汉大学校史馆），是一幢中西合璧甚为壮观的宫殿式建筑，训练班借用了一楼大阅览室改装的小礼堂和近在一旁的部分学生宿舍，武汉大学的学生宿舍是很有名的[①]。报到处的工作人员告诉旷风：学员共计一百二十人，由各军推荐而来，大多是各军少尉以上的通信骨干，也有部分校级军官，每两个人一间宿舍，膳食和学杂皆有补贴，所以，这是一趟

① 现称“老斋舍”，依山而建，共四排，灰色砖石三至五层建筑，均有罗马式拱门，最底下一排紧挨今之樱花大道。

美差。一位年轻的少尉军官对旷风说:“你住302号房，已经有一个你的老熟人在等你啦。”

旷风找到302，推门一看，惊喜地叫道:“哈，霍克欧，霍老兄!”

霍克欧张开双臂迎上来，叫道:“旷风老弟，久违啦!”

他们热情地拥抱。

旷风注意到朋友戴的是少校领章，说:“你不是炮兵吗?怎么跑这儿来啦?”

霍克欧满脸不虞地说:“嘿，老弟，告诉你，我已经是70军炮兵营的副营长啦，可我们李军长点了名派我来，让我把炮兵的眼睛带回去，我敢不来吗?”

旷风笑道:“你们这位李军长有见识!”

这时，楼道里铃声大作，二人只得撂下话头，赶紧到小礼堂参加开学典礼。

开学典礼由军令部第二厅厅长武岩主持，武厅长做了简短的讲话，主要阐明为什么在武汉会战已经打响的关键当口，举办这样一个训练班。他说，在前一段作战中，我军的情报工作实在太差了。现在已经是20世纪30年代，我们有些军官甚至将军的头脑，还停留在冷兵器时代，他们不重视情报的收集、通信的快捷，也不重视保守秘密。我军使用的四字头密码太陈旧啦，早已被日军破译;有些部队撤退时，连机密文件，甚至密码本都丢失了，这使敌人很容易掌握我军的兵力部署和各种动态，造成我军的被动失利。有些部队的长官不懂得使用小股队伍做耳目，完全处于盲目状态。武厅长提高了嗓音:“特别是炮兵，一般阵地靠后，如果不能‘耳聪目明’，失去了快捷的通信手段和准确的情报，那不等于是瞎子吗?瞎放炮，能打谁呢?”

听到这里，旷风和霍克欧不禁会心地对视了一眼。

武岩清了清嗓子，郑重地说：“诸位，我们不仅眼睛要明亮，眼界还要开阔。今天开学第一课，我们荣幸地请到了政治部周副部长给我们做国内外形势报告，周副部长在百忙中光临此地给我们讲课，我们表示衷心的感谢和热烈的欢迎!”

坐在后排的旷风，睁大充满景仰目光的眼睛注视台上，他的心情和过去不一样了，现在他已经是一名共产党员，他知道周恩来是党的重要领导人之一，曾是黄埔军校的政治部主任，亲历过长征，又主持了“西安事变”的和平解决，他是自己内心十分崇敬的党的领导人。旷风眼见敏捷地走到台前向大家敬军礼的是一位一身戎装的中年军人，扎着武装带，眉毛很浓，略显消瘦，两眼放射出沉稳睿智的光芒，领章上闪耀着两颗金星，他的语速较快，亲切而充满感情，他的讲话恰恰是从旷风关心却不甚熟悉的国际形势切入的，一下子就把旷风抓住了。

周副部长介绍，在欧洲，纳粹德国利用英、法推行软弱的“绥靖”政策，疯狂地扩张：今年3月，希特勒竟派兵长驱直入奥地利，4月10日，在德军的刺刀下，举行了所谓的“公民投票”，从而宣告：“德奥合并”，奥地利这个国家的名字，就这么被阿道夫·希特勒从地图上给抹掉啦！人们一提到美丽的维也纳，立即会想到动人的音乐，可是，现在，在维也纳的大街上，纳粹党的冲锋队员正挥舞着大棒，肆无忌惮地对犹太人发泄着虐待狂的本性，成千上万的犹太人被抓起来投入集中营。纳粹德国会停止侵略的脚步吗？不会！希特勒正把手伸向捷克斯洛伐克！眼下，欧洲德国的纳粹党，意大利的法西斯党，亚洲日本的军国主义分子，已经结成了世界法西斯轴心同盟。周副部长用高昂的语气说，所以，中国的抗日战争，已经站在了世界反法西斯斗争的前沿阵地上，在座的诸君都是现役军人哪，当你们以大无畏的精神冲向敌人的时候，你们不仅是为保卫我们伟大的祖国而战，也是为反对世界法西斯的扩张、伸张人类的正义而战！

台下的听众显然被深深地打动了，先是发出嗡的一阵骚动，紧接着响起暴风雨般的掌声。

周副部长话锋转向国内，他谈到了眼前保卫大武汉的重要意义，指出必须尽一切力量阻滞敌人，消灭敌人的有生力量。他介绍了共产党八路军、新四军在豫东、赣北、晋冀鲁等地区大力开展游击战争，开辟敌后战场，牵制了敌人的情况，指出正面战场和敌后战场是互相支援、相辅相成的一个整体。周副部长说，单纯依靠政府和军队抗战，是难以战胜强敌的，我们必须下大力气唤起民众，调动起全民族的力量，才能使敌人真正陷入人民战争的汪洋大海，难以自拔。周副部长挥动手臂有力地强调：只要我们坚持抗战，坚持统一战线，坚持持久战，循着这条道路勇猛前进，勿馁勿辍，最后的胜利必定属于我们！

这天，回到宿舍，霍克欧对旷风说：“我们军长派我来，我心里还不太乐意，今天单单参加了这一个开学典礼，我已经感到不虚此行啦！”

旷风说：“周副主席的演讲太精彩啦，要不是统一战线，哪来这种分量的开学典礼？”

霍克欧注意到旷风说的是“周副主席”，笑道：“听老弟说话这口气，我可以断定，你这位一贯思想‘左’倾的公子哥儿，已经参加共产党了，坦白地说，是不是？”

旷风说：“没错，我是个新党员，你是老前辈，我知道你上中央军校之前就是党员了，你瞒得过罗大伟，瞒不了我呀。”

霍克欧诚恳地说：“你是我的好朋友，我从来不想瞒你。现在更好啦，我们是真正的同志加兄弟啦！”

旷风接茬儿：“还外加一个老同学！”

两个好朋友相视哈哈大笑。

训练班的课程包括“日本军队概况”“情报参谋业务”“游击战战略战术”“密码的制定与破译”等。

“日本军队概况”由武厅长亲自授课，他讲的内容非常扎实。令霍克欧惊讶的是，他居然详细地介绍了日军通常使用的炮型，从迫击炮直讲到加农炮，如数家珍。

霍克欧说：“哎呀，这个武厅长真不简单，他对日军大炮了解如此之细，令我这个炮兵副营长汗颜哪。”

旷风说：“你知道吗，他三十多岁到日本学习六年，头两年进的是炮兵学校，然后才考进陆军大学，他对大炮能不熟悉吗？”

霍克欧感慨地说：“唉，像他这样爱国又有远见的人，真是太令人敬佩了。”

“游击战战略战术”这门课，特别邀请了八路军的叶剑英将军来授课。可能考虑到学员们都是军官，叶剑英第一次来讲课时，穿着一身洗得有些发白的旧军装，领章上闪耀着两颗金星。旷风坐在后排，却看得真切，他心想，这位刚年届不惑的叶先生，初见时，穿西装，像位亲切儒雅的学者，今天一身戎装，又成了威武矍铄的将军，哈哈，共产党里真是藏龙卧虎哇！

叶将军一共讲了四次课，每次都在两个小时以上。他一开始像讲故事一样，介绍了日军攻占我国从北方包头直到南方杭州的大片土地后，立即面对了中国老百姓自发的反抗斗争。他举了许多生动具体的例子，譬如，“七七事变”后，7月末，北平周边就涌现了赵侗、宫长海、樊子明等领导的抗日武装，赵侗的国民抗日军，主要成分是大批北平的青年学生、29军溃散的士兵和当地的农民，他们不断袭击日军的哨所、仓库、军车，到9月末已经发展到一千八百多人。从10月起，北平城郊的民众抗日武装逐渐联合起来，组成了一支“民众扫日自卫队”，以杨博民为总司令，人数达到两万人。这些生动又实实在在的事实，把学员们的注意力都吸引住了。

“为什么会出现这种局面？”叶将军提出问题，也引起学员们的议论和骚动。

叶将军归纳学员们的看法，做出了进一步的分析：从敌人方面说，他们进行的是非正义的侵略战争，而且手段极端野蛮残忍，失道寡助啊！同时，日本又是一个小国，兵力、物力均属有限，而日本将军们的指挥又缺乏战略远见，他们在南北两线作战，把华北大量军队抽调到上海，今年又妄想在徐州围歼我军主力，把二十四个师团调集于津浦线，结果造成敌占区大面积的空隙。从我国方面说，中国人民素来具有反抗侵略的优秀传统，我们又是个大国，人口众多，地域辽阔，不是被意大利灭掉的阿比西尼亚，有限的日本军队根本无法控制广大的所谓“占领区”，共产党及时提出了进军敌后、开辟“敌后战场”的主张，八路军115师在晋东，120师在晋西北，129师在晋东南，八路军总部在太行山区深入发动农民群众，开展了广泛的游击战争，到今年（1938）1月，晋察冀敌后抗日根据地正式建立，不久前，冀东二十万人举行大起义，建立了冀东抗日游击根据地。

叶将军叙述这些事实的时候，旷风的头脑里立即跳出了柳耘和古先锋的身影，他们从荥阳渡过黄河，面对的是一片平原，没有高山密林的掩护，他们将依靠人民，穿插于敌人的据点之间，环境是多么凶险啊！他想到了柳耘的神采，柳耘豪爽的笑，他相信这支工人的队伍会越打越壮大。

叶将军提高了嗓音，笑着说："诸位，我向你们郑重地推荐一本书，就是我们共产党的毛泽东同志的新作《论持久战》，最近已经在延安出版。作者在开篇时说：'很多人都说持久战，但是为什么是持久战？怎样进行持久战？很多人都说最后胜利，但是为什么会有最后胜利？怎样争取最后胜利？'我读了这本书，认为是迄今为止把上述问题讲得最清楚、最透彻的了。所以，今天，我特地带了五本书来交给武厅长，希望同学们中感兴趣的，到武厅长那里去借阅。"

话音甫落，下课的铃声就响起来了。

旷风大步流星，赶去找武伯伯，总算抢到了最后一本。

开课以来，旷风和霍克欧常常在晚饭后，爬到图书馆的楼顶，观看落日；或者，顺着四排宿舍楼罗马式拱门下宽宽的石阶下到底层，在乔木夹道的碎石路上漫步。这天，旷风晚饭后却留在了宿舍里，开始了紧张的阅读。

这本书的印刷和装帧是比较简陋的，封面上《论持久战》竖写的书名显然是作者的亲笔，全书只有八十页。旷风是怀着虔诚的心去阅读的，而且一边读，还一边做笔记。起先借着落日的余晖，随后借着电灯的光亮，夜深了，就用报纸把一半的灯光遮蔽起来，直到过了午夜，才读完最后的第一百二十节。他掩上书，轻轻舒出一口气，这本书，以严谨雄辩的逻辑性和敏锐科学的预见性令他折服，他内心里许多问题都被一一化解，他产生了一种豁然开朗的快感。

第二天一早，他把书转交到霍克欧手里。

叶剑英认为，中日战争打了一年出头，战争已经开始由敌人单纯的进攻，慢慢向着敌我相持转变。而在这个阶段中，共产党主张的作战形式主要是游击战，而辅之以有利条件下的运动战。叶将军接着讲课的内容，就紧紧地扣住了这个中心。他以大量鲜活的战例说明了游击战的特点，游击战争中的“主动性”“灵活性”和“计划性”。他还着重讲解了游击战和运动战之间的关系，指出眼前虽然以游击战为主，但决不放弃有利条件下的运动战，一旦抓住有利的战机，在广阔的战场上，迅速地集中队伍，以优势兵力，迅速地歼灭敌人，又迅速地分散队伍，叶将军笑着说，这时候，在具体的战役上，就不是打“持久战”，而是打“速决战”，甚至“闪电战”啦。叶将军的语言活泼而幽默，常常令学员发出会心的笑声。

叶剑英语重心长地说，我们是以弱国迎战强国，只有在长期的持久战中，积小胜为大胜，才能最终战胜敌人。千万不要把正面战场和敌后战场割裂开来，两个战场是相互支援，相辅相成的，是我们中国人民对付强敌的两只铁拳。诸位，同志们，朋友们，我希望大家永远牢记，我们中国人下的是一盘棋啊！

让霍克欧最感困难的课程是“密码的制定与破译”，教师留了一个作业：每个学员自己动手编制一套密码。旷风顺利地完成了，虽然尽力帮助霍克欧，他对无线电收发报和密码的使用编制仍然是一头雾水。

旷风笑道："通信这门课，包括明线的架设和无线电收发报及密码的使用，我在中央军校学了整整两年，你老兄临阵磨枪，想要不快也光，难哪，我看顶多是个'银样镴枪头'！"

7月末，前线传来了新的战报：长江南岸，7月22日，日军近藤海战队、台湾波田支队、第106师团从湖口乘运输船起锚，由扫雷艇开道，炮舰护航，在大批飞机掩护下，溯江而上，向九江发动了进攻。松浦第106师团在九江姑塘一线遭遇李汉魂麾下155师的迎头痛击，广东兵利用有利地形，居高临下，弹如飞蝗，打得日军抱头鼠窜，遗尸累累。在九江江滨强行登陆的近藤海军陆战队，碰上了我军严阵以待的预9师官兵，在近距离密集的炮火下，登陆橡皮艇纷纷被击沉，大和武士们争相跳水逃命。只有106师团佐藤大队在姑塘以南预11师阵地登陆成功，撕开了九江防线的一个口子。鏖战了四个昼夜，正当有的军官要求反冲锋，把鬼子赶下水去时，兵团司令下令主动撤退，转入沙河、金官桥、马祖山二线阵地，26日九江弃守。

在长江以北，7月24日从潜山发动进攻的，正是那支攻入南京中华门疯狂杀戮和平居民的海盗队伍第6师团，这支自诩"所向无敌"的日军，这次却举步维艰，处处挨打了。中国军队在白崇禧的指挥和严令督导下，不但有险必守，而且不断从绵延的大别山麓侧击日军。凉亭河镇一座并不高大却十分险要的烽火山，守军第15师的一个营，让稻叶师团三天三夜不能前进一步。接替谷寿夫不久的稻叶四郎气得发了疯，命令飞机炸，大炮轰，烽火山矮了一截，可是当日军上来时，埋在黄土下面的中国士兵突然跳出来和日军拼刺刀，在友军的支援下，烽火山阵地岿然不动，五百多中华健儿牺牲在这里。

前线的战况，让霍克欧和旷风都坐不住了。

这天，上午的课程刚完，风尘仆仆的夏农走进了他们的房间。

旷风大喜，一边给夏农倒水，一边把夏农介绍给霍克欧。老霍很知趣，寒暄几句，便转移到别的房间去了。

夏农告诉旷风，他是代表河南省委到长江局来汇报工作的，顺便过来通知他，组织上已经同意他到延安“抗大”去学习了。

夏农笑道：“在长江局，当我汇报到你入党的情况时，听汇报的长江局负责组织工作的秦谷同志笑着说，‘哈哈，这个小家伙也入党啦。’看起来，他们对你很熟悉呀，秦谷同志让你带着组织关系去找他，由他给你开去延安“抗大”学习的介绍信。”

夏农把“组织关系”交给了旷风，那是一张名片大小的纸，写着旷风的简单情况，重要的是有中共豫西特委的公章和书记刘子久的签名。

夏农说，他一直在洛阳给原政训处的同人安排工作和出路，忙得不可开交，所以不能久留，要告辞。旷风哪里肯依，说，到了我这儿，就由不得你啦，拉着夏农到武昌有名的“江南春”吃了饭，又陪他逛了黄鹤楼，二人登上第五层，观赏了汉水汇入长江的情景，才依依惜别。

旷风回到宿舍，电灯都亮了，他见霍克欧已经从食堂把两个人的晚饭打回来，还添了几个小菜，买了一瓶黄山头大曲，便笑道：“你这是要给我饯行啊。”

霍克欧说：“哎呀，前方吃紧，我也待不住啦。今天咱哥儿俩好好地喝几杯，说说心里话。”

二人对酌，酒过三巡。

霍克欧讲起徐州会战后期他的一段经历：“唉，从徐州撤下来的时候，非常危险哪，我们军的主力已经从两支日军的间隙中穿过去了，可是殿后的军部却被包围在一座小山上。保卫军部长官的只有一个警卫连和我带的一个迫击炮排。那座山不大，地势却突兀，十分险峻，所以包围的日军虽多，并未贸然进攻。李军长站在山头用望远镜一望，笑着对左右说：‘日本军人就是狂妄，那个陆军少佐居然蹲在山脚下比比画画，大概是和他的两个副手商量怎么进攻我们。霍克欧，过来，你看看你的迫击炮够不够得着他们。’我用望远镜一瞄，高声答道：‘正在射程之内。’李军长说：‘好，两炮，给我把他们端了！’我调来两门迫击炮，亲自校正方位，亲自送入炮弹，轰轰两响，日本陆军少佐和他的两个同僚就应声消失了，李军长趁此机会带着我们突围而出。”

旷风鼓掌道：“精彩！哈哈，你该升官了吧？”

霍克欧说：“升官是小事，从此，李军长高度重视炮兵，而且认为，眼睛是炮兵的灵魂。这次武汉保卫战，他预知70军将在江西庐山抗击日军，他把各团的迫击炮排全部集中到炮兵营，归炮兵营统一指挥，这一下子我们营扩大了一倍多。他点名派我来学习，对我说，把炮兵的‘眼睛’带回来，你要是不行，勾几个‘人才’回来！”

旷风一仰脖子，咕嘟，一杯白酒下肚，笑道：“霍兄，你该不会打我的主意，把我当作被勾的对象吧？”

霍克欧哈哈大笑，说：“你要不是被勾的‘人才’，我还到哪里去找‘眼睛’哪？”

旷风说：“你知道组织上已经批准我到延安‘抗大’去学习啦？”

“咳，到延安去学习，早几天晚几天，有什么关系?”霍克欧的双目倏地放射出咄咄逼人的异光，“旷风，你是参加过豫东作战的，现在外面放映什么《黄河水灾纪实》，他妈的，骗谁呀?我是个有脑袋的军人，难道不明白是我军最高统帅部放出的黄龙?用这么惨重的代价才换来眼下的武汉会战！旷老弟，告诉你，我老家是安徽怀远县的，我的亲娘和一个小弟弟就没能逃出这次黄水逼迫的迁徙，我的老父和一个妹妹，至今流落异乡，生死不明。老弟，我的心里在滴血呀，这次保卫大武汉的战役如果打不好，我们如何对得起那些失去家园甚至惨死的同胞！旷风，要不然我怎么会对你有如此不情之请呢?”

霍克欧绝不会想到，这一番话对旷风的内心会产生多么大的冲击力。旷风听着听着就愣住了，他的脑海里立即蹦出了窦大彪家院子里那座新坟，仿佛听见了他自己跪在窦母坟前说的那些话，仿佛看见了窦大彪一家人离开柳林村时的背影，他马上意识到自己其实没有别的选择！

但他仍然用迟疑的语气说：“霍兄，我是32军派出来的联络参谋，我冷不丁跟你跑到70军去，我算是什么呀?”

霍克欧说：“你算什么?你要虚的，还是要实的?”

“何为虚，何为实?”

“虚的就是军衔和官位啦，我没法给你；实的嘛，你去了，就是炮兵营的营长！”

旷风哂笑道：“我怎么蹿成炮兵营的营长啦?”

“你看，我是副营长，营长是我的铁哥们，对我言听计从，我不等于是营长吗?你去了，我听你的，你不就是营长了吗?”霍克欧披肝沥胆地说，“旷老弟，我知道，论技术，你全面，论打仗，你比我贼，你就是最好的眼睛哪，到时候，我要不听你的，我就是王八蛋！”

“哎呀，霍兄言重了。”旷风满饮一杯，“霍兄不必再鼓动你那三寸不烂之舌，小弟我，跟你走！”

霍克欧开怀大笑：“哈哈哈哈，好，咱们立刻行动！”

“立刻行动？”旷风扑哧一笑，“你是瞄上了教学示范用的‘便携式电台’了吧！”

旷风猜个正着。

在“训练班”的教学中，使用了四台德国新生产的“便携式无线电收发报机”做教具，体积小，分量轻，功能强，早被许多学员盯上了。霍克欧说，我知道，你们旷、武两家是世交，去问你武伯伯要一台，我们带走。

旷风为难地说，哎呀，要东西，越是熟人越张不开嘴呀。霍克欧笑道，不用你张嘴，你把我带到他家里，我来说！

这件事进行得很顺利。武厅长的家不远，旷风熟门熟路，把霍克欧带到武家的客厅里。武岩听完霍克欧的要求，笑道：“这四台‘教具’一露相，我就知道保不住。好，我家里正放着一台，给你，不过，你得给我写个收据。”霍克欧以70军炮兵营的名义写了收据，签上了自己的名字，高高兴兴地抱着小电台回宿舍了。

第二天一早，旷风回到汉口家里，叫上二弟，兄弟二人来到原日租界中街的八路军武汉办事处（也是中共中央长江局驻地）。秦谷让旷风把党的组织关系交给长江局组织部的一位女同志，又亲笔写了一封介绍信，上面说：“介绍旷风同志（中共党员，关系在长江局）、旷雨同志等赴延安学习，请协助办理相关事宜为感。”下面落款是第18集团军驻武汉办事处，盖上了办事处的大印，秦谷又郑重地签上了自己的名字。

旷风说：“秦谷同志，你用这个‘等’字，分量很重啊，你不怕我带一个特务进延安？”

秦谷爽朗地笑道：“不怕，如果同志间没有信任，那这个世界就太晦暗啦！”

兄弟二人走出办事处，只见窄窄的对面街头站立着霍克欧，他的脚下放着两个军用大背包。

旷风把秦谷写的介绍信郑重地放在旷雨手里，说：“二弟，这封信非常重要，你拿好了！我现在要和霍克欧一起上前线去，你可以在武汉等我一阵，但千万不要久等，你最好自己先去延安，在那里等我。”

旷雨感到非常意外，惊愕地说：“你要上前线？告诉爹妈了吗？你让我拿介绍信先走，你呢？”

旷风微笑着说：“上前线的事，我昨晚刚决定的，先不要告诉爹妈。我怕局势一紧张，交通会很不方便，所以让你看情况先走。我党的关系在长江局，必要的时候，可以再另外开介绍信嘛，你就放心地先走吧。”

旷雨觉得太突然了，他平日哇哩哇啦的嘴一下子不知说什么好了，他手里紧紧捏着那封信，瞪着大哥，期期艾艾地说：“大哥，你就这么走啦？”

旷风笑着对弟弟摆摆手：“延安见！”

旷雨眼看着大哥连头也不回地和霍克欧一起走远了。

30

1938年（日本昭和十三年）6月18日，日军大本营统帅部根据由天皇裕仁主持的“御前会议”的决定，下达了第119号命令，对进攻中国武汉做了全面的部署，武汉战役的大幕随即拉开。

6月26日，日军为适应在中国南方作战特地从台湾调来的波田支队（相当于中国的混成旅），因获取中方军队内部情报，在水、陆、空立体作战并大量施放毒气的支援下，攻占了马当。7月4日，攻占了湖口，7月26日，日军又攻占了九江。可以说，武汉战役的开端，中国军队节节失利，没有能够贯彻落实最高军事当局“层层消耗敌人”，“以空间换时间”的战略目的。

日军在攻占九江后，分兵两路，一路向西攻击瑞昌，企图沿瑞武公路（瑞昌至武宁的公路）推进；一路向南，沿南浔铁路（南昌至九江的铁路）进犯，企图攻取德安、南昌。这两路都躲不开九江南部的庐山北麓和西麓。特别是向南，南浔铁路正是穿越紧挨庐山西侧的丘陵地带修筑的。

提起庐山，人们往往会想到白居易在《庐山草堂记》中说的“匡庐奇秀，甲天下山”，想到它的雄、奇、险、秀之美，是个世界闻名的避暑胜地。然则，在高度重视地理环境的中国军事家眼里，绵延二十余公里，拥有一百七十余座奇峰的庐山，却是千里难寻的用兵之地。中国军事高层已经断定，日军在占领九江后，必定沿南浔线西进，因为日本军人打仗，向来很顾及屁股，况且，他们妄图迂回包围中国军队主力，从而迫使中国政府屈服。所以，早在庐山西侧广阔的丘陵地带，三线设防，修筑了“倒八字”的防御工事，等待着敌人。

8月初，日军第106师团在师团长松浦淳六郎率领下，向我庐山西麓金官桥阵地发动猛烈攻击，遭到我军第70军19师、预备第9师、第55师、第187师和第475旅官兵的坚决还击，前沿阵地沿邓家河依水布防，一连六天，敌人飞机狂炸，大炮猛轰，步兵蜂拥而上的无数次进攻都被我军奋勇击退，我军的死伤也极为惨烈。

就在这个当口，旷风跟在霍克欧身后，走进了金官桥二线主阵地70军的前沿指挥部，霍克欧必须先去向军长报到，并把勾回来的旷风介绍给军长。旷风没想到李军长竟如此年轻，看上去也就三十八九岁。李军长重重地拍着旷风的肩，表示欢迎，带着浓重的湖南乡音说：“你们回来得太是时候啦！我们的对手就是那个在姑塘登陆成功，撕开我军九江防线的松浦106师团，都是来自南九州的强盗！日军攻占九江只用了四天，可在我们金官桥的前沿阵地，一连六天的猛攻，寸步未进，前方打得好啊！”

他当即任命旷风为第19师炮兵营情报参谋，参与炮兵营作战指挥，他强调说：“这次阻击战，炮兵发挥的作用很大，鸡窝岭地势非常优越，居高临下呀，杀伤力很强。希望你们在‘准’字上再下功夫，只有打得准，才能打得狠！”李军长拿起电话，把霍副营长的回归和他对旷风的任命通知了炮兵营营长陆裕。

8月骄阳似火，热浪灼人，旷风背的行李包里装着收发报机，有点分量，汗水已经浸透了他的衣衫。他跟在霍克欧身后正从一条崎岖的小路攀登庐山西侧有名的鸡窝岭，70军的炮兵营就驻扎在鸡窝岭上。这条小路，时陡时缓，宽处二三米，窄处仅容二人擦肩而过。路东是土石山崖，乔木与灌木间杂，漫山遍野盛开着说不出名字的山花，唯有一簇簇一堆堆的野玫瑰抢眼，那小而殷红的花朵鲜红似血，旷风心想，血，像血一般的红，大概就是战场和一般地方不同的主色调啦；路西隔着葱绿杂乱的灌木丛，不时传来震耳的枪炮声，山下正是中日两军拼死厮杀的大战场。

爬上一段陡坡，只见山顶路口哨所旁，营长陆裕带着副官、卫兵已远远地迎了上来。陆裕长得虎背熊腰，十分健壮，他热情地和霍克欧、旷风紧紧握手，操一口湖南腔声若洪钟："军长亲自打电话告诉我你们来啦，旷老弟，欢迎哪，我和克欧是多年的战友，亲如兄弟，你来了就不是客，也是我的兄弟！有什么话，尽管说！"

紧紧握着的手，传递了无言的信息：这里是战场，没有客套寒暄，一分钟之内，陌生人已经变成了生死战友。

旷风说："陆营长，我想看看这里的整个阵地。"

陆裕说："好，把行李交给王副官，让他安排你们的住处，我马上带你们去看。"

豪爽的陆裕喜形于色，他先带着二人站到崖边一块巨大的青石上，指着山下说："你们先往下看！"

旷风眼前展开的是一片绿黄相间的丘陵地，一个小山丘连着一个小山丘，连绵不断，那些山丘，高的海拔不过一百多米，矮的只有几十米，可那就是坦克的煞星哪。

陆裕指着北面远处说：“看，那里就是金官桥，一座再普通不过的公路桥嘛。从沙河到金官桥一线，我们依水修筑了前沿阵地，我们这里的山炮、榴弹炮可以直接支援他们。”陆裕指着近处的几座山丘继续说，“你们看，那是朱家山，靠近我们山脚下的是孔家山，那座比较高的是老虎坎，它的西北侧就是土地庵山岭，整个二线主阵地像个倒八字，是个装人的口袋呀！这一片全在我们炮弹的射程之内，特别是孔家山到老虎坎这一带，我们的迫击炮可以发挥最大的威力。”

陆营长带着新回归的霍副营长和旷风观察了整个炮兵营地，旷风见炮兵营除拥有数十门迫击炮外，还有六门榴弹炮和四门山炮，都井然有序地排列在西侧，后面有一片不大的空场，空场南北两侧是新盖起来的土坯营房，正东中间一溜较高的砖瓦房显然就是指挥部了。旷风举目四望，这才真正领略了什么叫“天险”！这鸡窝岭的峰顶不过几百平方米，不但中低外高，形似鸡窝，它的北东南均有更高的山峰，敌人的空中优势在此很难发挥。旷风不禁在心底赞叹：“哎呀，这真是母亲大地的恩赐啊！”

回到营指挥部，旷风说：“我有两个建议，第一，在西沿南北增设两个固定观测哨，隐蔽的地点我已经选好了。第二，从岭上用望远镜观察，或者靠岭下前线方位不准的信息，都很难准确打击敌人，我建议，组成一个精干的侦察小组，带着便携式电台，深入前方阵地，获取第一手准确情报，及时传到营部。鸡窝岭的地势太有利啦，我们不但有大量迫击炮，还有榴弹炮、山炮，可以指哪打哪，只要有准确的情报，就能发挥我们炮兵最大的威力啊！”

陆裕狠狠地一拳砸在桌子上，说：“好主意！我也想过派一个侦察小队到前方，可是炮兵营一个通信班，打到现在，只剩下四个懂嗒嗒嗒的人啦，没有一人能承担这样的任务。”

“我来呀！”旷风说，“我身高力大，背个电台，当玩儿，我又会收发报，只不过我不会测量，不懂各种炮的性能，我不是炮兵。”

“我来呀！”霍克欧说，“不是吹牛，我天生一双‘神眼’，近距离目测，我的判断和定位仪差不多！当然必要的仪器咱带上。”

旷风说：“还差一个人，就是向导，必须对山下这块土地的地形和大路小道，包括我们这片山林的沟沟壑壑，了如指掌，才能胜任哪。”

陆裕说：“这个我来找，我向地方政府要人！二位老弟，看起来是让我坐镇鸡窝岭啦？”

霍克欧说：“那是当然，谁有你老兄的炮校得准！”

第二天，当地的县长就亲自把向导送上了鸡窝岭。此人姓郝名虎，是个身材瘦小精悍的中年汉子，世代是山中猎户，后因母亲中风瘫痪，无奈下山为母治病，成了家，在县政府里当差送公文。这郝虎自幼随父亲打猎习武，身手矫健，枪法准，最重要的是他走遍山里山外，有个绰号叫“活地图”。

旷风与四位通信战友沟通了传输的密码、频率等细节。当日后晌，三人结扎停当，吃了一顿昨晚趁着夜色送上来的馊饭，喝足了凉水，告别营长，一溜小跑，下山而去。

庐山西侧是丘陵地带，南浔铁路穿此而过。我军金官桥阵地是沿吊桥洼、朱家山、老虎坎、孔家山一带，三线设防，依照地势挖掘了蜿蜒的战壕，修筑了暗堡，70军主阵地在老虎坎。

霍克欧等三人刚进入孔家山阵地，便听战壕里的战士纷纷说：“前沿阵地丢啦！”前沿阵地已经顶住敌人七个昼夜的进攻，打退敌人无数次的冲锋，阵地前方铺了厚厚一层日寇的尸体，我军自身的伤亡也非常惨重。今天从清晨起，日军再次出动大批飞机轮番轰炸，大炮猛烈轰击，但一次次冲锋仍被打退，午后，日军除猛烈炮轰外，再次大量施放毒气，我军众多士兵被毒气熏倒，军指挥部下令主动撤退，放弃了前沿阵地。

霍克欧等沿着战壕前进到老虎坎阵地，只见仍有三五成群的担架和士兵从前沿撤下来，穿过主阵地的战壕，直接退往三线阵地休整，有个满脸绿紫的士兵破口大骂：“小鬼子放毒气，真他娘的孙子！”

旷风仔细观察，感到这老虎坎主阵地是精心打造的：小山丘高不过一百二三十米，战壕设在半山腰，山脚前二十米外挖了四米宽的反坦克沟，重机枪交叉火力点都有厚厚的沙袋掩蔽，战壕的前后还挖了许多单兵掩体，这是给狙击手准备的。战壕后面竖着的壕堑较多，那是送饭送水和补充弹药的通道，也是运送伤员的救命之路。更重要的是，在山体背阴的侧后，修筑了许多三四米深的地下大掩体，用整根整根的粗原木和整条整条的铁路钢轨来支撑。旷风心想：这是要死守哇！

霍克欧等三人商量，都认为根据日军习惯，必定乘胜追击，明日这里将有一场大战。他们选定了东西两个“观测点”，自己动手垒好沙袋，调整好掩体的深度，又向营部发了第一份电报，报告此间战况，预告明晨日军可能对老虎坎、孔家山一带发动攻势。不久，接到回电：“我营准备就绪，枕戈待旦！”

要按旷风的心思，最好在战壕里露天过夜。可是，有两大威胁：第一，蚊虫成阵，一群一群黑色的蚊虫围在身边飞，一不注意，即遭袭击；第二，尸臭难耐，前沿阵地铺满日寇的尸体，我军牺牲官兵的大批遗体也尚未掩埋，天气炎热，有的尸体早已腐烂生蛆，发出刺鼻的恶臭，浓烈的尸臭笼罩着整个战场。为了养精蓄锐，三个人找到了一个宽敞的地下掩体，这掩体的顶部都是由一条条钢轨密密地承受着顶上的压力，旷风注意到，一根钢轨上用麻绳拴着一枚南浔铁路职工的胸牌，他笑了，他明白，这是参加修建地下掩体的南浔铁路员工故意留下的纪念。三个战友直接躺在了地上，不一会儿便参加了鼾声大合唱。

次日凌晨，日本飞机果然嗡嗡嗡地光临上空，开始了对孔家山、老虎坎阵地的轰炸，远程大炮的炮弹也呼啸而来。阵地上大多数老兵对日军“飞机炸，大炮轰，坦克在前，士兵冲”的作战程序十分熟悉，一个个随意地坐在地下掩体里，有的抽旱烟，有的耍贫嘴，有的下象棋，有的把年轻媳妇的照片拿出来再看一眼，他们对外面炮弹的爆炸声毫不在意，更没有人惊慌。可是，当爆炸的声音一停止，所有士兵的耳朵都竖了起来！

霍克欧等三人不敢怠慢，赶紧跑出掩体，沿着战壕进入观测点，大约又过了十几分钟，就见远处出现一条黄色的线，哨兵喊了一声：“小鬼子上来啦！”地下掩体里的战士迅速鱼贯而出，快捷地各就各位。旷风按霍克欧的指示，不断向营部发报，当敌人进入一千米时，鸡窝岭上的山炮和榴弹炮响了，当敌人进入五百米时，鸡窝岭上的迫击炮炮弹如雨点般地砸下，在敌军中爆炸，众多日军纷纷倒地，阵形大乱，但仍然咿咿呀呀，跟在十几辆坦克的后面往前冲。二百米，一百五十米，一百米，我军指挥官大喊一声：“开火！”重机关枪、轻机关枪、各式步枪、掷弹筒一起开火，密集的子弹像受到攻击的蜂群一般射出，那些为大东亚圣战充当炮灰的大和武士，一群群一片片地栽倒在异国他乡的荒野里。两辆冲在前面的坦克，一辆倒栽葱式地翻进四米深的反坦克沟，一辆倒挂在边沿上，两名坦克手刚从王八盖子里爬出来，就被我军的狙击手打了个脑袋开花。

当日军落潮般退去时，又被西侧土地庵山岭阵地上的重机枪射杀了一大片。这一群来自南九州的106师团的海盗武士，碰了一个硬钉子，113联队长田中大佐性情暴戾，他在中国的土地上杀人如麻，已经嗜血成性，昨天刚刚夺取了前沿阵地，正在兴头上，哪里肯认输，他心里知道正面老虎坎阵地啃不动，便聚集起八九百名士兵，亲自督阵，想撕开我军西侧土地庵山岭阵地。可是这个屠夫没想到，他把后背完全袒露给了鸡窝岭。

土地庵山岭阵地也不是软柿子，重机枪密集的交叉火力把日军压在阵地前沿，暴躁的田中大佐挥舞着雪亮的指挥刀，砍倒了两个退缩的日本兵。霍克欧已经锁定了这个“两杠三花”的位置，电报迅速打到营部，瞬间，榴弹炮的呼啸划过长空，六枚炮弹不偏不倚罩在了这个屠夫的头顶上。

主将为天皇陛下尽忠啦，日本兵再无斗志，拖着那具残缺的尸体，落荒败退而去。

当晚，70军李军长接到第一兵团薛司令的命令：次晨9点，所有参战部队全线反击，务必夺回失守的金官桥前沿阵地。命令迅速下达，全军振奋。

第二天太阳升起的时候，鸡窝岭、朱家山、吊桥洼我军炮兵阵地的大炮就开始向敌军阵地猛烈轰击。所有步兵唰地全都插上了雪亮的刺刀。9点整，进军号吹响，绵延的战线上上万名官兵一起跳出战壕，发出震天的怒吼，向着敌军阵地勇猛冲击。旷风上过战场，但他从未亲历过上万人排山倒海般的冲锋，那撼天动地的喊杀声使他全身热血沸腾，他和霍克欧还有没穿军装的郝虎都举起驳壳枪投身其中。在这铁流里，没有人顾及头顶上敌机在俯冲，敌人射出的子弹在耳边嗖嗖，没有人顾及炮弹和炸弹在近旁爆炸，身边的战友在倒下，没有人顾及脚下的羁绊，跌倒了一骨碌又爬起来。这支钢铁巨流，万众只有一心：冒着敌人的炮火，前进，前进，前进进！

金官桥前沿阵地重新被夺回到中国军队手里，仓皇退却的日寇被追过了邓家河。

可是，前沿阵地的工事比较简陋，没有深挖的地下掩体，战士们只能在弯曲的战壕里躲避敌人炮弹的攻击，敌人远程大炮的轰击不断造成我军的伤亡。旷风感到惊讶，凭借如此简陋的工事，凭借前面的河水挡住敌人坦克的冲击，中国军队竟能打退日寇七天七夜的进攻！现在这个阵地又失而复得了，他发现战壕的北沿，所有的土都是暗红的，这种暗红，有的地方深达一两寸，有的地方竟深达三四寸，有多少官兵、自己的骨肉同胞，在这里流尽了最后的一滴血。

“侦察小组”在一起商量，旷风说：“我听每天的炮弹都从西北方向射过来，霍兄，你内行，你听这是什么炮发出来的？”

霍克欧说：“我仔细分辨，这应该是九六式一百五十毫米野战榴弹炮发射出来的。这种炮精度很高，最大射程一万一千多米。”

旷风说：“那这个敌人的炮兵阵地在距此西北十公里左右，郝虎兄，你仔细想想，此去西北十公里左右有没有特别适合做炮兵阵地的地方?”

郝虎不爱说话，此时呵呵笑道:“还真有这么个地方，叫‘葫芦口’，是一片湿地中的一个半岛，葫芦的肚膛子大，脖子——也就是连着陆地的通道小，只有十来米宽，易于防守，连我这个外行都认为是最好的炮兵阵地，从这里往西北大约十里。”

霍克欧盯住旷风问:“老弟，你想偷袭?”

旷风说:“步兵偷袭不行，损失太大，也难以达到目的。我想炮兵偷袭，用迫击炮端掉这个榴弹炮阵地。”

“以小打大!”霍克欧大喜,“妙妙妙，十门迫击炮，一百发炮弹，十分钟结束战斗，哎呀，就是要先摸准地点哪。”

旷风说:“今天晚上我们先去踩点，郝虎兄，全靠你啦!”

郝虎说:“苍天有眼，我知道一个地方可以徒步涉水渡过邓家河，巧了，不远就有一条小路直插葫芦口!”

旷风高兴得哈哈大笑，张开双臂，一把就将身材瘦小的郝虎抱住了，拍着他的后背说:“郝虎兄，你老哥真是一块宝哇!”

这一天是公历1938年8月12日，恰当农历戊寅年七月十七日。俗话说“十五的月亮十六圆”，那一轮皓月，像一只硕大的银盘子挂在天上，照耀着苦难的中华大地，朵朵乌云在月下游走，时而如同白昼，时而昏暗迷茫。三个黑影登高下坡，矫健如飞，沿着邓家河西行约十里，寻到一处宽阔的河面，平静的河水在月光下像银灰色飘逸的绸缎，郝虎说，这就是徒涉点啦!注意，河底有淤泥，不能久停，跟着我快过。他蹚水走在前面，二人随后，旷风感到齐胸的河水其实很温柔。上了岸，向西约行二里，向北钻入一片苇林，那苇子已经秀穗，高过人头，只听郝虎轻声说，跟紧!哪里有什么路？分开苇子就是路！三人脚跟着脚，忽而亮堂开阔，忽而又钻苇林，如此数里，终于开阔。郝虎说，到了！

眼前是一大片水，据说这里的水与鄱阳湖的水是通着的，所以常年不会干涸。大约八百米开外便是黑压压的陆地，霍克欧用望远镜仔细观察，好一阵子，欣喜地给了自己大腿一拳，轻声说，找对啦！他把望远镜递给旷风，旷风循着他指的方向细看，果然在一片伸入水中的陆地上看见了大炮的炮管，没错，敌人的炮兵阵地就在此处！

日本军人太轻敌了，他们大概认为这一片水是天然的防护带，居然在水外没有设哨兵。旷风坚持说自己的水性好，可以泅到较近处观察，霍克欧同意了，说，小心！郝虎踮起脚跟把旷风的军帽摘下来，旷风便下了水。他以潜泳逐渐靠近陆地，大约到三百米，有一处露出水面的苇丛，他把头隐在后面观察，他清晰地看到那个伸入水中的葫芦肚子上一字排开十几门榴弹炮，炮口齐向我军前沿阵地，炮的后方约三十米是营房。旷风怕被日军的流动步哨发现，不敢继续靠近，又潜泳了回来。霍克欧根据旷风的描述，用测量仪做了仔细测量，确定了十个炮位，一一留下隐蔽的标志。

他们于黎明时回到鸡窝岭营部，向陆营长做了汇报，陆营长大喜过望，亟表嘉许，让他们赶紧休息。

当日时近午夜，由陆营长亲自挑选的二十名精壮炮手，分为十组，携带十门美制布兰德六十毫米迫击炮（炮重十九公斤），一百发炮弹，由向导郝虎与旷风在前引领，霍克欧殿后，从鸡窝岭出发了。

那夜乌云满天，银月难得一露，众人衔枚疾走，有如一条乘风的黑龙，他们举着炮和炮弹渡过了邓家河，顺利地穿过苇林，凌晨2

点多钟到达水边。按预定炮位各就各位，准备停当，2点40分，突然发动炮击，九分钟，一百发炮弹打完。霍克欧与旷风从望远镜中观察，八十发炮弹准确命中敌榴弹炮群，二十发炮弹全部命中营房。

酣梦中的日本炮兵被打蒙了，死伤累累，张皇失措，当毫无准备的头头想到反击的时候，已经找不到对手了。

东方泛白，二十三名突击队员一个不少地回到鸡窝岭下。

霍克欧命二十名炮手先回营部，对郝虎说："郝兄，你这个活地图太厉害了。我问你，除了我们常走的这条路，还有别的小路可通山顶吗？"

郝虎想了想，说："东边后山还有一条小路，可通山顶，不过很难走哇，凶险的地方比较多。"

旷风说："越难走，越危险，越要注意。郝兄，现在就带我们走一趟。"

郝虎与两位战友已经建立了感情，他特别为这次偷袭的胜利感到骄傲和兴奋，他面带微笑地说："好，你们二位不怕累，不怕摔残了腿，我就带你们走一遭！"

他们先从一个山谷绕到鸡窝岭的东麓。

这一路，起先还有明显的人踩出来的痕迹，没过一会儿痕迹便消失了，只有一个隐隐约约的意向，一个方向，郝虎把两位战友带进了真正的原生态的亚热带丛林。旷风惊诧地仰视着参天的柳杉和乔松，树梢距地面至少三四十米；时时阻挡他们前行的是灌木，诸如美丽的山茶树、绽着新绿的枯藤、凤凰木，还有一片片的竹林；纠缠于脚下的是铺地柏和绿芙蓉。经常有野兔和獐子从他们身边窜过，忽地一条两米来长的青蛇从旷风眼前游去，旷风吓了一跳，郝虎笑道：“你吓着它啦，在它的眼里，你是个大动物，闯进它的地盘啦！”

到了东麓，他们越过一片清澈的山涧，透明的水流不急不缓，上游依稀可见瀑布，雾蒙蒙的，旷风心想，呵呵，虽说不上“飞流直下三千尺”，在城市里这样的美景哪里找？在郝虎的引领下，他们开始往山上爬，所谓路，不过是前辈猎人和挖山货者用脚踩出来的痕迹，顺着陡峭的地势，利用大树的树根，有的地方几乎直上直下，赖以攀登的只有把大树裸露的根系作为抓手，还靠偶尔出现的“足窝”，真是时时必须四肢齐动，借助双手的力量攀爬。旷风奋力地紧跟，呼哧呼哧地喘着粗气，不让自己落后。

前面出现了一株躺倒的大树，不知什么时候倒下的，两人合抱的树干已经长满了青苔。郝虎说：“咱们歇歇脚，我得抽袋烟啦。”旷风如蒙大赦，赶紧响应：“好好好，我实在饿得够呛，真想喝口水，啃几口饽饽啦！”

这里随处都是四五十米高的参天巨树，阳光从树叶的缝隙间洒落下来，像一片散金。他们坐在那棵倒地的大树上，开始吃喝，郝虎吸着旱烟。

过了好一会儿，旷风问：“你们听，这是什么声音？”

霍克欧说：“没什么声音呀？”

旷风说：“你仔细听，非常细微，非常嘈杂，非常悠远，非常深邃，好像笼罩着整个的山林，听到了吗？”

霍克欧侧耳细听，点头笑道：“听到了，听到了。咳，这不就是无数昆虫和鸟儿在鸣叫吗？”

郝虎吧嗒着旱烟说：“无数，嘿嘿嘿，这是夏天森林里万虫齐鸣啊！谁也分不清是什么虫子叫唤。”

旷风惊喜地叫道："哈，天籁！这就是大自然最原始的声音，我从来没有听见过这真正的天籁之音哪！"

他们起身，继续向上攀爬。

霍克欧注意到，旷风仔细地清除了郝虎落在地上的烟灰和自己落下的饽饽渣子。他心里想："这个大大咧咧的家伙，居然如此精细，他骨子里就是个天生的军人！"

向上的路，更艰难更危险了，有时巨石突兀，不得不把身体紧贴着山体侧行攀爬而过，稍一不慎就会坠落悬崖，他们从两块巨石的缝隙中穿过，又走过几丛碗口粗的竹林，便见眼前呈现一块平坦的草地，对面却矗立着壁立的断崖，这青石断崖足有五丈高，几乎直上直下。

郝虎说："这里就是老猎户传说的'回头崖'啦！再往上不远就是鸡窝岭的峰顶，也就是我们的炮兵营地。因为一般人走到这里，很难上去，只好回头，所以得了这么个名字。你们没有准备，上不去，看我的吧！"

郝虎从腰间解下一条长长的绳索，绳头拴着一个铁抓手，他握住抓手，扫了一眼崖顶，一扭腰，一抖手，铁抓手飞出，牢牢地缠在崖顶一株香樟树的底部。郝虎腾空而起，踩着石壁，捯着绳索，不到十秒钟，已经站立断崖之上。

郝虎干脆把绳子收了上去，倒过来，用绳尾拴住香樟树干，把铁头扔了下来。霍克欧和旷风都捯着绳索，踩着石壁，登上了断崖。旷风心想，幸亏自己从小就喜欢练引体向上，又受过军训，否则，今天可能丢人啦！

果然，上面的路好走多了，不及三百米，就到了东边营房的脚下，霍克欧眼见东部营房外面只立着稀疏的木桩，拉着简陋的铁丝网，连个固定的哨位都没有，脸上顿时发烧。

霍克欧问郝虎："老郝，有多少人知道这条小路?"

郝虎沉吟道："哎呀，这就难说啦。我是小时候老爹带我走的第一遭，这庐山的老猎户和进山挖山货的主都可能知道，不过，亲身蹚过的也许不多。"

"不多？是多少?"旷风问。

霍克欧看了旷风一眼，三个人都沉默了。

31

炮兵营大量杀伤日军，击毙田中大佐，以小打大端掉日军榴弹炮阵地等卓著战功，受到第一兵团薛司令和70军李军长的传令嘉奖。嘉奖令上说，从一名被击毙的日军尸体上搜出的日记中，找到记载称：“庐山上的迫击炮弹如雨点般从天而降，皇军大受威胁，伤亡惊人！”陆营长、霍克欧、旷风均记一等功。向导郝虎特赏一百大洋。

军司令部运来了四扇猪肉、大量难得一见的新鲜蔬菜，还有从日军那里缴获的罐头和日本本土神户生产的各种清酒。这天的庆功会开得很热闹，庆功酒宴中午吃了，晚上又接着，前线的生活紧张单调，大家都珍惜这难得的欢乐时光，猜拳行令，唱戏的、唱小曲的、连呼带叫，直到深夜。旷风被胜利的喜悦深深打动，他兴奋得难以入眠，天气燥热，他干脆走出营房，信步走到山崖边那块他熟悉的大青石上坐下。

晴朗的夜空是湛蓝色的，星星眨着眼睛，东方的下弦月十分明亮，山下的战场静悄悄，这种异常的宁静倒令旷风不安——日军榴弹炮阵地被端了，怎么别的炮全哑啦？

宁静也带来温馨，是啊，如果在和平的环境里，这样的深夜，多少人会沉醉在幸福的美梦中——旷风的脑际跳出了父母、二弟、三弟、小妹，他们今晚会围坐在一起共进热闹的晚餐吗？郭妈会站在一旁欣赏大家品尝她烹制的菜肴吗？旷风同情这个脸蛋总是红通通的不幸女人，不仅是三弟，还有小妹，都是她带大的，她以自己的勤劳赢得了全家人的尊重和爱戴。

旷风的脑海里跳出了矢原花子倚着车窗的美丽怅然的面容，非常之清晰。她现在究竟在哪里？在纳粹德国生活得还好吗？她难道真的如自己所愿回到中国了吗？旷风突然发现，从她还是一个天真的小姑娘起，她的一颦一笑，都早已深深刻在他的心上，他早已深深地爱上了她。可是，正如妈妈说的，自己木讷呆板，太粗糙了，太生硬了，不懂得和女孩子交往，直到这一次在南京见面，也没有对她说出一个“爱”字，自己从来没敢抱过她——除了在火车上临别的一抱，更不要说亲吻啦。哎呀，她会觉得自己是块木头吗？自己是多么希望把她紧紧地搂在怀里呀，她会明白我的心吗？

一阵清风吹来，旷风的头脑仿佛被吹醒了，瞬间又回到现实。是啊，眼下自己是一名战士，山下战场的宁静令他莫名地不安。

一个流动步哨从南面缓缓走来，旷风见他正走过两个小土堆，那是两个新坟，便迎了上去。哨兵见是旷风，立正行了一个军礼，关切地问：“旷参谋，还没有休息呀？”

旷风说：“睡不着哇，我老觉得心里有什么事。”旷风来炮兵营的时间不长，但显然已经融入了这个集体。他指着两个新坟问，“新牺牲的？怎么会埋在这山上？”

哨兵说：“你和霍副营长回来的前三天，也是后半夜了，有一队日军的侦察兵，沿着小路摸到山腰了，被我们两个哨兵发现，交了火，山上的人被惊动了，陆营长亲自带兵冲下去，敌人已经跑了。两个哨兵都牺牲了，一个哨兵的腿被敌人的手雷炸断，流了大量的血。陆营长命令把他们埋在这里，因为他们的血流得特别多，陆营长让把带血的土全都铲起来，放在新坟上，还念叨了两句什么血呀草的诗，旷参谋，你看，坟上的土很多都是暗红的。”

旷风说：“陆营长大概是念了‘血沃中原肥劲草，寒凝大地发春华’吧。”

哨兵说：“对对，好像是这么两句。”

旷风捧起坟上的一抔土，那些土块中确实有的带着不同深浅的暗红色，这使他想起前沿阵地上那渗入地面三四寸的血色，啊，他突然明白了，他来到这个战场，内心里最大的变化，就是懂得了脚下的土地有多么沉重，多么珍贵！他的心里也涌出了两句诗：“青山处处埋忠骨，何须马革裹尸还！”

又一阵清风掠过，旷风突然意识到什么，不禁打了一个寒战，前胸和后背都陡然冒出冷汗！

他快步走回营房，系上枪带，又把在屋角酣睡的霍克欧叫醒，霍克欧稀里糊涂地抄起手枪就跟他走出房间。

旷风说：“咱们俩沿着后山那条小路走一走，我总不放心，日本人是最爱报复的，咱们不能大意失荆州啊！”

霍克欧说：“那天回来，不是马上在‘回头崖’下安排了两个暗哨吗？”

旷风说：“别忘了，日本特种部队是最善于摸哨的！朱熹有句名言：‘即以其人之道——”

霍克欧笑着接茬儿：“‘还治其人之身’，好好好，我跟你走，我可不想让你骂我王八蛋。”

他们走出新添设的东营门时，霍克欧让门口的哨兵注意加强营盘东侧的警戒。

他们找到了那条隐蔽的小路，实在看不出有什么路，仅仅是一条隐约的痕迹，一个方向，他们循迹向前向下走了大约二百米，旷风记得，前面就是回头崖了，这是这条小路上最难过的坎。

旷风似乎听见了什么，他示意霍克欧噤声，二人匍匐向前，爬到崖口，向下一看，浑身的寒毛都竖了起来：山崖下人影幢幢，足有四十多人。

旷风按住了霍克欧掏枪的手，拉着他后撤几步，小声说：“这是日本的特种部队，我留在这里阻滞他们，你赶紧回去布置：所有营房撤空，关了灯，指挥部要开着灯，拉上窗帘和门帘。”

霍克欧兴奋地双手一捏，说：“给他来个‘包饺子’！”

旷风点头。

霍克欧无言地把身佩的手枪塞在旷风手里，转身飞奔而去！

旷风一边往回走，一边仔细观察地形，见一处有几堆错落的大青石，但后面是绝路，时间太紧了，不容他掂量，他趴在了第一堆大青石的侧后。

仅仅过了十来分钟，暗淡的月光下黑压压的一群敌人，猫着腰蹑手蹑脚地蹿上来了。旷风看得真切，让他们走到不及十步，双枪齐发，砰砰砰砰砰砰，他就地一滚，转到了第二堆大青石后面。

敌人被打倒了三个，一下子炸了窝，子弹和手雷疯狂袭来，几个人也扑上来，但一个声音用日语大声命令：“不要管他，跟着我冲！”

日本兵像十六级台风般冲向中国炮兵军营，他们的心被猝不及防的袭击打乱了，失去了理智的判断，他们用轻机枪和手雷炸塌了东门前的哨所，他们踹开一所所营房黑洞洞的门，向里面扔手雷，疯狂扫射，为首的一拨直扑亮着灯光的指挥部，一通滥炸乱射。当他们明白完全扑空了，想要逃跑，探照灯突然大亮，重机枪、轻机枪、各式步枪、手榴弹从四面、从房顶如骤雨般射向他们，一眨眼的工夫，躺倒了一大半，活着的仓皇躲进指挥部，负隅顽抗，但他们的退路已经被重机枪封死了。

旷风回到营盘西门外的临时指挥部，陆营长狠狠地拍着他的肩膀说："旷老弟，你太了不起啦，你救了我们营，你立了大功啊，我一定要为你请功！现在还剩下十几个小鬼子，已经是坛子里的王八啦，我们要逮几个活的，才更见精神哪！"

旷风说："营长指挥的伏击打得漂亮！可是小鬼子非常顽固狡猾，俗话说困兽犹斗，千万不可大意啊。"

陆营长说："他娘的，魔高一尺，道高一丈，我就不信煮熟的鸭子能飞出我的手心去！"

日本兵做过一次逃跑的努力，但火力相差太远，丢下两具尸体，又缩了回去。待到天色大亮，就更没有突围的机会了。

我军炮兵营也有性急的，主张用掷弹筒、迫击炮轰，全部消灭干净完事，可陆营长坚持要抓活的。

鸡窝岭上一片沉寂，只有我军吃早餐时发出一阵喧哗。双方相持到中午，午饭前，陆营长在营盘外集合队伍，亲自指挥大家高唱一曲《大刀进行曲》，饭盆饭碗有节奏地敲击之声也颇有韵味。

过了一阵，指挥部的窗口里伸出用长枪挑着的白衣，有人用生硬的汉语喊话："我们愿意投降，请长官讲话！"

陆裕知道，日本的特种兵大多数是懂一点汉语的，他高声回答：“我是营长，有什么话说吧。”

日本兵继续喊话：“请营长到营盘大门口那个重机枪点说话，请放心，我们没有重武器，我们只想活命，只想要一个明确的保证。”

陆裕轻蔑地冷冷一笑，沿着营墙根走进军营门口用厚厚的沙包垒起的重机枪点，高声喊道：“我就在这个机枪点啦，别妄想引诱我当你们狙击手的靶子。老实听着，中国军队是遵守国际公法的，只要你们放下武器，高举双手，走出来投降，我保证你们的生命安全。”

日本鬼子喊道：“我们相信中国军人讲信用，现在我们高举双手，出来投降啦！”

指挥部的门被推开，两个日本兵高举双手走出来，又把手中的武器远远扔掉，他们走到机枪点的正面，突然向前扑倒，身后露出两个掷弹筒，后面两个鬼子，迅速地扔进两发炮弹。

与此同时，我军的机关枪响了，四个日本鬼子没有能再回去，但是，他们用掷弹筒射出的一发炮弹，不偏不倚落入了西营门前那个重机枪点里，陆营长和机枪手都被炸成重伤，一块弹片打断了陆裕两根肋骨，当他躺在担架上，要被送往山下急救站时，他挣扎着对站在身边的霍克欧和旷风喊道：“活捉鬼子的头头！一定要在精神上打垮这帮小鬼子！”

霍克欧和旷风立正，敬礼，高声答道：“是！”

此时，指挥部里的日本兵唱起了歌，唱了一首又一首，旷风听出，有一首是《樱花》，歌颂美丽的春天，抒发乡情的；另一首叫《拔刀队之歌》，是明治天皇时期大和武士决斗前爱唱的，那歌声充满杀气与悲怆。

霍克欧立即命令，除隐蔽在指挥部周围房上的狙击手和机枪手外，全体官兵在西营门外集合，由他亲自指挥，大唱抗日歌曲。第一首唱的是光未然作词，阎述诗谱曲的《五月的鲜花》：

五月的鲜花，开遍了原野。
鲜花掩盖着志士的鲜血。
为了挽救这垂危的民族，
他们正顽强地抗战不歇！
…………

旷风是左嗓子，唱歌不行，但他咧着嗓子倾情歌唱。他喜欢这首带有抒情色彩的抗战歌曲，能记住每一句歌词。下面唱的是日本军阀发动了“九·一八事变”，中国同胞失去了自由和饭碗，忍受屈辱无情的皮鞭，终于发出了怒吼，最后的结尾唱道：

震天的吼声，惊起这不幸的一群，
被压迫者，一起挥动拳头！

旷风唱得热血沸腾，他惊讶地发现，这一群粗壮的男子汉唱出的歌声竟如此雄壮而优美，震动了山林深谷，在群峰间久久回荡。紧接着霍克欧又指挥大伙连唱了两首歌。

对面指挥部里被困的小鬼子哑了，阒无声息。

霍克欧对旷风说：“你不是会说几句日本话吗？编几段劝降的

词，用镔铁喇叭轰轰小鬼子。”

旷风的日本话，主要是矢原花子亲授，没想到用在这儿了。他编了几段，趴在营门口重机枪点的外面，拿着用镔铁制成的喇叭筒，劝日本兵认清侵略战争的非正义性，想想在家乡等待的父母、妻儿或者是恋人，想想他们殷切的期盼，还是放弃抵抗，给自己留一条命。

这些用日语喊出的平实的话，好像引起指挥部里一阵骚动，隔了一会儿，传出几声绝望的歇斯底里的叫喊：“天皇万岁！”“大东亚圣战万岁！”随即，又连续传出几声枪响。

指挥部敞开的两扇窗户里冒出几缕青烟，很快便随风飘逝，一切归于死寂。

相互沉默对峙的时间很长，直到红日西沉时。

有两个年轻的炮兵实在忍不住了，自告奋勇要到指挥部去打探打探，霍副营长扫了一眼身后的落日，点了头。两个青年人从南北两侧迅速绕到窗前，往里看了看，就大模大样地一脚踹开了门，进到屋里转了一转，立即跑到指挥部前的空场上叫道：“全他娘的为天皇尽忠啦！”

呼啦！一大群人拥进空场，直朝指挥部拥去。

“站住！”声若惊雷，旷风张开双臂挡住了众人，他以命令的口气大吼，“全都退到营外去！”

旷风只是个新来的上尉参谋，所有的官兵都愣住了。霍克欧站到旷风身边大声命令：“听旷参谋的，全体退出去！”

没有一个人不服从！

旷风对霍克欧说：“霍兄，我看来的是日本特种兵的一个小队，应该至少配带两个炸药包，但至今没有使用啊，老百姓叫他们鬼子，

‘鬼’包含着‘诡’呀，我们可不能中了诡计呀!”

霍克欧说:“没错，绝不能大意！我们两个再去仔细探探。”

旷风说:“你不能去！陆营长已经倒下了，你是副营长，绝不能再出问题。我去，我不叫你，你不能再向前走一步；你不听，我骂你王八蛋!”

霍克欧诚恳地说:“我听，我听。好兄弟，你千万小心哪。”

旷风点点头，转身大步走向指挥部，门是敞开的，旷风站立门口，仔细扫视屋内。屋里的景象令人惊心，窗下倒毙的都是顽抗时被我军狙击手或机枪打得脑袋开花的，靠里面横七竖八丧命的大多是吞枪自尽，满脸是血，有两个人是剖腹的，肚肠流到地上，所有这些人都正面朝前，鲜血淋漓，仿佛要展示他们的伤口。旷风注意到只有一个身材比较矮小的日本兵是趴着“死”的，他的位置在一个剖腹者的身后，他的背上、脖子上和露出的侧脸上满是血污，但旷风迅速从他低垂的侧脸上捕捉到一只活动的眼睛，心里全明白了。

旷风打着哈哈自言自语道:“诸位全都上西天啦？营长怕中埋伏，派我一个人再来看看，呵呵呵，我看是脱了裤子放屁呀!”旷风一边迈过三具死尸，一边说,“嘿嘿，你们这些大和武士，为一场侵略战争当炮灰，尸骨抛在异国他乡，值得吗?”

旷风到达目标，他如猎豹般扑上去，一手抓住趴着的日本兵的脖领，一手抓住他的腰带，大喊一声:“别装啦!”双臂将日本兵仰面朝天地举过头顶，那装死的鬼子咿呀乱叫，双腿乱蹬，手里还挥舞着一柄匕首，但他腰间扎死的一根布带已经拉燃了身下隐藏的两个炸药包，导火索刺刺地迸射出火花。

旷风大吼一声:“去你的吧!”将日本兵扔向炸药包，转身用尽浑身的力气，向敞开的窗户一个飞身鱼跃，就在旷风的身体刚刚越过窗棂的一瞬，撼天动地的爆炸声震动了山野，旷风悬着的身体被巨大的气浪抛出一丈开外。

剧烈的爆炸掀掉了指挥部的房顶，炸塌了北西二墙，猛烈的气流挟带着飞沙走石把霍克欧击倒在地，但他迅速跳起来，奔向战友旷风，只见旷风仰面倒地，满脸是血，一个眼珠子挂在脸上，往下看浑身是血，一只右脚已经没有啦！霍克欧痛苦地大叫一声“哎呀”！扑在旷风身上，号啕恸哭，眼泪就像地壳下喷出的热泉般奔涌。

营外的官兵都被这震撼山谷的剧烈爆炸惊住了，片刻后，才呐喊着奔向霍克欧和旷风。

刘军医跑在最前面，他迅速摸了摸旷风的颈动脉，大喊一声：“他活着!”

霍克欧跳起来，嚷道:“赶紧止血！担架，担架!”

刘军医用绷带扎紧了旷风右腿膝盖下的小腿，给他注射了止血和强心针。

担架来了，旷风被抬上担架，霍克欧不由分说抬起前面的架杆，他其实眼睛模糊，看不清路，但不要担心他跌倒，因为左右都有人扶着。不知谁说了句“旷参谋需要鲜血”，呼啦，众多战友跟在了担架后面，于是，这一条人龙，朝着山下最近的伤兵救护站狂奔，狂奔!

32

自从大哥走后，旷雨心里就莫名地惴惴不安，大哥突然义无反顾地上了前线，他感到非常意外。既然已经决定上前线，为什么还要匆匆带自己到“八办”去开那张路条？大哥是要为自己铺一条路哇，他就是这么一个人。旷雨没有想过自己先去延安，他焦虑地等待大哥的音信。但是，他并没有对家人隐瞒大哥突然上了前线，也没有隐瞒他将和大哥去延安的事情，还把秦谷开的介绍信给家人看了。父母知道以后，神情凝重，沉默了，什么话都没说。

黄河花园口决堤改道后，形成了宽阔绵延的黄泛区，郑州成为戍守的最前线，第一战区司令长官部迁至洛阳，豫西以及陕西、甘肃都变得平静而无战事。旷岳没有回到洛阳第一战区长官部去，他受邀到第五战区参赞军务，仍是一天忙忙碌碌、乐乐呵呵的。第五战区此时负责保卫大武汉长江北岸的作战，司令长官是李宗仁，因病由白崇禧暂代。旷岳在清末参与了广西第一支新式陆军的筹建，当时他刚从袁世凯创办的保定陆军预备大学堂毕业，伙同一批革命党人奔赴偏远的广西，他年轻热情奔放，像一把火，他是广西同盟会支部创建人之一，在广西新军中播下了民族民主革命的种子，广西军人对他是很敬重，很不错的。

俗话说“母子连心”，凌婷立得知大儿子再次上了前线，心里总有一种不祥的预感，她深知自己头胎的这个儿子遇事总爱冲在前头，子弹可不长眼哪，她当然明白，儿子是为了国家与民族，但内心深处仍然认为，儿子首先是为了保卫她这个母亲！凌婷立总结了从南京逃到武汉的经验，决定“笨鸟先飞”，自己带郭妈、旷平、旷静先去重庆，她约了廖剑秋夫人和廖霞同行，武岩夫人佟雪梅要贯彻“严管”方针，决定留下来与丈夫共进退。

已经是8月下旬了，大批准备入川的人员、物资仍然滞留在武汉、宜昌，特别是宜昌，长江上游滩险流急，大船、军舰根本无法通行，大部分人员和物资，都要在宜昌换船，然后进入三峡，溯川江而上。凌婷立在家乡湖北的关系深，她动用了娘家的力量，居然以高价买到六张民生公司改良火轮头等舱的船票，这种改良平底火轮，吃水浅，马力大，可以从武汉经宜昌过三峡直达重庆，真是一票难求啊。凌婷立满心得意，正在庆幸，孰知三儿子旷平突然宣布自己不愿随母亲去重庆，坚决要和二哥一起到延安去干革命，他说秦谷同志写的那张介绍信里的“等”字，就是专为他写的。凌婷立火冒三丈，认为她一贯宠爱的小三儿，在她最需要支持的时候背叛了她，有悖情理，母子二人闹僵了。

凌婷立觉得很委屈，认为“子不教，父之过”，都是丈夫鼓吹什么“个性解放”搞的，所有的儿子没有一个听话的！这个小三儿，小小年纪，自以为聪明，孤芳自赏，全然不把父母放在必须尊重的位置上。凌婷立正琢磨对策，旷静趴在她耳边说，妈，何不让廖大小姐去做说客？凌婷立瞅了“小棉袄”一眼，点头说，你去找廖霞，就说这是我的意思。

性格开朗的廖霞，心中对凌婷立有三分敬三分怵，因为她是她臆想中未来的婆婆，而且耳闻她对“姐弟恋”心存芥蒂，所以，对旷静传达的“懿旨”和透露的“信赖”，岂敢怠慢？于是，她对平弟动之以情，晓之以理。说父母对他从小百般宠爱，怎么能在关键时刻不顾他们的需求和感受呢？干革命也不能六亲不认嘛，再说战乱时期，能和自己坐在轮船上共渡诗情画意的三峡，又是多么难得的机会呀！谁知这位弟弟，全然没有进入“个人感情”的状态，摆着一副正气凛然的模样表示，自己已经决心献身劳苦大众的解放事业，谁也不能阻止自己追求真理，追求光明，谁也不能阻挡自己奔向革命道路。

廖霞大失所望，又委屈又觉得丢了面子，躲在自己的香闺里，把两只美丽的眼睛都哭红了。但她没有怨恨那块“焐不热的石头”，也没有后悔自己在感情上的选择，而且丝毫没有就此打住的意思。她突然想起两句唐诗，“直道相思了无益，未妨惆怅是清狂”，哎哟，这个李商隐怎么把我现在的心情说得如此之透彻呢？

凌婷立被激怒了，老太太讲策略，使出了撒手锏。她抓住丈夫又哭又闹，大骂丈夫教子无方，还上赶着把儿子一个一个地介绍给共产党的官员，现在倒好，连乳臭未干的小三儿也不肯随老娘逃难，要去投奔共产党啦！她点着丈夫的脑门说：“你，现在就给我去‘八办’，当面问问你那些共产党的朋友，就说是我这个老婆子问的：‘难道只有到延安去才叫追求进步？才算是革命吗？’”

旷岳的软肋是怕老婆，何况现在还待在夫人的地盘上。第二天，由苏恩开车，坐着老道奇就去了“八办”。第18集团军驻武汉办事处坐落在汉口原日租界中街57号（今长春街67号），本为日本人经营的“大石洋行”，骨子里是个间谍机构，四层砖石结构的西式洋房，相当大，正门一楼外面有铁栅栏，公开销售日用百货。自1938年1月1日成为“八办”后，铁栅栏门已被封死，出入皆走侧门。

苏恩把车停在侧门前，旷岳下车，见正门铁栅栏外停着多辆带帆布篷的大卡车，众多穿灰军装的工作人员正从车上卸下木头箱子，直接往街对面的楼房里面搬，旷岳知道对面的楼房也归“八办”，是“救亡室”（俱乐部）、医务室、招待所等部门，正在卡车前指挥搬东西的袁副官长见旷岳来了，一边擦额头上的汗，一边笑盈盈地走过来打招呼：“旷先生好啊。您看，今天我是个大丰收哇。”

旷岳说：“都是国民政府军需署发的？好好好，有那么点‘团结御侮’的意思了。”

袁副官长压低了嗓门说：“这一批，有二十支快慢机驳壳枪、左轮手枪，还有马克沁机关枪、迫击炮和棉衣、军毯，嘿嘿，旷先生，够得上货真价实啊。”

旷岳高兴地说：“哈哈，不错，不错。这也说明八路军、新四军在前方作战立功不小哇！”

袁副官长很热情，说“您是来找叶参谋长、李秘书长和秦谷同志的吧。李秘书长（李克农是长江局秘书长）外出了，我让传达室的同志陪您上二楼会客室，让他去给您找人。”旷岳笑着连连拱手称谢。

二楼的会客室不算小，陈设却简单朴素，中央一张长方形的木桌，几把老式的靠背木椅，靠窗户是一排沙发，内墙茶几上放着一个竹壳的暖瓶和一把白瓷的大茶壶。旷岳呷着茶，不多时，叶剑英和秦谷就笑容可掬地进来了。

旷岳并不啰唆，一五一十把家里最近的风波诉说了一番，连老婆的质询也毫不隐讳地说了。令旷岳意外的是，叶剑英和秦谷都非常同情他的夫人。

叶剑英说："尊夫人提的问题很尖锐啊，客观地看，因为多年来政治的昏暗，眼下正面战场又节节失利，老百姓，特别是内心敏感苦闷又热情似火的青年知识分子，在延安看到了希望之光，哈哈，慕云先生，'希望'这东西的吸引力是很难阻挡的！不过，要说只有到延安去才算是革命，我看这种认识也太偏执、太僵化啦！条条道路通罗马嘛。只要有心有志，到处都可以干革命。"

秦谷说："现在日寇的飞机对长江航道的袭扰相当频繁，尊夫人年近五旬，带着四位女眷乘船入川确实有些欠妥，你家这位三公子看起来思想是有点偏激啦。"

旷岳说："哈，这小家伙思想激进得很，张口闭口就是献身无产阶级革命事业，我在他的眼里，就算不是军阀、官僚，最高水平也就是个开明政客。"

叶剑英笑着对秦谷说："老秦，慕云先生府上的事情，我们好像脱不了干系呀！"

秦谷也笑道："是啊，是啊，朋友家里有难处，我们岂能袖手旁观呢！"

叶剑英对旷岳说："慕云先生，这样，这件事情由我们来处理，请你传话给'小三儿'，就说办事处的秦谷同志约他谈话。"

秦谷忙说："不要说'约谈'，就说我秦谷明天中午请他到办事处来吃一顿俄罗斯风味的便饭，上午11点，我在二楼这间会客室里恭候他光临。"

旷岳高高兴兴回到家里，向夫人做了详细汇报。

凌婷立说："叶先生素有容人之雅量，他这么说，我倒觉得合情合理。这位秦谷先生，少年得志，居然有如此礼贤下士之风，倒令我心生敬意，我听说他是北宋词人秦少游（秦观）的后代，秦少游的《满庭芳》'山抹微云，天连衰草'我非常喜欢。这一回，我倒要看看他能不能给咱家这匹自诩的'千里马'戴上'嚼子'。"

旷平受到邀请甚感荣幸，他的老爹确实带他去过"八办"，把他介绍给一些共产党的官员，旷岳就是这么个人，喜欢把自己的子女介绍给朋友，他觉得很自然。旷平记得大哥曾告诉他，秦谷在共产党内担任过地位很高的职务，是个年轻的才子，旷平不久前在《新华日报》上读过秦谷纪念全民抗战一周年的文章，那精辟透彻的缕析，令旷平倾倒，想到共产党的这位高级官员不过三十出头，更使旷平感到亲切而佩服。但转念一想，他为什么突然请我去吃"便饭"？是不是爹妈请的"说客"？嘿嘿，我可不是一个见着"权威"就鞠躬的主啊！

第二天上午10点来钟，凌婷立拉着旷岳和旷静，站在她二楼卧室的窗户后面，眼见旷平穿着他那身原本宽大现在正合体的马尾海军学校制服，足蹬配套的黑皮鞋，没戴帽子，光着小平头，昂首挺胸阔步走出大门，赴"宴"去了。

旷岳心里很舒服，他觉得共产党的朋友很给面子，并没有把他的家事不当回事，是呀，有谁能不食人间烟火呢？

凌婷立心想，这小三儿和他两个哥哥不同，每每不按规矩出牌，人小鬼大，自命不凡，羽毛未丰就和老娘作对。唉，不该让他十三岁就离家远行哪，现在的离心力很强，弄不好就会离家出走，千万不能硬来，但愿这次“借兵”能见奇效。

旷静比旷平小三岁，是挨得最近的兄妹，旷静从小就佩服三哥的功课好，单纯正直，把三哥当作偶像。但近来对“偶像”的骄傲和特立独行甚为反感，居然不愿和家人一起逃难！对霞姐的态度也太薄情寡义啦。小丫头正静观事态的发展。

旷雨早早去工厂了，中午饭连同郭妈四个人，吃得简单也吃得晚。饭后正说着闲话，旷平满脸喜色，兴冲冲地回来了。

令众人皆感意外，报以惊诧目光的是：小平头的态度来了一个一百八十度的大转弯，他首先诚恳地向母亲和郭妈鞠躬道歉，说自己不懂事，让二老感到不安和不快，现在自己很高兴随二老一同西行入川，保证尽力照顾好大家，放心吧，绝对毫无问题。说罢，没有多余的话，也不停留，一边逐个解开擦得锃亮的上衣铜扣子，一边脚步匆匆地上楼回自己房间了。

旷岳笑笑，心想，卤水点豆腐，一物降一物，这共产党就是善于做青少年的思想工作。好，无论如何，我算是交差啦。他拍拍屁股，悠而悠之地也上楼午休去了。

凌婷立很高兴，问题解决了，漫长的西行之路上总算身边有个儿子。但这小三儿怎么来个川剧的“变脸”？她一头雾水。从小于的事情开始，她意识到两代人心理上的隔阂，不能不注意了。

凌婷立正想着，旷静搂着她的脖子，在她耳边说，妈，三哥唱的是哪一出？只有结尾，没有戏文哪。是不是让霞姐去摸摸底？

凌婷立瞅了小棉袄一眼，心想，你是《西厢记》看多啦，想当“红娘”？她淡淡地笑道，好吧，你去找她，趁热打铁，就说是你的主意。

旷平和旷雨住一个屋，老二早早地就去他的工厂了，他正在和马师傅办交接哩。屋子里空荡荡的，旷平脱了“礼服”，他没有午休的习惯，此时精神正旺，他在床头边的小书架上找出一本珂罗版的《古文精粹》，翻到贾谊的《过秦论》，刚看了几句，就听笃笃笃的敲门声，他本估计廖霞会来，可怎么这么快呢？

他随口回应：“请进。”

进来的是旷静，小妹满脸通红，急赤白脸地说：“三哥，廖家出事啦！”

小三儿像弹簧似的从椅子上蹦起来：“怎么回事？快说！”

小妹说：“你今天来了个精彩的转身，大喜事啊。我能像你，大爷似的端架子吗？赶紧给霞姐打个电话报喜呀。接电话的是她家新请的女工钱妈，钱妈说，今天早上，在餐桌上，大小姐突然说她不跟她妈去四川啦，要和旷家的三少爷去什么，什么神地（圣地），老太太一听就哭了，大小姐还不改口，两个人谁也没吃东西，各自回房，把门一关，到现在都饿着肚子哪……”

小三儿听到这儿，急得直跺脚：“哎呀！怎么会是这样，怎么会是这样？”

小妹不耐烦地说：“别搓手跺脚啦，赶紧地，去去去，到廖家给人家鞠躬道歉，出个安民告示。有句话怎么说来着，‘解铃还须系铃人’，我看就是谁拉的屎，谁擦！”

旷平瞪了小妹一眼，他看到小妹眼睛里没有往日的敬重和期待，却充满了挑战的神色，他吃了一惊，顿有所悟，顾不得套上“礼服”，穿着白衬衣就噔噔噔噔跑下楼，一溜烟地出了大门。

其实，廖家也住在江汉关大楼附近，离得不远，是借住在两湖盐务管理局局长的私宅里，这位廖剑秋的同僚，深知廖的官运正旺，愣把原本自家住的二层全部腾空，让给廖家暂住，所以，连廖家暂时请来的女佣，都有一个小房间。

旷平对廖家的情况相当了解，他知道，廖伯母是旗人，而且是正黄旗的，旗人女子是不裹脚的，一双天足，但廖伯母不爱动，不爱拿主意，平日家事靠丈夫和女儿安排，她听听戏，搓搓麻，乐得清闲。所以，一听女儿不跟自己一起逃难，顿感六神无主，大哭大闹。

旷平熟门熟路，登上二楼，先拜见廖伯母，把向母亲和郭妈道歉的程序加码再来一遍，态度更谦恭诚恳，腰弯得更低，话说得更柔软得体，关键的表述更明确而有力：他说自己现在下决心跟母亲和廖伯母一起西行入川，保证一路上尽心尽力照顾好两位老人，绝无问题，放心好啦！

廖伯母性格虽然温柔软弱，但并不糊涂，她听明白了，心中大喜，但仍板着个脸说："那好，男子汉说话可要算数！唉，平儿，闺女大了不由娘啊，我那丫头铁了心要跟你这小马驹跑，我知道，她也是扁担挑水——一心挂着两头哇。我这儿没事啦，你赶紧上她屋里看看吧。"

旷平又对廖伯母深深一躬，刚要转身，廖伯母说，你先去告诉钱妈，给我煮碗挂面，呃，卧俩鸡蛋。

旷平深感对不住老太太，叮嘱钱妈煮面、卧蛋，再热俩小包子，弄两个小菜，做好了，端到老人家屋里去。钱妈高兴地说，要不连大小姐的一块做？旷平笑道，咳，您当她会饿着？巧克力、饼干、汽水，一样少不了。您就给老太太做吧。钱妈，您这儿有绳子吗，或者长的布带？钱妈好奇地问，要绳子、布带干什么？旷平说，您就别问啦，这回我算真的伤了您那位大小姐的心啦，不表示点诚意，她心里过不了这个坎！

旷平拿条绳子，先下楼到小院子里，8月下旬，秋风乍起，找几根残枝败叶不难，他捋好了，捆在自己的背上，这才又上二楼走到廖霞的房门前。他轻轻敲了几下门，没有回音，等了等，再加力敲了几下，还是没有回音，他拧开把手，轻轻推开门，只见廖霞仰面平躺在秀床上，一动不动，用一本打开的书放在自己的脸上，双脚还穿着玻璃丝袜。

旷平轻轻掩上门，蹑手蹑脚地走到廖霞跟前，立正，弯腰，低头，连大气都不出。屋子里静极了，似乎连根针掉在地上都能听见。就这么待了足有五分钟，廖霞憋不住了，把盖在脸上的书拿下来，一睁眼，赫然小三儿就低头站在她的眼前，她吓了一跳，倏地坐了起来，似嗔似怒地嚷道："讨厌！平弟，你想吓死我呀！"

旷平说："对不起，对不起，霞姐，我是诚心诚意给你'负荆请罪'来了，哪敢扰你的清梦？这一次都是我的错，不该横生枝节，又不听劝，驳了你的面子，今天还让你们母女拌了嘴。哎呀，全赖我，都是小弟的过错。我给你道歉，鞠躬加作揖，全凭霞姐发落。"说着，高拱双手，一躬到地。

这小三儿素来高傲，像今天这么认错，那可真是破天荒第一遭，廖霞心里的委屈，也就烟消云散了。她盘腿坐在床上，说："行啦，看你有几分诚意，姐不和你较真。赶紧把背上捆的乱七八糟的东西放在屋角上，坐到我跟前来，听审！"

旷平把背上蜇人的道具卸下来搁在墙边，听话地坐在了霞姐指点的床沿上。

廖霞仔细地打量着旷平，说："平弟，坦白地讲，今天是不是挨了主人的批评啦？这顿饭不好吃吧。"

旷平笑道："哪里的话呢，我今天真的感到很亲切，很随意，吃了一顿营养丰富、具有俄罗斯风味的午餐。霞姐，你知道，我这个人最不爱听别人的说教，要是真的挨了一通批评，我想至少不会有'负荆请罪'啦。不过，我承认，这顿便饭吃得好，主要是精神上的营养非常丰富。"

"哦？呵呵，很亲切，很随意，精神上的营养还非常丰富？"廖霞颇为惊讶，很感兴趣地抓住这个话把儿，"那你得仔细地给我说说。"

旷平述说："我准11点走进'八办'的侧门。警卫对我说，秦谷同志交代了，你不用到传达室登记，直接上二楼会客室找他就行啦。我还是礼貌地去了传达室，传达同志告诉我，楼上的会议刚散，是关于华侨方面的工作，由秦谷同志主持的。让我赶紧沿着西边的楼梯上去找他。

"我爹带我来见过秦谷，我知道他在共产党里是个年轻的大干部，心里还真有点紧张。我上楼见他正和一位女同志站在会议室门口说话，那位女干部瞥见我，就笑着对秦谷说，放心吧，我们会把工作做深做细的，老秦，你的小客人到啦。说罢，笑着冲我摆摆手，走了。秦谷高个子，茂密的中分头有点立着，更显其高，他穿一身深灰色的中山装，看见我很高兴，很亲切地和我握手，说欢迎你准时光临，但我们不能待在这个公共场所，请你到我的办公室兼'小家'去，咱们好好聊聊。"

廖霞说："哦，他还有个'小家'？"

旷平说："没错，在四楼，长方形的房间，很不小哩。屋子中间放一张宽大的铁床，床上摆着两床薄被，上面有铁架子支着的方方的白纱蚊帐，床下放着皮箱还有一双半高跟的女式皮鞋。秦谷注意到我的目光，笑着说，我的爱人姓刘，早期的女工领袖，经历过长征，很活跃的，今天有临时任务出去了，不然，你可以喝到地道的俄罗斯红菜汤啦。我问，她也是留学苏联的？他说，是啊，但最初不是，呵呵，小家伙，你感兴趣，请先到我办公的地方坐下来，喝杯茶，我就给你讲一段我们年轻时候的故事。"

廖霞禁不住插嘴："哟，这位秦谷同志还挺随和，挺风趣的嘛。"

旷平继续说，"那个房间挺深，大床的后面有一道玻璃窗的隔断，进门就是办公室，窄窄的，正面窗下放着书桌、靠背椅，两侧有书架和茶几，茶几上放着竹壳暖瓶。我在书桌侧面的靠背椅上坐下，这时候，紧张的心情已经完全消失了。秦谷问我喝红茶还是咖啡？我说喝红茶吧，他就用暖瓶里的开水冲了两杯红茶，一人一杯，还把一碟方糖推到我的面前。

"秦谷说，他是1926年的冬天由党组织选派到莫斯科中山大学学习的，10月从上海乘苏联货轮出发，先到海参崴，然后乘火车到莫斯科，路上走了一个多月。他说，西伯利亚和莫斯科真冷，但中山大学壁炉里的火是非常温暖的，当时他十九岁，很刻苦，俄语和英语都进步很快。第二年，国内爆发了大规模屠杀共产党人的反革命政变，很快影响到中山大学，这期间，他有幸聆听了斯大林长达三小时的演讲。10月，莫斯科召开'世界劳工大会'，他被派去当'中国代表团'的生活翻译，代表团里有一位姓刘的纺织女工，是他的无锡同乡，更巧的是他们还同岁，同一年入党。因为当时国内形势危险，她被留在了中山大学，和他同班，秦谷笑着说，呵呵，你说这是不是天缘巧合呢！中山大学坐落在莫斯科河畔的沃尔洪卡大街，他们每每徜徉在四层环形大楼后面的林荫道上，有着说不完的话啊。

“说到这里，秦谷从书桌的抽屉里找出一张放大的黑白照片，递给我，说，这是1928年他们在莫斯科结婚时的照片，到今年整整十年啦。我见照片上秦谷真年轻哪，非常精神，刘女士秀发齐肩，靓丽而大方，我被他们洋溢的幸福感所打动，不禁大声赞叹：‘青春，真是太绚美啦！’”

廖霞说：“哈，真没想到，你们的谈话竟是这样开始的。”

“更没想到的是不知不觉就直奔了主题！”旷平看着凝视着自己的霞姐说，“秦谷问我，有你大哥旷风的消息吗？我说，没有，我们全家眼下最牵挂的就是他啦！秦谷很动感情地说，他来找我开去延安的介绍信，出门就奔前线啦，居然没跟我打一声招呼！我紧张地问，这是不是有违组织原则？他呵呵笑道，按说一个新党员是有那么点。不过，我不怪他，我相信他是突然下定决心的，他怕耽误行程，也怕让我为难哪。他如果告诉我，我是代表组织的，我是同意，还是不同意呢？还真得费点斟酌哩。你大哥这个人，粗中有细，勇于担当，你想想，他这个行为是很出格的，是他自己要求去延安‘抗大’学习的，党组织同意了，而且他是32军的，却跟着一个70军的老同学上了前线，他是去谋名谋利吗？旷平，有句诗流传很广，‘古来征战几人回’啊！我能说他什么？你大哥是下决心去和日本鬼子拼命啦！他亲身参加过豫东战役，所以懂得武汉会战的要义，不但在杀伤敌人，更在阻滞敌人，为第二条战线争取时间哪，他是真正明白了这场会战的精髓的人啊。

“我赶忙追问：‘你说的第二条战线是指向西的大撤退吗？’秦谷说，是的，旷平，这不是一般意义上的撤退，与其说它是一次规模宏大的撤退，不如更准确地说，它是我国历史上空前的工业、教育、人才由东向西的战略大转移，大进军哪！你来看——

“秦谷把我引到墙上一幅很大的地图前，用手从上到下穿过武汉画了一道线，说，有学者做了统计，我国有限的一点现代工业百分之九十以上集中在这条线以东，我国公立、私立、外国教会办的高等学校共一百零八所，一百零五所集中在这条线以东。可以看出，我国经济、教育发展极不平衡，西部是一片空白呀！我们要把持久战坚持下去，无论多么困难，都必须进行这个战略大转移！从今年初开始，大量的物资、人口便集中到了武汉、宜昌地区。旷平，你说说，为什么形成了这么个局面？

“我听得入神，这个问题难不住我，顺口答道：交通啊！‘噫吁嚱，危乎高哉！蜀道之难，难于上青天！’秦谷笑着点头说，没错，李白一生多次出入川，都是走的长江这条水路，当时还有魏晋灭蜀之路，那是从陕西汉中走栈道，越过剑门关，进入成都平原，山高谷深路险，连诗仙李白都不愿意走哇。李白写《蜀道难》，距今一千多年啦，可是到现在，从中原到四川，还是连一条铁路都没有，当然可以从陆路到湖南长沙，再经广西、贵州进入四川，可大型的机器怎么运？像你母亲和奶母也很难走哇。所以，大家都盯上了母亲河长江啦！旷平，你说这么多物资和人员，只有长江上游川江一条水路，日本鬼子还不断从空中袭击，一时半时能运得完吗？所以，两条战线一盘棋，你大哥他们浴血奋战最重要的意义是阻滞敌人，为第二条战线争取时间哪。”

说到这里，旷平轻轻嘘了口气，对廖霞说：“霞姐，其实，此时我已经意识到我忽略了武汉会战的另一面，我怎么能不和大哥呼应，站好向西进军的前哨呢？不过，我还是问秦谷，像我们家这一拨人，能算得上是西进的人才吗？”

廖霞感兴趣：“他怎么说？”

“秦谷笑了，说，在西撤的人群中，确实有我国最优秀的科学家、教育家、文学家、艺术家、实业家，但我看最重要的，还是数以百万计，心中充满对日寇仇恨的普通民众，这么多下江人进入西部，与当地民众融合在一起，必将成为我国坚持持久抗战，夺取最后胜利的最基础的力量啊。我说，‘秦谷同志，你说得太对啦，像我母亲和奶母，她们绝对是坚决的抗战派，我知道我应该和她们并肩西进了。’”

廖霞惊讶地看着眼前这个弟弟，说：“你心里的疙瘩就这么化解啦？嘿嘿，那顿俄罗斯风味的便饭吃得怎么样？”

旷平轻松地说：“咳，主人和我，自己动手拌了一个沙拉，菜是洗好的，有番茄、熟土豆、胡萝卜、包心菜、柿子椒，还有两个煮熟的鸡蛋，我们就在秦谷的书桌上切吧切吧，用沙拉酱一拌，齐活。面包也是我们自己用铁箅子夹着，在电炉子上烤的。不过嘛，主菜是主人请伙房精心制作的奶汁烤鱼块，还熬了罗宋汤，汤里的牛肉炖得很烂哩。‘八办’的食堂就在四楼，集体开饭前炊事员同志就把汤和烤鱼给我们送来啦。我听说‘八办’实行‘包干制’，每人每天的菜金只有一毛来钱，秦谷请我是他自己另外掏腰包的。”

廖霞追问一句：“你不是说精神营养非常丰富吗？”

“是呀，是呀，我们边吃边聊，话题既随意又开阔，秦谷确实高见迭出，使我脑洞大开呀。”旷平津津有味地述说，“他是共产党的高官，居然认为国民政府教育当局倡导高等院校整体搬迁是很有远见的，说那有利于延续中华民族的文化血脉，反之，有人主张解散高校，学生都上前线，那是目光短浅的陋见。他认为大学生是国家的宝贵财富，在战火中努力学习，战后建设国家正需要他们。突然，他把话锋转到我头上，说，你还没有成年，是个高中生，家庭条件又好，到重庆沙坪坝，张伯苓先生搬过去的南开中学念书，不比到延安的中学强吗？至于说革命，只要有心，到哪里都能干，以你的觉悟，你不找党，党也会找你的。”

“哎哟，说得真好哇！”廖霞又不禁插嘴。

旷平继续侃：“我没想到，秦谷竟坦率地谈到他曾经犯过错误，不但在政治上，在军事指挥上也犯过错误，给党带来了重大损失，现在改正了，仍然为党工作。他说，一个革命者一定要胸怀坦荡，知错能改，从善如流，他还郑重地向我推荐，说希望我抽出时间来仔细读读贾谊的《过秦论》和杜牧的《阿房宫赋》哩。”

听到这句话，廖霞的眼睛一亮，兴奋地说：“这两篇雄文我在金陵文理学院都学过。贾谊的《过秦论》作于西汉文帝初年，杜牧的《阿房宫赋》写在晚唐敬宗宝历年间，二者相距九百八十多年，前者是给文帝献策出主意的，后者显然是劝诫唐敬宗这个昏君的，二者却异曲同工，都是拿强大的秦国为什么很快就灭亡说事。我记得《阿房宫赋》最后有这么几句：‘呜呼！灭六国者六国也，非秦也。族秦者秦也，非天下也。’‘秦人不暇自哀，而后人哀之，后人哀之而不鉴之，亦使后人而复哀后人也。’看起来，作者都是祈望读者能够‘鉴之’啊。既然共产党的政治家语重心长地向你推荐，你还是仔细读读吧。”

旷平发现，平日总是闪着仰慕的目光静静地聆听自己宏论的霞姐，其实比自己有学问，连连点头说：“遵命，遵命。”

廖霞想着西行的难题解除，自己真的可以和平弟一起共渡美丽的三峡了，自然格外高兴，但说不清为什么，心底里总有一丝儿酸溜溜的感觉。

33

旷岳受邀随白崇禧到江北前线去了，苏恩随行。

8月末，凌婷立一行启程赴渝，旷家只有旷雨送行，船是民生公司新改良的客轮“民享号”。

汉口码头上人山人海，万头攒动，比肩接踵，扶老携幼，呼儿唤女，一望无边，极度得杂乱无序。码头上待运的各类物资堆积如山；难民们带不走遗弃的各种行李也堆积如山，有的皮箱还是全新的。旷雨心想，不愿做亡国奴的中国人，只要能逃过日寇的铁蹄，还有什么舍不得抛弃的？凌婷立携带十件行李，其中有两个结实而沉重的樟木箱子，里面放着祖宗画像、夫妻珍藏的字画和金石古玩，包括数十枚刻着相当完整或罕见甲骨文的龟甲和兽骨。幸亏凌婷立娘家小字辈人多势众，前呼后拥费了九牛二虎之力，才把小脚老太太一行送上火轮顶层的头等舱。大体安顿下来，娘家晚辈一一恭谨地来向幺姑太太告辞，带着完成宗族使命的成就感走了。

凌婷立把旷雨叫到跟前，再三嘱咐他上心打听老大的消息，前线方面一有音信，立即电告。旷雨说，放心吧，妈妈，我会在汉口一直等着大哥的。旷雨在舱房里找不到三弟和廖霞，心想这个小三儿，像个弹簧，又蹦到哪儿去了？他走出舱门，沿着甬道绕到轮船靠江面的一侧，只见十来个人靠着船栏，俯身正和江面上一群小船的船主喊话做交易，围着大船的小船有的卖水产，有的卖百货，有的卖湖北特产……廖霞正把两块钱放在一个竹篮子里，旷平提着拴着篮子的绳子往下放，绳子的另一头系在船栏上，这是船方专为旅客们准备的。下面那条小船满载一船宜昌蜜橘，钱到了，付货，旷平紧捯，提上来一篓金灿灿的橘子。

旷雨拍着弟弟的肩说："三弟，这次同行六个人，就你是个男子汉，两家的老人都上了岁数，多在老人身边待待，千万经点儿心啊！"

旷平粲然一笑："放心吧，一切都有我哪。"

旷雨叮嘱："到了重庆，第一件事，是给我发个平安电报。"

旷平说："哈，'烽火连三月，家书抵万金'，我懂！"

呜——冒着浓烟的大烟囱下面发出低沉厚重的汽笛声，预告船快开了，他们赶紧回到舱房。旷雨和亲友逐一道别，汽笛声再次闷响，旷雨吻别母亲，匆匆下船去了。

"民享号"缓缓驶离汉口码头。

"民享号"原本是民生公司一艘上得了台面的客轮，现在为适应战时多载客的需求，进行了改装。原来的二等舱卧铺全部拆除，一律改为坐席，底舱就连座位也没有了，席地而坐，枕着行李睡觉。原来的四间头等舱是鸳鸯房，现在把大床拆了，装上了四张上下铺的铁架子床。凌婷立、郭喜和廖夫人依次睡下铺，旷平、旷静和廖霞依次睡上铺。另外一张上下铺归一对五十来岁的夫妻，男的姓刘，是金陵兵工厂的高级工程师，女的姓赵，是南京中央大学医学系的教授，他们是在美国留学时期相爱结婚的，因为都有报效祖国的愿望，30年代初回到国内工作。

同住在一个狭小空间里的旅伴，是很容易熟悉沟通的，旷平对刘高工的工作性质很感兴趣，问东问西。

刘高工呵呵笑道：“小兄弟，你别看中国的工业落后，因为内战打起来没完，兵器工业倒一枝独秀，就拿我负责的那条野战炮生产线来说吧，所有的机器都是从德国进口的，在世界上也不算落后，所以，奉命早早地就拆下来装箱，现在已经运到重庆啦。”

“好哇，好哇，这东西怎么能留给日本人！”旷平发出赞叹。

赵教授神秘地说：“我们学校搬迁可彻底啦，医学系不但所有的仪器、设备打包装箱运走，连炮制好的二十四具尸体都运走啦！”

“什么？连尸体都运走啦！”郭喜大吃一惊。

赵教授说：“是啊，要不然到了大后方，重新开课，没有人体标本，有些课程，特别是解剖学，怎么上啊？呵呵，尸体算什么，我听说你们在北平住过，那紫禁城里皇家的珍宝装了一万三千多箱，分三路西迁，单中路经武汉、宜昌、重庆到宜宾的就有九千三百多箱，那可是装着我们民族历史的国宝啊！刚才听凌夫人说大儿子在前线作战，可敬啊可敬，要不是他们在前线挡着，我们，还有这么多国家的宝贝怎么入川哪！”

郭喜有点明白了，她向那位身体羸弱比她年长的女人投去尊敬的目光。

凌婷立听她赞扬大儿子的功劳，顿觉脸上有光，不禁拱手答道：“说得好，赵教授，说得好哇！”

这番对话，一下子拉近了两家人的距离。

早已过了正午，饥肠辘辘的客人们终于等来了两菜一汤的份饭，虽说并不可口，全都狼吞虎咽吃得津津有味，没有一个人提出非议，逃难人与旅游者的心情是完全不同的。凌婷立对菜的味道全不在意，她信佛，平日基本吃素，况且郭妈随身带着她喜欢的豆瓣辣酱。吃完饭，外面艳阳高照，船儿摇摇晃晃，凌老太紧绷的心弦完全松弛下来，突然觉得小脚生疼，倦意爬上心头，她提议休息休息，廖夫人立即赞同，刘高工、赵教授也连声附和，这个小集体上年纪的居多，年轻人也只得抑制着好奇心，各就各位啦。

廖大小姐蒙蒙眬眬迷糊了一觉，睁开睡眼，感到时间不早了，翻身抬头，看见睡顶头的旷静正趴在床上盯着她。自从旷小妹传达了凌婷立的“懿旨”，廖霞便意识到这个未来“小姑”的作用绝对不容忽视。她笑着指了指舱外，旷静点头莞尔，二人便悄悄爬下床，走到外面的甬道上。

廖霞顿时感到一片开阔，宽广的江面只能模糊地望见岸边的荒丘和远山，柔和的江风撩起肩上的秀发，江轮正逆着浩浩荡荡的江水向西南方向驶去。宜昌不是在武汉正西吗？怎么船儿向南行？廖霞已经查看过旷平的宝贝地图册，知道与黄河同为母亲河的长江，发源于青海唐古拉山的冰川中，至四川宜宾岷江口已汇为巨流，舆地学家把源头至湖北宜昌称上游，宜昌至江西湖口称中游，湖口至上海入东海口称下游，其间，宜宾至宜昌俗称“川江”，而奉节至宜昌的三峡河段又有“峡江”之名。眼下，火轮正航行在长江中游的黄金水道上，武汉至宜昌的直线距离不过三百多公里，但长江河道并非直线西行而是向西南绕了一个弓形的弯，江面虽宽，河道却弯弯曲曲，所以要走三四天哩。

此时，廖霞举目四望，但见西天晚霞烂漫，落日的余晖铺洒在滚滚的江流之上，波光粼粼，异彩纷呈，美不胜收，不禁低声吟哦：“一道残阳铺水中——”

身边的旷静随口接茬儿：“半江瑟瑟半江红。”

廖霞欣喜地看着灵秀的小妹妹，快意地说：“小妹，听说你能背几百首诗词，咱们闲着没事，何不以长江为题，来玩‘飞花令’斗句如何？”

旷静笑道：“别别，你是大学中文系的高才生，我刚小学毕业，如何斗得过你？不过我会猜，我能猜出你此时心里想得最多的是哪首诗词。”

“哦？这我倒不信了，你说说。”

小家伙鬼机灵，从身上摸出一支钢笔，笑道：“要玩就玩真的，你先把作者和第一句写在手上，我再说，看对不对得上。”

廖霞被将住了，只得顺着小妹，笑嘻嘻地在手上写了。

旷静说：“你呀，霞姐，躺在这江流之上，心里准念叨李之仪的‘我住长江头，君住长江尾’，要紧的是最后这句：‘只愿君心似我心，定不负相思意’。怎么样？把手伸出来看看！”

廖霞笑得弯了腰，点着旷静的脑门说：“你这个小妮子，还真被你猜中了！”

恰在此时，旷平从舱房里走了出来，见二人笑得欢，丈二和尚摸不着头，问道：“二位，什么喜事？高兴成如此模样。”

廖霞说：“平弟，你小妹会读心术，她能猜出你在船上想得最多的是哪首诗词，你得先把作者和第一句写在手心里。”

旷静说：“不用写啦，霞姐，三哥和你的思路是猴吃麻花，人家是少年英雄，满脑子都是国家危难的大事，作者舍辛弃疾莫属，诗词嘛，就定‘何处望神州，满眼风光北固楼。千古兴亡多少事，悠悠，不尽长江滚滚流’吧。三哥，猜中了吗？”

旷平不禁哈哈大笑道：“好好好，算你猜中了！”

旷静一本正经地说：“孙仲谋碧眼紫须，坐镇江东，算得上英雄；不过江东两个最美的女人都不待见他，都没嫁给他，这不能不说是他人生的一大缺憾哪。”

旷平用惊诧的目光看着妹妹，赞赏道：“哎呀，想不到小妹竟有如此高见，我还是第一次听见这么新鲜奇特的看法哩。”

此时，下面平舱里传出了舒缓哀婉的歌声，好像是几个人的合唱：

我的家在东北松花江上，
那里有森林煤矿，
还有那满山遍野的大豆高粱。
我的家在东北松花江上，
那里有我的同胞，
还有那衰老的爹娘。

歌声渐大，好像不断有人加入合唱。旷平等三人，循着歌声，走下铁梯，走进平舱，只见这占据了大部分前甲板的大舱房里，布满了座椅，旅客挤得满满当当，舱前舱后堆满行李，只留有三条走道，此时有十来个人，分别站在三条走道上，热情地鼓动大家参与合唱：

九一八，九一八，
从那个悲惨的时候，
脱离了我的家乡，
抛弃了那无尽的宝藏，
流浪，流浪，
整日价在关内，流浪！

或许，这悲怆，如泣如诉的歌声触动了众多难友们内心埋藏的痛楚，唤起了他们离乡背井，甚至妻离子散，家破人亡的回忆，于是，有人停止了闲谈，有人中断了牌局，有人放下了手中的活计，纷纷加入合唱，就连旷平、廖霞、旷静也忘情地跟着唱了起来，那歌声已汇为汹涌澎湃的浪潮：

哪年，哪月，
才能够收回我那无尽的宝藏。
爹娘啊，爹娘啊，
什么时候，才能欢聚在一堂？

廖霞、旷平找站在走道里的人交流，才知道他们都是搞演艺宣传的，现在看到平舱（改良前的二等舱）里聚集了这么多难友，旅途又很漫长，于是想到了借机宣传抗日，因为没有舞台，所以只能选择合唱、独唱、说书、相声、快板之类的小型节目，今天的大合唱，就是投石问路。旷平、廖霞说明他们曾是“抗敌演剧七队”的队员，表示自愿参加他们的抗日宣传，受到热烈欢迎。

震撼性的歌声，还把船上的船长吸引到平舱来了，他看上去四十来岁，黑脸膛，十分健壮，虽说民生公司是民间企业，船长没有军阶，但他仍然穿着笔挺的白色制服，戴着白色的大檐帽子。他对在旅客中开展娱乐活动，表示支持。他放大嗓门，用地道的四川官话对旅客们说，眼下，最担心的是日本飞机从天上下蛋，如果遇到空袭，大家一定不要慌，坐在自己的位子上，听从统一指挥，千万不要起哄乱跑，因为这条船的吃水浅，如果船上的重量严重失衡，有可能造成侧翻。他希望大家彼此关心互助，共渡国难。

事后旷平了解，船长姓杨名帆，四川合川人，十年前就跟着民生公司的卢老板跑川江航运，对长江的航道十分熟悉。

第一天傍晚，船过嘉鱼，“民享号”就在一片宁静的水域里落碇了。

一连三天，每天都是黎明起锚，傍晚落碇，航行十分顺畅。

第四天午后，“民享号”驶过了宜都，眼看第一个目的地宜昌就要到了。几天来，日本飞机虽有空袭，但“民享号”都没有成为目标，难友们心中庆幸，都知道在宜昌将停靠一日，船要加煤检修，乘客可以上岸打个牙祭、洗个澡，大家的心情都松弛而欢快。

杨船长却独自站在驾驶舱外，睁大警惕的眼睛瞭望东方。突然，天际出现了六只黑色的乌鸦，他心里一咯噔，来啦！远方响起了悠长的空袭警报的声音，他立即进入驾驶室，从大副手里接过来方向盘，把航速逐次推到最高。六架敌机很快就飞临上空，长江两岸我军的陆战高射炮群首先开火，嘭、嘭、嘭、嘭！伴随每一发炮弹的震响，空中就绽开一朵小小的乌云，高射炮弹密集，虽然射程够不着敌机，却迫使敌机只能高飞，日机近来多次领教了中国空军和俄国志愿飞行者的厉害，一般不敢久留，纷纷在高空投弹，“民享号”

是主要目标，前后左右都落下了炸弹，水柱冲天，船儿却在巨大的波浪冲击中飞驰！

轰炸戛然而止，杨船长嘴边露出一丝轻蔑的笑纹：嘿嘿，蛋下光啦？日本飞机掉头返航后，长江两岸的高射炮也停止了轰击，杨船长把航速恢复到正常。

敌人是凶残而狡猾的，返航的六架敌机中，突然有一架独自离群折返，悄悄地飞越了“民享号”，陡地掉转机身，冷不防朝着“民享号”的正面俯冲下来，当杨船长清晰地看见了机翼上两个大红膏药时，大喊一声“卧倒”！他扑倒了身边的大副，嗒嗒嗒嗒嗒嗒，一串机关炮从驾驶室的前方直射到后面的大烟筒上，驾驶室前面的挡风玻璃哗地全碎了，意想不到的是，火轮嘭嘭嘭嘭跳动了几下之后，戛然停火了。

杨船长抖落了满身的碎玻璃，从地面站起来，大副也站了起来，他们发现船完全失去了动力。杨船长明白过来：从驾驶室前方射入的机关炮穿透了钢板重创了轮机舱的动力系统。他看了看船头，大惊失色，他意识到这条满载二百多人的火轮已经变成一颗巨大的人肉水雷，因为失去动力正随着水流沿着主航道向下游漂移，无论碰上哪只迎面而来的船，都将立即发生两船同时毁灭的惊天悲剧！他猛地扑向方向盘，打了一个右满舵，用整个身子压住方向盘，同时厉声命令大副：“你，赶紧到平舱和底舱，稳住旅客，不要乱动，提高警觉，随时准备应变！”大副刚要转身，杨船长又说，“等等，头等舱有救生圈，顺路通知乘客，打开舱门，取下救生圈，落实到人，准备应变！”

富有经验的杨船长，从船身的变化敏锐地判断，这条船已经渐渐漂离了主航道，向着南岸的广阔水域漂去。

凌婷立那间舱房的乘客，听了大副传达的警示，才知道出了大事，形势非常危急，才注意到每个上下铺之间都固定着一个救生圈。四个救生圈很快被取了下来，旷家应该占两个，旷平顺手就要把一个救生圈套在母亲身上。

凌婷立厉声喝道："放下！救生圈给谁，只能听我的。一个给旷静，她年纪小，来日方长；一个给郭妈，她是我妹妹，我们旷家欠她的！我，坐在这儿不动啦，老天爷要我死，我就死在这儿！"

郭喜扑通跪下，冲凌婷立磕了一个头，说："太太，姐姐，有你这句话我够了。小三儿，把我的救生圈给赵教授，她是有知识的，教学生，打日本，就行啦。我不论死活，绝不离开我姐姐！"

话音甫落，一声巨响，有如地震，所有的人都被颠了起来，旷静身子轻被颠到了地上，两扇窗户也被哐的一声震开了。可是，众人惊慌之余，发现船突然一动不动了。

众人木愣半晌，凌婷立发话："小三儿，到外面打探打探！"

廖霞说："我也去！"

二人出得舱房，立刻感到呼呼的江风扑面而来，船却纹丝不动，江水平静地从船旁流过。他们沿甬道绕至驾驶舱，见十多个人正围着船长说话，他们凑了上去。

杨船长说："日本鬼子想炸死我们，落空了，不服气呀，太恶毒啦，又来偷袭我们，打坏了船上的主发动机，船，完全失去了动力，我们能做人肉水雷吗？被逼无奈啊，我明知这片水域的暗礁多，也不能不赌这一把啦。苍天保佑啊，现在好啦，我判断我们船是搁浅在一块比较平坦的礁石上了，船体没有破损，两百多人活着，这就是胜利！”

在场的人都鼓起掌来，还有人喊：活着就和鬼子干！

有人问：“船长，我们老误在这荒郊水域里也很危险哪，一旦船漂移了怎么办？”

杨船长说：“是啊，人命比天大，我们绝不能在此久留。我们公司是民营企业，船上没有安装无线电通信设备，只能靠人力传出消息，此处离宜昌只有十几公里，宜昌有我们的分公司，木船很多哇，我正在考虑如何把信息传过去。”

旷平挺身站出来说：“报告船长，我有一个办法！”

杨船长注视着眼前这个留小平头、双目咄咄的少年：“你是头等舱的旅客吧，你叫什么名字？你有什么办法？”

旷平说：“我叫旷平，我是福建马尾海军学校的学生，我受过训练，在海上能游一万多米。我虽然不能逆流游到宜昌，但我可以游到长江的主航道上，只要船长你把一纸密封的求救信交给我，我在主航道上呼救，搭上一条船，就可以赶到宜昌，把火轮遇险信息送到你们的分公司。”

“要得呀，小伙子，你居然和我想到一条道上啦！”船长说，“在场的有你们家的亲人吗？”

“有！”廖霞挺身而出，“我是他的姐姐，他的确是马尾海军学校的学生，受过严格训练，水性好，而且他的意志坚定，是值得信赖的，我支持他去完成任务！”

旷平向霞姐投去感激的目光。

杨船长说：“这个责任太重大啦，两百多条人命哪，每一条生命都重如千金！现在我命令：由本船的水手长郝长江去完成这个任务，负主要责任，旷平先生作为旅客代表协助同行，两个人就比一个人安全可靠哇，你们一定要互助协作，共策成功！”

杨船长迅速写出两封同样的紧急求救信，放进船上必备的油漆过的小竹筒里，用蜡封好，竹筒的两头是配有绳索的，郝长江与旷平各背一个竹筒，还各带一面打旗语的白色小旗，二人都只着短裤。杨船长不许他们跳水，由船上放下绳梯，郝长江在前，旷平随后，郝长江下达水面，双脚一蹬船壁，以川江流行的大板姿势（双肩露于水面，双臂前后平直甩出，这是搏击风浪的姿势，没有力量游不出来）搏浪前行，旷平以标准的蛙泳随后。

下面的事情发展得非常顺利，二人刚刚游到江心，踩着水观察，只见下游一条大木船逆流而来，前面八个大汉摇桨，船帆兜满了风。郝长江眼尖，高兴地大叫，格老子的你我的运道是瓜皮帽烂了边边哪（顶好）！这条船是我们公司的，船老大叫贺大麻子，旷少爷，赶紧摇旗呼救！

他们被救上了船。

船老大问明情况，立即吩咐前面加紧摇桨，后面又增加一对桨手，东南风劲，虽是逆流，也只用了一个来钟头，便抵达了宜昌。

郝长江与旷平，赤脚飞奔，迅速找到距码头不远的怀远路宜昌民生分公司，找到了李经理。李经理看完从竹筒里掏出来的信，脸色骤变，他简单地问了问情况，立即做出多项断然处置。他亲自组织了十二条木船的船队，自己和郝长江、旷平站在第一条木船的船头，顺流而下，于暮色苍茫中，找到了搁浅待救的“民享号”。

顺利中也有点小插曲，凌婷立、旷平、郭喜、旷静连同十件行李，上了第一条木船，船满了，不能停留，立即开走了。廖霞母女和刘高工、赵教授上了第二条木船，这一下同舱房的伙伴就分开啦。

宜昌古称夷陵，它的地理位置恰当三峡的出口，也就是“山随平野尽，江入大荒流”的那个转折之处。所以便自然成为客运、货运的转乘、转载要地。原本只有十几万人口的小城，突然拥进了数倍难胞，从一马路到十三码头数里长的空地上，完全被密密匝匝各种亟待转运的货物占领了，直到通汇路，码头附近大街小巷的民居里大多挤满了难胞。幸好民生公司在当地颇有信誉，动员了一批人搞接待，凌婷立一家被安排在通汇路上最安全的地方——法国“圣母教堂”入口处的过道上。当饥肠辘辘的四个人有滋有味地吃着民生职工送来的糙米饭、盐水煮鱼、腌大刀豆时，凌婷立对旷平说：“吃完，赶紧去找廖家母女！”

旷平心急如焚，草草扒完一碗饭，就走出“圣母教堂”，他觉得和霞姐被分开太仓促了，他突然感到对霞姐有着强烈的惦念。他掂量第二条船上的旅客应该会安排在附近，鼻子底下有嘴，他向一位民生公司的职工询问，在那人的指引下，很快就在隔着通汇路斜对面的巴蜀中学教学大楼一层的廊道里，找到了刚刚落脚的廖氏母女。旷平和廖霞兴奋异常，紧紧地抓住对方的手不放，短暂的分离竟对两颗心产生了微妙的冲击。

廖夫人在从“民享号”下到木船的时候，不慎崴了脚。此时，整个脚踝都肿了起来，疼痛难忍，幸亏同行有个医学系的大教授，赵教授亲自为她按摩，判断骨头没问题，就是软骨肌腱挫伤，暂时不能走路，给她服用了止疼片。廖夫人性情极其温柔，平日里不爱拿主意，此时就更没了主意。旷平坐在她身边，对廖伯母大加抚慰，虽然旷平发现自己不会安慰人，语言很笨拙，但廖伯母一边抹泪，一边拍着旷平的肩，冒出一句：“有你在，我就放心啦！”

旷平带廖霞去见了母亲，凌婷立让廖霞转达她对闺友廖夫人的慰问，根据凌婷立的意见，第二天一早，廖霞和旷平就要去找李经理，什么条件都可以接受，目的是尽快换船入川！

次日清晨，旷平再次走出“圣母教堂”，天空飘着朵朵乌云，阳光时隐时现，因昨晚抵达宜昌夜色已浓，路灯昏暗，大环境看不清楚。此时才看清：教堂有着四十米高哥特式的尖顶，拱形大门上方塑立着圣母马利亚怀抱耶稣的铜铸坐像，教堂院落的大门口，高高地悬挂着蓝白红三色法国国旗，旷平心想，大概是为了防止日本飞机的空袭吧，他心里感到一阵刺痛：中国实在太弱啦！

紧挨的通汇路很窄，仅容两车对错，斜对面就是巴蜀中学，进门正面是一幢四层教学楼，虽值战乱，却并未停课，时值暑期，只有部分学生到校活动，此时早到的学生已经在教室里打扫清除了。

廖霞在教学楼前等候，对旷平说：“我们先参观一下学校的环境，好吗?”旷平欣然点头。

学校不大，靠院墙有一排平房，过去是实验室和办公用房，现在住满了过路的难民，紧靠教学楼有一条用鹅卵石铺成的甬道通往后方，顺道走出不远，就见与教学楼平行矗立着一面用砖石砌成的标语墙，上面用斗大的美术字写着：“坚决把抗日战争进行到底！”再往后走，就是一片空旷的大操场啦，但没有一个学生在那里锻炼，旷平注意到，路边有一块木牌，上面写着：“防空重地，禁止游戏！”仔细一看，操场已是一个很大的土丘，土丘四周用木板隔出许多窗口，中央有一条斜向地面以下的甬道。他们明白了：操场地下掏空了，修成了防空掩体。

旷平笑道:“空袭警报一响，学生有序地进入防空掩体，你不来炸，我们照样上课，哈哈，这很符合持久战的战略思想啊!”

廖霞也笑道:“听说这所学校是民生公司出资兴建的，公司的老板是四川人，所以起名巴蜀中学。照你的看法，学校的头头也不简单哪。”

二人手拉手来到怀远路民生分公司，费了牛劲才挤上二楼，见到了李经理，李经理认识旷平，事情解决得很顺利：确定次日一早，改乘木船继续行程；当天夜晚，由民生公司出工，搬运行李，因为川江不能夜航，一律是夜晚装船，天明启程。

二人先回“圣母教堂”，向凌婷立做了汇报，旷平又送廖霞到巴蜀中学，把明晨动身的消息告诉廖伯母和刘高工夫妇，廖夫人白皙的面容立即充满笑意，她悬着的心放下了。

旷平回到母亲身边，开始收拾散碎的物件，过了不到一袋烟的工夫，全城便响起了凄厉悠长的空袭警报的声音。

郭妈狠狠地说:“要下雨的天，小鬼子还来轰炸!”

旷平说:“出其不意嘛，哼，小鬼子太奸啦!”

凌婷立用她纤长的手紧紧地攥住儿子的手腕。旷平并不担心这里的安全，他相信日本人不会炸法国教堂，他的心飞到了巴蜀中学，学生们转移了吗？廖家母女跟着转移了吗？哎呀，廖伯母崴了脚，怎么走得动呢？他想过去看看，但母亲紧紧攥住他的手腕。

嘭嘭嘭嘭，高射炮炮弹的爆炸声响了，嗡嗡嗡嗡，敌机飞临了上空，轰轰轰轰，炸弹在码头和城市里爆炸。突然，有敌机俯冲撕裂空气的尖厉的声音，接着响起轰轰轰轰数声巨大的爆炸声，整个教堂都剧烈地震动了，接着是暴雨般落在教堂外墙和院子里的坠物的响声，接着是死一般的沉寂。

旷平对母亲叫道："妈，坏啦！听声音，对面的巴蜀中学挨炸啦！"

凌婷立松开了攥着儿子的手，指着门口喊："去，赶紧去看看！"

旷平飞奔到院子里，满地都是碎砖瓦，他简直不敢相信自己的眼睛：斜对面巴蜀中学的教学大楼不见了，完全消失了，变成了一片瓦砾场！

俗话说，井干了才知道露水的可贵，旷平突然意识到他可能永远失去了霞姐，失去了那多情的眼睛、温柔的小手，一股汹涌的感情裹着热血直冲头顶，他像发狂一样冲向那阒无一人的瓦砾场，完全不顾脚下的磕磕绊绊，摔倒了又爬起来，他发出震人心脾的叫喊："廖霞！霞姐！你在哪？你活着吗？你就这么走啦，让我怎么活！"

奇迹出现了！

在废墟的另一边冒出一个人头，她是廖霞，披头散发，浑身土灰，但没有受伤，她高举双臂，完全不顾脚下的虚实磕绊，用尽全身的力气呼喊："平弟，我在这儿，我活着！我妈也活着！刘老先生背出了我妈，我们全活着！"

两个人都不顾一切地张开双臂向着对方扑去，他们终于在瓦砾场上紧紧地拥抱在一起。

解除警报悠长的声音响彻全城，太阳从乌云的缝隙中露出笑脸，8月仲秋正午的阳光温暖地柔和地抚摸着这片伤痕累累的废墟，见证了瓦砾场上这一对战火中结下的"姐弟恋"的正式开锣。

当晚，凌婷立一家、廖氏母女、刘高工夫妇又聚在了一起，挤坐在"圣母教堂"入口的过道上。原本廖夫人脚疼得不能沾地，决意听天由命，不肯动，廖霞劝说无效，眼看学生们都转移了，年近半百身体健壮的刘高工不由分说，愣是背起老太太离开了大楼，刚走到楼后标语墙的后面，敌机已经俯冲下来，数枚炸弹不偏不倚正中教学楼，是标语墙挡住了暴风雨般飞来的碎砖破瓦玻璃碴子，他们没有一个人受伤。旷家的行李运走了，另外两家的行李全军覆没。凌婷立找出两个信封，每个信封里装了两百元法币，让旷平分送两家，说是权供路上花销，对方都欣然接受，经此巨变，三家人已经结下了深厚的友谊。

第二天清晨，八个人都上了民生公司安排的一艘大木船，船行不久，过了宜昌的南津关，便进入了滩多流急、舟行艰险又风景绝佳的西陵峡了。

江面越来越窄，水流越来越急，航道弯弯曲曲，两岸青山重叠，怪石林立，木船渐渐像在爬陡坡，越来越慢，有时甚至像凝固不动了。紧靠船舷坐着的旷平，不禁想起李白因李璘案被贬逆流过三峡时留下的诗句："三朝上黄牛，三暮行太迟，三朝又三暮，不觉鬓已丝。"他豁然一笑，他感到了时代的变迁，心境的迥异。

他举目前望，但见木船一条衔着一条，望不到边；他反身后顾，木船一条接着一条，看不见尾。船并不是在江心行驶，而是靠北岸很近，因为此时上滩，船的主要动力来自于纤绳，每一条船前面，都有十几个、二十几个纤夫，他们有时在岸边踩在水里走，有时在山岩上走，大多都有帆布做的纤肩，也有把纤绳从背后搭在肩上，肩上垫着破布，用双手拖着深嵌于肩胛的纤绳，他们的身子弯得很低，有时甚至匍匐前行，他们赤裸的脚杆肌腱勃张、青筋毕露，他们一边走一边发出嗨哟嗨哟的呼喊，这声音和船上桨手哎嗬哎嗬的吆喝遥相呼应，一起一落，有好嗓子的随兴高歌几句，伙伴们立即应和，这就是别具一格的“川江号子”啦。据说此时三峡的纤夫有万人之众！

旷平被眼前这立体的画面撼动了：这是一幅多么壮观的图画啊！中国人正是靠着这最原始的力量，靠着千条万条青筋毕露的脚杆，把东部的精华搬到了西部！日本法西斯头目断然不会想到，他们野蛮的占领，残暴的屠杀，换来的是中华民族的大团结，是中国人对荒芜的西部的大开发，是亿万炎黄儿女的觉醒和奋起！

旷平这个头脑活跃的少年浮想联翩，他希望有一天，能对亲爱的大哥说：“大哥，当你在东边浴血奋战时，我作为一名真正的战士，也昂首前进在向西进军的行列里！”

坐在身边的廖霞，用柔软的小手轻抚着旷平晒得黝黑的胳膊，兴致勃勃地说：“你看，你看，平。”她把“弟”字删掉了，“这两岸的风景是多么美丽啊！那郁郁的青山，嶙峋的怪石，不断变幻，没有一处是重样的；那飞泉垂瀑，苍藤古木，翳天蔽日，引人入胜哪。你，再往近处看，那一片片橘林翠绿欲滴，一丛丛秋枫红黄相间，一簇簇野玫瑰艳红如血呢，还是更像新娘头上的红盖头？哎呀，真是千姿百态，难怪欧阳修说，‘西陵山水天下佳’哩。平，你也有同感吗？”

旷平的脑瓜还沿着他的思路驰骋着，他觉得自己仿佛飘飘然飞入了纤夫的行列里，背上也背着纤绳，自己赤裸的脚杆也是肌腱勃张、青筋毕露，充满了无穷的力量。

他隐隐约约听见了霞姐对三峡景色的赞美，心不在焉地随口应道：“是啊，是啊，有同感，有同感，霞。”他把“姐”字也删掉了，似答非答地答道，“我相信，前面的风景，一定会更好！”

34

借用说书人的一句套话："花开两朵，各表一枝。"

话说那日，旷雨眼看着"民享号"缓缓驶出了他的视线，这才注意到，码头上紧挨"民享号"的还有一条货轮"民勤号"，正在装船，武汉8月末的天气依然炎热，旷雨眼见两个挑夫抬着一部沉重的机器走在跳板上，赤膊上亮晶晶的汗珠一滴滴滚落下来。

旷雨向一位身穿民生公司制服的人打听，得知这条船现在装的是广东兵工厂的机器，还有上海一所大学的藏书和仪器。那人露出得意的神色说，我们卢老板把家底全献出来啦，二十多艘火轮，八百多条木船，日夜不停地运哪，小老弟，日本飞机炸沉了我们十多条船啦，可我们还是白天黑夜不停地运哪！旷雨心中充满了振奋，他想，像我们这样一个贫穷落后的国家，这些物资从湍急的川江运入大西南，对支持持久抗战和传承中华民族的文化血脉是多么重要啊！

旷雨跺了跺他残疾的左脚，感到很坐实而有弹性。在小印刷厂的几个月没有白过，他每天都坚持踩踏印刷机，从一两百下，练到现在能一口气踩踏上千下，他的左腿已经变得坚强有力了，站在这令人热血沸腾的码头上，旷雨从内心里盼望着起航！

旷雨回到家，走进院子，见一位军人在锁着的门前徘徊，那人迎上来问：“你是旷雨先生吗？”

旷雨点头说：“是呀，您是——”

那人笑道：“我姓乔，刚从孝感伤兵医院过来，于护士长托我带一封信给你。”他把信交到旷雨手中。

旷雨连忙开门，把客人让进客厅坐下，又忙着倒茶，这才看信。

于雯写的，很简单：“旷雨：我院奉命转移至四川万县，9月2日晨由孝感乘汽车启程，中午可达武汉，在民生码头登木船，至宜昌转乘火轮入川，切盼能来码头一别。于雯　廿七年八月廿八日。”

乔军官告诉旷雨，不久前，日寇空袭了伤兵医院，原院长不幸遇难，甄永丽护士长临危受命继任院长，于雯当了护士长，现在医院医护人员短缺，她们正努力克服困难。军官说，他在豫东作战时受伤，一块弹片嵌在右眼眶里，面部的伤是很危险的，多亏医院救治有方并精心护理，总算得以康复。他虽然失去一只右眼和三根手指，但还可以战斗，他就要回部队去了。他到武汉来，是要见一见即将入川的妻子和两岁多的小女儿。

旷雨对这位上尉军官肃然起敬，告诉他自己的大哥在河北作战时曾负重伤，也是在这个伤兵医院里得到救治的，他的军衔也是上尉，也参加过豫东战役，现在又上前线去了。旷雨说，他和甄院长和于护士长是好朋友，并且对她们怀有很高的敬意，他9月2日一定到码头去送别。

9月1日傍晚，旷岳带着苏恩匆匆从前线回来了，他是有要事急需处理才赶回来的。

晚饭后，旷岳坐在妻子常坐的那张太师椅上，喝着乌龙茶，旷雨坐在他的身边，在昏黄的灯光下，父子促膝长谈。

旷雨向父亲讲述了母亲、郭妈和弟妹离开武汉的情形，旷岳点头称善。旷雨问父亲在前线有没有听到大哥的消息。

旷岳摇头，眼睛里充满了忧虑。他说，他去的是江北前线，8月末，日军稻叶第6师团，开始沿黄梅至广济的公路进攻广济县城的梅川镇。第六师团曾参与南京大屠杀，中国军队恨之入骨，所属牛岛满旅团被我84军广西队伍阻挡在大洋庙山口，发生了上万人的肉搏战，杀声震天哪，日军受到重创；今村胜治旅团在大风寨碰上我刘汝明的68军，68军的大刀队在长城抗战中是出了名的，这一次组织了四百多人的敢死队，大刀一抡白光闪闪，杀得南九州的武士屁滚尿流，扔下三百多具尸体，狼狈而逃。白副总长在田家镇准备了一颗硬钉子，等着日本人来碰，要教训教训这帮野兽！

旷岳的话锋这才转到长江南岸，继续说："据我所知，江南的战事打得很惨烈，70军守庐山金官桥一线，从7月末打到现在9月初，阵线仍然在我军手中，但是，我军的伤亡也十分惨重啊。你大哥是和70军的一个炮兵副营长霍克欧一起走的，听说这位霍副营长也负了重伤，不知在哪个伤兵医院，你大哥现在真是生死未卜，下落不明了。"

父子二人沉默了好一阵子。

旷雨想到父亲和于雯有一段特殊关系，便把于雯的信拿给他看了，告诉他于雯的近况。

旷岳说："小于是个好姑娘，你去送行的时候，请替我问候她，说我为她的成长高兴，希望她一切顺利，生活幸福。"旷岳盯住儿子，突然出现少有的迟疑，但随即明明白白地说，“雨儿，我真的没有想到，小于和我，竟然是她的第一次！唉，我罪过！小于是非常单纯、非常干净的，比我干净多啦！雨儿，如果你们合得来，我将衷心为你们祝福。”

旷雨吃惊于父亲的坦率，他也坦然地说：“爹，我和小于之间，你不是障碍。我心里有人，我已经告诉她了。”

旷岳带着深深忧虑的目光看着二儿子，思忖片刻，叹息道：“唉，在感情方面，无论你做什么选择，我都尊重你。雨儿，你有点残疾，心理上可能有些偏颇。其实，你的长处很多，你心地善良，悟性很高，你完全可以像健康人一样获得幸福的爱情和婚姻。雨儿，人的一生是分成一段一段的，每一段自己都画成一个圈圈，圈圈套圈圈，最后形成一个大圈圈，盖棺论定。所谓‘善有善报，恶有恶报’，都可以从这些圈圈里找到因果的关系。孩子，我希望你画好生活的圈圈，享有美满的爱情和家庭。”

旷雨并未完全弄懂父亲这番语重心长的话，但他感觉到了父亲的关怀，他诚恳地说：“谢谢你，爹。”

第二天下午，旷雨早早就到了民生码头，打听好专门运送孝感伤兵医院的是两艘相当大的柏木船。等了一个多钟头，车队才到，随医院转移的有二十多位重伤员，还有十多位待愈伤员和一批器材、药品。旷雨和船上的水手都热情地帮忙搬运，旷雨抢着抬担架，于雯正要阻止，旷雨笑着说我行！他奋力抬起担架从颤悠悠的跳板上走过去，到了船上，放下伤员，已经大汗淋漓，往回走时，脚步都蹒跚了，他几乎要哭出声来。

甄永丽赶紧把他叫过去，帮忙运器材，和他两个人抬一个木箱，告诉他箱子里装的是苏联经新疆、甘肃河西走廊运来支援我国的X光机，说这可是医院的宝贝噢。甄永丽问起旷风，旷雨把情况说了，甄院长安慰着说："旷风同志命大，身体又好，上次子弹穿胸而过，居然活下来，这一次也会平安度过的。"

装好船，全都各就各位了，于雯和旷雨才有机会站在靠船的码头边上说话，旷雨转达了父亲对她的问候与祝福。

于雯坦然而开朗地笑着说："你爹是够风流的，男人嘛，哈哈，幸亏他有一个厉害的老婆管着他。不过，你爹特聪明，有才气，我认定他不是个坏人，他的心眼儿不错，很有担当！现在嘛，他留在我心里的，只有温情和善意了。我也为他祝福。"

船上水手吆喝升帆起航了，于雯含笑盯住旷雨，说，我想抱抱你。

旷雨说，我也想抱抱你。

他们热情地拥抱了。

旷雨感到于雯把他抱得很紧，在他耳边说："旷雨，我放不下你，无论结果如何，我都会去找你的！"

于雯松开旷雨，一溜小跑上了船。

船帆升起了，东南风正劲，几位橹手用长长的带铁头的竹篙往码头边上一撑，船便离开了岸。

旷雨站在岸边，挥着手，于雯和甄永丽站在船舷边，挥着手，直到他们彼此的身影模糊，消失。旷雨明白，在他的心上又多了一份牵挂，他相信，在这个世界上，还有第二个女人，会坦然面对他的残疾。

旷雨回家，刚走到大门口，苏恩就大声招呼："二少爷，你可回来啦，老先生和两位客人等你老半天啦。”

两位客人是廖剑秋和罗大伟，旷雨一边寒暄，一边心想，这二位怎么搭上关系啦？

旷岳说：“雨儿，你不是老嫌爹不重视你吗？这一回有两项重大任务该你出场啦。”

旷雨讶然问道：“什么任务？”

旷岳笑道：“请廖伯伯给你说。”

廖剑秋比旷岳小两岁，他除了川康盐务局局长的职务，最近又被任命为江南六省盐务特派员，他对旷雨说：“我是个盐官，三句话不离本行，世侄，盐被称为‘政治商品’，它有两个特点，你清楚吗？”

旷雨说：“哎呀，廖伯伯，我真的不甚了了哇。”

廖剑秋说：“一个，是人人必需，不可或缺，没有代用品，在这一点上，它和粮食差不多。另一个，是它的产地比较集中，容易控制，也容易被控制。现在日寇已经占领了我国主要的产盐区，长芦盐场、两淮盐场、山西的池盐均已落入敌手，山东、广东的海盐也大部分被控制，日寇正加紧封锁盐路，企图造成我西南大面积盐荒。”

旷雨心中一震：“哎呀，战争是全方位的，日寇对我真是无所不用其极呀！”

廖剑秋说：“我这次到各地考察，发现川北、陕南、豫西已经出现盐荒，要靠川盐和陕北池盐增产，尚需时日，而上百万下江人入川，却不会迟延。我在淞沪会战时期，曾把两淮盐场库存的大批食盐贮存在淮南东台、上海租界和吴淞口一带，总量超过百万担

（一百斤为一担），这批盐日寇尚未控制。我想深入敌后，设法把这一批食盐运到大后方，以缓解当前的燃眉之急。”

旷雨说：“廖伯伯，这是一件大事情啊，可我能使上什么劲呢？”

廖剑秋笑道：“要在敌人的眼皮子底下，把如此巨大的一批食盐运到大后方，谈何容易？必须在敌人的心脏地区有一个强大的支撑据点，你父亲推荐了上海法租界凡尔登大酒店的老板法国人拜琳娜女士，我们觉得非常合适。你父亲当然要写信，但信上哪里能说得清楚，所以你父亲就推荐了你，因为你和拜琳娜打过交道，据说，她对你的印象很好啊。”

旷雨心中暗喜，呵呵笑道：“好好好，这是一项任务；还有一项，是不是和大伟兄有什么关系？”

廖剑秋说：“没错，罗大伟是中央党部推荐到我手下当人事处副处长的，是我此行运盐的助手。他还有另外一项任务，请他自己介绍，听说你们曾同住一间宿舍，那就是老熟人啦。”

旷雨心中一动，罗大伟不是复兴社的人吗？怎么又归了国民党中央党部啦？看起来这个人不简单哪。

罗大伟很亲热地对旷雨说：“我们的确是老熟人啦，老弟，听说你大哥被霍克欧拉到庐山前线去啦，呵呵，现在上面让我来协助廖局长运盐，我们又要合作，你看，我们四个同屋是不是很有缘分哪。这一次，上面还交给我一项特殊使命，就是除掉汉奸卖国贼日伪杭州市市长旷峻。你父亲是我们的老前辈，虽然已经登报和他断绝了关系，还是要来打个招呼，如果有你老弟相助，那我们办事的路数可能就更宽啦。”

此时，旷岳插言道：“罗先生，除掉旷峻，我衷心拥护，叛国汉奸，人人得而诛之。但不要株连九族，他有一个儿子叫旷一鸣，今年才十八岁，我希望动手的时候，要保护他。”

罗大伟说：“旷老先生，您放心，据我们了解，这个旷一鸣已经离家出走啦。事情是这样的：旷峻有个门房姓赵，这个人学过武术，还会说书，经常教旷一鸣一两手，还给他讲《杨家将》和《说岳全传》。旷峻一当汉奸，老赵不愿给汉奸看门，串通少爷旷一鸣，两个人不辞而别，跑到浙南金华去了，听说老赵在一个什么训练班里当武术教练，旷一鸣还跟着他。”

旷岳拱手道：“那就太好啦！拜托罗先生，帮我把这个旷一鸣转移到重庆，让他来找我，由我们夫妇负责他今后的教养。先母临终不忘此孙，我不能让老人家在九泉之下不安哪！”

罗大伟恭谨地说：“旷前辈，这件事，您就交给我吧。”

旷岳转而对旷雨呵呵笑道：“雨儿，我知道你心里早就秣马厉兵，跃跃欲试啦，怎么样，这两个任务还对你的胃口吗？”

旷雨霍地站起来说：“啊哈，感谢亲爱的老爹，这回总算点到我的穴位上啦。廖伯伯，大伟兄，小可不才，非常高兴能随你们去上海，保证鞍前马后听从调遣，在二位英明领导下，同心协力完成这两项光荣的使命。”

旷雨滑稽的表情，把他爹和两位客人都逗乐了。

35

“八·一三事变”，出乎日寇乃至世界各国政府的预料，中国军队主动进攻，虽然没有把日寇赶下海，没能攻下日寇在闸北的老巢，但打得日寇节节败退，十分狼狈。这迫使日本最高军部不得不从华北和本土调兵遣将增援上海，直到在淞沪作战的日军总数超过了华北。遗憾的是，中国军事当局在战役战术指挥上，只顾头脸，不顾屁股，出现破绽，11月5日凌晨，日寇第10军司令柳川平助率三个师团近十万人，在杭州湾北岸金山卫的漕泾镇、全公亭、金丝娘桥一带突然强行登陆，并立即迂回上海我守军后背，中国军队被迫全线撤退，淞沪会战虎头蛇尾，11月12日上海沦陷。

但是，日军占领的只有闸北、南市、虹口、浦东等“中国地界”，苏州河南岸的公共租界和法租界，也就是当时上海最繁华的地区，包括高楼林立的外滩和南京路“十里洋场”，立即被英美法意等国海军陆战队控制，宣布在战争中保持“中立”，英国和美国的战舰还游弋于黄浦江上。日本当时不愿得罪这些西方大佬，对租界的存在表面尊重，于是，在日军刺刀挑起的太阳旗涌动的大上海，出现了一片“孤岛”。

不要只看见“孤岛”因人口暴增而经济文化畸形繁荣，只看见林立的酒店舞厅，横行的流氓黑帮，穷奢极侈的纸醉金迷，这里终究是中国的土地，像一座活火山，内里汹涌着炽烈的抗日的岩浆，许多抗日活动，是公开或半公开的。不要只看见“孤岛”上侨民很多，单单集中在吕班路、环龙路、金神父路和霞飞路一带的白俄侨民就有近万人，法国侨民也在六千以上，还有英美比意奥许多国家的侨民，他们中当然不乏蔑视中国人的殖民主义者，不乏想到“冒险家乐园”来捞一把的投机人，但在20世纪30年代的上海租界，确实活跃着许多忠实的国际主义朋友，譬如德国作家鲁特·维尔纳，美国作家史沫特莱，苏联传奇谍王理查德·佐尔格，还有那个准确预言了“西安事变”结局的日本革命志士尾崎秀实等等，他们都是坚决站在中国人民一边的，都是不惜牺牲一切反对世界法西斯逆流的。

坐落在法租界贝当路上的凡尔登大酒店，因其颇似矗立于外滩上的老牌的沙逊饭店而被称为沙逊的姊妹店，它虽然只有十二层，却因大堂的古典豪华，两翼实体房盘的庞大壮观而遐迩闻名。这一天，董事长拜琳娜坐在二楼办公室落地长窗前的小桌边，望着窗外硕大的法国梧桐下熙熙攘攘的人流，呷着咖啡。她身边坐着新上任的酒店总经理娜嘉和董事长助理日本女人矢原花子，她们正低声细语地商量着事情。

其实，她们商量的事情和酒店的经营毫无关系。上海被日军占领后，拜琳娜和她的一些朋友秘密地成立了一个“反法西斯支持中国同盟”，参加这个组织的除了法国人，还有英国人、印度人、美国人、加拿大人、意大利人、俄国人、比利时人、荷兰人、日本人等，拜琳娜被选为会长。近一段时间，这个组织的成员陆续收到不少日军从上海向南京进军途中，在占领南京以后，以及在攻占浙江嘉兴、湖州、杭州期间，残杀中国军民，特别是强奸妇女虐杀儿童罪行的图片和文字资料。其中有一张照片，赫然显示一个狞笑着的日本大兵高举着带刺刀的长枪，刺刀尖上竟然挑着一个中国的婴儿，拜琳娜一看这张照片，双手掩面痛哭，连声说："这还是人吗？这是人能做出来的事吗？"

矢原花子泪流满面，边哭边说："大和民族疯啦！欠下中国人民多少血债！我羞愧，痛心，愤怒！"

拜琳娜突然把花子抱住："你也是受害者啊！"两个人相拥而泣。

娜嘉也流了泪，她比较冷静，等两个人平静下来，才说："日本军人的残暴行径，是反人道主义的，反人类的，绝对违反国际公法，应该在报刊上揭露他们，让舆论谴责他们。"

花子说："我赞同娜嘉姐的意见，但在租界里的报纸上刊登影响太小啦，而且容易给我们带来麻烦。"

"是啊，我倒有个主意。"拜琳娜说，"我的一些法国朋友，在巴黎成立了一个民间的'国际保障人权协会'，他们主要是为反对纳粹德国迫害犹太人而成立的，我可以和他们联系，由我们资助，他们出面组织一个国际性的'人道主义考察团'到中国来考察，再通过他们利用西方媒体，揭露日本军国主义反人类、反人道的罪行。东西方的法西斯都是一路货！我认为应该借重西方媒体的力量，用真实形象的报道去打动读者的心灵，这样可以为中国的抗日战争争取更广泛的同情、声援与支持。"

娜嘉拍手叫道："妙，妙极啦，好主意！"

矢原花子也紧握双拳说："借助西方媒体，用真实的图片去感染读者，一定会收到加倍的效果。"

拜琳娜兴奋起来，透着得意的神情说："作为法国侨民，我本应该依靠政府，但眼下法国政坛一团糟，争权夺利，像走马灯一样换头头，完全失去了一战时期那种团结对外的精神，这一点，真应该向现在的中国人学习！我当年心目中的英雄贝当，已经蜕化成一个软弱的政客啦！我真后悔把凡尔登酒店建在了贝当路上。"

娜嘉笑道："呵呵呵，那是因为你太崇拜英雄，对凡尔登这个地方的感情太深啦。"

拜琳娜郑重地说："我希望凡尔登大酒店成为一座为人类正义和平而战、永远攻不破的堡垒！"

"我愿做你手下一名坚定的士兵！"娜嘉激情地说。

"我也是！"矢原花子平静地表态。

电话铃响了，娜嘉走过去接电话，高兴地跳起来："哈，旷雨来啦，在大堂，说要见董事长。"

拜琳娜笑道："这个小家伙怎么钻出来啦，让他直接到办公室来找我。"

旷雨这天穿了一身笔挺的灰西装，打着红色领带，脚下是妈妈为他特制的黑皮鞋，确实够得上是时髦的英俊小生了，如果不特别注意，还真看不出他有点瘸。他熟门熟路，走到二楼董事长的办公室前，敲了敲门，里面说："请进。"

旷雨推门而入，见一个女子背坐在靠窗的小桌边，那正是第一次见拜琳娜时他们聚谈的地方，可是热情的拜琳娜怎么不来迎接我呢？

旷雨说："我是旷雨，拜琳娜，你把我忘了吗？"

背坐着的女人忍俊不禁地说："旷雨，你知道我是谁吗？"

旷雨听出来了，惊喜地大叫道："你是花子姐！"

矢原花子转过身来，她那美丽的笑脸像一朵绽开的灿烂的鲜花，她舒开双臂叫道："我亲爱的雨弟！"

他们热烈地拥抱了。

直到听见旁边有人鼓掌，他们才松开。

旷雨见鼓掌的人是拜琳娜和娜嘉，忍不住上前亲吻了拜琳娜，又和娜嘉热情地握手。

拜琳娜亲切地笑着说："旷雨，我答应你的事，这回可以交差了吧。"

旷雨说："啊，拜琳娜，你是我的上帝！"

娜嘉说："旷雨，你小子冒那么大风险跑到这儿来，肯定无事不登三宝殿，说，带着什么任务？"

旷雨赶紧把这次来的事情和目的扼要地说了。

拜琳娜问："你的两位领导呢？"

旷雨说："在停车场的汽车里面待着哩，他们让我先来通报。"

拜琳娜笑道："你通报的时间可够长的。娜嘉，你是总经理，代表我，跟旷雨一起过去迎接客人，直接把他们带到顶楼的会所。"

凡尔登大酒店的第十二层是不对外营业的，作为内部客房和社团活动的场所，也是"反法西斯支持中国同盟"的活动中心。娜嘉以酒店总经理的身份热情欢迎廖剑秋和罗大伟两位贵客的光临，让服务生接过他们的行李，引导他们乘电梯直达顶楼。拜琳娜和矢原花子在电梯口恭迎，廖、罗二人发现，这位年逾不惑的法国女主人，依然容光照人，魅力四射，而且说一口流利的北京话。

他们被让进一间陈设豪华的小客厅，花子端上热咖啡，主客寒暄之后，廖剑秋双手递上旷岳的亲笔信。拜琳娜对这封用毛笔书写内容简单的信很感兴趣，她读了两遍，仔细叠好，放进自己的衣袋。

拜琳娜开门见山地问："廖先生，罗先生，你们要把上百万担的食盐从日占区运到大后方，是一件很大的事情，请谈谈你们的计划，说说你们的困难在哪里？"

廖剑秋说："日军占领了吴淞口，控制了长江的出海口，海运是不可能了。大规模的陆运日本人很容易发现，也不可能。目前，浙江省北部嘉兴、湖州、杭州已被日军占领，但是绍兴、宁波、奉化等浙东地区仍在我军手中，浙江省的政治、经济中心转移到浙南的金华、永康和温州一带，市面相当繁荣。眼下，中日双方在军事上隔钱塘江对峙，民间商贸往来并未断绝，这一次我们就是装扮成商人，经奉化、宁波、绍兴进入敌占区的，并没有遇见太大的麻烦。董事长，我们大部分的盐是存在淮南的东台，那里的盐务管理人员都是我的老部下，尚未被日军控制，只有少量的盐存在吴淞地区和上海租界里。我们计划以'蚂蚁啃骨头'的方式，通过民间小股的商贸运输，分散地穿过敌军并不严密的封锁线，进入绍兴、宁波我们管辖的地区，再集中转运西南。不知董事长以为可行否？"

拜琳娜很感兴趣地听完廖剑秋逻辑严密的叙述，点头道："好，'蚂蚁啃骨头'，分散小股行动，神不知鬼不觉地让上亿斤食盐搬了家，妙！不过，廖先生，这样一来，你的运费就很高哇，不知如何解决呢？"

"董事长明鉴，这确实是我面临的最大难题。"廖剑秋推了推他那深度近视眼镜，镜片后面闪烁着老谋深算的目光，“不瞒您说，现在中国政府缺钱，我囊中羞涩，只有卖掉一部分存盐，来解决运费问题啦。”

“不能卖盐！”拜琳娜断然说，“廖先生，第一次世界大战的时候，我曾经是一名战士，我知道，即便是一个健壮的士兵，如果七天不吃盐，也会举不起枪来。食盐和粮食一样是重要的军需物资，如果闹了盐荒，军心就会动摇，社会就会不稳，所以，我理解，你们办的是一件大事。廖先生，罗先生，你们运盐的费用，我全部包了。我酒店的账上有上百万的流动资金，还不够你们用吗？娜嘉总经理！”

“在！”娜嘉像一名战士那样唰地站立起来。

“从今天起，给廖先生、罗先生开一个特别账户，他们的一切费用，都可以在酒店的财务上报销。”拜琳娜像个将军似的发号施令，“你再亲自跑一趟‘公董局’，给他们注册办理一个商贸公司的执照，用什么名字，由廖先生定。他们有了公开合法的身份，不就可以开张办事了吗？”

廖剑秋大喜过望，这个年届半百的“老盐务”，情不自禁地站了起来，说：“哎呀，拜琳娜董事长，您太慷慨啦，您解决了我们当前的大难题！我作为中国政府的一名官员，向您表示真诚的感谢！”他向拜琳娜深深鞠了一躬。

罗大伟也唰地站立起来，举手行了一个军礼：“我作为中国军人，向您致崇高的敬礼！”

拜琳娜慌忙站起，用中国抱拳之礼回答道：“谢谢，谢谢，请坐，请坐。你们大概不知道，我这半辈子，大部分时间是生活在中国，在这里我收获了爱情、家庭和财富，我的丈夫和最好的朋友都是中国人。可以说，我是中国老百姓养育起来的，我爱中国，爱这个胸怀宽大的礼仪之邦。我不可能坐视日本法西斯肆意践踏这片国土，老实说，我天天都在想为抗战做点事情，我感谢你们为我提供了机会。千万不要把我当外人，我们还是商量商量第二个任务吧。”

罗大伟说：“好好好，痛快！按理，比起运盐这件大事，杀掉一个汉奸市长，算不上大任务；但是，这个旷峻锋芒太露，跑得太快啦。他和我们政府内部的亲日派，和南京的‘低调俱乐部’一贯联系密切，鼓吹什么‘和平建国’，‘中日亲善，共存共荣’，妄想跟着日本建立什么‘大东亚共荣圈’。去年12月下旬，日寇占领浙北，他就出来搞‘维持会’，搞‘浙江省自治委员会’，日寇拼凑伪杭州市政府，他又当了首任‘市长’，上任伊始，就发布‘通令’，对民众实行横征暴敛，这不是替日本人搞‘以战养战’，搜刮侵华军费吗？这浙江省杭州市的市长是随便能当的吗？所以，除掉这个人，既可以大杀日寇的气焰，对我政府内部的投降派和汉奸舆论也是一个打击和警示！”

旷雨说：“大伟兄讲到了点子上。我的父兄和弟妹都是坚决抗日的，旷氏家族偏偏出了这么个叛国汉奸，真是把旷家的脸都丢尽了。这个人不忠也不孝，他不听我祖母一再的规劝，甚至死谏，活活把我祖母逼死了！这个人也不悌，他一贯利用我父亲谋求名利，损伤我父亲的名誉，这次投敌又制造假象蒙蔽我的父母。对于这样一个不忠不孝不悌不仁之徒，人人得而诛之，我希望能亲手宰了他！”

拜琳娜叹息道：“唉，说起这位旷二爷，我和他还有一面之缘。

20年代中，他拿着他大哥旷岳的一封信，到北京来找我的丈夫。我丈夫当时在外交部主管亚洲地区的事务，旷峻说他曾留学日本，毕业于日本帝国大学，希望能当中国派驻日本国的外交官。我丈夫为人狷介，一向不肯办这种关系差，但旷岳是他的契友，又知道旷岳是受母亲严命写的信，违心地帮忙办了。想不到这个人竟然从此和日本军政两界拉上了关系，他今天叛国投敌不是偶然的。他和日本人的关系很深，个人的野心很大，你们要在日军占领的地区刺杀他，恐怕并非易事。"

罗大伟说："没错。据了解，此人行事谨慎，很少在公众场合露面；他和驻杭州市的日本宪兵司令若松茂明是帝国大学的同窗，所以破例每天都有日本士兵在他住宅守卫，另外还有伪政府的卫兵，如果强攻难免伤亡，而且难以达到目的，因为他还有一个贴身保镖。"

"贴身保镖？是什么人？"旷雨讶然。

"就是你的那位小婶婶石慧。"罗大伟说，"旷峻有个毛病：特别好色，青年学生时期就混迹于风月场。日本人正是利用他这个弱点，把受过高级特工训练的医科大学毕业生石慧，安插到他身边当姨太太。石慧精通柔道技击，两三个壮汉近不了她的身，而且枪法极准，又经常守在旷峻左右，据悉，旷峻家里还安装了直通宪兵队的报警器。所以，要除掉这个逆贼，诚非易事。"

廖剑秋说："看来强攻不行，唯有智取。"

大家都沉默了。

半晌，一直没说话的矢原花子用悦耳的京腔慢条斯理地说："诸位不必发愁，我一个人去就把这奸贼除了。"

大家的眼睛一下子都聚焦于花子。

罗大伟睁大惊讶的眼睛问："花子小姐，你哪里来这个本事呢？"

花子笑道："我父亲和旷岳伯伯是老朋友，20年代在北京来往密切，所以，我很早就在旷家见过旷峻；旷峻也很早就认识我。去年春天，我们从日本国逃到南京，住在旷岳伯伯家里，这个旷峻还带着他的姨太太石慧到后楼来找过我父亲，想利用我父亲替他转交一封土肥原写给旷岳伯伯的诱降信，被我父亲婉言谢绝了。"

旷雨插言道："哎呀，还有这么一段公案，花子，你仔细说说。"

花子把当时见面的过程，和她与父亲对转传信件的判断说了，接着讲："既然旷峻误以为我们父女是负有特殊使命的'和平使者'，又知道我们具有纯正的大和民族的血统，这个人从骨子里崇拜日本人，我现在去求见他，他必定接见我，到时候我笑嘻嘻地掏出手枪，砰砰两枪，你们的任务不就完成了吗？"

旷雨叫道："不行，不行，不行！花子姐，你当这是过家家哪，你平白无故地去见他，他不起疑？即便你把他打死了，你也走不了啦！"

花子含笑平静地说："我为反对日本侵略中国而死，视死如归！"

拜琳娜说："不值，不值。为了杀一条狗，怎么能牺牲我们美丽的花子小姐呢。不过，花子倒提供了一条'智取'的思路。孙子曰'攻心为上'，旷峻的内心确实有明显的可乘之隙呀！我有一个设想，不知可行不可行？"

众人的目光又聚焦于拜琳娜，她娓娓地道出了一个主意，大家都觉得可行，很感兴趣，接着你一言我一语地议论起来。有道是

“三个臭皮匠，赛过诸葛亮”，于是，一条智取汉奸狗头的妙计渐臻完善。

大家都非常高兴，主人拜琳娜更是兴奋异常，她是个特别容易激动的人，她笑道：“时候不早啦，娜嘉、花子，你们赶紧给三位贵客安排住处，他们一路辛苦，先让他们好好地休息休息。”她又转向客人，殷勤地说，“晚餐，我请诸位吃法国大菜，我要好好地给你们接风啊！”

36

凡尔登大酒店的屋顶，正对大堂的上方，是一个哥特式的尖顶，其余大部分面积，设计成四季常新的花园，绿树蓊郁，繁花似锦，曲径通幽，此时正是桂花盛开的季节，寥寥几处盆栽，已使散步、调情的客人们陶醉于馨香之间了。

晚宴设在屋顶花园别致的酒厅包间里，讲究的法国菜肴丰盛而精致，无论鱼羹、龙虾、鹅肝和地道的法国红酒，都令客人们大快朵颐。

为了一个共同的目标，新知旧雨欢聚一堂，很快就忘记了陌生与拘谨，变得异常亲切而放松，天南海北地拉起了家常。酒阑，娜嘉特地安排了小乐队，她带头高歌一曲：“你从前是这样，现在还是这样，哥萨克你，勇敢的鹰……”在花子的怂恿下，旷雨也一展歌喉，唱了一首流传甚广的情歌《望穿秋水》，他的声音宽厚低沉而柔软，满满的感情，拨动了大家的心弦。当小乐队奏响了《卡门》舞曲，熟悉欧美上层社交礼仪的廖剑秋走到女主人面前，礼貌地一躬，伸出了左手。拜琳娜微微一笑，把右手放在了男士的左手上，随着乐曲明快的旋律，他们十分默契地跳起了探戈，廖剑秋随兴地用准确的法语和舞伴对话，令拜琳娜既惊讶又赞赏。罗大伟是舞林高手，自然技痒，也主动邀请娜嘉翩翩起舞，倒是日本女孩矢原花子和旷雨只在一旁鼓掌击节助兴，显得有点跟不上潮流了。

席散，走出小酒厅，花子邀请旷雨到她屋里坐坐，拜琳娜笑道："快去吧，旷雨憋了一肚子话，还没机会对花子姐倾诉哪，你们姐弟俩好好聊聊。"

拜琳娜和娜嘉余兴未尽，建议并陪同廖剑秋和罗大伟去了"夜总会"。

花子住在酒店第八层的一个套间里，外间是客厅，里间是卧室。拜琳娜就住在她的旁边，那是一个总统套房。

花子直接把旷雨带进了她的卧室，这间屋子南面玻璃窗下有沙发和茶几，一张单人床靠北墙，东墙下的红木长条几上，醒目地放着一个大镜框，里面镶的是矢原慎一的黑白放大照片，镜框上搭着黑纱。旷雨在照片前驻足，矢原伯伯那明亮坦白充满善意的目光，那宽宏的微笑，固执的嘴角，他太熟悉了。从他上小学有清晰的记忆开始，矢原伯伯就是旷家的家庭医生，无论长幼主仆，有个头疼脑热都会去找他，就连自己左脚上这只特殊的鞋，也是矢原伯伯向妈妈建议，后来定制的。

旷雨仔细地整理了一下自己的衣服，面向矢原慎一的照片，深深地鞠了三个躬；矢原花子在一旁躬身答谢。

花子说："爸爸死得惨，他是被纳粹分子活活饿死的。"

旷雨热泪喷涌而出，哽咽道："这帮没人性的畜生！"

花子说："坐下，雨弟，喝茶？还是咖啡？"

旷雨坐在小沙发上："给我泡杯绿茶吧。"

花子泡好两杯绿茶，放在茶几上，自己坐在茶几的另一侧，殷殷问道：“旷伯伯、旷伯母好吗？我非常想念他们。”

旷雨说：“他们挺好的。我们一家人都时时牵挂着你们，特别是大哥，不久前，大哥对妈妈说，你已经回到中国了。妈妈说，那是心电感应，看起来，还挺准的。”

花子说：“心电感应？哎呀，雨弟，有时候夜阑人静，我真的仿佛听见风哥的声音，和他说起话来。我想，风哥是上前线了，他内心里就是一个战士。”

旷雨说：“没错，大哥太了不起啦！他在河北前线作战负过重伤，子弹穿透他的胸膛，差一点丢了命。这一次在武汉，他本来说好带我去延安的，突然之间决定，跟着70军的一个老同学上了最前线，他把去延安的介绍信往我手上一塞，冲着我摆摆手就这么头也不回地走了。唉，至今连一点消息都没有。”

花子明亮的眼睛里射出的期待的光突然收敛，他们沉默了。

过了好一会儿，旷雨说：“淞沪会战的时候，我祖母突然在上海逝世，当时并不知道是被旷峻逼死的，我们一家都去奔丧。埋葬了祖母以后，我和父亲到这家酒店来，见到了拜琳娜，知道你们父女去了德国汉堡，也知道矢原伯伯落入了法西斯分子的黑手。我们都祈盼矢原伯伯能逃离魔爪，今天我悄悄问了娜嘉，才知道老人家已经不幸遇害了，我心里非常难过。”

花子说：“我和老爸告别了你们，来到上海，拜琳娜看了旷伯伯那封简短的信，立马就把我们当亲人了。拜琳娜真是个古道热肠的人，她劝我们不要去德国，说那里纳粹党正横行无忌，也不要去她的祖国法国，说整个欧洲都不太平。她劝我们移居美国，说她唯一的儿子就在美国，可以帮助我们很快立足，毫无问题。我老爸特别固执，他在德国学医，前后住了八年，他认为那里有许多师长和同窗，生活和语言又很熟悉，自己是个普通百姓，并无奢求，找一个地方自食其力，应该不难。拜琳娜劝不动我爸，只好拜托一位叫雅柯夫的德国朋友来照应我们，雅柯夫是汉堡市郊一所中学的校长，在当地很有声望，拜琳娜说这个人非常忠诚可靠。她给我们买好船票，送我们上船，再三嘱咐我们，到了汉堡，一定要先住在雅柯夫家里。”

旷雨说：“我理解矢原伯伯的心思，他认为在德国便于独立地自谋生路，经营一个自己的世外桃源。听说你们初到汉堡还比较顺利。”

“是的，雅柯夫亲自到码头来把我们接到他的家里。雅柯夫比我爸的年纪还大，是个严谨热诚的倔老头，他在地方上很有威望，是受到尊敬的，经过他的奔走，居然帮我们解决了落户的问题，而且答应我爸到他主持的学校去做生物代课教员。”矢原花子诉说着这段不堪回首的往事，“我爸内心里其实是很高傲的，他认为自己是个医学博士，医术精湛，德语又好，他希望能像在北平或横滨那样开一个自己的诊所，这一下事情就复杂了，因为他缺少必要的证件。为了解决证件问题，他要到柏林去找一位老同学，这个人叫齐特洛甫，是他在柏林医科大学读书时最要好的同学，毕业后仍有书信来往。本来我爸是要带我一起去的，雅柯夫劝他不要去，说近年德国的政治变化非常剧烈，二十多年不见面，贸然闯去很危险。我爸说他是一介平民，看望老同学、老朋友，与政治不搭界，有什么关系？两个老人越说越僵，语言也越激烈，雅柯夫特倔，最后拍了桌子，说你要去也不能带女儿！我爸妥协了，一个人独自去了柏林，这一去，就没有再回来。”

“后来呢？”

“我们左等不回来，右等还是不回来，雅柯夫看我要急疯了，让他的老伴看住我，自己去了柏林。几天以后，雅柯夫回来了，就这么短短几天工夫，老头的眼睛凹进去了，失去了神采，显得苍老了许多。他说话是不绕弯子的，他说托人多方打听才弄清楚，那个齐特洛甫，这几年紧跟元首希特勒，削尖了脑袋往上蹿，已经是党卫队中的重要人物了。他恰好正主持一项生化武器的研究工程，看见当年比自己成绩优秀的老同学自投罗网，大喜过望。齐特洛甫盛情款待老同学，迅速摊牌，要求我爸参加他主持的研究工程，遭到我爸的严词拒绝，随即我爸被带进一幢豪华别墅，被告知，只要同意合作，别墅就归他啦；当晚，有两位白皮肤的美女来侍候，被我爸拒之门外。他又被告知，德国已经和日本国秘密建立了反共轴心同盟，齐特洛甫威胁说，你因反战而逃出国门，如果不肯合作，就把你送回日本去！我爸表示甘愿回国受惩罚，也决不参与这种反人道的生化武器研究！这一来，齐特洛甫恼羞成怒，把他扔进了集中营。”

“哎呀，花子姐，我能想象，当时你听到这些消息会有多么着急、多么痛苦！”旷雨发自内心地同情。

“是啊，我被打倒了，精神完全崩溃了。这时候我才意识到，老爸对我有多重要，我痛苦地感到，失去了他，我真的活不下去啦！雅柯夫夫妇极其耐心又贴心地安慰我，答应即便倾家荡产也尽力营救。老两口把结婚的信物都卖了，搭上我们带在身边的所有的钱和值钱的东西，包括你妈妈戴在我手上的那一枚红宝石戒指。可是，毫无效果，只辗转打听到一些确切的消息：齐特洛甫下令，只要我爸不同意合作，就不给他食物，每天只给一小杯水。我爸坚持了十七天，没有低下他高贵的头颅。据说，他心脏停止跳动时，神色非常安详，嘴角甚至带着笑意。我知道他心里想什么，因为他没有背叛自己的良知！”

说到这里，花子和旷雨都哭了。

淡淡的绿茶，悠悠的时光，轻轻抚平他们的哀伤。

半晌，花子继续说：“不久，雅柯夫突然紧张起来，他听到风声，齐特洛甫正在追查矢原慎一来德的行踪，幸喜在给我们落户时，雅柯夫留了一个心眼，用的是新起的德文名字，国籍写的是大韩民国。他通过越洋电话和拜琳娜商量以后，让住在法国兰斯的妹妹来探亲，法国的东北部离汉堡很近，两国边民传统的交往相当随便，雅柯夫的妹妹把我带到法国，我在法国兰斯住了一段时间，按照拜琳娜的安排，我从马赛乘邮轮回到了上海。这一次流亡，虽然还不到一年，但我完全变了一个人。”

“你是变了，花子姐，可我说不出来是哪儿变了。”

“心，心变了，思想变了。我看清了，一个民族，如果被妄自优越的民族主义煽动起来有多么可怕，欧洲的德国如此，亚洲的日本也是如此。风哥说得对，‘人类虽然分成许多民族，但正义只有一个’。雨弟，我变了，我现在已经是一个为人类正义而战的志愿者了。”

旷雨举起茶杯：“我祝贺你，花子姐，你已经和大哥站在了同一条战壕里！”

花子和他碰杯，粲然笑道：“你不也在这条战壕里吗？雨弟，我们都应该向你大哥学习，还应该向拜琳娜学习。今天拜琳娜的风采，真令我打心眼里佩服。”

“没错!”旷雨响应,“花子姐，我的感受和你完全一样!”

花子往茶杯里续上水，又拿出一堆零食，有老城隍庙的绿豆糕和五香蚕豆。姐弟间的谈话也变得轻松起来。

旷雨说:“我看得出，拜琳娜对你特别好，很信赖你。”

花子说:“比我更年轻的时候，她也曾是一个孤女，感受过失去至亲的痛苦，或许想弥合我带血的伤口，她对我确实非常好，我已经把她当作亲人了。”

“今天我才听你说，她有一个儿子在美国。她在我的心里，总有一点神秘的色彩。”

花子笑道:“其实，拜琳娜就是一个有血有肉实实在在性格浪漫的法国女人，很透明的。她孤身一人，有时寂寞，晚上做了夜宵，会把我叫过去共享。有一次她留我和她睡在一张床上，絮絮叨叨，给我讲起她早年的故事，唉，她是个经历丰富的女人。”

“给我说说她的故事，花子姐，我真的很想知道。”旷雨眨巴着明亮而期待的眼睛。

“当然，你是谁呀，雨弟，故事就从你爹开始吧。”

花子娓娓道来:“拜琳娜毫不隐讳她一生中第一个爱上的就是你爹，那是第一次世界大战的时候。她说你爹当时不满三十岁，像头小豹子，又健壮又敏捷，在她面前蹦来蹦去，勾得她情不自禁，是她发动了突然袭击，就在将军的大办公室里。她说你爹特老实，很快说明自己早就结了婚，出国前第二个孩子已经在老婆肚子里啦，他表明自己很爱妻子，而且家里是母亲当家，决不会容忍一个西洋媳妇的。她说她虽然很失望，但一点都不怪你爹。那时候，法国有几百万男人牺牲在战场上，女人过剩，她从小生活在中国，对中国特别是北京很依恋，所以，她想找一个中国军官托付终身。她又找了‘中国观战代表团’的一位海军军官，那人姓许，高大而英俊，比你爹还小一岁，军阶也是上校。”

旷雨插嘴：“你说的这个许叔叔我认识，他是美国麻省理工学院的研究生，学造船的，出过一本关于潜水艇的小册子，当过海军司令的机要秘书。我奇怪，凭这个履历怎么能以海军上校的身份出国观战呢？”

花子说：“这就是你们中国官场的特点了。许上校出国前订了婚，准岳父是一位徐姓大人物的亲信，可能是走了一点关系吧。问题是这位许上校不够厚道，对拜琳娜隐瞒了订婚的事实，他本想逢场作戏，到时候回国了事。1918年8月，欧洲西线战场展开了马恩河大决战，法、英、美三国联军在福煦将军指挥下，全歼了德国十六个精锐步兵师。至此第一次世界大战胜负已分，协约国赢啦！‘中国观战代表团’奉命回国，拜琳娜发现她怀上了许上校的孩子，她辞去军职，决心随许上校回国。偏偏这年秋天，徐大人物当选了中国政府的大总统，那位准岳父也身居要职。许上校劝阻拜琳娜不要随他去中国，遭到拒绝，还想把戏演下去，但有人向旷岳透露了实情，旷岳大怒，找到许上校，一拳就把他打倒在地，又掏出手枪，押着许上校去见拜琳娜。许上校痛哭流涕地跪在拜琳娜面前承认了自己的卑鄙和错误，说任凭拜琳娜发落。拜琳娜是可以坚持随许上校回中国的，许上校如果不悔婚约，她可以向法国驻中国大使馆申诉，当然，许上校的前程也就完啦。善良的拜琳娜选择了宽恕，她决心留在法国，生下孩子，独自面对今后的困境。”

旷雨愤愤地怒斥："许叔叔这个花花公子，真是个混蛋!"

"在这种情况下，你爹给拜琳娜牵了红线，男方是中国驻法国大使馆的一位高级外交官，姓左名青，是你爹因喜爱国学和书画创作而结交的好友。从表面看男女双方很不相配，左青年届不惑，比拜琳娜大了十八岁，两年前丧偶，没有子女，是二婚；而且，左青长得并不高大英俊，是个相貌平平的文弱书生。但，左青为人正直侠义，文化内蕴深厚，他童年入清末同文馆法语班学习，后又留学法国，十分喜爱法国文学，左青还有一个长处，就是家道殷实。

"连你爹都没想到，这二人一见如故，竟旁若无人地用法语谈了三个多钟头。谈完，拜琳娜宣布：左青向她求婚，她已经同意了。

"第二天，左青约许上校在巴黎一家咖啡馆见了面。左青单刀直入地说，是上帝把天使般美丽善良的拜琳娜带到他的身边，他们准备结婚，为了拜琳娜腹中那个他并未耕耘就能收获的孩子，他情愿补偿许上校一万大洋，要求许终生不能认这个孩子。许上校虽然风流，但不失为一个男人，他说，你给我补偿，那是扇我的耳光！我已经对不住拜琳娜，只要你把我的骨血，当成自己的骨血，我保证终身不认这个孩子。左青动了感情，慨然相告：左家三代单传，偏偏到他这一代，年近四十而无子，他曾到协和医院检查，结论是责任在他。他说想不到拜琳娜一见面就把怀了孩子的事告诉他，这个女人太真实了。左青对许上校拍胸脯：你放心，这个孩子，生下来就是我们左家的天!"

旷雨笑道："哈哈哈，妙极，妙极！两个男人的对话，竟以喜剧而收场。"

花子继续说："你爹回国前，在巴黎一个小教堂里，主持了左青和拜琳娜的婚礼。一年后，左青奉调回国，拜琳娜抱着未满周岁的儿子再次踏上北京的土地。这对夫妇，琴瑟和鸣，举案齐眉，感情甚笃。左青在外交部官至次长，可惜，他身体欠佳，知命之年，因癌症去世。临终前，握着妻子的手说，据他观察中日必有一战，欧洲也不太平，要尽快安排儿子到美国去留学，保住左家这条根。依照左青留下的亲笔遗嘱，他的全部财产由妻子拜琳娜继承。这是一笔很大的遗产，包括左家在苏南一带的祖业，拜琳娜为经管这些财产，于20年代末迁居上海。拜琳娜是个很聪明又极富商业感觉的女人，她以先夫的遗产为资本，在上海投资经营百货和房地产，几年间，成了上海最有钱的名媛之一。”

旷雨问：“她的儿子还好吗？”

花子说：“她的儿子叫左自然，30年代初到美国去读书，现在是康奈尔大学数学系的学生。他喜欢抽象思维，也很喜欢音乐，钢琴弹得相当好。拜琳娜每周都要和儿子通电话，有时我在旁边听，母子经常斗嘴，高兴了，儿子会在大洋彼岸给妈妈唱一首自己写的歌，很温馨的。”

旷雨深深地叹息道：“唉，乱世惊鸿！‘数天涯，依然骨肉，几家能够？’”

花子打趣地笑道：“拜琳娜说，你爹和她，性格太相近啦，不能做夫妻，只能做朋友。如果做夫妻，必然打架闹离婚；做朋友，只要一句话，彼此都会交出性命！”

旷雨说：“没错！花子姐，你别看我爹嘻嘻哈哈的，他心里还是有数。”

“那是当然，谁有你爹通透！”花子说，“从表面看，你爹妈的性格迥异，可合在一起是绝配；从表面看，那位左先生和拜琳娜怎么也不合适，但牵在一起也是绝配。可惜，人算不如天算，左先生走得太早啦，现在孤独的拜琳娜身边只有娜嘉啦。”

“还有你呀!”旷雨说，“我看拜琳娜很喜欢你。”

花子笑道：“拜琳娜是喜欢我，我能感觉到。不过，我来的日子浅，娜嘉是她一手培养的。”

旷雨感兴趣：“一手培养的？你说说，我们可是要和娜嘉合作的。”

“嘿嘿，雨弟，你也学会打听人了。”花子略一思忖，说，“俄国十月革命以后，娜嘉的父母带着她逃到中国的哈尔滨，后来，她妈发现丈夫跟了谢苗诺夫[①]，她妈不愿女儿有个‘白匪’的爸爸，坚决和丈夫分了手，独自带着女儿转移到上海，住在金神父路一个白俄贫民窟里，过着清贫的生活。也是有缘分，拜琳娜刚到上海发展，就和她们母女邂逅于贝当路的国际礼拜堂，拜琳娜一眼就看中了聪明美丽会说一口东北味儿中国话的小娜嘉，资助她进入贵族中学，接着又考入圣约翰大学，毕业后就当了拜琳娜的贴身秘书。娜嘉虽有俄国皇族血统，却没有过上皇族生活；她仇恨布尔什维克的嗜杀，却同情苏维埃政权为劳苦大众谋福利。她一切都忠实地按拜琳娜的意思办事，有一次她认真地对我说，拜琳娜是她心中的神，如果有一天，别人称呼她‘拜琳娜二世’，她就心满意足啦。娜嘉这个人非常机敏能干，同时也非常任性，兴之所至，没有她不敢干的。”

听到这句话，旷雨突然想起第一次到凡尔登时，娜嘉笑嘻嘻地

① 反苏维埃政权的白匪首领。

对他说，“要我和你一起洗吗？”哎呀，也许不是一句玩笑话哩，旷雨的心里一哆嗦。

夜深沉，一弯眉月，数点寒星。

花子送旷雨到十二楼，三位客人被安排在三间客房里。他们进了旷雨的屋，花子说，夜深了，你下午洗了澡，就不用再漱洗了，坐下，坐下。旷雨乖乖地坐在床沿上，花子帮他脱掉外衣，又蹲下，帮他脱掉鞋子，眼看着雨弟安静地躺在了床上，替他关上电灯，才走出房门。

花子乘电梯回自己的香闺，她心想，在这个世界上，她已经没有有血缘关系的亲人了，旷家应该就是自己的归宿。雨弟的那点心思还能瞒得过我？不过，要看住了这小子，不能让他轻轻地从自己的手心里滑跑啦。

37

上海法租界的最高行政机构是“公董局”，从总董、副总董、到董事会的每一名董事，都是由法国驻中国大使馆任命的，董事会下面有十个“委员会”，还有十多个具体办事的执行机构，正是这个“公董局”管理着法兰西远在中国的这块“飞地”。拜琳娜是法租界里法侨中的大财主，又是上流社会交际界的活跃分子，与“公董局”的头头和几乎所有董事都很熟。她广泛的人脉加上娜嘉的办事效率，很快，就在“市政总理处”注册了一个“瑞祥商贸有限公司”。廖剑秋化名黄楚卿作为公司的董事长，也就是“法人代表”啦。

就在娜嘉捧回了“瑞祥商贸有限公司”营业执照的第二天，廖剑秋在凡尔登大酒店一层餐厅的小包间里，宴请了两位客人。

这两位穿着讲究的长袍马褂，各带两名随身保镖的客人，在餐厅门口远远看见穿一身黑哔叽中山装的廖剑秋的时候，立即满脸惊喜，疾步上前，连连拱手说：“哎呀，廖局长，您大驾光临，怎么不吩咐一声，我们都会去恭迎，略尽地主之谊呀！”

廖剑秋面含微笑，一边让客，一边说：“变了天啦，出门不能不小心一点，尽量少惊动老朋友嘛。”

小包间讲究而严实，茶几上特意摆着镶在镜框里的公司执照，等保镖退出，廖剑秋把公司总经理罗大伟和财务总监旷雨介绍给二位客人，彼此寒暄。旷雨这才明白，两位客人都是眼下上海法租界和公共租界里华商的头面人物，他们有个共同的特点，就是都曾是江浙一带的大盐商。旷雨知道，在中国，历朝历代直至民国，食盐都是厉行专卖的。所以这二位的发轫，势必曾得到廖局长兼廖盐运使的“青睐”与“提携”。

廖剑秋点了几味淮扬菜，口味比较清淡，酒则是绍兴花雕，“醉翁之意不在酒”，大家的兴趣都不在吃上。

廖剑秋开门见山地说：“‘八·一三’打响的时候，我正有十二万担淮盐准备海运到广西，货已经到吴淞口啦，日寇的军舰封锁了长江口。所以，靠着驻军帮忙，我把这批盐存在了吴淞码头附近的一个仓库里，是以‘瑞祥商贸有限公司’的名义存的。现在我需要用钱，据了解，上海法租界和公共租界的人口已经超过了二百万，食盐紧缺，价格飞涨到每担接近一两黄金——当然是指零售啦。我打算，以眼下市场批发价格的八五折，把这批盐卖给你们，既可以缓解上海地区食盐紧缺的现状，有利于民生，你们的利润也不菲；但是，货款必需一次付清。不知二位老朋友意下如何呢？”

两位来客都是从油缸里钻出来的大商人，当然知道这是名利双收的交易，心中暗喜，但也不无顾虑，沉吟片刻，表示希望能先“看看货”。

廖剑秋爽朗地笑道：“那当然，应该的。事不宜迟，吃完饭我陪二位走一趟。你们现在可以吩咐下去，各带一两位业务人员，保镖嘛，不必多带，哈哈哈，在这上海滩，别人要对你下手，两三个保镖又有什么用呢？”

廖剑秋殷殷劝酒，谈笑风生，直至主客尽欢，才拉着两位客人一起坐在自己汽车的后座上，旷雨开车，罗大伟坐了副驾的位子，后面跟着的两部汽车是客人的随从。廖剑秋的这部由国民党中统局浙江站提供的八成新的雪佛兰轿车很一般，但两位客人惊讶地注意到，前挡风玻璃上赫然贴着一张由法国海军陆战队颁发的“特别免检通行证”（这是临行前苏恩亲手把它交给旷雨的，苏恩憨厚，但绝对不傻！），两个商界朋友交换了眼色：廖局长到底是廖局长啊。

一路顺风，经过日军设在吴淞口的路卡时，旷雨用日语向阻拦的日本兵做了说明，日本兵明白这是正常的商业活动，看了一眼法国海军陆战队颁发的“特别免检通行证”，也就挥手放行了。

十二万担盐，每担一百斤装在同样格式的麻袋里，麻袋上印着“淮盐”两个蓝字，封口也有一律的标志，十二万包盐整整齐齐地码放在两间长长的库房里，两名仓库管理员恭谨地接待了廖剑秋一行。

罗大伟和旷雨陪着两位主顾带来的业务人员，抽查了货物的质量，清点了数量，报告了结果。廖剑秋说：“二位都是老朋友了，我知道你们还有一点顾虑，因为这是在吴淞口，军事重地，驻有大量日军，食盐又是军需品，你们怕运不出去。二位，‘八·一三’到现在已经一年多啦，小日本也注意到单凭残暴的烧杀和肆意的抢劫是征服不了中国的，最近，冈村宁次在南京提出了‘讨蒋爱民’的口号，哈哈哈，日本鬼子也讲‘爱民’，爱中国的老百姓，哈哈哈！我们为什么不可以利用敌人的缝隙？我们这批食盐是就近运到上海去纾解民困的，主要是供应两个租界的，这是正大光明的利民买卖，日本人能生什么枝节？二位，放心吧，出了问题我负责解决，你们还不相信我廖某人的信誉吗？”

听了这一番话，两位“老朋友”顿时满面堆笑，痛快地在购销合同上签了字，这笔买卖成交了。

两天后，“瑞祥商贸有限公司”的账号上收到了一笔巨额货款。

在吴淞口仓库接待廖剑秋一行的两位管理人员也找到了凡尔登大酒店，廖剑秋给罗大伟和旷雨介绍说，这二位原本都是苏浙盐务管理局的财务人员，是我派他们去看管这批盐的，现在归队啦。这位王富贵今后担任“瑞祥”的会计，这位张金榜担任出纳，旷雨你是财务总监，负责监管，公司的财务系统就算正式建立啦。

这两天罗大伟和旷雨也没有闲着，他们在马斯南路找到了一幢临街的二层小洋楼，经廖剑秋同意，租了下来。这一天，五个人全部搬了过去，在大门口挂上了公司的牌子。

五个人坐在了一楼的小客厅里，廖剑秋呵呵呵地笑道：“今天公司就算正式挂牌开张啦。罗先生和旷雨是新人，可能不了解，在国民政府的办事体系中，盐务系统是机构配备最完善的。因为要把食盐运送到各个地区，还要能把盐税安全地收上来上缴国库，所以有独立的运输系统、通信系统，各地设有运输站，有自己的电台，还有自己的武装，就是税警团。盐务是收税的，所以不缺钱。我们这次行动是国家行为，也是战争行为，没有特殊原因，没有必要用私人的钱。”话说到这里，廖剑秋虚眯着眼睛盯住王富贵和张金榜，用命令的口吻继续说，“老王，老张，你们今天就把凡尔登大酒店支援我们公司启动开张打过来的五十万鹰洋，一分不少地退回去，没有这一笔钱，我们无法注册，现在可以完璧归赵啦。”

王富贵和张金榜齐声答了一个“是”字。廖剑秋见旷雨和罗大伟一边点头，一边面露不虞之色，于是继续说，“拜琳娜董事长对中国的感情、对中国抗战的支持是非常真挚，也是非常慷慨的，令我热血沸腾，十分感动和敬佩，她的盛情，我们完全认领，永志不忘。但在运盐这件事情上，我们不能也不需要花她的钱。拜琳娜不让我们卖盐，她是好心，但是吴淞口这批盐只能这样处理呀，要是转运大后方，日本人很快就会察觉，那不是因小失大吗？我们搬出凡尔登大酒店，主要是考虑这次行动的规模大，参与的人很多，谁能保证不出纰漏呢？出了纰漏我们担着！决不能损伤了朋友哇。旷雨，请你把我的意思委婉地向拜琳娜董事长和娜嘉总经理做一番解释，不要让她们心生误会。”

旷雨认为廖伯伯的处置是对的，心里很佩服，但也怕引起主人的误解，不敢耽搁，当天就急忙回凡尔登大酒店，见到了拜琳娜、娜嘉和矢原花子，向她们转述了廖剑秋的意思。

拜琳娜爽朗地笑道：“哈，你的这位领导倒是个有心人，很有魄力，也很有点人情味哩，不过，你告诉他，我可不是一个怕受牵连的人！策略性地表面分开，明分暗不分，我赞成，但是，我这里永远是你们的‘根据地’，有什么难题尽管来找我。呵呵呵，我没想到这位廖先生的舞跳得这么好，还会说一口流利的法语和英语，你对他说，我欢迎他有空随时来陪我喝杯咖啡，打打桥牌，跳跳舞，用法语聊聊天，我要用最好的红酒招待他。”

娜嘉说：“你的两位领导都不简单，那位罗先生的舞技，赛过我所有的舞伴，他居然还会说俄国话。”

旷雨说：“他是和我一起学俄文的，二把刀！”

矢原花子笑道：“你呀，旷雨，就是个从小饭来张口衣来伸手的少爷羔子，比起人家来差远啦!”

旷雨服帖地说：“是是是，我认，我认。和他们比起来，在江湖上行走，我真的就是个‘雏儿’!”说着，旷雨半蹲下，缩紧了双肩，歪耷着脑袋，装出一副半大子小鸡的模样，逗得三个女人哈哈大笑。

廖剑秋与罗大伟、旷雨以商人的身份，乘坐雪佛兰轿车到了东台县，东台县位于江苏省东部盛产食盐的盐城、盐都之南，紧傍北通榆运河。日寇此时主要用兵于武汉会战，在这一带兵力不足，立足未稳，东台盐务管理局仍在我方控制之中。廖剑秋记性好，对见过一面的下属都能叫出名字来，对下属机构的人事安排相当熟悉。他们在东台县城的一家客栈住下后，秘密召集东台、盐城、盐都三县盐务系统中的骨干开会，向他们下达了政府调运东台仓库里全部贮存食盐的命令。进行的方式是：选择合适的盐务管理人员及家属充当贩盐的行商，以存盐为商品，小股、分散地通过水、旱两路，把大量库存的食盐经浙东绍兴运往宁波集中，然后再大批量转运西南大后方。整个过程要保持绝对机密，不能引起敌人的怀疑，否则，将以失败告终。

会议谨慎地研究了哪些人员和家属可以充当贩盐的行商，这是有危险的，如遇日军盘查，万不得已，宁可牺牲自己，也不能暴露机密，否则将以汉奸论处。运输的脚力，无论水路旱路都无法假扮，所以，为了扩大运输队伍，运费适当放宽。

廖剑秋声色俱厉地说：“这次行动，关系军需、民生，是坚持持久抗战的战略行为，一要偃旗息鼓，暗度陈仓；二要清明廉洁，涓滴归公。如有泄露机密者，以叛国论处；如有中饱私囊者，必严惩不贷。凡参加运盐人员，一律发给安家费，完成任务后，连同家属，随我转移大后方，今后工作和生活皆由盐务系统安排。”

就这样，表面水波不兴，地下跫音如雷，从敌人占领的两淮地区，把数千万斤的库存食盐转运到了大后方，缓解了因人口暴增盐路被日寇封锁带来的燃眉之急。

江南金秋，又到“橙黄橘绿时”。

上海法租界凡尔登大酒店富丽堂皇的大堂里，竖起了几幅醒目的海报，内容只有一个：热烈欢迎即将从法国抵达上海的“国际人道主义考察团”。

这一天，长期活动于上海公共租界的日本太平洋联合通讯社社长大松重治收到了一份精致的请帖，请帖是以两位私人具名者的形式发出的，一位是法租界“公董局”董事莫里斯，另一位是凡尔登酒店集团董事长拜琳娜，他们邀请他作为嘉宾，参加后天上午在十六铺罗斯福码头迎接从法国到来的“国际人道主义考察团”，并出席盛大的欢迎午宴。手里捏着这张请柬，大松心里犯了嘀咕。

大松重治不是一个简单的人物，他毕业于东京帝国大学，又到美国一所著名大学深造，回国后，以灵活多样的文字形式鼓吹对外扩张正义的思想，受到军部情治部门的青睐。30年代初，他奉派以民间传播机构主管的身份到上海公共租界活动。公共租界又名英美租界，是历史最久，地域最大，经济也较法租界更为发达的老牌租界，最高行政机构叫工部局，掌握在英美手中，日本人是迟到者，最早来的是艺伎，到30年代虽然日侨人数已居首位，但在工部局里没有地位。大松重治把机关设在愚园路紧靠静安寺的一幢三层楼房里，愚园路漫长而幽静，静安寺很热闹，这就有闹中取静的意思了。

大松重治有着强烈的军国主义思想，但他内心里对杉山元、松井石根等位高权重的人物却嗤之以鼻，嘿嘿嘿，“三个月灭亡中国”，搞什么“杀人竞赛”和“屠城”，简直是太无知了！他认为，日本对中国这块躺在身边的“肥肉”，不吃是暴殄天物，但中国太大了，特别是有五千年的悠久文化，日本吃不下去，唯一的办法是“以华治华”。成吉思汗和窝阔台如果不重用耶律楚材（湛然居士），蒙古人后来能统治中国九十多年吗？皇太极如果不重用洪承畴，满族能控制中国大地二百六十多年吗？何况日本于中国是异国异族呢！大松重治知道国内高层已经在反思战争初期的“盲动”了，已经在为拉拢中国“朋友”暗下功夫了，但欠了账是要还钱的，大松重治掂了掂手中的请柬，这不，“国际人道主义考察团”就要到了，如果日本大兵那些杀人放火强奸活埋的镜头刊登在欧美的报刊上，日本人鼓吹的“共存共荣”“大东亚共荣圈”岂非成了笑话？

大松重治侦悉路透社、美联社、塔斯社都收到了请柬，唯独日本官方通讯社共同社没有收到请柬，嘿嘿，这些白皮肤高鼻梁的殖民主义者眼睛长在额角上，根本没把大日本国政府放在眼里，可是偏偏给自己这个打着民间旗号的日本通讯社发来了请柬。难道他们不知道……去吧，难免有点尴尬；不去吧，可能失去机会。老坐探大松重治当然不会甘心失去一显身手的良机。

两天后的上午，上海十六铺罗斯福码头（原金利源码头），车水马龙，冠盖如云，热闹非凡。

出乎站在人群里的大松重治的意外，一支法国海军陆战队的军乐团居然盛装排列在码头上，秋日艳阳下闪着金辉的大喇叭奏响了《马赛曲》，还有节奏欢快流畅带着嘲讽意味的民间舞曲《卡马尼奥拉》，年轻的法国水兵个个洋溢着骄傲的笑容，仿佛在说，我们来自把路易十六送上断头台的法兰西，我们张开双臂迎接远道而来的“国际人道主义考察团”。

庞大的法国“月光公主号”邮轮缓缓地靠上了码头，被安排首先走下舷梯的就是“国际人道主义考察团”。这个团的十名团员中除法国人外还有美国人、英国人、加拿大人、比利时人和荷兰人，走在最前面的团长巴勒恩是法国著名的胸外科医生，随后的副团长海威尔是世界知名的美国作家。大松重治注意到，走在巴勒恩和海威尔身后的是一位身材颀长年轻靓丽的女子，她乌发披肩，显然是个东方女性，呃，她是哪国人？大松的第一反应：她应该是中国人，绝不会是日本人，因为——

东道主莫里斯、拜琳娜和十来位主要的嘉宾，在舷梯下迎接，热情的拜琳娜又是握手又是拥抱，忙着把巴勒恩、海威尔介绍给身边的主要嘉宾；巴勒恩、海威尔也忙着把团员一一介绍给大家，好一阵热闹的寒暄。站在不远处的大松重治凭借多年的职业习惯，已经判断出几乎所有团员的国籍和大体的职业，他很容易就断定那位年轻靓丽的女子是团里的翻译，是个中国人。

随后，东道主安排客人们登上汽车，嘉宾们也纷纷上了自家的汽车，车队有如一字长蛇阵，浩浩荡荡直驶法租界贝当路上的凡尔登大酒店。

盛大的欢迎午宴设在金碧辉煌的宴会厅里，法国人是很讲究排场的，长而宽的大餐桌，铺陈得既规范又气派。“公董局”董事莫里斯首先致欢迎词。他用法语说，尊敬的女士们、先生们，我代表美丽的令我心仪的拜琳娜女士，对来自祖国的为人道主义奔波的朋友们表示热烈欢迎。法国是一个民主的国家，一个热爱和平的国家，我们上海法租界的和平生活不幸被近在咫尺的战争打乱啦，我们租界被迫宣布“中立”，但我们的心是同情受难的中国人民的。一年来，租界容纳了几十万中国难民，就是明证。同样，今天，我们衷心祝愿考察团工作顺利，为世界的正义与和平做出贡献。

站在莫里斯身旁的那位靓丽的东方女子，用流利的英语和中国汉语做了翻译，她的声音像银铃般清亮悦耳。

随后，巴勒恩团长致答词，他首先对东道主和所有拨冗前来欢迎的嘉宾表示衷心的感谢。东方女子翻译完，巴勒恩侧身对这位小姐说了几句话，东方女子莞尔一笑，改用地道的日本话说，遵照巴勒恩团长的意思，下面我用日语再翻译一遍。接着，她用纯净的日语把巴勒恩的开场白又翻译了一遍。

接着，这位著名的胸外科医生以奔放的感情和语言充分地展示了法国人的浪漫性格，他说，诸位，今年是欧战结束二十周年，二十多年前，我和今天的东道主拜琳娜女士都是法国军队的战士，我们奋不顾身地作战，打败了威廉二世麾下的德军。仅仅二十年后哇，我们又面对阿道夫·希特勒统率的更加凶恶的德国大军啦！可是，法国军队还躺在马其诺防线上睡大觉哪，眼下的法国政府太软弱啦，不久前，居然跟着英国与德国、意大利签订了《慕尼黑协定》，出卖了捷克斯洛伐克。我作为一个法国老兵，感到羞耻呀，我们发起组织了一个“国际保障人权协会”，坚决反对纳粹德国对犹太人实行种族灭绝的迫害。我们听说日本军队入侵中国后，特别是在占领南京期间，实行了灭绝人性的大屠杀，我们认为，西方和东方的法西斯逆流是如出一辙的，我们这个“国际人道主义考察团”到中国来，就是用行动呼吁，东西方一切反对法西斯战争的人们联合起来，团结起来，为维护人类的正义与世界的和平共同奋斗。希望我们的行动得到大家的支持。

东方女子以同样的激情，用英、中、日三种语言做了翻译。大松重治暗暗吃惊，他听到的那种纯净的日语带着一丝与生俱来的关东乡音，这是外国人学不来的。当翻译结束的时候，他已经断定，这个东方女子不是中国人，而是他的同胞——大和民族的女儿。

筵宴正式开始了，大松重治坐在长长的桌子靠后的地方，他下首的一个位子一直是空着的，再后面坐着的是漂亮的俄国女人娜嘉，大松知道她是这座酒店的总经理。此时，东方女子款款地径直走到他身旁空着的位子上坐下。大松立即明白，他这个日本人被安排在嘉宾的末座，下面就是几位高级白领啦，嘿嘿，这倒给了自己机会。

大松含笑站了起来，躬身礼貌地用日语对身旁的东方女子说："小姐真是语言的天才呀，您的翻译令我叹为观止，太精彩啦！我叫大松重治，是大日本太平洋联合通讯社的社长，我在公共租界里办公。"

东方女子急忙站起来，恭谨地弯腰答礼，也用日语答道："您过奖啦，不敢当。我叫矢原花子，是您大日本帝国的同胞，我是考察团聘请的翻译，认识您非常高兴，大松先生，请您多多关照。"她大方地主动伸出了手，大松重治急忙弯腰握住。

他们坐下，在异国的这种场合遇到同胞乡亲，自然倍感亲切，他们一边品味佳肴，一边攀谈起来。

大松说："哈，我本以为您是中国人，代表团怎么会聘请一个日本翻译？"

花子笑道："呵呵，我正在法国巴黎医科大学读研，我的导师和巴勒恩团长是好朋友，巴勒恩对我的导师说，他们组织了这个代表团，就是找不到胜任的翻译。我的导师就推荐了我，说我有语言天赋，巴勒恩医生试了一试，就看中了。但是，我拒绝了。"

"拒绝啦？"

花子笑得很天真："是啊，大松先生，您想，他们是来调查日本军人的暴行的，我偏偏是个日本人，夹在里面怎么处？我心里该有多么难受？"

大松连连点头："我理解，我理解，今天我就觉得很尴尬。可是，您后来——"

"后来？"花子天真的笑脸露出几分无奈，用一根手指向上一指，说，"嘿嘿，上面认为这是一个机会，可以从内部'因势利导'。"

无论从礼貌或者职业规矩大松重治都不便追问，他盯着花子那张几乎透明的青春笑脸说："啊哦，我明白，明白。是——"他也用一根手指指了指上面，继续说，"呵呵，'因势利导'，妙！"

东道主拜琳娜端着酒杯笑盈盈地走过来向大松重治敬酒，用标准的北京话说："大松先生，我知道你是个中国通，我们就不必麻烦花子小姐啦；我特意把你安排在美丽的花子小姐身旁，你不会觉得怠慢吧，乡里乡亲的，我看你们谈得很亲切嘛。怎么样，法国菜你还吃得惯吗？"

大松重治受宠若惊地和拜琳娜碰杯，连连说："吃得惯，吃得惯。感谢董事长的盛情邀请和安排。"

拜琳娜说："大松先生，我想阁下不会因为来的是一个民间考察团，就小看他们吧。其实，每一个团员在本国都是知名人士，都联系着一些重要的媒体。阁下是传播界的活跃人物，是内行，不像贵国某些弱智的军人，只知道暴力屠戮，不懂得舆论的力量。大松先生是个与各方面联系甚广的人，希望阁下能为考察团到各地的活动提供一些方便和帮助啊。”

大松重治躬身答道：“承蒙董事长高抬，鄙人一定效力，一定尽力。”

拜琳娜含笑点头，又和别的客人碰杯去了。

大松重治想了想，漫不经心地问矢原花子：“矢原小姐，不知贵考察团的行程如何安排？”

花子笑道：“第一站是先去浙江杭州市，然后转回来去苏州、无锡，最后当然是去南京啦。”

大松重治面露喜色：“先去杭州，矢原小姐，您看，如果由现任杭州市市长出面热情地接待代表团，是不是一种‘因势利导’呢？”

矢原花子面露讶然之色：“哎呀，大松先生，您说的这位市长是不是姓旷名峻，字慕峰？”

“是啊，您认识他？”

花子粲然一笑：“岂止认识，旷市长和我家是世交，他和家严是二十多年的老朋友啦，可以说，他是看着我长大的。”

大松重治有些意外，但他感到完全放心了。

他释然地说：“哈哈，世界真是太小啦。矢原小姐，您认为这个方案，代表团会接受吗？”

矢原花子说：“这个，我倒可以‘利导’一下，‘解铃还须系铃人’嘛，旷市长毕竟是个中国人哪。不过，我不方便和旷市长联系。”

大松重治说：“联系没问题，我一个电话，事情就办妥啦。”

矢原花子举起酒杯："大松先生，今天真是幸会，请您打电话的时候，代我问候旷市长，不，旷叔叔，就说我矢原花子会给他送去好运的。"

大松重治也举起酒杯，很绅士地说："这真是一次美妙的传话，让我们干了杯中酒，矢原小姐，我相信，您的杭州之行，一定会愉快而成功。"

38

“上有天堂，下有苏杭。”

如果没有西湖，这句话肯定没有啦。杭州的平民百姓随口说，没有西湖谁知道杭州哇？

西湖是杭州的眼，西湖是杭州的窗，西湖是杭州百姓的公园，历来游人如织，更是文人墨客雅聚之所。可是，当日寇的骑兵整队耀武扬威地踏过“断桥”，当敞胸露怀的日本大兵粗野地从“花港”抬出供观赏的大鱼，西湖陡然变得肃杀而冷清，湖面静悄悄，只有湖边偶尔闪出日军哨兵刺刀上的寒光。

西湖白堤紧靠北山的断桥，因民间白娘子和许仙的传说而闻名遐迩，断桥左近有一家著名的菜馆，名叫“聚魁园”，本是当地知名的大酒家，历来是达官显贵骚人雅士聚会欢宴的地方。日寇占领杭州不久，就把此处据为“大日本皇军指定支那料理”，专供日寇和汉奸头目在此寻欢作乐。

这是一个阳光明媚的中午，断桥“大日本皇军指定支那料理”的四周增添了不少军警和便衣，几辆小轿车沿湖滨路直开到酒家的大门口，第一个从车上下来的是“国际人道主义考察团”的翻译矢原花子，她穿一身浅绿色绣着荷花的湖缎短袖旗袍，配着雪白七分袖的绸上衣，满面春风地迎上了正站在酒家门口恭候的日伪杭州市市长旷峻。

旷市长不禁心中一动，哎呀，此女只应天上有啊！他兴奋地高声叫道：“矢原花子小姐，没想到又见面啦，你真能给老夫送来好运吗?”

花子礼貌地躬身，亲切地伸出手，笑道：“旷叔叔，很高兴再次见面。您有点发福啦，该走桃花运啦。”

矢原花子把代表团团长巴勒恩、副团长海威尔和团员们逐一介绍给旷峻市长，穿着一身紫缎长袍黑缎马褂的旷市长撅着屁股，不断重复：“大驾光临，不胜荣幸”“欢迎欢迎”“请上二楼小憩”，多位礼宾小姐恭谨地把客人们请上了二楼。

二楼光线略暗，看得出是一间宽敞的厅堂，中间设席，三面摆着红木太师椅，光线是从南面一溜精致的雕花木窗的缝隙里射进来的。旷峻和矢原花子最后登上二楼，市长一声令下，众位礼宾小姐同时把木窗全部打开，客人们眼前顿时出现一幅有如镶嵌在镜框里的迷人画面：蓝天如洗，白云袅袅，远山如黛，参差错落，沿湖绿树蓊郁，莺飞燕舞，一泓清澈的湖水，漾着金辉，捧着数点荡桨的小舟，近处，荷阵如云，虽无“映日荷花”，却有“接天莲叶”。客人们不禁发出惊喜的赞叹，有几位立即拿出相机拍照。

旷市长呵呵笑道：“诸位尊贵的客人，请向右边（东边）近处看，那座古老的石桥就是有名的断桥啦，传说白娘子和许仙就在此凄然分手，沿着断桥向前，就是白堤，唐朝大诗人白居易当年主持修建，诗人留下‘最爱湖东行不足，绿杨阴里白沙堤’的名句，诸位看看今日绿杨阴里的风光如何？请再向左边（西边）远处看，那数点小舟后面隐约的长堤便是苏堤，宋朝大诗人苏轼所建，东坡先生留下不少有关西湖的诗，流传最广的就是‘欲把西湖比西子，淡妆浓抹总相宜’了，西子指的是我国春秋时的大美人西施，呵呵呵，诸位看看今日的西湖是淡妆呢，还是浓抹？鄙人听说有几位嘉宾钟情摄影和旅游，所以特地选在这里为各位尊贵的客人们洗尘。”

矢原花子的英语翻译十分精到，西方客人被主人风趣的介绍和盛情的安排所打动，有的点头称谢，有的还轻轻鼓掌。

旷市长见“利导”有方，客人反响热烈，不觉得意起来，笑道：“以鄙人拙见，这西湖能有今日之美，杭州能有今日之富，还不应忘记古代的一位明君。”

副团长海威尔对中国历史很感兴趣，立即追问：“市长阁下，你指的是哪位国君呀？”

旷市长有点忘乎所以，继续鼓动他的如簧之舌：“海威尔先生，鄙人指的就是五代十国的吴越王钱俶哇，吴越国的国都就在杭州嘛。当时中原新兴的宋朝强大，力谋统一南方，后蜀和南汉都兴兵抵抗，打得血流成河，大败亏输，被灭掉了，地方也惨遭涂炭。南唐是江南的大国，但历来羸弱，国主李煜很会作词，他既怕宋朝的强大，又舍不得‘无限江山’，降战不定，结果战败被俘。只有吴越王钱俶头脑清楚，他知道宋朝兵强马壮，吴越如若抵抗，‘战则必败，败则必亡’，不如投降，使地方百姓免受兵燹之灾，他两次亲赴汴京，把吴越国十三州八十六县的土地献给了宋朝，从而保住了两浙人民的和平生活，所以，鄙人以为，杭州经济之兴旺，西湖今日之美，是与钱俶的明智之举分不开的。”

旷峻侃侃而谈，却忘了来的这拨人都是西方社会知识界的精英，耳朵是很灵的，越听越觉得味道不对啦。矢原花子翻译完，全场哑然，突然鸦雀无声了。

静寂了片刻，老作家海威尔冷笑道："旷市长，阁下旁征博引，比来比去，居然连'战则必败，败则必亡'这种当前中国投降派的论调都比出来啦！你心里该不会把赵匡胤建立的宋朝比作今日的日本国，把你自己比作钱俶吧？"

旷峻在北美做过外交官，英语不错，当然听懂了，自悔小看了来客。他听完矢原花子的翻译，赶忙解嘲地笑道："哎呀，失言失言，误会，误会。海威尔先生，您是大作家，鄙人怎么敢在您面前贩卖私货呢，只不过随兴讲一段对地方历史的区区愚见而已。"

没想到，此时，代表团中的一位女士用英语鄙夷地小声嘟囔："嘿嘿嘿，狗也喜欢戴花！"

声音虽小，但在场的人都听得清楚，空气一下子凝固了。

矢原花子没有翻译这句话，她注意到，旷峻面色骤变，目露凶光，但瞬间便收敛了。

矢原花子忙呵呵地笑着说："旷市长，时候不早啦，我的肚子都咕咕叫啦，还是请客人们入席吧。"

旷峻立即满面堆笑，殷勤地让客："对对对，各位远道而来的贵客们，请入席，请入席。"

旷峻坐了主位，忙把矢原花子让到身边，正副团长分列两侧，其余团员各就各位，堂倌忙着摆上十个冷盘，斟上酒或饮料。

旷峻神色自若，好像没有发生过任何事情，他情意殷殷地说："各位贵客，这个菜馆叫'聚魁园'，老板是北平人，他把北平'全聚德'的吊炉烤鸭搬到了杭州，又结合了本地杭帮菜的鼻祖'魁元馆'的特色，所以取名'聚魁园'。诸位请看，这十个冷盘，既有北平全聚德的芥末鸭掌，也有杭州魁元馆的桂花莲藕，这叫'南北通吃'。各位国际贵宾光临，让我们蓬荜生辉啊，希望各位在这里品尝一点中国南北饮食文化的精品，一解旅途之劳哇。"

主人热情周到，客人们这才纷纷点头微笑，有的还礼貌地表示谢意。巴勒恩说："难得旷市长安排得如此细致，连我这个好客的法国人都被打动啦，哈哈哈。"

气氛慢慢变得平和起来。

菜肴丰盛，果然北南间杂并进，既有冬笋烧鸭脯和葱烧海参，也有杭帮名菜东坡肉和西湖醋鱼。健谈的主人还不时来点风趣的点评，譬如刚端上两盘西湖醋鱼，盘中的鱼都似双翼般展开，做工精到，主人便特地点出了这道菜的"平民化"，笑着说，西湖醋鱼不是用什么名贵的鱼呀，就是用西湖里产的草鱼，所以价格不贵，老百姓吃得起，吃的就是它的鲜嫩柔软。

话音甫落，一位荷兰来的著名摄影家，偏偏提出了一个与鲜嫩柔软颇不和谐的尖锐问题，这位身材高大面色红润的中年女士用并不流畅的英语说："市长先生，我是一个搞摄影的，曾经到许多国家收集影像素材。不久前我听说，也看到过一些图片，了解到日本军人在入侵中国，特别是攻占南京和杭州前后，大肆屠杀和强奸无辜的和平居民，其行为之疯狂残忍，史所罕见，令全世界震惊啊！市长阁下是个中国人，不知是否有所了解，对此做何评价呢？"

旷峻对这个问题早有准备，他耐心地听完矢原花子的翻译，装出一副内心沉痛的模样，郑重地答道："当然有所了解，有所了解。

鄙人的确听说日军有些部队，特别是来自南九州的部队，军纪松弛，烧杀抢劫强奸无所不为，我内心十分痛苦，也十分气愤哪。”他长长地叹了一口气，“唉，战争是暴烈的行动，自古以来，伴随战争，军纪败坏、烧杀强奸之事，从未间断。蒙古成吉思汗征服欧洲，屠城之事屡见史册；在中国前清，湘军攻入太平天国的天京（南京），还‘大索三日’，令‘秦淮长河，尸首如麻’呀。往远处说，史料记载，战国末年，秦将白起在长平坑杀赵军四十万，嘿嘿，活埋四十万人，那要挖多大的坑？我看恐怕记载有些夸张啊。”旷峻市长略一停顿，转换了口气，“这位尊贵的女士，不知您注意到没有：不久前，日军进攻武汉的主将冈村宁次将军，在南京发布了‘讨蒋爱民’的口号，训示全军。‘讨蒋’不用说啦，‘爱民’就是爱护中国老百姓嘛。这说明，日军的上层已经注意到了军纪的问题。诸位如果有兴趣，我可以帮你们联系，直接和日军当局沟通。”

团长巴勒恩断然拒绝：“不必，不必！我们不和征服者对话！我们只希望能够自由地到底层去，向中国普通的老百姓了解情况。”

旷市长呵呵笑道：“应该的，应该的，我会帮助你们接触中国的老百姓。但是，完全自由活动很危险哪。现在是战争时期、非常时期呀，非常时期什么事情都可能发生的。诸位都是高贵的人士，安全第一呀，中国老百姓排外心理严重，要是考察人道主义，自己碰上不人道的待遇，岂不是有违诸君的初衷吗？所以，安全第一，安全第一呀！”

“非常时期”，“安全第一”，这几句话，倒令在座的白皮肤的朋友们面面相觑了。

此时，堂倌吆喝一声，献上一只刚出炉的烤鸭，那丰腴金黄香味醇厚的鸭子，顿时让有点儿紧绷的气氛一下子松弛下来。

巴勒恩团长笑着转圜说：“中国有句俗话，‘民以食为天’，我看我们还是专心致志，先解决肚子问题吧。”

矢原花子也笑道：“对对对，北京烤鸭要趁热吃，诸位，动手动手。旷市长是中国人，我看什么事儿都好商量。”

旷峻对矢原花子报以感激的目光，花子感到有些燥热，顺手把外罩的白绸上衣脱掉，交给侍者。旷市长见坐在身边的女人两条雪白丰润的玉臂就在眼前晃来晃去，不禁心摇神驰，哎呀，这个日本丫头，竟出落得如此光彩照人，她今天可是一再暗中助我呀！

矢原花子也瞥了一眼身边的旷市长，见他红光满面，显然工于保养，此时表面谦恭却难掩内心之得意，“暖风熏得游人醉”，况乎他并非游人呢。嘿嘿嘿，日本军阀培养这么一条走狗，不是没有道理，此人颇有“才干”，野心勃勃，若不铲除，后患无穷！

这顿饭，水陆并进，最后，还给每位客人上了一小碗杭菜经典虾爆鳝面，客人们吃得舒舒服服。

旷市长笑道：“西湖世界知名，不可不游。我准备了一条画舫，特地在舫前搭了一个摄影亭，诸位可以坐在舫中品茶赏景，也可以随时到摄影亭拍照，希望贵客们玩得开心。”

停在湖边的画舫，船头饰有彩雕的龙头，比一般的游船要高，客人们在礼宾小姐护佑下逐一踏着跳板登上舫尾，进入舫舱。旷市长特意留到最后，只剩下矢原花子一个人了，旷市长把手伸了过去，花子莞尔一笑，把纤纤玉手搭在了他肥硕的手上，两人一前一后踏着颤悠悠的跳板前行，旷市长刚刚在船上站稳，不意花子一个趔趄，旷市长慌忙将她柔软的身体揽入怀中，只一瞬，花子挣脱，面现红潮，弯腰轻语："哎呀，对不住，旷叔叔，谢谢您帮我，不然，我就掉进湖里去啦！"

断桥与放鹤亭一带的湖面，是西湖荷花开得最盛的地方，不过时届仲秋，夏荷早谢，却正是湖周与湖心岛上桂花盛开的时节，船儿穿行于连片错落的秋荷阵中，清风徐徐送来近处荷叶的淡香，远处馥郁的桂香，煞是醉人。欧美客人喜欢随兴，有的坐着品茶赏景，有的凑到船头摄影亭里，举着相机，大拍特拍。

旷市长与矢原花子并肩坐在舫舱之尾，他们总算有了一个单独对话的机会。

旷市长亲切地问："花子，令尊近来还好吗？在何处高就哇？"

花子笑道："我老爸好着哪，他呀，年纪大啦，不适宜上战场冲锋啦，在国内军部里当一个顾问，据说还负责指导一个什么生化武器的研究工程，咳，神神秘秘的，连我都不便细问哪。"

旷市长点头说："我明白，我明白。你们是纯正的大和民族血统，这种差事是高度机密的，我理解。"

花子听出旷峻话里蕴含一丝醋意，就势问道："旷叔叔，您春风得意，怎么样，日子过得还舒心吗？"

旷峻嘿嘿苦笑道："花子，我们是自家人，不打诳语。表面看，我锦衣玉食，荣华富贵，实际上，天天活得胆战心惊，如履薄冰。你想想，中国人崇尚孔孟之道，历来讲究民族气节，我归顺了你们大日本皇军，最可怕的就是同胞的仇视，当了这个市长，我无时无刻都好像面对黑洞洞的枪口。再说，上面贵国要人的脸色也很难捉摸呀，就说今天这个差事，这些白皮肤的西方大佬是好对付的吗？我挖空心思讨好他们，可他们内心里却把我看成是——"旷市长讲不出“一条狗”三个字，他心里确实痛苦、委屈、愤懑，总算有个机会一吐为快，“哎呀，花子啊，故人，你旷叔叔的日子并不好过呀。”

花子安慰道：“旷叔叔，人生都是有得有失嘛。据我了解，日本国内高层已经认识到，不依靠中国朋友的帮助，是很难实现统治中国的，眼下正在加紧联络中国朋友啊。像旷叔叔这样既能干又忠诚的朋友，必定前程远大呀。不过，安全特别重要，如果性命不保，富贵又有何用呢？”

“说得好，说得好，花子小姐几句话说到我的心坎上啦！”旷峻双眼直勾勾地盯住眼前的美人。

花子笑得很甜，继续软声细语地宽慰：“旷叔叔，人生苦短，转眼百年，您又何苦作茧自缚，自寻烦恼呢？要相信，日本人对朋友的赏赐也是很慷慨的，还是放宽心胸，及时行乐为妙哇。您看，这眼前的美景是多么迷人，您看，您看，那白沙堤的前面是什么？”

旷峻顺着花子的手势望去，只见远处白堤前的水域里一群鸳鸯正在戏水，有的作对儿还在沙岸边交颈而眠，不禁惊喜地叫道：“哎呀，鸳鸯戏水！”

花子含笑说：“旷叔叔，小女不才，来了诗兴，胡乱拼凑一首小词，您赏光听听？”

旷峻大喜，用刮刀似的目光打量着花子，说：“你还会填词？哎呀呀，真是才貌双全哪，快说，快说！”

花子颇有感情地，用她银铃般美妙的声音朗诵道：“寄调《忆江南》：‘西子好，莲叶荷田田，沙岸鸳鸯眠两两，柳梢莺燕舞翩翩，情思漾心间。西子好，好景最流连，十里藕花香不断，故人巧遇梦如烟，银鬓对红颜。’哎呀，献丑献丑。”

旷峻心儿怦怦，忍不住摸了摸自己已经布满银丝的双鬓，狂喜地叫道：“哎呀呀，‘鸳鸯眠两两’，‘情思漾心间’，‘故人巧遇梦如烟’，‘银鬓对红颜’。哎呀，妙极，妙极！”

花子含情脉脉地盯住旷叔叔，低声说：“本来我是想请旷叔叔在家里准备两支红烛的。”

“两支红烛？做何用处？”

花子低声笑道：“小女本该到府上拜望，到时候‘银烛秋光冷画屏’，我给您来个‘轻罗小扇扑流萤’，那是多么美妙的春梦啊，可是——”

“可是什么？”

花子挪动了一下身躯，露出了旗袍开衩下雪白腴嫩的大腿，她急忙盖上，无奈地说：“我害怕我的大师姐呀，在我大师姐的面前，我只能噤若寒蝉，更别说是脱衣服啦。”

此时，旷峻淫心大动，早已心猿肆野，意马难拴，抚掌浪笑道：“哈哈哈，天赐良缘哪，后天，礼拜五，你那个大师姐石慧要到医院去值夜班，下午三四点钟走，第二天上午八九点钟才回来，这还不够我们做一场春梦吗？”

“哦，有此巧档，她会不会临时变卦？”

“不会，不会。她是医院的院长，自告奋勇值夜班，正争着当模范医院哪。”

花子谨慎地嘱咐：“旷叔叔，小婶婶是很敏感的，您千万不要露出什么蛛丝马迹，不要让下人准备晚饭，那会打草惊蛇的。哎呀，用‘蛇’比喻小婶婶不太恰当吧？”

“哪里，哪里，很恰当，很恰当！”旷峻说了心里话，“我早就有被‘蛇’缠住的感觉啦！”

花子说：“那好，我会派我的亲随就到这个‘聚魁园’要两桌酒菜，都包括北京烤鸭。”花子知道旷峻最爱叼这一口，“一桌我们俩吃，另一桌犒劳您的警卫，您那里有几个警卫、几个下人？”

旷峻对花子的细心十分佩服，如实禀告：“别听外面虚张声势，其实，门口只有两个日本宪兵，两个自卫兵守卫，还有一名传达，一共五个人，都猫在传达室里；家里的下人就是一个厨师和一个女佣。哎呀呀，让你去买饭破费，做叔叔的心中不安哪。”

花子笑道：“旷叔叔，您为大日本帝国尽忠效力，我慰劳慰劳您也是应该的。况且，来日方长，您还可以给我补偿嘛。”

旷峻色眯眯地瞅着花子：“一定补偿，一定补偿！”

花子含笑叮嘱：“旷叔叔，后天傍晚6点整，我会准时到达府上。我穿和服，装扮成中年女子，您让两个下人待在厨房里，您亲自到大门口迎接日本老朋友伊藤夫人，这样免留后患哪。”

旷峻大喜过望，强抑着内心的激动说：“对对对，免得事后有人多疑找事呀。哈哈哈，你放心，我一定准时在门口恭候大驾！”

39

“国际人道主义考察团”被安排在杭州市最高档的宾馆湖光饭店下榻。

第二天，主人应客人的要求在进入市区的南星桥和距杭州数十里外的富阳县召开了两个座谈会，因为据客人们了解，日军在攻占杭州时把南星桥至闸口之间的民房全烧光了，大火绵延两昼夜；在攻占富阳时，大肆屠戮百姓。可是，这种被主办方设计安排好的所谓座谈会，其结果可想而知，旷市长玉面未露，下属们张罗的吃喝招待十分丰盛周到，但涉及考察主题的资料不疼不痒，空空如也。考察团的团员们大为不满，那位荷兰女摄影家气愤地说：“我们万里迢迢不辞辛劳是来考察日军法西斯暴行的，不是来游山玩水吃烤鸭子的，如果这样浪费时间，我明天就回国啦！”不过，她还是拍到了一些日寇纵火烧毁民房留下的断瓦残垣的现场照片。

团长、副团长商议后宣布：明天一早，返回上海。他们安抚团员说，我们考察的重点是上海至南京一线，今后接受教训，再不和汉奸打交道，工作一定会更深入，更有效果的。

次日清晨，代表团的车队出发，矢原花子和正、副团长乘一辆小轿车殿后。她坐在副驾驶的位子上，行至南星桥，远远看见罗大伟和旷雨站在公路边，便让司机停车，向两位团长摆摆手说，我还要去办点私事儿，办完立即赶回上海，明天见！巴勒恩笑着说，去吧，去吧，祝你一切顺利。

矢原花子下了车，见汽车开远，才走过去和罗大伟、旷雨握手，他们没说话，登上了一辆西子汽车出租公司的出租车。

青春路鉴仁里巷口，有一幢独门独院的二层小楼，这里是罗大伟租下的秘密据点。此处距旷峻市长的私宅不远，比较僻静，不但门前有交会的马路，而且东西向的马路近旁还有一条可以通往钱塘江的小河。如遇不测，撤退起来比较方便。

出租车停在了鉴仁里巷口，坐在车后座的罗大伟用命令的口吻对身边的旷雨说，你和司机现在去把今天下午出动的两辆汽车敲定下来，如何更换司机，一定要做到合情合理，不留破绽。

旷雨很精神地答应了一声："是！"

罗大伟和矢原花子下车，走进小院，罗大伟说："刚才开车的司机是自己人。为了防止事后日本人的追查，准备安排一个假劫车的事件，我让旷雨他们去办啦。"

花子笑道："这件事情要做到圆满不容易呀，罗先生，您运筹帷幄，辛苦啦！"

罗大伟把花子带进二楼朝阳的一个大房间，也笑着说："花子小姐，这件事儿，您是主角，您看，您住的房间是全楼最好的。"

花子说："不敢当，不敢当。只有前后协调，通力合作，才有力量，才能成功。"

罗大伟点头说："您说得太对了，不过，您是在第一线。花子小姐，您千万要迅速摸清控制住那个报警按钮，否则，为山九仞，功亏一篑，我们可能要付出血的代价呀。”

花子诚恳地说：“放心吧，我知道怎么对付这个小人。罗先生，就是拼了我这条命，也不会让他按下这个按钮！”

罗大伟也诚恳地说：“谢谢你，花子小姐。”他抽出身上佩带的手枪递给矢原花子，“这个给您用。”

花子急忙摆手说：“不不，这是您用惯的东西。罗先生，我已经有一支枪了。”说着，她从手袋里取出一支漂亮的勃朗宁小手枪，“这是旷雨送给我的，我在上海射击场练习过几回，非常好使，我的准头还不错哪。”

罗大伟有些失望，他笑着接过勃朗宁小手枪，仔细观看，赞叹道：“德国武器的工艺就是精细，好玩意儿啊，漂亮的花子小姐，您用正合适。”他把勃朗宁还给花子，也把自己的枪归回原位，笑着说，“呵呵呵，旷大市长做梦也想不到自己会死在日本女人的枪口下。世界上有些事真是充满了讽刺的意味。”

花子含笑说：“其实，人世间，这种事情不少，玩蛇的每每死于蛇牙，驯狮的往往丧生狮口。这位旷市长太崇信日本人啦，他把宝全押在了日本主子身上，再加上他的好色，使他失去了判断的能力。这一类人，都是败在自己内心的偏执上。中国人讲‘因果论’，凡事有因必有果；有果，必有因。罗先生是位有心人，何不研究研究。”

罗大伟呵呵笑道：“岂敢岂敢，小生浅薄，偶有所感而已。”他突然问，“花子小姐，这件事情办完，您能跟我去浙南吗？我们太需要您这样的人才啦！”

花子早有准备，说：“罗先生，我们合作得很协调，很愉快，但是我不能跟您走，我必须连夜赶回上海。您想想，要是考察团的翻译突然失踪了，拜琳娜董事长该多么没面子，我们不能对不住拜琳娜呀。”

罗大伟点头说：“是啊，董事长为人太好了，贡献也大，绝不能对不住她。花子小姐，遇见您真是个缘分，希望今后还有合作的机会。”

花子动情地说：“我们有共同的目标：打倒法西斯！我也希望今后有再次合作的机会！”

花子主动伸出了手，他们紧紧地握手。

花子说：“拜琳娜希望旷雨和我一起回上海，一方面协助运盐未了事务，另外，她还有些东西想让旷雨带给他爹。”

罗大伟豁然笑道：“当然可以。你们一起走，我更放心。”

旷雨回到秘密据点，已经是中午时分，他匆匆吃完饭，便走进花子的房间。

花子闩好门，两人面对长窗坐在窗前，花子把刚才与罗大伟的谈话告诉了旷雨。

旷雨问：“花子姐，你和拜琳娜谈了我们要去延安的事情了吗？”

花子说：“谈了。临别前的那个晚上，我到她的房间里，刚提起这个话头，她一把抱住了我，呜呜地大哭起来，我被她触动了，忍不住也紧紧地抱着她哭了，两个人就这么相拥着哭了很长时间。”

旷雨说：“唉，拜琳娜是个很重感情的人，她是真的舍不得你走啊！”

花子说：“我告诉拜琳娜，在德国，当我唯一的亲人老爸被投入了集中营，我的精神濒临崩溃的时候，是那只红宝石戒指给了我温暖和力量，我知道有个中国妈妈在为我念佛，有旷风的肩膀做我的依靠。是旷风那疾恶如仇一往无前的精神，燃起我心中的生命之火，让我看清了方向。我对拜琳娜说，我爱旷风，我相信他一定是负了伤，因为他总是冲在前面，我相信他还活着，因为他的生命力太强啦，他会奇迹般地活着。即便他变成一个卡西莫多（《巴黎圣母院》中的敲钟人，奇丑），我也照样爱他，照样会伴随他终生。所以，我要和旷雨到延安去，在那里等着他。而且，延安有一个改造日本俘虏的机构，我到那里工作也很合适。”

明亮而柔和的阳光透过窗棂，布满花子的全身，这一瞬，旷雨感到，他心中的女神，是如此圣洁而美丽！

旷雨说：“你和拜琳娜已经结下了感情，她的态度怎么样？”

花子说：“拜琳娜确实舍不得我离开她，她抱着我哭了半宿。但她是一个心胸如海的人，她说：‘我支持你们去延安，我衷心祝愿你得到爱情，得到幸福。’她还一本正经地说：‘我认为，中国的明天、希望在延安！’”

旷雨说：“我想到她肯定会支持我们的。”

花子笑道：“拜琳娜还嘱咐我，不要和罗大伟走得太近，办完这件事，借口回上海，和他们分道扬镳。”

旷雨呵呵呵地笑起来：“哎呀，这个法国女人哪，对中国的事情门儿清！”

矢原花子看着旷雨打开门闩离去的背影，心中念叨：雨弟，你的心思，姐能不明白？姐一定要找一个真正爱你，包容你，能守候你一生的人，否则，姐不会撒手的。

傍晚6点整，一辆西子汽车出租公司的小轿车停在了积善街旷峻市长的私宅前，从车上下来一位身着华丽和服的中年日本女人，梳着盘形的日本头。她举目看了看高达两丈余的白粉墙，似有所悟，霍然一笑，踏着木屐，走到大铁门旁的小铁门前，轻轻按了一下门铃，里面有人用日语问："请问是哪一位？"

和服女子用日语高声答道："我是伊藤幸子，特来拜望旷市长。"

小门打开，站在门里的旷市长恭谨地撅臀弯腰，满脸堆笑地用流利的日本话说："哎呀，伊藤夫人，老朋友，久违啦。您早一点来电话，我应该去迎接您嘛。"旷市长对面的一侧，整齐地站立着四个持枪的士兵。

和服女子一边踏进大门，一边笑盈盈地说："老朋友，您是个大忙人，我怎么好劳动您的大驾呢？我今天，不但要拜望您，还要慰劳慰劳您的警卫哩。"

她说着，从手袋里取出两铁筒"三炮台"的香烟，在日本兵的眼前晃了晃，随随便便地走进小门旁的警卫传达室，把铁筒香烟放在桌子上，用日语对两个日本宪兵说："你们天天保护我的老朋友，太辛苦啦。我已经让我的随从多明太郎特地到'聚魁园'要了两桌酒菜，首先一桌就是犒劳你们几位警卫和传达的，另一桌嘛，请请我的老朋友旷市长，我知道他喜欢吃烤鸭子，哈哈哈。大约二十分钟以后就送到啦，你们也等着吃烤鸭子吧。"

旷市长装出一副很过意不去的样子，拱手说："哎呀，伊藤夫人，您是客人，让客人破费，我真是太失礼啦。"他转向日本兵，"等一会儿，有人叫门，你们问明是伊藤夫人的随从多明太郎，就赶紧开门，把酒菜迎进来，明白吗？"

日本兵齐声答道："明白！"

旷市长还不放心，又用汉语说了一遍，两个伪军士兵和传达学着鬼子兵的模样，也高声答道："明白！"

旷峻这才伸手让客，他们并肩走上宽宽的水泥车道。旷峻打量着紧捯脚下木屐扭动着身躯的花子，喜形于色地笑道："花子，你的演技太高明啦，连我乍看都认为你是个中年妇女。不过，你娇嫩的脖子瞒不过我呀。"

花子俏皮地一笑，说："谁像你这个好色之徒，专门注意女人的脖颈，旷叔叔，我看你还是专注一下自己的安全吧。"

"哦，你认为我这里不安全？"花子触动了他最敏感的神经，他驻足在巨大的花坛前。

花子认真地说："旷叔叔，我一看见你家的高墙，就看见了你内心的恐惧！可高墙里面的警卫太薄弱啦，只有两个日本宪兵，配备的武器还是长枪，那怎么行！据我所知，眼下中国政府正在大力'锄奸'，有时候为灭一个目标会出动几十个特工哪，两个卫兵怎么挡得住？中国保镖是不肯为你卖命的。我看至少要再增加两个宪兵，全部都配备长短枪并且增加一挺轻机枪，无论如何要能抵挡十分钟嘛。旷叔叔，我知道你不便开口，我去对若松茂明讲。"

旷峻没想到自己内心深处最担心的事情竟被花子几句话就点明了，而且还自告奋勇去解决，说得自己心里暖暖的。他想，花子居然能让大松重治给自己传话，能和若松茂明说上话，这个年轻的日本女子背景不简单哪。

他们走到了楼房的大门口，旷峻赶上几步为花子推开了大门，真诚地说："花子，你说出了我心里最大的顾虑，你真是我的贵人啊！"

花子昂首而入，仔细观察着这个楼房里的布局，依然慢声细语地说："不要把我当什么贵人，旷叔叔，我不是只知道屠戮的军人，我相信中国朋友在建立大东亚共荣圈中的作用，我希望你步步高升，我还等着补偿哪。"

旷峻喜不自胜，他总算等来了命中的红颜知己，连连点头说："一定补偿，一定补偿！"

花子说："所以，不能大意失荆州哇，白白让你送了性命，前面必须顶住十分钟，你那个直通宪兵队的报警器才能发挥作用啊。现在，我要亲自检查你那个报警器安放的位置。"

旷峻心中一惊，呀，这丫头连我装了秘密报警器也知道，日本女人哪！他点头哈腰地说："是是，我这就带你去检查。"

旷峻在前，花子随后，沿着弧形楼梯登上二楼，旷峻推开了客厅的房门，伸手让客，花子站在门口，第一眼就看见了靠门不远的那张讲究的梨花木餐桌，桌子东西两侧各放着一个银质的烛台，上面插着红烛，花子心里一阵恶心。她迅速扫视整个房间，见餐桌南面窗下红木柜上放着电话机，房间西侧铺着地毯，摆着成套的沙发。花子径直走到餐桌前，拉开中间坐北朝南的靠背椅，便坦然地坐在了主位上。

身后的旷峻讶然问："花子，你猜到了按钮的位置？"

花子用手敲着眼前的桌面，笑着说："我想就在这下面。"

旷峻大声叫道："哎呀，不得了，不得了，花子，你是神仙啦！你是怎么猜到的？"

花子说："这东西应该放在隐蔽、不为人注意而你触手可及的地方，电话机和沙发都太引人注目啦，此处是你当仁不让的主位，自然这里最好。"

旷峻贪婪地盯住了花子，说：“佩服，佩服，你请亲自过目。”

花子挪开靠背椅，弯腰低头一看，果然，主位桌面底下有一木框，框中就是那个红色按钮，电线是通过桌腿穿入地下的。她用余光注意着旷峻，只见旷峻突然圆睁喷火的双目，张开两臂，一个饿虎扑羊扑了上来，花子无法躲开，只能猛地往下一蹲，脚下的木屐一滑，花子扑通跌坐在地上，虽然没被旷峻抱住，头顶上的日本盘头却被弄得散乱了。

花子大怒，但强忍住了，娇嗔地怒斥道：“旷叔叔，你太猴急啦，太野蛮啦，你要是不停止，我就按下这个红按钮！”

旷峻没占着便宜，欲火中烧，正想干脆在桌子底下撒野，听到这句话，就像被马蜂蜇了一般，顿时缩了脖子，连忙叫道：“别按，别按，别按！哎呀，花子啊，自打那天见到了你，我满脑子都是你‘罗衣扑萤’的身姿，心里就像猫儿抓似的，奇痒难耐呀，刚才一时把持不住，太不绅士啦，请你原谅，千万别按那按钮，你一按，十分钟，日本宪兵队的摩托骑兵就把我家包围了，那笑话可就闹大啦！”

花子说：“那好，旷叔叔，现在你就坐到桌子对面的位子上去，今天由我坐主位啦。”

旷峻忙说：“好好好，遵命，遵命，今天你坐主位。”他乖乖地坐到桌子对面的位子上了。

花子从桌子底下爬出来，想着几天来为诱杀这只鬣狗，自己忍受的委屈，刚才差一点受到强暴，气不打一处来，她一边整理头发，一边忍不住连损带挖苦地骂道：“旷叔叔，旷市长，你市长都当上了，大小是个公众人物，怎么连起码的做人规矩都不懂！你还没有完全离开公众的视线，就把头上的牌坊忘了，就把披着的人皮扒啦，要是刚才被我的随从和饭店的堂倌撞见，成何体统？你不知羞耻，我还要脸面哪！”

旷峻觉得这番话太难听了，而且味道不对呀，心想，小妮子，装正经，待会儿我把你透明的罗衣都扒光，才让你知道我的厉害！他涎着脸说：“是是，花子教训得对。哎呀，时间过得太缓慢啦，那个多明太郎怎么还不送烤鸭子来？”

多明太郎已经到了，他是旷雨，他揿了揿门铃又叩响了小铁门。

门里一个日本兵问道：“什么人？”

旷雨用日语答道：“我是伊藤夫人的随从多明太郎，我送‘聚魁园’的饭菜来啦。”

日本兵拉开小门上的观察窗，见门外站着一位西装革履的英俊青年，手里托着一个又大又高的菜匣子，很和善地笑着说：“第一桌‘鸭子宴’就是犒劳你们警卫的。”

日本兵嗅到了烤鸭的香气，连忙拉开门，伸手很绅士地引导旷雨走进警卫室，后面提着端着菜匣子的人也鱼贯而入，旷雨把大菜匣子放在桌上，打开盖子，匣子正中央放着一只又肥又大金黄油亮的烤鸭，冒着香喷喷的热气，卫兵们发出惊喜的叫声，全都围了上来。突然，一个人厉声命令：“不许动！”

这时候，卫兵们和那个传达才发现，他们的前胸后背都被乌黑的枪口顶住了。一个日本兵哇呀一叫，想去抢靠在墙上的长枪，旷雨手疾眼快用枪托在他后脑勺上一砸，那人便扑地倒下了。

不大工夫，四个卫兵一个传达全被捆了个结实，堵上了嘴，罗大伟取出两个黑头套，套在鬼子兵的头上，让这五个人顺墙根一字排开坐下。

罗大伟对旷雨和另一人说“走”，旷雨轻车熟路在前面引导，绕过花坛，进大门，直奔厨房，那个厨师正搂着女佣摸奶调情，见黑洞洞的枪口指着自己的脑瓜，顿时就尿了。两个人被捆起来，堵住了嘴，旷雨让他们溜灶台坐下，留一个人看住他们。

罗大伟与旷雨迅速登上二楼，旷雨敲了敲客厅的门，喊道：“多明太郎到!”

里面花子回应：“进来!”

旷峻见进来两个拿着手枪的人，大惊失色，定睛一看，叫道：“你不是旷雨吗?”

旷雨说：“没错，我也叫‘夺命太郎’!”

旷峻面如死灰，看着花子说：“这是怎么回事?花子，别忘了你是个日本人！快按报警器!”

花子从手袋里取出勃朗宁手枪，对准旷峻说：“没错，我是日本人，世界上虽然分成许多民族，但正义只有一个。我代表全世界所有反法西斯的人们，判处你这个为虎作伥的卖国贼死刑!”她扣动了扳机，砰砰两枪，击中旷峻的心脏部位，旷峻肥硕的身体向前一栽，来了个狗啃屎，旷雨在他背上又补了一枪。

罗大伟迅速上前，翻过旷峻的身子，让他仰面朝天，摸了摸他的颈动脉，说：“完蛋了!”旷雨把准备好的一张纸条放在他的尸体上，纸条上写着：“判处汉奸旷峻死刑!”落款是“中国人民”。罗大伟拿出携带的相机，咔嚓咔嚓拍了两张照片。

罗大伟一挥手：“撤!”

他走在前面，矢原花子和旷雨紧跟，在厨房里看守的战友听见枪声，忙到楼梯口会合，他们走到院子里，另外三个战友提着卸下来的枪栓已在门口等候。

旷雨走进警卫室对两个伪军和传达说:“我们是中国政府派来处决汉奸旷峻的，现在已经执行完毕，你们都是中国人，要有中国人的良心，现在我命令你们看住这两个日本鬼子，不许乱动，否则，旷峻就是你们的下场!”

旷雨走出院子，反锁了小铁门。见门前屁股对屁股停着两辆出租车，他上了花子坐的那辆车，两辆出租车一东一西，分道驶去。花子坐的那辆车，在市内绕了一个圈子，才停在鉴仁里巷口小院子的门前，众人下车后，出租汽车便一溜烟地开走了。

矢原花子快步回到自己的房间，甩掉脚下的木屐，用盆里和暖瓶里事先准备好的水，洗净脸上厚厚的脂粉，卸下了日本盘头，脱下和服，换上一件阴丹士林布的旗袍，又换上一双黑布鞋。

有人敲门。花子开门，见旷雨身穿灰色湖绸长衫，头戴黑呢子礼帽，站立门前，她粲然一笑，拿起随身手袋和旷雨一起下楼，出了院门。花子挽着旷雨的胳膊，俨然一对年轻情侣在散步，他们优哉游哉地往东走了三四百米，就横穿马路，从一条小道走向河边。

河边停着一条小船，坐在船尾的艄公见二人走来，低声问:“胜利?”

旷雨答:“前进!”

艄公扔下一块木板，旷雨和花子踩着木板跳上船，他们向艄公摆摆手，钻进了小小的篾棚。

艄公收起木板，提起插在船尾一个窟窿里的竹篙，向岸边一撑，船儿顺流荡开，艄公放下竹篙，嘴里哼着浙北小调，轻轻摇橹，不多时，小船便消失在朦胧的暮色中。

40

国民政府最高军事统帅部以广大民众（主要是农民）的惨重牺牲为代价，借助不可战胜的黄河之水，粉碎了日寇穿越豫东平原占领郑州，而后沿平汉线直取武汉的战略计划，迫使日寇改经长江两岸的路线攻取武汉。这场中方投入一百二十万大军，日方投入四十多万兵力的规模空前的鏖战，对中国军方来说，就是一场倚靠地理优势，“以空间换时间”的残酷的阻击战。

当日寇在长江以北的黄梅烽火山、大洋庙山口、龙须寨、富金山、田家镇、麒麟峰……在长江以南的庐山、沙河金官桥、马鞍山、金家山、星子口、富池口、德安地区……遭遇中国军队顽强阻击时；当以坦克装甲机械化著称的日军第9师团行进在赣西幕阜山弯曲而狭窄的公路上，前面的坦克被击毁堵住了路，后面的坦克装甲群、大批卡车摩托，被早已埋伏的中国炮兵（指挥官廖团长是共产党员），用迫击炮连轰数小时，砸成一堆堆废铁和散乱遍地的零件时；当日军遭遇一次次近战、夜战，眼见数不清的，不要命的，挺着锋利的刺刀，挥舞雪亮的大刀，如海潮，如闪电般拥来，大和武士的“武士道”精神如摧枯拉朽般地坍塌下来时，日本军阀渐渐明白：他们入侵的土地并不都是铺满金色麦穗的豫东平原，中国的大地，美丽又奇险，深邃莫测；中国的士兵，智慧又骁勇，血性贲育！

最令日本军阀痛心疾首的重创，发生于10月中上旬，在江西北部德安县附近的群山中，由松浦淳六郎中将率领的日军第106师团中的九千余众，被薛岳指挥的十万中国军队包围在万家岭地区，师团中其他的部队和赶来救援的日军又被层层包围。核心包围圈一天天缩小，由十平方公里缩小到不足一千平方米的三个村子。日本军部急了，试想，如果日军整个师团被歼灭，中将师团长被活捉或被迫“玉碎”，“大日本皇军”的脸面往哪搁？日军充分利用了绝对的空中优势，夜晚用照明弹把战场照耀得如同白昼，每天二十四小时不停地对包围圈周边的中国军队狂轰滥炸，一连三个昼夜，老松浦总算带着一千挂零的残兵逃了出来。

为挽救松浦106师团，日军严令正在瑞昌城外作战的第27师团转向东南，赶往万家岭地区增援松浦，可是一转身就被阻挡在瑞昌至武宁公路边的麒麟峰下。日军新秀27师团长本间雅晴中将用尽了重炮轰、施放毒气、组织敢死队夜袭等手段，鏖战十天十夜，中日双方士兵的尸体都摞了起来，还是难以前进一步。只得绕路前行，俗话说救兵如救火，等他们赶到德安，烈焰已经快燃尽了。

或许万家岭、麒麟峰留下的印象太深刻了，几十年后，还有日本的老兵从本土到这里来凭吊昔日埋葬于此的战友。不知道他们心里究竟想什么？也弄不清这些事究竟意味着什么？

终究，当时日本的国力远大于中国，他们依仗武器和空中、水上的优势，一步步突破了中国军队的防线。10月17日，日军下达了攻占武汉的命令。

此时，武汉码头上的货物基本运至四川或转移到宜昌，难民潮也挥泪转向了陆路，应该炸毁的设施，包括日本正金银行、日清公司等高大建筑，不是已经炸毁，就是已经填满了炸药。武汉周边没有可守之地，残缺疲惫的中国军队且战且退。

鉴于武汉前线形势的变化，正在延安参加中共六届六中全会的周恩来，中途离会，赶回武汉，面见了蒋委员长，把毛泽东主席的一封亲笔信，交给了他。

毛主席在信中指出，此次，敝党中央六次全会，一致认为抗战形势有渐次进入一新阶段之趋势。此阶段之特点，将是一方面更加困难；然又一方面必更加进步，而其任务在于团结全民，巩固与扩大抗日阵线，坚持持久战争，动员新生力量，克服困难，准备反攻。在此过程中，敌人必利用欧洲事变与吾国弱点，策动各种不利于全国统一团结之破坏阴谋。因此，同人认为此时期中之统一团结，比任何时期为重要。唯有各党各派及全国人民恪尽最善之努力，在先生统一领导之下，严防与击破敌人之破坏阴谋，清洗国人之悲观情绪，提高民族觉悟及胜利信心，并施行新阶段中必要的战时政策，方能达到停止敌之进攻，准备我之反攻之目的。因武汉紧张，故欲恩来同志不待会议完毕，即行返汉，晋谒先生，商办一切，未尽之意，概托恩来面陈，此时此际，国共两党，休戚与共，亦即长期战争与长期团结之重要关节。泽东坚决相信，国共两党之长期团结，必能支持长期战争，敌虽凶顽，终必失败；而我四万万五千万人之中华民族，终必能于长期的艰苦奋斗中，克服困难，准备力量，实行反攻，驱逐顽寇，而使自己雄立于东亚。此物此志，知先生必有同心也。

一位伟大的政治家、军事家在历史性战争的转折时刻，展示的对前程、困难、危险的洞若观火的预见，以及对夺取最后胜利唯一正确路线的阐释，足以光照后世了。

10月24日，武汉市市长吴国桢在记者招待会上宣布："保卫大武汉之战，我们是尽了消耗战与持久战的能事，我们的最高战略是在'以空间换时间'。在保卫大武汉的长期战中，我们于人口的疏散、产业的转移，已经做得相当彻底，而且我们还掩护了后方的建设。"他明显地暗示，中国军方已经完成了保卫大武汉的任务，将主动撤离。他说："我们坚决相信，最后胜利必属于我们的。"

就在这一天的夜晚，蒋介石与宋美龄夫妇乘飞机离开了武汉。

10月25日凌晨，周恩来在审阅完他口授的新华日报社论《告别武汉父老兄弟》的清样后，登上了汽车，沿汉宜公路向沙市方向撤退。说来凑巧，刚行至十里铺附近，见副总参谋长兼军训部部长白崇禧站立路边，周恩来下车一问，方知白的吉普车抛锚而且一时半时修不好，便盛情相邀，白欣然上了周的小车，一路颠簸，直到27日深夜才抵达长沙。两党要人在漫长的旅途中做了话题广泛的交谈，从个人出身到国共合作，抗战形势，兴之所至无所不及。对周恩来提出的需在广西桂林设立八路军办事处；国共两党合作开办游击战干部训练班等具体问题，白崇禧都积极表示赞同。这可以说是国共第二次合作蜜月期的一段有趣的插曲。

10月26日，日寇占领了武汉。

中国政府在随后发表的《告全国国民书》中说："敌寇在鲁南会战以前，即已扬言进图武汉，追犯豫失利，侵皖受阻，乃倾其海陆空军全力，沿江进犯，激战五月，我将士浴血奋斗，视死如归，民众同仇敌忾，踊跃效命，牺牲愈烈，精神益振，使敌军死亡超过前期作战一年以来之总数……我国抗战根据，本不在沿江沿海浅狭交通之地带，乃在广大深长之内地，而西部诸省，尤为我抗战之策源地。此为长期抗战根本之方略，亦即我政府始终一贯之政策也。武汉地位，在过去十阅月抗战工作上之重要性，厥在掩护我西部建设之准备与承接南北交通之运输，故保卫武汉之军事，其主要意义，原在于阻滞敌军西进，消耗敌军实力，准备后方交通运输必要武器，迁移我东南与中部之工业，以进行西北西南之建设……今后武汉虽已被敌人占领，然其耗费时间五阅月，死伤人数数十万，而其所得者若非焦土即为空城。继今以往，全面抗战到处发展，真正战争从（重）新开始……"

1938年11月下旬，国民政府军事委员会在湖南南岳衡山召开了军事会议。会址设在衡山半山亭的一片松林之中，那合抱参天的乔松，在初冬凛冽的朔风中，依然枝繁叶茂郁郁苍苍，活泼的小松鼠在树与树枝叶之间快乐而自在地跳跃着。

旷岳应召与会，他在座位上坐下不久，便听身后一个熟悉的声音招呼："慕云先生，你好哇。"

旷岳急忙回头一看，高兴地叫道："叶先生，你好！"

二人紧紧握手。

叶剑英急切地说："慕云先生，告诉你一个喜忧参半的消息：旷风受了重伤，失去了右眼和右脚，但他顽强地活了下来，已经转移到万县的一个伤兵医院里。这个信息，是我们在70军司令部的一位同志，最近报告重庆办事处的，非常可靠。这位同志说，旷风立了大功，军部已经为他请勋，并擢升他为少校啦。”

旷岳两眼放出异彩，兴奋地紧紧拉住叶剑英的手说：“谢谢，谢谢你告诉我这个好消息！ 70军从金官桥阵线撤下来的时候，全军只剩下七百多人，死伤大半哪！战争使多少家庭破碎，他能活着，真是万幸。我内人最近总是一惊一炸的，她不管旷风缺什么零件，听说活着，今天晚上她可以睡个安稳觉啦！”

“是啊，她是母亲嘛！”叶剑英说，“不过，旷风可能不适宜在军队工作了。慕云兄，旷风是我们党的一位好同志，我考虑他应该转到一个战略岗位上工作，我们会关注他的。”

中国与日本之间的生死决战仍在继续。然则，有远见的军事家，正像历经惊涛骇浪的老船长，已经看到了大海上即将来临的更广阔猛烈的风暴，和那蕴藏在大海深处，旋转着、苏醒着、积累着，终究要喷发出来的具有无穷力量的巨涛！他们明亮的眼睛，已经在遥远的海平线上，清晰地看见了“中国胜利号”的桅尖。

…………

图书在版编目 (CIP) 数据

战未决 / 何达著. -- 北京 : 北京十月文艺出版社，
2020. 10
ISBN 978-7-5302-2067-2

Ⅰ. ①战… Ⅱ. ①何… Ⅲ. ①长篇小说—中国—当代
Ⅳ. ① I247.5

中国版本图书馆 CIP 数据核字 (2020) 第 128148 号

战未决
ZHAN WEI JUE
何达 著

出　版　北 京 出 版 集 团
　　　　北京十月文艺出版社
地　址　北京北三环中路 6 号
邮　编　100120
网　址　www.bph.com.cn
发　行　新经典发行有限公司
　　　　电话（010）68423599
经　销　新华书店
印　刷　北京盛通印刷股份有限公司
版　次　2020 年 10 月第 1 版
　　　　2020 年 10 月第 1 次印刷
开　本　710 毫米 ×1000 毫米 1/16
印　张　31.5
字　数　350 千字
书　号　ISBN 978-7-5302-2067-2
定　价　62.00 元
质量监督电话　010-58572393
如有印装质量问题，由本社负责调换。